CONTRA VIENTO Y MAREA, III

MARIO VARGAS LLOSA

CONTRA VIENTO Y MAREA, III
(1964-1988)

Seix Barral 🏃 Biblioteca Breve

Portada: foto de Claudio L. B.

Primera edición: marzo 1990

© Mario Vargas Llosa, 1990

Derechos exclusivos de edición en castellano
reservados para todo el mundo, excepto Perú:
© 1990: Editorial Seix Barral, S. A.
Córcega, 270 - 08008 Barcelona

ISBN: 84-322-0552-4 (obra completa)
84-322-0614-8 (vol. III)

Depósito legal: B. 7.748 - 1990

Impreso en España

DEDICATORIA A LA VIEJA USANZA

Querido JEAN-FRANÇOIS REVEL:

En este tercer volumen de *Contra viento y marea* conviven viejos textos periodísticos —fantasmas resucitados de entre mis papeles— con reseñas literarias, notas autobiográficas, polémicas, pronunciamientos y reflexiones de los últimos años. Constituyen una salvaje mezcla, a la que da cierta coherencia mi propia vida, pues, aunque dominado siempre por la pasión de la literatura, nunca pude dejar de aventurarme por otros territorios (como el proceloso de la política). Creo que en este caleidoscopio de textos se vislumbra el aprendizaje intelectual de la libertad y de su difícil ejercicio. Mi deuda con lo que tú has pensado y escrito sobre este tema capital es muy grande y así lo muestran algunas páginas del libro. Por eso me permito dedicártelo, con la admiración y el afecto de siempre,

MARIO VARGAS LLOSA

Barranco, agosto 1989

UN BÁRBARO
ENTRE CIVILIZADOS

MADRID CUANDO ERA ALDEA

Cuando supe que había ganado la beca para hacer el doctorado en Madrid, sentí una indescriptible felicidad. Desde que, niño, leí a Julio Verne, a Alejandro Dumas, a Dickens, a Victor Hugo, llegar a Europa, vivir en Europa, era un sueño morosamente acariciado, que, más tarde, de estudiante universitario, se volvió una necesidad casi física. El «viaje europeo» me parecía, como a muchos jóvenes de entonces en América Latina, un requisito indispensable para tener una formación intelectual digna. Europa ejercía un magisterio cultural sobre nosotros, que, creo, ha perdido algo de fuerza en las nuevas generaciones de latinoamericanos.

Mi gran ambición era llegar a París —casi todas mis lecturas literarias de entonces eran norteamericanas y francesas— pero Madrid, imaginada desde la perspectiva de Lima, no parecía desdeñable. Estaba Franco, claro (era 1958), pero, me decía yo, será magnífico ver sobre las tablas ese teatro del Siglo de Oro que en Perú sólo conocemos por lecturas. Y, además, la Universidad de Madrid, comparada con la de Lima, será un centro de alta cultura donde subsanar los vertiginosos vacíos culturales de la vieja San Marcos (en la que, por ejemplo, las clases de nuestro catedrático de Literatura Medieval consistían en leernos páginas de la Enciclopedia Espasa).

En realidad, la Universidad de Madrid no andaba mucho mejor, por lo menos en el ámbito literario. El profesor de Literatura Hispanoamericana sólo llegaba hasta el Romanticismo porque, del Modernismo en adelante, todo le parecía sospechoso. Los libros y autores puestos en el Index por el Vaticano eran retirados de la biblioteca de la Facultad; ese año, entre otros, fueron purgados Unamuno y la *Revista de Occidente*, de Ortega y Gasset, que yo había comenzado a leer entre clases. El ambiente de gazmoñería y prejuicio entre los propios estudiantes podía alcanzar límites asombrosos; un compañero de los cursos del doctorado dejó de saludarme cuando supo que yo no era casado por la Iglesia. La «estilística» era la doctrina crítica imperante y no se admitía —ni conocía— otro análisis de la obra literaria que el lingüístico. El profesor Leo Spitzer, autor de laboriosos exámenes gramaticales para llegar «a la humedad última del poema» (según frase de Dámaso Alonso), era considerado el modelo canónico del intelectual literario, el sabio que ha llegado a dominar la «ciencia» de la literatura. Pero, asombrosamente, casi ninguno de mis profesores o compañeros parecía haber leído a Sartre o a Camus —cuyos libros estaban prohibidos por la censura— y del existencialismo, entonces tan en boga en el resto de Europa, sólo se hablaba algo —aunque con muchas reservas— del católico Gabriel Marcel.

Ante el adocenamiento de la Facultad, yo dediqué buena parte de mi tiempo a leer novelas de caballerías en la Biblioteca Nacional, un grande y sombrío edificio de techos altísimos, en la Castellana, donde los lectores, en invierno, nos helábamos de frío. Por una extrañísima razón, muchas novelas de caballerías —como el *Lancelot du Lac*— estaban en la sección denominada «El infierno» y sólo podían ser consultadas con un permiso de la Curia. Para obtenerlo había que presentar constancias de profesores o instituciones académicas sobre las «intenciones científicas» que guiaban al aspirante a lector. Quien haya transitado por la intrincada selva de aventuras de la narrativa caballeresca, en la que, salvo muy raras excepciones (la más ilustre de ellas, es, claro está, el *Tirant lo Blanc*), las escenas eróticas suelen ser de una extremada pudibundez, advertirá los extremos verdaderamente grotescos a que podía llegar el control del pensamiento en la España de los años cincuenta.

Los diarios y revistas eran simplemente ilegibles, por anticuados y porque la censura, además de prohibir todo lo que el régimen consideraba peligroso o pecaminoso, obligaba a los órganos de prensa a presentar las noticias y textos que dejaba pasar, adobados y enfocados de tal modo que equivalía a desfigurarlos o hacerlos incomprensibles. Sólo la prensa extranjera más conservadora ingresaba al país, en tanto que, por ejemplo, *Le Monde* y el *Herald Tribune* eran frecuentemente prohibidos, así como *L'Express* o *Le Nouvel Observateur*. Para enterarse de lo que ocurría en el mundo, y en la propia España, los españoles recurrían a las radios extranjeras. En la pensión donde yo vivía, en el barrio de Salamanca, era un rito riguroso, cada noche, a la hora de la cena, sintonizar las emisiones en español de la Radio-Televisión Francesa, en las que, por obra del azar, terminaría trabajando yo como redactor una vez que, acabados mis estudios madrileños, me fui a vivir a París.

No pude satisfacer mi anhelo de ver, por fin, en un escenario, el teatro español clásico. O, mejor dicho, la única pieza del Siglo de Oro que vi en Madrid, en ese tiempo, fue *La dama boba*, de Calderón de la Barca, montada por una compañía universitaria cuyo actor principal era Ricardo Blume, ¡un peruano! La indigencia del teatro era pavorosa: colmaban la cartelera sainetes o astracanadas seudofarsescas y acarameladas —Alfonso Paso era el dramaturgo de más éxito—, en tanto que los grandes dramaturgos modernos de España, de Valle-Inclán a García Lorca, no se escenificaban. La censura había abolido una de las ramas más ricas y creativas de la cultura española del siglo XX, y frustraba todos los intentos de familiarizar a los madrileños con lo que estaba ocurriendo en el resto de Europa en materia teatral (el teatro del absurdo, el nuevo teatro inglés, etc.). El anacronismo del teatro español en los años cincuenta no era sólo el de las obras que subían a los escenarios; también la actuación, la dirección, la escenografía, todas las téc-

11

nicas y recursos teatrales parecían haber quedado petrificados tal como los sorprendió la guerra civil.

El caso del cine era aún peor. Las películas que la censura no prohibía llegaban a las pantallas horriblemente mutiladas, al extremo, a veces, de parecer cortometrajes. Además de las tijeras, la censura se ejercía también en el doblaje, que suavizaba o alteraba de tal modo los diálogos originales para adaptarlos a la moral imperante, que se producían a veces situaciones cómicas (la más famosa adulteración del doblaje fue convertir en hermanos a la pareja de amantes de *Mogambo*).

Quienes visitan hoy a Madrid, y se quedan impresionados con su prosperidad, su semblante de gran urbe, su cosmopolitismo y su intensa vida cultural, donde todos los experimentos, todas las vanguardias y aun las extravagancias más desenfrenadas tienen cabida, difícilmente pueden imaginar esa ciudad provinciana, pacata, asfixiante, de vida cultural caricaturesca, que yo conocí en 1958.

Y, sin embargo, aunque defraudado por muchos motivos, lo cierto es que llegué a encariñarme de manera entrañable con ese Madrid aldeano, y que el año y pico que pasé en sus apacibles callecitas fue uno de los mejores de mi vida. Porque, a pesar de Franco, la censura y todo lo que había en él de retrógrado, Madrid tenía innumerables encantos. Con los 120 dólares mensuales de mi beca podía vivir como un rey, en una buena pensión del barrio de Salamanca. Compraba libros, iba a los toros, hacía excursiones por Castilla, y podía frecuentar las tascas impregnadas de olor a fritura y mariscos. El viejo Madrid se conservaba muy bien y uno podía seguir, paseando en las tibias tardes otoñales, los itinerarios de las novelas de Pío Baroja sobre los anarquistas finiseculares o confrontar con el modelo las descripciones del Madrid decimonónico que hizo Pérez Galdós en *Fortunata y Jacinta*, una novela que yo leí ese año con pasión. Aparte del Gijón, quedaban todavía muchos cafés antiguos donde se reunían poetas tan viejos como ellos, a la antigua usanza, en esas célebres «peñas» o «tertulias» que llenan tantas páginas de la literatura española y donde uno podía espiar a los ilustres polígrafos. Por otra parte, la cordialidad de toda la gente —encumbrada o humilde, del campo o de la urbe— para con el forastero no tenía límites. He vivido desde entonces en muchas ciudades, en el viejo y en el nuevo mundo: nunca he conocido nada que ni remotamente se parezca al espíritu hospitalario y a la generosidad desbordante para con el extranjero del pueblo español. Esta virtud se iría agigantando retroactivamente en mi memoria, en los seis años siguientes, que pasé en París, una ciudad que curiosamente combinaba estos dos títulos: la que ejercía el hechizo más irresistible para el resto del planeta y la más inhóspita para con el *métèque* (lo que era yo).

Lima, 1985

EL LOCUTOR Y EL DIVINO MARQUÉS

Éramos los búhos de la Radio-Televisión Francesa. Llegábamos con las sombras al viejo caserón apolillado de los Campos Elíseos (nunca terminaban de construir la Maison de la Radio), trepábamos en un reumático ascensor o por crujientes escaleras hasta la oficina que compartíamos con las emisiones para España, y comenzábamos a traducir las noticias que nos iba trayendo un ex legionario que se había pasado la vida peleando en todos los rincones del mundo sin saber por qué ni por quién y que tenía miedo a los resfríos. Desde las ventanas veíamos salir a la gente de los cines, a las motorizadas prostitutas rondando a los clientes de Fouquet y L'Élysée. Poco después de medianoche estaba listo el boletín y nos quedaba tiempo para tomar un café en un antro de la rue Washington, donde, entre el humo, los borrachos y la bulla, invariablemente encontrábamos al elegante y risueño senegalés M'ba, que preparaba un diccionario de dialectos y era protector de damiselas, jugador y rufián. Allí, mientras tomábamos, acodados en el mostrador, ese rápido café, iban cayendo los locutores franceses que hacían el turno de la noche y las emisiones para los *routiers*; allí probablemente vi por primera vez al inolvidable Gilbert.

Cuando el *putsch* de los cuatro generales, en Argel, esa noche de nerviosismo y rumores —«los paracaidistas han llegado a París», «los comandos fascistas han tomado Orly»—, el locutor Gilbert estaba en el centro de la ebullición y lo veíamos ir y venir por el viejo edificio, dando brinquitos, salpicando las noticias más truculentas, mariposeando aquí y allá. Fue él quien aseguró, ante un auditorio espantado, que los guardias de la entrada, como ex legionarios, estaban complicados en el *putsch* y que de un momento a otro subirían, entrarían a los estudios y apuntándonos con sus fusiles nos obligarían a leer proclamas subversivas y a gritar «¡Viva Salan!».

Nuestros contactos con los locutores franceses eran escasos; cambiábamos saludos en los pasillos, impresiones sobre el tiempo en las puertas de las cabinas de grabación y nos convidábamos cigarrillos. Sólo con Gilbert llegamos a tener una relación muy estrecha y a charlar extensamente, entre los boletines, mientras el técnico iba pasando para los ignotos oyentes latinoamericanos los programas grabados. Ahí, en ese ancho, sofocante, polvoriento estudio 43 del tercer piso solía aparecer Gilbert, a la una de la mañana, con sus gafas oscuras, sus suéteres granates, emboscado tras la bufanda de griposo que llevaba incluso en el verano. Bajito, barrigón, un poco calvo, lo veíamos saludar con exageradas inclinaciones de cabeza a los hombres del control, entrar al estudio y acercarse a nosotros en puntas de pie, balanceándose, bailando casi, con una sonrisa de divo que agradece aplausos. Buenas noches, Gilbert, pase, pase, siéntese, ¿ya leyó el boletín?, fúmese un gauloise. Sabíamos que no fumaba, pero era imposible privarse del placer de ver a Gilbert retroceder haciendo muecas de asco ante el paquete de Gauloises y oír sus argumentos contra el cigarrillo: malograba los bronquios, daba cáncer, era enemigo mortal de locutores pues destruía la voz, ennegrecía los dientes, daba mal aliento. Hablaba moviendo con coquetería sus manitas regordetas, su voz era azucarada como un vals de Chopin, y entre frase y frase hacía reverencias japonesas. Nos turnábamos para refutarlo con las razones más peregrinas, a ver si en algún momento se exasperaba o se decidía a bromear. Pero Gilbert era incapaz de enfurecerse o de jugar. Atento hasta la hipnosis, escuchaba, reflexionaba, respondía siempre con imperturbable seriedad. «No es posible —pensábamos—, tiene que darse cuenta que le tomamos el pelo.» Nada delataba un fondo irónico, una duplicidad, en Gilbert.

Sus gestos, sus palabras, todo parecía indicar que se tomaba muy en serio las descabelladas historias que le contábamos y que creía, por ejemplo, que Luis dormía desnudo sobre la nieve («¿No tiene frío?», le preguntó con inquietud) y que Vera trabajaba en la radio para pagar a su mucamo.

A veces íbamos nosotros a visitarlo a su estudio. Se adelantaba a recibirnos con alegría desbordante y frases cortesanas. Como quien muestra un palacio, nos enumeraba los encantos del decrépito cubil: lo cómoda que era la silla, lo mullido de la alfombra, la buena luz para leer. Pero nunca, que yo recuerde, lo encontramos leyendo (tal vez por eso jamás me lo pude imaginar) y sí, siempre, tejiendo. Al vernos entrar, dejaba a un lado los palillos, la madeja y el jersey a medio hacer, pero, una vez que nos había instalado, retomaba su trabajo y, mientras conversaba, iba tejiendo muy rápido, con destreza y convicción. Ni siquiera interrumpía su labor mientras leía el boletín. El tejido era, claro, el tema favorito de Gilbert. Con minucia nos exponía los méritos de ese pasatiempo que era también un arte y, si se lo permitíamos, una pasión: distraía la rutina, quitaba el sueño y se hacían economías, pues ¿no estaban las ropas de lana a unos precios imposibles en Francia? ¿Por qué no aprendíamos? Nos ilustraba: ése se llama el punto al revés; ése, el cuatro por tres, esas mediecitas eran para un sobrinito. Tan locuaz, tan caudaloso conversador y, sin embargo, un misterio: sólo sabíamos que era locutor, que le gustaba hacer calceta, que hablaba un francés muy remilgado y que esperaba con impaciencia su jubilación.

Cuando, por fin, terminaron la Maison de la Radio y nos instalamos en esa especie de plaza de toros del Quai de Passy, con sus curvos pasadizos, sus frígidas oficinas de paredes y escritorios de metal y sus estudios de ciencia-ficción, y dejamos de ver a los ex legionarios y a los noctámbulos y proxenetas de la rue Washington, fue también, casi, como si nos hubiéramos despedido de nuestro amigo Gilbert. Ya no podíamos visitarnos de estudio a estudio, entre boletín y boletín: en qué isla de ese archipiélago leería las noticias, en qué cubito de hielo de esa nevera lo habrían zambullido. Muy de cuando en cuando divisábamos el suéter granate y la bufanda de Gilbert en las madrugadas, al acabar el trabajo, en las camionetas de reparto: nos hacíamos adiós, ya nos veríamos, ya nos buscaríamos.

Es probable que ya hubiera olvidado a Gilbert, ese otoño, cuando el editor Jean-Jacques Pauvert («especializado en la pornografía y la blasfemia», lo inmortalizó François Mauriac) publicó una nueva edición, corregida y generosamente aumentada, de la mejor biografía del Marqués de Sade: la de Lely. Los diarios y revistas hablaron mucho del libro y yo recuerdo haber leído la entrevista que *L'Express* hizo al autor sin haber caído en la cuenta. Fue sólo unos días después, cuando un técnico entró al estudio, excitado, y nos mostró la fotografía que ilustraba la entrevista: sí, el autor era Gilbert. El erudito de la literatura maldita del siglo XVIII, el prologuista, anotador y editor de tantos libros del divino marqués, el infatigable descubridor de textos licenciosos, el escrupuloso artífice de esa voluminosa biografía era nuestro amigo Gilbert. Me sentí fascinado, mareado. Años atrás, en Lima, cuando creía que el célebre marqués representaba la más osada forma de la rebelión humana y no había descubierto aún la rigidez y la monotonía del género libertino, y como quien va a misa iba a las bibliotecas a leer *La vida de Juliette* o *Las 120 jornadas de Sodoma*, el nombre de Gilbert Lely era familiar para mí: aparecía en los prefacios de esos libros clandestinos, al pie de esas satánicas glosas. Me lo imaginaba un viejo profesor que se ha encanecido y jorobado hurgando los manuscritos de la sala de «L'enfer», en la Biblioteca de París, o como un surrealista animador de sociedades secretas y *partouzes*. ¿Cómo hubiera podido imaginar que usted era usted, amigo Gilbert? Muchas veces, después de descubrir su secreta identidad, pensé buscarlo y hablarle de esto, pero, ya ve, no lo hice y ahora es probable que no nos volvamos a cruzar. Hace poco he visto, en una vitrina, una traducción al inglés de su biografía del Marqués y me lo he imaginado, con su suéter granate y su bufanda, tejiendo mediecitas ante los micrófonos de la ORTF, haciéndose tomar el pelo por algún locutor del servicio nocturno, entregado a ese exquisito maquiavelismo de simular la idiotez, y he sentido, a la vez, admiración y horror por usted. Si lo supiera, estoy seguro que provocar un sentimiento de esa índole no le disgustaría, pero, claro, cómo diablos lo iba a saber usted, luciferino Lely, locutor Gilbert.

Londres, 1966

YO, UN NEGRO

A mediados de los sesenta yo vivía en Londres, de profesor universitario, en un barrio que por estar lleno de australianos y neozelandeses era llamado el Valle del Canguro. Mi departamento, en una callecita en forma de medialuna, tenía dos cuartos y un pequeño jardín que, como nadie cuidaba, fue adquiriendo una personalidad inextricable, un semblante salvaje y feroz que impresionaba a los visitantes. Era un departamento hospitalario y tranquilo donde vivía feliz. Pero tenía algunos defectos; por ejemplo, el ser viejísimo. La verdad es que se nos iba cayendo a pedazos. Una tarde, un ventarrón arrancó una ventana —cristal y marco— y la hizo añicos contra el pavimento, en mis narices (yo trabajaba en una mesa pegada a esa ventana). La propietaria, Mrs. Spence, que también era mi vecina, confundida con el percance, me prometió que, si todavía quedaba en Londres un operario, lo encontraría para que salvara de la pulmonía a mi hijo recién nacido.

Afortunadamente, lo encontró, y gracias a ese artesano tuve una de las conversaciones más instructivas que he tenido en la vida. Era un hombre joven, pelirrojo, con pecas en la nariz y excepcionalmente comunicativo, tratándose de un inglés. Estuvo un par de horas, midiendo, cortando y clavando, y, al mismo tiempo, sometiéndome a un divertido interrogatorio sobre el Perú, país que le costaba trabajo ubicar en el mapa. La impresión de buena humanidad y decencia casi agresiva que daba este muchacho me llevó a preguntarme si, después de todo, George Orwell no tenía razón en su creencia —ella me había parecido ingenua e idealista en el mal sentido—, que defiende sobre todo en su brillante reportaje de 1937 a los mineros británicos, *The road to Wigan Pier*, según la cual la clase obrera inglesa es la depositaria de la vitalidad y la generosidad que las clases dirigentes del país habían perdido y reemplazado por la apatía y el egoísmo más sórdidos. Comparados con la impecable cortesía y la distancia de fantasmas de mis colegas de la Universidad, el chisporroteo verbal y la familiaridad de maneras del carpintero resultaban muy agradables.

El tema de actualidad en Londres, en esos días, era Enoch Powell. El entonces diputado conservador y prestigioso dirigente *tory* —cuyo nombre figuraba, con dos o tres más, como posible futuro jefe del partido— acababa de iniciar una campaña de connotaciones racistas que le daría una antipática celebridad a la vez que significaría poco menos que su suicidio político. Powell, alegando que la inmigración amenazaba las formas de vida de Gran Bretaña y que acarrearía conflictos sociales y dificultades económicas, pedía que se redujese drásticamente la admisión de ciudadanos de las antiguas colonias africanas, asiáticas y antillanas, y que se estimulase el regreso a sus países de origen de los que ya vivían en Gran Bretaña. La campaña era transparentemente racista porque la alarma de Enoch Powell concernía sólo a la inmigración de color. En cambio, lo tenía sin cuidado la presencia de otros inmigrantes, por ejemplo los rubios y bochincheros australianos de mi barrio del Valle del Canguro, o la de sudafricanos y rodesianos de piel clara.

El furor del carpintero pelirrojo contra el honorable Enoch Powell era tremendo. Él había votado siempre por los laboristas y era militante sindical. Le parecía que impedir la entrada a Gran Bretaña o arrojar de ella a gente que, creyendo de buena fe en las promesas de la corona, había optado por la ciudadanía británica —como los asiáticos de Uganda, que Idi Amin expulsó del país— era el colmo de la perfidia. ¿No tenía acaso Inglaterra, con aquellos pueblos que habían sido sus colonias, cuya riqueza había usufructuado y que la habían ayudado a convertirse en una potencia, una obligación moral? ¿No era indigno tratar de esa manera arrogante y despectiva a esos indios, pakistaníes o antillanos que estaban aquí realizando los trabajos más duros, aquellos que ningún inglés quería, como recoger basuras y limpiar desagües? Por otra parte, ¿no era estúpido, en pleno siglo XX, establecer una línea de demarcación entre la gente por el color de la piel? ¿No había servido de nada lo ocurrido a los judíos? ¿No era increíble que en Inglaterra, un país que había combatido con las armas el racismo nazi, renacieran prejuicios de esa índole? ¿Qué tenía un blanco que no tuviera un *darkie*? Por ejemplo, si él y yo, ahora mismo, nos hacíamos un corte, ¿no lucirían nuestras sangres indiferenciablemente rojas? ¿Acaso no podían un hombre blanco y uno de color simpatizar y entenderse como veníamos haciéndolo?

No había duda posible: para los ojos glaucos del carpintero, yo era un negro, una variedad dentro de ese conglomerado de tinieblas humanas —los «oscuros», o, como púdicamente los llamaban todavía en los avisos de los periódicos los dueños de casas que sólo querían inquilinos blancos, los «no europeos»— donde se confundían ugandeses, libios, jamaicanos, sudamericanos y, sin la menor duda, griegos, españoles y portugueses. Para este limpio muchacho británico la humanidad se oscurecía al otro lado del canal.

Por esa época, creo, ya tenía yo serias reservas hacia las explicaciones ideológicas de los problemas humanos. La ideología parte siempre de un supuesto que da por demostrado: que el contenido o significación de ciertas nociones —blanco y negro, digamos— es evidente y universal. Pero la verdad es otra. En nuestra época, al menos, las palabras y las cosas que ellas aparentemente representan, rara vez coinciden de manera absoluta; lo usual es que las mismas palabras expresen ideas de matices distintos, según quién las emplea y según el contexto en que lo hace.

Siempre se es «negro» de alguien. En el campo político, «comunista», «fascista», «libertador» o «subversivo» son palabras utilizadas a menudo no como sustantivos sino como epítetos que puede merecer la misma persona, por el mismo comportamiento, según el cristal con que se la mira. La ideología ignora esas variantes porque ellas son casi infinitas y por la velocidad con que la realidad humana modifica la naturaleza de las ideas, en tanto que su forma, las palabras que las enuncian, tardan en cambiar o no lo hacen nunca (según Isaiah Berlin hay doscientas definiciones distintas de la idea de «libertad»). A menudo, las palabras se disocian de las ideas. Entonces, permanecen sólo como una fachada: en verdad, los prejuicios, o, simplemente, el curso de la vida, las va erosionando y suplanta sus contenidos por otros, a veces diametralmente distintos del primigenio. De esto no debe concluirse que todos los sistemas ideológicos sean inútiles, como no lo son las palabras, sino que tanto las ideas como las palabras deben ser continuamente revisadas y cotejadas con la realidad. Es decir, puestas al día, para no quedarse obsoletas: la vida es más rápida que las ideas, más veloz que las palabras. Curiosamente, el arte y la literatura, que nunca han pretendido explicar totalmente al hombre y a la sociedad —como es el caso de los sistemas ideológicos— se han acercado más a ese ambicioso designio de capturar la vida y expresarla. La razón es que el arte y la literatura no son sólo razón, ellos expresan también la irracionalidad, territorio donde se enraízan los prejuicios y que está siempre, desde la sombra, socavando las ideas y desnaturalizando las palabras.

Lima, diciembre 1978

TOBY, DESCANSA EN PAZ

Hay que salir de la ciudad contorneando la colina de Montmartre, descender la angosta avenida que separa Batignolles, el barrio de los rusos blancos, del corazón nocturno de París, llegar a la Puerta de Clichy, atravesarla e ingresar a los suburbios del Norte. Hay que cruzar la ciudadela comunista de Clichy por una avenida que tiene nombre (Jean Jaurès) y predicado (Apóstol de la Paz), dejar atrás la glorieta y los tilos de la Plaza Mártires de la Resistencia y diez minutos después se llega al puente donde acaba Clichy y comienzan las fábricas, las viviendas sórdidas, los argelinos pobres de Asnières. Allí, entre dos distritos de los alrededores de París, en una isla como una nave inmóvil en medio del Sena, oculta por árboles y helechos que imprimen una insólita nota refrescante al lúgubre paraje, está esa extraña creación de la estupidez y la ternura humanas que se llama «El Cementerio de los Perros», de Asnières.

Es, además, un hermoso lugar. Un ruinoso frontón de piedra, tres puertas en arco y unas rejas oxidadas son la frontera entre ese mundo y la ciudad. Al franquearla, cesa el bullicio de la carretera y se escucha el rumor del río, la luz se amortigua por las tupidas crestas de los árboles y aparecen entonces, inverosímiles, las lápidas, las estelas, las tumbas, los minúsculos jardines atestados de flores. Un monumento se eleva a pocos metros de la entrada: a los pies de un poblado alpino, cercada por un rocoso talud, llevando un niño a cuestas, está la estatua de *Barry*, un gran San Bernardo que, como los héroes clásicos, tuvo existencia esforzada («salvó la vida a cuarenta personas») y fin trágico («fue asesinado por la 41»). Y a pocos pasos de allí, algo inesperado, intruso: la tumba de *Gribouille*, «bueno, suave y bello caballito blanco que murió a los 35 años de edad». «Lo lloro —añade el anónimo autor de su lápida— como se debe llorar a un servidor y amigo.» Junto a *Gribouille*, a la sombra de unos sauces y erigido por la Dirección, según reza una placa, está el Monumento al Perro Desconocido, donde fue enterrado un can errante que vino a morir a las puertas de ese lugar en la noche del 15 de mayo de 1958. Fue el animal número cuarenta mil que encontró su reposo definitivo en «El Cementerio de los Perros», precisa burocráticamente la placa. Esto no significa que entre las raíces de los geranios, los claveles, los plátanos y los ficus de esta isla de superficie moderada, yazgan montañas de huesos: sólo que éste es un lugar de paso, para vivos y muertos. No hay concesiones a perpetuidad, el alquiler de las tumbas se renueva anualmente y, como la memoria y los afectos de los hombres son frágiles, a los pocos años, los vivos olvidan renovar la concesión y los muertos son exhumados y arrojados a la fosa común.

Pero hay excepciones. Los moradores del sector más cercano a la entrada, una ancha y lisa alameda, están ya tanto tiempo allí que, si no fuera ironía, podría llamárseles vitalicios. Son algo así como la aristocracia de este recinto que, sin embargo, no tiene nada de tal: está enclavado en un suburbio que parece salir de un libro de Louis-Ferdinand Céline y quienes lo mantienen son, en su gran mayoría, gente humilde. En las tumbas de la alameda, elegantes, algunas lujosas, hay lápidas de mármol o de metal, decoradas con fotos e inscripciones de caligrafía varia que suelen ser más explícitas sobre los deudos que sobre los difuntos que evocan. En la estela blanca, de niña, de la gatita *Follete* (1910-1923), sus amos, los esposos Brismontier, revelaron una inclinación poética, escribiendo estos versos que traduzco libremente:

Pequeñita
amante y amada:
duerme, duerme.
Nunca serás reemplazada
ni olvidada.

No lejos de la cilíndrica tumba de «*Gazon*: pequeña gacela del desierto», hay un túmulo donde aparece la foto descolorida de un viejo redondo, de bigotes curvos y boca lasciva, que mece en los brazos un gatito negro. La leyenda dice: «Aquí está enterrado el gato del célebre polemista Henri Rochefort.» No menos vanidosa y publicitaria es la de la tumba vecina: «Aquí yacen los perros del famoso artista lírico Sybil Sanderson.» Pero un poco más allá, ya cerca de la pendiente que conduce a la ribera occidental de la isla, en una tumba cúbica devorada a medias por la yedra, hay alguien de veras célebre, una estrella del cine: *Rin Tin Tin*. Aislado del resto por una rejilla volante, descansa el danés *Drac* (1941-1953) a quien la reina Elizabeth de Rumanía llama en el epitafio «compañero de las horas trágicas, amigo precioso del exilio». El contenido de las inscripciones abarca todos los matices del sentimiento; la forma, todos los géneros de la retórica. Algunas son sobrias, como la que ilustra la tumba de *Kikí*, una monita de ojos pícaros sorprendida por el fotógrafo en el instante de morder un plátano: «Duerme tranquila, *Kikí*.» Otras, refinadas construcciones líricas, mezclan lamentos, confesiones y dejan adivinar dramas y complicidades. El último párrafo de la lápida de la perrita *Pupú* dice: «Merecías una muerte dulce. Tu cruel agonía me deja inconsolable para siempre. Te lloraré, sufriré mucho sin ti; descansa, amor mío.» Más rica en precisiones y en energía dramática, es la patética leyenda de *Mopsik*, el bulldog: «Bravo, afectuoso y fiel *Mopsik*, tan superior a nosotros: para recompensarte por los tesoros de tu noble y tierno corazón te hicimos matar. Pero eras viejo y enfermo, y sufrías, y nos hacías sufrir. Perdona a tus ingratos amos.» Hay deudos que, turbados por el dolor, reniegan de sus semejantes («*Dia-*

nette: tu afecto nos defendió contra la ingratitud humana») e, incapaces de soportar la separación definitiva, llegan al desvarío («*Tobul*, en tu mirada vibraba un pensamiento más profundo, más tierno que el humano»), y al desatino metafísico: «Yo creo que en el Tal Vez y en el Más Allá, los buenos perros esperan a sus amos. ¡Nos encontraremos, *Bobby*!» Pero hay también deudos risueños, irreverentes, sin pudor fúnebre, como el autor de la lápida de una tumba triple que hizo grabar esta frase eufónica, ambigua y procaz: «Aquí yacen las tres M: *Maldoné, Mitzu* y *Madame.*» Hay inscripciones delicadas («A la bella y dulce *Ismena*»), íntimas y confidenciales («A ti, *Pulguita*: nosotros»), ásperas e informativas como un parte militar («Al gato *Kiki*, sobreviviente del éxodo, muerto a los 21 años»), desconcertantes («*Jasmin*, linda muchachita»), trágicas («*Muky*: ¡perdón! Tus amos T. y F. Grall»), épicas («Aquí yace *Átomo*, el bravo danés»), y cursis: «Descansa en paz, *Anita de Marimbert.*» Uno de los monumentos funerarios más extraños, el de *Dick de las Trincheras*, tiene un vago parecido con la tumba de Napoleón y su leyenda cuenta, en cuartetos de rima difícil, la pesadumbre nihilista del deudo:

> Dick de las Trincheras, *compañero,*
> *fuiste mi único amigo ejemplar:*
> *¿por qué te marchaste? Te quiero*
> *y nunca, nunca, te podré olvidar.*
>
> *Fui brutal contigo y ahora lo siento*
> *—¡me haces tanta falta, perrito querido!—.*
> *Te pegué y lloro de remordimiento.*
> *Ya no creo en nada desde que te has ido.*

Después de la alameda, y en todas partes, están las tumbas pobres; un cartón, una madera, un rectángulo de lata sirven de lápida y los epitafios, por el estilo de aquéllos, aparecen borroneados con tiza, tinta, lápiz o navaja. Cubren la isla entera y están semisumergidos por las flores. En verano y en invierno, con sol o con lluvia, afanosa, contrita, metódica, laica, una muchedumbre de mujeres se dobla sobre esas tumbas, renueva las coronas marchitas, riega y limpia los jardincillos, endereza las fotografías. Siempre hay parejas que, desde Clichy, Asnières, St. Ouen y hasta Gennevilliers, acuden a «El Cementerio de los Perros». Se instalan bajo las discretas cabelleras de los sauces de las orillas, y sus susurros, tráficos y cuchicheos son como la música del lugar.

París, junio 1964

LA RELIGIÓN DEL SOL INCA

Cada cierto tiempo, en los paneles publicitarios de las calles de París, junto a lujosos carteles que recomiendan espectáculos, bebidas, jabones, aparecen unos pequeños avisos, modestamente impresos, en los que se divisa un sol radiante humanizado (pómulos salientes, boca recta, grandes orejas), que sobrevuela un globo terráqueo. La leyenda dice: «Perú, país de tesoros. La Religión del Sol Inca (patentada conforme a ley) es la más antigua del mundo: adhiérase.»

Yo leía estos avisos con desconfianza, convencido de que servían de biombo a una operación comercial, más o menos parecida a la que hace algún tiempo lanzó en el mercado francés el nombre de los incas asociado a la «leche de alpaca». «¿Sabe usted qué fue lo que más deslumbró a los españoles que conquistaron el Perú?», decían los avisos de *Paris-Match*. «No el oro, sino los senos firmes, lisos y erectos de las indias alimentadas con leche de alpaca. Fieles al legado de sus antepasados, los peruanos de hoy han elaborado, en el gran centro científico de Sacsahuamán, un tratamiento infalible para las damas que sueñan con tener un busto perfecto, a base de esa sustancia del mítico animal de los Andes. Escríbanos, le enviaremos folletos.» Pero no, era un error. La Religión del Sol Inca es una institución no venal, de ambiciones ecuménicas y cuyo campo de operaciones es el espíritu.

La casa matriz de la Religión del Sol Inca se halla en las cercanías de la Puerta de Orléans, en un barrio popular, y es una especie de garaje acondicionado para los menesteres del culto. La imagen del dios Tviracocha, que adorna uno de los muros, tiene vagas semejanzas con las divinidades aztecas y es obra, me asegura uno de los fieles, de un artista peruano que ha preferido guardar el anonimato. Hay también fotografías de los dibujos de Huamán Poma, unos ponchos color naranja y muy cortos, como las ruanas de Colombia, y objetos simbólicos: puñados de maíz, huacos, chullos, ojotas. Además, muchos folletos y volantes explicando las convicciones y actividades de la secta. Ésta se compone de una veintena de miembros hasta el presente (no hay ningún peruano entre ellos) y, aunque todavía no se ha extendido fuera de París, tiene ya una hipotética organización universal, en la que cada unidad nacional llevará el nombre de Sachsuyo. Los *solares* del Sachsuyo de Francia son hombres y mujeres humildes, obreros y artesanos en su mayoría, y tienen un jefe laico, llamado Capelle, y un jefe religioso. Este último se llama Beltrán en la vida real, pero en las ceremonias religiosas y en sus prédicas se presenta como *Gregori-B*. Uno de los adeptos más curiosos del nuevo culto es un ex religioso ortodoxo.

¿Cuándo y cómo nació la Religión del Sol Inca? «La religión solar es la más vieja del mundo —dice el jefe laico, Capelle—. Vino a la tierra junto con la vida humana, hace mil millones de años, y la trajo un ser femenino de origen extraterrestre, llamado *Orejona* y dotado de larguísimas orejas. *Orejona* venía del planeta Venus. En la tierra se unió a un tapir y así nació la humanidad.» Examinamos una imagen de *Orejona*, extraída de un «antiquísimo manuscrito inca»: una muchacha desnuda, morena, con unos cabellos negros peinados en forma de pirámide, que posa delante de un extraño pájaro que sostiene un trébol en el pico. Noto que *Orejona* sólo luce cuatro dedos en cada mano. ¿Tiene alguna significación particular este hecho? El jefe laico no lo cree, pero todo es posible. ¿Y cómo vino a la tierra *Orejona*? «En un cohete cuyo dibujo se halla estampado en Tiahuanaco, en la cima de la Puerta del Sol, que en realidad debería llamarse la Puerta de Venus.»

Gregori-B, el jefe religioso, es mucho más locuaz e informativo que el jefe laico. En un café de la Avenue des Gobelins, después de desearme «Paz y Salud» y lanzar la vieja invocación ritual de los incas, «¡Cuichu!» (de esta manera comienzan todas las reuniones de la secta), me explica: «Nosotros tenemos un solo Dios: Tviracocha, fuente de la vida y dueño invisible de lo creado. Veneramos en el sol una de las grandes manifestaciones visibles de Tviracocha. Queremos una sola nación, sin fronteras artificiales: la tierra.» Me muestra la bandera de la Religión del Sol Inca, que tiene en franjas verticales todos los colores del arco iris y simboliza la «unificación total». «Trabajamos y luchamos por el bien y el progreso humano, y nos sentimos los pioneros de una nueva civilización solar.» Le pregunto a qué se debe el tratamiento de «ser» que utilizan los miembros de la secta. ¿Por qué en vez de decir «querido ser humano», no dicen por ejemplo «querido hermano»? La razón se pierde en la noche de los tiempos cusqueños, y se encuentra en la sutil ideología igualitaria de los incas. «Si nos llamáramos "hermanos" —dice *Gregori-B*—, excluiríamos a los adeptos femeninos, a las "hermanas", y si dijéramos "hermanas" omitiríamos a los varones. Al decir "queridos seres" los abarcamos a todos.»

La casa matriz de la Religión del Sol Inca sirve de sede a las reuniones secundarias, pero las grandes manifestaciones del culto solar se llevan a cabo en teatros de los suburbios, o en salas de fiesta que se pueden alquilar por precios módicos. Cuando se trata de un rito más o menos excepcional, los fieles hacen un esfuerzo magnánimo y alquilan la Salle des Horticulteurs, en la rue de Grenelle. Allí tuvo lugar, hace algunas semanas, el Sacrificio del Grano de Girasol. Los fieles se hallan tranquilamente instalados en las bancas y nada diferenciaría esta reunión de los debates políticos que se suelen celebrar en ese local, si no fuera por los huaynos, marineras y valses criollos que un tocadiscos esparce por la sala, mientras el jefe laico y el jefe religioso, con sus ponchos naranja terciados, disponen, sobre la mesa que sirve de altar, los elementos litúrgicos: una concha marina, un huaco, unas semillas, una caja de fósforos. Cesa la música, *Gregori-B* agita la bandera con los colores del arco iris y mi vecina me explica que ésta es la «salutación al astro-dios». *Gregori-B* deja la bandera, coge el Huaco Solar, lo coloca contra su pecho y gira lentamente en torno al altar, «simbolizando la rotación del sol», dice mi vecina. Vienen luego las invocaciones habituales, «Paz y Salud», «¡Cuichu!», y los fieles entonan un himno en el idioma de los incas. Sólo entiendo, de rato en rato, la palabra Perú. Luego, un gran silencio. El jefe laico entrega a *Gregori-B* el Grano de Girasol y éste es colocado en la boca del Huaco Solar. Los fieles se ponen de pie. El jefe religioso toma un pequeño martillo y golpea suavemente el Grano hasta partirlo. Arroja las dos mitades en la concha y las enciende con un fósforo. *Gregori-B* entra en trance: jadeos, contorsiones. «Está absorbiendo la fuerza benéfica que el sol le envía a cambio del Grano de Girasol», dice mi vecina. Momentos después, el jefe laico, Capelle, anuncia: «El astro-dios está satisfecho. La ceremonia ha terminado. Buenas noches, queridos seres humanos.»

Además de las ceremonias estrictamente religiosas, los *solares* o *hambis* celebran también de vez en cuando actos de carácter laico. Suelen ser homenajes públicos a todos aquellos que de un modo u otro favorecieron el conocimiento del Incario en Francia. El domingo 27 de setiembre, los *solares* o *hambis* salieron muy de mañana de sus casas y, en el metro o en autobuses, se trasladaron a la Puerta de Champerret, al Square de América Latina, donde hay un busto de Ricardo Palma. Allí, bajo los grandes bigotes de ese inca egregio, procedieron a la «Glorificación de Antoine-Auguste Parmentier», «quien introdujo en Francia la papa-inca y el maíz-inca, y que por su amor al Perú merece ser considerado ya un Ser eminentemente Solar» (traduzco la invitación al Homenaje). En la tarde de ese domingo, los *hambis* realizaron una sesión especial, destinada siempre a la exaltación de la figura de Parmentier. Yo no asistí, lamentablemente. El programa que distribuyó la Religión del Sol Inca con motivo de esta sesión anunciaba que «ella será variada, pero adaptada a la nobleza y a la importancia del Recuerdo del amado Ser Parmentier. Durante el entreacto, los Solares escucharán a la orquesta El Cosmos. Y en honor de Parmentier, por primera vez desde la destrucción del Imperio Inca, el Himno del Sol será interpretado por el Hambi Guiral.» ¡Cuichu!

París, enero 1965

UN PERSONAJE PARA SADE: GILLES DE RAIS

Al turista que recorre Bretaña y llega hasta ese recóndito y salvaje lugar que se llama Machecoul, los campesinos le señalan las ruinas sombrías de un castillo que fue, hace cinco siglos, la morada del señor de esa región, y le dicen: «Ahí vivió Barba Azul.» Por unas cuantas monedas, lo guían entre las zarzas de una abrupta colina y le muestran el esqueleto de una cámara nupcial: «Ahí murieron sus siete esposas; como usted sabe, las ahorcó.»

Barba Azul no existió y su nombre y sus hazañas, que han sobrevivido tenazmente en la imaginación de las gentes, configuran un mito que atenúa y disimula una terrible historia real: la del Gran Mariscal de Francia, Gilles de Rais, «el más abyecto criminal de todos los tiempos», según dice —y no exagera— el abate Bossard, uno de los pocos valientes que han osado asomarse a ese vertiginoso destino, a esa inaudita crueldad. Durante varios siglos, la verdadera historia de Gilles de Rais permaneció ignorada, escondida en polvorientos archivos que nadie se atrevía a exhumar. Y cuando, en el siglo pasado, el «maldito» Joris-Karl Huysmans habló de ella, lo hizo tímidamente, amortiguándola con preciosidades y refinamientos, en una novela que a pesar de su relativa discreción, escandalizó: *Allá lejos*. Por eso, el libro póstumo de Georges Bataille, *Gilles de Rais*, que acaba de publicar el editor Jean-Jacques Pauvert, constituye el primer testimonio objetivo e integral sobre este personaje desmesuradamente atroz que parece encarnar, en su delirio sanguinario, todas las maldades de su época.

Bataille ha reunido en su libro, traducidas del latín por él y por Pierre Klossowski, las actas de los juicios que la Inquisición y los tribunales civiles siguieron al Mariscal cuando los crímenes de éste ya no pudieron ser callados, y un análisis detallado de la vida, el medio familiar y la circunstancia histórica de Gilles de Rais. Además, y a la luz de todos estos datos, Bataille intenta, en un ensayo singularmente penetrante, «explicar» al hombre, situar dentro de los límites de la razón su apocalíptica violencia.

Gilles de Rais fue un gran señor de la guerra, compañero de Juana de Arco, dueño de vastísimos dominios, uno de esos sólidos pilares que sostenían el mundo feudal. Su heroísmo en Orléans lo hizo Mariscal de Francia. Los siervos contemplaban deslumbrados el paso de su cortejo que, según un testigo, era anunciado «por un heraldo de armas, doscientos hombres y trompetas». Luego venían «una escolta, los canónigos de su capilla, un obispo, un chantre y un coro de párvulos». Antes que su crueldad, lo hicieron célebre su magnificencia exagerada, su prodigalidad, los cotidianos espectáculos teatrales y banquetes que ofrecía. Era, parece, un hombre fuerte y apuesto, y amaba con locura el canto gregoriano. Vivía sobre todo en Bretaña, pero también pasaba temporadas en la Vendée, en sus castillos de Tiffauges y Champtocé. Su infinito poder, el religioso respeto que le profesaban sus vasallos, evitaron durante muchos años que las familias humildes de Bretaña, Anjou y Poitou asociaran el alto nombre de Gilles de Rais con las desapariciones de niños y de niñas que curiosamente coincidían con la presencia del Mariscal en cada lugar. Más tarde, cuando el espanto arrancó a los vecinos de su pasivo silencio y surgieron rumores y murmuraciones contra el noble señor, los males por los que fue delatado no fueron los que hoy nos parecen su delito mayor, sus viciosos asesinatos, sino algo que para la época constituía el pecado más exquisitamente satánico: la celebración de misas negras. Porque, en efecto, el Mariscal había sumado desde hacía algún tiempo a su suntuoso cortejo a un puñado de brujos, quiromânticos, alquimistas y magos.

¿Qué ocurría? Su vida de frenético derroche y su aristocrático desdén por el dinero, habían llevado a Gilles de Rais al borde de la ruina. Una a una, sus propiedades le eran arrebatadas por nobles codiciosos y por hábiles mercaderes. El Mariscal optó por una solución a la medida de su alcurnia: recurrió al diablo. Vanamente, locamente, audazmente, en capillas abandonadas, en los claros de los bosques, convocó al señor de las tinieblas para pedirle que le devolviera la fortuna, el oro que exigían sus furiosos apetitos. Satán no escuchó al más fiel de sus servidores, pero sí la Inquisición, y Gilles de Rais fue procesado por hechicería y demonismo.

El primer día que se enfrenta al tribunal, el Mariscal se muestra altivo y brutal: insulta a sus jueces y les promete la horca. Luego, se encierra en un soberbio mutismo. Pero cuando, al cabo de muchas sesiones, se le va a aplicar la tortura, el magnífico perverso se derrumba y rompe en llanto. Gimoteando, implorando perdón, confiesa: sí, es cierto que ha querido comerciar con el diablo. Nadie le pedía más. Pero, tal vez aguijoneado por ese afán de desmesura que lo arruinó, él prosigue su confesión: los niños que desaparecían eran raptados para él, que los mancillaba, mataba y, cuando eran hermosos, decapitaba a fin de conservar sus cabezas. Prolija, incansablemente, revela los laboriosos suplicios que comprendían sus orgías, explica cómo sofocaba los gritos de las víctimas y cómo eran los aparatos que inventó para demorar los sacrificios y gozar sin prisa del espectáculo de la sangre vertiéndose. Para disipar cualquier duda, da nombres, fechas y denuncia a sus cómplices. Debió arrebatar, paralizar a su auditorio: cinco siglos después, la lectura de ese momento del proceso todavía eriza la piel y nos angustia como una pesadilla.

Condenado a morir en la horca y ser luego quemado, Gilles de Rais pide —su pasión por el teatro se manifestaría hasta el último instante— que una procesión de todo el pueblo, presidida por el obispo de Nantes, lo acompañe al lugar del suplicio, a fin de rogar a Dios por él y por sus cómplices. Incapaces de negarle nada, los jueces consienten. De este modo la vida del Mariscal termina en una apoteosis. Mientras las llamas abrasan el cuerpo del ahorcado, la muchedumbre reza y entona los cantos religiosos que tanto le gustaban.

Georges Bataille era la persona más indicada para intentar una explicación de este personaje que protagonizó holocaustos semejantes a los que imaginaría literariamente más tarde la vehemencia febril de Sade. Filósofo del mal, teórico de la creación prohibida, autor de ensayos memorables, Bataille se supera a sí mismo en las páginas que dedica a Gilles de Rais. ¿Era un demente? No; más bien, un producto de su época. Apoyado en testimonios pertinentes, Bataille describe los excesos indecibles de violencia que traían consigo esas guerras medievales donde el futuro monstruo pasó su juventud: saqueos, incendios, torturas, matanzas colectivas. Gilles de Rais vivió desde niño en el horror, el hábito creó la necesidad y cuando la guerra terminó, su cuerpo y su espíritu reclamaron esas fiestas de la sangre y del crimen en que se habían templado. Esta experiencia precoz del mal sería el origen de su vicio. De otro lado, el Mariscal era un señor feudal, es decir, un hombre de poder casi omnímodo, sin otros obstáculos para hacer su voluntad que los que le imponían sus propios deseos. Todas sus víctimas fueron plebeyas; en el centenar y medio de niños que sacrificó no hay uno solo de apellido ilustre. El noble disponía de sus vasallos a su capricho, podía elevarlos o humillarlos, utilizarlos para sus placeres y sus batallas, sin rendir cuentas sino a Dios. Ese ilimitado poder que la Edad Media concentraba en las manos del señor explica —dice Bataille— no la «cualidad» de los crímenes de Gilles de Rais, pero sí su escalofriante cantidad.

París, enero 1966

EL NUDISTA

Durante esos años en París, en la década del sesenta, uno de mis trabajos alimenticios fue traducir y
leer *Les actualités françaises,* noticiario cinematográfico
que Francia distribuía cada semana por América Latina. La traducción me llevaba apenas unos minutos,
pero, en cambio, grabarla me tenía toda la tarde de
los miércoles en los estudios de Gennevilliers, en los
alrededores de París. Había heredado este trabajo de
un locutor uruguayo al que le ocurrió la peor tragedia para un hombre de su oficio: volverse afónico. Lo
hacía con gusto, pues estaba bien pagado, y me distraía esa salida semanal de la ciudad en la que con
frecuencia, a la ida o a la vuelta, acostumbraba hacer
un alto en el cementerio de perros de Asnières, lugar
donde está enterrado el célebre *Rin Tin Tin* y que es
realmente muy bello.

La grabación consistía en fugaces ingresos a la ca-
bina de locución separados por largos intervalos que
yo mataba leyendo, espiando el doblaje de otras películas, o, más a menudo, charlando con mi amigo el
proyeccionista, monsieur Louis. Digo charlando y es
una exageración, porque charlar sugiere intercambio,
reciprocidad, y lo nuestro consistía exclusivamente
en que yo escuchaba lo que él decía y en que, de rato
en rato, me limitaba a intercalar en su monólogo alguna observación banal, para guardar las formas y
darle a él y darme a mí mismo la impresión de que,
en efecto, conversábamos. Monsieur Louis era uno de
estos hombres que no admiten interlocutores, sólo
oyentes.

Debía andar raspando los sesenta y era bajo, del-
gado, con unos cabellos blancos que raleaban, una tez

sonrosada y unos ojitos azules muy tranquilos. Tenía una voz que nunca se elevaba ni endurecía, suave, monótona, persistente, inatajable. Vestía siempre una bata blanca, inmaculada como toda su persona, y su cara lucía en cualquier ocasión un asomo de sonrisa que nunca llegaba a materializarse. Se lo hubiera podido tomar por un enfermero o un laboratorista, pues su atuendo, su semblante, sus maneras, de algún modo hacían pensar en hospitales, enfermos y probetas llenas de química. Pero él era proyeccionista y había estado vinculado al cine desde muy joven. Alguna vez le oí que, en los años treinta, había intervenido como camarógrafo en la filmación clandestina de cortos pornográficos cuyos galanes eran, de preferencia, caballeros tuberculosos, ya que éstos, decía él, tenían erecciones prolongadísimas, lo que, dada la lentitud del rodaje, facilitaba mucho las cosas. Pero monsieur Louis había dejado ese trabajo por temor a la policía. En realidad no le gustaba hablar de esto ni de nada que no fuera el tema de su vida: el nudismo.

Porque monsieur Louis era nudista. Pasaba íntegramente su mes de vacaciones en la Île du Levant, una islita mediterránea donde funcionaba la única colonia de nudistas autorizada en Francia en ese tiempo. Los once meses restantes, se los pasaba ahorrando, trabajando y contando las horas que faltaban para, con el sol de agosto, volver a vivir por treinta días al aire libre, fotografiando mariposas y capullos, encendiendo fogatas, tostándose sobre las rocas o chapaleando en el mar, desnudo como una foca. Andar en cueros, rodeado de gentes en cueros, le producía una ilimitada felicidad y, al parecer, le resolvía todos los problemas. El nudismo era para él una dedicación permanente. A los diez minutos de conocerlo, uno descubría que no sólo era su único tema de conversación, sino también de reflexión y de acción. Porque así como otros dedican sus días y sus noches a catequizar a los demás y ganarlos para la verdadera religión o para la verdadera revolución, monsieur Louis había consagrado los suyos a ese inconcebible apostolado: ganar adeptos para el nudismo.

Nuestra buena relación provenía de que él me consideraba un catecúmeno. Y yo alentaba esa creencia, escuchando con verdadero interés, entre grabación y grabación de *Les actualités françaises*, las peroratas con que iba iluminándome sobre los fundamentos, secretos, moralejas y virtudes de la filosofía nudista. Me lo explicó todo cien veces, con argumentos y ejemplos que se repetían, obsesivos, con su vocecita pausada, confiada e incansable en la propagación de la fe. Me habló de Grecia y de la belleza de los cuerpos que se mueven y despliegan en libertad, sin veladuras esclavizantes; de la comunión del hombre con la naturaleza, lo único que puede devolvernos la salud física y la paz espiritual que perdimos por renegar cobardemente de nuestra primera desnudez; de la necesidad de vencer los prejuicios, la hipocresía, la mentira (en otras palabras: los vestidos) y de restablecer la sinceridad y la frescura que existen en las relaciones entre, por ejemplo, las aves y los cervatillos y que en el paraíso terrenal existieron también entre los humanos (¿y a qué se debía eso?). Incontables veces me aseguró que, en la Île du Levant, al despojarse de las ropas los hombres y las mujeres se quitaban también los malos pensamientos, los complejos de inferioridad, los vicios. Oyéndolo, uno llegaba casi a convencerse de que el nudismo era aquella panacea universal, cura de todos los males, que los alquimistas medievales buscaron con tanta desesperación.

Las lecciones no eran sólo teóricas. Monsieur Louis me llevaba folletos proselitistas y me enseñó fotografías a color de la isla de la libertad. Ahí estaban los nudistas, de cuerpo entero, y ahí estaba él, rosáceo, helénico, libando el néctar de las flores o picando alegremente unos tomates mientras una jovencita de lindos senos y pubis enrulado refrescaba unas lechugas. Durante un buen tiempo llegaron a mi casa formularios, boletines de suscripción, invitaciones de clubs nudistas que, ay, nunca llené ni contesté.

Porque, pese a sus afanes, monsieur Louis no me ganó para el nudismo. Pero, en cambio, me ayudó a identificar una variedad humana que, bajo distintos ropajes y quehaceres, se halla pavorosamente extendida por el mundo. Lo que recuerdo de él, sobre todo, es su mirada: tranquila, fija, inconmovible, ciega para todo lo que no fuera ella misma. Es una mirada que, en parte gracias a él, reconozco con facilidad y que he visto reaparecer, multiplicada, una y otra vez, en curas y en revolucionarios, en intelectuales y en moralistas, sobre todo en ideólogos de distinto pelaje. Es la mirada del que se sabe dueño de la verdad, del que no se distrae, del que nunca duda, del humano más dañino: el fanático.

Lima, noviembre 1978

EL TESTIGO

Ocurrió a mediados de 1962, en París. Yo vivía en un altillo de la rue de Tournon, sobre un departamento ilustre (lo había ocupado Gérard Philipe, actor tan riguroso, que el antiguo inquilino, el crítico de arte Damián Bayón, lo había oído alguna vez ensayar toda una tarde un solo parlamento de *El Cid* de Corneille). Una mañana tocaron la puerta y, al abrir, me encontré con un hombre respetuoso que, con la mayor delicadeza, me ofreció una revista. La vendía de casa en casa, se llamaba *Reveille-Toi!* y costaba apenas cien francos antiguos. Compré un ejemplar por cortesía y, al descubrir que era religiosa y proselitista, la eché al basurero y me olvidé del vendedor. Así comenzó la pesadilla que duraría un año.

La puerta volvió a sonar tres o cuatro días más tarde y otra vez se dibujó en el dintel la silueta del hombre respetuoso. No venía a vender nada sino a hacerme una pregunta: ¿Había leído *Reveille-Toi!*? Mi respuesta negativa no pareció sorprenderlo. Con timidez inquirió si podía pasar cinco minutos, tomados por reloj, a explicarme qué era y qué se proponía la revista «con nombre de despertador» (la broma era suya). Por una debilidad de la que me arrepentiría cien veces, consentí. En efecto, apenas se quedó los minutos suficientes para presentarse como un Testigo de Jehová. ¿Sabía yo algo de ellos? Le dije que muy poco, que había oído que no toleraban las transfusiones de sangre ni el servicio militar y que los bautizaban zambulléndolos vestidos en las piscinas. Celebró mi respuesta como si hubiera dicho la cosa más ingeniosa del mundo y se despidió, excusándose por haberme quitado el tiempo. Antes de partir murmuró, avergonzado de su audacia, que, siempre que yo no tuviera inconveniente, pasaría cualquier día para que conversáramos de cosas interesantes.

Así comenzó y así fue durando hasta darme la terrible impresión de que no tenía más alternativas, para librarme de él, que matarlo o convertirme. Porque no era posible impedirle la entrada en mi altillo o echarlo. Su corrección, sus maneras suaves me producían unos remordimientos anticipados que me prohibían cerrarle la puerta en las narices. Cuando descubrí que esa delicadeza escondía una vulgar estrategia, era tarde. Ya se había creado entre nosotros una especie de vínculo, que, desde el odio y el pánico que me inspiraba, yo comprendía que se iba reforzando, volviendo cada día más irrompible.

Las primeras veces lo dejaba entrar engañándome a mí mismo con el cuento de que me divertiría un rato escuchándolo y que luego lo despediría. Es verdad que algunas de las conversaciones (él llamaba así a sus monólogos catequísticos) eran entretenidas y que sus demostraciones podían alcanzar unos extremos de erudición curiosos y hasta fascinantes. Recuerdo, por ejemplo, las citas bíblicas infinitas que enumeró, de memoria y, estoy seguro, sin equivocarse en una letra, para probar que Jesús no había muerto clavado en una cruz sino en un árbol, asunto al que él concedía una importancia capital. También recuerdo las extraordinarias precauciones que tomó para hacerme saber, en un estadio avanzado de mi educación, que el infierno no existía y su sorpresa al notar que esta ausencia no me entristecía y más bien me aliviaba. También conservo, como un recuerdo ameno, la prédica en que me comunicó uno de los postulados atrevidos de su fe: la inexistencia de la vida eterna, la convicción de que la muerte significa extinción total. Pero estos episodios, capaces de atizar la fantasía o de provocar terror o felicidad en el catecúmeno, eran gotas de agua en la sofocante aridez de la mayoría de las sesiones.

Cuando el aburrimiento vencía cierto límite, yo hacía de abogado del diablo, es decir del Papa. Roma, los católicos, el Vicario de Cristo eran los únicos asuntos que alteraban la serenidad monolítica de mi evangelizador. Yo lo provocaba con argumentos viles, numéricos. ¿Cuántos católicos había en el mundo y cuántos Testigos de Jehová? ¿Qué podían pesar en la balanza del martirio por la fe ese puñado de Testigos de Jehová encarcelados en la URSS y en España por no jurar fidelidad a la bandera, comparados con las muchedumbres despedazadas en los coliseos romanos o, incluso, con las monjitas que en esos mismos días morían flechadas en el Congo? Pese a sus esfuerzos por conservar la calma, palidecía de envidia. Empezaba entonces su perorata contra los que, a todas luces, consideraba sus rivales más temibles. Los llamaba papistas. Pretendía enanizarlos doctrinariamente a mis ojos, con argumentos teológicos que se prestaba de los evangelistas, profetas, padres de la Iglesia, etcétera. Yo lo obligaba a bajar su topes con infamias de este calibre: ¿Cómo se puede parangonar con una religión que tiene su cabeza en la bellísima y antiquísima ciudad de Rómulo y Remo, una que tiene sus oficinas centrales en Brooklyn? Más de cien católicos han ganado el premio Nobel y Testigos de Jehová ¿cuántos? Me consta que estas comparaciones roían sus noches porque muchas semanas después todavía encontraba argumentos para desbaratarlas.

Era un hombre de unos cincuenta años, anodino mientras uno no le miraba los ojos, porque había en ellos esa mirada quieta del poseedor de la verdad que lo explicaba todo. Vestía con modestia y pulcritud y rodaba por el mundo en bicicleta. Lo veía bajar de ella, en el patio de mi casa, quitarse los ganchos con que se sujetaba la basta del pantalón y pasarse el peine antes de subir. No abrirle la puerta era una treta ingenua, por su infalible instinto de adivinación: podía seguir tocando, a intervalos regulares, diez, quince minutos, hasta que yo, enloquecido, salía a abrirle. Como al principio venía días fijos, opté por marcharme a la calle. Entonces comenzó a presentarse a días y horas asimétricos y, para que yo no lo detectara a tiempo, dejaba la bicicleta en la calle o tapaba el ojo de la cerradura con el ejemplar flamante de *Reveille-Toi!* Sabía que la curiosidad me vencería y abriría. Ponerle mala cara era tan inútil como decirle «Estoy ocupado» porque en ese caso respondía: «Volveré.» Y volvía.

Una tarde vino acompañado de su esposa, que traía galletas y preparó té. Entendí que nuestra relación tomaba un cariz entrañable, que además de su presa espiritual me consideraba su amigo. ¿Cómo sacarlo de su error, con alguna majadería contundente, si era tan amable, si su esposa, después de abrumarme de galletitas y tazas de té se había comedido a lavar los platos y ollas de la cocina mientras él me anunciaba el fin del mundo y el juicio final para prontísimo? Otra tarde se presentó con un joven que parecía una versión suya, rejuvenecida. Adolecía también de la mirada del que sabe y cree. No era su hijo sino un Testigo que hacía sus primeras armas misioneras. Con franqueza desarmante, me explicó que lo traía para instruirlo prácticamente en las técnicas de la evangelización. Así como él se hacía pasar por un tímido respetuoso, el joven adoptaba la fachada del oligofrénico benigno. Estuvo todo el tiempo mudo, sonriendo con media lengua afuera, pero no me engañó y desde el primer momento supe lo que sus futuras víctimas podían esperar de él.

En los últimos meses o semanas (como en las pesadillas, aquí también todo es recurrente y de cronología incierta) intenté los grandes recursos. Decirle que no me convencería jamás, que por su culpa había perdido toda la simpatía que me inspiraban los Testigos de Jehová por su pacifismo, que estropeaba mi trabajo y que no volviera. «Lo comprendo —decía afectuosamente—. Mañana será otro día, ya hablaremos.» Cuando me negué a seguir comprando *Reveille-Toi!*, me la dejaba de regalo, astutamente colocada en sitios donde sabía muy bien que la hojearía, como la mesa de noche o junto al excusado.

Su persecución de un año no me condujo a la zambullida, como él esperaba. Pero ahora, pese a haber dado instrucciones precisas de que si alguien compa-

rece ofreciendo la revista *Despierta* se le suelten los
perros, después de pasar cinco años escribiendo una
historia de fanáticos apocalípticos, de pronto me pregunto si de veras me lo saqué de encima hace cuatro
lustros, si el miserable no se quedó de algún secreto
modo a vivir conmigo.

Lima, mayo 1979

EL ESTILO DE *THE TIMES*

Más que una institución, *The Times* es un mito británico, semejante al sistema político bipolar (conservadores y laboristas), a la bruma, a la novela gótica y a los castillos con fantasmas. Sin ser el diario más leído por los ingleses (cualquiera de los vespertinos sensacionalistas y chismosos de Londres superan su tiraje), sigue siendo, sin embargo, el más influyente políticamente y el de mayor prestigio internacional. Sus tomas de posición dejan un eco en los círculos dirigentes, provocan movimientos de opinión, se propagan por el mundo a través de las agencias y publicaciones extranjeras que con frecuencia citan y reproducen sus editoriales. Su popularidad en Occidente se ha comprobado de una manera significativa estas últimas semanas, cuando la Comisión de Monopolios del Parlamento estaba por pronunciarse respecto al traspaso de *The Times*, por su actual propietario, Gavin Astor, a Lord Thomson, magnate de la prensa británica, que, directa o indirectamente, controla buena parte de las publicaciones diarias del país. Los debates de la Comisión fueron seguidos en Europa, comentados y discutidos, y diarios como *Le Monde*, de París, y *The New York Times* opinaron sobre el tema cuando la Comisión falló favorablemente al proyecto de venta. ¿En qué medida afectará al estilo y a la línea de *The Times* el dejar de ser un órgano independiente y pasar a integrar el numeroso imperio de Lord Thomson? En términos generales, es probable que su línea política conservadora no oscile más a la derecha de lo que ya estaba. Pero, en cambio, no cabe duda que la decisión de su nuevo propietario de modernizarlo a fin de acrecentar sus lectores, exigirá innovaciones que darán un golpe de muerte a su curiosísimo estilo, acaso el más singular en toda la historia del periodismo.

La imagen convencional del inglés —un hombre perfectamente frío y cortés, con sombrero bombín, una pipa en la boca, un whisky en la mano, puntual, monárquico y dúplice— tiene, como es lógico, muy poco que ver con la realidad. Pero la famosa flema británica reina, sólidamente, en las minuciosas columnas de *The Times*. Una inaudita imperturbabilidad impregna todas las informaciones y comentarios del diario, aun los más triviales. Hasta hace tres meses un riguroso anonimato ocultaba a corresponsales, redactores y reporteros y las noticias, artículos y sueltos parecen redactados en un lenguaje idéntico e inconfundible, como si salieran de una sola pluma. Sin embargo, esa unidad de estilo no significa, como en el caso del semanario neoyorquino *Time*, que todos los textos hayan pasado por un cuerpo de correctores que los uniformizan y simplifican hasta estereotiparlos en una lengua monocorde, sin personalidad y sin aristas. Al contrario, la homogeneidad no significa en *The Times* sencillez ni escritura neutral, sino laboriosa retórica y ambigüedad. La característica mayor es una inflexible seriedad, una manera de referir los hechos, las entrevistas y de opinar sobre los problemas, siempre solemne y engolada. Los bombardeos norteamericanos en Vietnam, la muerte de una pareja de cisnes en un parque de la ciudad, una sentencia de divorcio o un comentario editorial sobre los once años que lleva en escena un drama policial de Agatha Christie, merecen el mismo tratamiento formal: respetuoso, minucioso, glacialmente distante. El suceso más trágico, el acontecimiento más absurdo, las declaraciones más descabelladas o cómicas pierden de este modo su carácter excesivo y se contaminan de una extraña rigidez que, de un lado, los desnaturaliza y, del otro, les confiere una especie de dignidad. En el caso de *The Times* se observa de una manera flagrante hasta qué punto la famosa objetividad periodística es una utopía, y cómo, siempre, toda descripción de la realidad implica cierta *interpretación* de la misma, una manera de concebirla y de juzgarla.

Sería difícil acusar a *The Times* de ser deshonesto en sus informaciones. Su línea conservadora, anticomunista y nacionalista, no lo lleva en ningún caso a omitir los hechos y acontecimientos que mellan estos principios, o a deformarlos, destacando lo que favorece su política y rebajando lo que la contradice. Pese a sostener editorialmente una cierta identidad de puntos de vista con la política norteamericana en Vietnam, *The Times* publica a diario las informaciones que le envían sus corresponsales de Saigón que muestran los fracasos de esta política, y sus páginas se han referido con amplitud a la indignación que provoca en el mundo el bombardeo de la población civil en Hanoi. Pese a apoyar al partido conservador británico, el diario reveló hace unas semanas que la famosa «Carta Zinóviev» —una carta que habría sido enviada en 1924 a los comunistas ingleses por el presidente de la Internacional incitándolos a fomentar una revolución en Gran Bretaña y cuya publicación en Londres influyó en la derrota de los laboristas por los *tories* en las elecciones— no existió. (El documento fue fraguado por emigrados rusos, y un grupo de periodistas del diario consiguió restablecer la verdad, identificando a la mujer de uno de los falsificadores.) Pese a estar decidida ya la cesión del diario a la empresa de Lord Thomson, *The Times* ha seguido informando detalladamente sobre las múltiples críticas originadas por esta operación en diversos ambientes (incluso en el Parlamento, donde un grupo de representantes pidió que el diario fuera nacionalizado y dotado de un estatuto que le garantizara la independencia, como la BBC). De modo que el material informativo que el diario pone a disposición de sus lectores no es parcial, ni depurado ni recortado por razones políticas. Tanto la selección como la presentación de las informaciones quiere ser fiel a la realidad.

Y, sin embargo, leyendo *The Times* se tiene constantemente una poderosa sensación de irrealidad, una impresión muy fuerte y a la vez difícil de explicar, de estar siendo sutilmente desalojado del mundo que el lector conoce por la experiencia e instalado en otro, subjetivo, mental, y en el que, aquél, se refleja de modo esperpéntico. Tal vez un ejemplo ayude a precisar en qué consiste esta curiosa evasión de la realidad que honestamente (es decir, sin proponérselo) realiza *The Times*. Hace algunos meses, se cumplieron 900 años de la batalla de Hastings, fecha histórica esencial para Gran Bretaña. El acto principal de las conmemoraciones fue una reproducción de la batalla: en el mismo lugar, el mismo número de personas, con las mismas armas y vestidos, mimaron el combate medieval, ante una divertida muchedumbre. Los organizadores habían respetado escrupulosamente la verdad histórica, habían sido asesorados por profesores eminentes. La representación fue un éxito: la gente aplaudía las evoluciones de los combatientes, las ráfagas de flechas de cartón, los simulados golpes que cambiaban los guerreros. Pero nadie creía, todos estaban muy conscientes de que se trataba de una ilusión. Cuando, en las columnas de *The Times*, tres personajes se deslizan en el interior de un museo, por una puerta que acaban de recortar, para llevarse dos cuadros de Rembrandt, o cuando el jefe de una secta religiosa de la India renuncia a suicidarse ayunando y, en el último instante, bebe un vaso de naranjada ante sus discípulos, uno tiene la misma impresión que observando la representación de la batalla de Hastings: esto está muy bien pero no es cierto, se trata de un espectáculo *inspirado* en la realidad, no de la realidad misma. La dignidad, la elegancia, la exactitud y la implacable seriedad con que *The Times* refiere el robo del museo convierte a los tres ladrones en seres sin espontaneidad: sus movimientos aparecen decididos de antemano, como los de un ballet, que ellos se limitan a repetir. La actitud del santón hindú adopta un semblante ritual, hierático, forzado hasta la deshumanización. En verdad, con ese ayuno estuvo jugándose la vida, pero la helada, académica prosa que nos refiere su aventura ha desprovisto a ésta de dramatismo, de vida, la ha trocado en una ceremonia semejante al «suicidio» de un actor en escena.

Cuando se trata de acontecimientos fundamentales para una nación o un hombre, esta desnaturalización tan refinada que lleva a cabo el estilo inventado por *The Times* provoca en uno un cierto malestar. En cambio, cuando se trata de hechos más bien nimios, ocurre lo contrario; el episodio insignificante se carga de connotaciones cómicas, irónicas o dramáticas, que lo enriquecen. Una noticia aparecida en *The Times* esta mañana refiriendo pormenorizadamente y sin sonrisas la acción judicial iniciada por una señora contra unos vecinos que asustaban a su perro, podría figurar en cualquier antología, junto a las célebres instrucciones de Ionesco para «pasar un huevo por agua caliente». Y sería difícil decidir cuál de ambos textos es más risueño, cuál de los dos contiene una visión más absurda del mundo.

Londres, marzo 1967

IMPRESIÓN DE DUBLÍN

La Torre Martello está en Sandycove, a media hora del centro de Dublín, en un promontorio de rocas desde el que se domina el mar color acero, y, entre nubes de gaviotas, a lo lejos, las torres y tejados de la ciudad. La construyó un arquitecto de origen italiano, me dicen, junto con otras cien torres idénticas que salpican la costa irlandesa, durante las guerras napoleónicas, en previsión de un desembarco francés que nunca se produjo. Su fama y lo que atrae ahora hacia ella a turistas de todo el mundo no es, sin embargo, militar, sino literaria, porque allí vivió un tiempo Joyce, y, además, es la torre descrita en las primeras páginas del *Ulises*: la residencia de Telémaco-Stephen Dedalus y de su amigo, el estudiante de medicina Buck Mulligan, el escenario donde se inicia, con una blasfemia, la novela. Ahora es el Museo Joyce. Lo inauguró la difunta Sylvia Beach, la primera editora del *Ulises*, el 16 de junio de 1962 —el día descrito en la obra es el 16 de junio de 1904, que se celebra como el «Bloomsday» todos los años— y contiene ediciones, manuscritos, retratos, cartas, fotografías de Joyce. Pero ahora el Museo está cerrado, y debo contentarme con observar, al pie de la torre, las rocas escarpadas y mohosas desde las que Mulligan se zambulle audazmente «en esas aguas color moco» (que ahora son azules y transparentes). En el centro de Dublín se conservan, casi intactos, los bares, parques, hospitales, almacenes, restaurantes por donde peregrina el señor Leopold Bloom —«sólo el prostíbulo no, me explican, porque nunca existió»— a lo largo de su sórdida odisea, y el año pasado, un centenar de profesores de literatura moderna venidos de

Europa y Estados Unidos rehicieron minuciosamente el itinerario del Ulises dublinés, y comprobaron, planos y mapas a la mano, que la geografía urbana de la novela calza absolutamente con la realidad, pese a que Joyce, al escribir su libro, describía una ciudad de la que estaba ausente hacía ya muchos años.

Y, sin embargo, pese a esa exactitud documental, parece imposible identificar el Dublín de la novela con el Dublín real, imposible reconocer entre esos hombres fortachones, chuecos, de claros ojos amistosos y mandíbulas cuadradas, que, embutidos en abrigos y gorros pardos, atestan las veredas de O'Connell Street y beben cerveza negra en las puertas de los *pubs*, la cara sin alegría del judío Bloom y los rasgos averiados por la frustración y el remordimiento del artista fracasado Dedalus. Dos elementos caracterizan al Dublín de Joyce: la tristeza, la sordidez. En los cuentos de *Dubliners*, los edificios y las gentes, hasta el aire de la ciudad, transpiran una melancolía esencial, y, como el solterón esteticista de «A painful case», parecen irremisiblemente condenados a la soledad. En el *Ulises*, esa ciudad de seres lastimados por la incomunicación se ha envilecido, y una atmósfera viscosa y malsana impregna los cuerpos y las cosas con una especie de ruindad tenaz. La desintegración moral y material de la familia Dedalus se comunica al paisaje, afea las calles, las angosta y llena de basuras; la vulgaridad de Molly Bloom, la insaciable sexual, contamina el espacio en que se mueve y deteriora las fachadas de las casas, ennegrece la luz de la ciudad. El Dublín de Leopold Bloom da la impresión de encarnar perfectamente el pequeño infierno mediocre en que se debate la conciencia del héroe, y ser un recinto provinciano y sofocante, de calles estrechas y parques arruinados, donde el fanatismo y la estupidez descomponen los rostros de las gentes y también los escaparates de las tiendas, los pórticos de las viviendas, e imprimen a la ciudad un orden laberíntico, de avenidas retorcidas, esquinas destartaladas y ciegos *impasses*.

El forastero que visita Dublín descubre una imagen muy distinta: una ciudad ancha y luminosa, simétrica, refrescada por un río parecido al Sena, con puentes de juguete y faroles centenarios en forma de signos de interrogación, que rematan en adornos labrados con delicadeza. Los parques acechan a cada vuelta de esquina; hay decenas, y de formas múltiples: circulares, rectangulares, minúsculos y enormes, limpios de árboles y boscosos, cercados y abiertos, ocupados por canchas deportivas, fuentes o iglesias. Un aire extravertido, promiscuo y risueño baña la ciudad. «Dublín es una cueva de borrachos y de pendencieros —me habían dicho en Londres—, encontrará a los mendigos irascibles de Samuel Beckett cada dos metros.» No, no son los mismos mendigos: ninguno de estos congestionados viejos en harapos que recorren, hablando solos o cantando, los malecones del Liffey, parecen preocupados en lo más mínimo por la ausencia de Godot. Estudiantes disfrazados de payasos o nobles medievales improvisan farsas en las veredas de Grafton Street, la calle de las tiendas, y piden dinero a los transeúntes para obras de caridad. Hay carros tirados por caballos junto a automóviles último modelo, tiendas de antigüedades por todas partes, y el tema central de conversación es el *match* de fútbol entre Irlanda y Escocia que se disputará aquí el domingo. Pregunto una dirección en Talbot Street a dos hombres que conversan en la puerta de un bar y me invitan a beber un trago (es la primera vez que me ocurre una cosa así, fuera de España). Primera y única adivinación de lo que puede esconderse detrás de esa saludable, sana máscara de la ciudad: me hablan pestes de Inglaterra y de los protestantes, recuerdan a «las seis provincias irlandesas que todavía Londres tiene cautivas», me llevan a ver el edificio de correos donde estalló la insurrección en 1916, y me muestran el sitio donde estuvo la columna Nelson que hace dos años dinamitaron unos anglófobos irreductibles. Esa tarde, en Trinity College, un profesor me explica el vigor del catolicismo en Irlanda por razones políticas. «La Iglesia encabezó las luchas por la independencia», dice. Otro profesor me habla de Borges: ha verificado todas las alusiones a Irlanda en sus cuentos y ensayos, y son tan justas, me asegura, que parece que hubiera pasado la vida aquí. El peregrinaje literario es incesante y abrumador, porque pocas ciudades en el mundo han concentrado tantos hombres de genio como Dublín: tumbas, colegios, casas natales o viviendas de Swift, Berkeley, Shaw, Joyce, O'Casey, Behan, Beckett. «Lo único que tienen en común —me informan—, es que todos ellos odiaron a Dublín.» Casi todos se exiliaron, también, y la ciudad que se enorgullece ahora de ellos tuvo sus libros prohibidos e impidió representar sus obras. Sólo cuando están muertos y son célebres pueden los escritores dublineses sortear la implacable censura puritana. Uno de los escritores más populares en Inglaterra es hoy día la irlandesa Edna O'Brien, que escribe *bestsellers* melodramáticos sobre muchachas víctimas de los prejuicios y la incomprensión familiar; sus novelas, parece, han sido prohibidas en Dublín. ¿No es curioso que la ciudad más conservadora que uno pueda imaginar haya dado al mundo los espíritus literarios más audaces y renovadores? El primer poeta moderno fue un dublinés, Yeats, y así como Joyce revolucionó la novela, ha transformado el teatro otro indígena de aquí, Samuel Beckett. En realidad, no es tan sorprendente. La literatura es una forma de contradicción, un rechazo profundo de la realidad, que se materializa en objetos verbales en los que aquella realidad que inspira la rebelión del creador es reflejada y negada al mismo tiempo. El desaforado apetito sexual y la grosería de Molly Bloom es la expresión y la réplica de la celosa coraza de prohibiciones y tabúes que impuso a las costumbres de la ciudad una Iglesia ultramontana; el misticismo ateo de los pordioseros metafísicos de Beckett estiliza y lleva al absurdo una concepción religiosa del mundo.

Confrontar una imagen literaria con la experiencia directa de la realidad es siempre desilusionante: a menos que la novela, el poema o el drama no lleguen a ser literatura, es decir no vayan más allá de la descripción neutralmente periodística o histórica del mundo, la versión literaria será siempre distinta de su modelo, porque ella implica una interpretación disimulada de descripción. La versión literaria acuña, indisociablemente, en una sola imagen de palabras, el cuerpo y el espíritu, el ser profundo y la máscara exterior de una realidad y los sentimientos que ésta inspira al que escribe. El forastero sólo percibe la apariencia inmediata, la hermosa, cordial y lozana cara física de Dublín. Mira las verdes, alegres colinas del contorno, y como su mirada es desapasionada y turística, no puede percibir, tras esos decorados, las suaves abyecciones, las mezquindades lentas, los nidos de ratas que vio Joyce.

Dublín, marzo 1968

DINAMARCA, PAÍS SIN CENSORES

Desde el punto de vista de la censura literaria y artística, los países no se dividen en libres y oprimidos, sino en moderados y energúmenos. Legalmente, todos los países admiten la censura y todos han establecido un cuerpo de reglamentos para prohibir las publicaciones, exhibiciones y espectáculos susceptibles de «corromper o depravar» a la sociedad, y todos han fijado penas para castigar esos delitos. La diferencia está en que los moderados ejercitan la censura con un criterio amplio y elástico, como Francia o Inglaterra, y los energúmenos con un criterio estrecho y conventual, como Portugal y España. Pero hoy, por primera vez en la historia, un pequeño y valeroso país de cuatro millones y medio de habitantes, ha iniciado la revolucionaria experiencia de abolir totalmente la censura.

El primer paso decisivo fue dado en julio del año pasado, por el Parlamento danés, al aprobar una ley —por la abrumadora mayoría de 159 votos contra 13— que eximía a los libros y cualquier otra forma de palabra impresa, de responsabilidad criminal bajo supuesto de «obscenidad». La medida no era precipitada, sino la culminación de un proceso de más de quince años, en el que intervinieron diversos factores, entre ellos dos sonados casos judiciales. El más antiguo se refiere a un pintor surrealista, Freddie, cuyos cuadros habían sido decomisados por la policía bajo acusación de inmoralidad (eran «variaciones sobre temas fálicos»). Invitado a exponer su obra en la Bienal de Venecia, Freddi obtuvo de la Corte Suprema un veredicto absolutorio y la devolución de sus lienzos. El segundo llevó al banquillo de los acusados a una novela inglesa del siglo XVIII, *Las memorias de Fanny Hill* de John Cleland. El libro —un catálogo de monótonas peripecias escabrosas— resultó igualmente absuelto. La polémica surgida en torno a la censura, había impulsado a las autoridades a nombrar comisiones médico-legales para que estudiaran el asunto. En 1962, un grupo de psiquiatras dictaminó que «algunas escenas sexuales podían resultar perniciosas para cierto público», pero en 1966, una nueva Comisión, integrada por médicos, psicólogos y juristas falló así: «No hay prueba de que la obscenidad sea perniciosa y la Comisión no cree que lo sea.» Este fallo y las sentencias de los juicios mencionados fueron determinantes en la aprobación de la ley de julio de 1967 suprimiendo el delito de «obscenidad» en relación con la palabra impresa.

¿Cuáles fueron los resultados inmediatos de la ley? Los previsibles: una ola de libros pornográficos anegó Dinamarca. Surgieron editores especializados en depravaciones y erotismos, los volúmenes de subliteratura escatológica invadieron librerías, quioscos y estaciones, y algunas inmundicias impresas alcanzaron tiradas de veinte mil ejemplares. Nada de esto era sorprendente: el mito de lo tanto tiempo prohibido, la fascinación del tabú por fin asequible despertaban el apetito, la curiosidad de los lectores. Lo realmente notable es que el espejismo se desvaneciera tan pronto, que antes de un año gran número de daneses descubrieran la estafa literaria que se disimulaba tras esos tabúes y mitos y volvieran las espaldas a la mayor parte de esos libros. El *Time* de Nueva York hace unas semanas y hoy *The Observer* de Londres informan sobre la muerte lenta de muchas editoriales y librerías pornográficas de Dinamarca. Nadie las mata, mueren de muerte natural porque su público es cada vez más ralo. Apenas unos cuantos meses han bastado para que los lectores comprobaran la chatura, el aburrimiento, la tontería, y la falta de imaginación del género. Los editores que no han quebrado se resignarán en el futuro a publicar literatura de calidad. La primera comprobación del experimento danés no puede ser más saludable: la falta de censores no estimula la literatura pornográfica, más bien la marchita; la libertad irrestricta de publicaciones no crea lectores viciosos, sino responsables, lúcidos.

La segunda comprobación es todavía más importante (y ha asombrado a muchos aunque Bertrand Russell la había ya previsto hace treinta años): el *boom* pornográfico trajo como consecuencia una disminución de la delincuencia sexual. El corresponsal de *The Observer*, Roy Perrot, ha interrogado al respecto a altos funcionarios de la policía en Copenhague y obtuvo la siguiente respuesta: «Me dijeron que, aunque las estadísticas de 1967 no se han publicado, han llegado a la inesperada convicción de que ha habido una notoria caída en el índice de crímenes sexuales paralela a la proliferación de libros eróticos.» Más prudente, el fiscal Birger Wilcke declaró: «Sólo puedo asegurarle que los delitos sexuales no han aumentado, y que la nueva ley trajo a la policía menos dificultades de las que esperábamos.» Estas declaraciones vienen a aportar una curiosa confirmación a las tesis de los psiquiatras británicos E. y P. Kronhausen quienes en su libro *La pornografía y la ley*, recientemente publicado, concluían que «hay escasa correlación entre la lectura erótica y los actos antisociales», y que, de hecho, la experiencia clínica ha mostrado, más bien, que en ciertos casos aquel tipo de lectura puede operar como «válvula de escape para dichos actos».

¿Qué ha ocurrido entre los niños y adolescentes daneses? ¿Encontró la pornografía, al circular libremente, un terreno favorable entre esos lectores inmaduros? El director del principal liceo secundario de Copenhague, Ole Barfoed, afirma categóricamente que no. «La ley —dijo— sólo ha servido para confirmar que los niños no se interesan por la pornografía, a menos que venga realzada con los brillos de lo prohibido.» Y añadió que su hija de quince años acababa de ver *Jag är nyfiken*, una película del sueco Vilgot Sjöman —en la que, al parecer, los ayuntamientos sexuales son tan plásticos y constantes como los tiroteos en *Bonnie and Clyde*—, sin haberse sentido chocada en absoluto.

La abolición de la censura de libros es apenas una primera etapa en el camino de la liquidación de la censura en una sociedad. En Dinamarca se anuncian ya nuevas medidas. La difusión y venta de «fotografías y grabados obscenos» es todavía ilegal, pero la propia policía está de acuerdo en suprimir la disposición que la prohíbe, entre otras cosas porque nunca ha podido hacerla cumplir. La censura teatral ya ha sido suprimida, y en agosto entrará en vigor una ley aboliendo la censura cinematográfica «para público adulto». Sólo las películas autorizadas a menores de dieciséis años «podrán ser censuradas si contienen descripciones sexuales aberrantes o incitaciones discriminatorias en cuestiones de raza o credo». Finalmente, Dinamarca ha decidido retirarse de la Convención de Ginebra sobre Literatura Obscena y esta decisión entrará en vigor el primero de julio de este año. Esta última medida significa, en términos prácticos, que los libros y revistas «pornográficos» —las comillas aquí resultan indispensables pues tienden a hacer desaparecer la noción misma de pornografía de la mentalidad y más tarde de la lengua danesa— podrán ser libremente exportados a otros países.

¿Por qué es revolucionario y admirable el experimento danés? La entronización de la censura significa que una sociedad entera abdica en favor de una institución burocrática el derecho de decidir lo que es bueno o malo para su salud. Su aceptación implica un subterráneo temor: el de que el imperio de la libertad demuestre que la sociedad es una aglomeración de monstruos. Lo revolucionario en Dinamarca es que el derecho de decidir qué es lo bueno y qué lo malo haya sido transferido de un pequeño grupo a la sociedad entera. Y lo admirable: que haya osado dar todos los pasos necesarios para verificar si la más radical libertad, puede dejar de ser una ambición utópica y convertirse en realidad cotidiana. ¿Descubrirá este experimento que el hombre es monstruoso? En todo caso, conviene saber a qué atenerse. Y, además, como ha escrito Simone de Beauvoir, nadie es monstruoso si lo somos todos.

Londres, mayo 1968

EL OTRO ÓSCAR

Estábamos tomando desayuno, en la pequeña cocina de la casa de Earl's Court, cuando vimos asomar debajo del aparador la inconfundible cabeza de un ratón. Corrí a presentar mi queja a la dueña. A la señora Spence se le encendieron los ojos: «¡Ah! ¡Óscar!» E insistió en que debía ponerle al matutino visitante ese quesito con agujeros que le encantaba; así hacían sus hijos, antes. Me costó trabajo hacerle comprender que, a nosotros, la presencia de Óscar no nos divertía, que aborrecíamos hasta la idea platónica de ratón. La señora Spence me despidió diciendo que, al sentirse tan desairado, Óscar probablemente se marcharía a otra casa más hospitalaria.

Pocos días después, al regresar del cine y encender la luz de la cocina, vimos saltar alegremente de una canasta de frutas al suelo a Óscar, al papá de Óscar, a su mamá y algún hermanito. La luz de la mañana me encontró haciendo guardia a la puerta de Mrs. Spence. Esta vez, la propietaria se resignó y me dio instrucciones. Debía denunciar la invasión a una oficina del Ayuntamiento de Kensington que respondía al apropiado nombre de The Rodent Department (Sección de Roedores). Expliqué mi problema por teléfono. Una voz inconmovida me preguntó mi dirección y me indicó que esperara.

El caballero que nos visitó a la tarde siguiente parecía un excéntrico de cuento inglés. Alto, huesudo, llevaba levita negra, pantalón a rayas y sombrero bombín. Tenía en las manos una maleta que se asemejaba a un sarcófago. Entró, se quitó el sombrero, la levita y así descubrimos que sus puños eran falsos, sujetos al brazo por una manguita con ligas, como las de los cajeros. Me sometió a un interrogatorio pragmático. ¿Por dónde habían aparecido? ¿Cuántos eran? ¿De qué tamaño, color? ¿Hacían ruidos por la noche? Iba anotando mis respuestas en un cuaderno también espectral, con un lápiz que se le perdía entre los dedos.

Cuando completó la información, comenzó a operar. La maleta, abierta, era un espectáculo plástico, algo que hacía pensar inmediatamente en Joseph Cornell. Había allí innumerables pomos, llenos de polvos de distintos colores, ordenados con fanatismo, y un alto de platillos de cartón. Acuclillado, desplazándose por la cocina a la manera de los patos, el hombre de The Rodent Department llevó a cabo una minuciosa tarea que le demoró mucho tiempo. Vertía polvillos diferentes en los platos de cartón y los alisaba cuidadosamente con una paleta antes de colocarlos en lugares estratégicos que marcaba en un plano de la cocina dibujado en su cuaderno. Ordenó que nadie moviera los platos de sitio ni desordenara los polvillos. Dijo que éstos eran, algunos, venenos, y los demás simple arenilla, con lo que nuestra curiosidad creció. Antes de irse, murmuró que lo mejor sería clausurar por un tiempo la cocina.

Volvió una semana después y, desde entonces, siguió viniendo cada semana, con una puntualidad astral, a lo largo de un año. No llegamos a hacernos amigos, porque no era propenso a esas debilidades, y ni siquiera a cambiar muchas palabras. Apenas llegaba, yo interrumpía mi trabajo para observar el suyo, y la manera flemática como lo ejercía. Entendí muy pronto la función de la inofensiva arenilla blanca. No era para atorar a los ratones ni desconcertarlos, sino para archivar sus deposiciones. El caballero recogía con unas pinzas de metal los diminutos óbolos negros que Óscar y sus congéneres evacuaban en los platillos y los ponía en frasquitos que partían con él, en la maleta funeraria. En cuanto a los venenos, cada semana examinaba las huellas delatoras paseando una y otra vez la circunspecta mirada por las arrugas, canales, pisadas, huecos que habían dejado los intrusos. Comprendí que la variedad de colores tenía que ver con la distinta composición mortífera; que, como los ratones generan tan velozmente anticuerpos que los inmunizan, el caballero, con esos cambios semanales de polvos, quería ser más rápido y astuto que el metabolismo de Óscar y los suyos.

Él nunca me daba explicaciones y cuando yo, azuzado por la curiosidad, le preguntaba, tenía una coartada perfecta para desmoralizarme aún más: hacerse el que no entendía mi inglés. ¿Qué resultados daban los análisis de las caquitas? Y él: sí, sí, sin duda llovería. ¿Cuál era su impresión a estas alturas de la campaña? ¿Con todos los kilos de polvos ingeridos estaría deteriorándose, desapareciendo la especie? En efecto, había campeonado el Chelsea Football Club.

Además de residuos estomacales, se llevaba también los cadáveres frescos que encontraba. Los cogía con un guante, los observaba un momento sin odio ni amor, con ojos clínicos, los sepultaba en bolsitas de plástico y ¡a la maleta! Morían muchos, es verdad, pero en la familia teníamos la contradictoria y fantástica impresión de que, a la vez que los exterminaban, los polvos multicolores los reproducían. La vida se fue convirtiendo en algo difícil. Cierto que no habían franqueado nunca los límites de la cocina, pero tener ésta clausurada significaba cocinar en un primus de juguete, comer en el dormitorio, convertir el baño en despensa. Era imposible no odiarlos, por pertinaces, pero verlos morir terminó dándonos mala conciencia. Aparecían de improviso, hinchados por el banquete homicida, arrastrándose en cámara lenta y venían a quedarse inmóviles a nuestros pies, donde respiraban con espasmos muy débiles hasta que morían echando un globito de espuma por la boca. Arrojarlos a la basura se volvió un quehacer ímprobo, que daba pesadillas y náuseas. Mientras escribía, dictaba clases en la Universidad, leía o conversaba yo no podía hacer otra cosa que pensar en ellos y en el caballero del bombín.

Había períodos en que la guerra parecía ganada: siete, catorce días sin una sola víctima. Nos excitábamos, brindábamos. El hombre de The Rodent Department proseguía, impertérrito, manipulando platos y polvillos por los rincones de la cocina y haciendo anotaciones en su cuaderno. Y era él quien sabía más porque, cualquier mañana, volvíamos a divisar los granitos negros sobre la arenilla y las baldosas espolvoreadas. Tantas veces lo acosé preguntándole por qué en vez de emplear ese método casi infinito no fumigaba la casa, que, en algún momento de ese año terrible, me lo explicó: la reglamentación era la de los barcos y, como éstos en el XIX, la casa fumigada tenía que permanecer en cuarentena no sé cuánto tiempo. Así, no teníamos otra alternativa que esperar que él los venciera, a su modo.

No pude. Busqué trabajo lejos de Londres, de Inglaterra, partí, interponiendo entre ellos y nosotros, países, océanos, continentes. Pero me gustaba tanto Londres, esa ciudad donde las cosas y las gentes estaban siempre sorprendiéndome, que dos años más tarde volví. Milagrosamente, la casita de Earl's Court, en el Valle del Canguro, estaba otra vez desocupada. La alquilamos de nuevo. La noche de la llegada, con amigos del barrio, bromeamos que sólo faltaban ellos para que todo fuera igual que antes. Cuando los amigos partieron y empezamos a desempacar, un pequeño pálpito nos hizo mirar al mismo tiempo la puerta del dormitorio. Como en el final de ese cuento de Truman Capote que se llama «Myriam», sobre la alfombra roja, con apenas media cabeza metida en la habitación, pequeñito, rubicundo, dándonos la bienvenida, pronosticándonos nuevas torturas, estaba él, Óscar.

Lima, marzo 1979

LA SEÑORITA DE SOMERSET

La historia es tan delicada y discreta como debió ser ella misma y tan irreal como los romances que escribió y devoró hasta el fin de sus días. Que haya ocurrido y forme ahora parte de la realidad es una conmovedora prueba de los poderes de la ficción, esa engañosa mentira que, por los caminos más inesperados, se vuelve un día verdad.

El principio es sorprendente y con una buena dosis de suspenso. La Sociedad de Autores de Gran Bretaña es informada, por un albacea, que una dama recién fallecida le ha legado sus bienes —400.000 libras, unos 700.000 dólares— a fin de que establezca un premio literario anual para novelistas menores de 35 años. La obra premiada deberá ser «una historia romántica o una novela de carácter más tradicional que experimental». La noticia llegó en el acto a la primera página de los periódicos porque el premio así creado —70.000 dólares anuales— es cuatro o cinco veces mayor que los dos premios literarios británicos más prestigiosos: el Booker-McConwell y el Whitbread.

¿Quién era la generosa donante? Una novelista, por supuesto. Pero los avergonzados directivos de la Sociedad de Autores tuvieron que confesar a los periodistas que ninguno había oído hablar jamás de Miss Margaret Elizabeth Trask y que, a pesar de sus esfuerzos, no habían podido encontrar en las librerías de Londres uno solo de sus libros.

Y, sin embargo, Miss Trask publicó más de cincuenta «historias románticas» a partir de los años treinta, con un nombre de pluma que acortaba y aplebeyaba ligeramente el propio: Betty Trask. Algunos de sus títulos sugieren la naturaleza del contenido:

Vierto mi corazón, Irresistible, Confidencias, Susurros de primavera, Hierba amarga. La última apareció en 1957 y ya no quedan ejemplares de ellas ni en las editoriales que las publicaron ni en la agencia literaria que administró los derechos de la señorita Trask. Para poder hojearlas, los periodistas empeñados en averiguar algo de la vida y la obra de esta misteriosa filántropo de las letras inglesas tuvieron que sepultarse en esas curiosas bibliotecas de barrio que, todavía hoy, prestan novelitas de amor a domicilio por una módica suscripción anual.

De este modo ha podido reconstruirse la biografía de esta encantadora Corín Tellado inglesa, que, a diferencia de su colega española, se negó a evolucionar con la moral de los tiempos y en 1957 colgó la pluma al advertir que la distancia entre la realidad cotidiana y sus ficciones se anchaba demasiado. Sus libros, que tuvieron muchos lectores, a juzgar por la herencia que ha dejado, cayeron inmediatamente en el olvido, lo que parece haber importado un comino a la evanescente Miss Trask, quien sobrevivió a su obra por un cuarto de siglo.

Lo más extraordinario en la vida de Margaret Elizabeth Trask, que dedicó su existencia a leer y escribir sobre el amor, es que no tuvo en sus 88 años una sola experiencia amorosa. Los testimonios son concluyentes: murió soltera y virgen, de cuerpo y corazón. Los que la conocieron hablan de ella como de una figura de otros tiempos, un anacronismo victoriano o eduardiano perdido en el siglo de los *hippies* y los *punks*.

Su familia era de Frome, en Somerset, industriales que prosperaron con los tejidos de seda y la manufactura de ropa. Miss Margaret tuvo una educación cuidadosa, puritana, estrictamente casera. Fue una joven agraciada, tímida, de maneras aristocráticas, que vivió en Bath y en el barrio más encumbrado de Londres: Belgravia. Pero la fortuna familiar se evaporó con la muerte del padre. Esto no perjudicó demasiado las costumbres, siempre frugales, de la señorita Trask. Nunca hizo vida social, salió muy poco, profesó una amable alergia por los varones y jamás admitió un galanteo. El amor de su vida fue su madre, a la que cuidó con devoción desde la muerte del padre. Estos cuidados y escribir «romances», a un ritmo de dos por año, completaron su vida.

Hace 35 años las dos mujeres retornaron a Somerset y, en la localidad familiar, Frome, alquilaron una minúscula casita, en un callejón sin salida. La madre murió a comienzos de los años sesenta. La vida de la espigada solterona fue un enigma para el vecindario. Asomaba rara vez por la calle, mostraba una cortesía distante e irrompible, no recibía ni hacía visitas.

La única persona que ha podido hablar de ella con cierto conocimiento de causa es el administrador de la biblioteca de Frome, a la que Miss Trask estaba abonada. Era una lectora insaciable de historias de amor aunque también le gustaban las biografías de hombres y mujeres fuera de lo común. El empleado de la biblioteca hacía un viaje semanal a su casa, llevando y recogiendo libros.

Con los años, la estilizada señorita Margaret comenzó a tener achaques. Los vecinos lo descubrieron por la aparición en el barrio de una enfermera de la National Health que, desde entonces, vino una vez por semana a hacerle masajes. (En su testamento, Miss Trask ha pagado estos desvelos con la cauta suma de 200 libras.) Hace cinco años, su estado empeoró tanto que ya no pudo vivir sola. La llevaron a un asilo de ancianos donde, entre las gentes humildes que la rodeaban, siguió llevando la vida austera, discreta, poco menos que invisible, que siempre llevó.

Los vecinos de Frome no dan crédito a sus ojos cuando leen que la solterona de Oakfield Road tenía todo el dinero que ha dejado a la Sociedad de Autores, y menos que fuera escritora. Lo que les resulta todavía más difícil de entender es que, en vez de aprovechar esas 400.000 libras para vivir algo mejor, las destinara ¡a premiar novelas románticas! Cuando hablan de Miss Trask a los reporteros de la prensa y la televisión, los vecinos de Frome ponen caras condescendientes y se apenan de lo monótona y triste que debió ser la vida de esta reclusa que jamás invitó a nadie a tomar el té.

Los vecinos de Frome son unos bobos, claro está, como lo son todos a quienes la tranquila rutina que llenó los días de Margaret Elizabeth Trask merezca compasión. En verdad, Miss Margaret tuvo una vida maravillosa y envidiable, llena de exaltación y de aventuras. Hubo en ella amores inconmensurables y desgarradores heroísmos, destinos a los que una turbadora mirada desbocaba como potros salvajes y actos de generosidad, sacrificio, nobleza y valentía como los que aparecen en las vidas de santos o en los libros de caballerías.

La señorita Trask no tuvo tiempo de hacer vida social con sus vecinas, ni de chismorrear sobre la carestía de la vida y las malas costumbres de los jóvenes, porque todos sus minutos estaban concentrados en las pasiones imposibles, de labios ardientes que al rozar los dedos marfileños de las jovencitas hacen que éstas se abran al amor como las rosas y de cuchillos que se hunden con sangrienta ternura en el corazón de los amantes infieles. ¿Para qué hubiera salido a pasear por las callejuelas pedregosas de Frome, Miss Trask? ¿Acaso hubiera podido ese pueblecito miserablemente real ofrecerle algo comparable a las suntuosas casas de campo, a las alquerías remecidas por las tempestades, a los bosques encabritados, las lagunas con mandolinas y las glorietas de mármol que eran el escenario de esas peripecias de sus vigilias y sueños? Claro que la señorita Trask evitaba tener amistades y hasta conversaciones. ¿Para qué hubiera perdido su tiempo con gentes tan banales y limitadas como las vivientes? Lo cierto es que tenía muchos amigos: no la dejaban aburrirse un instante en su modesta casita de Oakfield Road y nunca decían nada tonto, inconveniente o chocante. ¿Quién, entre los carnales, hubiera sido capaz de hablar con el encanto, el respeto y la sabiduría con que musitaban sus diálogos, a los oídos de Miss Trask, los fantasmas de sus ficciones?

La existencia de Margaret Elizabeth Trask fue seguramente más intensa, variada y dramática que la de muchos de sus contemporáneos. La diferencia es que, ayudada por cierta formación y una idiosincrasia particular, ella invirtió los términos habituales que suelen establecerse entre lo imaginario y lo experimentado —lo soñado y lo vivido— en los seres humanos. Lo corriente es que, en sus atareadas existencias, éstos *vivan* la mayor parte del tiempo y sueñen la menor. Miss Trask procedió al revés. Dedicó sus días y sus noches a la fantasía y redujo lo que se llama vivir a lo mínimamente indispensable.

¿Fue así más feliz que quienes prefieren la realidad a la ficción? Yo creo que lo fue. Si no ¿por qué hubiera destinado su fortuna a fomentar las novelas románticas? ¿No es ésta una prueba de que partió al otro mundo convencida de haber hecho bien sustituyendo la verdad de la vida por las mentiras de la literatura? Lo que muchos creen una extravagancia —su testamento— es una severa admonición contra el odioso mundo que le tocó y que ella se las arregló para no vivir.

Londres, mayo 1983

NAPOLEÓN EN EL TÁMESIS

Un día de 1957, un chiquillo de quince años, Kevin Brownlow, vio en una casa particular la proyección de dos rollos de una vieja película de los años veinte. «La impresión fue tan grande —escribiría después— que esos dos rollos cambiaron mi vida.» También cambiarían la historia del cine, pues, gracias a la providencial proyección de unos cuantos minutos, Kevin Brownlow emprendió la inconcebible tarea de reconstruir la más ambiciosa creación cinematográfica de su tiempo y una de las películas que se puede llamar *obra maestra*: el *Napoléon* de Abel Gance.

La historia de la resurrección del film es tan apasionante como la de su hechura, estreno y muerte. Abel Gance planeó a mediados de los años veinte una vida de Napoleón en seis partes. Pero sólo terminó la primera, que le tomó cinco años de trabajo y en la que gastó todo el presupuesto de la serie, además de sumas extras conseguidas de diversas fuentes para cubrir los excesos rabelesianos de vestuario, decorados, masas de extras e innovaciones formales que su fantasía iba fraguando durante el rodaje. La leyenda es que se las arregló para llevar a la bancarrota a todos cuantos pusieron dinero en *Napoleón*. Espantados con lo que duraba —más de seis horas— los productores exigieron una versión más corta. La película que se estrenó en la Ópera de París el 7 de abril de 1927 había sido reducida a tres horas. Tuvo gran éxito y entre los privilegiados espectadores se hallaba un joven oficial —Charles de Gaulle— que recordó siempre al acontecimiento.

Pero la mala suerte se ensañó con el *Napoleón* de Gance desde el principio. Apenas unos meses después de su estreno, nació el cine parlante que asestó un golpe mortal al silente. Peor aún, la gran novedad del film consistía en un sistema bautizado Polivisión, para las escenas épicas: filmadas con tres cámaras, debían ser proyectadas simultáneamente en tres pantallas, según un principio que más tarde perfeccionaría el Cinerama. Los dueños de salas se negaron a instalar los equipos que exigía *Napoleón*, a los que el cine parlante había vuelto obsoletos. Esto precipitó la salida del film del mercado a poco del estreno.

A esta muerte comercial, siguió otra, más pérfida: su desnaturalización. Lo que sobrevivió fueron unas versiones muy mutiladas, rehechas de manera que parecían caricaturas del original. El propio Abel Gance contribuyó a la catástrofe, en 1934, haciendo una nueva versión sonora, de tres horas. Esta mediocre parodia es la que se ha exhibido hasta ahora en las cinematecas y no es raro que la historia del cine no le haya concedido mayor importancia.

Cuando, en 1957, Kevin Brownlow quedó deslumbrado con los dos rollos que vio —habían caído de casualidad en manos de un coleccionista— y se dijo «Si estas escenas son así ¡cómo será el film entero!», el «film entero» simplemente no existía. En cierto modo, no había existido jamás, salvo en ese primer montaje de 1927 que Abel Gance no llegó a exhibir por el rechazo de los productores.

Pero ahora acaba de darse, *casi* completo —una versión de seis horas y veintitrés minutos— en el Barbican de Londres. En 1980 se dio en Estados Unidos, en una versión media hora más corta. Abel Gance asistió y de este modo, a los 92 años, pudo ver por fin la película que había querido hacer en 1927.

El milagro de la reconstitución de esa obra enterrada y extinta que ahora Londres ha visto es obra de Kevin Brownlow, quien ha relatado su proeza en un libro (*Napoleon: Abel Gance's Film*) que se lee como una novela de suspenso.

La afirmación de Brownlow de que ha trabajado en *Napoleón* más. que el propio Gance es seguramente cierta. Cuando, adolescente, comenzó a merodear por los archivos, los anticuarios, las productoras, los coleccionistas privados, en busca de más rollos de la película, no sospechaba que la pesquisa le iba a tomar un cuarto de siglo. Dosis iguales de paciencia, terquedad y amor lo llevaron a persistir en una empresa que parecía quimérica. Pero, dice él, cada fotograma rescatado lo convencía de la necesidad de recomponer esa grandiosa epopeya. La tarea se convirtió en una especie de cruzada y ocupó todos los momentos libres de una vida que Kevin Brownlow dedicó —por supuesto— al cine, como editor y productor.

Cuando conoció a Abel Gance, éste, olvidado por todos y decepcionado del cine, hacía doce años que no encontraba un productor para sus películas. El fervor del joven inglés desconcertó al viejo cineasta, quien, luego, animado, se decidió a ayudarlo. Le suministró todos los pedazos que conservaba, le dio pistas para obtener otros y para rehacer la estructura original. Fueron surgiendo aliados espontáneos, que, al ver las secuencias restauradas, se ponían también a hacer arqueología cinematográfica. Un aporte decisivo fue el del director de la Cinemateca belga, Jacques Ledoux, quien exploró los archivos de todo el mundo en busca de copias. Los últimos fragmentos encontrados se hallaban en unos tachos de residuos, en París, y son los veintitrés minutos añadidos en esta versión por primera vez. Kevin Brownlow piensa que todavía pueden aparecer copias de aquellas secuencias que Abel Gance confesó haber destruido en un acceso de cólera cuando se dio cuenta de que el sistema Polivisión, del que se sentía orgulloso, no sería nunca adoptado.

La versión de 1927 se dio con música compuesta para ella por Arthur Honegger. Para la de 1983, Carl Davis ha hecho un arreglo, con temas de Mozart, Beethoven, Bach y suyos, y él condujo la orquesta Wren que acompañó la maratón del Barbican (de dos de la tarde a diez de la noche, con dos recreos de quince minutos y uno de hora y media para comer un *sandwich*). Al oír los inacabables aplausos, cabía preguntarse si eran para el difunto Abel Gance (murió redescubierto, premiado y homenajeado en todas partes gracias a esta película) o a Kevin Brownlow a quien este film debe por lo menos tanto como a su autor.

Decir que una película importa sobre todo por su forma es una tontería, porque en el cine, como en el teatro, como en las novelas, una historia es difícilmente separable de la manera en que es contada. Esta separación sólo existe en las historias que están mal contadas. Pero el *Napoleón* de Gance es una historia prodigiosamente contada, con un hechizo visual esplendoroso que está muy por encima de aquello que cuenta. Su visión del personaje, de la historia, del hombre, es de una simplicidad lastimosa y hay en la película un patrioterismo rechinante. Napoleón aparece como una figura de Épinal, es el dechado de virtudes de las hagiografías, todos sus gestos, dichos, actos, manifiestan su destino prefijado y poco menos que sobrenatural.

Y, sin embargo, cuando uno está inmerso en el alucinante carrusel de imágenes, esa visión ingenua se impone de manera irresistible. El poder visual es tan grande que desarma toda reflexión crítica y arrastra al espectador en su delicioso simplismo. Desde la batalla con bolas de nieve de Napoleón y sus compañeros de colegio, que abre el film, hasta la marea de soldados que se expande por Italia, al final, la grandilocuencia épica y el exaltado lirismo de las imágenes consiguen abolir la realidad, sustituirla por el mito. Maravilla que en los años veinte Abel Gance consiguiera ciertos efectos visuales, como, por ejemplo, en la secuencia de vasos comunicantes en que la lucha de Napoleón contra la tempestad en el Mediterráneo se entrevera con el tormentoso debate de la Convención en el que ciertos asambleístas piden la cabeza de Robespierre.

A diferencia de la literatura, en la que cualquier noción de progreso es dudosa, parecería que en el cine ella es inevitable, en razón de los perfeccionamientos técnicos. El *Napoleón* de Abel Gance —como *Citizen Kane*— prueba que no, que la imaginación y la inventiva artística pueden suplir con ventaja las limitaciones de la tecnología.

Londres, junio 1983

EL COLECCIONISTA

La historia conocida de George Costakis es extraordinaria; la secreta —que algún día se conocerá— debe serlo todavía más. Gracias a él una frondosa rama del arte moderno se salvó de la extinción y, como fantasma que vuelve de la tumba para aleccionar a los vivientes, reaparece hoy, fértil en enseñanzas sobre una riquísima etapa de creación artística en la Rusia pre y posrevolucionaria y sobre lo provisionales que son las historias. Costakis ha modificado, él solo, el panorama de la vanguardia en Europa en las primeras décadas del siglo.

Desde fines del diecinueve muchas familias griegas emigraban a la Rusia de los zares en busca de trabajo. Una de ellas, los Costakis, permaneció en Moscú luego de la revolución. George Dionisevich, nacido allá, pudo conservar la nacionalidad griega. No se sabe gran cosa de la juventud del personaje, salvo que trabajó, primero, en la embajada griega en Moscú, y, luego, por muchos años, en la del Canadá. ¿Cuáles eran sus funciones? Las de un hombre-orquesta: servía a veces de traductor —pues aprendió varias lenguas—, a veces de chofer, a veces de organizador de banquetes, y, gracias a sus amistades y habilidades, podía arreglárselas para conseguir a sus jefes lo que hiciera falta. Su sueldo en dólares le daba unos ingresos elevados dentro de la sociedad soviética.

Aun así, no deja de ser sorprendente que el coleccionista compulsivo que había en este empleado de embajada, haya podido dedicarse de joven, en la Unión Soviética de los años treinta, a adquirir —según rezan los catálogos— «porcelanas, pintura holandesa del siglo XVII, alfombras e iconos». En George

Costakis debía de haber, junto a un ser muy sensible, un mercader más vivo que una ardilla.

También, un *amateur* dotado de un olfato fuera de lo común para la originalidad artística. Sin haber salido de la URSS, ignorante por tanto de la evolución de las artes plásticas en Occidente, en un momento en que todo el arte soviético se desenvolvía disciplinadamente dentro de los moldes oficiales del realismo socialista, George Costakis comenzó a coleccionar, a partir de 1945, pinturas, dibujos y esculturas de lo que había sido la vanguardia en su país, las obras experimentales, iconoclastas, ávidas de novedad y ruptura, que habían surgido en la URSS desde 1910 aproximadamente hasta poco antes de 1930, cuando el establecimiento de una doctrina estética oficial canceló el movimiento. En un documental que la BBC le ha dedicado, Costakis aparece —gordo, exuberante, magnífica síntesis de emotividad eslava y picardía mediterránea— describiendo el obsesivo furor —su «enfermedad»— con que, a lo largo de treinta años, dedicó toda su energía y todos sus ingresos a rescatar esas obras que, intuía, representaban un alto momento de creatividad en la vida cultural de su patria adoptiva.

Aquella vanguardia estaba muerta y enterrada no sólo por los organismos oficiales del Estado, sino por sus propios autores. Muchos habían muerto; otros habían renegado de su etapa experimental y pintaban o esculpían en consonancia con el realismo establecido; un buen número, frustrados, escépticos sobre el valor de su propio trabajo, habían renunciado al arte. Las nuevas generaciones ni siquiera sabían de la existencia de esta vanguardia a la que, en el resto del mundo, nadie prestó tampoco mayor atención. Así, el hombre para todo quehacer de la embajada canadiense, sin darse cuenta cabal de lo que hacía, creyendo satisfacer un simple *hobby*, llevó a cabo en esos años una notable operación histórica de salvamento artístico.

Comprados muchas veces por sumas risibles, rescatados de sótanos y desvanes de trastos viejos, localizados en ocasiones luego de infinitas pesquisas, decenas, centenas, millares de óleos, dibujos, objetos, grabados, fueron amontonándose en el departamento moscovita de George Costakis hasta atorarlo y en su *datcha* de las afueras. Su colección —la más numerosa dedicada a una época que haya reunido un solo individuo— llegó a constar de más de diez mil piezas. La primera vez que yo fui a Moscú, en 1967, recuerdo haber oído hablar en términos algo míticos de esta misteriosa colección de «arte formalista» y haber intentado verla, sin éxito. Pero en el documental de la BBC se advierte que ya desde fines de los cincuenta muchos extranjeros la visitaban y que, curiosamente, también iban a admirarla y estudiarla, en el atestado hogar de los Costakis, académicos, artistas, estudiantes y hasta altos funcionarios soviéticos.

Costakis dice no haber tenido problemas con las autoridades durante los treinta años en que reunió su colección. ¿Por qué decidió, entonces, dejar la URSS, país que ama profundamente? Porque, dice, a mediados de los años setenta, fue víctima de varios robos y temió por sus cuadros. Las negociaciones con el gobierno soviético fueron laboriosas. Éste le ofreció medio millón de rublos por el conjunto. Finalmente, llegaron a un acuerdo asimétrico: la Galería Tretiakov se quedó con cuatro quintas partes de su colección y Costakis pudo llevarse al extranjero las mil doscientas piezas restantes. Están actualmente en una casa blanca y soleada, rodeada de cipreses, en una de las colinas que dominan Atenas.

Una selección de trescientas piezas de la Colección Costakis se exhibe ahora en la Royal Academy de Londres. Recorrerla es fascinante, porque, a juzgar por esta muestra, la vitalidad y la inventiva en el dominio de las artes plásticas en ese período de veinte años —de 1910 a 1930— fueron en Moscú tan grandes como en Viena o en París. Con una diferencia: en la URSS, la vanguardia artística estaba comprometida de manera visceral con la acción política. Los grandes trastornos de la sociedad rusa en los años anteriores a octubre de 1917 habían convencido a estos jóvenes artistas que la revolución de las formas en que estaban empeñados era un ingrediente esencial de la gran revolución de la sociedad y del individuo, y que, por lo mismo, con sus inventos e innovaciones estaban colaborando decisivamente en la edificación de una nueva humanidad. Un optimismo fogoso resplandece en los manifiestos de las múltiples escuelas: los linearistas, los futuristas, los cubo-futuristas, los suprematistas, los constructivistas, los rayonistas, los productivistas, etcétera. El tono heroico es de rigor: «Soy el inventor de los nuevos descubrimientos en la pintura», escribe Rodchenko en un cartel, comparándose con Cristóbal Colón.

Al parecer, más de trescientos artistas participaron en el movimiento. La Colección Costakis ha rescatado obras de unos sesenta de ellos. Rasgo importante de esta vanguardia, junto con el de su variedad de ismos y estilos: la abundancia de mujeres. Ellas son autoras de los cuadros más interesantes de esta exhibición (en especial Liubov Popova y Olga Rozanova). Con excepción del puñado de figuras que emigraron —como Chagall, Kandinski y Naum Gabo— y otros pocos cuyas obras cruzaron las fronteras —Malevich, Rodchenko, Lissitzki—, en Occidente la inmensa mayoría de los protagonistas de este movimiento eran hasta ahora prácticamente desconocidos. Gracias a George Costakis, sus nombres y sus obras enriquecerán en adelante la historia de ese período fronterizo en que las artes plásticas mudaron de piel, primero en Europa y luego en el resto del mundo.

¿Hay obras maestras entre las trescientas piezas de la Royal Academy? El crítico William Feaver ha escrito, con sutileza, que la exposición «muestra la fuerza de la creencia según la cual el arte puede ayudar a cambiar el mundo y la debilidad de las obras que inspira esta creencia». Es verdad: la sensación que uno guarda, luego de ver la exposición, es de algo más interesante que bello. Pero, asimismo, sale conmovido por la dramática paradoja que la exposición pone de manifiesto.

Estos artistas «formalistas», que fueron condenados por la cultura oficial de la Revolución a partir de

1930, creyeron, en verdad, con un ardor y una convicción que relampaguean en sus obras, estar haciendo arte revolucionario, en los dos sentidos del término: de ruptura con la tradición y de apoyo efectivo a la transformación social. Kliun, Tatlin, Klucis, Enders, Kudriashevy y los otros quisieron romper con todos los valores y técnicas del pasado porque pensaban que ésa era, también, una manera de enterrar a la vieja sociedad y de sentar las bases de un arte que ya no sería privilegio de una minoría sino patrimonio de todos los trabajadores. Su generosa ilusión —como la de todos los artistas empeñados en ser útiles en términos inmediatos y verificables— sufrió duros reveses. Los obreros que fueron llevados a opinar sobre los cuadros de Filonov, de quien se preparaba una retrospectiva en 1929, dijeron que no los entendían y la exposición no se hizo. Muchos de estos artistas dieron la razón a Zhdánov cuando éste explicó que lo que habían hecho era arte decadente y burgués, incapaz de prestar la menor contribución válida al primer plan quinquenal.

Londres, setiembre 1983

P'TIT PIERRE

Había nacido en un pueblecito de Bretaña y (naturalmente) debió de tener padre y madre, pero estoy seguro que no los conoció, o que no se acordó jamás de ellos y que llegó en algún momento a creerse autogenerado, hijo del azar, como ciertos organismos silvestres, de apariencia granítica, resistentes a cualquier adversidad y de entraña muy frágil. Aunque la traducción de su nombre —P'tit Pierre— es Pedrito, debería en su caso ser «piedrecita» (así en minúsculas). Porque eso había sido toda su vida P'tit Pierre cuando lo conocí, allá en París: un guijarro, un canto rodado, una piedrecilla vagabunda sin apellido, historia ni ambición.

Había vivido siempre merodeando por las callejuelas del Barrio Latino, sin domicilio conocido, poco menos que a la intemperie, ganándose la vida como *bricoleur*. La palabra le calzaba como un zapato: hombre para todo quehacer, trabajador orquesta, capaz de desatorar cañerías y chimeneas, embaldosar zaguanes, mudar techos, remendar antiguallas y convertir destartalados desvanes en primorosas *garçonnières*. Pero, eso sí, obrero caprichoso y libérrimo, que fijaba el precio de sus servicios por la simpatía o antipatía que le inspiraban los clientes y que no tenía el menor escrúpulo en desaparecer sin dar aviso, a medio trabajo, si se aburría de lo que estaba haciendo. Desconocía el valor del dinero y andaba siempre sin un centavo porque todo lo que ganaba lo desvanecía instantáneamente pagando las cuentas de los amigos, en una especie de *potlach*. Deshacerse cuanto antes de lo que tenía era en él poco menos que una religión.

Lo conocí por mi amiga Nicole, una vecina del barrio. La ducha empotrada de mi buhardilla se caía a pedazos y, para bañarme, yo tenía que hacer cada mañana equilibrismo y contorsiones. Nicole dijo: «La solución es P'tit Pierre.» Lo había conocido hacía poco y estaba encantada porque P'tit Pierre, con destreza e ingenio sobresalientes, había empezado a transformar mágicamente su cuartito de baño en un suntuoso templo, para abluciones y placeres varios. P'tit Pierre vino a mi buhardilla, examinó mi ducha y la humanizó con una frase que lo pintaba entero: «Yo la curo.»

Nos hicimos amigos. Era flaco, desastrado, con una crespa melena por la que no había pasado jamás un peine y unos ojos azules errabundos. Nicole vivía con un muchacho español, metido como ella en el mundo del cine, y P'tit Pierre los despertaba en las mañanas con medialunas crujientes recién salidas de la panadería de la esquina. Trabajaba hasta el mediodía en el baño mesalínico y venía luego a despertarme a mí. Bajábamos a comer un bocadillo a Le Tournon y allí me iba enterando de la despreocupada existencia que tenía, durmiendo donde lo sorprendiera la noche, en rellanos, salas, sillones y alfombras de sus innumerables amigos, en cuyas casas andaban también desperdigados las pocas ropas y los útiles de trabajo que constituían su capital.

Mientras yo escribía, él resucitaba mi ducha, o hurgaba mis cosas sin el menor embarazo, o se ponía a dibujar monigotes que luego rompía. Se esfumaba a veces muchos días o semanas, y, al reaparecer, idéntico, risueño, cordial, yo me enteraba de originales aventuras que él vivía sin darles importancia, como simples rituales de la normalidad. Así, supe que habitó en un campamento de gitanos, y que en otra ocasión anduvo preso por bañarse desnudo en el Sena, un amanecer, con una pandilla de chicos y chicas que habían formado una comuna. Pero él era demasiado individualista para experimentos promiscuos y no duró mucho tiempo con el grupo.

Tenía, a veces, amores caritativos con las dueñas de las casas que pintaba, señoras a las que, por lo visto, su aire ido les atizaba el instinto maternal. Se acostaba con ellas por simpatía o conmiseración, no por interés: ya he dicho que P'tit Pierre era un curioso mortal desprovisto de codicia y de cálculo. Un día se me apareció con una niña que parecía salida de un jardín de la infancia. Era un antiguo amor, de manera que cuando P'tit Pierre la sedujo, ella debía andar gateando (exagero un poco). Vivieron juntos y, un tiempo después, la niña se fugó con un vietnamita. Ahora había vuelto a casa de sus padres y estaba terminando el colegio. P'tit Pierre la sacaba de cuando en cuando a ventilarse un poco.

Cuando, después de algunos meses, mi ducha quedó por fin repuesta, P'tit Pierre se negó a cobrarme por su trabajo. Seguimos viéndonos, en los *bistrots* del Barrio Latino, a veces con largos intervalos. Una tarde que nos encontramos en la calle, mi amiga Nicole, ruborizándose un poco, me dio la noticia: «¿Sabes que estoy viviendo con P'tit Pierre?»

A mí no me sorprendió tanto como a otros, pues siempre sospeché que P'tit Pierre andaba enamorado de la magnífica Nicole. ¿Cómo había ocurrido la sustitución de papeles? ¿Cómo había sido promovido P'tit Pierre, de portador de *croissants* para Nicole y su amante español, a reemplazante de éste? Mi teoría era que el factor decisivo no habían sido las quebradizas medialunas sino el baño, maravilla de las maravillas, recinto de apenas cinco metros cuadrados en los que la imaginación (y el amor) de P'tit Pierre había concentrado espejos, losetas, adornos, porcelanas, recipientes, vestuarios, con refinamiento babilónico y equilibrio cartesiano. Todos los amigos del *quartier* aseguraban que la relación de esa chica culta, burguesa y próspera, con el semianalfabeto y delicuescente artesano, no duraría mucho. Con mi incorregible vocación romántica yo apostaba que sí.

Me equivoqué sólo en parte, pues acerté en que esos amores no serían convencionales sino inesperados y dramáticos. Supe de ellos a pedazos y a destiempo, de oídas, porque, a poco de ponerse a vivir juntos Nicole y P'tit Pierre, dejé París. Volví al cabo de los años y, pasando revista al destino de los conocidos con un tercero casual, me enteré que la pareja andaba enfrascada en los laberintos del amor-pasión: se deshacía y rehacía sólo para volverse a deshacer. Alguien, alguna vez, en alguna parte, me preguntó: «¿Te acuerdas de P'tit Pierre? ¿Sabías que se volvió loco? Lo tienen encerrado hace ya tiempo en un manicomio de Bretaña.»

Fue lo del encierro —y su supuesta violencia— lo que me dejó escéptico. Porque si la locura es la ruptura de la normalidad, P'tit Pierre no había sido jamás un hombre cuerdo. Desde antes de tener razón había vivido —como su antecesor, Gavroche, el pilluelo de *Los miserables*— desacatando las costumbres bien vistas, la moral entronizada, los valores ímprobos y, probablemente, la ley. Pero cualquier síntoma de agresividad física contra el prójimo me parecía en él inconcebible. No había conocido un ser más benigno, desinteresado, condescendiente y bondadoso que P'tit Pierre. ¿Quién me iba a hacer creer que ese muchacho para quien parecía inventada la bonita palabra «nefelíbata» —ser extraviado en las nubes— podía volverse un loco furioso?

Se escurrieron otros cuantos años sin oír nada de él, cuando, en una escala entre dos aviones, en el aeropuerto de Madrid, una silueta me cerró el paso abriendo los brazos. «¿No me reconoces? Hombre, si soy tu vecino del Quartier Latin.» Era el cineasta español que había vivido con Nicole. Tan grueso y canoso que costaba trabajo identificarlo con el esmirriado leonés que, quince años atrás, se descomponía de prejuicios carpetovetónicos cada vez que su chica francesa hacía el ademán de pagar la cuenta. Nos abrazamos, fuimos a tomar un café.

Él iba a París de vez en cuando, aunque por nada del mundo volvería a vivir allá, esa ciudad no era ya ni rastro de lo que fue. ¿Y veía a Nicole? Sí, a veces, seguían siendo buenos amigos. ¿Y cómo estaba ella? Mucho mejor, ya muy repuesta. ¿Había estado enferma Nicole? ¿Cómo, no sabía yo lo ocurrido? No, ni una palabra, siglos que nadie me daba noticias de Nicole.

Él me las dio, y también de P'tit Pierre, a quien, me juró, no había guardado nunca rencor por quitarle a su chica. Lo del manicomio era verdad y también lo de la furia. Pero no contra los demás, claro que P'tit Pierre era incapaz de hacerle daño a una mosca. A él mismo, en cambio, sí. Llevaba algún tiempo internado, en Bretaña, cuando a Nicole le avisaron que P'tit Pierre se había procurado una sierra eléctrica y que con ella se había mutilado horriblemente. Las visitas de Nicole lo perturbaban y, por lo tanto, hasta que hubiera una mejoría en su ánimo, los médicos le prohibieron ir a verlo.

Semanas, meses o años después, el sanatorio avisó a Nicole que P'tit Pierre había desaparecido. Las búsquedas no dieron resultado. Para entonces, supongo, Nicole había —como se dice— rehecho su vida, mejorado de posición, contraído un nuevo amante. Imagino que para el día en que decidió vender su piso del Quartier Latin, el recuerdo de P'tit Pierre debía de ser algo remoto. El hecho es que uno de los posibles compradores se empeñó en curiosear el vasto entretecho que sobrevolaba el dormitorio, baño y cocina del departamento. ¿Fue ella quien lo vio primero? ¿Fue el posible comprador? El cuerpo de P'tit Pierre se balanceaba, entre las telarañas y el polvo, ahorcado de una viga. ¿Cómo se las arregló para deslizarse hasta allí sin ser visto? ¿Cuanto tiempo llevaba muerto? ¿No había habido, acaso, una pestilencia que delatara su cadáver?

El avión iba a partir y no pude hacerle al cineasta español ninguna de las preguntas que me golpeaban la cabeza. Si me lo encuentro otra vez, en algún aeropuerto, tampoco se las haré. No quiero saber una palabra más de P'tit Pierre, esa piedrecita del Barrio Latino que compuso mi ducha. Escribo esta historia para ver si así me libro de su maldita sombra de ahorcado que me despierta a veces en las noches, sudando.

Lima, diciembre 1983

SANGRE Y MUGRE
DE UCHURACCAY

INFORME SOBRE UCHURACCAY *

Lima, marzo de 1983
Señor Arquitecto
FERNANDO BELAUNDE TERRY
Presidente Constitucional del Perú
Presente.

Señor Presidente:

En cumplimiento con el encargo que usted nos confiara —«llevar adelante las investigaciones que juzgue convenientes y emitir un informe sobre los antecedentes, los hechos y consecuencias que tuvieron lugar en la comunidad de Uchuraccay, ocasionando la muerte de ocho miembros del periodismo nacional»—, nos honra entregarle, en el plazo previsto, el siguiente Informe, que resume nuestras investigaciones sobre el trágico suceso.

El Informe está dividido en cuatro partes. La primera, bajo el título *Cómo fue*, reconstruye, con la mayor objetividad posible, los preparativos de la expedición de los periodistas, el itinerario e incidencias de su recorrido, el suceso mismo y los acontecimientos inmediatamente posteriores a él. En la segunda parte —bajo el título de *Por qué fue*—, el Informe expone el contexto político, social, psicológico e histórico que, a juicio de la Comisión, es imprescindible para entender cabalmente lo ocurrido.

La tercera parte comprende los informes de los antropólogos doctores Juan Ossio, Fernando Fuen-

---

* Este Informe fue redactado por mí, pero discutido y aprobado por todos los miembros de la Comisión Investigadora y sus asesores.

zalida y Luis Millones, del jurista doctor Fernando de Trazegnies, del psicoanalista doctor Max Hernández, y de los lingüistas doctores Rodolfo Cerrón y Clodoaldo Soto, quienes —al igual que el licenciado Ricardo Valderrama—, en gesto que los enaltece, aceptaron asesorar a la Comisión Investigadora en el curso de su trabajo y cuyos consejos, opiniones y conocimientos fueron para nosotros de invalorable ayuda. La Comisión desea subrayar, sin embargo, que las conclusiones del Informe son exclusiva responsabilidad de sus tres miembros y que de ningún modo comprometen a estos distinguidos intelectuales, cuya competencia, vocación de servicio, probidad y generosidad queremos agradecer públicamente.

La cuarta parte consta de las versiones grabadas y mecanografiadas de las informaciones que recibió de cuarenta y dos personas (o grupos de personas) y de la comunidad de Uchuraccay, de los documentos que le fueron entregados y de las fotografías tomadas en el curso de su investigación por el señor Roger Reyna, asesor gráfico de la Comisión, designado por la Asociación de Reporteros Gráficos del Perú.

La Comisión quiere agradecer la ayuda y colaboración recibidas por parte de múltiples instituciones y personas. Con muy escasas excepciones —de hecho, apenas tres—, todos los ciudadanos solicitados accedieron a proporcionarnos informaciones o nos suministraron documentación gráfica y escrita, o —en el caso de las autoridades— nos permitieron examinar materiales, algunos de carácter reservado —como partes operacionales y documentación de inteligencia—, sin los cuales nuestro trabajo hubiera sido materialmente imposible. La Comisión desea destacar el hecho de gran significación democrática, de que, acaso por primera vez en la historia de la República, civiles y militares, miembros del gobierno y de la oposición, funcionarios y simples particulares, aceptan comparecer ante una Comisión independiente, desprovista de toda competencia judicial o policial, sin poderes coactivos de ninguna clase, y cuya única razón de ser ha sido contribuir al esclarecimiento de una verdad que reclamaban urgentemente la conciencia nacional y la opinión pública del resto del mundo.

A fin de que usted, señor Presidente, y nuestros compatriotas, puedan medir con exactitud el grado de certeza y convicción, o de incertidumbre y duda, a que la Comisión ha llegado sobre cada uno de los hechos expuestos, utilizamos en este Informe estas tres categorías para calificar a cada uno de los hechos, interpretaciones o documentos a que nos referimos: *convicción absoluta*, para asuntos que a juicio de la Comisión resultan incontrovertibles y fehacientes; *convicción relativa*, para hechos que, aunque a juicio de la Comisión parecen muy probables y posibles, adolecen, sin embargo, de una cierta oscuridad o inseguridad; y *convicción dudosa*, para asuntos que admiten interpretaciones distintas e igualmente persuasivas o que, a pesar de sus esfuerzos, a la Comisión no le ha sido posible comprobar, rectificar o descartar.

CÓMO FUE

1. *¿Cómo, dónde, cuándo y entre quiénes se preparó el viaje de los periodistas?*

La Comisión ha llegado a la *convicción absoluta* de que la expedición se decidió de manera definitiva el día martes 25 de enero y de que en su gestación fue decisiva la llegada a Ayacucho, en el avión procedente de Lima, esa misma mañana, del reportero gráfico de la revista *Oiga*, Amador García. Esto no significa que por primera vez consideraran sus colegas la idea del viaje al interior del Departamento. Éste estaba en el aire, era una ambición compartida por muchos de los enviados especiales, corresponsales y periodistas de Ayacucho desde que las autoridades habían dado a conocer —el 23 de enero— la muerte de varios senderistas en las comunidades de las alturas de Huanta (y, más precisamente, en la comunidad de Huay-chao).

La noticia de la muerte de senderistas a manos de los comuneros de Huaychao había sido recibida con cierto escepticismo por algunos hombres de prensa. Para otros, que carecían de opinión pública o presunción ideológica, la posibilidad de comprobar o desmentir el hecho, o de ilustrarlo y ampliarlo con datos precisos, constituía un poderoso incentivo. Sin embargo, el proyecto del viaje a Huaychao —única localidad donde la información oficial indicaba hasta entonces (incorrectamente, como se verá) choques de comuneros con terroristas— no prosperó antes del martes 25, probablemente por las dificultades materiales que entrañaba el llegar a una localidad tan remota y acaso por la opinión del periodista Luis Antonio Morales —corresponsal del *Diario de Marka* en Ayacucho—, quien asegura haber desanimado a sus colegas del proyecto, por considerar que el viaje a Huaychao era demasiado largo y riesgoso. (La Comisión tiene la *convicción relativa* de que este testimonio es cierto.)

Pero el entusiasmo voluntarioso de Amador García resucita el proyecto, contagia a sus colegas y la expedición se decide en unas cuantas horas, entre la mañana y la tarde del martes.

Los planes y preparativos se inician febrilmente esa misma mañana, en el Hostal Santa Rosa, con la participación entusiasta de los periodistas: Jorge Sedano de *La República*, Eduardo de la Piniella y Pedro Sánchez del *Diario de Marka*, de Willy Retto y Jorge Luis Mendívil de *El Observador* y de otros periodistas que luego, por diversos motivos, desistirían de viajar, como Jorge Torres de la revista *Gente* y Javier Ascuez de *El Comercio* de Lima.

La Comisión ha llegado a la *convicción absoluta* de que el viaje no fue preparado de manera secreta, sino a la luz pública, y que su objetivo —llegar a Huaychao para verificar la muerte de senderistas por los comuneros— fue objeto de discusión y comentarios entre participantes y diversos testigos, dentro y fuera del Hostal Santa Rosa, en el curso del día martes. La Comisión está informada, por ejemplo, de que al comenzar la tarde del martes, Amador García buscó y propuso que se uniera a la expedición al corresponsal del Canal 5 y de la revista *Oiga* en Ayacucho, Mario Cueto Cárdenas, quien declinó hacerlo por compromisos de trabajo.

2. *¿Significa esto que las autoridades de Ayacucho conocieron con antelación los planes del viaje?*

Las autoridades de la Zona de Emergencia de mayor jerarquía, como el general Clemente Noel, jefe de la Zona político-militar, el jefe de la Guardia Civil, coronel Pedro Benavides y el coronel Víctor Pizarro de los Santos, jefe de la PIP en Ayacucho, afirman enfáticamente que ninguno de ellos tuvo conocimiento previo del viaje que se preparaba. La Comisión ha llegado a la *convicción relativa* de que esto es verdad. El ligero margen de duda nace de un testimonio contradictorio e inverificable surgido al respecto: la revista *Oiga*, por intermedio del periodista Uri Ben Schmuel, llamó por teléfono, en Lima, el martes 25 a las 7:00 a.m., al comandante Eulogio Ramos, asesor de Comunicaciones del Ministerio del Interior, para comunicarle el viaje de Amador García y su intención de ir hasta Huaychao, solicitándole facilidades y protección. El comandante Ramos ofreció hacer la respectiva gestión con la 9.ª Comisaría de Ayacucho de inmediato y por teléfono, pero, según su testimonio, no la hizo ese mismo día debido a un desperfecto que interrumpió las comunicaciones con Ayacucho, por lo cual sólo envió un radiograma a la 9.ª Comandancia en la mañana del día miércoles (es decir, cuando la expedición ya había partido) pidiendo facilidades para Amador García, sin especificar la naturaleza de la misión que éste pretendía llevar a cabo. Ahora bien, según el coronel Pedro Benavides el radiograma nunca llegó a la 9.ª Comisaría, ni Amador García se presentó en ella.

La Comisión no descarta la posibilidad de que funcionarios y subordinados de menor jerarquía hayan tenido oídas del viaje que se preparaba —sobre todo teniendo en cuenta que en el Hostal Santa Rosa se albergaban, al igual que muchos periodistas, funcionarios de la PIP— pero sin concederle mayor importancia ni comunicarlo a las máximas autoridades. Funda estas suposiciones en que, en anteriores ocasiones, otras expediciones —acaso tan alejadas y peligrosas como ésta— fueron emprendidas por periodistas, más o menos de la misma manera, sin que esto pareciera inquietar mayormente a las autoridades ni las indujera a tomar providencias particulares. La Comisión se refiere, por ejemplo, a dos viajes fuera de Ayacucho, de los periodistas del *Diario de Marka*, Pedro Sánchez y Gerardo Torres y de éste y Severo Guaycochea, a lugares donde se habían producido choques armados y que podían, por lo tanto, ser tenidos como inseguros.

3. *Antes de la partida*

El chofer Salvador Luna Ramos, quien ya había prestado servicios con su automóvil a algunos de los periodistas concertados para el viaje, es requerido por primera vez para los fines de la expedición el martes 25 antes del mediodía. Un grupo, entre los que él recuerda a Jorge Sedano y a Amador García, le habla vagamente de un viaje hasta Yanaorco, le pide una tarifa y queda en confirmarle el contrato ese mismo día. En ese momento, asegura Luna Ramos, los periodistas no mencionaron su propósito de ir hasta Huaychao, ni tampoco esa tarde, a las cinco, cuando volvieron para confirmarle el viaje hasta Yanaorco —donde se encuentra la torre de microondas atacada varias veces por Sendero Luminoso— y entregarle el anticipo de 15.000 soles, la mitad de los 30.000 con que cerraron el acuerdo. Salvador Luna conviene en recoger a los periodistas en el Hostal Santa Rosa a las cinco de la madrugada.

Los preparativos del viaje son muy intensos toda la tarde del martes. De la Piniella consigue un mapa, que es estudiado por los expedicionarios en una mesa del hostal. Esa tarde se incorporan al proyecto dos periodistas ayacuchanos, Félix Gavilán y Octavio Infante, cuya participación —sobre todo la de este último— es decisiva para establecer el itinerario del viaje. En efecto, el director del diario *Noticias* tiene su madre y su familia materna —los Argumedo— en Chacabamba, pequeña localidad situada en las faldas de las montañas en cuyas punas se encuentran las comunidades iquichanas de Huaychao y de Uchuraccay. De acuerdo con la sugerencia de Infante, los periodistas deciden viajar por la carretera de Tambo hasta un punto, vecino a la laguna de Tocto —Toctococha— y muy próximo a Yanaorco, desde donde marcharían a pie hasta Chacabamba, para solicitar allí la ayuda y guía del medio hermano de Infante, Juan Argumedo, hombre de la región y quien podía conducirlos hasta Huaychao.

Algunos de los periodistas dedican la tarde del martes a hacer compras —adquieren zapatillas, chompas, plásticos para la lluvia— y dos de ellos se van luego al cine. Todo indica que, aunque sin duda hay en los expedicionarios excitación, impaciencia, ansiedad por el viaje, ninguno de ellos sospecha el gravísimo riesgo que se disponen a correr, ni tienen, por tanto, el menor atisbo de lo que está ocurriendo en las comunidades iquichanas de las alturas de Huanta en esos mismos instantes.

4. *La partida de Ayacucho*

El chofer Salvador Luna Ramos se presentó en el Hostal Santa Rosa a las 5:20 de la mañana del día miércoles. Lo recibió, ya despierto, Jorge Sedano, quien se mostraba animoso y de excelente humor. El contrato de la víspera había sido hecho para siete periodistas, pero esa madrugada Sedano dijo al chofer que viajarían ocho.

Unos diez minutos después, los periodistas parten del Hostal Santa Rosa. Los despide Jorge Torres, de *Gente*, quien ha decidido no acompañarlos y a quien ellos gastan algunas bromas. El buen humor será la nota dominante de los viajeros hasta que, un par de horas después, abandonen el taxi.

Del hostal se dirigen a la calle Bellido en busca de Infante. Luego se detienen en el óvalo de Magdalena para que los periodistas compren cigarrillos, leche, galletas y otras provisiones.

Cuando el taxi deja atrás la ciudad de Ayacucho son aproximadamente las 6:30 de la mañana.

5. *¿Pasaron controles policiales durante el viaje?*

Los viajeros pasaron un solo control, a la salida de Ayacucho: la barrera policial de la Magdalena. Este control fue más simbólico que real. El chofer apenas sobreparó, dentro de cierta congestión de vehículos, y, al acercarse el guardia, los pasajeros se identificaron como periodistas, enseñando los carnets, que aquél ni examinó ni registró, limitándose a decir: «Pasen.» (La Comisión Investigadora ha comprobado, en el curso de sus desplazamientos fuera de la ciudad de Ayacucho, lo superficiales, para no decir inútiles, que son estas operaciones de control carretero. Ha comprobado, también, que entre Ayacucho y el lugar donde los periodistas se apearon del taxi, no existe ninguna otra garita de control. Las afirmaciones de ciertos diarios según los cuales hay una barrera policial a la altura de Yanaorco no tienen fundamento, pues la torre, aunque se divisa desde la carretera, se halla a unos dos kilómetros, en una cumbre a la que se llega por un desvío que los periodistas no tomaron.) La Comisión ha llegado a la *convicción absoluta* de que las autoridades de la Zona de Emergencia, por lo tanto, no pudieron ser informadas del desplazamiento y destino de los periodistas en el transcurso del viaje.

6. ¿Estaba ya definido el objetivo del viaje?

El chofer Luna Ramos asegura que fue contratado por los periodistas para llevarlos hasta Yanaorco y que sólo en el camino, por sus conversaciones, se enteró de que se proponían llegar a la comunidad de Huaychao. La Comisión Investigadora tiene la *convicción relativa* de que este testimonio es fiel.

Asimismo, los periodistas parecen haber viajado, también, con la intención de comprobar si la torre de microondas de Yanaorco había sido volada por Sendero Luminoso, pues, al divisarla indemne, exclamaron: «Nos engañaron.» Pero sus datos tenían base: los despachos militares indican que en la noche del 22 de enero hubo un atentado contra la torre.

7. Desayuno en Pacclla

Antes de llegar a Yanaorco, los viajeros habían hecho un alto en el caserío de Pacclla, a las 7:30 aproximadamente, para tomar desayuno. Toda la hora de viaje que llevaban había sido festiva y cordial: intercambiaban chistes, burlas y, por ejemplo, decían a De la Piniella, que llevaba una casaca verde, que vestido así podía ser confundido con un «terruco» o con un «sinchi».

En el pequeño caserío de Pacclla se detuvieron a tomar un caldo de gallina. Mientras los periodistas desayunaban, el chofer fue a llenar una galonera de agua a un riachuelo vecino. Cuando regresó, los periodistas estaban tomándose fotografías y uno de ellos, Willy Retto, se subió incluso a una roca para tener una buena perspectiva del grupo. En Pacclla permanecieron acaso hasta una media hora.

Al llegar a la altura de Yanaorco, los periodistas divisan la torre intacta y proponen al chofer del taxi que los lleve hasta allá, enrumbando por el desvío. Pero Luna Ramos se niega a hacerlo, por lo accidentado del terreno y porque, como la torre ha sido víctima de varios atentados, lo supone riesgoso. Esta ne-

gativa no importa mucho a los viajeros que piden al
chofer avanzar un poco más por la carretera, pasar la
laguna y detenerse unos setecientos metros más allá,
en un punto que la Comisión Investigadora ha identificado y desde el cual emprenderán la ruta, a pie,
hasta Chacabamba, en pos de Juan Argumedo.

Aunque esta trayectoria no es un camino, sino una
trocha incierta, la Comisión Investigadora ha recogido testimonios según los cuales los hombres de
la región acostumbran tomar ese atajo, a través de la
puna, para dirigirse a Chacabamba, o Balcón o Miscapampa, sin necesidad de llegar primero hasta Tambo,
con lo que ahorran por lo menos una hora de viaje.
Los ocho periodistas descendieron en ese punto desolado de la ruta entre las 8:00 y las 8:30 de la mañana,
cancelaron a Salvador Luna los 15.000 soles que le debían y comenzaron la marcha, guiados por Infante,
quien había hecho con anterioridad ese camino. Tenían frente a ellos un escarpado cerro que vencer antes de divisar las viviendas de los Argumedo.

8. *La caminata hasta Chacabamba*

Debió tomarles unas dos horas y fue, para algunos
de ellos —como Jorge Sedano, que era gordo y tenía
52 años—, agotadora. Es preciso subrayar que, a la
distancia —unos seis kilómetros— se añadía el hecho
de lo abrupto del terreno —las continuas subidas y
bajadas— y la altura, que por momentos superaba los
cuatro mil metros.

9. *En Chacabamba, donde la familia Argumedo*

A eso de las 10:30 de la mañana, la señora Rosa de
Argumedo —madre de Juan Argumedo y de Octavio
Infante—, que estaba pastoreando a sus animales por
los alrededores, es la primera en ver a los periodistas,
acercándose a campo traviesa. Su emoción es muy viva al reconocer entre los recién llegados a su hijo Oc-

tavio, quien —según el testimonio de su hermana materna Juana Lidia Argumedo García— no había venido a Chacabamba hacía por lo menos un año. Conmovida, la señora Rosa se echó a llorar.

10. *¿Sabía la familia Argumedo de la venida de los periodistas?*

Según el testimonio de Juana Lidia —al que, al igual que al de la señora Rosa de Argumedo y al de Julia Aguilar de Argumedo, la Comisión les concede en esto *convicción absoluta* de veracidad— Octavio Infante se sorprende, al llegar a Chacabamba, de que su otro medio hermano, José Argumedo, no hubiera prevenido a la familia de su venida. Presumiblemente, en Ayacucho, Infante había encargado a José desde la víspera adelantarse a Chacabamba para alertar a la familia de su llegada, pero José aún no había asomado por el lugar, de modo que la aparición de Octavio Infante y los demás fue, para los Argumedo, una sorpresa.

11. *Los periodistas en Chacabamba*

Los viajeros no permanecen más de un cuarto de hora en Chacabamba. Están sedientos y exhaustos, sobre todo Jorge Sedano, y la señora Rosa les prepara una limonada que ellos mismos endulzan con el azúcar de sus provisiones.

Juan Argumedo se encontraba, al llegar el grupo, cortando unas tablas en el aserradero. Se une a los periodistas, que están tomando algunas fotos, y su hermano Octavio le pide ayuda en nombre de los viajeros: una mula para Sedano y un caballo para cargar maletines y provisiones. Asimismo, Octavio pide a Juan que, como él conoce la ruta hacia Huaychao, les sirva de guía. Los periodistas indican en todo momento que su objetivo es Huaychao, situado unos ocho kilómetros después de Uchuraccay.

Según la señora Julia de Argumedo su esposo muestra cierta reticencia a ir a Uchuraccay mismo, por las muertes de senderistas ocurridas en las alturas, y por eso se ofrece a llevarlos sólo hasta Huachhuaccasa, una elevación próxima a Uchuraccay. Desde allí, dice, regresará a Chacabamba trayéndose de vuelta las cabalgaduras prestadas.

Los periodistas pensaban que podrían regresar esa misma noche a pernoctar a Chacabamba, y, por eso, Octavio Infante pide a su madre, doña Rosa, que le prepare una cama con mantas donde cobijarse. Pero ella conoce la distancia que hay hasta Huaychao y deduce que los periodistas tendrían que pasar la noche en Uchuraccay. Para esa eventualidad, la señora Rosa les da el nombre de una conocida suya de la comunidad, doña Teodora viuda de Chávez, nombre que el periodista Félix Gavilán apunta.

12. *¿Eran conscientes los periodistas y la familia Argumedo del riesgo que corrían al emprender esta etapa del viaje?*

La Comisión tiene la *convicción* absoluta de que los ocho periodistas emprendían esta nueva etapa sin la menor alarma, ignorantes del riesgo que corrían, y confiados en que su condición de periodistas los protegería en caso de cualquier emergencia.

Esta convicción no es *absoluta* sino *relativa* en lo que concierne al hombre que, a partir de Chacabamba, les sirve de guía: Juan Argumedo. Es evidente que si éste hubiese tenido conciencia cabal de lo que, en esos mismos momentos, estaba ocurriendo en las comunidades de la altura, no hubiera hecho el viaje y hubiera tratado de disuadir a su hermano Octavio y a los amigos de éste de llevarlo a cabo. Ni Juan ni su familia desaconsejaron el viaje, lo que hace suponer también de su parte una cierta inconsciencia del peligro.

Aunque posible, no deja de ser sorprendente que en Chacabamba, lugar relativamente próximo a Uchuraccay y a las otras comunidades iquichanas, se desconociera la profunda perturbación, el estado de alarma y febrilidad que reinaba entre esos comuneros desde las muertes de senderistas ocurridas en los días anteriores. El linchamiento o asesinato de «siete senderistas» en Huaychao había sido dado a conocer al país el día 23 por las autoridades y esta noticia era obviamente sabida por los Argumedo. Pero, en realidad, estas muertes de reales o presuntos senderistas habían sido mucho más numerosas —alrededor de 25— y habían tenido lugar, a juzgar por los partes oficiales reservados, no sólo en Huaychao, sino en otras comunidades iquichanas como Uchuraccay, donde los comuneros habían matado a cinco senderistas.

Que Juan Argumedo tenía cierta noción del riesgo que corría parece evidenciarse en su decisión de servirles de guía sólo hasta Huachhuaccasa y no hasta el mismo Uchuraccay. También es posible que esto, más que temor, fuera una vaga aprensión o la simple necesidad de regresar a Chacabamba los animales prestados. En todo caso, Juan Argumedo indicó a su familia que estaría de vuelta ese mismo día.

13. *La partida hacia Uchuraccay*

Los testimonios de la familia Argumedo coinciden en señalar que el grupo, al partir de Chacabamba, pese a la fatiga por el reciente recorrido, se muestra jovial —siguen intercambiando bromas entre ellos— y optimista. En casa de Juan Argumedo, algo más adelantada que la de la señora Rosa, se detienen a tomar un vaso de leche, mientras Juana Lidia Argumedo ensilla la mula en la cual se encarama con cierta dificultad —pues, según dijo, no sabía montar— Jorge Sedano. En la otra cabalgadura se aseguran los maletines y provisiones. Antes de partir, Eduardo de la Piniella se interesa por las condiciones en que viven los Argumedo, en ese paraje apartado —¿Dónde estudian los niños de doña Juana?, por ejemplo— y, en agradecimiento por la hospitalidad recibida, reparten unas galletas entre la madre, la esposa y la hermana del guía. Julia de Argumedo ve alejarse al grupo, rumbo a la quebrada que trepa hacia las punas, y su última visión es la de su esposo halando la mula de Sedano. La hora debe situarse entre las 11:00 y 11:30 de la mañana.

14. *Rumbo a Uchuraccay*

La distancia entre Chacabamba y Uchuraccay son unos quince kilómetros de camino abrupto y pedregoso, entre rocas y empinadas laderas. El terreno se eleva sistemáticamente hasta sobrepasar los cuatro mil metros de altura. Es probable que el itinerario seguido por los viajeros fuera, luego de dejar Chacabamba, Jachubamba, Minas Piccho y Huachhuaccasa, límite sur de la comunidad de Uchuraccay. Los naturales llegan a franquear este recorrido en el tiempo récord de dos horas. Pero para los periodistas, venidos en su mayoría de Lima, inexpertos en desplazamientos por la alta sierra, fatigados por la caminata de la mañana, la trayectoria debió ser larga, difícil, muy penosa, pues les tomó cerca de cinco horas.

Es casi seguro que su presencia fue detectada por comuneros de Uchuraccay —pastores casuales con sus rebaños o vigías especialmente apostados para señalar la llegada de extraños— cuando se hallaban en pleno tránsito hacia la comunidad.

15. *El ataque*

La Comisión ha llegado a la *convicción absoluta* de que los comuneros que se encontraban en ese momento en Uchuraccay —y que eran tanto miembros de esa comunidad como, posiblemente, de otras comunidades iquichanas— confundieron a los nueve forasteros que se aproximaban con un destacamento de senderistas que venía, sin duda, a escarmentarlos por el linchamiento de varios de los suyos perpetrado en esa misma comunidad en los días anteriores. Esta operación de represalias era temida y esperada en las comunidades iquichanas que habían matado senderistas y mantenía a los comuneros en un estado de ánimo sobresaltado, medroso y furibundo a la vez, como atestiguan los periodistas Gustavo Gorriti y Óscar Medrano de *Caretas* —que llegaron a la mañana siguiente a la localidad vecina de Huaychao— y las señoras Rosa de Argumedo, Julia de Argumedo y Juana Lidia Argumedo, que llegaron, también a la mañana siguiente, a Uchuraccay en busca de Juan Argumedo. Este estado de ánimo excepcional, exacerbado por una suma de circunstancias sobre las que la segunda parte de este Informe se explaya considerablemente, es, a juicio de la Comisión, un factor que debe ser considerado como primordial para entender lo que ocurrió.

La Comisión tiene la *convicción relativa* de que los periodistas debieron ser atacados de improviso, masivamente, sin que mediara un diálogo previo, y por una multitud a la que el miedo y la cólera, mezclados, enardecían y dotaban de una ferocidad infrecuente en su vida diaria y en circunstancias normales. La Comisión llega a esta conclusión considerando el hecho de que tres de los periodistas hablaban quechua —Octavio Infante, Félix Gavilán y Amador García— y quienes, de haber tenido un diálogo con los comuneros, hubieran podido revelar su identidad, explicar su objetivo e intenciones y desarmar la desconfianza y hostilidad de sus atacantes. Pero la Comisión no puede descartar, tampoco, que este intento de diálogo se produjera y fuese inútil debido al exceso de suspicacia, pánico y furor de los comuneros o a alguna imprudencia o error en el curso de la conversación por parte de los periodistas que agravase el malentendido en vez de disiparlo.

16. *¿Llevaban los periodistas una bandera roja?*

En todo caso, la Comisión tiene la *convicción absoluta* de que la acusación según la cual los periodistas

101

se habrían presentado a Uchuraccay enarbolando una bandera roja y dando mueras al gobierno y a los «sinchis» —acusación que hacen, unánimes, los comuneros de Uchuraccay— no tiene validez alguna ni resiste al más somero análisis. Todos los testigos, colegas o familiares, de la gestación y peripecias del viaje, niegan categóricamente que alguno de los periodistas hubiera tenido consigo una bandera roja, o hubiese considerado jamás la posibilidad de llevarla, y es obvio que no se ve cuál hubiera podido ser la razón por la cual los periodistas hubieran acarreado consigo un objeto que sólo habría servido para traerles dificultades y riesgos con las patrullas de las fuerzas del orden o con los propios comuneros que, según las noticias oficiales, acababan de tener enfrentamientos con los senderistas. La única bandera en poder de los periodistas, según los informes recibidos por la Comisión, era una sábana blanca, doblada y guardada por la esposa de Félix Gavilán en la bolsa de éste, y que el periodista ayacuchano decidió llevar para usarla como enseña de paz en caso de alguna situación de alarma que pudiera presentarse en el viaje.

17. *¿Qué explicación tiene, entonces, la acusación hecha a los periodistas por los comuneros de Uchuraccay de haberse presentado en la comunidad con una bandera roja?*

Esta acusación la formulan los comuneros ante el teniente 1.º AP Ismael Bravo Reid, jefe de la patrulla mixta de guardias civiles e infantes de Marina que llega a Uchuraccay el viernes 28 a eso de las nueve de la noche, a quien comunican que han dado muerte a ocho supuestos terroristas y a quienes entregan la bandera roja, un teleobjetivo, doce rollos de películas —que resultarían sin usar— y algunas prendas de las víctimas. La acusación de la bandera la repiten los comuneros —aunque con contradicciones, señalando unos que la llevaban enarbolada y otros que la tenían en una maleta— en la mañana del domingo, al periodista de *Marka*, Luis Antonio Morales, en unas entrevistas grabadas que, luego de cuidadosa evaluación, la Comisión ha llegado a la *convicción absoluta* de que son auténticas, y, finalmente, la reafirma unánimemente la comunidad de Uchuraccay ante la Comisión Investigadora en el cabildo abierto celebrado allí el lunes 14 de febrero.

Sin embargo, la esposa, la madre y la hermana de Juan Argumedo, que corren a Uchuraccay en la mañana del jueves 27 de enero —es decir, pocas horas después de la tragedia—, que permanecerán detenidas por la comunidad cerca de 24 horas, y a quienes los comuneros confiesan haber dado muerte a un grupo de terroristas, no oyen en ningún momento semejante acusación.

La Comisión ha llegado a la *convicción relativa* de que el cargo de que los periodistas llevaban una bandera roja fue producto de una decisión adoptada por la comunidad, en el curso de ese día jueves o del siguiente, como una justificación o coartada de la terrible confusión que les hizo tomar a los periodistas por senderistas.

18. *¿En qué momento advirtieron los comuneros el error de que habían sido víctimas?*

Sobre este punto la Comisión carece de testimonios directos, por la resistencia total de los comuneros de Uchuraccay a entrar en detalles concretos sobre los sucesos, y estas hipótesis, que presenta con carácter de *dudosas*, han sido elaboradas a partir de la mera evidencia interna.

La primera posibilidad es que los comuneros —los más lúcidos entre ellos— sospecharan o advirtieran el error inmediatamente después de la matanza, al comprobar que sus víctimas no estaban armadas sino de inofensivas cámaras fotográficas.

También es posible que el malentendido se disipara con la captura de Juan Argumedo, quien, según varios indicios, no se encontraba con los periodistas en el instante de la matanza. Las primeras informaciones recogidas por sus tres familiares, al llegar a Uchuraccay a la mañana siguiente, indican que Argumedo se había quedado atrás, probablemente en el cerro de Huachhuaccasa, y que, al advertir el ataque a los periodistas, intentó huir en la mula. Fue perseguido por comuneros montados a caballo y alcanzado —según le refirió la comunera Roberta Huicho a la señora Rosa de Argumedo— a la altura de Yuracyaco (o Ruyacyaco), donde se le hizo prisionero. Es perfectamente plausible que a través de Juan Argumedo, quien, según diversos testimonios, permaneció prisionero de los comuneros en las horas siguientes a su captura, comprendieron éstos en toda su magnitud la equivocación que habían cometido.

En todo caso, no hay ninguna duda que la llegada a Uchuraccay, el jueves en la mañana, de Rosa de Argumedo, Juana Lidia Argumedo y Julia de Argumedo saca definitivamente a los comuneros de su error si aún albergaban dudas al respecto. La mejor prueba de ello es que, para soltarlas en la tarde del viernes, y luego de haber sido testigos de un «ajusticiamiento» —o juicio público— en la casa comunal de Uchuraccay, en el curso del cual las tres mujeres vieron cómo los comuneros «juzgaban» a trece prisioneros traídos de distintas comunidades iquichanas y acusados todos de ser senderistas o cómplices de éstos, la comunidad las hace jurar solemnemente, ante una vara con crucifijo —la vara del alcalde mayor— que guardarán el más absoluto secreto sobre todo lo que han visto y oído desde que pisaron la comunidad. En ese juicio público, en la casa comunal de Uchuraccay, en el que participaron muchos comuneros venidos de diversas comunidades iquichanas —tantos que la señora de Argumedo llega a asegurar que había «varios miles», lo que a todas luces parece exagerado—, uno de los prisioneros es el teniente gobernador de Iquicha, a quien mantienen atado por el cuello con una bandera roja. Este hombre está acusado de haber izado esa bandera roja en su comunidad o de haber amparado el izamiento. Ha sido traído desde allá hasta Uchuraccay, muy maltratado. Los *varayocs* de Uchuraccay muestran esa bandera roja a la señora Rosa de Argumedo y le dicen: «Ésta es, pues, la bandera de los terroristas.»

Es la única bandera roja que hay en Uchuraccay, según todas las apariencias. Y cuando, al anochecer del día siguiente, la patrulla del teniente 1.º Bravo Reid llegue al pueblo, los comuneros le entregarán una sola bandera roja, asegurando que estaba en poder de los periodistas. La conclusión que de todo ello se desprende tiene, a juicio de la Comisión, fuertes visos de realidad. Los comuneros para dar mayor asidero a su tesis de haber dado muerte a un grupo de ocho senderistas, ponen en manos de éstos —con el agregado inverosímil de los vítores a Sendero y los mueras a Belaunde y a los «sinchis»— la bandera roja que flameó en Iquicha y que sirvió de collar al prisionero de esa comunidad.

19. *¿Quiénes ejecutaron la matanza?*

La Comisión Investigadora ha llegado a la *convicción absoluta* de que el asesinato de los periodistas fue obra de los comuneros de Uchuraccay, posiblemente con la colaboración de comuneros de otras comunidades iquichanas, sin que, en el momento de la matanza, participaran en ella fuerzas del orden.

La Comisión ha descartado, como falta de toda veracidad, la versión propalada por algunos diarios según la cual «un forastero trigueño, que hablaba castellano, dirigió la masacre». Tal afirmación es una recreación antojadiza y poco menos que fantástica del testimonio de Juana Lidia Argumedo, quien, cuando estuvo prisionera en Uchuraccay, vio en efecto a un joven de estas características, que fue amable con ella, le dirigió unas palabras de consuelo y disuadió a otros comuneros que pretendían lincharla como terrorista. Este joven era un mero espectador de lo que en esos momentos ocurría en Uchuraccay y no tenía ni autoridad ni intervención alguna en la ceremonia de «ajusticiamiento» —o juicio público— que los *varayocs* iquichanos llevaban a cabo con los prisioneros acusados de cómplices de los senderistas.

En un primer momento, Juana Lidia tomó a este joven como un forastero. Pero luego, su ahijado Lucio Gavilán, comunero iquichano —y quien defendió tenazmente a las Argumedo en el momento de ser «ajusticiadas» (juzgadas) por los comuneros— enmendó su error y le hizo saber que el supuesto forastero era, en verdad, también un iquichano, de la comunidad de Puquia.

La Comisión ha llegado también a la *convicción absoluta* de que los periodistas fueron asesinados porque los comuneros los creyeron terroristas y sin sospechar su verdadera condición.

Ha llegado a la *convicción absoluta* de que la decisión de dar muerte a los terroristas de Sendero Luminoso no fue súbita ni contemporánea al crimen, sino tomada previamente, en dos asambleas, con participación de varias y acaso de todas las comunidades de la familia étnica de Iquicha, exasperada por los abusos y exacciones (sobre todo robos, aunque en Uchuraccay señalan también el caso de dos campesinos asesinados por los terroristas y de otros heridos) de que habían sido víctimas en días y semanas anteriores por parte de Sendero Luminoso. (Sobre este punto, la segunda parte del informe se extiende largamente.)

20. *¿Hubo instigación o aprobación de esta decisión por parte de las fuerzas del orden?*

La Comisión Investigadora ha llegado a la *convicción absoluta* de que en la decisión colectiva, de los iquichanos en general y de los uchuraccaínos en particular, de matar a los terroristas que se acercaran a su territorio, jugó un papel importante, y acaso decisivo, la seguridad de los comuneros de que tenían autorización para actuar así por parte de la autoridad representada por los «sinchis».

En todos los testimonios ofrecidos por la comunidad aparece, transparente, esta seguridad. Las Argumedo los oyen decir, en su cautiverio de esa noche, que los «sinchis» les han aconsejado actuar así. Eso mismo confirman algunos comuneros en las entrevistas que hace el domingo en la mañana el periodista Luis Antonio Morales y que oyen otros testigos presentes —como el fotógrafo de *La Crónica*, Virgilio Morales, que habla quechua— y, sobre todo, lo reafirman ante la Comisión Investigadora en el cabildo abierto, del 12 de febrero. Este último testimonio, y la manera como fue vertido —en el instante más dramático y tenso de la reunión—, tuvo valor persuasivo para la Comisión. La afirmación de que «sinchis» venidos en helicóptero una vez, antes de los sucesos, habían dicho a los comuneros que si venían terroristas a Uchuraccay debían defenderse y matarlos, fue hecha ante la Comisión por un comunero, espontáneamente. De inmediato, fue desmentida por otro, en estado de gran agitación y en un ambiente de verdadera efervescencia. Exhortados a decir la verdad, los comuneros de Uchuraccay, por intermedio del comunero mayordomo —y con la visible aquiescencia de todos los demás— corroboraron la primera versión.

21. *¿Es o ha sido una política generalizada de los «sinchis», como algunos órganos de prensa han asegurado, la de instar a las comunidades amenazadas por Sendero Luminoso a matar forasteros?*

La Comisión Investigadora tiene la *convicción absoluta* de que los «sinchis» no han instigado sistemáticamente el asesinato como medida de represalia o de defensa; pero sí tiene la *convicción relativa* de que apoyaron tales acciones de manera aislada, de acuerdo a las circunstancias de la campaña que venían librando. En el caso concreto de Uchuraccay, interpreta así la versión de los comuneros: que los «sinchis» aquella vez que llegaron en helicóptero a Uchuraccay en vez de materializar una política previamente planeada y sistemáticamente aplicada, respondieron a quienes les pedían protección contra los senderistas: «defiéndanse y mátenlos». Aun así, esto plantea un delicado problema moral y jurídico al sistema democrático peruano sobre el que la Comisión ha creído su deber pronunciarse en la segunda parte de este Informe.

22. *¿Cuándo se produjo la venida de los «sinchis» en helicóptero a Uchuraccay?*

Las primeras patrullas de «sinchis» llegaron a Uchuraccay, según el testimonio de la maestra Alejandrina De la Cruz, en mayo de 1981 —dos en un día—, luego retornaron en ese año a un ritmo de una vez cada dos meses. En el curso de 1982 la maestra no vio asomar por Uchuraccay a ninguna patrulla —ni oyó de los comuneros que se hubiera presentado ninguna durante sus vacaciones de verano y de fiestas patrias— hasta el día 18 de diciembre de 1982, en que abandonó la comunidad. De otro lado, según los comuneros, los «sinchis» vinieron en helicóptero «una sola vez». Esta visita, pues, debe situarse entre el 18 de diciembre de 1982 y el 23 de enero de 1983. En los partes operacionales de vuelo del Comando político-militar de la Zona de Emergencia no figura ni en diciembre ni en enero un vuelo específico a Uchuraccay, ni a las localidades iquichanas vecinas. Como en estos partes operacionales aparecen sólo los lugares de destino final de la misión, Uchuraccay debió ser, acaso, una simple escala, a la ida o venida de un viaje que tenía como destino otra localidad.

23. *¿Qué ocurrió con las cámaras fotográficas y el dinero de los periodistas?*

Sobre el tema de la desaparición del dinero y de las cámaras de los periodistas, la Comisión no logró testimonios precisos y sólo puede ofrecer algunas hipótesis, apoyadas en los hechos comprobados. Según el teniente 1.º AP Bravo Reid y el teniente GC Hugo Vidal, que encabezan la primera patrulla mixta que llega a Uchuraccay después de la muerte de los periodistas —el viernes a las 9:00 de la noche—, los comuneros, luego de informarles que han dado muerte a ocho senderistas, les entregan un teleobjetivo, unos maletines, la bandera roja, unos rollos de película y unos carnets, pero niegan saber absolutamente nada de las cámaras. En cuanto a la ropa que vestían los periodistas dicen haberla quemado. Desde entonces, repetirán esta misma versión asegurando que todo lo que los periodistas traían lo entregaron a aquellas autoridades.

Sin embargo, es un hecho probado que los periodistas llevaban varias cámaras fotográficas y la Comisión está convencida de que en el curso del viaje —tanto en el alto de Pacclla como en el de Chacabamba— las usaron. ¿Qué se hizo, pues, de las cámaras?

El hecho de que haya desaparecido con ellas el dinero de los periodistas podría sugerir la posibilidad de un latrocinio inspirado por el lucro. Pero un mero robo —por valiosas que fueran las cámaras— dentro del contexto de lo ocurrido resulta dudoso e inconvincente.

La hipótesis más plausible, a juicio de la Comisión, es que los comuneros, enterados de su error, a la vez que ponían en manos de los periodistas una imaginaria bandera roja, tomaran la decisión de hacer desaparecer unas cámaras que podían muy bien delatar a algunos responsables concretos e individuales de un linchamiento que la comunidad se empeña en presentar como una acción colectiva. No se necesita gran esfuerzo de imaginación para saber que, al llegar a Uchuraccay y, más todavía, al sentirse atacados, uno o varios de los periodistas hicieron funcionar sus cámaras, reacción primera e instintiva de un reportero gráfico. ¿Están en condiciones los comuneros de Uchuraccay de identificar una cámara fotográfica y saber para qué sirve? Algunos de ellos, por lo menos, sin ninguna duda. La Comisión tiene testimonios que prueban que en la comunidad hay artefactos como linternas, radios y tocadiscos a pilas. No es éste el primer caso de una sociedad en la que el primitivismo y el arcaísmo culturales pueden coexistir con el uso de ciertos productos manufacturados modernos.

Sin embargo, aunque más remota, la Comisión no puede desechar enteramente la hipótesis de que las cámaras de los periodistas hayan sido requisadas por las fuerzas del orden —y más concretamente por sus servicios de inteligencia— acaso con el fin de tener, mediante el revelado de las fotografías, información inmediata de lo ocurrido.

24. ¿Cuál ha sido la suerte del guía Juan Argumedo?

A la primera patrulla que se presenta en Uchuraccay, los comuneros dicen haber matado a ocho senderistas y le muestran cuatro tumbas, donde aquéllos han sido enterrados por pares. La suerte de Juan Argumedo es rigurosamente silenciada. En el cabildo abierto que celebran el día 12 a la Comisión que los interroga sobre el guía, los comuneros afirman enfáticamente no saber nada de él. Ésta es una de las preguntas que incomodan y desasosiegan más a la comunidad.

Como se ha dicho antes, hay testimonios, recogidos por los familiares de Argumedo en Uchuraccay, el jueves por la mañana, de que éste fue perseguido y capturado en Yuracyaco y llevado a la comunidad. Versiones posteriores llegadas a la misma familia y no comprobadas, dicen que Argumedo permaneció prisionero en Uchuraccay junto con un hombre de la propia comunidad, Huáscar Morales, y que ambos fueron asesinados posteriormente, acusados de proteger a un supuesto ladrón llamado Huamán. Sin embargo, el cadáver de Argumedo no ha sido hallado y el mutismo de los comuneros sobre su suerte sigue siendo total.

Tal vez este enigma no sea tan impenetrable si, adelantándonos a algunos de los temas de la segunda parte del Informe, situamos el caso de Juan Argumedo dentro de su entorno social y geográfico y en el momento preciso en que accede a guiar a los periodistas hasta el cerro de Huachhuaccasa.

Un rumor difuso e inverificable, pero persistente, llegado por diversas vías a la Comisión, señala a Juan Argumedo como presunto encubridor o cómplice de los senderistas. Los familiares rechazan enérgicamente este rumor, tal vez con toda justicia, pero niegan también haber visto u oído o haber sabido nada de Sendero Luminoso en Chacabamba, lo que a simple vista resulta inconcebible. Chacabamba está frente a Balcón y Miscapampa, en la desembocadura de la quebrada que baja desde San José de Secce hasta Tambo, pasando por Luricocha y Mayocc, es decir, en pleno corazón de una zona en la que, desde 1981, la presencia y las acciones de Sendero Luminoso —ataques a puestos de la Guardia Civil, asesinatos de autoridades, policías y supuestos confidentes, juicios populares, asaltos, etc.— han sido tan numerosos y efectivos que llevaron al cierre de las comisarías de esos lugares, al éxodo prácticamente total de las autoridades civiles de la zona, y —hasta la llegada de los infantes de Marina a Tambo, a mediados de enero, y el refuerzo reciente de la Guardia Civil— al abandono de toda la región a la influencia de los senderistas.

No sólo las autoridades de la Zona de Emergencia hablan de una fuerte «impregnación» subversiva en la zona en la que se halla Chacabamba. También los comuneros de Uchuraccay la califican así. En la lista de quejas que les escuchó la Comisión, los comuneros explicaron sus rivalidades, roces y choques con los habitantes del valle y las comunidades de «abajo» por las aparentes simpatías y complicidades de estos últimos con Sendero Luminoso. El caso particular de Juan Argumedo puede ser diferente, tal vez, al de otros de su vecindad que, por un legítimo temor —ya que la zona había sido desertada por la autoridad— o por convicción, colaboraron con Sendero Luminoso. Pero para los hombres de las alturas, Juan Argumedo podía representar muy bien —con razón o sin ella— la prueba tangible de la llegada a Uchuraccay de esa expedición de represalias de los terroristas que esperaban. ¿Fue la persona de Juan Argumedo un factor que contribuyó al malentendido o, incluso, el que lo precipitó en un inicio? Es una hipótesis que no puede ser descartada.

De otro lado, es comprensible que, por razones de vecindad, parentesco espiritual, necesidad de continuo intercambio comercial y de tránsito por la región, los comuneros de Uchuraccay no reivindiquen el asesinato de Juan Argumedo como lo hacen con el de los otros periodistas. Reivindicarlo a la luz pública revestiría la característica de una verdadera declaratoria de guerra a los vecinos y comuneros de una zona con la que, pese a las rivalidades y animosidades que pudieran tener, están obligados a coexistir y de los que necesitan por múltiples razones. Los Argumedo tienen conocidos y parientes espirituales en las comunidades iquichanas; los comuneros de Uchuraccay comercian y recorren con sus productos la zona de Juan Argumedo. Es, sin duda, el temor de cerrarse esa salida natural y envenenar aún más de lo que están las relaciones con la zona de abajo, lo que ha llevado a los comuneros de Uchuraccay a esa abolición retroactiva de Juan Argumedo en su versión de los hechos. Esta precaución, por lo demás, ha sido inútil pues desde casi inmediatamente después de los sucesos del 27 de enero, se han producido choques y encuentros violentos entre los comuneros de Uchuraccay y los vecinos de Balcón y otras comunidades del valle, en los que ambos se acusan recíprocamente de ser los provocadores.

25. *¿Quiénes son los responsables de la muerte de los periodistas?*

La Comisión Investigadora ha llegado a la *convicción absoluta* de que hay una responsabilidad compartida por toda la comunidad de Uchuraccay y, sin duda, por todas las comunidades iquichanas que, reunidas en asamblea, decidieron enfrentar a los senderistas y darles muerte, en el asesinato de los periodistas, aunque sólo unos cuantos de ellos participaran en el hecho físico de la matanza. Corresponde, claro está, al Poder Judicial hacer el deslinde de responsabilidades en términos jurídicos y decidir si a las autoridades —el teniente gobernador, los *varayocs*— les cabe una culpa mayor en los sucesos y si es indispensable y pertinente extremar la investigación hasta identificar personalmente a cada uno de los que lanzaron las piedras y se encarnizaron contra las víctimas. Pero la Comisión estima, que, desde el punto de vista de la responsabilidad moral, esa culpa compartida colectivamente, que los comuneros no rehúyen y más bien reclaman, refleja una realidad objetiva. La decisión de matar a quien creían un enemigo fue colectiva; la ejecución pudo ser obra de algunos de ellos pero no cabe duda que los demás, si las circunstancias se lo hubieran permitido, hubieran actuado de idéntica manera.

¿POR QUÉ FUE?

La matanza de Uchuraccay no puede entenderse cabalmente, con todas sus implicaciones, si se la separa de un contexto de violencia cuyas causas inmediatas y mediatas constituyen un aspecto central de la problemática peruana.

LAS CAUSAS INMEDIATAS

1. *La insurrección senderista*

Entre las causas inmediatas de este contexto de violencia, que ilumina con una luz de incendio los sucesos de Uchuraccay, figura en primerísimo lugar la acción insurreccional desatada a partir de 1980 por Sendero Lúminoso. A esta organización política —cuya ideología, historia, metas y praxis revolucionaria es materia del estudio del historiador y antropólogo doctor Luis Millones, que acompaña este Informe— incumbe la responsabilidad de haber iniciado operaciones armadas de sabotaje y terrorismo que han causado graves daños materiales, numerosas víctimas y perturbado profundamente toda la región ayacuchana y de manera especial a las comunidades campesinas de Huanta.

Las estadísticas oficiales, hasta el 31 de diciembre de 1982, de las muertes ocasionadas por la rebelión son las siguientes:

29 guardias civiles
 2 miembros de la PIP
 6 guardias republicanos
 1 soldado
 9 autoridades civiles
71 civiles
48 senderistas

Se trata de cifras sumamente elocuentes que muestran, de manera flagrante, cómo el mayor número de víctimas no son combatientes —senderistas y fuerzas del orden— sino inocentes ciudadanos, en su gran mayoría de la clase campesina, sacrificados brutalmente en un conflicto en el que no les cupo iniciativa ni intervención alguna.

Es de público conocimiento que estas cifras han aumentado desde comienzos de año, de manera pavorosa: los ochenta civiles son ahora bastante más de un centenar y acaso el balance general se haya duplicado en el corto plazo de dos meses.

El caso de Sendero no debe ser tomado a la ligera ni desechado como un producto exógeno a la realidad peruana, artificialmente incrustado en nuestra patria por alguna potencia extranjera. Por el contrario, todos los indicios diseñan a esta facción desgajada en los años 70 de la subdivisión maoísta del Partido Comunista Peruano, como un movimiento surgido en el ambiente alta-

114

mente radicalizado de Ayacucho, con una interpretación del país y un programa de acción, de extremado esquematismo y rigidez dogmática, pero que ha venido aplicando con evidente consecuencia. Dentro de estos esquemas, el país «semifeudal y semicolonial» que, en su concepto, es el Perú, sólo alcanzará su liberación y accederá al socialismo a través de una guerra prolongada que, iniciada en el campo y teniendo como columna vertebral al campesinado, irá progresivamente copando las ciudades.

Al declarar esta «guerra prolongada», Sendero Luminoso eligió también unos métodos a los que se ha mantenido fiel: destrucción de torres de alta tensión, voladura de puentes, asesinato de guardias civiles, de autoridades políticas y municipales y de agricultores particulares, invasión de fundos y haciendas, juicios populares en localidades campesinas en el curso de los cuales personas consideradas hostiles o nocivas son humilladas, flageladas o ejecutadas; asaltos a comisarías, locales públicos y campamentos para apoderarse de armas, dinero y explosivos; ejecuciones de individuos considerados confidentes de las fuerzas del orden, etc.

No es necesario subrayar hasta qué punto dichas acciones han afectado a la población ayacuchana, en especial a las de las zonas rurales, donde tuvieron principalmente lugar, pero sí vale la pena destacar el hecho de que la suma de daños y perjuicios se abatía sobre una de las regiones más pobres y desamparadas del Perú, entre pueblos y comunidades en los que, por su extrema escasez e indefensión, las consecuencias destructivas eran aún más graves.

Pero, para el asunto que estamos tratando de esclarecer, conviene examinar más de cerca el trastorno que Sendero Luminoso significó para muchas comunidades campesinas y, en particular, para la de la provincia de Huanta.

Como se ha señalado, en el curso de 1981 y 1982, gracias a operaciones audaces y violentas, Sendero Luminoso consigue gradualmente una fuerte implantación en la parte baja de casi toda la provincia. En una actitud difícil de comprender, las autoridades asisten con indiferencia a este proceso, y en lugar de reforzar las comisarías y lugares públicos atacados, dejan que éstos se cierren. La Guardia Civil clausura sus puestos de San José de Secce, de Mayocc, de Luricocha y de otros puntos, a la vez que numerosos gobernadores, tenientes gobernadores y alcaldes desertan esos lugares después de que algunos de ellos son víctimas de atentados y otros asesinados. El colapso del poder civil llega a ser casi completo en la región y la Comisión Investigadora ha podido comprobar que ésa es, todavía, la situación en la propia ciudad de Tambo a la que aún no ha regresado ninguna autoridad civil (en cambio, el párroco, que también había huido, acaba de volver). Resulta académico preguntarse si las poblaciones campesinas así desamparadas por el poder civil vieron con simpatía la presencia de los destacamentos senderistas: es obvio que no tuvieron otra alternativa que la de acomodarse con el poder *de facto* que sustituía al poder prófugo y, de buena o mala gana, colaborar o por lo menos coexistir con él. Ésta es una de las primeras regiones que Sendero Luminoso proclama «zona liberada».

Mientras esto sucede en el valle ¿qué ocurre en las alturas de Huanta, en esa zona fría y apartada donde se hallan diseminadas las comunidades iquichanas, entre las que figura Uchuraccay? En el estudio de los antropólogos doctores Juan Ossio y Fernando Fuenzalida que acompaña este Informe se describe la naturaleza de esas comunidades y sus relaciones con las de abajo, más desarrolladas y occidentalizadas, pero se puede resumir desde ahora esta relación como difícil y áspera y sobre la que gravita una tradición de incomprensión y rivalidad.

Los esfuerzos de Sendero Luminoso por ganar para su causa a las comunidades iquichanas parecen haber sido débiles y esporádicos en 1981 y 1982. Su gran aislamiento, la dureza del clima y del terreno en que viven, su dispersión, su primitivismo, los llevaron acaso a no considerarlas un objetivo codiciable en su trabajo de adoctrinamiento o como potenciales bases de apoyo. Las zonas altas fueron utilizadas sólo como un corredor de paso que permitía a las «milicias» senderistas desplazarse de un extremo a otro del valle y la provincia con relativa seguridad y desaparecer después de llevar a cabo sus acciones armadas en Huanta, Tambo y otras localidades. Pero en esos desplazamientos, los senderistas tienen que alojarse y alimentarse en Uchuraccay, Huaychao, Iquicha, etc. En el curso del cabildo abierto, los comuneros acusaron ante la Comisión, en repetidas oportunidades, a los terroristas de robarles sus alimentos y sus animales. Esto fue motivo de choques y fricciones y, en el curso de ellos, los guerrilleros mataron a dos comuneros uchuraccaínos: Alejandro Huamán y Venancio Aucatoma. Estos robos o cupos de alimentación tuvieron que resentir hondamente a comunidades como las de Uchuraccay, extremadamente pobres, cuyas reservas alimenticias son mínimas y cuya tierra les permite sembrar apenas papas y habas.

Pero acaso mayor efecto negativo tuvo y fue causa principal de la movilización beligerante de las comunidades iquichanas —y de las comunidades de otras regiones también— contra las «milicias», la decisión de Sendero Luminoso de aplicar, en las zonas que consideraba «liberadas», una política de «autosuficiencia» y control de la producción campesina. Las comunidades recibieron consignas de sembrar únicamente aquello que consumían, sin excedente, y de cesar todo comercio con las ciudades. ¿Perseguía esta política solamente el desabastecimiento de la ciudad o, también, ir inculcando al campesino un sistema de trabajo acorde con el abstracto modelo ideológico diseñado para la futura sociedad?

En todo caso, Sendero trató de materializar esta consigna con métodos contundentes y así, por ejemplo, a principios de enero invade y clausura la Feria de Lirio, en el punto extremo a donde había llegado la carretera de penetración a la selva, en la provincia de Huanta. Además, dinamita la carretera de manera que queda cortado el tráfico hacia aquella localidad. Además de ir a Huanta o a Tambo, los comuneros de las alturas bajaban a Lirio a vender sus magros excedentes y en esas ferias adquirían otros productos indispensables a su supervivencia o costumbres. El fin de la posibilidad de comerciar, por razones tácticas o ideológicas que obviamente les resultaban incomprensibles, debió ser sentido por las comunidades iquichanas como una intromisión que ponía en peligro su existencia. Ahora bien, en los estudios que acompañan este informe se advertirá que las comunidades iquichanas han reaccionado siempre, cuando se hallan en esta situación típica, con gran beligerancia y fiereza.

Dentro de este contexto se comprende mejor aquellas asambleas, que deben haber tenido lugar hacia mediados de enero, en Carhuarán y en Uchuraccay —precisamente en los mismos lugares en donde en 1824 los iquichanos se reunieron para tomar la decisión de guerrear contra la naciente república y a favor de España— en que los comuneros de las alturas de Huanta toman la determinación de enfrentarse a los senderistas (en el cabildo del 12 de febrero, los comuneros aseguran a la Comisión que estaban reunidos en asamblea al llegar los periodistas). Aquella determinación es puesta en práctica, simultáneamente, en varias comunidades. Destacamentos de Sendero Luminoso y reales o supuestos colaboradores de la «milicia» son emboscados, maltratados o linchados. Los «siete senderistas» muertos en Huaychao, que el general Clemente Noel da a conocer en la conferencia de prensa del domingo 23 de enero son sólo una parte de los ejecutados por los comuneros. En Uchuraccay, el 22 de enero, son linchados otros cinco. El número de senderistas ejecutados en la zona de Iquicha, en los días que preceden a la expedición de los periodistas se eleva aproximadamente a veinticuatro.

2. *¿Cuál es la reacción en 'el país al saberse la noticia de las muertes de senderistas en Huaychao?*

Con una ligereza que los acontecimientos posteriores pondrían de manifiesto, autoridades civiles y militares, políticos del gobierno y de la oposición, órganos de prensa democráticos y gran parte de la ciudadanía vio en estos linchamientos sumarios, una reacción sana y lógica por parte del campesinado contra el terrorismo, un grave revés para Sendero Luminoso y una victoria para el sistema democrático (en tanto que los órganos de extrema izquierda se limitaban a poner en duda el hecho mismo de las ejecuciones y se las atribuían a «sinchis» disfrazados de campesinos).

Nadie, sin embargo, en el país, planteó, antes de la muerte de los periodistas, el grave problema jurídico y moral que esos linchamientos constituyen para un sistema democrático. En efecto, ¿pueden justificarse estos asesinatos en el principio de la legítima defensa? Aceptar o alentar a las comunidades campesinas a hacerse justicia por sus manos contra los abusos y crímenes de Sendero Luminoso significaba también socavar íntimamente el ordenamiento jurídico de la república y proveer, sin quererlo, una cobertura al amparo de la cual se podían cometer toda clase de venganzas personales, desquites regionales y étnicos, además de accidentes terribles. La matanza de los periodistas ha venido a recordar dramáticamente al país que un sistema democrático no puede olvidar jamás, ni siquiera cuando lucha por su supervivencia, que su superioridad moral sobre los sistemas autoritarios y totalitarios radica en que, en su caso, como dijo Albert Camus, son los métodos los que justifican los fines. En el caso que nos ocupa hubo una clara relajación de esos métodos sin la rectificación o amonestación correspondiente. En estas condiciones ¿cómo no hubieran sentido los comuneros iquichanos —si es que hasta ellos llegaban los ecos del país oficial— que habían actuado con absoluta legalidad y legitimidad?

Más que distribuir responsabilidades —que, en este caso, a juicio de la Comisión, comparte todo lo que Jorge Basadre llamaba el Perú oficial, o por lo menos, el sector democrático de éste que recibió con alivio la noticia de las ejecuciones de senderistas—, la Comisión cree necesario y urgente llamar la atención sobre el conflicto —desarrollado por el estudio del jurista, doctor Fernando de Trazegnies— que plantea, en nuestro país, la existencia junto al sistema jurídico occidentalizado y oficial, que en teoría regula la vida de la nación, de otro sistema jurídico, tradicional, arcaico, soterrado y a menudo en conflicto con aquel al cual ajustan su vida y costumbres los peruanos de las alturas andinas como Huaychao y Uchuraccay.

3. *La violencia antisubversiva*

Quienes convencidos de que la única manera de liberar al pueblo peruano era la lucha armada, desafiando a las fuerzas policiales y militares del país, tienen su cuota de responsabilidad en la inevitable respuesta que provocó la violencia subversiva: la violencia generada por la contrainsurgencia.

Ni los dirigentes de Sendero Luminoso ni quienes, desde posiciones más seguras que las de aquéllos, proponen la lucha armada como método, pueden ignorar en qué país estamos, ni el carácter todavía defectuoso y precario que tienen muchas instituciones en la apenas renaciente democracia peruana. Por el contrario, es probable que entre sus previsiones estuvieran los inevitables excesos que cometería, en su tarea antisubversiva, una fuerza policial mal preparada para el tipo de guerra que debía librar y exasperada por el asesinato continuo de sus miembros. ¿Calculaban los insurrectos que, con estos excesos, las fuerzas del orden les ganarían adeptos? Era a todas luces un cálculo cruel, porque partía del sacrificio de inocentes para los fines de una causa política.

Estos excesos se han producido, efectivamente, y la Comisión cree su obligación señalarlo porque este otro tipo de violencia, derivado de la acción represiva, ha contribuido también a crear ese contexto de anormalidad, recelo, pánico y odio que dio lugar a la matanza de los periodistas.

4. *¿Pueden las fuerzas del orden de un sistema democrático combatir la subversión y el terror con métodos que no son democráticos?*

No se puede juzgar el crimen de Uchuraccay (ni el malentendido que lo provoca), haciendo abstracción de las circunstancias en que ocurrió, las únicas que pueden revelar la verdad profunda y compleja que hay detrás de esas muertes.

Los comuneros de Uchuraccay —donde sería más justo tal vez decir todos los comuneros iquichanos, y más aún, a juzgar por los últimos acontecimientos, todas las comunidades de Ayacucho y Huancavelica que han tomado una posición resuelta contra Sendero Luminoso— viven en un ambiente de guerra en el que, dentro de su visión, hay dos bandos que recíprocamente se destruyen. Los comuneros que optan por el «gobierno» se sienten amenazados y atemorizados. Creen por su tradición, por su cultura, por las condiciones en que viven, por las prácticas cotidianas de su existencia, que en esta lucha por la supervivencia todo vale y que se trata de matar primero o de morir. La visita que los uchuraccaínos reciben de los «sinchis», representantes de la autoridad, no les permite hacer el necesario distingo entre legalidad e ilegalidad, ese distingo que precisamente diferencia a un sistema democrático del terrorismo porque, con sus consejos, aquéllos contribuyen más bien a fomentar la confusión. No hay duda que ha habido en esto un error por parte de las fuerzas del orden que defienden el sistema democrático, un sistema en que la ley no permite hacerse justicia por su propia mano (lo que, justamente, lo hace moralmente superior a quienes creen que sí pueden matar en nombre de sus ideas o sueños).

Ahora bien: ¿es posible hacer aquellos distingos jurídicos, clara y precisamente establecidos por nuestra Constitución y nuestras leyes, ante hombres que viven en las condiciones de primitivismo, aislamiento y abandono en Uchuraccay? ¿Es posible, a hombres que viven en el estado anímico de esos comuneros en

121

los días que preceden a la matanza, ilustrarlos con exactitud y discernimiento sobre las sutilezas de un sistema jurídico que, en la práctica, está a menudo contradicho por las prácticas cotidianas y tradicionales de la vida comunal?

En comunidades aisladas y alejadas de toda autoridad, como Uchuraccay, es práctica extendida ejecutar sumariamente a los abigeos. ¿Por qué entenderían los comuneros que deben comportarse diferentemente con los senderistas a quienes, en la reunión de cabildo abierto con la Comisión, designaron siempre con el apelativo de «terrorista sua» (terrorista ladrón)?

Por otro lado, es perentorio tener en cuenta las dificultades que experimentan las fuerzas del orden en su tarea antisubversiva: un inmenso territorio que vigilar, un enemigo que no ofrece un frente definido, que golpea y se disuelve en medio de una población rural de otra lengua y costumbres con la que las fuerzas del orden tiene escasa y a veces nula comunicación. El estricto respeto de la legalidad democrática, en muchos casos, puede significar, para soldados y guardias, simplemente el suicidio o la total impotencia. Ésta es una de las razones, sin duda, por la que esta legalidad es vulnerada por las fuerzas del orden. Pero esto es trágico para el sistema democrático, porque adoptar estos métodos en defensa del orden constituido, es privar a éste de su legitimidad moral y legal y en cierto modo aceptar las reglas del juego establecidas por los terroristas. El dilema —defender el sistema democrático mediante actos rigurosamente lícitos que en la práctica pueden condenar a las fuerzas del orden a la parálisis o al sacrificio o combatir a la subversión violentando la ley— lo han vivido todos los países democráticos amenazados por el terror ideológico y ahora lo vive nuestro país.

La Comisión Investigadora no convalida, ni mucho menos, la campaña de cierta prensa de escarnio y menosprecio sistemático de las fuerzas del orden y tiene muy presente que éstas, con todos los errores y abusos que hayan podido cometer, combaten en defensa del sistema democrático. Pero al mismo tiempo tiene que dejar constancia del sentimiento de protesta y temor que ha advertido, entre algunos de sus informantes y en ciertos sectores de la población de la Zona de Emergencia, por atropellos cometidos por las tropas especiales de la Guardia Civil —los «sinchis»— en el curso de sus operaciones. El catálogo de quejas es largo y doloroso: arrestos injustificables, malos tratos, agravios contra ciudadanos pacíficos, hurtos al amparo del toque de queda, accidentes irreparables por obra de la prepotencia y el abuso del alcohol.

Es un hecho, comprobado por la Comisión, que desde que las Fuerzas Armadas asumieron la responsabilidad de la lucha antisubversiva, se han hecho esfuerzos para evitar estos excesos y, por ejemplo, en Huanta y Tambo —según testimonios recogidos por la Comisión— la llegada de los infantes de Marina ha tenido un efecto moderador y mejorado notoriamente las relaciones entre las fuerzas del orden y la población civil. La Comisión cree su deber hacer un llamado para que esta política de disciplina y estricto cumplimiento de la ley por parte de las fuerzas que se enfrentan al terror se prosiga sin concesiones, pues el respeto de la legalidad y de los derechos de la persona humana es el fundamento mismo del sistema por el cual se ha pronunciado la inmensa mayoría de los peruanos.

LAS CAUSAS MEDIATAS

1. *La violencia estructural*

La Comisión cree que para no quedarse en una mera descripción superficial de lo ocurrido, es necesario tener en cuenta el nivel de desarrollo de las comunidades iquichanas y las formas que asume en ellas la vida. Dentro de la región económicamente de-

123

primida, sin recursos, con un altísimo índice de desempleo y un rendimiento paupérrimo de la tierra, que es el departamento de Ayacucho, las comunidades de las punas de Huanta representan acaso el conglomerado humano más miserable y desvalido. Sin agua, sin luz, sin atención médica, sin caminos que los enlacen con el resto del país, sin ninguna clase de asistencia técnica o servicio social, en las altas tierras inhóspitas de la cordillera donde han vivido aislados y olvidados desde los tiempos prehispánicos, los iquichanos han conocido de la cultura occidental, desde que se instaló la República, sólo las expresiones más odiosas: la explotación del gamonal, las exacciones y engaños del recaudador del tributo o los ramalazos de los motines y las guerras civiles. También, es verdad, una fe católica que, aunque ha calado hondamente en los comuneros, no ha desplazado del todo a las antiguas creencias como el culto a los *apus* (cerros tutelares), el más ilustre de los cuales es el Apu Rasuwillca, deidad cuyo prestigio desborda el área iquichana. Para estos hombres y mujeres, analfabetos en su mayoría, condenados a sobrevivir con una dieta exigua de habas y papas, la lucha por la existencia ha sido tradicionalmente algo muy duro, un cotidiano desafío en el que la muerte por hambre, enfermedad, inanición o catástrofe natural acechaba a cada paso. La noción misma de superación o progreso debe ser difícil de concebir —o adoptar un contenido patético— para comunidades que, desde que sus miembros tienen memoria, no han experimentado mejora alguna en sus condiciones de vida sino, más bien, un prolongado estancamiento con periódicos retrocesos.

¿Tiene el Perú oficial el derecho de reclamar de esos hombres, a los que con su olvido e incuria mantuvo en el marasmo y el atraso, un comportamiento idéntico al de los peruanos que, pobres o ricos, andinos o costeños, rurales o citadinos, participan realmente de la modernidad y se rigen por leyes, ritos, usos y costumbres que desconocen (o difícilmente podrían entender) los iquichanos?

La Comisión no pretende dar respuesta a esta pregunta pero sí cree oportuno formularla, pues ella constituye un problema al que da una actualidad dramática el asesinato de los ocho periodistas.

Los hombres que los mataron no son una comunidad anómala en la sierra peruana. Son parte de esa «nación cercada», como la llamó José María Arguedas, compuesta por cientos de miles —acaso millones— de compatriotas, que hablan otra lengua, tienen otras costumbres, y que, en condiciones a veces tan hostiles y solitarias como las de los iquichanos, han conseguido preservar una cultura —acaso arcaica, pero rica y profunda y que entronca con todo nuestro pasado prehispánico— que el Perú oficial ha desdeñado.

Dentro de este contexto, la brutalidad de la matanza de los ocho hombres de prensa no resulta menos atroz, pero es, sí, más entendible. Quienes lanzaron las piedras y blandieron los garrotes no sólo eran hombres empavorecidos y rabiosos que atacaban a un supuesto enemigo; eran también los ciudadanos de una sociedad en la que la violencia asume diariamente las manifestaciones más elementales y primarias y en la que, por la precariedad de los recursos, la defensa de lo propio, cuando se lo considera amenazado, suele generar reacciones de gran violencia como se advierte en el caso relativamente reciente de la comunidad de Carhuarán, mencionado en el estudio del doctor Fernando de Trazegnies, de diez abigeos linchados públicamente por los comuneros.

La brutalidad de las muertes de los periodistas, por otra parte, no parece haberse debido, únicamente, al tipo de armas de que disponían los comuneros —huaracas, palos, piedras, hachas— y a su rabia. Los antropólogos que asesoran a la Comisión han encontrado ciertos indicios, por las características de las heridas sufridas por las víctimas y la manera como éstas fueron enterradas, de un crimen que, a la vez que político-social, pudo encerrar matices mágico-religiosos. Los ocho cadáveres fueron enterrados boca abajo, forma en que, en la mayor parte de las comunidades

125

andinas, se sepulta tradicionalmente a quienes los comuneros consideran «diablos» o seres que en vida «hicieron pacto» con el espíritu del mal. (En los Andes, el diablo suele ser asimilado a la imagen de un «foráneo».) En el caso concreto de Uchuraccay, la maestra del lugar refirió a la Comisión que esta creencia es profesada de manera explícita por los comuneros y la ilustró incluso con alguna anécdota. Asimismo, los periodistas fueron enterrados en un lugar periférico a la comunidad, como queriendo recalcar su condición de forasteros.

De otro lado, casi todos los cadáveres presentan huellas de haber sido especialmente maltratados en la boca y en los ojos. Es también creencia extendida, en el mundo andino, que la víctima sacrificada debe ser privada de los ojos, para que no pueda reconocer a sus victimarios y de la lengua para que no pueda hablar y delatarlos, y que sus tobillos deben ser fracturados para que no pueda retornar a molestar a quienes le dieron muerte. Las lesiones de los cadáveres descritas por la autopsia apuntan a una cierta coincidencia con estas creencias.

Y también, de manera todavía más precisa, el hecho de que las ropas que los periodistas vestían al ser matados fueran, al parecer, primero lavadas y luego incineradas por los comuneros —según lo declararon al teniente 1.º AP Ismael Bravo Reid—. Quemar y lavar los vestidos de un muerto es típica ceremonia de exorcismo y purificación practicada en toda el área andina (*pichja*).

2. *La tradición iquichana*

Finalmente, la Comisión quiere mencionar otro aspecto, desarrollado con más amplitud en los informes de los asesores doctores Ossio y Fuenzalida, que incide también en lo sucedido: la historia de las comunidades del grupo étnico de Iquicha. Esta historia se caracteriza por largos períodos de aislamiento casi total y por intempestivas irrupciones bélicas de esas comu-

126

nidades en los acontecimientos de la región o de la nación.

La especificidad iquichana, su falta de articulación y solidaridad con otras etnias andinas, se trasluce, tal vez, en el hecho de haber sido utilizados estos comuneros durante la Colonia, por las fuerzas realistas, para combatir contra los dos movimientos indígenas más importantes de los siglos XVIII y XIX: los de Túpac Amaru y de Mateo Pumacahua.

Las rebeliones que protagonizan luego, entre 1826 y 1839, tienen también un carácter netamente circunscrito y excéntrico al acontecer del resto de la nación, sea que se subleven por el Rey de España, contra la naciente república, o que se nieguen a acatar las leyes y disposiciones que el gobierno pretende aplicar en su territorio.

Este mismo sentido de empecinada defensa de la soberanía regional y comunal parece tener su participación activa al lado de Cáceres, durante la guerra con Chile, y, más todavía, el levantamiento que protagonizan en 1896, contra el impuesto a la sal, durante el cual dos mil iquichanos tomaron la ciudad de Huanta y lincharon al subprefecto.

La celosa preservación de un fuero propio, que, cada vez que sienten transgredido, los arranca de su vida relativamente pacífica y huraña, y los precipita a luchar con braveza y ferocidad, aparece como una constante en la tradición iquichana y es la razón de ser de esa personalidad belicosa e indómita que se les atribuye en las zonas de abajo, sobre todo en las ciudades.

De su voluntad de retraimiento o de su resistencia a ver profundamente alterados o interferidos una cultura y unos modos de vida que, a fin de cuentas, por rudimentarios que sean, son lo único que los iquichanos tienen (y es por tanto lo más preciado de su existencia), la Comisión ha recogido abundantes ejemplos contemporáneos. Los iquichanos reciben a comerciantes u hospedan a viajeros de paso, pero se han mostrado reacios y hostiles, por ejemplo, a recibir misiones de antropólogos o a los promotores de SINA-

MOS, es decir, a personas que, con razón o sin ella, los comuneros intuían como capaces de invadir su intimidad.

Es indudable que esta actitud atávica explica también, en parte, la decisión iquichana de combatir a Sendero Luminoso y de hacerlo con los métodos rudos y feroces que son los únicos a su alcance desde tiempos inmemoriales. Esta decisión y el convencimiento de que, aplicándolos, procedían de acuerdo con la única autoridad llegada hasta ellos, sería terriblemente puesta en tela de juicio —y exhibidos todos sus riesgos y peligros— con el malentendido del que resultó la muerte de los ocho periodistas.

La Comisión cree haber esclarecido de este modo lo esencial del suceso, aunque algunos detalles y aspectos de la tragedia permanezcan en la sombra. Corresponde al Poder Judicial, con el tiempo y los instrumentos de que dispone, proseguir y perfeccionar la investigación, señalar las responsabilidades y dictar sentencia.

La Comisión, sin embargo, cree necesario llamar a reflexión a los peruanos sobre la compleja problemática que la muerte de esos ocho periodistas ha puesto en evidencia y exhortarlos, como el mejor homenaje que se puede rendir a esos profesionales caídos en el desempeño de su trabajo, a deponer las pasiones y las simplificaciones fáciles, los aprovechamientos políticos y las fórmulas demagógicas, y a reconocer con humildad, que aunque los autores fueran unos cuantos, y sus instigadores y provocadores otros tantos, hay una responsabilidad histórica anterior y más vasta detrás de las piedras y palos sanguinarios de Uchuraccay que nos incumbe a una gran mayoría de peruanos.

ABRAHAM GUZMÁN FIGUEROA
MARIO VARGAS LLOSA
MARIO CASTRO ARENAS

EL TERRORISMO EN AYACUCHO *

Entrevista a Mario Vargas Llosa
por Uri Ben Schmuel

El sábado, poco antes de la conferencia de prensa que ofreció en el Colegio de Periodistas la Comisión Investigadora de la masacre de Uchuraccay, el escritor Mario Vargas Llosa recibió, en su casa de Barranco, a *Oiga*, y se explayó por más de una hora sobre las conclusiones contenidas en el Informe que él preparó y redactó junto con el penalista Abraham Guzmán y el periodista Mario Castro.

Vargas Llosa dijo en referencia al Informe que «la verdad se ha abierto paso en torno a un hecho cuyo esclarecimiento reclamaba con urgencia la conciencia del país entero», y pidió que se extraigan del Informe las conclusiones apropiadas «para evitar en el futuro otra catástrofe de este tipo». Enfatizando que el «primerísimo responsable» de la violencia en Ayacucho es Sendero Luminoso, Vargas Llosa criticó al gobierno «por no haber reaccionado de una manera enérgica desde el principio». También expresó su preocupación por el «peligro» del incremento de rivalidades étnicas en la sierra central a causa de la presencia de Sendero y de las fuerzas del orden y desarrolló algunas conclusiones del Informe, que sin duda darán al lector una perspectiva más adecuada del mismo. Extractos del reportaje:

—*¿Qué experiencia le ha dejado su participación en la Comisión Investigadora?*

—Todavía no tengo suficiente distancia como para poder apreciarla. Ha sido un mes muy intenso, de

* Revista *Oiga*, n.º 115, Lima, 7 marzo 1983.

mucho trabajo y también de una enorme preocupación. Tengo la impresión de haber trabajado en este mes 24 horas al día, y en un sentido creo que es verdad porque pasamos muchas horas entrevistando gente, revisando documentos o cambiando ideas entre nosotros —Guzmán Figueroa, Mario Castro y yo— y luego buena parte de la noche a mí se me iba tratando de organizar mentalmente todo lo que había visto y oído.

»Al mismo tiempo, he vivido con una enorme angustia, no tanto a causa de los hechos que íbamos descubriendo sino por la necesidad de jerarquizar estos hechos; eso me parece, en el caso del Informe, algo tan importante como los hechos mismos que se tratan de esclarecer. Estoy seguro que a la distancia todo esto va a ser una experiencia muy importante en mi vida, pero todavía no tengo distancia suficiente como para poder juzgarla.

—*Al comienzo del Informe se destaca el hecho de que salvo contadas excepciones —tres— gran cantidad de gente acudió a testimoniar ante la Comisión, a pesar de que ésta no tenía poder coercitivo. ¿Pero hubo la misma voluntad de esclarecimiento en todas las personas que ustedes interrogaron?*

—Si usted lo que me pregunta es si los datos que nos proporcionaban las personas tenían todos la misma credibilidad, pues no. Había personas que actuaban de buena fe; otras que iban a declarar con un propósito determinado y algunas que tenían la voluntad muy evidente de ocultar ciertos datos o incluso distorsionarlos.

»Por eso creo que el trabajo de evaluación de la credibilidad de los testimonios ha sido importantísimo. Y algo que quisiera destacar es el hecho que una Comisión cuya función fue meramente informativa haya podido trabajar con la cooperación de un gran número de personas —militares, políticos del gobierno y de la oposición, ciudadanos independientes— y creo que eso sólo es posible dentro de un régimen democrático. En una dictadura, en un régimen autoritario o totalitario, no habría podido funcionar una comisión de este tipo y ésa es una de las cosas positivas en todo este desgraciado asunto.

»Una de las razones por las que acepté este encargo —que evidentemente no tenía ningún incentivo sino el de futuros dolores de cabeza— era porque me pareció que una de las cosas para la que sirve esta democracia, que a ratos nos parece defectuosa e ineficiente, es que en ella es posible esclarecer la verdad, aunque resulte incómoda, porque existen mecanismos que permiten que esa verdad trasluzca. Y creo que en este caso la Comisión ha podido demostrar que, en el imperfecto sistema democrático que está resucitando en el Perú, la verdad se ha abierto paso en torno a un hecho cuyo esclarecimiento reclamaba con urgencia la conciencia del país entero.

—*La Comisión recibió varias críticas desde el momento mismo de su creación. Hubo quienes pusieron en tela de jucio su independencia, ya que fue nombrada por el Ejecutivo; otros, dijeron que interfería en la labor del Poder Judicial...*

—Hay que recalcar la absoluta independencia con la que trabajamos. El gobierno nos dio facilidades logísticas, pero no hemos recibido la más mínima interferencia en nuestro trabajo, ni la más mínima presión, que ninguno de los tres miembros de la Comisión, por otra parte, hubiéramos aceptado.

»De otro lado, me parece una preocupación más bien bizantina la de si esta Comisión pudiera perturbar la instructiva judicial. La función de la Comisión fue informativa, en lo esencial; igual a la que podría llevar adelante cualquier órgano de prensa, estación de radio o televisión que trata de esclarecer la verdad y darla a conocer al público. Esto de hecho lo hacen comúnmente los medios de información —algunos con buenas y otros con malas intenciones— y no se considera una obstrucción en la labor del Poder Judicial.

»El problema es que lo ocurrido en Uchuraccay provocó una gran conmoción nacional y además mucha inquietud internacional respecto a lo que sucede en el Perú. El Poder Judicial tiene plazos determinados para realizar la instructiva, de tal manera que hasta que culmine el proceso, si es que llega a culminar, van a pasar muchos meses, tal vez años. Y hasta entonces, era importante que la preocupación de la opinión pública quedara de alguna manera satisfecha. Por otra parte, la Comisión Investigadora nació inmediatamente después de un acuerdo de la célula parlamentaria aprista, institución que lanzó la idea y se la propuso al gobierno, que aceptó la sugerencia. De esta forma, Legislativo y Ejecutivo, gobierno y oposición, coincidieron en la creación de la Comisión. Por ello, me parece aventurado y exagerado rizar el rizo, como dicen en España, y pensar que se pretendió violar la Constitución u obstruir el trabajo del Poder Judicial. El problema aquí, como muy bien lo planteó *Oiga* en un editorial, es básicamente moral. Por encima de los cuestionamientos jurídicos hay una justificación de tipo ético en la creación de esta Comisión y ése es, justamente, el motivo principal que me llevó a aceptar este trabajo.

—*¿No cree usted que el Informe, por la diversidad de sus conclusiones, se presta a ser utilizado como argumento tanto a favor como en contra del gobierno?*

—El Informe ha sido hecho con el objetivo de esclarecer la verdad y para esto se prescindió de toda consideración política. No era nuestra misión pensar a quién puede servir el Informe o quién puede sacarle mayor provecho. Se trataba de averiguar qué había ocurrido, cómo había ocurrido, y por qué. Entonces, nos hemos enfrentado a una realidad compleja, en la que hay responsabilidades diversas compartidas por distintas personas e instituciones. Quien vea en el Informe un servicio hecho al gobierno o a los críticos del gobierno está malinterpretándolo.

»Creo que el Informe establece con mucho cuidado una jerarquización de las distintas responsabilidades y que eso está matizado con bastante rigor. Ahora, que haya una utilización en algunos casos tergiversada del Informe es inevitable. Pero mi esperanza es que el grueso de la opinión pública vea en el Informe lo que nosotros hemos querido poner.

—*Sin embargo, una encuesta realizada por Gallup a pedido de Oiga, y que es publicada en la misma edición en que aparece este reportaje, arroja un resultado sorprendente: el 21 % de los encuestados considera que el gobierno es el principal responsable de lo que le ocurrió a los periodistas...*

—Eso indica justamente el gran desconcierto y la falta de información del grueso de la opinión pública frente a este asunto. Y eso es comprensible, porque quizás lo más escalofriante del Informe es que ni siquiera los protagonistas —víctimas o autores— de la tragedia han sido totalmente conscientes de lo que estaba ocurriendo. El malentendido atroz del que resulta la muerte de los ocho periodistas parte de un mutuo desconocimiento: los campesinos de Uchuraccay creen que los inofensivos periodistas que llegan a la comunidad son terroristas que van a atacarlos; y es muy posible que los propios periodistas no hayan llegado a saber por qué morían, ni quiénes los mataban. No está descartado que ellos hayan creído ser atacados, por ejemplo, por senderistas, o incluso por «sinchis» disfrazados de campesinos. Hay una serie de desconocimientos mutuos en toda esta historia, detrás de los cuales aparece una problemática nacional: las enormes distancias que separan a los peruanos de diferentes regiones, clases sociales y culturas.

»Ojalá que el Informe, además de haber esclarecido hechos concretos, sirva para recordar la existencia de esa problemática. Recordarnos que los hombres que viven, por ejemplo, en las alturas de Huanta, tienen usos, costumbres, sistemas de vida y jurídico que tienen muy poco que ver, por no decir que no tienen nada que ver, con el estilo de vida de Lima. Creo que es muy importante recordar esto para evitar que en el futuro sucedan catástrofes como la de Uchuraccay.

—*¿Quiénes son los responsables de esa incomprensión a la que usted alude?*

—Creo que de esa incomprensión en parte es responsable el gobierno, como lo es la oposición, como lo son los senderistas, que también se han llevado una mayúscula sorpresa con lo que les está ocurriendo en las comunidades iquichanas.

»Estoy seguro que los senderistas jamás sospecharon que podía haber una movilización tan decidida, tan enérgica, tan feroz incluso, contra sus destacamentos. Y la sorpresa se la llevaron porque no conocían a esas comunidades iquichanas, no habían estudiado lo suficiente su tradición, sus problemas, sus complicadísimas relaciones con las otras comunidades de los valles. No me extraña que las encuestas de Gallup den ese tipo de resultados. Hay un desconocimiento de lo que se juzga, y entonces, nos basamos en el instinto o en simples fantasías.

—*¿En cierta medida la conclusión final del Informe es que todos somos, moral e históricamente, responsables de lo ocurrido?*

—Sí, por supuesto, creo que hay una responsabilidad compartida. La confusión de los hombres de Uchuraccay no es casual, tiene que ver con unas condiciones de vida, con una situación de abandono, de desamparo, de la cual es responsable el Perú oficial.

—*¿Qué quiere decir cuando se refiere al «Perú oficial»?*

—Hablar de un Perú oficial es hablar de una gran mayoría de peruanos que ha ignorado y sigue ignorando y desdeñando a los peruanos de lo que Basadre llamaba el Perú profundo. Ahora, esto no quiere decir que el Informe trate de disolver la responsabilidad dentro de la masa anónima de personas; no, no, en absoluto. Creo que también hay una jerarquización muy clara, hay causas mediatas e inmediatas.

—*¿Podría extenderse sobre esas causas mediatas e inmediatas?*

—Dentro de las causas inmediatas está, primerísimamente, la responsabilidad de Sendero Luminoso, que ha declarado una guerra y ha establecido reglas de juego para esa guerra. Y le ha declarado la guerra a un sistema que estaba saliendo de una dictadura e iniciando una vida democrática, ha precipitado a este sistema a una guerra que no es sólo sucia sino efectivamente inmunda. Y los efectos de la inmundicia que hay detrás de este tipo de guerra están también detrás de la confusión en la que murieron los periodistas.

—*Pero hay quienes opinan que se ha generado una violencia contrainsurgente peligrosa...*

—Por supuesto, porque en el Perú las instituciones son defectuosas. Si el Parlamento funciona a veces de una manera que nos da lástima; si los partidos políticos incumplen sus deberes democráticos; si el Poder Judicial vemos que constantemente tiene equivocaciones, indicios de corrupción e ineficiencia; ¿por qué las fuerzas armadas y policiales serían instituciones intachables y ejemplares? Padecen de los mismos vicios del subdesarrollo y de la falta de una tradición democrática.

»Y cuando Sendero Luminoso declara la guerra a esas fuerzas policiales sabe muy bien que no se va a enfrentar a los guardias suizos ni a la policía sueca. Se va a enfrentar a los «sinchis», se va a enfrentar a una institución muy primitiva, que además tiene graves problemas de incomunicación con el mundo en el que opera, que está exacerbada y exasperada por los asesinatos sistemáticos de sus miembros que emprende Sendero. Y entonces eso ha causado, por supuesto, abusos, atropellos, indisciplina. Lo más terrible es que probablemente entre los cálculos de los senderistas estuviera ese tipo de violencia, para que esa violencia fuera arrojando hacia la insurrección a sectores importantes de la población campesina. Ése era un cálculo muy frío y muy cruel porque partía del sacrificio de inocentes para los fines de una causa política.

»Todo esto está detrás de la muerte de los ocho periodistas y eso es importante que se discuta y se saquen las conclusiones lógicas del caso. Yo creo que el Informe no trata de exonerar la cuota de responsabilidad del gobierno.

—*¿Cuál es esa cuota?*

—Ésa cuota de responsabilidad tiene que ver, en primer lugar, con no haber reaccionado de una manera enérgica desde el principio, cuando estalla la rebelión. Una de las obligaciones de un gobierno democrático es defender la democracia. Y la deserción sistemática que se produce en todas las comisarías del valle de Huanta; el hecho que se cierren las comisarías de los lugares donde hay atentados, que esa población quede desamparada y entregada prácticamente a la influencia de Sendero, porque está lejos, porque es remota, porque al gobierno no le interesaba en ese momento reconocer que había subversión, ésa es una responsabilidad muy grande del gobierno.

»Hay también responsabilidad por no haber contraatacado en el plano económico y social en una región donde hay problemas económicos y sociales terribles, donde hay una pobreza espantosa que es indudable caldo de cultivo para la propaganda terrorista.

»Pero estas responsabilidades no están en el mismo nivel que las responsabilidades de quienes han declarado la guerra y están aplicando el terrorismo, que se consideran con derecho a matar en nombre de una utopía, y ésa es la responsabilidad de Sendero Luminoso.

»Tampoco hay en el Informe un intento de exonerar a los campesinos de Uchuraccay porque son primitivos. No, se señala muy claramente su responsabilidad. Lo único que pide el Informe es que la actuación y el comportamiento de esos campesinos se encuadre dentro del contexto en que ha tenido lugar. Esos hombres han sido profundamente perturbados en su vida diaria por las acciones senderistas, esos hombres viven en condiciones muy precarias. Y entonces tener que dar sus animales o sus habas a gente que les habla en un lenguaje difícil, porque las teorías de Mao o del propio Mariátegui para los comuneros de Uchuraccay son literalmente esotéricas, significa para ellos pura y simplemente la intromisión y la prepotencia. Ha sido una perturbación muy profunda. Y esa gente ha reaccionado como tradicionalmente lo ha hecho cuando ha sentido que su vida íntima era agredida e invadida. Si además de eso hay otra presencia, la de la única autoridad que ha llegado alguna vez allí, que les dice que deben actuar de una manera enérgica..., pues han actuado así. Entonces esa culpa está condicionada por todos esos factores, que hay que tener en cuenta a la hora de señalar responsabilidades.

—*¿Cómo es que la Comisión tiene la «convicción absoluta» de que los «sinchis» «no han instigado sistemáticamente el asesinato como medida de defensa» y en cambio su convicción es «relativa» en lo que concierne al caso concreto de Uchuraccay?*

—La Comisión no tiene la menor duda de que no ha habido ni hay una planificación destinada a azuzar a las comunidades a matar forasteros. Las declaraciones tanto de las autoridades militares, como las declaraciones de los campesinos y de distintos informantes indican que no existe tal política sistemática. Creo que ni siquiera tienen las fuerzas del orden que luchan contra Sendero en Ayacucho la infraestructura mínima para aplicar una política de esas características, ni menos la comunicación suficiente con las comunidades como para poder aplicar esta política.

»En lo que a Uchuraccay respecta, nosotros creemos la versión que dan los comuneros, de que cuando pidieron protección a los «sinchis» contra los senderistas, los «sinchis» les dijeron: «defiéndanse ustedes y mátenlos». En lo que respecta a otras comunidades, esa investigación no estaba dentro de nuestra competencia, por lo que no podemos decir que ha ocurrido así con otras comunidades. Es por eso que hablamos de *convicción relativa*.

—*¿Pero queda descartada la posibilidad de que las fuerzas del orden hayan infiltrado las comunidades indígenas para «motivarlos» en una dirección o en otra?*

—Mire, creo que si las fuerzas del orden estuvieran en condiciones de hacerlo, probablemente lo harían. No veo nada ilegítimo en que se convenza a los campesinos a cerrar filas contra Sendero; lo que sí sería negativo es la utilización de métodos antidemocráticos. Pero, en la práctica, esa infiltración me parece muy difícil. La Zona de Emergencia tiene ciento veinte mil kilómetros cuadrados y yo calculo que las fuerzas del orden no pasan de los mil doscientos hombres, lo que hace más o menos un soldado o guardia por cada cien kilómetros cuadrados. Y sólo tienen ocho helicópteros con capacidad cada uno para seis personas. De tal manera que es ingenuo pensar que esa fuerza minúscula está en condiciones de infiltrar a los cientos de miles de campesinos que viven separados por distancias enormes y en zonas abruptas. No entiendo cómo podría ser posible, aun si todo el Ejército peruano estuviera allí, llevar a cabo esa política de infiltración que denuncian ciertos órganos de prensa.

—¿*Entonces la reacción de las comunidades contra Sendero es más espontánea que inducida?*

—Básicamente espontánea, sin ninguna duda, creo que eso es clarísimo en el Informe y en el caso de los iquichanos no hay ninguna duda. Si los «sinchis» no los hubieran visitado, la gente de Uchuraccay hubiera peleado lo mismo. Pensar que una frase de los «sinchis» —«defiéndanse, mátenlos»— haya sido el factor desencadenante de la movilización contra Sendero es tener una visión errónea de las comunidades campesinas, que son mucho más astutas respecto a la defensa de sus intereses de lo que creen quienes les atribuyen determinadas actitudes.

—*Ahora, como lo plantea el Informe, hay un problema ético y moral: ¿hasta dónde puede llegar una democracia para defenderse?*

—Ése es el gran problema para mí.

—*Y la Comisión reconoce, por otra parte, que las fuerzas del orden no pueden cruzarse de brazos ni ponerse a repartir caramelos...*

—Mire, ése es el gran problema, exactamente. Yo quiero que sobreviva el sistema democrático en el Perú, porque estoy convencido de que con todas sus limitaciones y defectos es preferible a una dictadura tipo Pinochet o a un sistema totalitario como sería Sendero Luminoso en el poder. Y creo que si la democracia es atacada tiene que defenderse, y si la obligan a luchar, pues tiene que librar esa guerra. Pero hay un límite que no debe ser transgredido porque si no la democracia deja de ser democracia, se niega a sí misma. Que se produzcan violaciones es inevitable, por el tipo de guerra que se está librando, pero la democracia está obligada a una vigilancia sistemática —a través de la prensa, el Parlamento, los partidos políticos, el Poder Judicial— para impedir los excesos. Y como la Comisión señala en el Informe, desde que las Fuerzas Armadas han tomado el control de las operaciones en la Zona de Emergencia, los excesos han disminuido considerablemente. Los informantes que en Huanta y en Tambo acusaban muy severamente a los «sinchis» nos han dicho que con la llegada de los infantes de Marina ha habido un cambio positivo en las relaciones con la población. Pero no creo, de otro lado, que se pueda derrotar a Sendero sólo en términos militares; la única forma de erradicar totalmente a los senderistas de Ayacucho es mediante una ofensiva social y económica que mejore las condiciones de vida de la población.

—*Hay quienes creen que la utilización de las comunidades campesinas que se oponen a Sendero contra aquellas que por convicción o por presión terrorista apoyan a los senderistas está sembrando la semilla de una guerra civil y que incluso si Sendero es erradicado, quedaría en Ayacucho latente una bomba de tiempo...*

—Éste es un peligro absolutamente real, un peligro que además hoy día ya es una realidad en muchos sentidos. El mundo andino no es homogéneo, es un mundo heterogéneo, lleno de rivalidades étnicas y regionales. Una guerra civil, como en cierta forma es esta guerra contra Sendero en el departamento de Ayacucho, provee una especie de cobertura para que esa violencia —latente, con rivalidades étnicas o regionales— se incremente y adquiera unas proporciones terribles.

—*¿Se está abriendo entonces una peligrosa caja de Pandora?*

—Una muy peligrosa caja de Pandora. Sumamente peligrosa, de eso no hay ninguna duda. La Comisión lo dice: antes de la muerte de los periodistas nadie —porque me he tomado el trabajo de revisar todas las publicaciones— ni del gobierno ni de la oposición planteó el problema que representa para la democracia el que los campesinos empiecen a hacer justicia por sus propias manos. La oposición de extrema izquierda tampoco, pues a lo único que se limitó es a dudar de que los campesinos hubieran matado a los senderistas y a sugerir que fueron «sinchis» disfrazados. El problema sólo se ha planteado una vez que se produjo la muerte de los periodistas. Por eso me parece fariseo responsabilizar exclusivamente al gobierno. Ésa es una responsabilidad que compartimos todos. Cuando han aparecido los ocho cadáveres de los periodistas nos dimos cuenta que efectivamente es muy grave abrir una caja de Pandora.

DESPUÉS DEL INFORME:
CONVERSACIÓN SOBRE UCHURACCAY *

Entrevista de ALBERTO BONILLA

El sábado 5, luego de la entrega al presidente
Belaunde del Informe de la Comisión Especial
Investigadora de los Sucesos de Uchuraccay, el
novelista concedió una entrevista exclusiva a *Caretas* en la que hizo precisiones que van más allá
de las conclusiones a que se llegó en torno a la
masacre, que no hizo otra cosa que mostrar el feroz rostro de una realidad que ignora el Perú
oficial: el de aquel otro Perú desconectado del siglo XX que está detrás del crimen y que puede
ser germen de nuevas violencias en cualquier
momento.

—*Se dice que la existencia de la Comisión ha interferido en el normal funcionamiento del Poder Judicial. ¿Qué puede decir al respecto?*
—La idea inicial de la Comisión la lanzó la comisión parlamentaria que preside el doctor Luis Alberto
Sánchez, como una sugerencia al Poder Ejecutivo. Éste la aceptó. Yo no creo que ni el doctor Sánchez ni
nadie haya tenido la intención de violar la Constitución ni de obstruir el normal desarrollo de la labor
del Poder Judicial. Tampoco la tiene el señor Presidente, el ministro de Justicia, el fiscal de la Nación,
que participaron en la redacción del decreto supremo
que creó la Comisión. Juristas tan respetables como el
doctor Bustamante y Rivero han encontrado que la

* Revista *Caretas*, n.º 738, Lima, 7 marzo 1983.

Comisión no es anticonstitucional. Aparte de esto, la preocupación porque el trabajo de la Comisión pueda perturbar o interferir la pesquisa judicial no parece tener ningún sentido si uno juzga que la Comisión no hace otra cosa que una labor de información, ni más ni menos que la labor que hace cualquier órgano de información que se dedique a investigar y a informar sobre lo sucedido. El hecho de que haya una información abundante, tendenciosa en muchos casos, que tergiversa, magnifica y deforma los hechos a veces por intereses de tipo político, no es considerada una interferencia en la labor judicial. ¿Por qué lo sería entonces una Comisión que no tuvo ningún interés en tergiversar los hechos, que ha trabajado con el mayor rigor de que fue capaz, que no tenía otro objeto que esclarecer los hechos en un tiempo más o menos corto? Se trataba de aplacar esa urgencia que existe tanto en la conciencia nacional como en la opinión internacional por saber lo que había ocurrido. Nunca tuvimos facultades coactivas. Hemos recibido información de personas que de buena voluntad nos la han proporcionado, y presentamos unas conclusiones que pueden o no servir al Poder Judicial que se tomará su tiempo, que seguirá su propio trámite —que es largo y moroso siempre y que en este caso lo será más por las complicaciones que tiene, por el lugar donde ocurrió y las circunstancias especiales que se viven en la zona—. De manera que resulta una discusión bizantina, que obedece más a razones políticas que a una preocupación seria por la recta administración de justicia.

—*La Comisión no puede compararse a las publicaciones periódicas. Su peso es mucho mayor, por su autoridad moral como por haber sido creada al más alto nivel. ¿Cree que sus conclusiones no serán tomadas en cuenta por el juez instructor y el agente fiscal?*

—El Poder Judicial puede tomarlas en cuenta o no. En todo caso, lo más que se puede decir es que lo nuestro es un aporte, una contribución al trabajo del Poder Judicial, que es necesariamente más lento: entiendo que el Código de Procedimientos Penales fija en seis meses la instructiva. Para que esa instructiva se convierta en sentencia probablemente van a pasar muchos meses más, tal vez años. Mientras tanto hay una curiosidad vigilante, inquieta por la cantidad de hipótesis que se han lanzado respecto a la muerte de los periodistas. Y un sistema democrático tiene necesidad de saber lo que ha ocurrido y cuáles son las responsabilidades que hay tras un hecho tan terrible. Esto en el plano de la teoría. Pasemos al plano de los hechos y procuremos hablar con un poco más de honestidad: la administración de justicia en el Perú es imperfecta, como la mayor parte de las instituciones peruanas. El Perú es un país donde la democracia es incipiente, está renaciendo. Somos un país subdesarrollado con muchos problemas. Nuestras instituciones son bastante defectuosas, admitámoslo. Desde el Parlamento y el Ejecutivo hasta los partidos políticos, y los órganos de prensa. En todos los ámbitos se vive un poco el subdesarrollo que tratamos de superar, y yo creo firmemente que el sistema democrático es el que más nos puede ayudar a lograrlo. Ahora bien, dentro de esta realidad, ¿creemos sinceramente que un caso como el que se nos ha presentado lo va a resolver el Poder Judicial en un plazo más o menos corto, señalando responsabilidades y castigándolas? Yo creo que no deberíamos engañar a nadie ni engañarnos a nosotros mismos. Tengamos la esperanza de que el Poder Judicial prosiga la pesquisa hasta el final y llegue en algún momento a esclarecer la situación. Pero seamos también sinceros y digamos que hay muchas posibilidades de que esto no ocurra así, de que el Poder Judicial encuentre tantas dificultades, dadas las características de los hechos, que no sería nada extraño que todo quedara perdido en una madeja laberíntica de documentos, que la investigación jamás llegara a su fin y que no se tradujera por tanto jamás en una sentencia. Entonces, ¿a quién estamos engañando y qué clase de instructiva judicial es la que queremos librar de interferencias exteriores? Ésta es una manera de no ver el bosque por quedarse mirando hipnóticamente la rama. Aquí hay un proble-

143

ma monumental, mayúsculo, que es el problema moral para la democracia peruana. Se trata de saber cuanto antes qué es lo ocurrido y ver si ello lesiona o no el sistema democrático, que está empezando, que es muy débil y que hay que tratar de defenderlo porque hay mucha gente que quiere echárselo abajo. Yo creo que hay que verlo así. La existencia de la Comisión se justifica sobre todo por razones morales, aunque quizá jurídicamente pueda ser cuestionada, pero hay una razón ética y esa razón ética es la que me llevó a aceptar este encargo.

—*Los abogados de los familiares de las víctimas han anunciado que citarán a los miembros de la Comisión, por haber tenido acceso a todas las fuentes directas de información.*

—Cuando el presidente Belaunde me citó a Palacio y me ofreció la Comisión, yo sabía muy bien que lo que me ofrecía eran muchos dolores de cabeza, pero al mismo tiempo pensé que ningún peruano podía exonerarse de una responsabilidad de este tipo. Cualquiera que hubiera sido llamado estaba obligado a aceptar por razones morales y sobre todo si le importaba —como me importa a mí y creo que a la mayoría de los peruanos— salvar el sistema democrático que se acaba de establecer, que es un sistema muy débil y frágil y que, si no lo defendemos, se va a venir abajo. Y como yo no quiero que se venga abajo, como la inmensa mayoría de los peruanos, trato de defenderlo. Y ésta es una de las ocasiones en que se puede demostrar que el sistema democrático, aunque limitado, deficiente e incapaz de resolver los problemas como por arte de magia, sirve para algo. Que a diferencia de un sistema totalitario, permite por ejemplo que un hecho así pueda ser esclarecido, que se investigue, que se muestren las responsabilidades sean de quienes fueren. Esto es lo que ha cumplido la Comisión: ha servido para esclarecer por lo menos en un 90 % los sucesos. Ha sido esclarecido lo esencial aunque algunos detalles hayan quedado en la sombra. Ha servido también —lo que quizás es todavía más importante— para mostrar cómo esta tragedia es sólo manifestación de una problemática compleja, profunda, que es la problemática nacional, que asoma su terrible cabeza detrás de la muerte de estos ocho jóvenes perio-distas.

—*¿Su participación en la Comisión podría considerarse también como una forma de compromiso del escritor con la sociedad a la que pertenece?*

—Es un compromiso del ciudadano con la sociedad a la que pertenece. Por supuesto que no se puede disociar al ciudadano del escritor. Yo creo que el escritor tiene un compromiso con su sociedad, pero en la medida en que se es un ciudadano, y así lo he entendido. Creo que era muy importante, sobre todo en un momento de crisis como el que está viviendo el Perú —en que hay un desencanto muy comprensible por este régimen democrático que no resuelve los problemas de la noche a la mañana— demostrar que la democracia sí tiene aspectos positivos y que uno de esos aspectos es justamente el ejercicio de la libertad. Con la democracia es más probable que la verdad aparezca, cosa mucho más difícil en los regímenes autoritarios.

—*¿Puede decirse que el compromiso del escritor Vargas Llosa en los años ochenta es más moral, mientras que el compromiso del escritor Vargas Llosa en los años sesenta era más político?*

—Sí, me parece una fórmula absolutamente exacta. Albert Camus decía una frase que ahora comparto enteramente: cuando un problema pasa del plano político al plano moral es cuando realmente el problema puede empezar a resolverse. Yo creo que es absolutamente exacto. Los problemas políticos me interesan en cuanto plantean problemas de tipo ético.

—*¿Considera su compromiso actual más importante que el de los años sesenta, de solidaridad con la revolución cubana, por ejemplo?*

—En esa época yo era un revolucionario, es decir, que creía que había una solución final a partir de un hecho violento, de un cambio profundo de estructuras, para todos los problemas de un país. Hoy día ya no creo en eso. Hoy soy un reformista, eso que los revolucionarios desprecian tanto. Hoy sé que no hay soluciones definitivas y absolutas sino graduales, constantes y permanentes para los problemas, y que es muy importante que esas soluciones se lleven a cabo en una atmósfera de libertad, con pleno ejercicio de la crítica, en que todos los pareceres puedan hacerse oír, y en que las soluciones estén siempre sujetas a enmienda y rectificación. Yo creo que esto es lo que básicamente define hoy día mi posición.

—*De todas maneras el Informe de la Comisión resulta también político desde que encuentra las causas de la tragedia de Uchuraccay en la existencia de dos países, uno marginado, postergado, cuya realidad se obstinarían en desconocer los poderes establecidos.*

—Absolutamente. Pero ése es un problema político, un problema económico, un problema social y un problema moral. El que haya un país real completamente separado del país oficial es, por supuesto, el gran problema peruano. Que al mismo tiempo vivan en el país hombres que participan del siglo XX y hombres como los comuneros de Uchuraccay y de todas las comunidades iquichanas que viven en el siglo XIX, para no decir en el siglo XVII. Esa enorme distancia que hay entre los dos Perú está detrás de la tragedia que acabamos de investigar.

—*¿Y que explicaría también la existencia de dos derechos en el Perú?*

—Uno de los asesores de la Comisión, el doctor Fernando de Trazegnies, hace un estudio muy interesante de la coexistencia en nuestro país de dos sistemas jurídicos, uno occidental y moderno, que teóricamente es el que rige en todo el Perú, y un sistema jurídico tradicional, arcaico, consuetudinario, soterrado, que es el que se aplica en muchas comunidades de los Andes, que es el que realmente regula la vida en esas comunidades aunque esté en contradicción con el otro derecho. Ése es un problema que el país deberá afrontar un día. Este problema se ha evidenciado en la tragedia de Uchuraccay: los comuneros han actuado frente a los senderistas que han linchado, frente a los periodistas que han matado creyéndolos senderistas, de la misma manera en que actuaron hace muy pocos años con los diez abigeos que fueron linchados en Carhuarán. En esta oportunidad se ha aplicado el mismo sistema jurídico tradicional. Ellos han creído actuar absolutamente de acuerdo a la legalidad. Ha contribuido al malentendido, por supuesto, el hecho de creer ellos que actuando así contaban con el respaldo de la autoridad representada por los «sinchis». Algo que también plantea un problema serio a la democracia peruana y sobre el cual el Informe se extiende largamente.

—*¿Se menciona el caso de los senderistas linchados en Huaychao?*

—Por supuesto. Lo más importante del Informe para entender lo ocurrido en Uchuraccay es que los senderistas muertos por las comunidades iquichanas antes del viaje de los periodistas no eran siete, como se dijo en un principio, sino veinticinco, todos ellos emboscados y asesinados en esas comunidades, de los cuales cinco en Uchuraccay, muy pocos días antes de que llegaran los periodistas, lo que explica el estado de exacerbación, miedo y cólera que vivía la comunidad cuando hacen su aparición los periodistas. Ellos estaban esperando una columna de senderistas que vendría a escarmentarlos por sus muertos y se encuentran de pronto con esos forasteros. Este contexto es muy importante y explica mucho la violencia de esa reacción. Sobre todo se tenía muy poca información o información errada, en gran parte porque nadie del Perú oficial, ni siquiera las autoridades militares, conocía cabalmente lo que estaba ocurriendo en las alturas. Nadie sabía de esa movilización, de esa beligerancia de las comunidades iquichanas contra Sendero, que no es gratuita, no es súbita, que obedece a dos reuniones, dos asambleas que tienen todos los iquichanos en Carhuarán y en Uchuraccay, donde deciden, después de haber tenido muchos incidentes, con muertes, con los senderistas, enfrentarse a Sendero. Todo ese proceso era ignorado en este Perú oficial que nunca ha mirado muy de cerca lo que pasa en esas comunidades.

147

—¿La Comisión no ha encontrado evidencia de la existencia de «sinchis» disfrazados, como decía cierta prensa?

—No. La Comisión no ha encontrado ningún testimonio que convalide esa acusación. Hay sí la afirmación hecha por los comuneros de Uchuraccay ante los miembros de la Comisión de que «sinchis» venidos en helicóptero antes de los sucesos les dijeron claramente que si venían los senderistas se defendieran y los mataran. Nosotros creemos que efectivamente ése es un elemento que ha jugado un papel importante y acaso decisivo en el propósito de los comuneros de matar a quienes consideraban sus enemigos. Esto plantea un problema que es una parte importante del Informe: ¿puede un régimen democrático defenderse de sus enemigos usando métodos no democráticos? Éste es un problema que han vivido todos los países democráticos donde se ha presentado una insurrección armada. Socavar internamente la democracia para defenderla es tan peligroso como atacarla desde afuera, y la Comisión hace un llamado muy explícito para que se respete la Constitución y las leyes incluso por los que luchan en condiciones muy difíciles por defender al sistema democrático.

—Estará de acuerdo en que ello es muy difícil...

—Es muy difícil desde luego, pero la alternativa es aceptar las reglas de juego que establece el terror, y ello es permitir que el terrorismo gane la guerra aunque la pierda. Esto parece un trabalenguas pero no lo es: un sistema democrático es superior moralmente a un sistema como el que los terroristas proponen porque es un sistema que no permite que nadie mate en nombre de sus ideas o de sus sueños, porque en este sistema el monopolio de la violencia lo tiene el Estado, la justicia. Esta afirmación hay que mantenerla en la lucha antisubversiva porque es justamente la que le da legitimidad moral al sistema democrático.

—Pero ese sistema está representado actualmente por los «sinchis» en la zona convulsionada...

—Por supuesto. Puestos ante la alternativa de violar la ley o suicidarse, muchos de ellos violan la ley, y muchas de las violaciones que hemos recogido en

148

nuestro Informe por parte de informantes —y que hemos percibido en sectores importantes de la población que no son senderistas pero que están resentidos por los abusos de autoridad por parte de los «sinchis», en Huanta por ejemplo— son transgresiones de la ley que el régimen democrático tiene la obligación de sancionar e impedir. Es muy importante también señalar que a partir de la toma del control por las Fuerzas Armadas la situación ha mejorado y hay un esfuerzo por disciplinar la situación. La Comisión también recoge informes de que las relaciones entre las fuerzas del orden y la población han mejorado notablemente en Huanta y Tambo desde que llegaron los infantes de Marina. Cuando la situación estaba exclusivamente en manos de los «sinchis» se producían incidentes continuos con la población civil.

—*¿No es demasiado idealista suponer que la violencia senderista puede ser vencida con medios asépticamente democráticos?*

—Es muy importante que el sistema democrático no pierda nunca, ni siquiera cuando lucha por su supervivencia, esa noción —para citar nuevamente a Albert Camus— de que en el sistema democrático son los medios los que justifican los fines y no al revés. Ahora, lo que no se debe hacer, por supuesto, es lo que practican ciertos órganos de prensa demagógicos que ponen la violencia que puede generar la lucha contra la subversión en el mismo plano y en el mismo nivel de la que genera el terrorismo. Evidentemente quien ha declarado la guerra es Sendero Luminoso; quien ha empezado a aplicar tácticas absolutamente violentas y frías es Sendero Luminoso, con sus voladuras de puentes, con sus asesinatos de guardias civiles, de autoridades civiles, con sus asesinatos de supuestos confidentes de la policía, con sus juicios públicos donde flagela a enemigos y adversarios. Ha establecido unas reglas de juego con una brutalidad y una frialdad tremendas. De esa violencia parten las otras violencias, pero quienes declararon esta guerra sabían a quiénes iban a enfrentar. También sabían que nosotros no somos Suiza, no somos Suecia, que las fuerzas policiales que iban a tener al frente son tan subdesarrolladas como lo es nuestro Poder Judicial, nuestro Parlamento, nuestros partidos políticos. Sabían que esos hombres de uniforme iban a actuar también de una manera muy violenta, sobre todo si actuaban inducidos por el miedo y la desconfianza, a los que se hacía librar una batalla para la cual no están bien preparados, en un medio que desconocen y en que la falta de comunicación con la población los lleva muchas veces a un recelo y a unas actitudes de gran torpeza. Ahora bien, ¿quién ha iniciado las acciones e impuesto las reglas de juego? Esto me parece muy importante, sin por ello justificar en lo más mínimo, más bien condenándolos de una manera categórica, todos los abusos de autoridad y todos los atropellos que puedan haber cometido los «sinchis». Es así que la Comisión establece muy claramente que hay una jerarquía de responsabilidades y que la primera responsabilidad indiscutiblemente la tienen los jóvenes enloquecidos que han establecido el lenguaje de la pistola, de la dinamita, del sabotaje, en un país donde no existía esa tradición, que desconocían tanto el Perú oficial como las comunidades iquichanas.

—*Cuando todo esto haya sido superado ¿no quedarán los gérmenes de la violencia en las comunidades iquichanas? Algunos estudiosos han empezado a hablar del enfrentamiento de comunidades...*

—Lo que me parece nos lleva al fondo del problema, que no se va a resolver militarmente. La solución no consiste en eliminar físicamente a los terroristas, matándolos o metiéndolos en las cárceles. El problema fundamental es el de la profunda postración y atraso en que vive Ayacucho, en que viven las comunidades andinas, en que vive gran parte del campesinado peruano. Mientras no se haga un esfuerzo realmente extraordinario para sacar al campesinado de ese subdesarrollo profundo en que se encuentra, las bases estructurales de la violencia estarán siempre allí. ¡Ésa es otra forma de violencia! Ésa es una forma de violencia que hay que combatir radicalmente: que haya hombres que vivan todavía en cierta forma como en los tiempos prehispánicos y acaso peor, por el abandono, por la incuria en que se encuentran. No solamente en Uchuraccay viven en una tierra donde no hay caminos, donde no hay ninguna asistencia de salud, donde no existe la presencia del Estado peruano, donde se sobrevive con dietas infrahumanas de papas y habas exclusivamente. Son cientos de miles, acaso millones, los campesinos que viven en ese estado. Ésos son los gérmenes de nuevas violencias. Mientras el Estado peruano no haga un esfuerzo extraordinario por llenar ese abismo monstruoso que separa a un peruano de clase media de Lima de un campesino de Uchuraccay, las bases para la violencia estarán siempre allí. Ésa es la batalla realmente definitiva que hay que ganar.

—¿*Ha conocido usted a Abimael Guzmán?*

—No. No lo he conocido personalmente, pero uno de los trabajos valiosos que presenta la Comisión es un informe del doctor Luis Millones sobre Sendero Luminoso. No se trata de descartar rápidamente a Sendero Luminoso como un grupito de fanáticos o como una incrustación de una potencia extranjera en la realidad peruana. Es un fenómeno que hay que estudiar, que hay que entender: ¿de dónde viene, por qué ha llegado a tener cierto arraigo, por qué usa esos métodos, cuáles son sus metas? Ése es el trabajo del doctor Millones. Muestra cómo surge este movimiento, quiénes son sus fundadores, cuál es su ideología y cuál es el proceso que lo va llevando hasta la insurrección armada. También en el caso de Sendero Luminoso hay el clima altamente radicalizado de la Universidad de Huamanga, donde se gesta en los años sesenta-setenta; y también un sentimiento hostil, de rencor de una cierta clase media provinciana y andina contra Lima y todo lo que ésta representa, que es lo que nutre un poco las filas de Sendero Luminoso. Es un fenómeno que, aparte de su extremado dogmatismo y su gran rigidez teórica, también responde a ciertas realidades: la postración provinciana respecto a Lima, el hecho de que la Universidad de Huamanga despertara, al fundarse, unas expectativas que después se frustraron. Lo que significó eso para muchos estudiantes, catedráticos e intelectuales, para todo un medio provinciano que vio sus perspectivas embotelladas. La forma como esa frustración fue canalizada por un grupo de gran activismo, de una militancia sumamente radical y profundamente enajenada desde el punto de vista ideológico. Todo eso hay que estudiarlo. Eso no se soluciona solamente desde una posición militar. Eso hay que entenderlo, hay que ver cuáles son sus raíces, sus causas.

—*Ellos pretenden haber encontrado un medio de lucha superior al de los guerrilleros del sesenta y cinco. ¿Qué diferencias ve usted entre los dos fenómenos?*

—La diferencia es que en los años sesenta, los guerrilleros peruanos, Béjar, De la Puente, no fueron terroristas. Fueron guerrilleros, fueron insurrectos pero no aplicaron el terrorismo, la violencia ciega, que ahora sí se aplican. Y esto es un problema de dogmatismo: la persona que está absolutamente segura de su verdad puede aplicar la violencia con absoluta frialdad. Ésa es en gran parte la explicación de Sendero: ellos se consideran poseedores de la verdad absoluta y actúan en consecuencia.

—*Pero al margen del fanatismo, que existe en ambos casos, lo que asombra es que ahora encandile a la juventud esa violencia ciega, que no muestra ningún idealismo.*

—A la juventud la encandila la acción, la aventura, y también la inducen a actuar ciertos sentimientos de frustración. Si un joven siente que su futuro está totalmente clausurado puede verse impelido a pasar al terror. Una de las informaciones que más me impresionaron la recogí en Huanta: una madre de familia que, en una conversación informal después de las sesiones de la Comisión, me dijo que tenía dos hijos que no sabía lo que podían hacer cuando terminaran el colegio. «Aquí no hay ningún trabajo. Ellos saben que no tienen nada que hacer aquí. Aquí los que pueden trabajar son una minoría y todos los puestos están copados. No tengo dinero para mandarlos fuera de aquí y cuando terminen el colegio no tendrán absolutamente nada que hacer, sino vagar. ¿Cómo puedo impedir que el día de mañana desaparezcan, con otros muchachos de la comunidad, y se vayan a las guerrillas?» Aunque monstruosa, aunque terrible, para muchos muchachos la guerrilla puede ser la salida, la solución a un *impasse* absolutamente feroz.

—*Usted no ha escrito ninguna novela de ambiente campesino. ¿Esta experiencia lo hará incursionar en el género en el futuro?*

—No he escrito una novela campesina porque no tengo experiencia al respecto. Soy una persona urbana, he vivido toda mi vida en la ciudad. Todo lo que escribo se nutre siempre de experiencias personales, de vivencias, pero siento como una frustración en mi vida no conocer el campo peruano, o conocerlo mal, de una manera superficial, turística. Me gustaría tener esa experiencia, de ese otro Perú, que es realmente el Perú sobre el que estamos apoyados y del que en cierta forma vivimos los demás peruanos.

—*¿Qué edad tiene usted?*

—Cuarenta y siete años.

—*Eso podría ser un poco la mitad del camino de la vida de que hablaba Dante, en términos contemporáneos. ¿Ha escrito ya su Divina Comedia?*

—Supongo que biológicamente eso es la verdad, en términos contemporáneos. Ahora yo creo que siempre es muy importante tener la sensación de que lo mejor es lo todavía no escrito. Eso da ánimos para fijarse topes más altos. Creo que de todo lo que he escrito lo más importante es *La guerra del fin del mundo*. Por lo menos es la novela en que he trabajado más, a la que he dedicado más tiempo y energía y que es la más ambiciosa de todas. Pero de ninguna manera considero que he terminado. Tengo muchas novelas por delante y no me pienso jubilar hasta el final.

—*¿Puede esperarse que de la experiencia de este mes en Ayacucho pueda salir en el futuro una «Guerrilla del fin del mundo»?*

—No sé. La verdad es que no he participado en esta Comisión con algún tipo de interés literario, pero creo que para un escritor todas las experiencias son útiles, las buenas, las malas, todas dejan un sedimento que aparece más tarde, a veces de manera imprevisible, en lo que uno escribe. Y éste ha sido un mes vivido muy intensamente, de un enorme esfuerzo. Era muy importante para todos nosotros tratar de averiguar la verdad de lo ocurrido, el plazo era breve y queríamos cumplir. Era un trabajo a marchas forzadas y una vez que terminábamos las entrevistas y las posteriores discusiones entre nosotros para los borradores del texto, nos íbamos a la cama y creo que a todos les pasaba lo que me pasaba a mí, que nos quedábamos toda la noche con los ojos abiertos tratando de digerir todo lo que habíamos visto y oído en el día y tratando de llegar a conclusiones que fueran realmente valederas. Ha sido un mes de una enorme actividad y mucha angustia. Ha sido una experiencia muy rica que a todos nos va a durar.

—*Al cabo de este mes de angustia, de tragedia, ¿queda al final algún resquicio a la esperanza, al optimismo?*

—Yo creo que el Perú es un país que tiene unas reservas extraordinarias, es un país que ha sufrido tanto, que a lo largo de todas las épocas ha dejado un balance de sacrificio, pero al mismo tiempo es un país que constantemente ha estado recreándose, incluso en la desgracia, en la adversidad. Cuando uno llega a la sierra, a esa sierra tan atrasada, postrada, frustrada, como la sierra de las alturas de Huanta, uno descubre allí la antigüedad de nuestro país, descubre que somos un país antiguo, como decía Arguedas, y que la antigüedad es algo realmente invalorable, en última instancia el mayor capital con que cuenta el Perú. Somos un país de gentes que alcanzaron un nivel extraordinario de civilización cuando la mayor parte del mundo vivía en la barbarie. Había llegado a crear una sociedad que por lo menos era capaz de realizar la proeza de dar de comer a todo el mundo. Esas reservas están allí, en ese mundo andino tan atrasado y violento. Hay allí una cultura que ha sido preservada, que puede ser arcaica, pero que ha permitido a esos compatriotas nuestros —primitivos y elementales— sobrevivir en condiciones de una dureza extraordinaria. Si todas esas energías las canaliza-

mos no en el sentido de la supervivencia sino en el
sentido de la creación y la superación, yo creo que el
país podría levantarse de los escombros en que se encuentra para crear una sociedad de la que no tengamos que avergonzarnos, como ocurre muchas veces
hoy en día. Creo que sí hay razones para el optimismo, sin ser ilusos: hay reservas que están allí y solamente esperan ser canalizadas y orientadas por la
buena ruta.

HISTORIA DE UNA MATANZA

I

AMADOR RECIBE SU PRIMERA COMISIÓN IMPORTANTE

Al bajar del avión que lo llevó de Lima a Ayacucho esa mañana —martes 25 de enero de 1983— el reportero gráfico de *Oiga*, Amador García, no cabía en sí de contento. Por fin había obtenido lo que pedía hacía meses: un reportaje importante, en vez de las inocuas fotografías de modas y espectáculos. «Te vas a Ayacucho —le dijo el director de la revista—, llegas hasta Huaychao y averiguas qué pasó entre los indios y los guerrilleros. Mándame las fotos en el avión del jueves, pues quiero usarlas en la tapa. Buena suerte.» Amador sabía que esa comisión era endemoniadamente difícil si quería una primicia, porque desde que se dieron a conocer los sucesos de Huaychao, Ayacucho hervía de corresponsales. Pero confiaba en ganar la partida a sus colegas. Era un hombre tímido y tenaz, que, antes de conseguir empleo en la revista, se había ganado la vida como fotógrafo ambulante. Casado, tenía dos hijos, de siete y dos años.

El corazón debía latirle con fuerza, esa mañana, al pasar entre los centinelas armados con metralletas que custodian el aeropuerto de Ayacucho. Porque Amador volvía a su tierra. Había nacido en Ayacucho, hacía 32 años, y hablaba quechua, lo que le sería de mucha ayuda en las cumbres de Huaychao, donde seguramente muy pocos campesinos entendían español. A alguien que conocía su idioma le contarían cómo había sido aquello de los terroristas.

Esa madrugada, desde el aeropuerto de Lima, Amador telefoneó a un redactor de *Oiga* para que no olvidara pedir a las autoridades que le brindaran facilidades. Mientras Amador se trasladaba al centro de Ayacucho, observando los cambios en la ciudad —esas tranquilas callecitas de antaño, repletas de iglesias y de casonas coloniales, tenían ahora sus paredes consteladas de consignas revolucionarias y de vivas a la lucha armada, estaban sometidas al toque de queda de diez de la noche a cinco de la mañana y en las esquinas surgían patrullas armadas—, en Lima, el redactor de *Oiga* Uri Ben Schmuel hablaba con el comandante de la Guardia Civil Eulogio Ramos, del Ministerio del Interior, y obtenía de él la promesa de que telefonearía a la 9.ª Comandancia de Ayacucho. El comandante Ramos diría después que no cumplió su promesa porque la línea telefónica estaba estropeada pero que envió un radiograma informando sobre el viaje de Amador. Según los jefes militares de Ayacucho este radiograma no llegó y Amador García no se presentó nunca en la 9.ª Comandancia.

¿Por qué no lo hizo? Tal vez porque, a los pocos minutos de pisar la Plaza de Armas de su tierra, supo lo que ya sabían sus colegas venidos de Lima: que si pretendía llegar a Huaychao lo menos recomendable era solicitar ayuda a las autoridades militares. Éstas se mostraban esquivas cuando no hostiles con los periodistas, y, salvo raras excepciones, habían rechazado todas las solicitudes de llevar periodistas a los lugares donde hubo choques armados. Nadie, hasta ese martes, había conseguido facilidad alguna para ir a Huaychao, lugar, por otra parte, de difícil acceso. Está en la provincia de Huanta, a unos cuatro mil metros de altura, en unas cumbres a las que se trepa por laderas abruptas en las que se corría el riesgo de toparse con los guerrilleros o los «sinchis» (tropas antisubversivas de la Guardia Civil) que podían confundirlo a uno con el enemigo. Por esta razón, muchos periodistas habían renunciado al proyecto de ir a Huaychao.

Todo esto se lo contó a Amador García un colega de Lima, el reportero de *Gente*, Jorge Torres, con quien se encontró en la Plaza de Armas. Pero a Amador no lo iban a derrotar tan fácilmente las dificultades. En vez de desanimarse, alegó con tanta convicción que en pocos minutos era él quien había convencido a Torres de que debían partir a Huaychao fueran cuales fueran los obstáculos. ¿No sería formidable comprobar, con los propios ojos y las propias cámaras, lo ocurrido? Jorge Torres acompañó a Amador al Hostal Santa Rosa, donde se hospedan los periodistas que vienen a Ayacucho a informar sobre las guerrillas y buen número de los policías que vienen a combatirlas. En el hostal, Amador García se encontró —algunos salían de la cama— con varios colegas de Lima, ávidos como él por ir a Huaychao, pero que, en vista de los problemas, habían desistido del viaje.

Sentados en el patio del hostal, en el grato calorcito mañanero —las noches son siempre frías y las mañanas cálidas en los Andes— y divisando, nítidos en el aire transparente, los cerros que rodean a la vieja ciudad en cuyas afueras las tropas de Simón Bolívar dieron la batalla que selló la Independencia de América, Amador García y Jorge Torres discutieron con media docena de colegas. El resultado fue el acuerdo de todos de salir en expedición a Huaychao.

Poco antes del mediodía, un grupo —entre ellos el gordo Jorge Sedano de *La República* y Amador García— fue a la Plaza de Armas y contrató un taxi para hacer un viaje fuera de la ciudad, a la madrugada siguiente. El chofer, Salvador Luna Ramos, aceptó llevarlos hasta Yanaorco —en la carretera de Tambo, a una hora de Ayacucho— por treinta mil soles. Los periodistas no le dijeron que su destino era Huaychao. ¿Se lo ocultaron por temor a que la noticia llegara a oídos de las autoridades militares y éstas prohibieran el viaje? Sin embargo, en el Hostal Santa Rosa, esa mañana y esa tarde, discutieron sus planes de viaje en alta voz y otros clientes, además del administrador, los vieron consultar mapas y planear el itinerario. Los periodistas entregaron quince mil soles al taxista y quedaron en que pasaría a buscarlos a la hora en que se levanta el toque de queda.

Para la ruta que eligieron fue decisivo que se sumaran al proyecto dos periodistas de Ayacucho: el director del diario *Noticias*, Octavio Infante, y el corresponsal en esa ciudad del *Diario de Marka*, Félix Gavilán. Infante tenía a su familia materna —los Argumedo— en Chacabamba, pequeña localidad situada en las faldas de la montaña donde se encuentra Huaychao. Decidieron viajar por la carretera de Tambo hasta la laguna de Tocto —Toctococha—, muy próxima a Yanaorco. De allí caminarían a Chacabamba a pedir al medio hermano de Infante, Juan Argumedo, que los condujera hasta Huaychao.

Hecho el plan de viaje, se fueron, unos, al mercado, a comprar zapatillas, pulóveres y plásticos para la lluvia, en tanto que otros —De la Piniella y Félix Gavilán— se metieron a un cine. Pudieron dormir tranquilos, pues esa noche no hubo dinamitazos ni tiros en Ayacucho. Aunque sin duda se hallaban excitados por el viaje, no sospechaban el gravísimo riesgo que iban a enfrentar. Con la excepción, acaso, de Félix Gavilán, quien, esa noche, pidió a su mujer que pusiera en su maletín de viaje una sábana blanca que podría servir de enseña de paz en caso de que se encontraran en el camino con los «sinchis» o los «terrucos».

Salvador Luna se presentó en el hostal a las cinco y veinte de la mañana. Lo recibió, lavado y vestido, Jorge Sedano. Había un cambio de planes: Jorge Torres decidió no viajar. Pero bajó a despedirlos y vio cómo sus compañeros se apiñaban en el automóvil, ante la cara larga del chofer que no esperaba tantos pasajeros. Los viajeros gastaron unas bromas al «Bocón» Torres, y uno, incluso, le dijo, macabramente: «Anda, loco, tómanos la última foto.» Pero —recuerda Torres— ninguno de sus colegas estaba realmente inquieto. Todos mostraban excelente humor.

II

Un general feliz de poder dar buenas noticias

¿Por qué querían llegar estos periodistas a esa aldea que no aparece en los mapas? ¿Por qué estaba el nombre de Huaychao en las bocas de todos los peruanos?

Porque tres días antes, el general Clemente Noel, jefe del Comando político-militar de la Zona de Emergencia, había hecho, en Ayacucho, una revelación sensacional: que los campesinos de Huaychao habían dado muerte a siete guerrilleros de Sendero Luminoso. Les habían quitado armas, municiones, banderas rojas y propaganda. El diminuto general resplandecía. Rompiendo su laconismo, se explayó, elogiando el coraje de los indios de Huaychao al enfrentarse a quienes él llama siempre «los delincuentes subversivos». La actitud de los comuneros, dijo, era una reacción contra «los desalmados que entran a las aldeas a robarse los animales, asesinar a las autoridades, violar a las mujeres y llevarse a los adolescentes».

La alegría del general se debía a que la matanza de Huaychao era la primera «buena noticia» que podía dar desde que asumió la jefatura de la lucha contra Sendero Luminoso, cinco semanas atrás. Hasta entonces, aunque los comunicados militares hablaban a veces de choques con senderistas, la impresión era que las fuerzas del general Noel no conseguían echar mano a los guerrilleros, quienes se les escurrían entre los dedos gracias al apoyo, activo o pasivo, de las comunidades campesinas. Prueba de ello era que los senderistas proseguían dinamitando puentes y torres eléctricas, bloqueando caminos y ocupando aldeas en las que azotaban o ejecutaban a los ladrones, los confidentes y a las autoridades elegidas en las elecciones municipales de 1980. Los siete muertos de Huaychao eran, en cierto modo, los primeros guerrilleros genuinos abatidos que el jefe del Comando político-militar podía mostrar al país. También, el primer acontecimiento que, desde el comienzo de la insurrección, dos años atrás, parecía indicar que Sendero Luminoso no contaba con el apoyo del campesinado, o, al menos, con su neutralidad.

¿Cómo habían ocurrido los sucesos de Huaychao? El general Noel se mostró evasivo cuando le pidieron precisiones. Indicó que unos campesinos se habían presentado en la Comisaría de Huanta a dar parte del hecho. Una patrulla, al mando de un teniente de la Guardia Civil, subió la cordillera hasta Huaychao —veinte horas por quebradas, precipicios y estepas desoladas— y comprobó el linchamiento. Las metralletas de los senderistas muertos habían sido robadas en distintos asaltos a puestos policiales del interior de Ayacucho.

Muchos pensaron que el general Noel sabía más de lo que decía. El general no tiene suerte con los periodistas. Es obvio que no ha sido preparado para lidiar con esas gentes que —a diferencia de los subordinados del cuartel— no se contentan con lo que oyen, hacen preguntas impertinentes y tienen, incluso, el atrevimiento de poner en duda lo que uno les dice. Ocurre que el general Clemente Noel está mal preparado para esa democracia que renació en el Perú en 1980, después de doce años de dictadura militar. Desde que se instaló el gobierno de Belaunde los diarios, la televisión y las radios expropiados por la dictadura fueron devueltos a sus dueños, se abrieron otros periódicos y se restableció la libertad de prensa. Ésta alcanza a veces ribetes tan destemplados que la desconfianza del general Noel no es del todo incomprensible, sobre todo con órganos como el *Diario de Marka* (de tendencia marxista) y *La República* (fundado por antiguos funcionarios de la dictadura) en los que con frecuencia aparecían duros ataques contra las fuerzas antiguerrilleras, acusándolas de crímenes y abusos.

¿Callaba el general Noel porque no quería dar nuevos pretextos para atacar a los «sinchis» a la prensa de oposición? Lo cierto es que el general decía sólo generalidades porque hasta ese domingo 23 de enero no sabía más. Ni siquiera el teniente jefe de la patrulla que fue a Huaychao tenía una idea completa de lo ocurrido. Él y los guardias a su mando venían de otras regiones y sólo uno de ellos hablaba quechua. Durante el trayecto a Huaychao advirtieron grandes movilizaciones de indios por las cumbres, con banderas blancas. Esas masas de campesinos, muy agitados, los alarmaron. Pero no se produjo ningún incidente. En Huaychao encontraron los cadáveres de siete guerrilleros. Los campesinos pidieron quedarse con sus armas, pero el general Noel había dado órdenes de que no se las dejaran, pues, según él, las armas atraerían a los «delincuentes subversivos» con más fuerza todavía que el deseo de vengar a sus muertos. Los *varayocs* (autoridades tradicionales de la comunidad) refirieron, a través de un intérprete, que habían dado muerte a esos «terrucos» valiéndose de una estratagema. Al verlos acercarse, el pueblo de Huaychao salió a su encuentro, agitando banderas rojas y dando vítores al Partido Comunista del Perú (nombre oficial de Sendero Luminoso) y a la lucha armada. Coreando las consignas y cantos de «la milicia», escoltaron a los guerrilleros hasta la casa comunal. Cuando los tenían totalmente cercados, se abalanzaron sobre ellos y los mataron en pocos segundos con hachas, cuchillos y piedras que llevaban bajo los ponchos. Sólo un senderista consiguió huir, malherido. Eso era todo lo que sabía, en su jubilosa conferencia de prensa del 23 de enero, el general Clemente Noel. Ni siquiera estaba enterado de que tres de los siete guerrilleros linchados eran niños de 14 y 15 años, alumnos del Colegio Nacional de Huanta, que habían desaparecido de casa de sus padres hacía algunos meses. Lo ocurrido en Huaychao era la punta del iceberg de unos tremendos sucesos que simultáneamente habían tenido lugar en muchas comunidades de las alturas de Huanta y que sólo se irían conociendo en los días y semanas posteriores.

¿Cómo recibió el Perú la noticia de los linchamientos de Huaychao? El gobierno, los partidos democráticos y la opinión pública independiente, con sentimientos parecidos a los del general Noel. ¡Qué alivio! Los campesinos no se identifican con los terroristas, más bien los combaten. Entonces, Sendero Luminoso no durará mucho. Ojalá otras comuniddes sigan el ejemplo de Huaychao y acaben con los dinamiteros de centrales eléctricas y asesinos de alcaldes. En tanto que los sectores democráticos reaccionaban de este modo, la extrema izquierda se negaba de plano a creer que los campesinos hubieran sido los autores del hecho y proclamaban, en el Parlamento y en el *Diario de Marka* que los verdaderos ejecutores de los guerrilleros eran «sinchis» o fuerzas paramilitares disfrazadas de campesinos.

Nadie, sin embargo, se detuvo a reflexionar sobre el problema jurídico y moral que planteaban también los linchamientos de Huaychao ni el peligroso precedente que significaban. Ocurre que no sólo los militares y los periodistas están desentrenados para la democracia en un país que ha padecido una larga dictadura: todos los ciudadanos contraen el mal.

Pero, en tanto que unos aplaudían y otros ponían en duda la identidad de los autores de la matanza de Huaychao, nadie se sentía satisfecho con la escasa información al respecto. Todos querían saber más. Por eso habían viajado decenas de periodistas a Ayacucho. Y por eso, esos ocho reporteros, en esa madrugada del 26 de enero, se hallaban apretados unos sobre otros en el automóvil del chofer Luna Ramos.

III

POR LA ALTA SIERRA

Las calles empedradas de Ayacucho estaban desiertas y aún hacía frío cuando el taxi partió del hostal y, cruzando legañosos soldados, se dirigió a la calle Bellido, a recoger a Octavio Infante, el director de *Noticias*, quien había pasado la noche en su imprenta y ni siquiera había prevenido a su mujer del viaje. El auto hizo una nueva parada en el Óvalo de la Magdalena, para que los viajeros compraran cigarrillos, limones, galletas, azúcar, leche condensada y gaseosas. Abandonó Ayacucho cruzando la barrera policial de la Magdalena. El chofer sobreparó, en la cola de vehículos, y, al acercarse el guardia, los pasajeros enseñaron sus carnets, que aquél no examinó, limitándose a decir: «Sigan.» Ésta fue la única barrera que cruzaron en el viaje.

Más tarde habría una controversia sobre si las autoridades estaban informadas de la expedición. El general Noel asegura que no lo estaban. En todo caso, no pudieron enterarse por la barrera de la Magdalena, en la que no hubo diálogo con los viajeros. Si al Comando político-militar le llegó noticia de la expedición, pudo ser a través de algún parroquiano del hostal (entre los que, ya lo dijimos, figuraban policías). Lo probable es que el proyecto de viaje fuera conocido por funcionarios menores, que no le dieron importancia. Hubo periodistas que hicieron antes otros viajes, tan alejados y riesgosos como éste, sin que ello indujera a las autoridades a tomar providencias particulares.

Pese a lo incómodos que iban —cinco detrás y cuatro delante, incluido el chofer—, los periodistas no paraban de hacer bromas, con lo que el viaje se le hacía entretenido a Luna Ramos. El taxi bordeó la pampa de la Quinua —escenario de la batalla de Ayacucho—, donde pensaban tomar desayuno, pero las casitas que ofrecen comida, posada y artesanía, estaban cerradas. Tomaron la ruta de Tambo, que asciende en serpertina hasta alturas de cuatro mil metros, orillando profundos abismos. A medida que subían, el paisaje iba perdiendo árboles y cubriéndose de rocas negras y de matas de cactos. En ciertas cumbres, o bailoteando de una cuerda sobre el abismo, comenzaron a ver banderas rojas con la hoz y el martillo. En esta ruta, Sendero Luminoso había efectuado numerosos ataques a pequeños agricultores y era frecuente que sus destacamentos detuvieran a los vehículos para pedirles el «cupo revolucionario». El tráfico era mínimo. Parecían dueños del majestuoso paraje.

¿Quiénes eran los periodistas? Con excepción de Amador García, de *Oiga*, semanario que apoya al régimen, los otros siete pertenecían a diarios de oposición. Dos de ellos —Willy Retto y Jorge Luis Mendívil— trabajaban en *El Observador*, diario moderado de centro izquierda. Willy Retto, de 27 años, llevaba el periodismo en la sangre, pues era hijo de un conocido fotógrafo de *Última Hora*, y Jorge Luis Mendívil tenía 22 años, pero su físico menudo y su carita lampiña lo hacían aparecer como un adolescente. Ambos eran limeños y el paisaje que los rodeaba, así como esos indios con ojotas y ponchos de colores que divisaban arreando rebaños de llamas, resultaban para ellos tan exóticos como para alguien venido del extranjero. En los pocos días que llevaban en Ayacucho, Willy Retto había vivido un drama, pues la policía le decomisó un rollo de fotos. La víspera, había garabateado unas líneas a una muchacha de Lima: «Ocurren aquí muchas cosas que jamás en mi vida pensé pasar y vivirlas tan de cerca. Veo la pobreza de la gente, el temor de los campesinos y la tensión que se vive es pareja para la PIP (Policía de Investigaciones), GC (Guardia Civil) y Ejército como para Sendero y gente inocente.» A diferencia de Retto, que carecía de militancia política, Mendívil estaba en una organización de izquierda, la UDP, y su presencia en Ayacucho se debía a su propia insistencia ante la dirección del diario. Acababa de pasar de la sección internacional al suplemento dominical de *El Observador* y quería estrenarse con un reportaje sobre Ayacucho.

También era costeño, extraño al mundo de la sierra, Jorge Sedano, el mayor de todos (52 años) y que con sus casi cien kilos tenía aplastados a sus compañeros de asiento. Destacado fotógrafo de *La República*, uno de los periodistas más populares de Lima, eran célebres sus fotografías de carreras automovilísticas, su arrolladora simpatía y su apetito rabelesiano. Gran cocinero, criaba gatos y juraba ser el inventor de un «seco» (guiso) de gato para chuparse los dedos. Sus amigos lo apodaban por eso «Micifuz». Su amor a la profesión lo tenía allí. El jefe de redacción de su diario le decía: «Si quieres ir a Ayacucho, baja de peso.» Pero Sedano insistió de tal modo, que acabó por mandarlo.

Eduardo de la Piniella, Pedro Sánchez y Félix Gavilán eran del *Diario de Marka*, órgano cooperativo de todas las ramas del marxismo peruano. El más militante de los tres, De la Piniella, 33 años, alto, de ojos y cabello claros, deportista, militaba en el Partido Comunista Revolucionario (de linaje maoísta). Le interesaba la literatura y entre sus papeles, en Lima, había dejado una novela a medio escribir. Pedro Sánchez se había casado no hacía mucho y al llegar a Ayacucho dedicó buen tiempo a fotografiar a los niños vagabundos de la ciudad. A diferencia de los anteriores, Félix Gavilán —miembro del MIR (Movimiento de Izquierda Revolucionaria)— conocía los Andes. Era ayacuchano, antiguo alumno de Agronomía y en un programa de radio se dirigía a los campesinos en quechua. Buena parte de su vida la había dedicado a trabajar con las comunidades indígenas, como periodista y técnico de difusión agropecuaria. Una de estas comunidades le regaló un búho, «Pusha», al que Félix amaestró y con el que él y sus tres hijos jugaban a diario. También era de la región Octavio Infante, quien, antes de ser dueño de *Noticias*, había sido obrero, maestro rural y funcionario. También de izquierda, parece haber sido el menos entusiasta por la expedición. No es imposible que estuviera allí por amistad hacia sus colegas más que por interés periodístico.

¿Qué esperaban encontrar en Huaychao? Amador García, un material novedoso. Jorge Sedano, fotos espectaculares y mucho mejor si éstas servían a la política de *La República* de poner en apuros al gobierno. Los periodistas tenían dudas —o no creían en absoluto— que los campesinos hubieran ejecutado a los siete senderistas. Pensaban que los autores de la matanza eran «sinchis» o que, tal vez, esos siete muertos no fueron guerrilleros sino inocentes campesinos asesinados por los guardias a causa de la borrachera o la prepotencia, como había ocurrido en alguna ocasión. Con matices que tenían que ver con sus posiciones más moderadas o más radicales, iban a comprobar, a Huaychao, algunas verdades que les parecían evidentes: las tropelías cometidas por las fuerzas del orden y las mentiras del régimen sobre lo que ocurría en el campo ayacuchano.

Pero la gravedad de estos asuntos no se reflejaba en su conducta, mientras cruzaban la puna. Luna Ramos recuerda que no dejaban de reírse y bromear y que, por ejemplo, a Eduardo de la Piniella, que llevaba una casaca verde, le decían que vestido así cualquiera lo confundiría con un «terruco» o un «sinchi».

A una hora de Ayacucho, se detuvieron en Pacclla, media docena de chozas desparramadas entre la carretera y un arroyo. Allí sí podían comer algo. Mientras que sus pasajeros estiraban las piernas ante la choza de una señora que aceptó prepararles un caldo de gallina, Luna Ramos bajó al arroyo a traer agua para el radiador. Cuando regresó, encontró a los periodistas tomándose fotos. Para tener una visión del conjunto, Willy Retto se había encaramado sobre una piedra. Los periodistas lo invitaron a tomarse un caldo y no lo dejaron pagar la cuenta. Permanecieron en Pacclla media hora.

En el viaje, por lo que conversaban, supo el chofer que la intención de los viajeros era llegar a Huaychao. Pero también tenían interés en Yanaorco, pues cuando avistaron la torre de microondas, intacta, uno exclamó: «Nos engañaron. También nos habrán engañado con lo de Huaychao.» Propusieron al chofer que los llevara hasta la torre, por el desvío de Yanaorco. Pero Luna Ramos no quiso, por lo malo del terreno y porque le pareció peligroso, pues la torre había sido objeto de varios atentados.

Su negativa no les importó. Le pidieron que avanzara, dejara atrás la laguna de Tocto, y se detuviera unos setecientos metros después. Luna Ramos se sorprendió de que abandonaran el auto en ese páramo desolado. No hay allí camino, sólo una trocha incierta que las gentes de la región suelen tomar para dirigirse a Chacabamba, Balcón o Miscapampa sin necesidad de pasar por Tambo. De este modo ahorran una hora de marcha. Octavio Infante hacía este recorrido cuando visitaba a su familia. Pero hacía como un año que no iba a Chacabamba.

Luego de recibir los quince mil soles que le adeudaban, Luna Ramos dio media vuelta para regresar a Ayacucho. Entonces los vio una última vez, cargados con sus cámaras y bolsas, iniciando en fila india el ascenso de la montaña. Mentalmente, les deseó buena suerte, pues la zona en la que se internaban había sido proclamada «zona liberada» por Sendero Luminoso.

IV

LA CUARTA ESPADA DEL MARXISMO

La mayoría de peruanos oyó hablar de Sendero Luminoso por primera vez en las postrimerías de la dictadura militar, una mañana de 1980, cuando los limeños se encontraron con un espectáculo macabro: perros ahorcados en los postes del alumbrado público. Los animales tenían carteles con el nombre de Deng Tsiao Ping, acusándolo de haber traicionado la Revolución. De esta manera anunció Sendero Luminoso su existencia. La costumbre de ahorcar perros para simbolizar sus fobias sigue siendo costumbre senderista. Lo hace aún, en ciertas aldeas, para graficar —ante un campesinado que, a menudo, ignora qué es China— su desprecio hacia el «perro» Deng Tsiao Ping que hizo fracasar la Revolución Cultural.

Sendero Luminoso constituía entonces una pequeña fracción, con pocos afiliados en Lima y otros departamentos del Perú, con la excepción de uno solo, situado en los Andes del sureste: Ayacucho. En esa ciudad de 80.000 habitantes, capital de una de las regiones con menos recursos, mayores índices de desocupación, analfabetismo y mortalidad infantil del país, era la organización política más poderosa de la Universidad. ¿A qué se debía ello? Al carisma de su líder, profesor de aquella Universidad desde 1963, un hombre nacido en Arequipa en 1934 —en cuya Facultad de Letras se había graduado con una tesis sobre «La teoría del Estado en Kant»— y cuyo nombre suena como el de un profeta bíblico: Abimael Guzmán.

Tímido, algo obeso, misterioso, inasible, el ideólogo de Sendero Luminoso fue militante del Partido Comunista desde los años cincuenta y, en 1964, estuvo entre los defensores de la línea maoísta que formaron el Partido Comunista Bandera Roja. En 1970, él y sus seguidores rompieron con Bandera Roja y fundaron una organización que se conocería como Sendero Luminoso —por una frase del ideólogo José Carlos Mariátegui, según el cual «el marxismo leninismo abrirá el sendero luminoso de la revolución»—, aunque sus miembros sólo admiten el título de Partido Comunista del Perú.

La fuerza que alcanzó Sendero Luminoso en Ayacucho fue obra de este profesor que desposó a una ayacuchana de la burguesía —Augusta La Torre— y convirtió su casita en un cenáculo donde acudían grupos de estudiantes a escucharlo, fascinados. Puritano, con una verdadera obsesión por el secreto, nadie recuerda haberlo visto pronunciar un discurso o asistir a las manifestaciones callejeras convocadas en esos años por sus discípulos. A diferencia de otros dirigentes de Sendero Luminoso no se sabe que haya estado en China Popular ni si ha salido del Perú. Cayó preso una sola vez, en 1970, por pocos días. En 1978 pasó a la clandestinidad y nunca más se ha tenido noticias de su paradero. Padeció una afección cutánea y fue operado en 1973, por lo que es improbable que él en persona dirija la guerrilla. Lo seguro es que el camarada Gonzalo —su nombre de guerra— es el líder indiscutido de Sendero, a quien los senderistas profesan un culto religioso. Lo llaman «La Cuarta Espada del Marxismo» (las tres primeras fueron: Marx, Lenin y Mao), que ha devuelto a la doctrina la pureza que perdió por las traiciones revisionistas de Moscú, Albania, Cuba y, ahora, también Pekín. A diferencia de otros grupos insurrectos, Sendero Luminoso rehúye la publicidad, por su desprecio a los medios de comunicación burgueses. Hasta ahora ningún periodista ha conseguido entrevistar al camarada Gonzalo.

Sus tesis sorprenden por su esquematismo y por la convicción fanática con que las aplica. Según él, el Perú descrito por José Carlos Mariátegui en los años treinta es semejante, en lo esencial, a la realidad china analizada por Mao en esa época —una «sociedad semifeudal y semicolonial»— y alcanzará su liberación mediante una estrategia idéntica a la de la Revolución china: una guerra popular prolongada que, teniendo al campesinado como columna vertebral, dará el «asalto» a las ciudades.

La violencia con que Sendero ataca a los otros partidos de izquierda —los llama «cretinos parlamentarios»— es acaso mayor que la que le merece la derecha. Los modelos del socialismo que reivindica son la Rusia de Stalin, la Revolución Cultural de la «banda de los cuatro» y el régimen de Pol Pot en Camboya. Este radicalismo demencial ha seducido a muchos jóvenes en Ayacucho y otras provincias de los Andes tal vez porque ofrece una salida a su frustración e impotencia de universitarios y escolares que intuyen su futuro como un callejón sin salida. En las condiciones actuales del Perú, la mayoría de jóvenes del interior saben que no habrá trabajo para ellos en el mercado saturado de sus pueblos y que deberán emigrar a la capital con la perspectiva de compartir la vida infernal de los provincianos en las barriadas.

En 1978 los senderistas comienzan a desaparecer de la Universidad de Ayacucho y meses más tarde se inician las acciones de sabotaje y terrorismo. La primera, en mayo de 1980, es el incendio de las ánforas donde votaba la comunidad de Chuschi, en las elecciones presidenciales. Nadie prestó mucha atención a esos primeros dinamitazos en los Andes, porque el Perú occidentalizado y moderno —la mitad de sus 18 millones de habitantes— estaba eufórico con el fin de la dictadura y el restablecimiento de la democracia. Belaunde Terry, depuesto por el Ejército en 1968, vuelve a la presidencia con una fuerte mayoría (45,4 % de los votos) y su Partido Acción Popular, con su aliado, el Partido Popular Cristiano, alcanza mayoría absoluta en el Parlamento.

El nuevo gobierno se empeñó en restar importancia a lo que ocurría en Ayacucho. En su período anterior (1962-1968) Belaunde Terry debió hacer frente, en 1965 y 1966, a acciones insurreccionales del MIR y el ELN (Ejército de Liberación Nacional), que, con jóvenes entrenados en Cuba, China Popular y Corea del Norte, abrieron focos guerrilleros en los Andes y en la selva. El gobierno encargó al Ejército la lucha antisubversiva y los militares reprimieron la rebelión con eficacia y rudeza, ejecutando sumariamente a la mayoría de insurrectos. Pero, además, los jefes militares de la lucha antiguerrillera encabezaron el golpe que el 3 de octubre de 1968 instaló un gobierno *de facto* por doce años. Por eso, al asumir de nuevo la presidencia, Belaunde Terry trató a toda costa de evitar que las Fuerzas Armadas asumieran la dirección de la lucha contra Sendero Luminoso. Con ello quería prevenir un futuro golpe de Estado y evitar los excesos inevitables en una acción militar.

Durante sus dos primeros años, el gobierno jugó al avestruz con Sendero Luminoso. Afirmó que la prensa exageraba su gravedad, que no se podía hablar de «terrorismo» sino de «petardismo» y que, como los atentados ocurrían sólo en un departamento —menos del 5 % del territorio— no había razón para distraer a las Fuerzas Armadas de su función específica: la defensa nacional. Los atentados eran delitos comunes y se ocuparía de ellos la policía.

Un batallón de «sinchis» de la Guardia Civil —la palabra, quechua, quiere decir valeroso, arrojado— fue enviado a Ayacucho. Su desconocimiento del territorio, de la idiosincrasia de los campesinos, su deficiente preparación, la pobreza de sus equipos, motivaron que su labor fuera de dudosa eficacia. Más grave aún, la institución policial suele ser la que más tarda en adaptarse a la legalidad y en renunciar a los métodos expeditivos de las dictaduras. En tanto que los «sinchis» apenas infligían reveses a los senderistas, los actos de indisciplina en sus filas y los atropellos se multiplicaban: encarcelamientos injustificados, torturas, violaciones, robos, accidentes con heridos y muertos. Esto fue generando, en los sectores humildes, un temor y un resentimiento que favorecían a Sendero Luminoso, neutralizando el rechazo que sus acciones hubieran podido provocar.

Estas acciones mostraban eficiencia «tecnológica» y una mentalidad fría y sin escrúpulos. Además de volar torres eléctricas y asaltar campamentos mineros para apoderarse de explosivos, Sendero Luminoso devastó las pequeñas propiedades agrícolas de Ayacucho (las grandes habían sido distribuidas con la Reforma Agraria de 1969), matando o hiriendo a sus dueños. La más absurda de estas operaciones fue la total destrucción del Fundo Allpachaca, donde funcionaba el Programa de Agronomía de la Universidad de Ayacucho. Los senderistas mataron todos los animales, prendieron fuego a las maquinarias y causaron daños por 500 millones de soles. La razón que dieron fue que Allpachaca había recibido ayuda norteamericana (lo que era falso). La verdadera razón era la voluntad senderista de cortar toda comunicación del campo con la ciudad, ese centro de corrupción burguesa al que un día el ejército popular vendrá a regenerar. Decenas de puestos policiales en el área rural fueron atacados. En agosto de 1982 Sendero Luminoso se ufanaba de haber llevado a cabo «dos mil novecientas acciones exitosas».

Entre ellas figuraban abundantes asesinatos: 80 civiles y 38 policías y soldados hasta el 31 de diciembre de 1982. En los primeros cuatro meses de 1983 la cifra se elevó a más de doscientos civiles y un centenar de soldados y policías, en tanto que el Comando político-militar afirma haber dado muerte en la misma época a medio millar de senderistas. Guardias y policías eran abatidos en las calles, lo mismo que las autoridades políticas, en especial los alcaldes elegidos. El propio alcalde de Ayacucho, Jorge Jáuregui, salvó de milagro con dos balazos en la cabeza que le dispararon unos jóvenes el 11 de diciembre de 1982. En las comunidades campesinas, los «juicios populares» terminaban con la ejecución o el azotamiento de reales o supuestos enemigos de la guerrilla.

Las tácticas de los insurrectos dieron como resultado el colapso del poder civil en el interior de Ayacucho: alcaldes, subprefectos, tenientes gobernadores, jueces y demás funcionarios huyeron en masa. Hasta los párrocos escaparon. Los puestos policiales dinamitados no volvían a abrirse. Convencida de que era demasiado riesgoso mantener dotaciones de tres a cinco hombres en las aldeas, la Guardia Civil reagrupó sus fuerzas en las ciudades, donde podían defenderse mejor. ¿Qué iba a ocurrir, mientras tanto, con las poblaciones campesinas que quedaban a merced de los guerrilleros? No tiene sentido preguntarse si recibieron de buena o mala gana la prédica senderista, pues no tuvieron otra alternativa que apoyar, o al menos coexistir, con quienes pasaron a constituir el poder real.

Una de estas zonas era, justamente, aquella por donde caminaban los ocho periodistas, entre breñas y matas de *ichu* (paja), rumbo a Chacabamba. La región está dividida en una zona baja —el valle—, donde se encuentran las localidades más prósperas y modernas (dentro de la pobreza y el atraso que caracterizan al departamento) y una zona alta, en la que se hallan dispersas unas veinte comunidades campesinas de una misma familia étnica: los iquichanos. Sus tierras son pobres, su aislamiento casi absoluto, sus costumbres arcaicas. La zona baja fue víctima de continuos atentados en 1980 y 1981 y todos sus puestos policiales —los de San José de Secce, de Mayoc, de Luricocha— abandonados. Sendero Luminoso la declaró «zona liberada» a mediados de 1982.

Este proceso había pasado casi inadvertido en el Perú del que venían los periodistas. Ellos estaban mejor informados de las acciones de Sendero Luminoso en las ciudades. Sus periódicos se habían ocupado sobre todo de las operaciones que tenían incidencia en Lima, como el audaz ataque a la cárcel de Ayacucho, en la madrugada del 3 de marzo de 1982, en el que Sendero liberó a 247 presos y que mostró al gobierno que el «petardismo» había crecido enormemente. Pero de lo ocurrido en estos parajes de la cordillera, adonde nunca llega un periodista, de donde jamás se filtra una noticia, sabían cosas vagas y generales. Quizá por eso se mostraban tan confiados, cuando, ya en la cumbre de la montaña, divisaron las laderas verdes y boscosas de Balcón y Miscapampa y los sembríos cuadriculados de Chacabamba. Octavio Infante les señaló la chacrita de su madre.

V

En Chacabamba, donde los Argumedo

Doña Rosa de Argumedo, madre de Octavio, se encontraba pastoreando sus animales, en la quebrada de tierra fértil y árboles frutales de Chacabamba, cuando divisó a los ocho hombres. Las visitas son raras en ese lugar, de modo que la señora —sesentona, descalza, con un español elemental y que ha pasado toda su vida allí— escudriñó a los caminantes. Cuando reconoció a su hijo salió a darle el encuentro llorando de alegría.

Octavio Infante le explicó que sus amigos eran periodistas que iban a Huaychao para investigar «aquella matanza». Doña Rosa se dio cuenta de que la mayoría no eran de la sierra. ¡En qué estado se encontraban! El más gordito —Jorge Sedano— apenas podía hablar por la fatiga y el mal de altura, y, además, con esa camisa de verano se moría de frío. En cuanto al jovencito, Jorge Luis Mendívil, se le había desgarrado el pantalón. Estaban agitados y sedientos. Doña Rosa los guió hasta su casita de barro, madera y cala-

174

mina y les ofreció unos limones para que se prepararan un refresco. Pronto se les unieron sus hijos Juana Lidia y Juan Argumedo, y la esposa de Juan, Julia Aguilar, quien vino desde su casa, unos cien metros cerro arriba. Los periodistas departieron con la familia, mientras recobraban fuerzas. A Jorge Sedano le prestaron una casaca y a Mendívil un pantalón. Eduardo de la Piniella, su libreta de apuntes a la mano, quiso saber algo sobre las condiciones de vida en el lugar y preguntó a Julia Aguilar: «¿Cómo hace para que sus hijos vayan al colegio?»

Entre tanto, el director de *Noticias* pedía a su medio hermano que les sirviera de guía y les alquilara unos animales para cargar las bolsas y las cámaras y para Jorge Sedano, quien, de otro modo, difícilmente podría trepar hasta Huaychao. Juan Argumedo aceptó alquilarles un caballo y una mula y pidió a Juana Lidia que los ensillara. En cuanto a servirles de guía, aceptó llevarlos sólo hasta un punto anterior a Uchuraccay, el cerro de Huachhuaccasa, de donde, dijo, se traería de vuelta a las bestias.

De Chacabamba a Huaychao no hay trocha que se distinga a simple vista y, sin guía, los periodistas hubieran podido extraviarse en esas laderas rocosas y glaciales. En cambio, los Argumedo habían estado ya otras veces en Huaychao y en la comunidad intermedia —también iquichana— de Uchuraccay. Solían subir a aquellos pueblos en octubre, para las fiestas de la Virgen del Rosario, o en julio, el día de la Virgen del Carmen, a vender aguardiente, ropa, medicinas y coca (hojas que los indios mastican, mezcladas con cal, y cuyo jugo permite soportar el hambre y el frío). Juan Argumedo, doña Rosa, Juana Lidia y Julia tenían conocidos entre los campesinos y habían entablado, incluso, lazos de parentesco espiritual —padrinos y madrinas— con comuneros iquichanos.

Dentro de la estratificación social de los Andes, los Argumedo, pese a ser humildes agricultores, apenas instruidos y pobres, representan un sector privilegiado y opulento en comparación con los indios de las comunidades como Uchuraccay y Huaychao, los más pobres entre los pobres. Los agricultores del valle, como los Argumedo, de cultura mestiza, capaces de hablar en quechua con los campesinos y en español con la gente de la ciudad, han sido el vínculo tradicional de los iquichanos con el resto del mundo. Aun así, los contactos eran esporádicos, y se limitaban a aquellas ferias o a las ocasiones en que los campesinos de Huaychao y Uchuraccay pasaban por Chacabamba rumbo a los mercados de Huanta o Tambo. Las relaciones habían sido pacíficas en el pasado. Pero ello cambió desde la aparición de Sendero Luminoso y de los «sinchis». Las comunicaciones estaban cortadas entre el valle y las punas y había tirantez y hostilidad entre ambas zonas. Por eso, hacía dos años que la familia Argumedo no subía a vender sus productos en las fiestas del Rosario y del Carmen.

¿Explica esto el que estuvieran tan desinformados de lo que ocurría allá arriba? La información allí se transmite de boca a oído y los protagonistas de los sangrientos sucesos de las cumbres no tenían interés en publicitarlos, de modo que no es imposible que la familia Argumedo, pese a la proximidad con las comunidades iquichanas, tuviera un conocimiento tan precario sobre los sucesos de las punas como el que tenían el general Noel, el gobierno en Lima y los ocho periodistas que, luego del breve descanso, apagaban sus cigarrillos, cargaban bolsas y máquinas, y se tomaban unas fotos con los Argumedo antes de partir. En señal de gratitud, regalaron a las tres mujeres unas galletas y unas gomas de mascar. Habían recobrado el buen humor y estaban, según Julia Aguilar, «felices y contentos».

Octavio Infante pidió a doña Rosa que preparara unas mantas en el granero y una comida porque tratarían de volver esa misma noche. La razón de la prisa era Amador García, quien debía enviar sus fotos a Lima en el avión del jueves. El cálculo era demasiado optimista. De Chacabamba a Uchuraccay hay unos quince kilómetros y de allí a Huaychao otros ocho y esa distancia les tomaría por lo menos el doble de tiempo que a los lugareños, que van de Chacabamba a Uchuraccay en dos o tres horas. Presintiendo que les sería difícil regresar en el día, doña Rosa les dio el nombre de una conocida suya de Uchuraccay, doña Teodora viuda de Chávez, quien podría serles útil si pernoctaban en la comunidad. Félix Gavilán apuntó el nombre en su libreta.

Todavía no era mediodía cuando emprendieron el último tramo. El sol brillaba en un cielo sin indicios de lluvia. Julia Aguilar les convidó, en la puerta de su casa, un poco de leche y los vio alejarse por la quebrada. Jorge Sedano iba en una mula y Juan Argumedo la tiraba de la rienda; atrás, el caballo con las bolsas y cámaras, y, más atrás, los periodistas. «Iban riéndose», dice Julia.

VI

LOS IQUICHANOS

Entre tanto, ¿qué ocurría en las punas de Huanta, en la veintena de comunidades —unos veinte mil habitantes— pertenecientes al grupo iquichano?

Dentro de la región deprimida que es Ayacucho, los iquichanos forman parte del sector más desvalido. Sin caminos, atención médica o técnica, sin agua ni luz, en las tierras inhóspitas donde han vivido desde la época prehispánica, sólo conocieron, desde el inicio de la República, la explotación del latifundista, las exacciones del recaudador de impuestos, la violencia de las guerras civiles. La fe católica, aunque caló hondo en los comuneros, no ha desplazado a las antiguas creencias, como el culto a los *apus* —dioses montañas—, el más ilustre de los cuales es el Rasuwillca (en cuyas entrañas vive un jinete de tez clara y cabalgadura blanca, en un palacio lleno de oro y frutas) cuyo prestigio irradia sobre toda la región. Para estos hombres y mujeres, en su gran mayoría analfabetos y monolingües quechuas, condenados a sobrevivir con una exigua dieta de habas y papas, la existencia ha sido un cotidiano desafío en el que la muerte por hambre, enfermedad o catástrofe natural acechaba a cada paso.

Los ocho periodistas, guiados por Juan Argumedo, iban al encuentro de otro tiempo histórico, pues la vida en Uchuraccay y Huaychao no ha variado casi en doscientos años. En las casas de Huanta, las familias hablan todavía con alarma de la posibilidad de que los indios iquichanos bajen de los cerros como aquella vez —1896— en que capturaron la ciudad y lincharon al subprefecto (se habían sublevado contra el impuesto a la sal). Porque, a lo largo de la historia, vez que las comunidades de Iquicha han abandonado sus parajes ha sido para pelear. Hay una constante en las irrupciones beligerantes de estos campesinos: todas obedecen al temor a un trastorno de su sistema de vida, a lo que ellos perciben como amenazas a su supervivencia étnica. Durante la Colonia, pelearon a favor de las fuerzas realistas contra las dos rebeliones indígenas más importantes de los siglos XVIII y XIX: las de Túpac Amaru y de Mateo Pumacahua. Su falta de articulación con las otras etnias andinas se trasluce, también, en su rechazo a la independencia: entre 1826 y 1839 se negaron a aceptar la República y combatieron por el Rey de España. El mismo sentido de defensa de su soberanía regional tienen los alzamientos que protagonizan en el siglo XIX.

Los escasos estudios sobre ellos, los muestran como celosos defensores de esos usos y costumbres que, aunque arcaicos, son lo único que tienen. Reciben a comerciantes o viajeros de paso, pero, en los años sesenta, expulsaron a un grupo de antropólogos de la Universidad de Ayacucho y se negaron a recibir a los promotores de la Reforma Agraria en los años setenta.

La relación de los iquichanos con las aldeas del valle, más modernas y occidentalizadas, ha sido siempre áspera, algo común en los Andes, donde los pobladores mestizos de las zonas bajas desprecian a los indios de las alturas a los que llaman «chutos» (salvajes). Éstos, recíprocamente, los detestan.

Tal era el clima de la región cuando comenzó a operar en ella Sendero Luminoso. En 1981 y 1982 los guerrilleros arraigan en toda la zona baja. Pero, en tanto que en San José de Secce, en Luricocha, en Mayoc, en Chacabamba, en Balcón, los senderistas adoctrinan a los campesinos y reclutan jóvenes, no parecen haber hecho el menor esfuerzo para ganarse a los iquichanos. Su aislamiento, la dureza del clima y del terreno, su primitivismo ¿los llevaron a no considerarlos un objetivo codiciable? En el curso de esos dos años, la punas de Huanta sólo fueron para Sendero Luminoso un corredor de paso, que permitía a los guerrilleros desplazarse de un extremo a otro de la provincia con relativa seguridad y evaporarse después de realizar atentados en Huanta, Tambo y otras localidades.

Los indios de Uchuraccay, de Huaychao, de Carhuarán, de Iquicha, oyen pasar casi siempre de noche a esas «milicias», y, cuando lo relatan, aquellas apariciones extrañas, inquietantes, adoptan el aire de una fantasmagoría o la proyección de terrores inconscientes. El hecho de que los rivales del valle ayuden (de buena o mala gana) a los senderistas, era una razón para predisponer a los iquichanos en su contra. Pero hay otros motivos. En sus marchas, los guerrilleros buscan abrigo y alimento y cuando los comuneros quieren impedir que se coman sus animales, surgen disputas. En Uchuraccay, pocas semanas antes, en un incidente de esta índole, un destacamento de Sendero mató a los pastores Alejandro Huamán y Venancio Aucatoma. Los robos de animales resintieron a estas comunidades cuyas reservas son mínimas. Por eso, cuando los comuneros de Uchuraccay hablan de ellos, los llaman «terrorista-sua» (terrorista-ladrón).

Pero lo que precipita la ruptura entre los iquichanos y Sendero Luminoso es el intento de los revolucionarios de aplicar en las «zonas liberadas» una política de «autosuficiencia económica» y control de la producción. El objetivo: desabastecer a las ciudades e ir inculcando al campesinado un sistema de trabajo acorde con el modelo ideológico. Las comunidades reciben consignas de sembrar únicamente aquello que consumen, sin ningún excedente, y de cesar todo comercio con las ciudades. Cada comunidad debe autoabastecerse, de modo que desaparezca toda economía monetaria. Sendero Luminoso impone esta política con métodos contundentes. A principios de enero clausura a balazos la Feria de Lirio y dinamita la carretera, cortando el tráfico entre Huanta y aquella localidad. Los comuneros iquichanos bajaban a Lirio a vender sus excedentes y a aprovisionarse de coca, fideos, maíz. El fin de la posibilidad de comerciar, decretado por razones para ellos incomprensibles, fue sentido como una intromisión que ponía en peligro su existencia y ésta es la situación en que, a lo largo de la historia, los iquichanos han reaccionado con fiereza.

A mediados de enero los *varayocs* (alcaldes) de las comunidades iquichanas celebraron dos asambleas, en Uchuraccay y Carhuarán (los mismos sitios donde siglo y medio atrás se reunieron para declarar la guerra a la naciente República). Allí, acordaron enfrentarse a Sendero Luminoso.

El gobierno y las fuerzas del orden prácticamente desconocían estos hechos. El Ejército había sido encargado por Belaunde Terry de dirigir las acciones sólo a fines de diciembre de 1982 y el general Clemente Noel apenas empezaba a darse cuenta de lo complicada que iba a ser su tarea. Una compañía de infantes de Marina y un batallón de infantería, además de un grupo de comandos del Ejército, acababan de llegar a Ayacucho para apoyar a la Guardia Civil. Por Uchuraccay sólo habían pasado los «sinchis».

La maestra Alejandrina de la Cruz vio llegar a la primera patrulla de «sinchis» en mayo de 1981. No hubo incidentes entre guardias y comuneros, a diferencia de lo ocurrido en Paria, donde aquéllos maltrataron a un campesino. En 1981 los «sinchis» pasaron por Uchuraccay a un ritmo de una vez cada dos meses, buscando infructuosamente senderistas. Pero, en 1982, Alejandrina de la Cruz no vio a ninguna patrulla, hasta el 18 de diciembre, en que ella abandonó Uchuraccay. Sin embargo, los uchuraccaínos aseguran que los «sinchis» llegaron una vez más, luego de la partida de la maestra, en helicóptero. Cuando les pidieron que se quedaran a proteger el pueblo, les respondieron que no podían y que si los «terrucos» venían debían «defenderse y matarlos».

En todo caso, era esto lo que habían decidido hacer los iquichanos en las asambleas de Carhuarán y Uchuraccay. Comenzaron a hacerlo de inmediato, en varios lugares a la vez. Destacamentos senderistas y reales o presuntos cómplices fueron emboscados, maltratados y ejecutados en toda la zona de Iquicha. Los siete muertos de Huaychao que dio a conocer el general Noel eran apenas una muestra de las matanzas que llevaban a cabo los exasperados iquichanos en esos momentos. Pero, a diferencia de los muertos de Huaychao, los otros no fueron señalados a las autoridades. En Uchuraccay, cinco senderistas habían sido linchados el 22 de enero, y el número de «terrucos» ejecutados en toda la zona era, por lo menos, de veinticuatro (acaso bastantes más).

No lo sabían los expedicionarios y, al parecer, ni siquiera Juan Argumedo. Pero la zona a la que se acercaban estaba profundamente perturbada y los comuneros vivían un estado de furor y de pánico, o, como dicen ellos, de *chaqwa* (desorden, caos). Estaban convencidos de que, en cualquier momento, los senderistas regresarían a vengar a sus muertos. Aumentaba el miedo y la rabia de los campesinos el sentirse en inferioridad de condiciones, por carecer de armas de fuego. La sorpresa que había permitido los primeros linchamientos ya no era posible. Éste era el ánimo que reinaba en Uchuraccay, donde unos trescientos comuneros se hallaban reunidos en cabildo, cuando los pastores o centinelas vinieron a avisar que un grupo de forasteros se acercaba al centro comunal.

VII

En la boca del lobo

Esa noche, en Chacabamba, doña Rosa, Juana Lidia y Julia Aguilar esperaron inútilmente el retorno de Juan Argumedo. Aunque dudaba que Octavio Infante y los periodistas volvieran ese día, doña Rosa les preparó comida y unas mantas. No las sorprendió mucho que ellos no aparecieran, pero ¿por qué no regresaba Juan, que sólo iba a acompañarlos un trecho de camino? Las mujeres se acostaron inquietas.

A la mañana siguiente —jueves 27 de enero— apareció por Chacabamba un niño —Pastor Ramos Romero—, gritando que algo terrible había pasado allá arriba, que en Uchuraccay habían matado a unos señores que se fueron con don Juan. Doña Rosa y Juana Lidia atinaron a coger un pequeño costal de papas y hojas de coca, antes de salir, despavoridas, rumbo a Uchuraccay. Se les había adelantado Julia Aguilar, quien, al oír al niño, saltó sobre un caballo y lo espoleaba sobre las piedras de la quebrada.

Julia llegó a las afueras de Uchuraccay cerca del mediodía. Desde que avistó las primeras chozas, con sus techos de paja y sus corralitos de piedra, advirtió algo anormal, pues en los cerros había gran cantidad de indios, armados con hondas, palos, hachas, y entre ellos gente de otras comunidades: Huaychao, Cunya, Pampalca, Jarhuachuray, Paria. Algunos agitaban banderas blancas. Un grupo la rodeó, amenazador, y, sin darle tiempo a preguntar por su marido, comenzó a acusarla de ser cómplice de los «terrucos» y a decirle que la matarían como los habían matado a ellos. Estaban febriles, sobresaltados, violentos. Julia intentó dialogar, explicarles que los forasteros no eran terroristas y tampoco su esposo, pero los campesinos la llamaban mentirosa y se mostraban cada vez más agresivos. Ante sus súplicas, en vez de matarla, se la llevaron prisionera a la casa comunal de Uchuraccay. Al entrar al caserío, vio a la comunidad «en estado frenético» y le pareció que había «varios miles» de campesinos de otras aldeas.

Allí se encontró con su cuñada y su suegra, también llorosas y aterradas, también prisioneras. Habían vivido una experiencia semejante a la suya, pero, además, habían averiguado algo de los sucesos de la víspera. En las afueras del pueblo, pudieron conversar un momento con la comunera Roberta Huicho, quien les dijo que los campesinos habían matado a unos terroristas, pero que Juan Argumedo no estaba con ellos cuando los mataron. El guía se fugó, con los animales, desde el cerro Huachhuaccasa. Comuneros montados a caballo lo persiguieron y le dieron alcance en el lugar llamado Yuracyaco. Se lo habían llevado prisionero. Doña Rosa y Juana Lidia no pudieron preguntar más, pues se vieron rodeadas por comuneros furibundos que las llamaban «terrucas». Las mujeres, de rodillas, les juraban que no lo eran y para calmarlos les repartían las papas y la coca que traían. En el camino a Uchuraccay doña Rosa y Juana Lidia vieron, muertos, al caballo y la mula de los periodistas.

Permanecieron prisioneras hasta el día siguiente por la tarde, con la vida pendiente de un hilo. En la oscura vivienda —suelo de tierra, paredes tiznadas— que les servía de cárcel, había otros trece prisioneros, muy golpeados. Habían sido llevados allí desde Iquicha, acusados de ser cómplices de Sendero Luminoso. Uno de ellos era el teniente gobernador, Julián Huayta, que sangraba de la cabeza. Lo tenían atado del pescuezo con una bandera roja y lo acusaban de haber izado esa bandera en Iquicha. Esa tarde, esa noche y la mañana siguiente, doña Rosa, Juana Lidia y Julia vieron a los comuneros de Uchuraccay y a los de las otras comunidades —ellas dicen que eran «cuatro o cinco mil», lo que parece exagerado— juzgar a los trece prisioneros, de acuerdo a ritos ancestrales, en cabildo abierto. Nueve fueron absueltos del cargo de ayudar a los «terrucos». ¿Fue también la muerte el castigo de los otros cuatro? Las Argumedo no lo saben; sólo que los de Uchuraccay los entregaron a gentes de otra comunidad y que se los llevaron. Pero es muy posible que la matanza de la víspera continuara después del cabildo. Una vez tomada la decisión de entrar en la guerra entre Sendero Luminoso y los «sinchis» para los iquichanos se trataba de matar primero o morir, sin detenerse a reflexionar que podía haber accidentes de por medio.

Las Argumedo fueron juzgadas en la tarde del viernes. Muchas veces oyeron que los comuneros habían matado a unos terroristas y nadie les hizo caso cuando ellas trataban de explicar que no lo eran, sino periodistas que iban a Huaychao. ¿Pueden entender lo que es un «periodista» los comuneros iquichanos? Muy pocos, en todo caso, y de una manera muy incierta. En el curso del juicio, un iquichano, ahijado de doña Rosa —Julio Gavilán— defendió ardorosamente a las mujeres ante los *varayocs*, jurando que no eran de la «milicia». Doña Rosa, Juana Lidia y Julia imploraron que las soltaran y repartieron entre los *varayocs* los 3.000 soles que llevaban consigo y el resto de las papas y hojas de coca.

¿Por qué este empeño en tratar a las mujeres como cómplices de los «terrucos»? ¿Acaso no conocían muchos comuneros a la familia Argumedo de Chacabamba? Tal vez la razón era, justamente, que las tres mujeres venían de una zona donde Sendero Luminoso tenía simpatizantes. Un rumor persistente, pero inverificable, recogido en la región, señala a Juan Argumedo como encubridor y amigo de senderistas. Su familia lo niega. Pero lo cierto es que ella vive en una región que Sendero controló y en la que los pobladores, por solidaridad o por miedo, colaboraron con los guerrilleros. Acaso Juan Argumedo no lo hizo, pero, para los campesinos de las alturas, él pudo ser muy bien la prueba tangible de la llegada al pueblo del destacamento senderista que estaba esperando. ¿Fue Juan Argumedo el factor decisivo del malentendido que provocó la matanza? Es algo que acaso nunca llegará a saberse, pues, aunque admiten el crimen contra los periodistas, los comuneros de Uchuraccay guardan un mutismo total sobre Juan Argumedo.

Mientras estuvieron detenidas, su madre, su mujer y su hermana, oyeron diversas versiones sobre su suerte. Que lo tuvieron encerrado con otro campesino y que luego los asesinaron a ambos; que lo entregaron a comuneros de otra aldea iquichana. Pero hasta ahora los comuneros de Uchuraccay siguen diciendo que no lo conocían, que nunca lo vieron, y, pese a las búsquedas, no se ha encontrado su cadáver. Las tres mujeres tuvieron más suerte que él. Los *varayocs* terminaron por rendirse a sus ruegos y a los de Julio Gavilán. Antes de soltarlas, el cabildo las hizo jurar solemnemente, ante una vara de crucifijo —la vara del alcalde mayor— que guardarían el más absoluto secreto sobre lo que vieron y oyeron desde que pisaron Uchuraccay.

Cuando las atribuladas mujeres retornaban a Chacabamba, el viernes al anochecer, dos patrullas militares se encontraban peinando la región en busca de los periodistas. La víspera, el general Noel se había enterado de la expedición —por periodistas inquietos al no tener noticias de sus colegas— y ordenó a los puestos de Huanta y de Tambo que los buscaran. La primera patrulla en llegar a Uchuraccay fue la de Tambo, comandada por un marino, el teniente 1.º Ismael Bravo Reid. Entró en la aldea en la noche del viernes, con una lluvia torrencial, luego de diez horas de marcha. Los comuneros estaban en sus chozas y sólo al día siguiente habló Bravo Reid con ellos, mediante un intérprete. Los comuneros le dijeron que habían matado a «ocho terroristas que llegaron a Uchuraccay enarbolando una bandera roja y dando mueras a los sinchis». Le mostraron las tumbas y le entregaron una bandera roja, un teleobjetivo, doce rollos de películas (que resultarían vírgenes) y unos carnets. «¿Y las armas?», preguntó el oficial. «No traían.»

Así conocieron las autoridades, en Ayacucho y Lima, el sábado por la noche, la muerte de los periodistas. El domingo, el Perú entero vio, por la televisión, la exhumación de los cadáveres y contempló el macabro espectáculo de los ocho muertos destrozados con palos, hondas, piedras y cuchillos. Ninguno tenía heridas de bala.

A la Comisión Investigadora nombrada por el gobierno para investigar la matanza —de la que formó parte el autor de este artículo— no le fue difícil, luego de recorrer los escenarios, revisar documentos oficiales e interrogar a decenas de personas, reconstruir lo esencial de los hechos (aunque algunos detalles quedaron en la sombra). No le fue difícil concluir que los periodistas fueron asesinados cuando, rendidos de fatiga, luego de cinco horas de marcha, llegaron a Uchuraccay, por una multitud de hombres y mujeres a los que el miedo y la cólera dotaban de una ferocidad infrecuente en su vida diaria y en circunstancias normales. No le cupo ninguna duda que los iquichanos los mataron porque los tomaron por senderistas.

Todo esto nos lo relataron los campesinos de Uchuraccay, en un cabildo que celebramos allí el 14 de marzo. Lo hicieron con naturalidad, sin arrepentimiento, entre intrigados y sorprendidos de que viniera gente desde tan lejos y hubiera tanto alboroto por una cosa así. Sí, ellos los habían matado. ¿Por qué? Porque se habían equivocado. ¿La vida no está llena de errores y de muertes? Ellos eran «ignorantes». Lo que les preocupaba a los vecinos de Uchuraccay, ese 14 de marzo, no era el pasado sino el futuro, es decir, los senderistas. ¿Pediríamos a los «sinchis» que vinieran a protegerlos? ¿Pediríamos al «señor gobierno» que les mandara por lo menos tres fusiles? Al empezar el cabildo, aconsejado por los antropólogos asesores de la Comisión, yo había vertido aguardiente sobre la tierra y bebido en homenaje al cerro tutelar, el Rasuwillca, repartido hojas de coca y tratado de explicar, mediante traductores, a las decenas y decenas de comuneros que nos rodeaban, que las leyes del Perú prohíben matar, que para condenar y juzgar están los jueces y, para hacer cumplir las leyes, las autoridades. Y mientras les decía estas cosas, viendo sus rostros, me sentía tan absurdo e irreal como si estuviera adoctrinándolos sobre la auténtica filosofía revolucionaria del camarada Mao traicionada por el perro contrarrevolucionario Deng Tsiao Ping.

VIII

LA MATANZA

¿Cómo ocurrió el asesinato de los periodistas?

Los uchuraccaínos se negaron a referirnos los detalles. Nosotros supusimos que los atacaron de improviso, sin que mediara un diálogo, desde los cerros que rodean al pueblo, con esas *huaracas* (hondas) con que ellos son capaces —nos lo demostraron, orgullosos— de lanzar piedras velocísimas que derriban a una vizcacha en plena carrera. Pensamos que no hubo diálogo, pues los iquichanos creían a los «senderistas» armados y porque, si lo hubiera habido, los periodistas que hablaban quechua —Octavio Infante, Félix Gavilán y Amador García— hubieran desarmado la hostilidad de los atacantes.

Pero los hechos fueron más fríos y crueles. Se supo con certeza cuatro meses después, cuando una patrulla que escoltaba al juez encargado de investigar los sucesos, encontró en una cueva de Huachhuaccasa —próxima a Uchuraccay— la máquina fotográfica de Willy Retto —una Minolta n.º 4202368—, desenterrada, al parecer, por vizcachas que revolvieron la tierra donde los comuneros la habían escondido. El joven fotógrafo de *El Observador* tuvo la entereza de accionar su cámara en los instantes anteriores a la matanza y acaso cuando ésta comenzaba a segar las vidas de sus compañeros. Las fotos muestran a los periodistas cercados por los comuneros. Se ve, en una, a Jorge Sedano, de rodillas, junto a los bolsos y cámaras que acaba de depositar en el suelo alguien que pudiera ser Octavio Infante. En otra, Eduardo de la Piniella tiene los brazos en alto y, en otra, el pequeño Mendívil agita las manos, como implorando calma. En las últimas fotos, Willy Retto fotografió a un iquichano que está abalanzándose sobre él. El estremecedor documento prueba que el diálogo no sirvió para nada y que, pese a verlos desarmados, los iquichanos actuaron contra los forasteros convencidos de que eran sus enemigos.

La matanza, a la vez que político-social, tuvo matices mágico-religiosos. Las horribles heridas de los cadáveres parecían rituales. Los ocho fueron enterrados por parejas y boca abajo, forma en que se sepulta a quienes los comuneros consideran «diablos» o gentes, como los danzantes de tijeras, que, se cree, han hecho pacto con el diablo. Asimismo, los enterraron en un lugar periférico a la comunidad, para recalcar su condición de forasteros. (En los Andes, el diablo se asimila a la imagen de un foráneo.) Los cadáveres fueron especialmente maltratados en la boca y en los ojos porque es creencia que la víctima debe ser privada de la vista para que no reconozca a sus victimarios y de la lengua para que no los delate. Fracturaron sus tobillos para que no retornaran a vengarse de quienes les dieron muerte. Los comuneros despojaron a los muertos de sus ropas para lavarlas y luego incinerarlas, en una ceremonia de purificación que se conoce con el nombre de *pichja*.

El crimen de Uchuraccay fue horrendo y conocer las circunstancias en que ocurrió no lo excusa. Pero lo hace más entendible. La violencia que advertimos en él nos asombra porque, en nuestra vida diaria, es anómala. Para los iquichanos esa violencia es la atmósfera en que se mueven desde que nacen hasta que mueren. Apenas un mes después de que estuvimos en Ayacucho, una nueva tragedia confirmó que el pánico de las gentes de Iquicha contra las represalias de Sendero Luminoso no era injustificado. Ocurrió en Lucanamarca, a unos doscientos kilómetros de Uchuraccay. Los comuneros del lugar habían colaborado con Sendero Luminoso y luego tenido incidentes con los «terrucos» por problemas de alimentos. Lucanamarca, entonces, capturó a unos guerrilleros y los entregó a la policía en Huancasancos. El 23 de abril, cuatro destacamentos de Sendero Luminoso, encabezando a centenares de campesinos de una comunidad rival, entraron a Lucanamarca en expedición punitiva. Sesenta y siete personas fueron asesinadas, en la plaza del pueblo, algunas a balazos, pero la mayoría con hachas, machetes y piedras. Entre los decapitados y mutilados figuraban cuatro niños.

Cuando terminó el cabildo y, muy impresionados por lo que habíamos visto y oído —las tumbas de los periodistas estaban aún abiertas—, nos disponíamos a regresar a Ayacucho, una mujercita de la comunidad comenzó de pronto a danzar. Canturreaba una canción que no podíamos entender. Era una india pequeñita como una niña pero con la cara arrugada de una anciana, con las mejillas cuarteadas y los labios tumefactos de quienes viven expuestos al frío de las punas. Iba descalza, con varias polleras de colores, un sombrero con cintas, y, mientras cantaba y bailaba, nos golpeaba despacito en las piernas con un manojo de ortigas. ¿Nos despedía, según un antiguo rito? ¿Nos maldecía, por ser también nosotros parte de esos forasteros —«senderistas», «periodistas», «sinchis»— que habían traído nuevos motivos de angustia y sobresalto a sus vidas? ¿Nos exorcisaba? Las semanas anteriores, mientras entrevistaba militares, políticos, policías, campesinos, periodistas, revisaba partes de operaciones, artículos, atestados judiciales, tratando de restablecer lo sucedido, yo había vivido en un estado de enorme tensión. En las noches, me desvelaba tratando de determinar la veracidad de los testimonios, de las hipótesis, o tenía pesadillas en las que las certidumbres del día se convertían de nuevo en enigmas. En esas semanas, al mismo tiempo que la historia de los ocho periodistas —a dos de los cuales conocía; con Amador García había estado apenas unos días antes de su viaje a Ayacucho— me pareció ir descubriendo una nueva historia —terrible— de mi propio país. Pero en ningún momento sentí tanta tristeza como en ese atardecer con nubes amenazantes, en Uchuraccay, mientras veíamos danzar y golpearnos con ortigas a esa mujercita diminuta que parecía salida de un Perú distinto a aquel en que transcurre mi vida, un Perú antiguo y arcaico que ha sobrevivido, entre esas montañas sagradas, a pesar de siglos de olvido y adversidad. Esa frágil mujercita había sido, sin duda, una de las que lanzó las piedras y blandió los garrotes, pues las mujeres iquichanas tienen fama de ser tan beligerantes como los hombres. En las fotos póstumas de Willy Retto se las ve en la primera fila. No era difícil imaginar a esa comunidad transformada por el miedo y la rabia. Lo presentimos en el cabildo, cuando, de pronto, ante las preguntas incómodas, la pasiva asistencia comenzaba a rugir, encabezada por las mujeres, «chaqwa, chaqwa», y el aire se impregnaba de malos presagios.

Si lo esencial de la muerte de los periodistas ha sido esclarecido —quiénes los mataron, cómo y por qué— quedan algunos hechos oscuros. ¿Qué ha sido de Juan Argumedo? ¿Por qué los iquichanos no reivindican su muerte? Tal vez porque Juan Argumedo era un «vecino», alguien de una región rival pero con la que están obligados a coexistir por razones de comercio y tránsito. Reconocer que lo mataron equivaldría a una declaratoria de guerra a los agricultores del valle. La precaución en todo caso no ha servido de mucho, pues, desde entonces, se han producido varios choques sangrientos entre los comuneros de Uchuraccay y los vecinos de Chacabamba y Balcón.

Otro elemento incierto es el de la bandera roja. El general Noel dijo que los periodistas fueron asesinados porque se presentaron en Uchuraccay con una bandera comunista y lo mismo dijeron a la Comisión los comuneros. Pero es evidente que esto no tiene asidero, como muestran las fotos de Willy Retto. ¿Para qué hubieran llevado los periodistas una bandera que sólo les hubiera significado riesgos? Lo probable es que ésta fuera una versión fraguada por la comunidad al darse cuenta de su error, para dar mayor fuerza a su tesis de que confundieron a los forasteros con senderistas. La bandera roja que entregaron al teniente 1.º Bravo Reid fue, sin duda, la que flameó en Iquicha y la que sirvió de collar al teniente gobernador de ese lugar.

Aún más dramática que la sangre que corre en esta historia son los malentendidos que la hacen correr. Los campesinos matan a unos forasteros porque creen que vienen a matarlos. Los periodistas creían que eran «sinchis» y no campesinos quienes habían asesinado a los senderistas. Es posible que murieran sin entender por qué eran asesinados. Un muro de desinformación, prejuicios e ideologías, incomunicaba a unos y otros e hizo inútil el diálogo.

Quizás esta historia ayude a comprender el porqué de la violencia vertiginosa que caracteriza a las acciones guerrilleras en América Latina. Los movimientos guerrilleros no son, en estos países, «campesinos». Nacen en las ciudades, entre intelectuales y militantes de las clases medias, seres a menudo tan ajenos y esotéricos —con sus esquemas y su retórica— a las masas campesinas, como Sendero Luminoso para los hombres y mujeres de Uchuraccay. Lo que suele ganarles el apoyo campesino son los abusos que cometen esos otros forasteros —las fuerzas de la contrainsurgencia— o, simplemente, la coacción que ejercen sobre los campesinos quienes creen ser dueños de la historia y la verdad absoluta. La realidad es que las guerras entre guerrillas y fuerzas armadas resultan arreglos de cuentas entre sectores «privilegiados» de la sociedad, en los que las masas campesinas son utilizadas con cinismo y brutalidad por quienes dicen querer «liberarlas». Son estas masas las que ofrecen, siempre, el mayor número de víctimas: 750 en el Perú sólo desde principios de año.

La historia de los ocho periodistas muestra lo vulnerable que es la democracia en América Latina y la facilidad con que ella perece bajo las dictaduras militares o marxistas-leninistas. Los logros de la democracia —libertad de prensa, elecciones, instituciones representativas— es algo que difícilmente pueden defender con convicción quienes no están en condiciones de entenderlos y, menos aún, de beneficiarse con ellos. La democracia no será fuerte en nuestros países mientras sea privilegio de un sector y una abstracción incomprensible para el resto. La doble amenaza —el modelo Pinochet o el modelo Fidel Castro— seguirá acosando a los regímenes democráticos mientras haya en nuestros países hombres que maten por las razones que mataron los campesinos de Uchuraccay.

Lima, 7 junio 1983

EL PERIODISMO COMO CONTRABANDO

En *The Times*, de Londres, aparecen rara vez noticias sobre el Perú, lo que es muy comprensible. Desde la perspectiva británica, los temas europeos, las relaciones Este-Oeste, los problemas de los países de la Mancomunidad, prevalecen sobre los asuntos latinoamericanos. Pero, cuando aparecen, esas esporádicas informaciones sobre el Perú que publica el gran diario londinense diseñan la imagen de un país que no se parece al país en el que nací y en el que vivo. Ocurre que *The Times* tiene un especialista que discrimina y orienta (y rara vez firma) esas informaciones: un personaje llamado Colin Harding.

Se trata de un propagandista disfrazado de periodista, de un escriba que hace pasar sus opiniones como informaciones. Hace algunas semanas tuvo la extraordinaria desfachatez de afirmar que los ocho periodistas asesinados en Ayacucho lo fueron para impedirles denunciar la existencia de bandas paramilitares en esa región, lo que equivalía a acusar al gobierno peruano de tramar y ejecutar alevosamente el crimen. Ni la más remota prueba apoya semejante acusación; ni los más parcializados enemigos del régimen la han formulado en el Perú. El señor Harding no exponía esta tesis como una opinión personal, sino como una «evidencia», que él, informante objetivo, ponía en conocimiento del público británico.

El señor Colin Harding perpetra sus contrabandos —minúsculos, casi subliminales— mediante el uso, diestro y avieso, del condicional: «parecería que», «se dice que», «habría ocurrido que». Es un tiempo verbal a cuya sombra se cometen a diario las peores vilezas periodísticas y todo órgano de prensa digno debería abolirlo de sus páginas. Tiene el dudoso mérito de constituir una coartada, que exonera al autor de la responsabilidad de sus convicciones o fantasías, y de trocar a éstas en hechos difusamente objetivos, en huidizas verdades que el periodista parece haber sorprendido en la realidad y limitarse a transmitir. Es la primera técnica que debe dominar un narrador de ficciones para que sus mentiras finjan ser verdades. Aplicada a la información, su uso es siempre un abuso porque ella inevitablemente disuelve las fronteras entre la objetividad de los hechos y la subjetividad del que escribe y hace pasar gato por liebre de una manera imperceptible.

Esta técnica permite, por ejemplo, presentar las noticias de tal modo que parezca que en mi país hay represión gubernamental y abusos de autoridad pero no terrorismo; que los campesinos son asesinados, *siempre*, por las fuerzas del orden y nunca por los guerrilleros. Cuando las evidencias en contrario son flagrantes, como en el caso de Lucanamarca, entonces esta técnica permite que la matanza deje de ser un hecho cierto y probado y se vuelva una simple «acusación» hecha por el gobierno, como pretexto, sin duda, para nuevos crímenes. Las torres eléctricas, las fábricas dinamitadas dejan de ser verdades objetivas, se convierten en ruidos inciertos que carecen de autor y sirven de cortinas de humo para la represión. Los que son encarcelados o mueren jamás son «terroristas», jóvenes o viejos que ponen bombas y están dispuestos a matar por sus ideas; no, son siempre «estudiantes», «obreros», «campesinos» a los que el régimen da la impresión de perseguir, poner en prisión o asesinar porque estudian, trabajan, son pobres o se atreven a discrepar. En estas microinformaciones, el gobierno no parece tener otra actividad que la de violar los derechos humanos de los ciudadanos del Perú. ¿Los violan alguna vez quienes asesinan a alcaldes y jueces, además de policías? Imposible saberlo, porque las noticias que pasan por las manos del señor Colin Harding jamás lo consignan.

Tampoco dicen nunca que el gobierno peruano tiene un origen legítimo, pues nació de elecciones libres, y que en el Perú este gobierno es severamente criticado por la oposición, en los diarios y en el Parlamento, y que, a diferencia de lo que ocurre en otros países latinoamericanos, en el Perú los partidos políticos y los sindicatos funcionan sin cortapisas y que hay una irrestricta libertad de prensa. Esta omisión —dato escondido, en términos de estrategia narrativa— es capital, porque ella impide juzgar con exactitud lo que significa la insurrección guerrillera en el Perú. Ésta no combate por destruir una dictadura militar, sino un régimen democrático respaldado por la mayoría de los peruanos. Las habilidades manipulatorias del señor Colin Harding consiguen dejar flotando en el ánimo de los lectores de *The Times* —la mayoría de los cuales, claro está, desconoce la situación política peruana— este embuste: que el Perú es en estos momentos la típica republiqueta latinoamericana, en la que un régimen autoritario ejercita la brutalidad cotidiana contra ciertos rebeldes vagamente idealistas.

Hablo así del señor Colin Harding porque lo he visto operar en vivo, en un estudio de la BBC, al que habíamos sido invitados para discutir sobre el Perú. Allí lo oí afirmar, con el mismo desparpajo con el que produce sus magias periodísticas, mentiras de este calibre: que el teniente Ismael Bravo Reid, de la Marina, jefe de la patrulla que llegó primero a Uchuraccay después del asesinato de los periodistas, había confesado que éstos fueron matados «por un grupo paramilitar de cincuenta hombres». ¿Dónde ha aparecido semejante confesión? El teniente Bravo Reid fue interrogado minuciosamente por mí y por los otros miembros de la Comisión Investigadora de la matanza y su testimonio —que el gobierno peruano debería haber publicado— coincide, en lo esencial, con los de todos los otros declarantes, civiles o militares, que corroboran la propia declaración de los comuneros de Uchuraccay de que ellos realizaron el crimen. ¿Cuándo, dónde, a quién dijo el teniente Bravo Reid que fue un grupo paramilitar de cincuenta hombres el autor de la matanza?

¿Existen esos grupos paramilitares en la sierra peruana? El señor Colin Harding aseguró en la BBC que la región donde murieron los periodistas «estaba sembrada de grupos paramilitares». La Comisión Investigadora buscó afanosamente pruebas de la presencia de estos grupos en la región y no las encontró. No digo que no existan: digo que no sólo los militares a los que interrogamos, sino también los civiles, los propios campesinos de la región, negaron su existencia. La maestra de Uchuraccay dijo no haber visto ninguna patrulla en el lugar durante el año 1982 —sí, en cambio, en 1981— y los campesinos sólo hablan de *una* visita de los militares al pueblo, en helicóptero, antes de los sucesos. ¿Cuáles son, pues, las fuentes en las que el señor Harding fundamenta su acusación? Primero, no quiso decírmelas. Ante mi insistencia, indicó que era el *Diario de Marka*.

Tener como única fuente de información para los sucesos políticos peruanos al *Diario de Marka* es como basarse exclusivamente en el *Morning Star* para conocer la realidad política británica. Con una diferencia: aunque ambos diarios defienden tesis marxistas, el *Morning Star* es más objetivo y veraz, menos apasionado y delirantemente ideológico en su política informativa. Aun así, el señor Colin Harding tiene todo el derecho del mundo de compartir las tesis marxistas-leninistas del *Diario de Marka*. Lo que es deshonesto es no decirlo y, más bien, ocultarlo, y valerse de tribunas como *The Times* o la BBC para difundir como hechos incontrovertibles lo que, en verdad, son presunciones e hipótesis ideológicas.

The Times es un periódico de línea conservadora y es, también, uno de los mejores y más prestigiosos periódicos del mundo. Coincida uno o discrepe de su línea editorial, es imposible no reconocer el esfuerzo de veracidad e imparcialidad con que informa sobre lo que ocurre en el mundo (y no admirar la buena prosa con que suele estar escrito). Sólo por el hecho de aparecer en *The Times*, las inexactitudes y fabricaciones del señor Colin Harding adquieren respetabilidad y aura de verdades. Que un diario como *The Times* pueda ser el instrumento de que se valen los enemigos de la libertad para asestar pequeñas puñaladas publicitarias a un país que trata —difícilmente— de consolidar una democracia recién recuperada ¿no es una formidable paradoja?

En realidad, no lo es. Porque el señor Colin Harding no es una *rara avis*, sino el prototipo de una especie numerosa. Abundan en los países del mundo occidental. Están en los grandes diarios, en las radios, en las televisiones, en las universidades. Bajo el *camouflage* de especialistas en América Latina, contribuyen más que nadie a propagar esa imagen de sociedades salvajes y pintorescas con que muchos nos conocen en Europa, por las distorsiones que llevan a cabo cuando simulan describirnos, investigarnos, estudiarnos. América Latina es, para ellos, una estratagema que les sirve para desfogar sus frustraciones políticas, esas quimeras revolucionarias a las que sus propias sociedades no dan cabida. ¡Pobrecitos! Tienen la desgracia de haber nacido en países donde la vida política se decide en las aburridas ánforas electorales y no en las excitantes montañas, donde lo que pone y depone a los gobiernos son los votos y no las pistolas y las bombas. Como no se conforman con semejante desgracia, vuelven los ojos hacia nosotros. Para ellos, se diría, nuestra razón de ser es consolarnos, proveerlos de esa violencia que añoran, de esos apocalipsis con los que sueña su incurable romanticismo político. ¿Qué importa que en la realidad no estemos a la altura de sus ambiciones? La realidad de un país lejano y pobre se puede recortar y decorar para que satisfaga el apetito de esos desencantados de la civilización y coincida con la barbarie de sus sueños.

Una aclaración, antes de terminar. El gobierno peruano no está exento de defectos y reconozco a todo el mundo, peruano o no, el derecho de criticarlo, de reprocharle, por ejemplo, su política económica, su incapacidad para contener la corrupción administra-

197

tiva o el tráfico de drogas y muchos otros problemas en los que ha mostrado ineficiencia. Creo que la crítica es indispensable y que debe ser siempre bienvenida porque la democracia —a diferencia de las dictaduras— se robustece con ellas. Mis objeciones no son a las críticas ni a las opiniones desfavorables que puede merecer el gobierno de mi país (un gobierno del que yo no formo parte), sino a que se lo combata, en instituciones democráticas como *The Times*, con las armas antidemocráticas del señor Colin Harding.

Londres, julio 1983

CARTA A UNOS FAMILIARES DE LUTO

Como ustedes se han dirigido a mí públicamente, les contesto de la misma manera. El artículo a que hacen referencia —«Historia de una matanza»— apareció primero en The New York Times (31 de julio de 1983) y, luego, en otras publicaciones del exterior. Es un texto que resume el Informe de la Comisión Investigadora del asesinato de los periodistas, completado con algunas explicaciones sobre la situación política del Perú, indispensables para un público extranjero, y actualizado con el hallazgo de las últimas fotos tomadas por Willy Retto y las precisiones que este hallazgo impone a dicho Informe.

Aseguran ustedes en su carta que las fotos tomadas valerosamente por el joven periodista de El Observador, instantes antes de la matanza, «desmienten» las conclusiones finales del Informe. Por más que me esfuerzo, no consigo ver en qué. Las fotografías muestran que hubo un diálogo entre periodistas y comuneros y que, por lo tanto, aquéllos tuvieron ocasión de identificarse y de explicar la misión que los llevó allí. Muestran, igualmente —ya que, a pesar del diálogo, los asesinaron—, que aquellas explicaciones no fueron entendidas o creídas por los campesinos, quienes siguieron tratándolos como a aquellos enemigos —los senderistas— que

estaban esperando desde que, días atrás,
se habían roto las hostilidades entre
iquichanos y guerrilleros.

Esta opción —la de un diálogo incapaz
de disipar la hostilidad y la confusión
de los campesinos— está considerada en el
Informe de la Comisión, aunque, es cierto, nosotros dimos mayor fuerza de certidumbre a la hipótesis de un ataque sorpre-
sivo. Que el crimen se produjera de modo
más frío y cruel, no descarta sin embargo
que hubiera un malentendido por parte de
los victimarios. Éstos —es fundamental te-
nerlo en cuenta— se hallaban en un estado
de perturbación, llenos de pavor y de cólera por las muertes que habían sufrido y
por los linchamientos que realizaron, convencidos de que serían objeto de represalias, y este estado de ánimo fue decisivo
para el salvaje desencadenamiento de la
violencia. Si no los hubieran creído «enemigos» ¿por qué los habrían asesinado,
pues? ¿Son los indios de Uchuraccay in-
trínsecamente perversos, asesinos lombro-
sianos de los forasteros que cruzan sus
lindes? Que los familiares de quienes fueron ultimados de manera tan atroz lleguen, en su dolor, a desvariar así, es ex-
cusable. No, en cambio, que lo insinúen o
sea el supuesto inevitable de lo que escriben y declaran en sus publicaciones,
periodistas y políticos que —vaya sarcas-
mo— se llaman a sí mismos progresistas.

No tengo interés en propagar «mentiras». Estoy convencido de que las conclusiones del Informe son justas, con las
precisiones que he señalado, y lo seguiré
estando mientras no aparezcan evidencias
que demuestren algo distinto. Hasta ahora
no ha aparecido ninguna; sólo hipótesis

fantasiosas y delirantes, sin la más mínima prueba objetiva que las respalde, como
la del ex director del Diario de Marka,
según el cual los campesinos de Uchuraccay «podrían» haber recibido instrucciones por radio para actuar como lo hicieron. Si tuvíera la menor duda de que hubo
complicidad de los «sinchis», o de las autoridades locales o nacionales, en el crimen, lo denunciaría con la misma rotundi-
dad que ahora lo niego. La lucha contra
Sendero Luminoso ha motivado excesos re-
probables en las fuerzas del orden, que
el Informe (y también mi artículo) señalan y condenan. Pero ése, no: no hay indicio alguno de que fueran culpables de la
tragedia y sí, en cambio, abundantes y
persistentes, de que no intervinieron en
lo sucedido. Quienes, a pesar de ello, se
empeñan en propalar informaciones con la
tesis de un crimen oficial lo hacen por
razones puramente políticas, sin el menor
interés por la verdad de lo ocurrido,
atentos sólo al provecho que pueden sacar
de la tragedia en su lucha contra el gobierno o en favor de la nueva sociedad a
la que aspiran. Mucho me temo que ustedes
sean utilizados también, sin darse cuenta, en semejante empresa.

La razón por la que he escrito ese artículo es para que se conozca la verdad
de los hechos, tan empañada por la formidable campaña de tergiversación de los sucesos de Uchuraccay que ha dado la vuelta
al globo. Creo que esa verdad, aunque dolorosa e ingrata para el Perú, defiende
al régimen democrático que existe ahora
en nuestro país. ¿Quién «lucra» con el
crimen de los ocho periodistas? No soy yo
quien, desde hace meses, pasea esos infor-

tunados cadáveres por las revistas, periódicos, radios y televisiones del mundo entero, para probar con ellos que el problema central que enfrenta en estos momentos
el Perú es la violación de los derechos
humanos, los crímenes contra los ciudadanos y la libre información que perpetran
a diario las autoridades. Contrarrestar
de alguna manera esa campaña —que se vale, para sus fines, con una total falta
de escrúpulos, de sus familiares asesinados— es una obligación moral de todos
quienes creemos que, por imperfecto y deficiente que sea, el régimen democrático
debe ser defendido en el Perú.

Defender el régimen democrático no es
defender al gobierno actual, sino también
a la oposición, y a todos los peruanos
sin excepción, pues todos seríamos las
víctimas si esta (mediocre) democracia se
derrumbara y la sustituyera una dictadura
castrense o senderista. Entonces, ustedes
ya no podrían insultarme con la libertad
con que lo han hecho, ni yo podría contes-
tarles, pues sería un oscuro funcionario,
un comisario sin cara ni moral, quien, de
un puñetazo en la mesa, zanjaría el debate y decretaría una verdad oficial que todos deberíamos acatar. Como ocurría durante esa dictadura del general Juan Velasco
Alvarado que, ahora, sus antiguos turife-
rarios pretenden blanquear. A una democracia no sólo se la liquida con bombas y
pistoletazos, a la manera de Sendero Luminoso. También, con campañas de desprestigio y una publicidad insidiosa, que soca-
van su legitimidad y la privan de
autoridad y de credibilidad, al magnifi-
car sus yerros y silenciar sus aciertos.

202

El asesinato de los periodistas me ha conmovido y afectado mucho más de lo que ustedes podrían imaginar. Es, desde que acepté formar parte de la Comisión Investigadora, y pude conocer, con detalles, sus antecedentes, circunstancias e implicaciones, un motivo de angustia en mi vida. Siento profunda solidaridad con el dolor que ustedes tienen que sentir, con la amargura y la cólera que debe provocarles la injusticia y el horrible sufrimiento que hay detrás de esas muertes.

También siento infinita pena y solidaridad —ojalá no les choque lo que digo— cuando pienso en los victimarios, esos hombres y mujeres de Uchuraccay, que, desde que estallaron las acciones guerrilleras en Ayacucho, mueren y matan por razones que —basta haber estado unas horas con ellos para saberlo— ni siquiera acaban de entender. En este país de pobres y hambrientos que es el nuestro, ellos están al pie de la escala y la indigencia y el desamparo en que viven desde tiempos inmemoriales son un escándalo que debería avergonzarnos a todos los peruanos, sobre todo, porque, como ellos, hay cientos de miles y acaso millones de compatriotas. ¿Cuántos campesinos de Uchuraccay han sido asesinados desde que comenzó a operar Sendero Luminoso en Ayacucho? ¿Cuántos iquichanos han sido sacrificados en esa guerra demente? Por lo menos un centenar desde el principio de año. Ésta es la manera como esas comunidades de las alturas de Huanta están siendo integradas a la sociedad peruana, después de haber vivido, ante la total indiferencia del país, en la ignorancia, el aislamiento y la miseria: mediante la máquina compresora de un

conflicto en el que, sin tener para nada
en cuenta su voluntad, se ven arrastradas
a combatir, delatar y asesinar bajo pena
de ser asesinadas si se niegan a hacerlo.
Las razones por las que combate un senderista son tan esotéricas para un iquichano como aquellas por las que combate un
«sinchi». Para él, la disyuntiva no es la
revolución socialista o la democracia burguesa, sino, más simplemente, la de la supervivencia o la extinción. No se necesita mucha perspicacia para imaginar el
aturdimiento y el pasmo en que deben ha-
llarse esas poblaciones, ahora que, debido a los confusos acontecimientos de que
son protagonistas, han perdido ya la brú-
jula y no están en condiciones de discernir ni siquiera eso: con quién aliarse para no ser exterminadas. Porque desde que
cometieron esa terrible equivocación, en
el mes de enero, todo el resto de los peruanos, incluidos los terroristas y el gobierno, parecemos habernos puesto de
acuerdo para acabar con ellos lo antes posible.

En medio de su gratuidad y su horror,
el asesinato de los ocho periodistas sacó
a la luz el verdadero problema peruano:
el de la incomunicación que existe entre
quienes, algunos mejor, otros peor, dis-
frutamos de condiciones de vida moderna,
y esa mayoría que languidece en la más pavorosa miseria, cuya vida es y sólo puede
ser «bárbara» y a la que, por lo mismo,
exigirle comportamientos «civilizados» resulta una obscenidad. En esa tragedia había una lección que los peruanos todavía
no queremos escuchar.

Lima, agosto 1983

AMNISTÍA Y EL PERÚ

El último documento de Amnistía Internacional —*Perú, tortura y ejecuciones extrajudiciales*— ha provocado una conmoción en la sociedad peruana. Rechazado con ira por las autoridades y usado por la oposición para golpear al gobierno, ha sido, en todo caso, profusamente difundido. El debate en torno de él es saludable desde todo punto de vista.

Se ha dicho que es injusto que Amnistía Internacional sea tan severa con la reciente democracia peruana, en tanto que no mostró igual celo con las violaciones a los derechos humanos en los doce años de dictadura militar. Crítica rigurosamente inexacta, pues Amnistía denunció varias veces los atropellos de la dictadura. La diferencia es que, entonces, aquellas denuncias no llegaban a los diarios, las radios y la televisión y la opinión pública ni siquiera se enteraba de su existencia. Quizás esto muestre cómo, por defectuoso que sea, un régimen democrático es preferible a uno dictatorial.

Amnistía Internacional lucha con gran coraje y desprendimiento por mitigar las brutalidades del poder en todo el mundo y lo hace, desde que nació, con imparcialidad, alertando contra los abusos tanto en los países comunistas como en las dictaduras conservadoras y en las sociedades democráticas. Que se equivoque a veces y sea utilizada en determinadas circunstancias, es inevitable. Pero lo meritorio es que, hasta ahora, su línea de acción no ha sido distorsionada en lo esencial ni convertida en instrumento de ningún bloque, como ha ocurrido con casi todas las organizaciones internacionales que alegan defender los derechos humanos. La labor de Amnistía Internacional es valiosísima en un mundo donde la barbarie política parece incontenible.

Es por eso que muchos peruanos que defendemos el régimen democrático escuchamos con sorpresa las declaraciones del presidente Belaunde de que había echado este Informe a la basura. En boca de un Pinochet o de un Fidel Castro semejante declaración tendría lógica; no tiene ninguna en la de un mandatario elegido democráticamente y que preside un Estado de derecho. La conducta lógica, en un sistema democrático, ante un documento de esta índole, es agradecerlo, desmentir sus errores, investigar sus acusaciones y enmendar todo lo que haya en ellas de cierto. Al exorcizarlo con aire soberbio, las autoridades peruanas han cometido una equivocación lamentable.

El Informe de Amnistía Internacional contiene, en efecto, algunos errores y parte de su contenido es apenas un reflejo de imputaciones exageradas o urdidas de pies a cabeza por periódicos de oposición como el *Diario de Marka* o *La República* cuya aptitud para la desinformación ha demostrado ser olímpica. Una sola revista —*Caretas*— ha probado que por lo menos dos de los «muertos» del Informe se hallan vivos y que varios de sus desaparecidos no lo están. Yo, por mi parte, puedo asegurar que, en lo que concierne al asesinato de los ocho periodistas, el Informe incurre también en inexactitudes y confiere carácter de cosa probada a hipótesis que la Comisión Investigadora de la que formé parte descartó porque la evidencia en contra era aplastante.

¿Cuál es, por ejemplo, la razón por la que Amnistía concede más validez a la versión —flagrantemente tendenciosa— del *Diario de Marka* sobre el «forastero trigueño» que las tres Argumedo vieron en Uchuraccay, que a la de la Comisión Investigadora, basada en entrevistas grabadas que fueron hechas, por separado a cada una, antes de que sus testimonios pudieran ser manipulados políticamente? Las tres coinciden totalmente en esas entrevistas. El «forastero trigueño» dirigió unas palabras de consuelo en español a las afligidas mujeres; pero no tuvo ninguna otra intervención en el cabildo en que los comuneros «juzga-ban» a presuntos senderistas. Poco después, las Argu-medo supieron que «el forastero» no era ningún fo-rastero, sino un iquichano, de una comunidad vecina, que estaba en Uchuraccay como tantos otros. Siempre recordaré mi pasmo al leer —a la vez que recogíamos estos testimonios— los titulares del *Diario de Marka* y de *La República* asegurando que, según las Argumedo, «Un forastero que hablaba español dirigió la masa-cre». Reverberaciones de esta deformación se filtran en el Informe de Amnistía cuando indica que este «forastero trigueño» fue quien llevó a Uchuraccay a los prisioneros acusados de senderistas por los comu-neros.

Como éste, hay otros momentos en que el Informe repite, sin una evaluación responsable, las fabulacio-nes de la prensa más demagógica. La más grave: que en las comunidades iquichanas existían «patrullas pa-ramilitares» organizadas y dirigidas por los «coman-dantes político-militares» de la zona *antes del asesina-to de los periodistas* (el 26 de enero de 1983). Esta aseveración, que legitima una pertinaz acusación de la ultraizquierda, no tiene en cuenta la cronología de los sucesos en la región de Huanta y ciertos datos cla-ves. El Informe lamenta que la Comisión no «explora-ra» la posibilidad de la existencia de estas «patrullas paramilitares». En realidad, la exploró de manera sis-temática y sólo la descartamos cuando las pruebas en contra fueron abrumadoras.

¿Cuándo y quiénes formaron estas patrullas en el área iquichana? A lo largo de 1982 no pasó ni una so-la patrulla de «sinchis» por Uchuraccay, según el tes-timonio de la maestra (sí en 1981) y los propios cam-pesinos hablan de *una sola visita*, de un helicóptero, en los días o semanas que precedieron a la tragedia. El Informe especula que los dirigentes campesinos pudieron haber ido a Tambo a recibir instrucciones del Comando militar. Las autoridades políticas y la Guardia Civil habían desertado Tambo por el acoso de Sendero Luminoso desde mediados de 1982 y el gobierno sólo instaló el Comando político-militar el

29 de diciembre. ¿En qué fecha llega la compañía de Infantería de Marina a Tambo? No recuerdo el día exacto, pero sí que no fue antes de la segunda semana de enero. Es decir, pocos días antes de los choques entre iquichanos y senderistas que van a provocar la tragedia de los periodistas. ¿Qué tiempo habían tenido los «comandantes político-militares» para edificar, en la remota región iquichana, esa infraestructura paramilitar? La primera patrulla de la Guardia Civil que llega a Huaychao —procedente de Huanta— luego del linchamiento de senderistas —hacia el 20 de enero— no sólo se lleva una sorpresa con lo ocurrido, sino que su informe al Comando de Ayacucho es inexacto, incompleto, pues ignora la magnitud de los ataques iquichanos, que han dado muerte ya para esa fecha a por lo menos 25 senderistas (y no a sólo siete, como informa la patrulla). El asesinato de los periodistas sucede cuando el Comando de Ayacucho está aún descubriendo la amplitud de la violencia antisenderista de los días precedentes en las alturas de Huanta. Sobre esto hay testimonios múltiples, que la Comisión examinó, cotejó y ponderó con el mayor cuidado: el testimonio de los oficiales, los partes recibidos por el Comando, las declaraciones de los campesinos. También, y de manera muy especial, el relato de los dos periodistas de *Caretas* que van a Huaychao el día 27 de enero, en un helicóptero militar —uno de ellos habla quechua— y que observan el tipo de relación existente entre los militares y los campesinos (de total distancia y mínima para no decir nula comunicación). ¿Cuáles son, pues, las pruebas de que, *antes del trágico suceso del 26 de enero*, los «comandantes político-militares» habían organizado y dirigían patrullas paramilitares en el área iquichana, una de las cuales habría perpetrado el horrible crimen? No hay tales pruebas. Sólo existen en la prensa que ha venido usando aquella desgracia como un arma política y con total desprecio de la verdad.

Ahora bien, ¿qué ocurrió *después*? Después, cuando el Ejército supo que contaba con esos inesperados aliados. ¿Trató de organizarlos, asesorarlos? Seguramente. Eso no es sólo previsible sino, en cierto modo, legítimo (a condición, claro está, de no darles carta blanca para asesinar). Pero, aun así, hay algunos elementos que deben de ser tenidos en cuenta al respecto. La patrulla que llega a Huaychao les quita a los campesinos las armas que habían arrebatado a los guerrilleros. ¿Por qué desarma el Ejército a esas «patrullas» que quiere formar? En el cabildo que la Comisión celebró en Uchuraccay, los campesinos —como se puede comprobar en la cinta grabada— se quejan de que el gobierno no los proteja, de que los «sinchis» no acudan, de que no se les den armas para defenderse, y a nosotros nos piden que el gobierno les mande «tres fusiles» para hacer frente a represalias de Sendero (que se han producido y que hasta ahora han asesinado ya a un centenar de esos campesinos). ¿No son estos argumentos persuasivos para establecer como cierta la versión de los propios comuneros de que fueron ellos quienes dieron muerte a los periodistas, dentro de un contexto de gran desorden y violencia? Que los iquichanos creían actuar apoyados por la autoridad cuando asesinaron a los hombres de prensa, sin duda. Que la autoridad militar intervino directa o indirectamente en ese crimen específico no hay hasta ahora nada que lo demuestre. Amnistía Internacional, en este aspecto de su Informe, respalda, con ligereza, suposiciones que no están apoyadas en ningún hecho o testimonio.

Pero, dentro del conjunto del Informe, éste es un detalle secundario. Pues el resto del documento no consiste en suposiciones sino en hechos —hechos, nombres, fechas, lugares—, que es lo que cuenta en estos casos y es lo único que puede dar seriedad a una acusación sobre violaciones de derechos humanos. Estos hechos son alarmantes, angustiosos, y lo serían igual aun cuando sólo una tercera o quinta parte de ellos fueran ciertos. Por más aborrecibles que sean las prácticas de Sendero Luminoso —y sólo un fanático puede negar que lo son esos asesinatos de inocentes o las destrucciones sistemáticas de bienes públicos—, las fuerzas que combaten a la guerrilla en el Perú no pueden olvidar que lo hacen en defensa de la democracia y que democracia quiere decir, ante todo, respeto a la ley y a ciertas normas éticas. Si el terrorismo se combate con el terror, la democracia deja de serlo. El Informe de Amnistía señala demasiados casos concretos y específicos de gente maltratada, asesinada o desaparecida como para no advertir que la lucha contra la insurrección está adoptando en la sierra peruana unas características abusivas e ilegales a las que el gobierno democrático tiene la obligación de poner coto cuanto antes y con la mayor firmeza. Nada puede justificar, jamás, el empleo de la tortura ni las ejecuciones sumarias. El gobierno debe exigir del Comando político-militar un respeto riguroso de los principios que sustentan ese Estado de derecho que hemos recuperado, pues, de otro modo, la democracia será una mera ficción aunque la guerrilla sea derrotada.

La lista de nombres es demasiado numerosa y los hechos citados demasiado abundantes como para hablar de casos excepcionales. Desde luego que es preciso poner fin al terrorismo y a la locura senderista: pero no de cualquier manera ni a cualquier precio. La denuncia de Amnistía Internacional le ha hecho daño al régimen democrático peruano, sí. Pero mucho más daño le haría —podría acabar con él, en realidad— si los abusos y crímenes mencionados no fueran investigados, sancionados, y, sobre todo, definitivamente erradicados.

Londres, 7 octubre 1983

RESPUESTA A BO LINDBLOM

El señor Bo Lindblom ha tenido a bien refutar mi artículo sobre la matanza de ocho periodistas peruanos en Uchuraccay que apareció en el *Dagens Nyheter* de Estocolmo. Celebro el interés del señor Lindblom por los asuntos de mi país, pero deploro que esté tan mal informado sobre el Perú y sobre mí.

1. La Comisión Investigadora de la muerte de los periodistas estuvo integrada por el Decano del Colegio de Periodistas, doctor Castro Arenas, que pertenece al Partido Aprista, de oposición, y por el jurista Abraham Figueroa y por mí, dos independientes sin ninguna vinculación con el gobierno. La Comisión nombró un grupo de asesores —juristas, antropólogos, lingüistas, un psicoanalista y un fotógrafo— de reconocido prestigio y de muy diferentes posiciones políticas. Esta Comisión trabajó de manera autónoma, sin intervención oficial alguna, entrevistando a medio centenar de personas (o grupos de personas) y recorrió todos los lugares por donde pasaron los periodistas. Sus conclusiones fueron adoptadas por unanimidad.

2. Presentar a esta Comisión como «un instrumento del gobierno» es una distorsión de la verdad. Bastaría, para demostrarlo, la denuncia hecha por nuestro Informe de los actos de indisciplina y abusos contra los derechos humanos cometidos por las fuerzas del orden en Ayacucho, a las que acusamos textualmente de «arrestos injustificables, agravios contra ciudadanos pacíficos, hurtos al amparo del toque de queda, accidentes irreparables por obra de la prepotencia y del alcohol» (p. 35 del Informe). Yo mismo repetí esta denuncia en la televisión peruana, y he vuelto a hacerlo, en la revista *Caretas*, el 7 de octubre

211

de 1983, al comentar el Informe de Amnistía Internacional sobre el Perú. En dicho artículo condeno, en términos severos, la infeliz expresión del presidente Belaunde de «haber echado a la basura» el Informe de una institución como Amnistía que —aunque a veces se equivoque y, como hace el señor Bo Lindblom, utilice fuentes dudosas— me merece el mayor respeto por su lucha en favor de los derechos humanos en el mundo.

3. Que la policía y el Ejército cometan abusos y, a veces, crímenes, en su lucha contra Sendero Luminoso, es desgraciadamente cierto. No lo es, en cambio, que estas fuerzas tuvieran responsabilidad alguna en el asesinato de los ocho periodistas. Nuestra investigación lo comprobó así, de manera concluyente, y ningún hecho nuevo desde entonces ha venido a modificar esta realidad, como acaba de reconocerlo, por lo demás, en declaraciones a la prensa, el padre de una de las víctimas, Willy Retto, el valeroso joven que tomó las fotografías de los campesinos que los asesinaron instantes antes de la matanza.

4. Es absolutamente falso lo que el señor Lindblom se atreve a decir: que, cuando los ocho periodistas llegaron a Uchuraccay, «había personal uniformado en la región». Ni siquiera el *Diario de Marka*, cuando era dirigido por el señor José María Salcedo —el principal informante del señor Lindblom— ha propalado semejante invención. Los «sinchis» —o fuerza antisubversiva de la Guardia Civil— no pasaron por la zona, según el testimonio de la maestra de Uchuraccay, ni una sola vez en el año 1982; y los propios campesinos del lugar nos aseguraron que sólo una vez pasó por allí un helicóptero militar, semanas antes de la tragedia. Los infantes de Marina, que ahora tienen el cuidado de la región, sólo llegaron a Tambo y Huanta la segunda semana de enero y ninguna de sus patrullas —según los partes del Comando que la Comisión revisó— llegó a la zona iquichana antes del crimen. ¿De qué «personal uniformado» habla, pues, el señor Lindblom? ¿En qué pruebas o testimonios funda semejante fantasía?

5. La Comisión Investigadora refutó, como carente de valor, la tesis militar de que los periodistas llevaban un bandera roja y tampoco tomó en consideración —por disparatada— la conjetura del general Noel de que los campesinos habían confundido con armas las cámaras fotográficas de los periodistas. Si el señor Lindblom, en vez de hacer suyas las mentiras y calumnias políticas del *Diario de Marka* —que, cuando estaba bajo la dirección del señor José María Salcedo, llevó la demagógica explotación de la muerte de los periodistas a unos extremos de inmoralidad política vertiginosa— hubiera leído atentamente el Informe de la Comisión Investigadora (o mi artículo) no nos atribuiría tesis que no son las nuestras o que, incluso, fuimos nosotros los primeros en descartar.

6. Los ocho periodistas —y, probablemente, el guía que los conducía— fueron asesinados por los campesinos de Uchuraccay y de otras comunidades iquichanas —como ellos mismos nos lo confesaron— que los confundieron con el «enemigo» que esperaban desde que, días atrás, ellos mismos habían linchado a varios miembros de Sendero Luminoso (que, antes, habían dado muerte a varios iquichanos). Esa confusión puede parecer extraña desde Estocolmo (y también desde Lima). No desde Uchuraccay, remota localidad, arcaica y pobrísima, adonde jamás llegan forasteros como los ocho periodistas, donde los campesinos de la zona viven aún —así lo muestra el informe de los antropólogos que asesoraron a la Comisión— igual que en el siglo XVIII.

7. Como el señor Lindblom recusa mi testimonio personal, no tengo más remedio que hablar de mí en primera persona.

No formo parte del gobierno peruano y tengo, incluso, algunas discrepancias serias con la actual política. En uno de los artículos que acompaño puede verse los términos severos en que he condenado los abusos cometidos por las fuerzas del orden en su lucha contra el terrorismo y también mis críticas a la política económica y a la incapacidad gubernamental

213

para combatir el narcotráfico que tanto daño hace al país.

Pero es verdad, en cambio, que defiendo el régimen democrático y la opción democrática para América Latina y que estoy resueltamente opuesto tanto a las dictaduras militares tipo Pinochet —o Uruguay— como al tipo de dictadura marxista-leninista que instauraría Sendero Luminoso si triunfara en el Perú. ¿Sabe el señor Lindblom que, desde que la Comisión Investigadora estuvo en Uchuraccay, Sendero Luminoso ha asesinado *a más de cien* campesinos del lugar —entre ellos niños, ancianos, mujeres— en represalia por la hostilidad que le muestran los iquichanos? No quiero para mi país un régimen de gentes que con la coartada de estar respaldados por la historia se creen con el derecho de cometer genocidios.

Acepté formar parte de la Comisión Investigadora para contribuir a esclarecer la verdad de un hecho que me horrorizaba, en términos humanos, y que hacía prever sombrías consecuencias para el futuro de mi país. Esta verdad, por cierto, es más compleja que las verdades en blanco y negro que les gustan a los extremistas dogmáticos —como el señor Hugo Blanco, a quien los peruanos, a juzgar por las elecciones municipales del 13 de noviembre, no le dan el mismo crédito que le concede el señor Lindblom: su partido obtuvo apenas el 0,5 % de los votos—, ni se ajusta a los estereotipos con que ciertos europeos ávidos de romanticismo revolucionario suelen mirar a América Latina, pero esa verdad debe ser defendida, contra unos y otros, porque sólo ella permitirá que nuestro régimen democrático, aún joven y defectuoso, se afiance y perfeccione asegurando a los peruanos una vida libre y civilizada, como la que tiene la suerte de disfrutar en Suecia el señor Bo Lindblom.

Lima, 4 diciembre 1983

CONTRA LOS ESTEREOTIPOS

La carta que publica Colin Harding en *Granta*, n.º 11, enumerando las críticas al Informe de la Comisión que investigó el asesinato de los ocho periodistas, me da ocasión de examinar aquellas críticas y de ayudar a formarse una idea al respecto a un público internacional a menudo confundido por la desinformación. Antes, debo lamentar que el señor Harding haya creído necesario, también, añadir algunas medias verdades e, incluso, mentiras, como la cómica invención de que quince mil personas se manifestaron en las calles de Lima contra las conclusiones del Informe. El texto del señor Harding adolece de deformaciones de esta índole —que convierten, por una sabia manipulación de la ambigüedad sintáctica, una marcha conmemorativa en un mitin contra mí—, lo que me confirma la impresión que tuve cuando discutí con él sobre este asunto en un estudio de la BBC: su método informativo es tendencioso, más orientado a defender una tesis que a comunicar una verdad.

Esta tesis es la que han venido sosteniendo algunos sectores de la ultraizquierda en el Perú y un periódico vinculado a la dictadura militar pasada: que en el Informe hubo una voluntad de «encubrimiento». Semejante acusación carece de seriedad y no se apoya en hechos concretos sino en fantasiosas conjeturas, o flagrantes distorsiones de los hechos, las fechas y los testimonios.

Para que esto quede claro, conviene concentrarse en lo esencial:

1. Hasta ahora ninguna evidencia ha venido a rectificar la principal conclusión del Informe: que los periodistas fueron asesinados por los campesinos de

Uchuraccay y de otras comunidades iquichanas, quienes experimentaban en esos momentos una viva tensión por el temor de represalias de Sendero Luminoso, pues en días anteriores habían asesinado a varios guerrilleros.

2. Las críticas al Informe no objetan esta conclusión, respaldada por el testimonio grabado de los propios victimarios. Ellas divagan más bien en torno a esta pregunta: ¿qué responsabilidad indirecta tuvieron en el asesinato las autoridades militares y políticas? ¿Fueron los iquichanos inducidos a asesinar a los periodistas por los «sinchis» de la Guardia Civil? La tesis que promociona la ultraizquierda —y el señor Colin Harding, por lo visto— es que los iquichanos asesinaron a los periodistas obedeciendo órdenes del Comando político-militar, quien los habría organizado en «grupos paramilitares» con instrucciones de matar a todo el que se acercara por tierra y no en helicóptero.

No es cierto que la Comisión dejara de examinar esta posibilidad. Por el contrario: es el asunto que investigamos con más detenimiento, como lo prueban las cintas grabadas, y sobre el que no nos pronunciamos sin haber agotado todos los elementos de juicio posibles. Un año después no conozco una sola prueba que rectifique nuestras afirmaciones a este respecto. Es decir: que, aunque es cierto que al asesinar a los periodistas los campesinos creían actuar dentro de la ley —pues los «sinchis», en la única visita en helicóptero previa al crimen que admiten los vecinos de Uchuraccay, les habían dicho que si eran atacados debían defenderse y matar a los senderistas—, no hay evidencia alguna que respalde la tesis de que existieran «patrullas paramilitares» en la región ni de que las autoridades hubieran promovido de manera sistemática el linchamiento de forasteros por los iquichanos.

Quienes propagan esta tesis olvidan testimonios capitales y, sobre todo, tergiversan la cronología de lo sucedido. ¿Cuándo pudieron ser formadas esas «patrullas paramilitares» que los campesinos nos negaron haber existido nunca? La maestra de Uchuraccay afirma que en 1982 no pasó ni una sola patrulla militar por el lugar (en 1981, sí). Los campesinos fueron terminantes: sólo hubo *una* visita de los «sinchis» al pueblo, en helicóptero, antes de la matanza (nos fue imposible averiguar si días o semanas antes, pues la división del tiempo de los iquichanos, sin duda, no es la nuestra). Se ha especulado que los dirigentes campesinos pudieron haber ido a la ciudad de Tambo a recibir instrucciones del Comando militar. Pero ¿acaso las autoridades políticas y la Guardia Civil no habían desertado Tambo desde mediados de 1982? Y el gobierno sólo instaló el Comando político-militar el 29 de diciembre.

Los infantes de Marina llegan a Tambo en la segunda semana de enero. Los partes militares examinados por la Comisión no señalan ninguna patrulla que cruzara o rozara la región iquichana en los días que preceden la matanza de los periodistas (el 25 de enero). ¿En qué tiempo, pues, pudieron ser organizadas aquellas «patrullas paramilitares» e instruidas para asesinar forasteros?

De otro lado, la primera patrulla de guardias civiles que llega a Huaychao lo primero que hace es quitar a los campesinos las armas que éstos habían arrebatado a los guerrilleros. ¿Por qué desarmar a los campesinos si se los quería organizar en «bandas paramilitares»? En el cabildo que la Comisión celebró en Uchuraccay, los iquichanos se quejaron ante nosotros de que «el señor gobierno» no les diera armas para defenderse, de que no los protegiera, y nos pidieron insistentemente que les hiciéramos mandar por lo menos «tres fusiles» por si Sendero Luminoso los atacaba (como, en efecto, ocurrió). ¿No son estos argumentos persuasivos? Que los iquichanos creían actuar apoyados por la autoridad militar, sin duda. Que ésta dirigió o premeditó ese crimen específico no hay hasta ahora nada que lo demuestre.

3. El señor Harding omite mencionar que el Informe denuncia y condena en términos enérgicos muchos abusos cometidos por la fuerza armada en su lucha contra Sendero Luminoso. Yo, por mi parte, en repeti-

217

das ocasiones, he criticado en la prensa, la radio y la televisión de mi país las violaciones a los derechos humanos —crímenes, torturas y desapariciones— cometidas por la contrainsurgencia y exigido al gobierno que la lucha contra el terrorismo y la insurrección se lleve a cabo dentro de la ley, pues de otro modo la democracia que recobramos hace cuatro años sería una ficción. Sugerir, como lo hace el señor Harding, que el Informe fue escrito con el ánimo de servir al presidente Belaunde y no a la verdad, merece todo mi desprecio. Mi estima por Belaunde —que es cierta— no me ha impedido nunca criticar a su gobierno e incluso a él, como cuando se refirió despectivamente a Amnistía Internacional, una organización que (aunque a veces se equivoca) merece mi respeto.

4. Mis reproches a Colin Harding no se deben, como insinúa, a que yo sea un fanático intolerante para con la más mínima crítica contra el sistema que impera en mi país. Sé muy bien que el sistema democrático peruano es frágil y defectuoso y que debe ser criticado a fin de que mejore. Pero también creo que este sistema debe ser defendido porque una dictadura militar tipo Pinochet o una dictadura marxista-leninista como la que establecería Sendero Luminoso sería peor y traería más sufrimiento al pueblo peruano del que soporta. La lucha por defender la democracia en mi país —cosa distinta de defender al gobierno— es algo en lo que, en efecto, estoy empeñado. Es una lucha difícil e incierta y a quienes la libramos nos resulta penoso descubrir que quienes están empeñados en destruir el sistema democrático en el Perú —en América Latina— cuentan a veces, entre sus aliados, a aquellos periodistas de los grandes órganos democráticos de Occidente que contribuyen, por ceguera, ignorancia, ingenuidad o prejuicio, a desacreditar y difamar a aquellas democracias que, como la peruana, tratan de sobrevivir en condiciones dificilísimas.

El señor Harding me parece un ejemplo de este fenómeno. Que sus afirmaciones y escritos sobre el Perú hagan suyas todas las exageraciones, distorsiones o invenciones más demagógicas de los enemigos de la democracia en mi país no me incomodaría, si no fuera un periodista de *The Times*, un periódico donde, si aquellas especies se filtran, adquieren una respetabilidad y validez que no tendrían jamás si aparecieran en Gran Bretaña —como aparecen en el Perú— en publicaciones definidas ideológicamente que las relativizan o invalidan. El hecho, por lo demás, no es excepcional. Como el señor Harding, hay, en Europa occidental, muchos periodistas que, consciente o inconscientemente, caricaturizan a América Latina y contribuyen a fraguar esa imagen, según la cual, para nuestros bárbaros países, no hay más alternativas que la dictadura militar o la revolución totalitaria. La realidad, afortunadamente, es distinta de esos estereotipos.

Londres, mayo 1984

LAS BRAVATAS DEL JUEZ

El juez Hermenegildo Ventura Huayhua concede
últimamente muchas entrevistas a periodistas extranjeros. Violando la ley, les adelanta la sentencia que va
a dictar, en el caso de los ocho periodistas asesinados,
y les advierte que sacudirá a «la opinión mundial»
con sus hallazgos.

Estos hallazgos no resultan novedosos para los peruanos, pues son los mismos que la prensa extremista
promociona desde que ocurrió el crimen, en una campaña de tergiversación de los hechos que, por desgracia, ha llegado a tener eco en el exterior. Que quienes
entienden el periodismo como escándalo y tratan de
desprestigiar a toda costa al sistema democrático que
el Perú recobró en 1980 se valgan de métodos veda-
dos por la ley y la ética para conseguir sus fines, no
es de extrañar. Sí que haga lo mismo un magistrado,
de quien lo mínimo que se puede esperar en un proceso en curso es ponderación y reserva.

«Tanto el gobierno como la Comisión Vargas Llosa van a quedar en evidencia cuando se conozca la
sentencia, porque es falsa la versión oficial», le dijo a
La Vanguardia de Barcelona (12 de febrero de 1985),
precisándole que «responsabilizará a los altos man-
dos de la Infantería de Marina y a Cuerpos de Seguridad». El diario catalán acepta las aparatosas declaraciones del juez y las presenta con un título a página
entera: «Los militares asesinaron a los periodistas peruanos.»

Con la corresponsal del *Miami Herald* (crónica re-
producida en *The Lima Times*, 1.º de marzo de 1985)
Ventura Huayhua fue todavía más locuaz. «El gobierno decidió matar a los ocho periodistas», le dijo, por-

que éstos, en su ruta a Huaychao, entrevistaron a unos dirigentes de Sendero Luminoso que les revelaron «algo de significación mundial». ¿Cuál fue ese descubrimiento que llevó al gobierno —al propio presidente Belaunde— a ordenar un asesinato tan monstruoso? Al *Miami Herald*, Ventura Huayhua no se lo reveló. Tal vez sí a *La Vanguardia*, aunque el periodista no dice si estas revelaciones se las hizo el juez o las tomó de *La República* o el *Diario de Marka* (donde han aparecido muchas veces): «¿Qué vieron los periodistas que por ello tuvieron que morir?» Tres posibles respuestas: «Centros de tortura de la Infantería de Marina», «Centros de Comunicaciones» *(sic)* o «Testimonios sobre el adoctrinamiento a que estaban siendo sometidos los campesinos para que eliminaran a todo sospechoso de colaborar con los guerrilleros».

A diferencia de *La Vanguardia*, el *Miami Herald* no toma muy en serio al juez Ventura Huayhua cuyo «candor» le parece «inusitado». «Hay muy poca evidencia que apoye la teoría de Ventura», dice la periodista, y, también, que las «pruebas» que el juez muestra a la prensa parecen bastante circunstanciales. Asimismo, consigna que el juez «parece estar pidiendo testimonios y solicitando documentos que den credibilidad a su tesis a la vez que ignora todo lo demás».

Es saludable que la periodista haya advertido la falta de ecuanimidad del magistrado Ventura Huayhua. Los miembros de la Comisión Investigadora la sufrimos, en carne propia, cuando comparecimos ante el Tribunal y, por ejemplo, en lo que a mí concierne, se mostró más interesado en mis ingresos que en averiguar en qué forma y a partir de qué evidencias elaboramos el Informe.

En esa ocasión, Ventura Huayhua quiso saber cuánto me había pagado *The New York Times* por mi artículo sobre la matanza. Se lo dije: 2.500 dólares, que, descontando el 30 % de impuestos y el 10 % de la agencia, se redujeron a 1.500. ¿Por qué, pues, miente, declarando a *La Vanguardia*: «Y si bien no dudo que no cobrara por formar parte de la Comisión, sí recibió

50.000 dólares por un amplio reportaje publicado en el dominical de *The New York Times...*»? Es obvio por qué lo hace: para dejar flotando la sensación de que hice un negocio escribiendo sobre el crimen.

Me veo obligado, ante esa infamia, a repetir lo que dije al Tribunal. Mis libros se publican en veinticinco países y mis artículos en decenas de periódicos. Gracias al favor de los lectores, tengo la suerte de vivir de mis derechos de autor y continuamente estoy rechazando ofertas editoriales, periodísticas o académicas de muchos lugares del mundo. No necesito escribir sobre los periodistas asesinados para ganarme la vida ni para hacerme conocido. Si escribí sobre ese tema —a los cinco meses del suceso— fue para contrarrestar de algún modo la formidable campaña de distorsión, que, iniciada en las sentinas periodísticas del Perú, y luego adoptada irresponsablemente en el exterior por órganos más serios, presentaba aquella tragedia como una siniestra conspiración del gobierno democrático, sin que hubiera el menor fundamento para justificar esa versión de los hechos.

El juez Ventura Huayhua acusa a la Comisión de haber actuado de «mala fe». Asegura, enfático *(Miami Herald)*, que fuimos nombrados por el presidente Belaunde «exclusivamente para desviar la investigación y encubrir el crimen». La acusación no puede ser más grotesca.

Actúa de «mala fe» quien oculta testimonios, o los tergiversa u omite hacer las preguntas pertinentes o saca conclusiones falsas de los hechos, declaraciones y documentos que examina. ¿En cuál de estos yerros incurrió la Comisión? Allí están las cintas grabadas y el millar y pico de páginas de testimonios que sirvieron de base para nuestro Informe como prueba de la dedicación, el rigor y la probidad con que actuamos. A nosotros nadie podrá acusarnos, por ejemplo, de amañar fotografías, como ha ocurrido con aquella que publicó *La República* el 23 de enero, de supuestos campesinos de Uchuraccay con «sinchis», que habrían tomado los periodistas asesinados. (En realidad, se trata de una fotografía tomada en Huaychao, por los «sinchis», que consiguió la revista *Caretas* y que la propia Comisión Investigadora entregó junto con su Informe al Poder Ejecutivo.)

Los tres miembros de la Comisión y los ocho asesores que trabajaron con nosotros no ahorramos ningún esfuerzo, en el breve plazo de treinta días con que contamos, para esclarecer lo ocurrido. Que pudimos cometer errores y que algunas de nuestras conclusiones merezcan ser revisadas, nunca lo pusimos en duda. Pero, en lo esencial, yo no veo aún —y las sensacionalistas elucubraciones del juez Ventura Huayhua en la prensa extranjera no me han persuadido de lo contrario— nada que rectifique la conclusión central del Informe: que los periodistas fueron asesinados por los campesinos de Uchuraccay, con la probable complicidad de comuneros de otras localidades iquichanas, sin que en el momento de la matanza estuvieran presentes miembros de las Fuerzas Armadas. Vale la pena recordar en qué se basó la Comisión para llegar a esta conclusión:

1. En el testimonio de los propios campesinos de Uchuraccay, quienes, en el cabildo abierto que celebraron con la Comisión, admitieron la exclusiva responsabilidad del crimen.

2. En el testimonio de la madre, la hermana y la esposa del guía Juan Argumedo, quienes llegaron a Uchuraccay apenas unas cuantas horas después del crimen, estuvieron a punto de ser linchadas por los comuneros, y a quienes éstos dijeron haber matado a «ocho terroristas». En la noche y la mañana del día siguiente en que estuvieron presas en Uchuraccay, las tres mujeres vieron a los campesinos «juzgar» a presuntos cómplices de Sendero, fueron «juzgadas» ellas mismas y advirtieron el estado de profunda perturbación en que se hallaba la comunidad. El testimonio de las señoras Argumedo ante la Comisión fue rotundo: no había «sinchis» ni infantes de Marina en Uchuraccay durante todo este tiempo.

3. En los partes sobre desplazamientos de patrullas militares en los días y semanas que precedieron

el asesinato y que los miembros de la Comisión pudimos revisar en el despacho del general Noel.

4. En el testimonio de los periodistas Gorriti y Medrano, de *Caretas*, quienes, en Huaychao, el día 27 de enero, oyeron rumores sobre un «enfrentamiento con terroristas» en la vecina localidad de Uchuraccay.

5. En el testimonio de la maestra de Uchuraccay quien, en el curso del año 1981, hasta el momento de salir de vacaciones, a fines de diciembre, no vio asomar por el lugar a ninguna patrulla militar.

6. Y, finalmente, en las declaraciones de las propias autoridades militares —del Ejército, la Infantería de Marina y la Guardia Civil—, a quienes la Comisión interrogó exhaustivamente, sin contemplación alguna, cotejando sus versiones y muy atenta a cualquier contradicción u omisión sospechosa.

Todos estos testimonios están grabados y mecanografiados y cualquiera puede consultarlos y verificar así si la Comisión obró rectamente al recogerlos y evaluarlos y si sacó de ellos las conclusiones debidas. De toda esa suma de testimonios se desprende, de manera inequívoca, que no había fuerzas militares en el lugar en el momento del crimen, y, también, el estado de profundo trastorno anímico en que se hallaban los comuneros de las localidades iquichanas en esos días, desde los linchamientos de cómplices reales o supuestos de Sendero que habían cometido y que los habían puesto en estado de guerra con los insurrectos.

Sobre si los campesinos, al perpetrar el crimen, creían obedecer una consigna o estar autorizados para actuar así, la Comisión llegó a una conclusión, acaso discutible, que aceptaba la versión de los propios comuneros de Uchuraccay. Es decir, que, en la única visita que recibieron de autoridades militares antes de los sucesos, éstas les dijeron que, si eran atacados, debían defenderse y matar a sus agresores. ¿Debe interpretarse esto como una orden de asesinar a todos los forasteros que llegaran al lugar? El asunto es, por lo menos, controvertible. Hoy en día la política del Comando Conjunto, en la Zona de Emergencia, es organizar a los campesinos en rondas de autodefensa, las que están armadas y por lo tanto tienen carta blanca para disparar. Cuando ocurrió el asesinato de los periodistas esta política no existía. Por el contrario, lo primero que hizo la patrulla mixta de infantes de Marina y de «sinchis» que llega a Huaychao es quitarles a los comuneros las armas que éstos habían arrebatado a los senderistas. Y, ante los miembros de la Comisión, los campesinos de Uchuraccay se quejaron amargamente de que «el señor gobierno» no les diera siquiera un fusil para defenderse. Si el Comando Conjunto hubiera estado empeñado en incitar a los campesinos a combatir y matar no parece lo más adecuado que procediera a desarmarlos y a mantenerlos inermes, a sabiendas de que serían atacados (como efectivamente ocurrió).

Desde luego que el análisis de la Comisión puede ser criticado. Pero no es admisible que se diga que hubo en él «mala fe», voluntad de encubrimiento o que «mentimos» para servir al gobierno. En sus declaraciones tremendistas a la prensa extranjera, el juez Ventura Huayhua deja entender que pudieron guiarme ambiciones políticas al aceptar integrar la Comisión. ¿Qué ambiciones políticas? De tenerlas, hubiera podido, en estos años, ser embajador en Londres o en Washington, ministro de Educación, ministro de Relaciones Exteriores o primer ministro. Es sabido que ninguno de esos cargos acepté y, sí, en cambio, formar parte de una Comisión que —bastaba tener un dedo de frente para adivinarlo— no nos iba a traer a sus miembros ni honores ni beneficios, sino más bien incomprensión y controversia. La razón para aceptar ese encargo no fue política sino moral, algo que, por lo visto, es para el juez Ventura Huayhua simplemente incomprensible.

Quienes critican a la Comisión suelen acusarme de ser amigo del presidente Belaunde. Es cierto que lo soy. Aunque no siempre coincida con su política y no haya participado en su gobierno, tengo aprecio por él, porque es un gobernante honrado y democrático y porque lo sé absolutamente incapaz de mandar asesinar a nadie y menos aún de pedirme a mí o a quien sea que «encubra» un crimen.

El juez Ventura Huayhua amenaza en sus entrevistas con «desprestigiarme ante el mundo». Hace tiempo que los diarios amarillos de este país lo intentan, cubriéndome de injurias, y mi impresión es que no lo han conseguido. Dudo que, repitiendo sus calumnias, Hermenegildo Ventura Huayhua tenga más éxito.

Lima, 4 marzo 1985

EL PAÍS DE LAS MIL CARAS

La ciudad en la que nací, Arequipa, situada en el sur del Perú, en un valle de los Andes, ha sido célebre por su espíritu clerical y revoltoso, por sus juristas y sus volcanes, la limpieza de su cielo, lo sabroso de sus camarones y su regionalismo. También, por «la nevada», una forma de neurosis transitoria que aqueja a sus nativos. Un buen día, el más manso de los arequipeños, deja de responder el saludo, se pasa las horas con la cara fruncida, hace y dice los más extravagantes disparates, y, por una simple divergencia de opiniones, trata de acogotar a su mejor amigo. Nadie se extraña ni enoja, pues todos entienden que este hombre está con «la nevada» y que mañana será otra vez el benigno mortal de costumbre. Aunque al año de haber nacido, mi familia me sacó de Arequipa y nunca he vuelto a vivir en esa ciudad, siempre me he sentido muy arequipeño, y yo también creo que las bromas contra nosotros que corren por el Perú —dicen que somos arrogantes, antipáticos y hasta locos— se deben a que nos tienen envidia. ¿No hablamos el castellano más castizo del país? ¿No tenemos ese prodigio arquitectónico, Santa Catalina, un convento de clausura donde llegaron a vivir quinientas mujeres durante la Colonia? ¿No hemos sido escenario de los más grandilocuentes terremotos y el mayor número de revoluciones en la historia peruana?

De uno a diez años viví en Cochabamba, Bolivia, y de esa ciudad, donde fui inocente y feliz, recuerdo, más que las cosas que hice y las personas que conocí, los libros que leí: *Sandokán*, Nostradamus, *Los tres mosqueteros*, Cagliostro, *Tom Sawyer*, *Simbad*. Las historias de piratas, exploradores y bandidos, los amores románticos, y, también, los versos que escondía mi madre en el velador (y que yo leía sin entender, sólo porque tenían el encanto de lo prohibido) ocupaban lo mejor de mis horas. Como era intolerable que esos libros hechiceros se acabaran, a veces les inventaba nuevos capítulos o les cambiaba el final. Esas continuaciones y enmiendas de historias ajenas fueron las primeras cosas que escribí, los primeros indicios de mi vocación de contador de historias.

Como ocurre siempre a las familias forasteras, vivir en el extranjero acentuó nuestro patriotismo. Hasta los diez años fui un convencido de que la mejor de las suertes era ser peruano. Mi idea del Perú, entonces, tenía que ver más con el país de los Incas y de los conquistadores que con el Perú real. A éste sólo lo conocí en 1946. La familia se trasladó de Cochabamba a Piura, adonde mi abuelo había sido nombrado prefecto. Viajamos por tierra, con una escala en Arequipa. Recuerdo mi emoción al llegar a mi ciudad natal, y los mimos del tío Eduardo, un solterón que era juez y muy beato. Vivía, con su sirvienta Inocencia, como un caballero español de provincia, atildado, metódico, envejeciendo en medio de viejísimos muebles, viejísimos retratos y viejísimos objetos. Recuerdo mi excitación al ver por primera vez el mar, en Camaná. Chillé y fastidié hasta que mis abuelos accedieron a detener el automóvil para que pudiera darme una zambullida en esa playa brava y salvaje. Mi bautizo marino no fue muy exitoso porque me picó un cangrejo. Pero, aun así, mi amor a primera vista con la costa peruana ha continuado. Esos tres mil kilómetros de desiertos, apenas interrumpidos por breves valles surgidos a las márgenes de los ríos que bajan de los Andes y contra los que rompen las aguas del Pacífico, tienen detractores. Los defensores a ultranza de nuestra tradición india y denostadores de lo hispánico, acusan a la costa de extranjerizante y frívola, y aseguran que fue una gran desgracia que el eje de la vida política y económica peruana se desplazara de la sierra a la costa —del Cusco a Lima— pues esto fue el origen del asfixiante centralismo que ha hecho del Perú una suerte de araña: un país con una enorme cabeza —la capital— y unas extremidades raquíticas. Un historiador llamó a Lima y a la costa «el Anti Perú».

Yo, como arequipeño, es decir «serrano», debería tomar partido por los Andes y en contra de los desiertos marinos en esta polémica. Sin embargo, si me pusieran en el dilema de elegir entre este paisaje, o los Andes, o la selva amazónica —las tres regiones que dividen longitudinalmente al Perú— es probable que me quedara con estas arenas y estas olas.

La costa fue la periferia del Imperio de los Incas, civilización que irradió desde el Cusco. No fue la única cultura peruana prehispánica, pero sí la más poderosa. Se extendió por Perú, Bolivia, Ecuador y parte de Chile, Colombia y Argentina. En su corta existencia de poco más de un siglo, los Incas conquistaron decenas de pueblos, construyeron caminos, regadíos, fortalezas, ciudadelas, y establecieron un sistema administrativo que les permitió producir lo suficiente para que todos los peruanos comieran, algo que ningún otro régimen ha conseguido después. A pesar de ello, nunca he sentido simpatía por los Incas. Aunque los monumentos que dejaron, como Machu Picchu o Sacsahuamán, me deslumbran, siempre he pensado que la tristeza peruana —rasgo saltante de nuestro carácter— acaso nació con el Incario: una sociedad regimentada y burocrática, de hombres-hormigas, en los que un rodillo compresor omnipotente anuló toda personalidad individual.

Para mantener sometidos a los pueblos que sojuzgaron, los Incas se valieron de refinadas astucias, como apropiarse de sus dioses y elevar a su aristocracia a los curacas vasallos. También, de los *mitimaes*, o trasplantes de poblaciones, a las que arrancaban de su hábitat e injertaban en otro, muy alejado. Los más antiguos poemas quechuas que han llegado hasta nosotros son elegías de estos hombres aturdidos en tierras extrañas que cantan a su patria perdida. Cinco siglos antes que la Gran Enciclopedia soviética y que la novela *1984*, de George Orwell, los Incas practicaron la manipulación del pasado en función de las necesidades políticas del presente. Cada emperador cusqueño subía al trono con una corte de *amautas* o sabios encargados de rectificar la historia para demostrar que ésta alcanzaba su apogeo con el Inca reinante, al que se atribuían desde entonces todas las conquistas y hazañas de sus predecesores. El resultado es que es imposible reconstruir esta historia tan borgianamente tergiversada. Los Incas tuvieron un elaborado sistema nemotécnico para registrar cantidades —los *quipus*— pero no conocieron la escritura y a mí siempre me ha parecido persuasiva la tesis de que no quisieron conocerla, ya que constituía un peligro para su tipo de sociedad. El arte de los Incas es austero y frío, sin la fantasía y la destreza que se advierten en otras culturas preincaicas, como las de Nazca y Paracas, de donde proceden esos mantos de plumas de increíble delicadeza y esos tejidos de enigmáticas figuras que han conservado hasta hoy sus colores y su hechizo.

Después del Incario, el hombre peruano debió soportar otro rodillo compresor: el dominio español. Los conquistadores trajeron al Perú el idioma y la religión que hoy hablamos y profesamos la mayoría de los peruanos. Pero la glorificación indiscriminada de la Colonia es tan falaz como la idealización de los Incas. Porque la Colonia, aunque hizo del Perú la cabeza de un Virreinato que abarcó, también, territorios que son hoy los de varias repúblicas, y, de Lima, una capital donde refulgían una suntuosa corte y una importante vida académica y ceremonial, significó el oscurantismo religioso, la Inquisición, una censura que llegó a prohibir un género literario —la novela— y la persecución del impío y el hereje, lo que quería decir en muchos casos, simplemente, la del hombre que se atrevía a pensar. La Colonia significó la explotación del indio y del negro y el establecimiento de castas económicas que han pervivido, haciendo del Perú un país de inmensas desigualdades. La Independencia fue un fenómeno político, que alteró apenas esta sociedad escindida entre una minoría, que disfruta de los privilegios de la vida moderna, y una masa que vive en la ignorancia y la pobreza. Los fastos del Incario, la Colonia y la República no han podido hacerme olvidar que todos los regímenes bajo los cuales hemos vivido, han sido incapaces de reducir a proporciones tolerables las diferencias que separan a los peruanos, y este estigma no puede ser compensado por monumentos arquitectónicos ni hazañas guerreras o brillos cortesanos.

Nada de esto se me pasaba por la cabeza, desde luego, al volver de Bolivia. Mi familia tenía costumbres bíblicas: se trasladaba entera —tíos y tías, primos y primas— detrás de los abuelos, el tronco familiar. Así llegamos a Piura. Esta ciudad, rodeada de arenales, fue mi primera experiencia peruana. En el Colegio Salesiano, mis compañeros se burlaban de mí porque hablaba como «serrano» —haciendo sonar las erres y las eses— y porque creía que a los bebés los traían las cigüeñas de París. Ellos me explicaron que las cosas sucedían de manera menos aérea.

Mi memoria está llena de imágenes de los dos años que pasé en esa tierra. Los piuranos son extravertidos, superficiales, bromistas, cálidos. En la Piura de entonces se tomaba muy buena chicha y se bailaba con gracia el baile regional —el tondero— y las relaciones entre «cholos» y «blancos» eran menos estiradas que en otros lugares: la informalidad y el espíritu jaranista de los piuranos acortaban las distancias sociales. Los enamorados daban serenatas al pie del balcón de las muchachas, y los novios que encontraban oposición se robaban a la novia: se la llevaban a una hacienda por un par de días para luego —final feliz, familias reconciliadas— realizar el matrimonio religioso a todo bombo, en la catedral. Los raptos eran anunciados y festejados, como la llegada del río, que, por unos meses al año, traía la vida a las haciendas algodoneras.

El gran pueblo que era Piura estaba lleno de sucesos que encendían la imaginación. Había la Mangachería, de cabañas de barro y caña brava, donde estaban las mejores chicherías, y la Gallinacera, entre el río y el camal. Ambos barrios se odiaban y surgían a veces batallas campales entre «mangaches» y «gallinazos». Y había también la «casa verde», el prostíbulo de la ciudad, levantado en pleno desierto, del que en la noche salían luces, ruidos y siluetas inquietantes. Ese sitio contra el que tronaban los padres del Salesiano, me asustaba y fascinaba, y me pasaba las horas hablando de él, espiándolo y fantaseando sobre lo que ocurriría en su interior. Esa precaria armazón de madera, donde tocaba una orquesta de la Mangachería y adonde los piuranos iban a comer, oír música, hablar de negocios tanto como a hacer el amor —las parejas lo hacían al aire libre, bajo las estrellas, en la tibia arena— es uno de mis más sugestivos recuerdos de infancia. De él nació *La casa verde*, una novela en la que, a través de los trastornos que en la vida y en la fantasía de los piuranos causa la instalación del prostíbulo, y de las hazañas e infortunios de un grupo de aventureros de la Amazonía, traté de unir, en una ficción, a dos regiones del Perú —el desierto y la jungla— tan distantes como distintas. A recuerdos de Piura debo también el impulso que me llevó a escribir varias historias de mi primer libro: *Los jefes*. Cuando esta colección de relatos apareció, algunos críticos vieron en ella una radiografía del «machismo» latinoamericano. No sé si es verdad: pero sí sé que los peruanos de mi edad crecimos en medio de esa tierna violencia —o ternura violenta— que intenté recrear en mis primeros cuentos.

Conocí Lima cuando empezaba a dejar de ser niño y es una ciudad que odié desde el primer instante, porque fui en ella bastante desdichado. Mis padres habían estado separados y, luego de diez años, volvieron a juntarse. Vivir con mi padre significó separarme de mis abuelos y tíos y someterme a la disciplina de un hombre severísimo que era para mí un desconocido. Mis primeros recuerdos de Lima están asociados a esta experiencia difícil. Vivíamos en Magdalena, un típico distrito de clase media. Pero yo iba a pasar los fines de semana, cuando sacaba buenas notas —era mi premio— donde unos tíos, en Miraflores, barrio más próspero, vecino al mar. Allí conocí a un grupo de muchachos y muchachas de mi edad con los que compartí los ritos de la adolescencia. Eso era lo que se llamaba entonces «tener un barrio»: familia paralela, cuyo hogar era la esquina, y con quienes se jugaba al fútbol, se fumaba a escondidas, se aprendía a bailar el mambo y a declararse a las chicas. Comparados con las generaciones que nos han seguido, éramos arcangélicos. Los jóvenes limeños de hoy hacen el amor al mismo tiempo que la primera comunión y fuman su primer «pito» de marihuana cuando aún están cambiando la voz. Nosotros ni sabíamos que las drogas existían. Nuestras mataperradas no iban más allá de colarnos a las películas prohibidas —que la censura eclesiástica calificaba de «impropias para señoritas»— o tomarnos un «capitán» —venenosa mezcla de *vermouth* y pisco—, en el almacén de la esquina, antes de entrar a la fiesta de los sábados, en las que nunca se servía bebidas alcohólicas. Recuerdo una discusión muy seria que tuvimos los varones del barrio —seríamos de catorce o quince años— para determinar la manera legítima de besar a la enamorada, en la *matinée* del domingo. Lo que Giacomo Casanova llama chauvinísticamente el «estilo italiano» —o beso lingüístico— fue unánimemente descartado, como pecado mortal.

La Lima de entonces era todavía —fines de los cuarenta— una ciudad pequeña, segura, tranquila y mentirosa. Vivíamos en compartimentos estancos. Los ricos y acomodados en Orrantia y San Isidro; la clase media de más ingresos en Miraflores y la de menos en Magdalena, San Miguel, Barranco; los pobres, en La Victoria, Lince, Bajo el Puente, El Porvenir. Los muchachos de clases privilegiadas a los pobres casi no los veíamos y ni siquiera nos dábamos cuenta de su existencia: ellos estaban allá, en sus barrios, sitios peligrosos y remotos donde, al parecer, había crímenes. Un muchacho de mi medio, si no salía de Lima, podía pasarse la vida con la ilusión de vivir en un país de hispanohablantes, blancos y mestizos, totalmente ignorante de los millones de indios —un tercio de la población—, quechuahablantes y con unos modos de vida completamente diferentes.

Yo tuve la suerte de romper en algo esa barrera. Ahora me parece una suerte. Pero, entonces —1950—

fue un verdadero drama. Mi padre, que había descubierto que yo escribía poemas, tembló por mi futuro —un poeta está condenado a morirse de hambre— y por mi «hombría» (la creencia de que los poetas son todos un poco maricas está aún muy extendida en cierto sector) y, para precaverme contra estos peligros, pensó que el antídoto ideal era el Colegio Militar Leoncio Prado. Permanecí dos años en dicho internado. El Leoncio Prado era un microcosmos de la sociedad peruana. Entraban a él muchachos de clases altas, a quienes sus padres mandaban allí como a un reformatorio, muchachos de clases medias que aspiraban a seguir las carreras militares, y también jóvenes de los sectores humildes, pues el Colegio tenía un sistema de becas que abría sus puertas a los hijos de las familias más pobres. Era una de las pocas instituciones del Perú donde convivían ricos, pobres y medianos: blancos, cholos, indios, negros y chinos; limeños y provincianos. El encierro y la disciplina militar fueron para mí insoportables, así como la atmósfera de brutalidad y matonería. Pero creo que en esos dos años aprendí a conocer la verdadera sociedad peruana, esos contrastes, tensiones, prejuicios, abusos y resentimientos que un muchacho miraflorino no llegaba a sospechar que existían. Estoy agradecido al Leoncio Prado también por otra cosa: me dio la experiencia que fue la materia prima de mi primera novela. *La ciudad y los perros* recrea, con muchas invenciones por supuesto, la vida en ese microcosmos peruano. El libro tuvo un llamativo recibimiento. Mil ejemplares fueron quemados ceremonialmente en el patio del Colegio y varios generales lo atacaron con dureza. Uno de ellos dijo que el libro había sido escrito por «una mente degenerada», y, otro, más imaginativo, que sin duda era una novela pagada por el Ecuador para desprestigiar al Ejército peruano. El libro tuvo éxito pero yo me quedé siempre con la duda de si era por sus méritos o por el escándalo.

En los últimos veinte años, millones de emigrantes de la sierra han venido a instalarse en Lima, en barriadas —eufemísticamente llamadas pueblos jóvenes—

que cercan a los antiguos barrios. A diferencia de nosotros, los muchachos de la clase media limeña descubren hoy la realidad del país con sólo abrir las ventanas de su casa. Ahora, los pobres están por todas partes, en forma de vendedores ambulantes, de vagabundos, de mendigos, de asaltantes. Con sus cinco y medio o seis millones de habitantes y sus enormes problemas —las basuras, el deficiente transporte, la falta de viviendas, la delincuencia—, Lima ha perdido muchos encantos, como su barrio colonial y sus balcones con celosías, su tranquilidad y sus ruidosos y empapados Carnavales. Pero ahora es, verdaderamente, la capital del Perú, porque ahora todas las gentes y los problemas del país están representados en ella.

Dicen que el odio se confunde con el amor y debe de ser cierto porque a mí, que me paso la vida hablando pestes de Lima, hay muchas cosas de la ciudad que me emocionan. Por ejemplo, su neblina, esa gasa que la recubre de mayo a noviembre y que impresionó tanto a Melville cuando pasó por aquí (llamó a Lima, en *Moby Dick*, «la ciudad más triste y extraña que se pueda imaginar», porque «ha tomado el velo blanco» que «acrecienta el horror de la angustia»). Me gusta su garúa, lluviecita invisible que uno siente como patitas de araña en la cara y que hace que todo ande siempre húmedo y que los vecinos de la ciudad nos sintamos en invierno algo batracios. Me gustan sus playas de aguas frías y olas grandes, ideales para el *surf*. Y me gusta su viejo estadio donde voy a los partidos de fútbol a hacerle barra al Universitario de Deportes. Pero sé que éstas son debilidades muy personales y que las cosas más hermosas de mi país no están en ella sino en el interior, en sus desiertos, o en los Andes, o en la selva.

Un surrealista peruano, César Moro, fechó uno de sus poemas, agresivamente, en «Lima, la horrible». Años después, otro escritor, Sebastián Salazar Bondy, retomó la agraviante expresión y escribió, con ese título, un ensayo destinado a demoler el mito de Lima, la idealización de la ciudad en los cuentos y leyendas y en las letras de la música criolla, y a mostrar los contrastes entre esa ciudad supuestamente morisca y andaluza, de celosías de filigrana, detrás de las cuales las «tapadas», de belleza misteriosa y diabólica, tentaban a los caballeros de pelucas empolvadas, y la Lima real, difícil, sucia y enconada. Toda la literatura peruana podría dividirse en dos tendencias: los endiosadores y los detractores de Lima. La verdadera ciudad probablemente no es tan bella como dicen unos ni tan atroz como aseguran los otros.

Aunque, en conjunto, es una ciudad sin personalidad, hay en ella lugares hermosos, como ciertas plazas, conventos e iglesias, y esa joya que es Acho, la plaza de toros. Lima mantiene la afición taurina desde la época colonial y el aficionado limeño es un conocedor tan entendido como el de México o el de Madrid. Soy uno de esos entusiastas que procura no perderse ninguna corrida de la Feria de Octubre. Me inculcó esta afición mi tío Juan, otro de mis infinitos parientes por el lado materno. Su padre había sido amigo de Juan Belmonte, el gran torero, y éste le había regalado uno de los trajes de luces con los que toreó en Lima. Ese vestido se guardaba en casa del tío Juan como una reliquia y a los niños de la familia nos lo mostraban en las grandes ocasiones.

Tan limeñas como las corridas de toros son las dictaduras militares. Los peruanos de mi generación han vivido más tiempo bajo gobiernos de fuerza que en democracia. La primera dictadura que sufrí en carne propia fue la del general Manuel Apolinario Odría, de 1948 a 1956, años en que los peruanos de mi edad pasamos de niños a hombres. El general Odría derrocó a un abogado arequipeño, José Luis Bustamante y Rivero, primo de mi abuelo. Yo lo conocía pues, cuando vivíamos en Cochabamba, vino a alojarse a casa de mis abuelos y recordaba lo bien hablado que era —lo escuchábamos boquiabiertos— y las propinas que me deslizaba en las manos antes de partir. Bustamante fue candidato de un Frente Democrático en las elecciones de 1945, una alianza dentro de la cual tenía mayoría el Partido Aprista, de Víctor Raúl Haya de la Torre. Los apristas —de centro izquierda— habían sido duramente reprimidos por las dictaduras. Bustamante, un independiente, fue candidato del APRA porque este partido no podía presentar candidato propio. Apenas elegido —por una gran mayoría— el APRA comenzó a actuar como si Bustamante fuera un títere suyo. Al mismo tiempo, la derecha —cavernícola y troglodita— desató una hostilidad feroz contra quien consideraba un instrumento de su bestia negra: el APRA. Bustamante mantuvo su independencia, resistió las presiones de izquierda y de derecha, y gobernó respetando la libertad de expresión, la vida sindical y los partidos políticos. Sólo duró tres años, con agitación callejera, crímenes políticos y levantamientos, hasta el golpe de Odría. La admiración que tuve de niño por ese señor de corbata pajarita, que caminaba como Chaplin, la sigo teniendo, pues de Bustamante se pueden decir cosas que son rarezas en la serie de gobernantes que ha tenido mi país: que salió del poder más pobre de lo que entró, que fue tolerante con sus adversarios y severo con sus partidarios a fin de que nadie pudiera acusarlo de parcial, y que respetó las leyes hasta el extremo de su suicidio político.

Con el general Odría, la barbarie volvió a instalarse en el Perú. Aunque Odría mató, encarceló y deportó a buen número de peruanos, el «ochenio» fue menos sanguinario que otras dictaduras sudamericanas de la época. Pero, compensatoriamente, fue más corrupta. No sólo porque los jerarcas del régimen se llenaron los bolsillos, sino cosa aún más grave, porque la mentira, la prebenda, el chantaje, la delación, el abuso, adquirieron carácter de instituciones públicas y contaminaron toda la vida del país.

Yo entré a la Universidad de San Marcos en esa época (1953), a estudiar Derecho y Letras. Mi familia tenía la esperanza de que entrara a la Católica, Universidad a la que iban los jóvenes de lo que se conocía entonces como «familias decentes». Pero yo había perdido la fe entre los catorce y los quince y no quería ser un «niño bien». Había descubierto el problema social en el último año del Colegio,

239

de esa manera romántica en la que un niño descubre el prejuicio y las desigualdades sociales y quería identificarme con los pobres y hacer una revolución que trajera la justicia al Perú. San Marcos —Universidad laica y nacional— tenía una tradición de inconformismo que a mí me atraía tanto como sus posibilidades académicas.

La dictadura había desmantelado la Universidad. Había profesores en el exilio, y, el año anterior, 1952, una gran redada había enviado a decenas de estudiantes a la cárcel o al extranjero. Una atmósfera de recelo reinaba en las aulas, donde la dictadura tenía matriculados como alumnos a muchos policías. Los partidos estaban fuera de la ley y los apristas y los comunistas —grandes rivales, entonces— trabajaban en la clandestinidad.

Al poco tiempo de entrar a San Marcos comencé a militar en «Cahuide», nombre con el que trataba de resucitar el Partido Comunista, muy golpeado por la dictadura. Nuestra militancia resultó bastante inofensiva. Nos reuníamos secretamente, en pequeñas células, a estudiar marxismo; imprimíamos volantes contra el régimen; peleábamos con los apristas; conspirábamos para que la Universidad apoyara las luchas obreras —nuestra hazaña fue conseguir una huelga de San Marcos en solidaridad con los obreros tranviarios— y para que nuestra gente copara los organismos universitarios. Era la época del reinado absoluto del estalinismo, y, en el campo literario, la estética oficial del partido era el realismo socialista. Fue eso, creo, lo que primero me desencantó de «Cahuide». Aunque con reticencias, que se debían a la contrainfluencia de Sartre —a quien admiraba mucho— llegué a resignarme al materialismo dialéctico y al materialismo histórico. Pero nunca pude aceptar los postulados aberrantes del realismo socialista, que eliminaban el misterio y convertían el quehacer literario en una gimnasia propagandística. Nuestras discusiones eran interminables y en uno de esos debates, en el que dije que *Así se templó el acero*, de Nikolai Ostrovski, era una novela anestésica y defendí *Los alimentos terrestres* del decadente André Gide, uno de mis camaradas me apostrofó así: «Eres un subhombre.»

Y, en cierta forma, lo era, pues leía con voracidad y admiración crecientes a una serie de escritores considerados por los marxistas de la época «sepultureros de la cultura occidental»: Henry Miller, Joyce, Hemingway, Proust, Malraux, Céline, Borges. Pero, sobre todo, Faulkner. Quizá lo más perdurable de mis años universitarios no fue lo que aprendí en las aulas, sino en las novelas y cuentos que relatan la saga de Yoknapatawpha County. Recuerdo el deslumbramiento que fue leer —lápiz y papel a la mano— *Luz de agosto, Las palmeras salvajes, Mientras agonizo, El sonido y la furia*, etc., y aprender en esas páginas la infinita complejidad de matices y resonancias y la riqueza textual y conceptual que podía tener la novela. También, que contar bien exigía una técnica de prestidigitador. Mis modelos literarios de juventud se han ido empequeñeciendo, como Sartre, a quien ahora no puedo releer. Pero Faulkner sigue siendo un autor de cabecera y cada vez que lo releo me convenzo de que su obra es una *summa* novelesca comparable a la de los grandes clásicos. En los años cincuenta, los latinoamericanos leíamos sobre todo a europeos y norteamericanos y apenas a nuestros escritores. Esto ha cambiado: los lectores de América Latina descubrieron a sus novelistas al mismo tiempo que lo hacían otras regiones del mundo.

Un hecho capital para mí, en esos años, fue conocer al jefe de seguridad de la dictadura, el hombre más odiado después del propio Odría. Era yo entonces delegado de la Federación Universitaria de San Marcos. Había muchos sanmarquinos en la cárcel y supimos que los tenían durmiendo en el suelo de los calabozos, sin colchones ni mantas. Hicimos una colecta y compramos frazadas. Pero cuando quisimos llevárselas, en la Penitenciaría —la cárcel, que estaba donde se halla hoy el Hotel Sheraton, en algunos de cuyos cuartos, se dice, «penan» las almas de los torturados en la antigua mazmorra— nos dijeron que sólo el director de Gobierno, don Alejandro Esparza Zañartu, podía autorizar la entrega. En la Federación se acordó que cinco delegados le solicitaran la audiencia. Yo fui uno de los cinco.

Tengo muy vívida la impresión que me hizo ver de cerca —en su oficina del Ministerio de Gobierno, en la Plaza Italia— al temido personaje. Era un hombre menudo, cincuentón, apergaminado y aburrido, que parecía mirarnos a través del agua y no escucharnos en absoluto. Nos dejó hablar —nosotros temblábamos— y cuando terminamos todavía nos quedó mirando, sin decir nada, como burlándose de nuestra confusión. Luego, abrió un cajón de su escritorio y sacó unos números de *Cahuide*, un periodiquito a mimeógrafo que publicábamos clandestinamente y en el que, por supuesto, lo atacábamos. «Yo sé quién de ustedes ha escrito cada uno de estos artículos —nos dijo—, dónde se reúnen para imprimirlo y lo que traman en sus células.» Y, en efecto, parecía dotado de omnisciencia. Pero, a la vez, daba una impresión deplorable, de lastimosa mediocridad. Se expresaba con faltas gramaticales y su indigencia intelectual era patente. En esa entrevista, viéndolo, tuve por primera vez la idea de una novela que escribiría quince años más tarde: *Conversación en La Catedral*. En ella quise describir los efectos que en la vida cotidiana de la gente —en sus estudios, trabajo, amores, sueños y ambiciones— tiene una dictadura con las características del «ochenio» odriísta. Me costó tiempo encontrar un hilo conductor para la masa de personajes y episodios: el encuentro casual y la charla que celebran, a lo largo de la historia, un antiguo guardaespaldas y esbirro de la dictadura y un periodista, hijo de un hombre de negocios que prosperó con el régimen. Al salir el libro, el ex director de Gobierno —retirado ya de la política y dedicado a la filantropía— comentó: «Si Vargas Llosa hubiera venido a verme, yo hubiera podido contarle cosas más interesantes.»

Así como el Colegio Militar Leoncio Prado me ayudó a conocer a mi país, también me abrió muchas de sus puertas el periodismo, profesión que me llevó a explorar todos los ambientes, clases sociales, lugares y actividades. Empecé a trabajar de periodista a los quince años, en las vacaciones del cuarto año de secundaria, en el diario *La Crónica*, como redactor de locales, y, luego, de policiales. Era alucinante recorrer de noche las comisarías para averiguar qué crímenes, robos, asaltos, accidentes, habían ocurrido, y, también, las investigaciones sobre los casos espectaculares, como el de «La Mariposa Nocturna», una prostituta asesinada a cuchilladas en El Porvenir, que me llevó a hacer una excursión por los centros prostibularios de Lima, las *boîtes* de mala muerte, los bares de rufianes y de maricones. En aquel tiempo el periodismo y el hampa —o por lo menos, la bohemia más malafamada— confundían un poco sus fronteras. Al terminar el trabajo, era un ritual obligado ir a sepultarse con los colegas en algún luctuoso cafetín, generalmente atendido por chinos y con el suelo lleno de aserrín para disimular los vómitos de los borrachos. Y, luego, a los burdeles, donde los periodistas policiales —por el temor al escándalo— recibían un tratamiento preferente.

Durante los últimos años en la Universidad trabajé en una radio —Panamericana—, en los boletines informativos. Allí tuve ocasión de ver de cerca —de adentro— el mundo del radioteatro, universo fascinante, de sensiblerías y truculencias, casualidades maravillosas e infinita cursilería, que parecía una versión moderna del folletín decimonónico y que tenía una audiencia tal que, se decía, un transeúnte podía escuchar, caminando por cualquier calle de Lima, los capítulos de *El derecho de nacer*, de Félix B. Caignet, pues no había un solo hogar que no los escuchara. Ese mundillo efervescente y pintoresco me sugirió el tema de otra de mis novelas: *La tía Julia y el escribidor*. En apariencia, se trata de una novela sobre el radioteatro y el melodrama; en el fondo, es una historia sobre algo que siempre me ha fascinado, algo a lo que dedico la mayor parte de mi vida y que nunca he acabado de entender: por qué escribo, qué es escribir. Desde niño, he vivido acosado por la tentación de convertir en ficciones todas las cosas que me pasan, al extremo que a ratos tengo la impresión de que todo lo que hago y me hacen —toda la vida— no es más que un pretexto para fabricar historias. ¿Qué hay detrás de esa incesante transmutación de la realidad en cuento? ¿La pretensión de salvar del tiempo devorador ciertas experiencias queridas? ¿El deseo de exorcizar, transfigurándolos, ciertos hechos dolorosos y terribles? ¿O, simplemente, un juego, una borrachera de palabras y fantasía? Mientras más escribo, la respuesta me parece más difícil de encontrar.

Terminé la Universidad en 1957. Al año siguiente presenté mi tesis y obtuve una beca para hacer un doctorado en Madrid. Ir a Europa —llegar de algún modo a París— era un sueño que acariciaba desde que leí a Alejandro Dumas, Julio Verne y Victor Hugo. Estaba feliz, preparando mis maletas, cuando un hecho casual me brindó la posibilidad de hacer un viaje a la Amazonía. Un antropólogo mexicano, Juan Comas, iba a recorrer el Alto Marañón, donde se hallan las tribus aguarunas y huambisas, y en la expedición había un sitio, que ocupé gracias a una amiga de San Marcos.

Estas semanas en el Alto Marañón, visitando tribus, caseríos y aldeas, fue una experiencia inolvidable, que me mostró otra dimensión de mi país (el Perú, está visto, es el país de las mil caras). Pasar de Lima a Chicais o Urakusa era saltar del siglo XX a la edad de piedra, entrar en contacto con compatriotas que vivían semidesnudos, en condiciones de primitivismo extremo y que, además, eran explotados de manera inmisericorde. Los explotadores, a su vez, eran pobres mercaderes, descalzos y semianalfabetos, que comerciaban en caucho y pieles compradas a las tribus a precios irrisorios, seres que castigaban con salvajismo cualquier intento de los indígenas de emanciparse de su tutela. Al llegar al caserío de Urakusa, salió a recibirnos el cacique, un aguaruna llamado Jum, y verlo y escuchar su historia fue tremendo, pues este hombre había sido torturado hacía poco, por haber intentado crear una cooperativa. En las aldeas perdidas del Alto Marañón vi y palpé la violencia que podía alcanzar la lucha por la vida en mi país.

Pero la Amazonía no era sólo sufrimiento, abuso, áspera coexistencia de peruanos de distintas mentalidades y épocas históricas. Era, también, un mundo de exuberancia y fuerza prodigiosas, donde alguien venido de la ciudad descubría la naturaleza sin domesticar ni depredar, el soberbio espectáculo de grandes ríos caudalosos y de bosques vírgenes, animales que parecían salidos de leyendas y hombres y mujeres de vidas arriesgadas y libérrimas, parecidas a las de esos protagonistas de las novelas de aventuras que habían sido la felicidad de mi infancia. Creo que nunca he hecho un viaje más fértil que ése, a mediados de 1958. Muchas de las cosas que hice, vi y oí, fermentaron más tarde en historias.

En ese viaje tuve por primera vez una intuición de lo que Isaiah Berlin llama «las verdades contradictorias». Fue en Santa María de Nieva, pequeña localidad donde, en los años cuarenta, se había instalado una misión. Las monjitas abrieron una escuela para las niñas de las tribus. Pero como éstas no acudían voluntariamente, las traían con ayuda de la Guardia Civil. Algunas de estas niñas, luego de un tiempo en la misión, habían perdido todo contacto con su mundo familiar y no podían retomar la vida de la que habían sido rescatadas. ¿Qué ocurría con ellas, entonces? Eran confiadas a los representantes de la «civilización» que pasaban por Santa María de Nieva —ingenieros, militares, comerciantes— quienes se las llevaban como sirvientas. Lo dramático era que las misioneras no sólo no advertían las consecuencias de toda la operación, sino que, para llevarla a cabo, daban pruebas de verdadero heroísmo. Las condiciones en que vivían eran muy difíciles y su aislamiento prácticamente total en los meses de crecida de los ríos. Que con las mejores intenciones del mundo y a costa de sacrificio ilimitado se pudiera causar tanto daño, es una lección que tengo siempre presente. Ella me ha enseñado lo escurridiza que es la línea que separa el bien y el mal, la prudencia que hace falta para juzgar las acciones humanas y para decidir las soluciones a los problemas sociales si se quiere evitar que los remedios resulten más nocivos que la enfermedad.

Partí a Europa y no volví a vivir en mi país de manera estable hasta 1974. Entre los veintidós años que tenía cuando me fui y los treinta y ocho que había cumplido al regresar, pasaron muchas cosas, y, en muchos sentidos, al volver yo era una persona totalmente distinta. Pero en lo que se refiere a la relación con mi país creo que sigue siendo la de mi adolescencia. Una relación que podría definirse con ayuda de metáforas más que de conceptos. El Perú es para mí una especie de enfermedad incurable y mi relación con él es intensa, áspera, llena de la violencia que caracteriza a la pasión. El novelista Juan Carlos Onetti dijo una vez que la diferencia entre él y yo, como escritores, era que yo tenía una relación matrimonial con la literatura, y, él, una relación adúltera. Tengo la impresión de que mi relación con el Perú es más adulterina que conyugal: es decir, impregnada de recelos, apasionamientos y furores. Conscientemente lucho contra toda forma de «nacionalismo», algo que me parece una de las grandes taras humanas y que ha servido de coartada para los peores contrabandos. Pero es un hecho que las cosas de mi país me exasperan o me exaltan más y que lo que ocurre o deja de ocurrir en él me concierne de una manera íntima e inevitable. Es posible que si hiciera un balance, resultaría que, a la hora de escribir, lo que tengo más presente del Perú son sus defectos. También, que he sido un crítico severo hasta la injusticia de todo aquello que lo aflige. Pero creo que, debajo de esas críticas, alienta una solidaridad profunda. Aunque me haya ocurrido odiar al Perú, ese odio, como en el verso de César Vallejo, ha estado siempre impregnado de ternura.

Lima, agosto 1983

NICARAGUA
EN LA ENCRUCIJADA

I

EN EL LABERINTO

En la madrugada del 23 de diciembre de 1972, un terremoto destruyó 53.000 viviendas de las 70.000 que había en Managua, sepultando bajo sus escombros a unas diez mil personas e hiriendo a veinte mil. El centro de la ciudad se convirtió en un descampado, con esporádicos edificios o casas a medio caer que han quedado hasta ahora en estas estrafalarias poses, sin puertas ni ventanas, desfondadas, saqueadas, rajadas y torcidas, como monumentos al cataclismo o conjuros contra una nueva devastación.

El Teatro Rubén Darío, construido en los años finales de la dictadura de Somoza, está cerrado hace dos años porque se ha estropeado el aire acondicionado y el gobierno no tiene los 200.000 dólares que —dicen— costaría repararlo. La Revolución Sandinista ha habilitado como Teatro Nacional las ruinas del Gran Hotel, una de las víctimas del terremoto. Allí, en un escenario improvisado sobre lo que era la piscina, el comandante Daniel Ortega ofreció el 9 de enero un espectáculo folclórico a las delegaciones extranjeras que habían venido para su investidura presidencial (el día 10). El escolta que me puso el gobierno —el novelista Lizandro Chávez Alfaro, director de la Biblioteca Nacional—, maniático de la puntualidad, me obligaba a llegar a todas las citas una hora antes de lo debido, y así ocurrió también ese día. Fue una suerte, pues mientras aparecía el resto de los invitados, pude —guiado por la esposa del comandante Ortega, Rosario Murillo, secretaria general del Sindicato de Trabajadores del Arte y la Cultura— visitar todos los cuartos y pasillos de lo que fue el Gran Hotel, en los que funciona también un Museo de Arte Moderno. Sabia ocurrencia la de llenar de pinturas y esculturas abstractas, surrealistas, primitivas, esas ruinas que parecen diseñadas ex profeso por un arquitecto con imaginación audaz.

Esto ocurrió el tercer día de mi llegada a Nicaragua. Estuve allí un mes, hasta principios de febrero, con el propósito de escribir esta crónica. Nunca más encontré las ruinas del Gran Hotel. Las veces que salí a caminar por el fantasmal «centro» de Managua —que no fue reconstruido luego del terremoto— las busqué en vano y jamás pude llegar, por mi cuenta, a las direcciones que me dieron. Siempre me pareció un milagro que los choferes de taxi fueran capaces de dar con ellas. Hasta entonces creía que la ciudad más laberíntica del mundo era Tokio. No: es Managua.

Sus vastos espacios deshabitados provocan agorafobia. En lo que, se supone, es el «centro», hay sembríos y pastan las vacas. Además de ser pura periferia, las calles de la capital de Nicaragua no tienen nombres y las casas carecen de números. Las direcciones son verdaderas adivinanzas, preñadas de humor, anacronismos e historia. Una dirección típica: «De donde fue el arbolito, setenta varas arriba y veinte abajo.» ¿De qué «arbolito» se trata? De un árbol que existió alguna vez en el pasado —nadie sabe cuándo—, en un lugar donde ahora no hay *nada*, y que sin embargo los managuas identifican. «Varas» es una medida de longitud castellana, medieval, que ya nadie usa en el mundo, fuera de los nicaragüenses. ¿Y eso de «arriba» y «abajo» cómo debe interpretarse? Previsiblemente, obtuve explicaciones diferentes. Según algunos, «arriba», el Este, viene del aeropuerto, lugar del que los aviones «suben» al cielo y «abajo», el Oeste, por la dirección del cementerio, donde se «baja» a la tierra. Pero, para otros, ambas denominaciones son de los indios prehispánicos: «arriba» por donde sale el sol y «abajo» por donde se oculta.

En mi viaje hacia Managua, hice una escala en Venezuela. Un amigo venezolano se asombró: «¿Tú, a

Managua? Ese país es casi Cuba. Con tu fama de derechista, te puede ir mal. Cuídate.» (Por una razón tan misteriosa como las direcciones de Managua, defender la libertad de expresión, las elecciones y el pluralismo político, puede ganarle a uno, entre los intelectuales latinoamericanos, fama de derechista.)

En realidad, no me cuidé nada y, en vez de mal, me fue tan bien que casi dejo en Nicaragua los huesos, de puro agotamiento, por las muestras de hospitalidad de que fui objeto, tanto de parte de los sandinistas como de los opositores al régimen. El vicepresidente Sergio Ramírez, novelista, amigo mío desde antes de la Revolución, me dijo un día, cenando en su casa: «Supongo que te das cuenta que los agasajos que te hacen los sandinistas y los reaccionarios es porque ambos queremos que nos dejes bien en tus artículos y mal al adversario.» Ramírez es un hombre culto, de 43 años, con fino sentido del humor. Vivió en Berlín Occidental y dirigió una editorial universitaria en Costa Rica, antes de la Revolución. Está casado con una bella muchacha, de sociedad, a quien oí una noche esta frase característica: «Estoy estudiando a Marx y dispuesta a creerle todo, salvo cuando se mete con la religión.» Los adversarios de Sergio Ramírez dicen que, en público, extrema su radicalismo para no perder posiciones entre sus compañeros sandinistas, pero que, en el fondo, es uno de los más moderados del régimen.

Fue un mes intenso, apasionante y esquizofrénico, en el que conversé con centenares de personas, viajé por casi todo el país y viví experiencias inolvidables. Una de ellas: la variedad y belleza del paisaje nicaragüense, salpicado de lagos, volcanes, llanos próvidos para su próspera ganadería, montañas abruptas, y —en la costa atlántica— selvas por las que discurren ríos como el río Escondido en el que navegar de Bluefields a Rama —unas cuatro horas en lancha a motor— es tomar contacto con una naturaleza apenas hollada por el hombre.

Salvo en la costa atlántica, adonde se necesita un permiso oficial para viajar, debido a los choques del gobierno con los indios miskitos, un tercio de los cuales (son unos setenta mil) se han asilado en Honduras, por el resto del país se puede circular libremente, incluida la frontera Norte, con Honduras, donde las acciones de los «contras» son importantes. Hice algunos de estos recorridos acompañado por el amable Lizandro Chávez Alfaro —un nativo de Bluefields él mismo— y otros por mi cuenta, sin ser incomodado. Me sorprendió la escasa vigilancia y la normalidad de la vida, aun en las zonas de Estelí y Jinotega, donde las huellas de la guerra (aldeas deshabitadas, cooperativas destruidas, restos de vehículos calcinados) son visibles. La única zona donde percibí cierto nerviosismo a nivel del hombre de la calle fue en Bluefields y sus inmediaciones. Los atentados y acciones de los miskitos rebeldes son, sin embargo, menos frecuentes que en la frontera con Honduras.

Lizandro gestionaba las entrevistas con dirigentes del régimen y, con los opositores, yo mismo. Esto, los primeros días. Porque, a partir de la segunda semana, mi problema fue, no cómo obtener entrevistas con unos y otros, sino cómo estirar el tiempo para poder hablar siquiera con la tercera parte de los ministros, empresarios, agricultores, ex presos políticos, comerciantes, sindicalistas, periodistas, curas, feministas, evangélicos, poetas y hasta locos que me ofrecían «datos fundamentales» para mi artículo, o para aceptar la décima parte de las invitaciones sociales. Al mismo tiempo, mi cuarto del hotel, en el Intercontinental (en cuyo *penthouse*, dicen, ronda el fantasma de Howard Hughes, que vivía en él cuando el furioso terremoto) se fue llenando de tantos libros, periódicos, revistas, boletines, cartas, volantes, que hubiera necesitado un baúl para llevarlos conmigo. La hospitalidad nicaragüense era sintomática de la importancia que conceden, tanto el régimen como sus adversarios, a lo que se diga en el exterior de Nicaragua. Unos y otros saben que el destino del sandinismo se juega no sólo dentro del país sino también afuera (y, sobre todo, en Estados Unidos).

Un día típico en Managua era así: desayuno a las siete con Steve Kinzen, el corresponsal del *New York Times* y buen conocedor del laberinto político local; a las nueve, visita de dos horas en el Barrio del Carmen a la Comisión de Derechos Humanos, que recibe un promedio de 100 denuncias mensuales sobre abusos cometidos por el régimen; de once a una, sesión de la Asamblea Nacional, para asistir a la discusión de un debate sobre un proyecto de Ley de Amnistía presentado por el gobierno; de una a tres, almuerzo con cuatro representantes sandinistas a la Asamblea; de tres a seis, recorrido de mercados y tiendas escoltado por dos adversarios del régimen que querían mostrarme la escasez de productos, la especulación del mercado negro y los horrores que hablan del gobierno las vendedoras; una ducha rápida, media hora para tomar notas, y salir a una cena que podía ser donde el ministro del Interior o con los directores del COSEP (Consejo de la Empresa Privada), que están en la vanguardia de la lucha contra el gobierno, donde Sergio Ramírez, o en la casa de alguna familia conservadora de las afueras de Managua, en una embajada o en una fonda sin nombre del «centro», donde los jóvenes «internacionalistas» —variopinta humanidad: comunistas griegos, protestantes escandinavos, católicos suizos, *hippies* británicos, aventureros franceses— pueden tomar una cerveza y un buen plato de carne por 10 centavos de dólar (vendido en el mercado negro, claro).

Al regresar al hotel, a medianoche, trataba todavía de leer los artículos censurados al diario *La Prensa* que una mano comedida había puesto en mi casillero, pero generalmente caía dormido sobre las fotocopias. Los domingos asistía a tres o cuatro misas. Creo que en este mes, presencié más procesiones, visité iglesias, seminarios, cofradías, y hablé con más curas que en los veinte años anteriores: ocurre que la religión es, acaso, la mejor puerta de entrada a la realidad política, social y cultural de Nicaragua.

Las dificultades de la vida en Managua son grandes. Ellas se deben al subdesarrollo, según los sandinistas y a la Revolución según los antisandinistas. (Mi impresión es que hay una responsabilidad compartida.) El correo es desastroso: una carta al o del extranjero demora un mes y a veces otro tanto dentro del país. La escasez de agua es crónica (en mi hotel la cortaban dos días por semana) y el transporte, estatizado, agobiante. Para tomar un ómnibus hice una vez cola de una hora y cuarto y dentro del vehículo temí morir asfixiado (ambas cosas son usuales). Hay pocos cines y las películas que se exhiben, viejísimas: mexicanas y norteamericanas sobre todo. La pornografía abunda. No se consiguen revistas ni periódicos ni libros extranjeros, salvo cubanos o soviéticos en español, pero las ediciones locales se han multiplicado. (En general, aun los opositores reconocen que el esfuerzo de fomento cultural es enorme.) La televisión, también estatal, alterna la propaganda del régimen con las series norteamericanas de más dudoso gusto.

La vida de Managua cesa temprano. Hay poca vida nocturna. Una excepción es la librería-taberna de Miryam Hebé, donde se reúnen los poetas a leer sus versos y donde se codean diplomáticos, bohemios y los omnipresentes «internacionalistas».

En los bares de los principales hoteles —el Intercontinental y el Camino Real— se encuentra sobre todo extranjeros. Los asesores cubanos, soviéticos, búlgaros y de otros países comunistas se lucen poco en público. Pero, a veces, se les ve comiendo una langosta en el mejor restaurante de Managua: La Marseillaise. Se diferencian de los «internacionalistas» (procedentes de países capitalistas) en que, en vez de los atuendos entre proletarios y estrafalarios de éstos, ellos llevan los cabellos cortos y se visten como burgueses.

II

LA OPOSICIÓN CÍVICA Y LOS «CONTRAS»

¿Es Nicaragua un Estado marxista-leninista? ¿Está en vías de ser una segunda Cuba?

En su quinto año, la Revolución Cubana era ya vasalla de la Unión Soviética: su supervivencia económica y militar dependía de ella; todo asomo de oposición había sido suprimido; el sector privado estaba en vías de extinguirse; la burocracia del Partido único extendía sus tentáculos por todo el país y la regimentación ideológica era absoluta. En Nicaragua, cinco años y medio después de la caída de Somoza, aunque bajo fuerte control del Estado, el sector privado es aún mayoritario en la agricultura, la ganadería, el comercio y la industria; pese a la severa censura, puede hablarse de pluralismo informativo —verdad que reducido a su mínima expresión: *La Prensa*, el semanario *Paso a Paso* y dos o tres noticiarios radiales donde se escuchan tímidas críticas—; y existen partidos políticos de oposición, con locales propios y boletines internos, que expresan su hostilidad al régimen desde afuera —los de la Coordinadora Democrática— y desde adentro de la recién elegida Asamblea Nacional. Es cierto que esta oposición parece tener su existencia tolerada sólo porque es poco efectiva y porque el margen de acción que le concede el régimen no le permite competir en términos de verdadera igualdad con el sandinismo, como quedó demostrado durante las elecciones de noviembre, pero no es menos cierto que ella no está sometida al terror y la paranoia que amenazan a toda disidencia en un Estado totalitario. La Unión Soviética, Cuba y los países del Este prestan ayuda militar y técnica a Nicaragua, que hospeda en su territorio a millares de consejeros, visibles e invisibles, de esos países. Pero sería una distorsión de la verdad concluir de ello que Nicaragua está enfeudada a la Unión Soviética a la manera de Cuba. No es así. Acaso no tanto por decisión de los propios sandinistas —quienes de buena gana se habrían puesto bajo el resguardo de Moscú—, como por reticencia de la propia URSS a asumir la onerosa carga de una segunda Cuba y el riesgo de una confrontación directa con Estados Unidos que ello implicaría. (El presidente Lusinchi, de Venezuela, me contó que la Unión Soviética, a la que preguntó si era cierto que pretendía instalar Migs en Nicaragua, le contestó a través de su embajador: «No somos tan locos.») No de otro modo se explica el discurso de Fidel Castro anunciando lo que ya todos sabían —que Cuba mantendría una prudente neutralidad en caso de que Nicaragua fuera invadida— y sus exhortaciones a los sandinistas para que lleguen a un arreglo negociado con Estados Unidos en el marco de Contadora.

La evidencia de que sólo podían contar hasta cierto límite con el apoyo de Moscú, sumada a la resistencia interna contra la entronización de un régimen marxista, a las dificultades económicas que ha traído al país la política confiscatoria, controlista y estatizante de los primeros años, así como los perjuicios que causan el terrorismo y los sabotajes de los «contras», ha moderado el proyecto comunista inicial del sandinismo y lo ha sustituido por un modelo, todavía informe, vagamente neutralista, nacionalista y socializante, que —acertadamente— cree más apto para la supervivencia del régimen y para conseguir la pacificación interna. Los comandantes se vuelven pragmáticos a medida que descubren que sus sueños mesiánicos de revolución radical, los precipitaban por un despeñadero de crisis y antagonismos que podían acabar en una hecatombe. Por eso tuvieron el gesto audaz de anunciar que firmarían el Acta de Contadora, por eso han devaluado su moneda, suprimido los subsidios al transporte y a ciertos productos básicos, por eso anunciaron una moratoria en la compra de armamentos y el retiro de cien asesores militares cubanos, y por eso multiplican las declaraciones asegurando que su régimen es «no alineado, de economía mixta y pluralista». Esto es, por ahora, una verdad a medias. Pero podría cargarse de sustancia si a cambio de ello obtienen la paz y garantías contra una intervención. En el mes que estuve en Nicaragua, a casi todos los hombres del régimen con quienes conversé les oí repetir un *leitmotiv*: «la experiencia nos ha vuelto realistas». Lo cual quiere decir que están dispuestos a hacer muchas concesiones. Menos una: entregar el poder.

Aferrarse al poder en nombre de generosos ideales o por simple apetito —y hay ambas cosas en el sandinismo— no es exclusivo de regímenes totalitarios; lo es, también, de las dictaduras militares o, por ejemplo, de la dictadura benigna que ejerce el PRI en México. Un nicaragüense —conservador, oftalmólogo, escéptico, gurú político y fino ironista—, don Emilio Álvarez Montalbán, con quien, en ese mes frenético, era grato reunirse bajo las estrellas de Managua, me dijo una noche: «Esta revolución va oliendo cada día menos a Moscú y más a México City.» Es decir, a una revolución que discretamente irá convirtiéndose en algo distinto de lo que parece ser. Tiendo a coincidir con él.

Cuando me oían sugerir cosas así, los nicaragüenses de la oposición me infligían réplicas airadas. En reuniones que congregaban a decenas de personas hostiles al régimen —y alguna, como la de CONAPRO (Confederación Nacional de Profesionales) a más de ciento cincuenta personas—, para probarme la naturaleza totalitaria del sandinismo me citaban ejemplos de abusos contra los Derechos Humanos, escarnios jurídicos cometidos por los Tribunales Populares Anti-Somocistas, el hostigamiento a los sindicatos libres, la prohibición del derecho de huelga, el cierre de 24 radioperiódicos, la incertidumbre de los empresarios ante las confiscaciones y la proliferación de decretos contradictorios, y el adoctrinamiento de la juventud en la escuela y en el ejército. Ninguno medía sus palabras, y, algunos, luego de decir su nombre y apellido, hacían acusaciones feroces (e inverificables) contra los comandantes: se habían robado las mejores residencias, tenían en el Km 14,5 de la carretera al Sur una casa de citas; habían convertido el Restaurant Sacuansoche en un lugar de orgías para cubanos, soviéticos, búlgaros y demás asesores comunistas, etc. Cuando yo insinuaba que en los países totalitarios que conozco una reunión así era inconcebible y, más, que alguien dijera impunemente lo que me decían, me reprochaban mi ingenuidad: ¿no me daba cuenta de que éstos eran los estertores de tolerancia «táctica» del sistema? Por hablar como lo hacían se estaban jugando la libertad y, acaso, la vida.

De estas reuniones, salí, siempre, admirado del coraje de esas personas y algo escéptico sobre su efectividad para cambiar el curso de los acontecimientos en Nicaragua. ¿Qué representan, en números, los partidos que integran la llamada «oposición cívica»? Las estadísticas, en boca de funcionarios u opositores, me parecieron siempre fantasiosas, algo así como interjecciones o gestos sin conexión con la realidad. Probablemente, no representan mucho más que sus directivas. Son juntas de notables. Por culpa propia y por maquiavelismo del régimen, se han dividido y casi todos ellos —el Partido Conservador Demócrata, el Liberal, el Social Cristiano y el Social Demócrata— tienen una rama —ramita, más bien— que colabora con el gobierno. En el caso del que tal vez tiene más seguidores, el Conservador, la división es no en dos sino en tres facciones. Hay, entre sus dirigentes, hombres capaces y cultos —los que me impresionaron mejor fueron el ingeniero Agustín Jarquín, social cristiano, y el abogado Virgilio Godoy, liberal, que fue cuatro años y ocho meses ministro de Trabajo antes de romper con el sandinismo—, pero, en términos generales, su acción política es impráctica. No admiten que cometieron un error absteniéndose de participar en las elecciones de noviembre, las que, no importa cuán amañadas estuvieran —no más, en todo caso, que las que celebra México ritualmente o las últimas de Panamá—, les hubieran dado una personería mayor a escala nacional, una tribuna donde criticar los excesos y errores oficiales y desde la cual ejercer una influencia democratizante sobre el sistema. Se niegan a ver que los cambios experimentados por la sociedad nicaragüense en los últimos cinco años y el tipo de régimen que combaten exigen de ellos grandes dosis de invención, renovación y de audacia si quieren salvar lo que aún queda de libertad sin sacrificar las reformas y el progreso social válidos. Predican una legalidad y una democracia liberal ortodoxa que Nicaragua nunca tuvo y que —desafortunadamente, por supuesto— no va a tener tampoco en el futuro inmediato. Se han colocado, por eso, entre la espada y la pared y no pueden hacer otra cosa que decirse a sí mismos, y tratar de convencer a los demás, que Nicaragua es ya, o está a punto de ser un Estado totalitario, satélite de la URSS, lo que en última instancia reduce su estrategia al catastrofismo: esperar que los «contras», ayudados por los «marines», corrijan esta situación intolerable. Semejante cálculo, a mi juicio, es erróneo.

¿Quiénes son estos «contras» que el sandinismo llama «mercenarios» y el presidente Reagan «combatientes de la libertad»? La mayoría están en el FDN (Frente Democrático Nicaragüense) que dirige Adolfo Calero Portocarrero, ex Presidente del Partido Conservador, y operan en el Norte, desde Honduras. Hay otra fracción, ARDE, en la frontera Sur, con Costa Rica, bajo órdenes del ex sandinista Edén Pastora (al parecer, unos setecientos). Según el régimen, toda la oficialidad de las «bandas» son miembros de la Guardia Nacional de Somoza. «Si la "contra" ganara —me dijo el presidente Daniel Ortega—, una de las primeras víctimas sería La Prensa. La "contra" no quiere democracia, sino restaurar el viejo orden contra el que tanto luchó ese diario.»

La oposición ridiculiza estas afirmaciones. Según ella, el «somocismo» murió con Somoza y si se trata de escarbar antecedentes políticos hay en el gobierno sandinista tantos ex colaboradores de la dictadura como entre los «contras» (cada opositor tiene su lista). Las versiones que el gobierno y sus adversarios esgrimen sobre casi todo son tan contradictorias que quien trata de ser objetivo se encuentra a menudo aturdido. Pero al menos sobre esta guerra llegué a una certidumbre: quienes combaten, de uno y otro lado, son pobres. Los «burgueses» no están en el sinuoso frente. Al igual que los soldados sandinistas malheridos que vi en el Hospital de Campaña Germán Pomares, de Jinotega, a unos ciento ochenta kilómetros de Managua, los «contras» son también gentes humildes, en su gran mayoría campesinos.

Los testimonios de los propios sandinistas son a este respecto concluyentes. El joven comandante Joaquín Cuadra (perteneciente a una familia aristocrática, cuyo padre es el director del Banco Central), viceministro de Defensa y jefe de Estado Mayor del Ejército, me aseguró: «Todos los "contras" que caen en nuestras manos son campesinos. Hasta ahora sólo hemos capturado a un profesional. Un médico, que se había ido a Costa Rica.»

Le pregunté al ministro del Interior, Tomás Borge, cómo explicaba que los campesinos se alzaran en armas contra el régimen. «Muchos de ellos fueron raptados por los somocistas y llevados a sus campamentos de Honduras —me repuso—. Ocurre que luego se integran afectivamente a la "contra", y, entonces, sus familiares y amistades comienzan a ayudarlos. Por razones más sentimentales que políticas. Pero también debemos reconocer muchos errores que nos causaron hostilidad en el campo. A las milicias se incorporaron muchos "lumpen", gente cruel, abusiva, que perpetró robos, malostratos, violaciones. Pese a que castigamos con dureza a los responsables, eso ha favorecido a los "contras".»

En todo caso, no deja de ser paradójico que, a los cinco años y medio de la victoria de la Revolución, quienes matan y mueren, en la guerra de las fronteras, sean, en uno y otro bando, gentes humildes, que tienen, muchas de ellas, una visión incierta de lo que está en juego. Unos creen que luchan contra la avidez territorial de Ronald Reagan. Otros, a juzgar por los volantes de la «contra» que vi en el despacho del comandante Manuel Morales Ortega, de Estelí, quien me llevó a recorrer cooperativas campesinas atacadas por el FDN, que su combate es una cruzada a favor de la Purísima contra el Demonio.

(Una noche, en una cena, en una casa de la burguesía, asistí a un vivo intercambio entre un diplomático norteamericano y un nicaragüense que reprochaba a Washington sus vacilaciones en mandar a los «marines». El comentario del diplomático: «Ninguno de los que está aquí, esta noche, tiene a sus hijos con los "contras". Ustedes los han mandado a Costa Rica, Guatemala, Estados Unidos, para librarlos del servicio militar. Y quieren que los "marines" vengan a resolverles el problema. No sean frescos.»)

Los «contras» pueden causar al régimen sandinista muchos perjuicios. Más quizá de los que le han infligido: 7.698 víctimas en cuatro años, según Daniel Ortega (lo que equivaldría a medio millón en Estados Unidos). Pero no tienen posibilidad de derribarlo. Gozan de simpatías en ciertos sectores campesinos y burgueses, pero no como para provocar un alzamiento generalizado semejante al que terminó con Somoza. Aunque se trate de nicaragüenses, su dependencia económica y militar de la CIA y de los Estados Unidos despierta hacia ellos suspicacias, aun en sectores hostiles al sandinismo pero que no olvidan el contencioso que signó el pasado de ambos países: las múltiples intervenciones y ocupaciones norteamericanas en Nicaragua, incluida la que dejó como herencia la dinastía de los Somoza. (Una de las figuras más respetadas de la oposición, el poeta y escritor católico, Pablo Antonio Cuadra, codirector de *La Prensa*, me dijo: «La ayuda encubierta de la CIA a los "contras" ha sido un error.»)

Para derrocar al sandinismo haría falta una intervención militar norteamericana masiva y sangrienta de la que no resultaría una democracia sino una dictadura, único régimen capaz de poner orden en un país malherido y con terrorismo y guerrillas por doquier. La improbable invasión no es una salida si se trata de salvar alguna opción democrática en Nicaragua. Esta opción —un débil resquicio de esperanza, sin duda—, en las actuales circunstancias no tiene otra vía que alguna forma de entendimiento con el régimen. Éste, aunque ha dado muchos pasos en el camino del totalitarismo, se halla enfrentado a retos y dificultades que lo inducen al compromiso. Por no entenderlo así, los partidos políticos de la oposición se marginan, en cierto modo, de la realidad política nicaragüense.

III

EMPRESARIOS Y SANDINISTAS

Quienes están dando una lucha más efectiva para evitar la consumación en Nicaragua de un proyecto marxista-leninista son la Iglesia católica y los agricultores e industriales que, a diferencia de sus colegas cubanos hace un cuarto de siglo, no volaron a Miami apenas vieron alzarse el espectro de Marx. Tenían la frente alta: muchos habían colaborado con el movimiento de protesta que, luego del asesinato del periodista Pedro Joaquín Chamorro, el 10 de enero de 1978, fue decisivo para el desplome de la dictadura.

La institución que los agrupa, el COSEP (Consejo Superior de la Empresa Privada), se enfrentó a Somoza en 1974 y financió tres huelgas políticas contra su régimen. Su presidente, Enrique Bolaños, es un crítico tenaz del sandinismo. «El problema de Bolaños y los suyos es que no se resignan a haber perdido el poder político —dicen los hombres del régimen—. Nosotros no tenemos dificultad en entendernos con el multimillonario Carlos Pellas, que discute de créditos, divisas, repuestos e inversiones. Pero ningún capitalista volverá a ser presidente del Banco Central y a dictar nuestra política económica. Esto es lo que no admite el COSEP.» Tal vez sea cierto. Pero por debajo de la, en apariencia, insalvable incompatibilidad de doctrinas, hay síntomas de colaboración entre sectores de empresarios y el régimen.

No me refiero a los casos excéntricos, como el de la familia Pellas o el de Samuel Amador, aunque vale la pena mencionarlos. Los Pellas eran la familia más rica de Nicaragua, después de los Somoza. Además del Ingenio San Antonio —fundado en 1890, por un inmigrante italiano, bisabuelo del actual propietario—, poseían la Cerveza Toña, la Licorera que produce el ron más famoso de Nicaragua —Flor de Caña— y el Banco de América, además de múltiples propiedades y negocios. El Banco les fue confiscado, pero conservan el resto de las empresas. La más importante es el Ingenio San Antonio, en Chichigalpa, a 110 kilómetros al oeste de Managua. Pasé un día allí, escoltado por el joven y dinámico Carlos Pellas, quien, a diferencia de su padre y hermanos, que se han trasladado a Miami, sigue en Nicaragua. El Ingenio siembra unas diez mil hectáreas de caña, tiene 3.000 trabajadores en planilla —5.300 en época de zafra— y unas veinte mil personas viven en los terrenos de, y gracias a, la empresa. Su producción récord fue la de 1976: 2.866.000 quintales de azúcar. El año pasado produjeron 2.640.000. Este año, con suerte, llegarán a los 2.200.000. ¿Por qué la caída? Por problemas derivados del mal cuyos estragos se ven por todas partes: la falta de divisas. El gobierno no les dio a tiempo los dólares para las reparaciones y gran número de sus camiones y tractores quedaron paralizados. El acarreo de la caña a la fábrica se redujo drásticamente. De otro lado, las ratas se han comido unas doscientas toneladas de caña pues el ingenio no obtuvo los 100.000 dólares que pidió para venenos. «Por no disponer a tiempo de esa suma, hemos perdido 400.000 quintales de azúcar, es decir, unos 2.700.000 dólares.»

Desde el triunfo de la Revolución, unos setenta técnicos y profesionales de la empresa se han marchado a Honduras, Guatemala y Costa Rica. Dos de los ingenieros actuales han instalado a sus familias en San José y van a visitarlas cada quince días. ¿Por qué lo han hecho? «Para evitar que nuestros hijos sean reclutados en el Servicio Militar Patriótico y ante el temor de que se instale el comunismo.» Se quejan de la indisciplina laboral que ha traído el sandinismo y del alto costo que significa seguir pagando los salarios a todos los trabajadores que el gobierno moviliza en el Ejército o las milicias —es el caso de 60 obreros de planilla—, así como de la incertidumbre política. En la fábrica, de 500 obreros, hay dos sindicatos: el oficial, con unos noventa afiliados y el independiente con 400. La empresa está obligada a discutir el pliego de reclamos sólo con el sindicato sandinista.

Sin embargo, pese a las contrariedades, el Ingenio San Antonio se expande. Ha construido un nuevo molino, que duplicará el rendimiento de la fábrica. Como no puede adquirir nuevas tierras, tendrá que mejorar la productividad, y, para conseguirlo, acaba de instalar un nuevo sistema de riego —llamado de «pivote»— y está probando unas cortadoras mecánicas que han tenido éxito en Australia. «Creo que la empresa tiene la vida asegurada por otros cinco años, dice Carlos Pellas. Después, Dios sabe.»

El optimista Samuel Amador, en cambio, asegura que la Revolución quiere hacer de Nicaragua «un país de empresarios». «Éste es el capitalista que mostramos a los extranjeros para que no nos crean comunistas», me bromeó el vicepresidente Sergio Ramírez, al presentármelo. Es una broma que a Samuel Amador le encanta y una función —«el capitalista del régimen»— que cumple a las mil maravillas. Pasé un fin de semana con él en Sébaco (a 110 kilómetros de Managua), en su inmensa casa llena de mármoles, con dos gigantescas piscinas en forma de corazón y once perros. «Me costó ochocientos mil dólares», me precisó Samuel, alzando el meñique donde relampaguea un brillante. ¿Qué son ochocientos mil dólares para un hombre feliz de haber perdido dos millones y medio de dólares durante la guerra que acabó con Somoza? Acaba de ser elegido representante sandinista a la Asamblea Nacional. A medio centenar de norteamericanos que el comandante Jaime Wheelock llevó a su casa a cenar, ese fin de semana, Amador les aseguró que la mejor prueba de que «Nicaragua no será nunca marxista» eran sus cuatro haciendas, sus 1.500 hectáreas de arroz, sorgo, vegetales, sus ganados, sus nueve casas en Matagalpa, sus 180 empleados, los viñedos que se dispone a sembrar y un proyecto turístico en las montañas de Jinotega que emprenderá este año. A mí me presentó a sus dos hijos, «voluntarios en el corte de café», que —me aseguró— harán su Servicio Militar Patriótico. «Por ahora *son turbas. ¿Y qué?*» (Éste es el grito de guerra de las fuerzas de choque sandinistas.) En la noche, mientras dábamos un paseo por su jardín lleno de ranas, me confesó, sin embargo, que su felicidad no era absoluta. Tiene dos hijas en California que no vienen a visitarlo y que le escriben: «Un día los comunistas te cortarán el pescuezo.» Cuando le pregunto si hay algo en el régimen que no sea perfecto, dice: «ATC (el sindicato oficial campesino).» Han invadido sus tierras en dos ocasiones y Samuel debió valerse de todas sus influencias para desalojarlos.

La tesis oficial del COSEP es que la empresa privada es una ficción en Nicaragua: «¿Qué clase de propietarios somos? El Estado decide qué y cuánto debemos sembrar; sólo podemos venderle a él nuestros productos y al precio que nos fija. Nos paga en córdobas y él decide cuándo y cuántas divisas nos da para insumos y repuestos. Como nacionalizó los bancos, dependemos también del Estado para los créditos. Y, además, vivimos amenazados de que nos confisquen con el pretexto de que saboteamos la economía. En realidad, nos han convertido en simples gestores de nuestras empresas.» El punto de vista oficial es, claro está, diferente. «Nosotros salvamos al sector privado en Nicaragua», me dice Jaime Wheelock, el ministro de la Reforma Agraria, a quien acompaño a mostrarle al primer ministro de Irán, Mir Hussein Moussavi —un apacible gordito que tiene la misma mirada fija del creyente que sus cinco guardaespaldas—, el ingenio de Timal, construido por los cubanos. «Las masas campesinas, hambrientas, exasperadas por la explotación, presionaban por tierras. Así ocurrieron muchas invasiones injustificadas. Pero gracias a la Reforma Agraria, que ha distribuido dos millones de manzanas (un millón y medio de hectáreas, más o menos) y a nuestra autoridad moral, evitamos una toma generalizada de las fincas privadas. Ahora estamos corrigiendo, poco a poco, los atropellos que pudieron cometerse. Al sector privado nosotros le aseguramos crédito barato, la compra total del producto a precios a veces más elevados que los del mercado, impedimos que le hagan huelgas y le resolvemos todos los problemas laborales. ¿Todavía se quejan?» Le pregunto por qué se prohíbe a los empresarios pagar salarios más elevados que los que determina el Estado y repartir utilidades. «Para evitar la anarquía que significaría disputarse la mano de obra de una empresa a otra, en estos momentos de crisis, y para no crear sectores privilegiados dentro de la clase trabajadora.» Tanto Wheelock, como el presidente Daniel Ortega y Sergio Ramírez me aseguraron que «la era de las confiscaciones ha terminado». Uno de ellos me precisó: «Fue un error la Ley decretando que se confiscaría las propiedades de todo nicaragüense que abandonara el país por más de seis meses. Por ello, ya no se aplica.»

Los dirigentes del COSEP dicen que aquella Ley no sólo se sigue aplicando, sino que, en algunos casos, se confisca a gente que se ausenta por menos tiempo. Citan los casos de Henry Dubón Cabrera —antiguo dirigente de los empresarios— a quien, a los tres meses de ausencia, le confiscaron sus fincas de algodón, sus casas, cuentas de banco, vehículos y enseres, y de la señora Teresa McEwen de Frank Bendaña, a la que, a los dos meses y diez días de ausencia, le arrebataron también todos sus bienes. ¿No hay manera de apelar contra estas medidas? Se puede recurrir a la Corte Suprema, que preside un jurista respetado: Roberto Argüello Hurtado. En varios casos la Corte Suprema ha fallado en favor de los agraviados. Sin embargo, no todas las sentencias son obedecidas. Días antes de que yo llegara a Managua, el doctor Argüello Hurtado amenazó con renunciar a su cargo, porque 14 sentencias no habían sido respetadas por el gobierno. Sin embargo, numerosas tierras han sido devueltas. Y la relación entre empresarios y sandinistas, aunque áspera y desconfiada, no siempre es negativa.

Hay 75 arroceros privados en Nicaragua que, en 1979, fundaron ANAR (Asociación Nacional de Arroceros), afiliada al COSEP. Están orgullosos de que sus nueve mil hectáreas produzcan el 50 % de arroz que se cultiva en el país, 920.000 quintales, lo mismo que producen las catorce mil hectáreas estatales expropiadas a Somoza. Ninguno de los 75 se ha exiliado ni ha sido confiscado. Las haciendas de tres de ellos fueron invadidas pero ANAR movió cielo y tierra y consiguió rescatarlas. «Después de un millón de gestiones —me dice el presidente de ANAR, ingeniero Mario Hanón, a quien el régimen tuvo, al principio de la Revolución, cuatro meses preso— conseguimos que nos permitieran abrir nuestra propia comercializadora (COARSA). Comerciamos el 90 % de la producción privada y ahora también el 10 % de la cosecha estatal, pues las empresas estatales han descubierto que si venden el arroz a COARSA cobran pronto y seguro, lo que no les ocurre con ENABAS (la comercializadora estatal). No podemos vender libremente, sino a compradores que el Estado nos señala, pero, al menos, gracias a COARSA, nuestro arroz se procesa y vende de manera eficiente. En la Comisión Nacional del Arroz, donde se fijan los precios, nuestro criterio es escuchado, y, a menudo, nos respaldan los delegados de los sindicatos sandinistas. Tenemos discusiones olímpicas con los delegados del gobierno. Pero allí sale un precio del arroz que, reconozco, hasta ahora ha respondido a nuestras expectativas.»

Los dirigentes de ANAR dicen que se han ganado el respeto del sandinismo y que por eso éste no tuvo más remedio que permitirles fundar Tecno-Anar, una empresa de investigación aplicada para uso de fertilizantes, y Anasemilla, planta acondicionadora, con fines de exportación. «Al principio, el régimen nos daba largas. Luego, intentó crear su propia planta, con ayuda de los cubanos, pero fue un fracaso. Al final, aceptaron nuestro proyecto y ahora el comandante Wheelock se muestra entusiasmado con las posibilidades de exportar semillas. Gracias a nuestro empeño y, sobre todo, a nuestra productividad, hemos conseguido sobrevivir en mejores condiciones que otros. También puede deberse a que no todos los gremios son tan unidos. Nosotros somos un puño. Apenas corren rumores de confiscación movilizamos abogados, inundamos al régimen de cartas, reclamos, visitas, vamos a tocar la puerta del comandante Wheelock y, si no abre, nos metemos por la ventana. Nos han favorecido mucho los desastres que causó el asesoramiento cubano para las granjas estatales de arroz.» ANAR tiene su propio local. «Lo compramos hace poco, para mostrar que no nos vamos a ir de Nicaragua.» Al despedirme del ingeniero Hanón y de sus amigos, les digo que, al menos desde su perspectiva, el futuro de la empresa privada no parece tan trágico. «Nos hemos puesto un disco en la cabeza que repite: "Aquí no ha pasado nada y a trabajar." Lo malo es que, a veces, el disco se descompone y nos acordamos de la crisis, de la guerra, de la inseguridad. Entonces, sin estar borrachos, empezamos a dar brincos en la cama.»

IV

EL MERCADO ORIENTAL

Ocupa unas diez o doce manzanas, en el sector Este de Managua, y su abigarramiento y hacinamiento multicolor de quioscos, tenderetes y mostradores recuerdan los bazares musulmanes. Se llama el Mercado Oriental y es el paraíso del mercado negro.

En tanto que en los supermercados y comercios que venden artículos a los precios fijados por el Estado, los anaqueles suelen lucir semivacíos o muestran larguísimas colas de gentes para comprar los productos subsidiados y racionados, en el Mercado Oriental no hay escasez de nada y todo se compra en el acto. Eso sí, a precios que duplican, triplican o quintuplican los oficiales. El precio oficial de la libra de azúcar era, en esos días, 2 córdobas, y sólo se podía comprar con cartillas de racionamiento y en muy poca cantidad. En el Mercado Oriental abundaba, pero a 10 córdobas. El precio oficial de la pasta dentífrica era 27 córdobas, pero no se conseguía en ninguna parte. En el Mercado Oriental, sí, a 180. Las cooperativas de sastres debían vender los pantalones vaqueros a 500 córdobas, pero como la oferta no cubría ni remotamente la demanda, a los nicaragüenses no les quedaba otro recurso que el Mercado Oriental, donde el precio del mismo pantalón es 5.000 córdobas. (El sueldo mensual promedio de un trabajador oscilaba, en enero, entre 3.000 y 4.000 córdobas.)

Dicen que el infierno está empedrado de buenas intenciones. Las buenas intenciones del gobierno sandinista de defender el «salario real» de los trabajadores y poner los artículos esenciales al alcance de los más pobres, mediante una política de control de precios y subsidios, ha convertido a Nicaragua en un infierno de especulación, acaparamiento y contrabando. La razón es muy simple: el negocio más rentable en el país —el «único» rentable, dicen algunos— es desviar los productos del sector económico legal hacia el mercado negro. Como los precios que reciben los agricultores o industriales por aquello que producen está artificialmente fijado por el Estado, la tentación para burlar los circuitos legales de distribución y vender una buena parte de la producción al margen de la legalidad y obtener con ello un beneficio muchísimo mayor es irresistible.

Una de las historias más amenas que leí en *Barricada*, el órgano del FSLN, en ese mes, fue un artículo relatando cómo los camiones que salían de la planta embotelladora de la Pepsi-Cola iban perdiendo en el camino cajas de botellas (adquiridas bajo mano por los especuladores) de manera que a los centros oficiales de comercialización llegaban aligerados de buena parte de su carga. Lo que ocurre con las gaseosas, ocurre prácticamente con la mayoría de los productos, y, sobre todo, con los de primera necesidad, aquellos racionados, que en el Mercado Oriental pueden alcanzar precios altísimos, como el jabón, el aceite, el papel higiénico, el arroz, etc. El Mercado Oriental desborda también de medicinas, algo de lo que adolecen generalmente las farmacias. Yo intenté conseguir unas aspirinas para el resfrío en dos de ellas, sin éxito. El día que visité el Mercado Oriental me encontré con que en muchos puestos las ofrecían, voceándolas, como si fueran frutas o verduras.

El gobierno sandinista hace campañas contra la especulación. Periódicamente la policía requisa los puestos del Mercado Oriental que venden productos a precios prohibidos y encarcela a los vendedores. Pero como estas operaciones tienen una eficacia muy relativa, ha intentado también otras medidas. Como ésta: competir con los especuladores, especulando también, aunque un poquito menos que los demás. Ha abierto un almacén estatal donde los productos

271

subsidiados y racionados se venden libremente, a precios algo más bajos que los del mercado negro (pero mucho más altos que los oficiales). Le hice notar a un funcionario del régimen que los únicos favorecidos con este sistema eran los nicaragüenses de altos ingresos y perjudicados aquellos por quienes el sistema había sido creado: los pobres. «Este es el problema cuando se hace socialismo a medias —me dijo—. Si hubiéramos socializado *toda* la economía, esta corrupción no existiría.»

Pero al comandante Ortega y a Sergio Ramírez les oí decir, más bien, que, como esta política había tenido un efecto disuasivo sobre la producción e incentivado el comercio ilegal, la liberalizarían. Y, en efecto, a los pocos días de dejar Nicaragua, leí en la prensa que el régimen sandinista había decidido suprimir los subsidios a los productos agrícolas y dejar que el mercado les fijara los precios. Las locuaces y habilidosas placeras del Mercado Oriental lo lamentarán, sin duda.

V

LA IGLESIA POPULAR

Nicaragua es uno de los países más católicos que he conocido. Cuando recorría el departamento de Estelí, visitando cooperativas arrasadas por los «contras», crucé caravanas de campesinos endomingados que iban a pie —muchos descalzos, para cumplir una promesa—, al Santuario del Señor de Esquipulas, en el Sauce, a sesenta o setenta kilómetros de allí. Todo pueblo nicaragüense tiene su santo y celebra su fiesta patronal, que suele durar días e incluir procesiones y ritos llenos de color.

La religión es hoy, en Nicaragua, inseparable de la política. Y acaso el más decisivo debate en el país sea la confrontación entre, de un lado, la Iglesia y el gobierno, y, de otro, la disensión en el seno de la misma Iglesia.

Muchos católicos lucharon con los sandinistas contra Somoza y casi todos los dirigentes del FSLN, incluso los más impregnados de marxismo, como Tomás Borge o Carlos Fonseca Amador, habían tenido una formación católica. En Jinotega, en un Batallón de Lucha Irregular, me señalaron a un jesuita, el comandante Sanginés, que colgó los hábitos para hacer la Revolución y ahora combate a los «contras». La jerarquía católica se enfrentó repetidas veces a Somoza y, después del triunfo, dio a los sandinistas su bendición en una Carta Pastoral (7 de noviembre de 1979) en la que se afirmaba: «La Revolución es una ocasión propicia para hacer realidad la opción de la Iglesia por los pobres.» Pero la luna de miel duró poco. La trizó la radicalización del régimen y el auge que, con apoyo de éste, empezaron a tener en Nicaragua las tesis y los personeros del movimiento que propugna la síntesis de marxismo y cristianismo, afirma que el primer deber de los cristianos es el compromiso con la Revolución, identifica el pecado con las «estructuras sociales injustas del capitalismo» y que, en sus versiones más extremistas —por ejemplo la del sacerdote poeta recién suspendido *a divinis* por no renunciar a su cargo de ministro de Cultura, Ernesto Cardenal— proclama que «el marxismo es la única solución para el mundo». Nicaragua se convirtió en el paraíso de católicos socialistas, de teólogos radicales, de profetas apocalípticos y de curas marxistas-leninistas provenientes del mundo entero. El régimen sandinista, que tenía en su gobierno a cuatro sacerdotes revolucionarios, promocionó a esta Iglesia Popular creyendo que ella dotaría a la Revolución de un nimbo cristiano, sin limitar por ello su radicalismo. Fue un cálculo equivocado. Pero, a mi juicio, de consecuencias positivas, pues ha contribuido a librar a Nicaragua de caer en el puro totalitarismo.

Cuando se habla de la disputa entre la Iglesia Popular y la jerarquía católica se tiene la idea de que aquélla representa a las masas humildes de fieles con sus pastores y, la última, a una falange de obispos teratológicos y un puñado de ultramontanos e integristas ciegos y sordos a los vientos de la Historia. En realidad, la Iglesia Popular es poco popular. La conforman sacerdotes y laicos cuyas disquisiciones intelectuales y trabajos sociopolíticos están fuera del alcance del católico común y corriente. Y, sobre todo, de los pobres. Sus centros e institutos publican algunas revistas sugestivas —como *Pensamiento Propio*, del INIES (Instituto Nacional de Investigaciones Económicas y Sociales), que dirige el jesuita Xabier Gorostiaga, y *Amanecer*, del Centro Ecuménico Antonio Valdivieso, fundado por el más conspicuo dignatario de la Iglesia Popular, el franciscano Uriel Molina— pero sus esfuerzos por denunciar el papel histórico de la Iglesia al servicio de los poderes dominantes, revestir a la lucha de clases y al antiimperialismo de simbología evangélica y demostrar, con textos bíblicos, que el combate por el socialismo es el primer deber de los cristianos, sólo tienen eco en sectores intelectuales y militantes de la clase media, ya convencidos de antemano. Porque el grueso de los católicos nicaragüenses, como los del resto de América Latina, no profesan esa religión reflexiva, intelectualizada y crítica que ella propone, sino la fe intuitiva, disciplinada, ritual, que ha sido siempre la que ha dado su fuerza a la Iglesia entre nosotros: la fe del carbonero.

Y ésa es la que representa, predica y defiende contra quienes siente que la amenazan, la jerarquía y su indomable líder, el arzobispo monseñor Obando y Bravo. Para sopesar la naturaleza y popularidad de las dos tendencias hay que asistir a sus misas.

La Misa de la Solidaridad, que oficia el padre Uriel Molina en la Iglesia Santa María de los Ángeles, del Barrio Rigueiro, donde es párroco hace muchos años, tiene como escenario una capilla circular, sin imágenes religiosas, salvo una de la Purísima, con grandes murales revolucionarios en los que se ve a Cristo vestido de campesino nica y a ignominiosos imperialistas yanquis y militares adiposos fusilando a jóvenes que flamean banderas sandinistas. La Misa Campesina, del compositor Carlos Mejía Godoy, está puntuada de canciones revolucionarias de linda música. En su sermón, el padre Uriel nos imparte una lección sobre el «proceso de transformación revolucionaria de la sociedad que debe ser vivido por los cristianos desde su fe». Cita a los sandinistas caídos en acción en los últimos días y nos pide responder «¡Presente!» después de cada nombre. A la hora del abrazo de la Paz, la misa se convierte en mitin. Más de la mitad de los concurrentes son «internacionalistas» norteamericanos, que, bajo las cámaras de la televisión, se precipitan sobre el comandante Tomás Borge, que está a mi lado, para besarlo, fotografiarlo y pedirle autógrafos. (Yo le susurro: «La Revolución va mal. Esto parece Hollywood.»)

Un teólogo presbiteriano de California, que arrastra a una veintena de seminaristas de ambos sexos, me toma por uno de los suyos y me susurra: «La jerarquía de nuestra Iglesia es reaccionaria. Pero las bases comienzan a moverse.»

En la Iglesia de las Sierritas, en Altos de Santo Domingo, en cambio, no hay extranjeros. Quienes la colman son nicaragüenses. Agitan banderas de Nicaragua y del Vaticano, y reciben a monseñor Obando —es su cumpleaños— con aplausos y vítores al Papa. Bajo la apariencia tradicional del lugar y de los atuendos, todo, incluido el entusiasmo exagerado de los fieles, está también, como en Barrio Rigueiro, impregnado de política. Después de los incidentes ocurridos durante la visita de Juan Pablo II a Nicaragua, el Papa es una contraseña: vitorearlo equivale a protestar contra el régimen. En su homilía, monseñor Obando habla de María llevando a Jesús al templo, de su dolor de Madre, que la hace tan comprensiva para con el dolor de aquellas madres a quienes arrebatan sus hijos (todos entienden que está hablando del reclutamiento de jóvenes para el Servicio Militar Patriótico).

El Centro Ecuménico Antonio Valdivieso ocupa una casa, en el centro de Managua, donde se respira un aire cosmopolita. Teólogos progresistas, protestantes y católicos, vienen de todo el mundo a sus seminarios y en sus publicaciones colaboran luminarias heterodoxas, como el profesor alemán Hans Küng, Karl Rahner, o el célebre obispo de Cuernavaca, Méndez Arceo (que exhorta a sus fieles «a peregrinar a Cuba, como a Lourdes o Fátima»). «No somos una Iglesia paralela, sino un movimiento de renovación que trata de vivir la solidaridad con los pobres», me dice José Argüello, el director de *Amanecer*. «Para nosotros el problema no está en si la Revolución va hacia el marxismo. Está en si va a sobrevivir. La alternativa no sería la democracia sino algo semejante a Guatemala o El Salvador. Y es preferible un pueblo marxista vivo que un pueblo muerto.» Según el padre Uriel Molina: «Eso de la Iglesia Popular es una invención del cardenal de Medellín López Trujillo. A mí ciertas publicaciones de la Teología de la Liberación me horrorizan. Nosotros queremos que la Iglesia mantenga su credibilidad ante el pueblo. Esa credibilidad que han perdido nuestros obispos por no condenar la agresión norteamericana.» Dice que, en las actuales circunstancias, se justifica la censura, pero como algo transitorio. La Revolución ha devuelto su «identidad» al pueblo nicaragüense. «Ella se nutre de folclore, de poesía, de todas nuestras tradiciones. Gracias a ella nuestro pueblo tiene ahora un orgullo de sí mismo que las dictaduras y la explotación secular le habían quitado. Al oponerse a la Revolución, la jerarquía ha perdido autoridad moral. Sus pronunciamientos y acciones sirven a las transnacionales y a la CIA.» Defiende el derecho de los cuatro sacerdotes ministros a continuar en sus cargos contra la prohibición del Vaticano. «Quieren obligarlos a renunciar para romper lo que simbolizan: la solidaridad entre los cristianos y la Revolución.» Para probar que no es un ciego apologista del régimen, el padre Molina me recuerda que ha protestado contra abusos a los derechos humanos y, también, contra la expulsión de sacerdotes. ¿Cómo se divide el clero nicaragüense? «De los cuatrocientos sacerdotes que hay en Nicaragua, unos cien están con nosotros y los otros trescientos con monseñor Obando», dice.

VI

Un arzobispo de armas tomar

Cuando oye estas cifras, el arzobispo de Nicaragua sonríe: «Los sacerdotes nicaragüenses que siguen a Uriel caben en los dedos de estas manos. Es verdad que suman un poco más con los extranjeros que trae el gobierno para reforzarlos. En cambio, niega la visa a las monjas y curas que vienen a hacer servicio puramente apostólico. Hace poco negó la visa a siete profesores salesianos y al vicecanciller de la Orden.» (Los salesianos apoyan resueltamente a los obispos, por lo que han sido víctimas de la hostilidad del gobierno. Jesuitas, franciscanos y dominicos se inclinan hacia el otro bando.) «Como usted habrá podido comprobar, esas argucias no le sirven de gran cosa. La mayoría de los católicos nicaragüenses es fiel a los obispos y al Papa.»

Creo que no le falta razón. Lo vi en las fiestas de San Sebastián, en Diriamba, donde una muchedumbre abigarrada aplaudía cada vez que monseñor Bosco Vivas, el obispo oficiante, mencionaba a monseñor Obando o al Papa, y en la ovación que recibió un viejo sacerdote que, al iniciarse la procesión, cogió el micrófono para vociferar contra «los comunistas, culpables de esta guerra para la cual están metiendo a la fuerza a nuestros muchachos al Ejército». Y lo he visto, sobre todo, en el júbilo que provoca monseñor Obando en sus apariciones públicas. ¿Es ésta una adhesión principista o una adhesión personal al arzobispo?

Porque monseñor Obando es, a sus 58 años, una personalidad carismática. Las vestiduras de purpurado no disimulan sus recias facciones indígenas y el cuerpo pequeño y fortachón, de campesino. Cuando era obispo auxiliar en Matagalpa fundó el primer sindicato rural del país y se hizo muy popular pues se movía incansablemente de una aldea a otra de esa montañosa región. Se dice que la noticia de que lo habían hecho arzobispo lo sorprendió montado en un burrito, en uno de esos viajes trabajosos que sigue haciendo en estos tiempos difíciles. A diferencia de sus adversarios, no hay en monseñor Obando ningún alarde intelectual. Seguramente es justo tildarlo de conservador, pero a la manera en que este calificativo conviene a Juan Pablo II (con quien, como es obvio, se lleva muy bien); es decir, un hombre que concilia el apego a la tradición y a la autoridad eclesiásticas con un sentido de la justicia y una capacidad notable para comunicar a los humildes un mensaje espiritual. «El régimen no es aún totalitario pero cada día hay más signos de que va en esa dirección —me dice—. Nosotros estamos a favor de las reformas, en contra de las grandes brechas económicas entre pobres y ricos. Pero una cosa es la justicia social y, otra, llenar de odio al país, predicando la lucha de clases y la guerra a muerte entre el capital y el trabajo. El comandante Humberto Ortega ha dicho que el FSLN no puede existir sin el marxismo. El comandante Bayardo Arce aseguró al Partido Socialista (marxista y prosoviético) que sus objetivos y los del sandinismo eran los mismos. En educación, quieren que los colegios impartan una enseñanza materialista, y es de sobra conocido cuántos maestros cubanos han venido al país. Sergio Ramírez y Tomás Borge lo han afirmado: "La educación es nuestra y nunca se la dejaremos a la Iglesia." ¿Por qué? Porque para ellos no se trata de educación sino de adoctrinamiento marxista.»

Le cuento que Tomás Borge me ha dicho: «Nos preocupa que la CIA monte un atentado contra la vida de monseñor Obando para echarnos la culpa a nosotros.» El arzobispo suspira: «Somoza me dijo lo mismo: "Temo que los sandinistas lo maten para echarme la culpa a mí." Y quiso ponerme protección, a lo cual, por supuesto me negué, como me había negado a que me regalara un Mercedez Benz. Dígale al comandante Borge que no necesita mandarme protectores, porque tengo ya cuatro: el Padre, el Hijo y el Espíritu Santo y yo mismo.» Me dice que las «turbas» le han destrozado dos veces su vehículo, y que, en octubre o noviembre de 1983, viniendo de una pastoral en el campo, fue víctima de un extraño episodio. «Tres hombres vestidos de militares, armados, pararon el auto donde íbamos sólo el chofer y yo. Nos obligaron a llevarlos y a estacionar en un lugar apartado. En la oscuridad, entre insultos, me decían que iban a matarme. Yo llevo siempre una radio portátil y alcancé a gritar lo que me ocurría. Esto desconcertó a los militares, que huyeron. Por lo visto, sólo tenían orden de amedrentarme.»

Las cartas pastorales de los obispos de Nicaragua criticando al régimen han tocado los temas más conflictivos: los choques entre sandinistas y miskitos en la costa atlántica, que, según la Iglesia, se debieron a las violencias cometidas por el gobierno; el Servicio Militar Patriótico, ley que los obispos cuestionaron argumentando que el Ejército Sandinista era una organización de partido, no nacional, y pidiendo el derecho a una «objeción de conciencia» para quienes se negaban a servir una ideología opuesta a su religión. La Carta Pastoral que más furor provocó fue la del 22 de abril de 1984, abogando por un diálogo entre el gobierno y los «contras». Desde los púlpitos, obispos y sacerdotes que los siguen atacan el marxismo con frecuencia y denuncian cualquier indicio de totalitarismo, de ateísmo o de persecusión religiosa. ¿Ha sido exagerada esta campaña, ha pecado de hipersusceptibilidad? ¿Se han mostrado los obispos, a veces, poco comprensivos con las dificultades en que se debatía la Revolución y han minusvalorado los esfuerzos que se hacían en favor de los pobres? Es posible. Pero esta campaña frontal de la Iglesia ha sido —acaso más aún que la crisis económica y la presión exterior— un importante freno a la tentación totalitaria del régimen. Recientemente, la dirección sandinista entabló un diálogo con la Conferencia Episcopal. Mientras estuve en Nicaragua hubo dos encuentros privados —uno entre monseñor Obando y el presidente Ortega y otro entre éste y el presidente de la Conferencia Episcopal, monseñor Pablo Antonio Vega—, sin que se dieran a conocer los resultados.

«Este esfuerzo de conciliación está muy bien encaminado», me aseguraron Ortega y Ramírez. El diálogo alarma a los líderes de la Iglesia Popular. «Nosotros seremos los chivos expiatorios —me dijo el padre Uriel Molina—. Los obispos pedirán nuestras cabezas. Es decir, que se nos acalle y que se ponga fin a las Comunidades de Base y a todo el movimiento renovador. ¿Por qué monseñor Obando no practica dentro de la Iglesia el pluralismo que pide para la sociedad? Él no acepta dialogar con nosotros. A nosotros sólo nos exige sometimiento a la autoridad.» El arzobispo, por su parte, es sumamente cauto respecto al diálogo. «Todos los problemas de Nicaragua deberían solucionarse pacíficamente. Pero para ello el gobierno debería mostrar su voluntad conciliadora con algunos gestos. Por ejemplo, una amnistía a los presos políticos, abolir la censura, restablecer la libertad de expresión, cesar la campaña contra la Iglesia. Recuerde que Radio Católica sigue clausurada y que no dejan transmitir la misa por televisión.»

La polémica no ha sido una alturada controversia de tesis opuestas. Ha tenido muchos golpes bajos. El director de Radio Católica y hombre de confianza de monseñor Obando, padre Bismarck Carvallo, fue, según la jerarquía, víctima de una emboscada. Una feligresa de su parroquia lo invitó a almorzar. Durante el almuerzo, irrumpió un hombre armado de revólver. Golpeó al sacerdote y lo obligó a desnudarse y a salir a la calle, donde lo esperaban los fotógrafos y las cámaras de la televisión, que lo presentaron así al público, alegando que había sido sorprendido por un marido celoso. Un incidente más serio afectó al sacerdote Luis Amado Peña. La televisión sandinista lo filmó reunido con un dirigente de los «contras» y cargando una maleta que, al parecer, contenía explosivos. Según la Iglesia, el *videotape* era amañado. El padre Peña fue juzgado y luego amnistiado. En solidaridad con él, monseñor Obando presidió, en julio de 1984, una procesión hasta el seminario donde se hallaba recluido. En represalia, el gobierno expulsó del país a diez sacerdotes.

Pero los obispos han recibido una ayuda providencial.

VII

¿Es la Virgen antisandinista?

La aldea de Cuapa está en el departamento de Chontales, en el centro del país. Una noche de 1980, Bernardo, el sacristán, descubrió al entrar a la iglesia un resplandor que, saliendo de la Purísima, iluminaba toda la capilla. El fenómeno cesó cuando Bernardo encendió la luz. Tres semanas después, una mañana en que pescaba a la orilla del río, el sacristán repentinamente se sintió feliz. A su alrededor la naturaleza empezó a alterarse: el sol se fue eclipsando, oía trinos, susurro de hojas y amistosos relámpagos. Una nube bajó a posarse sobre un montículo de piedras, al lado de un cedro. Una bella joven descalza, con las manos juntas, envuelta en un manto bordado de brillantes y una corona de estrellas, apareció sobre la nube. Tenía cabellos castaños, ojos color de miel, la tez bronceada. Abrió las manos y una onda cálida inundó al sacristán. «¿Cómo se llama usted?», balbuceó. «Me llamo María.» «¿De dónde viene?» «Del cielo. Soy la Madre del Señor.»

Esta primera aparición ocurrió el 8 de mayo. Hubo otras cuatro, en junio, julio y septiembre, siempre los días 8. (El sacristán fue convocado también el 8 de agosto, pero no pudo acudir porque las aguas crecidas del río le impidieron atravesarlo.) En la última aparición, no compareció la joven sino una niña de unos ocho años.

En la primera aparición, la Virgen pidió a los nicaragüenses que rezaran el rosario reunidos en familias, y los exhortó a amarse, a cumplir sus deberes y a

hacer la paz. Deslizó, asimismo, frases con reverberaciones políticas: «Nicaragua ha sufrido mucho desde
el terremoto y seguirá sufriendo si ustedes no cam-
bian. Si no lo hacen, abreviarán la venida de la tercera guerra mundial.» A partir de la segunda entrevista, el mensaje fue inequívoco. Bernardo le preguntó
qué pensaba de los sandinistas. Su respuesta: «Son
ateos, comunistas, y por eso he venido a ayudar a los
nicaragüenses. Lo que ellos prometieron no lo han
cumplido. Si ustedes no observan mis peticiones, el
comunismo se extenderá por toda América. Pero no
deben irse del país, no den la espalda a los problemas. Si ustedes escuchan mis súplicas, Nicaragua será la luz del mundo.»

Bernardo me refiere todo esto con voz apacible, en
los jardines del seminario donde está recluido, advir-
tiéndome que no puede aún revelar todo lo que le dijo María. Es un hombre tranquilo, que tiene también
esa quieta mirada del creyente que a mí me fascina,
sin dejar de ponerme nervioso. Responde, sin dudar,
a la más impertinente de mis preguntas. Me dice que
cuando el obispo de Juigalpa, monseñor Pablo Antonio Vega, lo autorizó a revelar el milagro y muchedumbres de romeros empezaron a acudir a Cuapa,
tres funcionarios lo visitaron para ofrecerle, gratis,
una hacienda de buenas tierras, con ganados. La condición: decir que la Virgen era sandinista. Les explicó
que no podía faltar a la verdad. Ellos transaron: bastaría que omitiera decir que era antisandinista. «No
puedo traicionarla», repuso. Entonces los diarios oficiales, *Barricada*, *Nuevo Diario* y la televisión iniciaron
una campaña acusándolo de loco, histérico y alucina-
do. Una mujer llamada Sandra comenzó a rondarlo y
a susurrarle al oído concupiscencias así: «Quiero ver-
te a medianoche.» Los fieles que lo protegían descubrieron fotógrafos al acecho. Un amanecer, la policía
invadió su casa y trató de secuestrarlo. Pero los devotos que dormían con él se les enfrentaron. Hace un
par de años, la Iglesia, para resguardarlo, lo trajo a
este seminario donde cuida el jardín o deleita con sus
relatos a los seminaristas.

Cuando Bernardo se trasladó a Managua, ya la Virgen de Cuapa había iniciado esa trayectoria que la ha convertido en un objeto de culto en Nicaragua. Decenas de millares de fieles atestan con frecuencia el lugar, encabezados a veces por monseñor Vega y monseñor Obando. *La Prensa* publicita, siempre que la censura se lo permite, estas romerías y es defensora de Bernardo. La jerarquía hizo saber que «las peticiones de la Virgen no se oponían a las enseñanzas de la Iglesia». Los esfuerzos de la Iglesia Popular para conjurar el «marianismo burgués» han sido, hasta ahora, vanos. El día de la investidura presidencial del comandante Ortega, en el acto que fue invitado a bendecir, el presidente de la Conferencia Episcopal, monseñor Vega, ante los cientos de invitados y los millones de televidentes, hizo una astuta evocación de la Virgen de Cuapa. Cuando el Centro Ecuménico Valdivieso trató de contrapesar este «marianismo cargado de potencial político contrarrevolucionario», con un novenario a la Purísima, proponiendo una imagen progresista y revolucionaria de la Madre de Cristo, la jerarquía declaró el novenario impío y condenó al centro por actividades anticristianas. Le pregunto a monseñor Obando si los milagros han sido reconocidos por la Iglesia. «Convalidar milagros toma cierto tiempo —me responde—. Nos hemos limitado, por ahora, a comprobar que el mensaje que recibió Bernardo no contradice la ortodoxia.»

Ésta no es una historia medieval. Ocurre en Nicaragua y su importancia política es considerable. Creer o no creer en la Virgen de Cuapa sitúa ideológicamente a las personas y las alinea en la confrontación interior.

VIII

La censura y *La Prensa*

El vocero y catalizador de todas las formas de oposición al régimen sandinista es el diario *La Prensa*, fundado por Pedro Joaquín Chamorro. Asistí a una asamblea del sindicato que agrupa a sus 240 empleados y trabajadores. La víspera, la censura había suprimido el 60 % del material y el diario no salió. Todos los artículos deben ser presentados al Ministerio del Interior, a media mañana. Tres o cuatro horas después la teniente Nelba Cecilia Blandón, directora de Medios, los devuelve, señalando los párrafos, artículos, titulares y fotografías prohibidos. Contrariamente a lo que su nombre sugiere, la teniente no tiene nada de blanda. En 1984, el promedio de textos prohibidos fue la cuarta parte del periódico. Ha dejado de circular, desde el establecimiento de la censura, el 16 de marzo de 1982, en 29 ocasiones. *La Prensa* tiene una «morgue» de textos aprobados para sustituir a los prohibidos.

En el curso de esa asamblea, en vísperas del aniversario del asesinato del fundador, los obreros y periodistas rindieron una cálida bienvenida a su viuda, Violeta de Chamorro. Se aprobó una moción, urgiendo al presidente Ortega a abolir la censura y a cesar el hostigamiento «contra nuestro centro de trabajo». Este acoso, me explica el ingeniero Jaime Chamorro —que codirige el diario con el poeta Pablo Antonio Cuadra—, es múltiple: intimidación de las turbas a los distribuidores, lo que ha obligado a cerrar 20 de las 150 agencias; negar divisas a la empresa para la importación de materias primas; prohibición a los órganos del Estado a darles avisos y presiones a los colaboradores y empleados para que rompan con el diario. Pese a ello, y a salir a una hora malísima por el trámite de censura —las seis o siete de la noche—, *La Prensa* agota los 70.000 ejemplares que le permite su cuota de papel y, cuando no sale, sus lectores suelen enviar al diario el importe, en señal de solidaridad. Que *La Prensa* es un símbolo, me lo indicó algo que oí a varias personas: «Me quedaré en el país sólo hasta que la clausuren definitivamente.»

¿No advierte el régimen que la censura es uno de los motivos de mayor desprestigio para su imagen en el mundo? La explicación que me da Tomás Borge es: «la guerra de agresión». «Que cesen los ataques y sabotajes de la CIA y de las bandas mercenarias contra nuestro país y cesará la censura. Estamos en guerra y todos los países en guerra se valen de la censura para defender su seguridad.» Me dice que, al igual que *La Prensa*, los órganos oficialistas deben someterse a las tijeras de la teniente Blandón. Daniel Ortega, por su parte, me asegura: «A nosotros no nos pasará lo que a Allende en Chile. La desestabilización del régimen la llevaron a cabo, antes del golpe, los medios de comunicación manipulados por la CIA.» Varios sandinistas, como Jaime Wheelock, vivieron en Chile en la época de Allende y lo ocurrido con la Unidad Popular los obsesiona.

Pese a las tribulaciones que le causa a sus víctimas, la censura a *La Prensa* no es del todo eficaz. Los textos suprimidos circulan de mano en mano, en fotocopias, y las gentes los comentan en las calles y se los leen por teléfono. Y las radios antisandinistas —como Radio Impacto, de Costa Rica, y 15 de Setiembre, de los «contras», que transmite desde Honduras— se escuchan por doquier.

Quizá la consecuencia más grave que ha traído la censura es el empobrecimiento y la crispación del debate político en los medios de comunicación. Mejor dicho, no hay debate: sólo ataques e incomprensión recíproca. El nivel de los diarios oficiales es bajísimo: *Barricada*, un boletín de comunicados, y el *Nuevo Dia-*

rio, eso más cierto sensacionalismo. Dirige este último periódico Xavier Chamorro, hermano del director de *La Prensa*, y, hasta hace poco, dirigía *Barricada* Carlos Fernando Chamorro, sobrino de ambos e hijo del periodista asesinado por Somoza. Violeta de Chamorro me aseguró que esta familia tan dividida se reúne todavía a almorzar, de cuando en cuando, y que hablan cordialmente de todo salvo de política.

La censura ha exacerbado de tal modo la oposición de *La Prensa* que, sin exagerar, puede decirse que aunque la teniente Blandón tache a diario la cuarta parte de los textos, las restantes se las arreglan para golpear al régimen aun cuando parezcan hablar del tiempo o de los milagros de la Virgen. Los nicaragüenses descifran las alusiones y alfilerazos de una manera que a mí me recordó la España de los años finales de Franco, cuando la censura comenzaba a marchitarse. Un ejemplo, entre mil: *La Prensa*, que cuestionó las elecciones, no llama jamás al comandante Ortega «Presidente de Nicaragua». Lo bautiza siempre «titular del Ejecutivo», como hacía Pedro Joaquín Chamorro con Somoza.

IX

Tomás Borge y las metáforas

El comandante Tomás Borge, ministro del Interior y uno de los nueve miembros de la Dirección Nacional del Frente Sandinista, es también una reliquia histórica. Fue uno de los cinco fundadores del FSLN, en 1961, y es el único sobreviviente. Nació en una familia pobre de Matagalpa, fue compañero de estudios de otro de los fundadores del FSLN —Carlos Fonseca Amador— y comenzó a conspirar contra Somoza a los catorce años. De los 54 que tiene, ha pasado seis y medio en la cárcel, cinco en la montaña como guerrillero y diecinueve en la clandestinidad.

No sólo es el más viejo de los comandantes históricos de la Revolución —que están todos por la treintena— sino también el más locuaz, el más propenso a confundir sus deseos con la realidad y el más simpático. Bajito, crespo, de pecho ancho y rasgos tenuemente orientales, su exuberancia encanta a los periodistas. En una cena que tuve con los corresponsales de prensa extranjeros acreditados en Managua, éstos fueron unánimes en calificar de este modo a Tomás Borge: «El único de los comandantes cuyos discursos no son aburridos.»

Ocurre que si todos los nicaragüenses tienen una especie de adicción natural a la poesía y las imágenes —el porcentaje de buenos poetas que el país ha producido no tiene parangón en el continente—, en Tomás Borge esto se agudiza hasta convertirse en perversión. Ha colocado en la fachada del Ministerio del Interior un enorme cartel que dice: «Centinela de la alegría del pueblo.» Tituló el libro que escribió sobre

Carlos Fonseca: *Carlos, el amanecer ya no es una tentación*, y las metáforas salen de su boca, cuando conversa o pronuncia discursos, como tiros de ametralladora. Si algún dirigente sandinista merece el adjetivo de «tropical» es Tomás Borge.

Tiene una predilección visible por los escritores —muchos frecuentan su casa—, es un buen lector y juraría que esconde una frustrada vocación literaria. Estuve con él cuatro o cinco veces, y aunque, en algunas ocasiones, me parecía que me idealizaba y coloreaba la realidad nicaragüense hasta la ciencia ficción, en otras, en cambio, tuve la seguridad de que me abría su intimidad con insólita franqueza.

El primer día que charlamos, en la sencilla casa donde vive, con su esposa y varios hijos pequeños —uno de ellos, huérfano de un mártir sandinista, adoptado por los Borge—, me mostró, orgulloso, una foto de su padre junto al general Sandino. Me dijo que era una lástima que, escribiendo buenas novelas, yo tuviera tan malas ideas políticas y yo me vengué preguntándole si era cierto lo que se decía de él: que era el «duro» de la Revolución, el hombre de Moscú y de Cuba entre los dirigentes sandinistas, y un marxista-leninista rabioso. Lo que le molestó fue lo de «duro». «¿Dicen eso de mí? ¡Hijueputas! Si yo soy el más blando de todos. Déjame decirte una cosa: si yo hubiera sido candidato en las elecciones de noviembre, los burgueses de este país hubieran votado por mí. ¿Quieres saber algo más? Los hijos de presos me adoran.» Y no hay duda que se lo creía.

«Nosotros somos la única revolución en el mundo que no ha fusilado a nadie, que ha abolido la pena de muerte —me dijo—. Y en cuanto a la policía a mis órdenes, basta que camines por la calle para que veas con el respeto que tratan a la gente. Éste es el único país de América Latina donde nadie tiene miedo a la policía. Ayer mismo, mandé a los policías a reprimir una huelga de unos obreros que habían ocupado un local. Llego poco después y ¿qué cree que me encuentro? ¡A huelguistas y policías tomando cerveza juntos! ¡Hijueputas!»

Días después, al enterarse de que yo iba a asistir a la Misa de la Solidaridad del padre Uriel Molina, me propuso que fuéramos juntos. Llegamos temprano y dimos una caminata por las callecitas miserables, de suelo de tierra y viviendas de maderos y latas, de Barrio Rigueiro. No hubo una explosión de entusiasmo entre los humildes vecinos al reconocer a Borge, pero muchos lo saludaron con la mano, llamándolo «Tomás», y unos cuantos tomaron la iniciativa de cruzar la fila de soldados con metralletas que lo escoltaban, para abrazarlo. Él se esforzaba por ser cariñoso: besaba y cargaba a los niños y regaló los lápices y lapiceros que llevaba en el bolsillo a quienes se lo pidieron. Una muchacha embarazada se acercó a decirle que no había pañales en todo Managua. Él le prometió que le haría llegar varios. El diálogo fue muy divertido: «Tomás: "¿Con quién te casaste?" Ella: "Con un patriótico [un soldado]. Pero no me casé, me robaron." "¿A la fuerza?" "¡Sí!" "¿Y esa barriga también te la hicieron a la fuerza?" Risotada de la chica: "No, esta barriga no fue a la fuerza."»

Luego de la misa fuimos a cenar al Lobster's Inn, un restaurante con una poza, habitada por dos tortugas y dos lagartos que se peleaban ruidosamente. Nos levantamos a mirar: un lagarto, enfurecido, atacaba con tanta ferocidad al otro que lo expulsó de la poza. «Es hembra y debe estar embarazada», pronosticó Tomás, con aire de experto.

Fue una cena seguida de una sobremesa de cuatro horas. Le pregunté si tenía nostalgia de su vida en la montaña. «Ninguna. Yo soy hombre de ciudad. Esos cinco años de guerrillero fueron terribles. La vida del guerrillero parece muy romántica. En realidad, es monótona, incómoda y la preocupación diaria, absorbente, obsesiva, es el hambre.» Me dijo que su mejor recuerdo de esos cinco años era el de una noche, en que, luego de caminar todo el día, por una selva intrincada, calado hasta los huesos por la lluvia, cazó un conejo. «Lo cocinamos, lo cortamos en pedacitos y nos lo comimos con su caldito en una lata de sopa

Maggi. Luego, un café y un cigarro. Ah, la felicidad completa.»

Me preguntó por qué no era yo, como otros escritores latinoamericanos —García Márquez, por ejemplo, o Julio Cortázar hasta su muerte—, un revolucionario. Se lo expliqué y no pareció muy conmovido con mi certidumbre de que, sin libertad, todas las reformas sociales tarde o temprano se frustran. Me dijo que Fidel Castro, quien estuvo tres días en Nicaragua para la investidura de Daniel Ortega, le había dicho que, pese a mis críticas a Cuba, quería verme, pero que él no había podido dar conmigo. «Quiere decir que tu policía es malísima», me burlé yo. Él me aseguró que era enormemente eficiente. «Tenemos infiltrados a los "contras" y por eso sabemos todos sus pasos y los cazamos como a conejos. Hasta la CIA la tengo infiltrada. Como nosotros no aplicamos torturas, no nos queda más remedio que ser muy buenos policías.»

Me contó que él había sido torturado en dos ocasiones. La primera, en Managua, en su primera encarcelación, cuando, al ser detenido, se defendió a tiros y mató a un oficial de la Guardia. Durante veinte días lo estuvieron pateando, golpeando y sometiéndolo a vejámenes como hacerle beber agua en la que los torturadores escupían y orinaban. «Querían saber dónde estaba Carlos Fonseca y yo no se lo dije.» La segunda vez fue en Costa Rica, donde la policía le aplicó electricidad en los genitales. «En lugar de dolor, sentía rabia y los insultaba, hasta que se cansaron de torturarme.»

La última vez que estuvo preso salió de la cárcel gracias al asalto al Congreso por Edén Pastora —el 22 de agosto de 1978—, quien canjeó a Somoza los rehenes por todos los presos políticos, entre ellos Borge. «Edén era un tipo popular antes de volverse un traidor —me dijo—. Ahora, si se presentara aquí, la gente lo lincharía.» Me dio a entender que Edén Pastora rompió con el sandinismo por despecho, pues no podía soportar que otros dirigentes fueran más populares que él. «Siempre fue algo delirante, Edén. Contaba, por ejemplo, que su madre podía romper los vasos y los vidrios de las ventanas con un esfuerzo de la voluntad. Y que él, una vez, en México, mató de un puñete a un tipo en la calle porque le tocó el trasero a su esposa. Y quería que le creyéramos. ¡Hijueputa!»

A mediados de enero, Tomás Borge dio una cena en mi honor, en su casa, y ésa fue una de las pocas ocasiones en que pude charlar con escritores nicaragüenses. Comprobé que allí también, como en todas partes del mundo, los escritores, cuando se reúnen, no hablan de literatura, sino de los escritores ausentes y de política. Habría unos veinticinco poetas y novelistas. Entre ellos, el sacerdote Ernesto Cardenal, ministro de Cultura, a quien, en esos días, con motivo de cumplir sus sesenta años, el régimen y la prensa oficial rendían toda clase de honores. Cardenal es un excelente poeta y, también, un demagogo capaz de decir disparates como éste: «La sociedad comunista es el verdadero Reino de Dios.» Yo lo había criticado por estos exabruptos, pero él, muy elegantemente, no se dio por enterado y estuvo muy cordial en todas las ocasiones que nos vimos.

Estaba también presente el poeta Roberto Fernández Retamar, director de la revista *Casa de las Américas*, de La Habana, el dignatario cultural más elevado en la jerarquía castrista. Habíamos sido amigos en los años sesenta, pero desde que yo comencé a criticar a la Revolución Cubana (y su revista a atacarme), no nos habíamos vuelto a ver. Tomás Borge me mandó preguntar si me importaba que lo invitara a cenar. No, no me importaba. Aunque algo calvo y un poco barrigón, Roberto sigue siendo el hombre apuesto, inteligente y el hábil diplomático que siempre fue. Recordamos amigos comunes y descubrí que, con excepción de dos, todos los escritores cubanos que yo había frecuentado en la isla, están ahora viviendo en el exilio. «Pero hay montones de escritores jóvenes —me dijo Roberto—, y para que veas que no son sectarios, hasta te leen. Por lo demás, cuando quieras volver a Cuba, estás invitado. Palabra que no te mandaremos al Gulag.» Yo le agradecí y le aseguré que, en caso de necesidad, podía contar con mi casa.

Tomás Borge niega los insistentes rumores de que hay una recíproca antipatía entre él y el comandante Jaime Wheelock, además de diferencias ideológicas —él sería radical y el ministro de la Reforma Agraria moderado— y de que está distanciado del comandante Daniel Ortega porque le hubiera gustado ocupar la Presidencia. «Las revoluciones son invencibles —dice—, a menos que se suiciden, dividiéndose, como en Granada, cuando sus propios compañeros mataron a Maurice Bishop. Si nosotros nos dividiéramos, Estados Unidos nos invadiría en el acto.»

El doctor Lino Hernández Triguero, de la Comisión de Derechos Humanos, refuta las afirmaciones de Borge de que no se aplican torturas a los prisioneros. Me dijo: «Tenemos pruebas de torturas que no dejan huellas: encierro en celdas oscuras por dos o tres meses, por ejemplo. Y en el caso del preso político, doctor Alejandro Pereira, los hombres de Tomás Borge le hacían oír una grabación de su esposa, exhortándolo a que aceptara las acusaciones contra él.»

¿Cuántos prisioneros políticos o semipolíticos hay en Nicaragua? Es una de las estadísticas más controvertidas. Según Tomás Borge, hay unos seis mil presos, de los cuales dos mil son guardias somocistas y unos doscientos «contras». Según la oposición, estas cifras son mucho más elevadas. El representante conservador en la Asamblea Nacional, Enrique Sotelo Borgen, calcula que hay unos diez mil presos en el país. Dice que en su despacho de abogado hay «mil quinientas solicitudes de indultos de presos políticos».

La mayoría de los presos acusados de contrarrevolucionarios están en la cárcel de la Zona Franca, donde, según la Comisión de Derechos Humanos, se hallan por lo menos unos «mil presos políticos, en celdas antihigiénicas y terrible hacinamiento». Los presos pueden recibir una visita cada dos meses, por espacio de una hora, y de un solo familiar. Los visitantes hacen colas desde la víspera, en las puertas de la cárcel. Pedí autorización a Tomás Borge para visitar la Zona Franca pero, aunque me la prometió, nunca llegó.

En cambio, la última vez que nos vimos, me llevó a visitar uno de los orgullos de su ministerio: las «granjas abiertas». A 23 kilómetros de Managua, 59 presos, todos ellos ex guardias somocistas condenados a diversas penas, siembran maíz, frejoles y otros artículos alimenticios, en una finca de unas cincuenta hectáreas. No hay vigilancia alguna y el lugar se rige por un consejo de presos, cuyo presidente, un ex sargento condenado a veintinueve años de cárcel, fue guardaespaldas de Somoza. Reciben visitas todos los domingos y cada seis meses pueden pasar una semana con su familia. La granja tiene dos cuartos para «encuentros matrimoniales». Según Borge, hay siete «granjas abiertas» en el país y unos novecientos presos —elegidos por su buena conducta— se benefician de este régimen.

Al comenzar la visita a la granja, un teniente de la antigua guardia, a quien faltaban seis meses para cumplir su pena, pidió a Borge que lo liberase de una vez. El ministro del Interior propuso a los presos: «Lo libero si ustedes se comprometen a no pedirme a su vez que les acorte las penas.» Ellos aceptaron. Pero al terminar la visita, un funcionario vino a contarle el caso de otro preso, quien fue enrolado a la guardia de Somoza a los 14 años. Condenado a diez años de cárcel, había cumplido ya cinco. Su madre había dejado de visitarlo hacía tiempo; su conducta había sido siempre ejemplar. Borge lo llamó y le preguntó qué haría si lo liberaba. «Terminar el colegio y luego estudiar medicina.» Borge le perdonó los cinco años y ordenó que lo soltaran de inmediato. Al muchacho se le saltaron las lágrimas. Las cámaras de la televisión estatal, que nos acompañaban, registraron debidamente el episodio.

De regreso a Managua, en la camioneta Datsun de Tomás, éste se quejó de que el poeta *beatnik* norteamericano, Lawrence Ferlinghetti, en un reciente libro donde relata su viaje a Nicaragua, dijese haber visto a Tomás pidiéndole el teléfono a una turista norteamericana y que ésta se lo negó. ¿Qué tiene de malo eso?, le pregunto. «Si yo le hubiese pedido el teléfono, la gringa no me lo hubiera negado.»

Me dijo que había estado reflexionando en algo que yo le conté (que algunos países socialistas no pagan los derechos de autor en divisas, sino en moneda nacional, que los escritores tienen que ir a gastar allá mismo). «Hagamos un pacto. Cédeme tus derechos de autor en los países socialistas y yo convenceré a los gobiernos que me los den en abrigos de piel, latas de caviar o porcelanas. Te mandaré todo eso al Perú sin cobrarte comisión.»

Le dije que encantado pero que esperara mis artículos sobre Nicaragua a ver si seguía firme su oferta. Su previsible respuesta: «¡Hijueputa!»

X

LA POPULARIDAD DEL RÉGIMEN

¿Refleja la popularidad del régimen ese 67 % de votos que se ufana de haber obtenido en las elecciones? Las estructuras de encuadramiento de la población dificultan el cálculo. Los Comités de Defensa Sandinista, calcados de los CDR cubanos, cuadriculan a los pobladores por calles y por barrios. Quien, no pertenece a ellos se vuelve un paria pues es a través de estos comités que los pobladores reciben los cupones para comprar los productos básicos racionados y los subsidiados. Estos comités también otorgan certificados de buena conducta para obtener pasaportes o ser admitidos en empleos públicos o postular a becas de estudio. Es verdad que han prestado una valiosa contribución en las grandes campañas cívicas, como la alfabetización y las vacunaciones masivas, y que, asimismo, han permitido el éxito de las operaciones policiales contra la delincuencia común y las drogas que han vuelto a Managua una ciudad segura. (No existe problema de drogas entre los jóvenes. No hay riesgo en caminar por cualquier barrio, de día o de noche. El propio embajador norteamericano se desplaza por la ciudad con un solo guardaespaldas, a diferencia de seis que lo acompañan en San José de Costa Rica y ocho en San Salvador.) Pero también es cierto que la función principal de los CDS es ser «los ojos y oídos» del régimen, es decir un todopoderoso sistema de espionaje y manipulación. Si a los CDS se suman los sindicatos oficiales, que, aunque no han hecho desaparecer a los independientes, los han mermado y marginado, y el Ejército Popular por el que debe pasar ahora obligatoriamente la juventud, es obvio que una gran mayoría de la población milita en los organismos de masa sandinistas.

Que esta militancia sea, muchas veces, a regañadientes, sólo porque no hay modo de evitarla, también lo es. A los dos días de mi llegada, pasé una mañana en Nagarote, a 43 kilómetros al occidente de Managua. En la madrugada del 27 de diciembre los reclutadores del Ejército habían entrado al lugar en busca de desertores y omisos al Servicio Militar. Abrieron a culatazos varias puertas. La reacción del vecindario fue violenta. Estallaron pedreas y riñas mientras alguien, acaso el párroco, tocaba las campanas, alertando a los dormidos. Los reclutadores debieron retirarse. Volvieron con turbas armadas de garrotes. Los vecinos habían desempedrado las calles y levantado barricadas. Sólo a medianoche, después de abundantes heridos y detenciones, quedó Nagarote pacificado. La docena de mujeres que me relatan el episodio, en la vasta iglesia del lugar, por cuyas naves volatinean los tordos, están encolerizadas y miedosas: «Dicen que volverán esta noche a llevarse también a las niñas», «Nos quitan a los chavalos que a una le ha costado tanto criar para que los maten como perros». Se quejan, además, de la escasez, de la carestía, de las colas, del transporte.

Tres semanas más tarde me topo con medio centenar de mujeres humildes, como aquéllas, en los pasillos del Arzobispado. Han ido a referir a monseñor Obando un incidente similar, aunque menos violento, ocurrido en una barriada de la capital. Es un tema que me persigue por todo Nicaragua: las redadas de reclutadores, en los cines, en los autobuses, en los estadios. En la costa atlántica, en el embarcadero de Bluefields, mientras espero una lancha, sorprendo un diálogo entre dos funcionarios sobre «los chavalos que se han ido a vivir al bosque para escapar al Servicio Militar Patriótico». En el Seminario de Managua, dos jóvenes que fueron capturados y luego soltados, me refieren una fuga de muchachos que, aprovechando un alto en un semáforo del camión que los conducía, desarmaron a sus guardias y echaron a correr.

Que el régimen haya recurrido a una ley tan visiblemente antipática a gruesos sectores populares sólo se explica porque el esfuerzo de guerra no le dejaba alternativa. «Era injusto que los campesinos tuvieran que batirse solos contra las bandas mercenarias», me dice Sergio Ramírez. No se trata sólo de la movilización hacia el frente; también, del numeroso personal dedicado a cuidar los edificios públicos y los centros de producción amenazados de sabotajes.

Sin embargo, sería equivocado deducir que, por la irritación que les produce la leva, o el descontento ante los anaqueles vacíos de los mercados, y los precios inalcanzables para el trabajador común de los alimentos, la ropa y muchos artículos en el Mercado Oriental, todos los nicaragüenses que se quejan son *enemigos* del régimen. Las enfurecidas señoras de Nagarote habían votado, todas, por el Frente Sandinista. Una me dijo: «Pido a Dios que con el presidente Ortega esto mejore.» Dos de las mujeres que protestaban en el Arzobispado dirigían los Comités de Defensa Sandinista de su barrio.

La guerra, los sabotajes de los «contras», las medidas autoritarias, el deterioro económico —el dólar oficial se cotizaba a 27 córdobas y, en el mercado negro, a 400 ese mes—, la tensión política, han enfriado el respaldo al régimen, casi unánime al principio. Pero no hay duda que sectores muy amplios, sobre todo entre los más pobres, le prestan apoyo. Porque han recibido de la Revolución beneficios muy concretos en el campo de la salud, de la educación, de la distribución de tierras. En muchos casos, la política estatizadora y la crisis económica han frustrado los alcances de estas reformas. Todos los nicaragüenses tienen acceso a los hospitales, pero los hospitales no tienen medicinas que darles. Las buenas intenciones de abaratar los productos básicos de la alimentación mediante subsidios hicieron que la producción de estos productos se desplomara, pues al campesino le resultaba mejor negocio comprarlos en las tiendas estatales que sembrarlos. Pero el impulso igualitario, la voluntad de desagraviar a esos nicaragüenses que durante siglos sólo merecieron el olvido y el abuso, inscritos detrás de esas reformas, ejercen todavía un poder de persuasión grande en el pueblo. Se lo oí reconocer, incluso, a la persona menos sospechosa de parcialidad: Arturo Cruz, el líder de la Coordinadora Democrática. Estuvo por dos días en Managua y conversé con él en una casita de Altos de Santo Domingo. Le pregunté si la Revolución había hecho algunas cosas buenas. «La Reforma Agraria está bien concebida —me contestó—. Y son positivas la alfabetización, orientar el desarrollo a partir del campo, haber promovido el rol de la mujer. Pero, por encima de todo, haber roto las tremendas barreras que separaban a los sectores sociales. Su error es creer que todo eso es incompatible con la libertad.»

XI

EL SANDINISTA TRANQUILO

Ocurre que en las revoluciones, a las que, antes del triunfo, inyecta su dinámica y fuerza de convocatoria, el impulso libertario —el odio al tirano, a la represión, a la censura—, una vez que asumen el poder, otro impulso, el igualitario, toma la hegemonía. Inevitablemente, en algún momento, ambos entran en colisión, como ha ocurrido en Nicaragua. Porque es un hecho trágico que la libertad y la igualdad tengan relaciones ásperas y antagónicas. El verdadero progreso no se consigue sacrificando uno de estos impulsos —justicia social sin libertad; libertad con explotación y desigualdades inicuas—, sino logrando un tenso equilibrio entre estos dos ideales que íntimamente se repelen. Pero, hasta ahora, ninguna revolución socialista lo ha conseguido.

En Nicaragua, los revolucionarios que tomaron el poder después de luchar gallardamente contra una dictadura dinástica, creyeron que podían hacerlo todo, sin trabas legales (¿no repiten acaso que «La Revolución es fuente de Derecho»?): repartir las tierras, asegurar el pleno empleo, desarrollar la industria, abaratar los alimentos y el transporte, acabar con las desigualdades, aniquilar al imperialismo, ayudar a los pueblos vecinos a hacer su revolución. Las nociones de marxismo que los guiaban —bastante generales a juzgar por los textos de Carlos Fonseca Amador, la figura más venerada entre los fundadores del FSLN— los habían convencido de que la Historia se modela fácilmente si se conocen sus leyes y se actúa «científicamente». Cinco años y medio después empiezan a descubrir —algunos más, otros menos, pero dudo que alguno siga ciego— que transformar una sociedad es más difícil que tender emboscadas, atacar cuarteles o asaltar bancos. Porque las supuestas leyes de la Historia se hacen trizas contra los condicionamientos brutales del subdesarrollo, lo diverso de los comportamientos humanos y las limitaciones fatídicas a la soberanía de los pueblos pobres y pequeños que se derivan de la rivalidad de las dos superpotencias. En las conversaciones que tuve con los dirigentes sandinistas, sobre todo en las reuniones informales, donde el buen humor y la cordialidad nicaragüenses florecían, muchas veces noté que, poco a poco, parecían estar aprendiendo el arte burgués del compromiso. Y quien, según todos los rumores, lo ha aprendido mejor, entre los nueve dirigentes de la Dirección Nacional, es el comandante Daniel Ortega.

Me aseguran que Violeta de Chamorro dijo una vez del flamante Presidente: «Es el mejor de todos ellos.» También el más callado, tanto que parece tímido. Lo acompañé en una gira por el frente Norte, mientras visitaba a viudas y huérfanos de guerra y a soldados heridos en emboscadas de los «contras», adolescentes de 15, 16 y 18 años con caras, manos y piernas destrozadas. El último día que estuve en Nicaragua me invitó a almorzar con él y con su compañera, Rosario Murillo, que es también poeta (todos los nicaragüenses lo son) y representante en la Asamblea Nacional. Daniel Ortega no bebe, no fuma, corre cinco kilómetros cada día y trabaja quince horas diarias. Comenzó a conspirar contra Somoza cuando tenía 13 años y, de los 38 que tiene, pasó siete en la cárcel por asaltar un banco para proveer de fondos a la Revolución. Cuando el Frente Sandinista se dividió en tres tendencias, él y su hermano Humberto encabezaron la que se llamó Tercerista. Representaba una posición ecléctica entre la Proletaria, de Wheelock y Carrión y la de la Guerra Prolongada, de Tomás Borge y Henry Ruiz. Aunque los nueve comandantes aseguran, enfáticos, que la igualdad entre ellos es absoluta, el comandante Daniel Ortega ha ido, en los hechos, asumiendo el liderazgo, primero como coordinador de la Junta de Gobierno y ahora como Presidente de la República.

Le conté que el mes que había pasado en su país había significado para mí llevar una vida esquizofrénica. Aunque privilegiada. Porque cada día hablaba, alternativamente, con sandinistas y opositores, quienes, de hora en hora, me proponían las versiones más alérgicas de los mismos hechos. Y que me alarmaba la sordera recíproca entre el régimen y sus disidentes. «Vamos a ir entendiéndonos poco a poco —me aseguró—. Ya hemos empezado el diálogo con los obispos. Y, ahora que la Asamblea empiece a discutir la Constitución, reabriremos el diálogo con los partidos que se abstuvieron en las elecciones. Quizá despacio, pero la tensión interior se irá resolviendo. Lo difícil no es eso. Lo difícil es la negociación con Estados Unidos. De allí viene todo el problema. El presidente Reagan no renuncia a acabar con nosotros y, por eso, aparenta negociar, pero luego da marcha atrás, como en Manzanillo. No quiere negociación. Quiere que nos rindamos. Hemos dicho que estamos dispuestos a sacar a los cubanos, soviéticos y demás asesores; a suspender todo tránsito por nuestro territorio de ayuda militar u otra a los salvadoreños, bajo verificación internacional. Hemos dicho que lo único que pedimos es que no nos agredan y que Estados Unidos no arme y financie, jactándose de ello ante el mundo, a las bandas que entran a matarnos, a quemar las cosechas, y que nos obligan a distraer enormes recursos humanos y económicos que nos hacen una falta angustiosa para el desarrollo.»

Como Rosario Murillo nos llamó a la mesa no alcancé a decirle que, a mi juicio, la negociación con Estados Unidos me parecía menos difícil que la otra. Porque cuando el gobierno norteamericano reconozca que el régimen sandinista no va a ser derribado por los «contras» y que una invasión directa resultaría catastrófica para la causa de la democracia en el resto de América Latina, probablemente negociará con Managua lo que, a fin de cuentas, le preocupa más: alejar a la URSS y Cuba de Nicaragua y que cese la ayuda a la insurrección salvadoreña. Eso, no me cabe duda, el comandante Ortega y sus compañeros se lo concederán a cambio de la paz.

Lo que no van a conceder fácilmente es lo que quiere la oposición: democracia plena. Que compartan el poder, que pongan el destino de la Revolución en manos de esas contingencias: elecciones libres, prensa sin censura, división de poderes, instituciones representativas. No es ésa la democracia por la que subieron a las montañas ni ésa la legalidad en la que creen. De acuerdo con una vieja tradición, que, por desgracia, es latinoamericana antes que marxista, y que comparten con buen número de sus adversarios, piensan, aunque no lo digan, que la real legitimidad la dan las armas que conquistan el poder y que este poder, una vez conquistado, no hay por qué compartirlo.

Esto es lo que hace tan difícil el entendimiento del régimen con una oposición que, por su parte, tiende también a enclaustrarse en la fórmula del «Todo o Nada». Y, sin embargo, de la negociación, acuerdo o, al menos, acomodo, entre ambos, depende que la Revolución Sandinista sobreviva. Acaso no de un modo ideal para quienes, contra viento y marea, defendemos las «formas» democráticas, pero al menos digno, impulsando la justicia social dentro de un sistema mínimamente genuino de pluralismo y libertad, para que no cundan la asfixia, el desaliento y las nuevas injusticias congénitas a las dictaduras marxistas.

Don Emilio, el viejo conservador, oftalmólogo y gurú político, me dijo una noche: «Nuestra cultura criolla es todopoderosa, ahí donde usted la ve. Se traga lo que le den. Lo asimila todo y acaba por imponerle un sello propio.» Recordé que fue eso, precisamente, lo que hizo Rubén Darío, el oscuro nicaragüense que comenzó imitando a los simbolistas franceses y terminó revolucionando la poesía de lengua española. ¿Se está tragando la cultura criolla el marxismo de estos muchachos impacientes y lo convertirá en algo mejor? Las circunstancias son propicias para que suceda.

Abril, 1985

MI HIJO, EL ETÍOPE

I

Hasta que fui invitado a integrar aquel jurado del Festival de Berlín, estaba convencido de que lo mejor que podía pasarle a alguien en la vida era ser jurado cinematográfico. Lo había sido, en Cannes, en San Sebastián, en la Semana del Cine en Color en Barcelona, y en todas esas ocasiones tuve la certeza de que la felicidad no era quimera sino una realidad tangible. Me encanta el cine y ver cuatro o cinco películas diarias, aunque sean malas, es algo que soporto perfectamente. (No le ocurre a todo el mundo; en Cannes, en 1975, uno de mis compañeros de jurado, el poeta libanés Georges Schehadé, nos confesó que esta sobrealimentación de filmes le producía pesadillas pues hasta entonces él acostumbraba ver uno o dos al año, a lo más.) Los mejores hoteles, las mejores butacas, invitaciones a todas las conferencias de prensa, exhibiciones, fiestas y la oportunidad de contemplar, entre película y película, a las estrellas del celuloide, a veces en monokini o al natural: ¿qué más se puede pedir?

Pero, en el de Berlín, descubrí que ser jurado podía significar, también, una tarea extenuante y de insospechadas proyecciones éticas. Nuestra presidenta era Liv Ullman, quien, en carne y hueso, resultó ser tan bella e inteligente como en las películas de Ingmar Bergman. Pero, asimismo, un ser aquejado de un sentido de la responsabilidad casi monstruoso, una presidenta decidida a que el jurado a sus órdenes alcanzara en su fallo nada menos que la justicia absoluta. Y convencida de que ello era posible a condición de invertir en el empeño un sobrehumano esfuerzo de análisis, cotejo, evaluación y poco menos que memorización de todos los filmes concursantes (24 largos y 16 cortos).

En San Sebastián, los miembros del jurado discutíamos sobre todo la gastronomía (el País Vasco tiene la cocina más exquisita de España) y sólo a los postres, en el curso de nuestros recorridos por los restaurantes y fondas de la ciudad y la región, distraídamente nos poníamos de acuerdo sobre los méritos y deméritos de las películas. En Cannes, el presidente del jurado era Tennessee Williams. De entrada nos hizo saber que el grado de violencia del cine era intolerable (para él, que había atiborrado el teatro de brutalidades, imaginativas perversiones y hasta canibalismo) y que por lo tanto no vería ninguna película ni asistiría a las reuniones del jurado que presidía. Lo vimos rara vez, como una figura mítica que pasaba a lo lejos, rodeado de un variado séquito de secretarias, secretarios, choferes y una mucama encargada de cargar los *caniches*. Un par de reuniones nos bastaron a sus subordinados para decidir, en una amigable conversación de sobremesa, la distribución de los premios.

Pero, en Berlín, desde el primer momento supimos que nuestra incorruptible presidenta no se contentaría con oírnos decir: «Voto por esta película para el Gran Premio, por fulano para el mejor director, etcétera...» Cada cinta, director, actor, camarógrafo, iluminador, guionista, musicalizador, editor, mezclador —¿y, acaso, sonidista, maquillador, sastre, extras?— tendrían que ser pasados antes por la criba de nuestro raciocinio crítico, escrutados, sopesados, comparados y confrontados con los balances y calificaciones de nuestros colegas, en el curso de sesiones que devoraban todos los resquicios libres entre película y película, reducían nuestros almuerzos a un *sandwich* y nos hacían caer desplomados de sueño sobre las butacas.

Para no quedar pasmado o tartamudear ante las preguntas de Liv Ullman, no me quedó más remedio que asistir a las funciones cargado de fichas y repletarlas de anotaciones, a fin de no olvidar mis impresiones de cada filme. El resultado fue, naturalmente, que las películas dejaron de ser una fuente de placer y se volvieron una complicación, una lucha contra el tiempo, la oscuridad y mis propias emociones estéticas a las que estas autopsias volvían confusas. De tanto preocuparme por valorar cada película, mi tabla de valores entró en crisis y muy pronto descubrí que ya no sabía discernir con facilidad qué me gustaba o disgustaba ni por qué.

En esta delicada situación psicológica me hallaba cuando llegó a Berlín, para pasar una semana conmigo, el segundo de mis hijos: Gonzalo Gabriel, el nefelíbata.

II

Iba a cumplir dieciséis años. Estaba interno, en Inglaterra, y hacía un trimestre que no lo veía. El Festival de Berlín coincidió con unos días de vacaciones de su colegio y lo invité a pasarlos conmigo. Los organizadores le reservaron una cama en mi habitación del Hotel Kempinsky y me dieron pases para que pudiera asistir a las funciones y actividades del Festival los días que estuviera en Berlín.

A diferencia de sus dos hermanos, que hablan hasta por los codos y son temperamentales y obsesivos, Gonzalo Gabriel fue siempre extremadamente reservado y soñador. Cuando tenía seis años, me disparó un día una pregunta difícil: «Papá: ¿Dios existe?» Traté de salir del aprieto explicándole que, para muchas personas, existía, y para otras, no, y que algunos nos sentíamos tan incapaces de afirmar su existencia como de negarla. Escuchó con atención y se fue a dormir. Pero días después, un amanecer, me despertó abriendo la puerta de mi dormitorio de un patadón y rugiéndome desde el umbral: «¡Dios existe y yo le amo!» Fue la única vez que le oí levantar la voz. Siempre nos parecía a su madre y a mí que andaba en las nubes (por eso lo de «nefelíbata») y siempre nos resultó dificilísimo averiguar si estaba contento o triste, aburrido o divertido, y lo que pensaba, sentía o quería. Mis hijos pasaron su infancia cambiando de países, lenguas, casas y colegios. Esa vida de gitanos trashumantes no afectó mucho al mayor ni a la pequeña, pero sí a Gonzalo Gabriel. Lo advertimos en Barcelona, al notar que llevaba a cuestas, sin separarse de ella ni para comer o dormir, una bolsita llena de chucherías —cajas de fósforos, piedrecitas, mariposas— que había ido reuniendo en el jardín de la casa de Londres donde pasó sus primeros años. En el vértigo de ciudades que fue su infancia —Londres, Washington, San Juan de Puerto Rico, Lima, París, Barcelona— esa bolsita debía ser lo único estable y permanente de su vida, una especie de amuleto contra el demonio de las mudanzas. Dormía aferrado a ella y si tratábamos de quitársela, lo sobrecogían accesos de llanto.

Él y su hermano mayor estuvieron muy contentos en el colegio el año que yo estuve de profesor visitante en la Universidad de Cambridge. Tanto, que, cuando Patricia y yo regresamos al Perú, de ellos nació la idea de quedarse en Inglaterra internos. Así fue. Llevaban allá cinco años. Pasaban las vacaciones en Lima y nosotros procurábamos estar por lo menos un trimestre al año cerca de ellos.

En esos reencuentros, me solía llevar sorpresas con los cambios que experimentaban. El de las bruscas transformaciones solía ser el mayor, Álvaro. En el año anterior a aquel Festival de Berlín, por ejemplo, a intervalos trimestrales nos había informado: 1) que tenía experiencias místicas y que no descartaba dedicarse a la teología; 2) que dejaba de ser católico por la religión anglicana y que ya se había confirmado por la Church of England; y 3) que la religión era el opio del pueblo y que se había vuelto ateo. En Gonzalo Gabriel los cambios solían ser discretos y a menudo imperceptibles, por lo general de índole musical (de los AC/DC a Kiss) o de deportes (del ping-pong al atletismo). Desde que tenía uso de razón, yo lo había visto entrar en una suerte de arrobo místico en los espectáculos y pasarse buena parte de la vida sumido en lo imaginario, así que se me había ocurrido que acaso había en él pasta de actor. Pero Gonzalo Gabriel jamás dio indicios de preocuparse lo más mínimo por su futuro. Salvo en las vacaciones últimas, en que trajo a Lima a un compañero de su colegio. Ambos se arreglaban como figurines y un día nos hicieron saber que, de grandes, probablemente se dedicarían, como Pierre Cardin o Yves St. Laurent, a diseñadores de moda.

Tal vez por estos antecedentes no estaba preparado para lo que me esperaba aquella mañana en que, escurriéndome como una anguila entre dos sesiones del jurado, fui al aeropuerto de Berlín, en una *limousine* puesta a mi disposición por el Festival y acompañado de una amable berlinesa de aire maternal, a recibir al nefelíbata.

—¿*Eso* es su hijo? —me preguntó mi acompañante.

Sí, era, aunque resultaba difícil reconocer en él a un homínida. Había aparecido al final de la cola de viajeros procedentes de Londres y, a través de la pared de cristal, me hizo adiós. «La policía le prohibirá el ingreso —pensé—. Lo expulsarán como indeseable.» Pero, lo dejaron pasar. En tres meses parecía haber crecido diez centímetros y perdido cinco kilos. Se lo veía alto, convertido en una especie de fakir —sólo hueso y pellejo— y otra novedad de su cara era una mirada fija, penetrante, de hombre niño que sabe la verdad profunda de las cosas.

Una enorme cabellera le caía en desorden sobre la cara y barría sus hombros. Pero, más que la abundancia, lo chocante en ella era su aspecto inextricable, de jungla jamás hollada por un peine. Las largas mechas terminaban en nudos y rulitos. Una extraña bolsa con huecos para las extremidades hacía las veces de traje, confeccionada en un material indetectable, como de retazos. Proliferaban en ella colores enemigos, sobre todo el rojo, el negro y el dorado. Vagamente, por su naturaleza amorfa, por sus grotescos fundillos y sus botones como girasoles, podía emparentarse al traje de los payasos o al de los espantapájaros. Pero en estos disfraces hay siempre una nota de humor. El ma-

marracho en el que estaba zambullido Gonzalo Gabriel carecía totalmente de alegría; había en él algo serio e inquietante, como en los hábitos religiosos o los uniformes militares (después supe que era una combinación de ambas cosas). Sus zapatos no parecían de cuero ni de tela sino de hule o cartílago, con todos los colores del arco iris representados en el extraño material. Se extendían desde la punta del pie hsta la pantorrilla, y carecían de suela, de talón y de estructura, de modo que el pie parecía una prótesis mal empaquetada. En la mano llevaba un bolsón de la misma materia viscosa que le cubría los pies. En su interior, como único equipaje, había una Biblia.

Me saludó con el laconismo de costumbre —«Hola»—, dándome un beso. (Su hermano mayor, al cumplir quince años decidió que esas familiaridades eran excesivas y reemplazó el beso con la varonil palmada ibérica.) En la *limousine*, rumbo al Hotel Kempinsky —donde yo estaba seguro que no le permitirían registrarse—, después de darle noticias de la familia, me atreví a preguntarle por los estudios. «La verdad es que últimamente no he tenido tiempo para estudiar», me contestó. ¿En qué había estado tan ocupado?

Luchando contra la vivisección de animales, principalmente. Manifestando en las puertas de esas «tiendas de asesinos» —Harrod's, Austin Reed, Aquascutom, etc.— que traficaban con cadáveres; flameando pancartas de protesta ante esas peleterías y zapaterías que exhibían sus crímenes en las vitrinas, con total impudor.

Además, «les» había quitado muchas horas averiguar las cacerías que se fraguaban y organizar las campañas correspondientes que, me explicó, consistían en interponerse entre los fusiles de los cazadores y los pellejos de los zorros o las plumas de los faisanes o palomas a quienes iban dirigidas las balas. También «les» había tomado buen tiempo las cartas al embajador de España. ¿Al embajador de España en Londres? Sí. Le habían escrito una carta diaria, durante los tres meses. Inquirí por la razón de esa caudalosa correspondencia.

—Los genocidios —me repuso, impaciente.

No se refería sólo a las corridas de toros; «ellos» tenían un catálogo completísimo de todos los actos de sadismo que se perpetraban en las distintas regiones de España, en las fiestas locales, contra caballos, perros, cerdos, gansos, asnos, etc., etc. Imaginé la cara del embajador, a quien yo conocía, recibiendo cada mañana una carta de mi hijo, amonestándolo por cada gota de sangre animal que hacían correr manos humanas en la Madre Patria...

En el Hotel Kempinsky, en contra de mis temores, no objetaron a que se registrara y un botones se ofreció a llevarle el bolsón multicolor a nuestra habitación (él no lo permitió). Patricia le había preparado un maletín con ternos, corbatas y camisas de cuello y una lista de recomendaciones a fin de que asistiera a todos los actos del Festival «bien peinado, bien futre y bien buen mozo». Yo había cargado con el maletín y los encargos a través de continentes y océanos y ahora, en nuestra coqueta cámara del Kempinsky, sintiéndome totalmente ridículo, se los entregué.

Paseó una mirada de lento desprecio por esos ternos, corbatas y sugerencias y me dijo que hubiera podido ahorrarme la molestia porque nunca más se pondría «ropas burguesas». Sus principios se lo prohibían.

Sintiéndome incapaz de protagoniar una controversia filosófica en esos momentos, sólo atiné a oponerle una consideración pragmática:

—Es posible que vestido de esa manera no te dejen entrar a ver las películas...

Su sonrisa me hizo saber que, en esta etapa de su vida, no había sacrificio que no estuviera dispuesto a afrontar en nombre de la religión de la que era flamante converso. ¿Cuál religión, exactamente? No me atreví a preguntárselo. Mis obligaciones de jurado me reclamaban. Le advertí que esa noche era la inauguración oficial del Festival, con la proyección de *Terms of Endearment*, de James L. Brooks. Habría muchas artistas y celebridades y sería una lástima que por una cuestión de trapos más o trapos menos lo privaran de ese espectáculo... y escapé.

En la sesión del jurado, Liv Ullman nos recibió con una detallada información sobre la manera como se habían filmado las escenas con animales de una película japonesa —*Antártica*, de Koreyoshi Kurahara— que habíamos visto la víspera y debíamos diseccionar ahora. Adelantándose a nuestra previsible inquietud de que los perros, lobos, focas y morsas del elenco de *Antártica* hubieran sufrido maltratos o vejámenes en el curso de la filmación (perspectiva que a ella la horrorizaba tanto como a nosotros), Liv había hecho las averiguaciones pertinentes (¿dejando de dormir las dos o tres horas de que disponíamos para ese menester prescindible?) y estaba en condiciones de comunicarnos que el realizador Kurahara rodó *Antártica* asesorado por dos médicos veterinarios y un observador de la Sociedad Protectora de Animales del Japón, encargados de verificar que los animales no padecieran ni siquiera al ser anestesiados. Al igual que mis compañeros de jurado, di los suspiros de alivio necesarios para estar a la altura de la delicada sensibilidad que nos atribuía nuestra presidenta, diciéndome que, después de todo, acaso Gonzalo Gabriel no anduviera tan desencaminado ni fueran sus ideas tan inusitadas como me lo parecían.

Al regresar al hotel, encontré la habitación llena de humo y apestando. El nefelíbata me aseguró que quemar incienso creaba una atmósfera propicia para la meditación y eliminaba tensiones. Otros efectos saludables eran: purificar los pulmones y una mejor irrigación sanguínea del cerebro.

¿No había tenido problemas en el colegio por vestir de esa manera? Ninguno: había explicado sus razones y los profesores las respetaban. Me aseguró que siempre se vestiría con prendas así, porque —y lo decía como para tranquilizarme de algo— todas ellas estaban confeccionadas con pieles de animales muertos de muerte natural. Me aseguró, de manera enfática, que no llevaba sobre el cuerpo ni una sola hilacha que fuera producto del sadismo contra vacas, ovejas, corderos y demás animales. En cuanto a las medias-zapatos, eran de estirpe etíope. Podían, pues, ser calzadas sin cuidado porque, pese a las condiciones dificilísimas en que vivía, el pueblo etíope tenía un respeto religioso por los animales. Sólo usaban para sus vestidos el pelo y las pieles de los cuadrúpedos que morían de vejez, enfermedad o accidente. Mirándolo fijamente a los ojos, le pregunté si creía lo que me estaba diciendo o si me tomaba por un imbécil. Resistió mi mirada con la tranquila mansedumbre de los poseedores de la verdad: lo creía tal cual. Cambiando de táctica, le pregunté si admitía la hipótesis de que el tendero de Londres o de Cambridge donde había adquirido esos artículos pudiera haberlo engañado, haciéndole pasar por ropas incruentas, trapos y cueros que tenían un origen tan sangriento como los que yo llevaba encima. Su sonrisita me cortó en seco, antes de terminar:

—Por supuesto que no la admito. Él es uno de los nuestros. De Las Doce Tribus de Israel. ¡Un *Rastaman*!

Era la primera vez que oía la palabreja. Para no quedar ante él como demasiado ignorante, no le pregunté qué significaba. Más bien, pensé que la próxima vez que fuera a Inglaterra me precipitaría a ver la cara de ese inspirado mercader.

Con estas ideas, se habría vuelto, pues, vegetariano.

—Naturalmente. Si uno está contra el crimen, debe ir hasta las últimas consecuencias. —Pero una sombra empañó su cara—. Aunque, la verdad, tengo algunas dudas sobre la comida. Quizá puedas aconsejarme.

¿Había una esperanza de volverlo, por vía de la gastronomía, al mundo de los sádicos? ¡Qué esperanza!

—Muchos consideran que comer vegetales tampoco es justo —me explicó, y, por unos segundos, aquello que la hirsuta maraña revelaba de su cara dejó de ser la del fanático y fue la de un adolescente desconcertado—. ¿Acaso las vainitas, las lechugas, los tomates, las arvejitas no nacen y crecen? ¿No son, también, seres vivos?

315

Aturdido, le pregunté qué comían esos perfeccionistas del escrúpulo.

—Frutas —me dijo—. Las frutas maduran y se caen solas, muèren sin que nadie las mate. Y sus semillas se reproducen y las continúan. O sea que comer frutas no es cruel ni antinatural. Hay quienes sólo comen frutas. Son pocos. Se consideran los más puros. Se alimentan sin hacer daño a nadie, sin destruir la Naturaleza. ¿Qué piensas de esto?

El aviso de que era hora de partir a la inauguración del Festival me encontró argumentando, con todas las referencias científicas de que era capaz (pocas), a favor del vegetarianismo y negando que el arroz, los pepinillos y los guisantes tuvieran «alma» o sintieran dolor. Gonzalo Gabriel me escuchaba con la distante condescendencia que inspiran al creyente los paganos. Su cara se llenó de desconfianza cuando me oyó decir, señalando su flacura, que la caridad comenzaba por casa: si lo atormentaba tanto infligir daño a los otros cuerpos vivos, debía mostrar también un poco de compasión por su propio cuerpo; al paso que iba, pronto estaría tan débil que un simple resfrío se lo llevaría a la tumba.

Me contestó, claro está, que un hombre debería estar dispuesto a morir por sus ideas.

III

Los ujieres del Teatro del Festival no le impidieron la entrada a la función inaugural y allí estuvo, vestido de fantoche y con sus pelos brujeriles, sentado en la fila de honor, junto a Jack Nicholson, Jules Dassin, Liv Ullman, Debra Winger y otras estrellas a las que su esperpéntico vecino no pareció incomodar. Tampoco le impidieron el ingreso a la fiesta ofrecida esa noche por el alcalde de Berlín, donde la mayoría de invitados lucían de etiqueta. A la hora del besamanos, el burgomaestre de la ciudad cometió la amable imprudencia de preguntarle si era actor. Él respondió, con laconismo brutal: «No.» Pero se negó a probar bocado, temeroso de que el *buffet* contuviera cadáveres y de que los bocadillos y viandas hubieran exigido algún maltrato contra las infinitas variedades de seres que poblaban el aire, la tierra y las aguas del mundo.

La semana que permaneció en Berlín, su alimentación se convirtió para mí en una fuente de mortificación aún más grande que las sesiones psico-estético-analíticas que nos infligía Liv Ullman. Casi todo lo que se le ponía ante los ojos le inspiraba desconfianza u horror. Porque otro ingrediente de la fobia que había contraído concernía a la sal. Me costaba trabajo reconocer al tímido y silencioso Gonzalo Gabriel de hacía tres meses, en este joven que consternaba a los camareros de los restaurantes y a los encargados del *buffet* en las recepciones conminándolos a que le dijeran si los platos de ensaladas que hacía la concesión de aceptar habían sido espolvoreados de sal (con una expresión de preguntar: «¿Me jura que no le echaron cianuro?»). Y si detectaba, al primer bocado, algún asomo de aderezo, retiraba el plato con una mueca de hombre que teme apestarse. Pedía «té de hierbas», fórmula que resultó intraducible en idioma alemán, ya que, inevitablemente, producía una taza de té clásico. Sobre algunos alimentos, como la leche o los huevos, lo afligían dudas devoradoras; «ellos» parecían no haberse formado una opinión clara al respecto y él no encontraba una guía precisa en su Biblia (a la que, por lo menos en teoría, me aseguraba consultar para todo y atenerse rigurosamente en materias de atuendo y dieta). En las cenas o almuerzos del Festival a los que me acompañaba, ponía una cara de reprobación tal cuando traían platos de carne que yo me maravillaba de que nuestros compañeros de mesa soportaran con tanta paciencia sus impertinencias.

Cada conversación que celebrábamos, en la noche, a oscuras, antes de dormir, luego de las agobiantes jornadas de cine y sesiones, aumentaba mi desconcierto, excitaba mi curiosidad y, por lo general, me ponía los pelos de punta. Me comunicó que había decidido no seguir estudios universitarios. Una vez que terminara el colegio se iría a trabajar como voluntario en organizaciones de protección a la infancia —con OXFAM, tal vez—, en Etiopía. Le gustaría mucho aprender el amárico, lengua oficial de los etíopes. Insinué que con una formación académica estaría tal vez en condiciones de prestar una ayuda más consistente a los desheredados del África, y que si le interesaban las lenguas africanas, Inglaterra estaba llena de universidades con departamentos de Filología y Lingüística especializados en todas las lenguas vivas, muertas y aun imaginarias. Me contestó que las universidades eran unas aplanadoras del espíritu que creaban robots intelectuales al servicio del imperialismo, del colonialismo y de Babilonia. Hizo una pausa antes de añadir lo que yo me temía: «Como las Public Schools de Inglaterra, por supuesto.» Deduje que era inminente su fuga del colegio, si es que no había desertado ya.

De estas materias graves, pasaba a nimiedades domésticas, como decirme que teníamos que convencer a su mamá de que nunca más se usaran insecticidas ni se volviera a fumigar la casa. Había que ser consecuente; si «nos» parecía mal asesinar perros, vacas o caballos, ¿por qué matar moscas, mosquitos, ratas y cucarachas? ¿Dependía acaso la dignidad de la vida del tamaño de los vivientes? ¿Por qué no exterminar a los enanos, entonces? A la Naturaleza no había que destruirla, sino aprender de ella, que era toda sabiduría. ¿Ésa era la razón por la que no se cortaba las uñas de las manos y de los pies, que parecían ya garfios de fiera? Sí, ésa. Y por lo mismo no pisaría nunca más las peluquerías ni se volvería a pasar un peine por los cabellos. No sólo seguía el mandato de la Naturaleza; también, el de la Biblia. Y me recitó, en inglés, jurándome que era un versículo del Antiguo Testamento: *«Thou shall not cut your beard nor shave your head.»*

No había que contrariar el curso de la vida. Todo lo que era «natural» era bueno; todo lo artificial, en cambio, dañino, destructor («Babilonia») y debía ser combatido resueltamente. La astrología, por ejemplo, era tan nefasta como los chicharrones y el ceviche; Su Santidad el Papa era —horror de horrores— ¡el Anticristo! En medio de los dilemas y zozobras en que me sumían sus afirmaciones, una noche lo oí abominar del alcohol y los licores, venenos que, al igual que la carne, la sal y los mariscos, exacerbaban los peores instintos, provocaban las guerras, la explotación, el colonialismo, los crímenes, los celos, los robos y demás calamidades humanas. Pero estos alivios eran efímeros, porque esa misma noche descubrí que la canción de Bob Marley que más oía, en su casetera portátil, con los ojos cerrados, como en oración, recitando su letra, se titulaba *Burning and looting* y profetizaba «incendios y saqueos para esta misma noche».

¿No había cierta incoherencia entre su beligerante pacifismo y esa apología de la devastación? Me repuso que Nesta ya había iluminado a los ciegos en una entrevista en *Rolling Stone*: se trataba de quemar y saquear a Babilonia simbólicamente, y no a ningún justo de carne y hueso.

Quise saber, temblando, cómo se situaban las drogas en esa nomenclatura de cosas «naturales» o benignas (hijas de Jah) y «artificiales» o maléficas sobre las que «ellos», asesorados por la Biblia y Nesta, parecían tener conocimientos tan pormenorizados y rotundos.

—Estamos en contra —dijo, sin la menor vacilación—. El LSD, la heroína, la cocaína, están contaminadas de química. O sea, profanadas. La química es lo más artificial que hay en el mundo. ¿No te das cuenta? Sería lo mismo que profanar el cuerpo comiendo alimentos procesados. ¡Nuestro cuerpo es un templo, *man*!

Le confesé que, en medio de la angustia en que me tenían su flacura y sus principios, era un consuelo —un rayito de luz en las tinieblas— saber que las drogas le inspiraban los mismos sentimientos que los churrascos. Y le dije que me perdonara, pues, entre los pestilentes olores que maculaban nuestro profanado cuarto del Hotel Kempinsky, me había parecido olfatear, mezclado con el incienso, el aroma de la marihuana.

—¡Papá! ¡Papá! ¡La marihuana no es una droga! Es la Ganja, es el Kaya. Una planta, un arbusto, una creación maravillosa de la Naturaleza. Brota y crece sola. Igual que los árboles. No necesita ser podada, regada, ni cuidada. ¿Quieres algo más *natural* que eso?

Y, con una exaltación infrecuente en él, me educó durante un buen rato sin que yo, petrificado, atinara a rebatirlo. En la marihuana había encontrado Nesta inspiración para componer sus canciones, así como Peter Tosh y el resto de The Wailers, y para cantarlas de esa manera divina. La marihuana era la puerta de la meditación y el conocimiento; volvía a los hombres pacíficos, amantes del prójimo y de todo lo vivo, sensibles y sensitivos. Si la humanidad hubiera consumido más marihuana y menos cadáveres nunca habría habido guerras ni conquistas, ni colonias ni esclavitud, ni se habrían cometido tantas crueldades. El mundo no sería este polvorín de armas atómicas sobre el que estábamos parados.

Y, terminada su perorata, comenzó a roncar, beatíficamente, con el sueño profundo de la juventud y del justo, dejándome en un estado de desmoralización absoluta. Sólo esa noche acabé de comprender que Nesta era Bob Marley, y que Bob Marley, a quien yo estúpidamente tenía por un simple cantante de *reggae* —y, aún más estúpidamente, al *reggae*, por una simple forma de música— era para Gonzalo Gabriel, para «ellos», un profeta, un mesías, la encarnación de una verdad metafísica y política, y, el *reggae*, algo así como los Evangelios musicalizados.

Esta conversación debió ocurrir a media semana. Hasta entonces, en los breves resquicios que me dejaban para reflexionar las películas y las reuniones del jurado, había dado por hecho que la transformación de Gonzalo Gabriel tenía que ver exclusivamente con la ecología, el movimiento antiviviseccionista y el Frente de Defensa Animal, que habían cobrado importancia en los últimos años en Inglaterra. En esa noche de desvelo integral entendí que aquello era sólo un complemento o decorado añadido por mi hijo y sus amigos del colegio a lo verdaderamente importante. En mi ignorancia de las materias, costumbres y personajes involucrados, yo no había identificado adecuadamente a la religión a la que Gonzalo Gabriel se había convertido.

La marihuana, elevada a sacramento, era, sin embargo, una pista inequívoca. Como aquellas aspiraciones a aprender amárico, irse a vivir a los desiertos africanos y su desenfrenado amor por Etiopía. Una fotografía del ya para entonces defenestrado y difunto emperador Haile Selassie I, en uniforme de gran parada, empastelado de medallas, con capa y flanqueado por leones, apareció desde el primer día en el velador de Gonzalo Gabriel, en nuestro cuarto del Hotel Kempinsky. Sin saber que cometía una terrible impiedad, se me ocurrió preguntarle: «¿Qué hace aquí este bicho?» Ni siquiera me abrió los ojos su airada réplica llena de fórmulas indescifrables: «No es un bicho. Es el León de Judá, es Jah, es el Redentor.» Tampoco me los abrieron los colores verde, oro y rojo que se repetían con una frecuencia obsesiva en la parafernalia del ex nefelíbata; sobre todo, en un gorro negro, orlado con esos colorines, que se ponía a veces para ocultar su profusa cabellera. «Parecen una bandera», observé una vez. «Son —me repuso, enigmáticamente—. Los colores de Etiopía. Y, también, los de Jamaica.» Esos tres colores se entreveraban en unas misteriosas pitas que colgaban en cada uno de los dedos de Gonzalo y sobre cuya razón de ser —¿amuletos, adornos, provocaciones?— me respondió siempre con evasivas.

Las palabras claves —Rasta, Rastafari— habían aparecido en su boca, desde su primer día berlinés, y yo las había pasado por alto, pensando que eran acaso el título de una canción o una nueva palabra de jerga de la juventud en Inglaterra. Cuando comprendí que en esas sílabas se condensaba la nueva fe de Gonzalo Gabriel, ya sólo faltaban dos días para que volviera a Londres. En todos los minutos restantes que pudimos pasar a solas traté de que me instruyera sobre sus creencias, como a un catecúmeno. No saqué muchas cosas en claro, pero todo lo que entendí me hundió en nuevos estratos de pánico y asombro, de modo que para resistir las películas y sesiones últimas del Festival tuve que recurrir a dos agentes babilónicos como el Librium y el Valium. Estaba resignado a aceptar todas las extravagancias en materia de ficción religiosa (por la que siempre he tenido curiosidad y simpatía). Pero que Dios —Jah— se hubiera encarnado en Haile Selassie I (llamado, antes de su coronación, Ras-Tafari-Makonnen) me parecía una broma de mal gusto. Se trataba de un axioma fundamental de la teología Rasta. El Negus era el «Redentor» anunciado por el profeta Marcus Garvey, líder negro jamaiquino que en los años veinte había anunciado que «el día de la liberación estaba cerca», pues, en África, «un rey negro sería coronado». El Rey de Reyes, la marihuana, Bob Marley, el *reggae* y la Biblia representaban el «bien». El «mal», el demonio, la discriminación, la explotación, todas las formas de maldad humana se resumían en la fórmula «Babilonia». Nacida en las barriadas miserables de Kingston, la religión Rastafari había alcanzado difusión y estatus internacional a través de Bob Marley. Los inmigrantes pobres del Caribe habían llevado las costumbres, consignas y la jerga Rastafari a los *ghettos* de Londres, Liverpool, Manchester, etc.

¿Cómo había saltado desde allí a los colegios privados albiónicos? Por más que traté de sonsacárselo, Gonzalo Gabriel guardó silencio. Lo único que consintió revelarme fue que en su colegio los «Hermanos Rastas» eran algo más de una docena. Cuando le dije que él y sus amigos demostraban una gran frivolidad jugando, en su cómoda situación de jóvenes privilegiados, a adoptar un «culto» que sólo podía entenderse como una floración salvaje de espiritualidad de gentes oprimidas, de un nivel cultural primario, y que fuera de los *ghettos* donde había nacido y, sobre todo, en las Public Schools de Inglaterra, el Rastafarianismo se volvía un grotesco simulacro —como «disfrazarse de pobre y de bárbaro»—, me respondió algo que me hizo batirme en retirada. Con suavidad bíblica, me dijo que sobre la autenticidad de sus creencias discutiéramos mejor en el futuro, y no aquí, en el Berlín capitalista, sino en el barrio de Trench Town o St. Ann, en Jamaica, o en las aldeas abisinias, si es que yo me dignaba ir a visitarlo a esos lugares para comprobar personalmente si su vida se ajustaba a su fe.

Cambiando de táctica, le pregunté si no le planteaba problemas, siendo blanco, adherir a una religión cuyos devotos y líderes, todos negros, estaban contra la integración racial y en contra de cualquier influencia cultural blanca que pervirtiera las «raíces» y cuyo *leitmotiv* y, por lo visto, única preocupación política discernible, parecía ser el retorno al África de los negros de las dos Américas. ¿No se sentía algo excéntrico en esa sociedad de ébano? Por el semi-puchero que, a pesar de sus esfuerzos, le deformó un segundo la cara, me di cuenta que le había encajado un golpe bajo.

Monologó un buen rato, al principio de manera algo confusa, recordándome que Bob Marley no era un negro puro sino un mulato, pues su padre había sido un inglés de Jamaica. Me refregó en la cara que desde que tenía uso de razón me había oído decir que todos los peruanos, aun los que *parecíamos* blancos, teníamos sin duda algo de indios y de negros. ¿Lo creía, sí o no? Sí, lo creía. Bueno, entonces podía ser que él también, aunque no se notara mucho, fuera un mulato, como Nesta. Por lo demás, ¿no era relativo esto de las razas? En los años que llevaba estudiando en Inglaterra, él había conocido a muchos ingleses genuinamente convencidos de que el «mundo oscuro» *(darkie)* comenzaba al otro lado del canal de la Mancha, y que, por ejemplo, españoles o italianos (para no decir peruanos) eran tan negros como los zulúes y los jamaicanos.

Pero, por la forma como hablaba, advertí que los argumentos con los que quería convencerme no lo convencían a él. Acabó reconociéndome, con la voz transida de pena, que, entre los Hermanos, había algunos racistas e intransigentes y que, por ejemplo, a él lo habían echado algunas veces «creyéndolo blan-

323

co» de los Clubs Rastas de Nothing Hill Gate o de Brixton. Lleno de simpatía por esos racistas, y cada vez más maravillado de su franqueza, le pregunté cómo se las arreglaba, estando *interno* en un colegio de un país legendariamente célebre por la severidad de sus costumbres educativas (el país de la *cane* y la palmeta) para pasarse la vida en las calles manifestando contra peleteros y zapateros o tratando de infiltrarse en las peñas Rastafaris de los *ghettos*. Me recordó que yo había escrito una novela, *La ciudad y los perros*, en la que describía cómo los muchachos internos en ese colegio militar de Lima burlaban la vigilancia de sus profesores para irse a fiestas y prostíbulos. Los ingleses no eran menos audaces ni hábiles que los peruanos para escaparse del colegio cuando les venía en gana...

El día de su partida, medio en broma medio en serio —cualquier recurso me parecía válido para sacarlo de aquello en lo que se había metido— hice espejear ante él, sobreestimando sus méritos, la suntuosa diversidad de supersticiones, brujerías, fetichismos y barbaries que engalanaban el panorama religioso de su patria. ¿Para qué complicarse la vida haciéndose Rastafari, una secta donde nunca sería aceptado del todo, cuando podía, por ejemplo, adherir a la Iglesia de los Israelitas del Nuevo Pacto Universal, recientísimamente nacida y que hacía furor en los Andes centrales del Perú o a cualquiera de los cultos amazónicos, donde encontraría todo el primitivismo que le hiciera falta, e, incluso, si buscaba un poco, hasta exquisiteces como el canibalismo y la reducción de cabezas? No le hizo ninguna gracia. (Lo cierto es que otra consecuencia de la fe Rasta parecía ser la extinción en él del sentido del humor.) Se limitó a responderme que en la religión no le interesaba lo exótico ni lo pintoresco, sino únicamente la verdad. Ya la había encontrado.

No pude llevarlo al aeropuerto, porque tenía una función de jurado. Nos despedimos en la puerta del Hotel Kempinsky. En un chantaje sentimental de último minuto, le dije que su mamá se moriría de pena ahora que, al volver a Lima, le contara en qué estado lo había encontrado y en lo que estaba convertido.

Fue la única vez, en el curso de esa semana, que lo oí reírse con ganas.

—¿Se morirá de pena? —se burló—. Le dará una pataleta, más bien. Y querrá matarme. ¡*Irie*, papá! ¡*Jah live!* ¡Chau!

IV

La última sesión del jurado, en la que dimos los premios (ganó el Oso de Oro *Love Streams*, de John Cassavetes), duró catorce horas. Debilitado por los excesos (cinematográficos y analíticos), las fuertes emociones y el demorado invierno berlinés, yo había pescado un fuertísimo resfrío y pasé la jornada afiebrado y estornudando. Mi calamitoso estado físico y psíquico no conmovió un ápice el rigor justiciero de Liv Ullman. A la tercera vez —en la hora nona, creo— que le advertí que si no ponía fin a los debates y nos hacía votar, tendría un cadáver peruano sobre el que dar cuentas a la historia y a *Jah*, Liv (tan seria como lo hubiera estado Gonzalo Gabriel) salió de la sala de sesiones y volvió con un platillo de vitaminas y desenfrioles que me puso bajo las narices. Pero no nos hizo gracia de un solo segundo de sesión ni llamó a votar hasta que (dejándonos afónicos y medio catalépticos de agotamiento) no nos hubo exprimido a los diez jurados la última gota de discernimiento cinematográfico que nos quedaba.

Una presencia gratificante y reparadora, un bálsamo en la pesadilla claustrofóbica del jurado, era Jules Dassin. En todas las reuniones anteriores, el realizador de *Rififí entre los hombres* y *Nunca en domingo* nos había mostrado su simpatía y calidez exuberantes, su buen humor y la elegante modestia con que sobrellevaba las servidumbres de la fama («de la fama de Melina Mercouri, mi mujer», precisaba él). En esta última sesión, Jules Dassin nos reveló que había en él, además de un campechano estadounidense que asimiló provechosamente las sutilezas racionalistas y el *charm* de su primer país de adopción (Francia), un hombre al que su segundo país de adopción (Grecia) había vuelto un maestro consumado en las artes maquiavélicas de la manipulación y el regateo. Apelando a una o a otra arma de su panoplia tricultural, dilatando las discusiones con inocentes perplejidades cuando el ánimo de la sala no coincidía con sus preferencias, ganando a los dubitativos para su causa con halagos de encantador de serpientes, o pulverizando los argumentos de sus contrincantes con mortíferos alegatos blindados de erudición, Jules Dassin se las arregló para que salieran premiados prácticamente todos sus candidatos. Su maléfico encanto sobre nosotros era tal que llegó a pedirnos, con una desarmante sonrisa, que, antes de las votaciones reales, hiciéramos votaciones sin valor oficial, a fin de que, en función de los nuestros, él pudiera planificar sus votos. Lo queríamos tanto, que le dimos gusto.

Las últimas veinticuatro horas en Berlín las pasé en cama, aturdido por el resfrío, los antihistamínicos y los sobresaltos de la paternidad. Tuve el único sueño surrealista de mi vida en el que aparecían Bob Marley, Haile Selassie I y Gonzalo Gabriel discutiendo interminable y estérilmente sobre cine, al compás de tambores y guitarras *reggaes*, en tanto que Liv Ullman —su blonda cabellera transmutada en la cabeza hirviente de la Gorgona— rondaba en torno a ellos azotándolos con una varilla de mimbre cada vez que se callaban.

De Berlín debía viajar a Centroamérica, a fin de escribir una crónica sobre la campaña electoral en El Salvador, para la revista *Time*. El viaje estaba programado al minuto y me era difícil cancelarlo o alterarlo para hacer lo que más me tentaba: visitar a los profesores de Gonzalo Gabriel y saber qué pensaban de su metamorfosis. De modo que debí contentarme con llamarlos por teléfono desde París. Mi conversación con su *housemaster* fue un animado diálogo de sordos. Tratando de respetar el sistema parabólico de los diálogos ingleses, le pregunté «si todo andaba bien». Ha-

bló de lluvias en el fin de semana y de vientos excesi-
vos; aparte de eso, el invierno transcurría «*quite all
right*». Concretando, le dije que me había alarmado
encontrar a mi hijo tan enflaquecido. ¿Ah, sí? No lo
había notado. Hizo unas consideraciones sobre la
edad del desarrollo, en que los adolescentes crecían
y perdían peso. Prometió tomar providencias, a fin
de que dieran a Gonzalo Gabriel una sobrealimentación de carne y leche. «Pero si se ha vuelto vegetariano —le dije—. ¿No lo sabía?» Tosió, reflexionando.
«Francamente, no —repuso. Y, luego de otra pausa—:
Es algo saludable, parece.» Le pregunté si no había
notado últimamente nada inquietante en su manera
de pensar, de actuar, de vestirse. No, no había advertido nada impropio. ¿Y respecto a los estudios? Bien,
bien. Incluso, en los últimos meses, el joven parecía
interesarse en las lecturas bíblicas...

    ¿Estaba el *housemaster* en babia o era un cómplice?
¿Habría descendido la peste sobre los alumnos del
colegio desde la cúpula académica?

    En las pocas horas de mi escala en París recorrí li-
brerías adquiriendo todo lo que encontré sobre el culto Rastafari y sobre Bob Marley (me compré incluso
sus discos y cassettes). Esta lectura fue mi alimento
espiritual los días que estuve en El Salvador, entrevistando a sus políticos y recorriendo su campiña de-
vastada por la guerra revolucionaria.

    De modo que cuando, diez días más tarde, termi-
nada mi misión salvadoreña, volví a Lima, era un especialista sobre el tema. No exagero. Una de las ventajas del Rastafarianismo —la única, sin duda— es
que todo su cuerpo de doctrina cabe en media página, pues consiste en cuatro o cinco ideas simples, enterradas en una dispendiosa retórica. El conocimiento de la teología y la liturgia de los Rastas potenció
mi desazón a extremos de vértigo. ¿Por qué, entre todos los cultos de la tierra, tenía Gonzalo Gabriel que
haber optado por aquel que amalgamaba, en dosis
caudalosas, la suciedad corporal, el disparate histórico, los malentendidos éticos y los galimatías teológicos?

En Lima, mi problema inmediato fue darle la mala nueva a Patricia. Decidí no ahorrarle ningún elemento de juicio, a ver si, compartiéndolo con ella, mi trauma se atenuaba. Le dije que Gonzalo Gabriel había perdido varios kilos y que ya no quería ser un *arbitrum elegantorium*, como en las últimas vacaciones. Que se había hecho vegetariano (y se volvería tal vez frutariano), defensor de la vida animal y vegetal y militante por el retorno de todos los negros de América al África. Que era catecúmeno del culto Rastafari, lo que, en términos indumentarios, entrañaba vestir harapos y tocarse con unos gorros iluminados con los colores del pabellón etíope, haberse tatuado la palabra *Jah* en los brazos y llevar en los diez dedos de las manos unos colgajos de pitas. Que, entre los preceptos de esa fe, figuraba la convicción de que el Papa personificaba Babilonia (el Anticristo) y la de que fumar marihuana era recibir un sacramento que volvía a los hombres buenos y pacíficos. Que Gonzalo Gabriel había decidido no entrar a la universidad sino más bien emigrar a Etiopía, a ayudar a los desvalidos y a aprender el idioma amárico, aunque no se podía descartar la posibilidad de que terminara sus días en algún *ghetto* de Jamaica, tocando tambores.

Mi mujer fue directamente a lo esencial: «¿De qué tamaño tiene el pelo?» Le dije que hasta los hombros, pero que lo que más la sorprendería, por cierto, no era su largura sino más bien su enrevesamiento y consistencia. Pues, entre los mandamientos de la nueva religión, figuraba, complementando la creencia de que el difunto emperador Haile Selassie (a quien, «*ellos*» creían vivo) era Dios, la abominación bíblica del peine, la escobilla y la navaja de afeitar. Le conté, extremando la precisión hasta el sadismo, el género de abluciones que había visto perpetrar a Gonzalo Gabriel para que sus cabellos erupcionaran en esas trencitas llamadas *dreadlocks*, que habían engalanado en vida la cabeza de Bob Marley: jabonárselos a diario y luego dejar que el jabón se secara en ellos, sin enjuague. Para ilustrar mi descripción, arrojé sobre la cama todas las fotos y *posters* de Bob

Marley y sus hermanos que reproducían mis libros Rastafaris.

Previsiblemente, Patricia transfirió sus sentimientos, en un primer momento, hacia la abstracta Inglaterra. Habló de la decadencia y degeneración de los ex imperios cuyos colegios habían pasado de formar *gentlemen* a producir Rastafaris. Y de los trasnochados que se volvían anglófilos en esta época y mandaban a sus hijos a educarse precisamente en un país en delicuescencia, que regresaba al paganismo. Luego, me echó la culpa de todo lo que ocurría, a mí, irresponsable que, en vez de dar el muchacho los consejos y los sopapos debidos, que le enderezaran las ideas, había dedicado seguramente mis días alemanes a revolcarme en las corrupciones berlinesas y a coquetear con la señora Liv Ullman. Ya que los ineptos profesores del colegio de Gonzalo Gabriel parecían incapaces de hacer frente a los acontecimientos, me anunció que viajaría en el acto a Londres a cortar personalmente esos *dreadlocks* y a embutir al joven Rasta los bistecs necesarios para salvarlo de la tuberculosis. Y, dicho y hecho, comenzó a hacer su maleta.

V

Pero no fue tan fácil. La historia duró un año. En el curso del cual, con cada venida de Gonzalo Gabriel a pasar vacaciones a Lima, nuestra casa se fue llenando de banderas etíopes, música caribe y animales vivos (entre otros, dos conejos, un hámster, un gallo y dos canarios de los que aún no hemos podido emanciparnos).

Un día recibimos una carta amabilísima del director indicándonos que el colegio lamentaba tener que privarse de Gonzalo Gabriel, al igual que de algunos de sus compañeros, por un feo asunto de *cannabis sativa* (nombre técnico con que bautizó el naturalista Linneo a la marihuana en 1753).

Mi curiosidad consiguió reconstruir, poco a poco, la historia de cómo la herejía Rasta había contaminado el bastión anglicano del colegio. No a través de un puñado de muchachos de West Indies que estudiaban en sus aulas, sino de la mano inesperada de un joven italiano, hijo de un acaudalado industrial de Milán que había mandado a su hijo a ese internado inglés con la esperanza de salvarlo del mal ejemplo de su hermano mayor, un inquieto muchacho que, luego de varias experiencias musicales y estupefacientes en Europa, se hizo Rastafari y se fue a vivir a las barriadas de Jamaica. No contento con subvertir los cimientos espirituales del colegio, propagando la filosofía Rasta, el joven milanés había, audazmente, sembrado arbustos de marihuana junto a las tersas canchas de cricket de la institución, de modo que los alumnos catequizados por sus artes suasorias tuvieran asegurado el humo sacramental que los mantendría puros y santos. Los arbustos crecieron y dieron frutos que, por lo visto, nada tenían que envidiar a los del trópico. El joven milanés, íntimo amigo de mi hijo, era una verdadera ardilla mafiosa, de una simpatía irresistible. La última vez que lo vimos se presentó en la casa con un ramo de flores para mi mujer y echó unos lagrimones compasivos por la suerte de Gonzalo Gabriel y los otros discípulos separados del colegio. Porque él, pese a ser pontífice de la pequeña secta Rasta, se libró de la expulsión. Era un magnífico actor y estaba de protagonista principal del drama isabelino que se presentaría a fin de año: el director, practicante de la doctrina utilitaria, no se resignó a renunciar a esa performance histriónica.

En su nuevo colegio, donde ya no estuvo interno (dados los antecedentes, eso del «internado» parecía una formalidad totalmente superflua), Gonzalo Gabriel conservó sus pelos jeroglíficos y sus harapos llamativos, pero conseguimos que nos prometiera no volver a comulgar según los preceptos de su religión. Vivía en un cuartito alquilado que se convirtió en un zoológico de animales huérfanos, lisiados o abandonados que él fue recogiendo por las calles y a los que cuidaba con un sentido de la responsabilidad que ninguna otra persona, actividad o cosa le inspiró jamás.

Han pasado dos años. Su vida, desde entonces, ha experimentado por lo menos otras dos mudanzas semejantes a su paso por el culto Rastafari, aunque tal vez menos espectaculares desde los puntos de vista del atuendo y la teología. En la actualidad, se rapa el pelo de un modo que su madre encuentra demasiado anticuado, y come toda clase de cadáveres con gran voracidad y sin el menor remordimiento. Todavía escucha los subversivos discos de Bob Marley (que, aunque no lo reconocería jamás delante de él, han acabado por gustarnos a Patricia y a mí), pero, gracias a Dios, esta peligrosa influencia parece neutralizada por la de otros cantantes menos mesiánicos que el jamaiquino profético, ya que sólo se dedican a celebrar, como Prince, el incesto (*Sister*), la eyaculación precoz (Motley Crue, *Ten Seconds to Love*), la *fellatio* (Judas Priest, *Eat Me Alive*) o predican el amor a los animales a la manera de los W.A.S.P.: *Fuck Like a Beast*.

Ha ingresado a la Universidad de Londres y sus ideas políticas dan síntomas de haber girado tan en redondo como sus inclinaciones espirituales. Lo oigo nombrar ahora, con la unción que citaba antes al emperador Haile Selassie, a Friedrich A. Hayek, a Ludwig von Mises y a Milton Friedman, y dedica sus vacaciones a trabajar como encuestador en las barriadas marginales de Lima, para el Instituto Libertad y Democracia, cuyo designio es promover la empresa privada y la doctrina económica liberal en el Perú. Pronto cumplirá dieciocho años.

Con curiosidad, con envidia, yo lo observo. Y me pregunto qué sorpresas le reserva (nos reserva) el siguiente capítulo.

Lima, 26 diciembre 1985

LA REVOLUCIÓN SILENCIOSA

A veces, los economistas cuentan mejores historias que los novelistas. La que refiere Hernando de Soto en *El otro sendero* es una de ésas. Una historia que, aunque basada en datos y experiencias de la realidad peruana, alumbra con luz nueva un aspecto de los países del Tercer Mundo al que tenaces estereotipos y prejuicios ideológicos mantienen generalmente soterrado.

Las buenas historias de la literatura no suelen venir con su moraleja bajo el brazo; ellas nos aleccionan, a menudo, indirectamente, y de una manera que su autor no pudo prever ni acaso aprobaría. La historia de este libro, en cambio, contiene una enseñanza explícita, que hunde sus raíces en la actualidad y se proyecta al futuro. A diferencia de otros ensayos económicos y sociales sobre América Latina, cuya abstracción o charlatanismo los aleja de toda realidad específica, *El otro sendero* se mueve siempre en lo concreto y, a partir de un fenómeno hasta ahora mal estudiado y peor comprendido —la economía informal—, propone un camino de solución para los problemas de los países subdesarrollados que está en total entredicho con el que han tomado la mayoría de los gobiernos y las élites políticas, progresistas o conservadoras, de esos países, pero que —es la tesis central del libro— es el que han elegido, por intuición y por necesidad, los sectores sociales desfavorecidos.

El otro sendero es un exhaustivo estudio de la economía informal —llamada, en otras partes, economía negra, escondida o marginal— en el Perú y constituye algo notable por la amplitud de sus hallazgos y revelaciones. Pero, en verdad, el libro es mucho más que eso. Luego de describir la magnitud y complejidad que han alcanzado las actividades económicas que se llevan a cabo fuera o en contra de la ley en el Perú, Hernando de Soto —con el que han colaborado decenas de investigadores y encuestadores del Instituto Libertad y Democracia, fundado por él en Lima hace seis años— ofrece una novedosa y polémica interpretación de las causas de la miseria y de la injusticia social así como de la incapacidad productiva de los países del Tercer Mundo. Ella, a la vez que enfoca desde una perspectiva distinta la problemática del subdesarrollo, desbarata muchos mitos que suelen pasar por verdades científicas respecto de los países pobres.

I

LA ECONOMÍA INFORMAL

Cuando se habla de economía *informal* se piensa inmediatamente en un problema. Esos empresarios y vendedores clandestinos cuyas industrias y negocios no están registrados, no pagan impuestos y no se rigen por las leyes, reglamentos y pactos vigentes, ¿no son, acaso, competidores desleales de las empresas y tiendas que operan en la legalidad, pagando puntualmente sus impuestos? ¿Al evadir sus obligaciones tributarias no privan al Estado de recursos necesarios para atender las necesidades sociales y realizar urgentes obras de infraestructura?

Hernando de Soto sostiene que esa manera de encarar el asunto es totalmente errónea. Porque en países como el Perú el problema no es la economía informal sino el Estado. Aquélla es, más bien, una respuesta popular, espontánea y creativa, ante la incapacidad estatal para satisfacer las aspiraciones más elementales de los pobres. No deja de ser una paradoja que este libro, escrito por un defensor de la libertad económica, constituya una requisitoria contra la ineptitud y la naturaleza discriminatoria del Estado en el Tercer Mundo, que, en su severidad y contundencia no tiene acaso parangón y, por ejemplo, reduce a meros desplantes retóricos buena parte de las críticas radicales o marxistas publicadas en nuestros días sobre la condición del mundo subdesarrollado.

Cuando la legalidad es un privilegio al que sólo se accede mediante el poder económico y político, a las clases populares no les queda otra alternativa que la ilegalidad. Éste es el origen del nacimiento de la economía informal, que *El otro sendero* documenta con pruebas incontrovertibles. Para conocer de manera práctica el «costo de la legalidad» en el Perú, el Instituto Libertad y Democracia montó un ficticio taller de confecciones y tramitó, oficina tras oficina, su reconocimiento jurídico. Había decidido no pagar ningún soborno salvo en aquellas instancias en que, de no hacerlo, el trámite quedaría definitivamente interrumpido. De diez ocasiones en que los funcionarios se lo solicitaron, en dos se vio obligado a gratificarlos bajo mano. Registrar debidamente el supuesto taller demoró 289 días de gestiones que exigieron una dedicación casi exclusiva de los investigadores del Instituto empeñados en la simulación y una suma de 1.231 dólares (computando los gastos realizados y lo dejado de ganar en ese tiempo) que significa treinta y dos veces el sueldo mínimo vital. La conclusión del experimento: «legalizar» una pequeña industria, en estas condiciones, está fuera de las posibilidades de un hombre de recursos modestos, como comenzaron siéndolo todos los «informales» del Perú.

Si tener un taller legalizado es algo tan costoso para un pobre, disponer de una vivienda propia oleada y sacramentada por la ley es algo todavía mucho más difícil. El Instituto de Hernando de Soto comprobó que si un grupo de familias humildes solicita al Estado la adjudicación de un terreno eriazo para urbanizarlo y construir, debe tramitar asfixiantemente durante seis años y once meses por ministerios y municipalidades y desembolsar, por persona, una suma aproximada de 2.156 dólares (equivalente a cincuenta y seis veces el sueldo mínimo vital de la fecha). Incluso el obtener autorización legal para abrir una mínima tienda o dispendio callejero alcanza contornos kafkianos: 43 días de trámites y un costo de 590,56 dólares (quince veces el sueldo mínimo vital).

Las estadísticas que acompañan el estudio de Hernando de Soto tienen con frecuencia, como las tres que he citado, carácter demoledor. Y ellas proveen a sus análisis y opiniones de una poderosa lógica. La imagen del país que delinea esa armazón de datos es trágica y absurda. Trágica porque en esa sociedad el sistema legal parece concebido para favorecer exclusivamente a los favorecidos y castigar, manteniéndolos en una permanente condición de fuera de la ley, a los que no lo son. Y absurdo porque un sistema de esta índole se condena a sí mismo al subdesarrollo, es decir no sólo a no progresar sino a hundirse cada día más en la ineficiencia y la corrupción.

Pero, aunque *El otro sendero* es implacable en su descripción de las fuentes y el alcance de la injusticia en un país del Tercer Mundo, no nos deja desmoralizados y escépticos sobre el remedio de ese estado de cosas. Porque la economía informal —sociedad paralela y, en muchos sentidos, más auténtica, trabajadora y creativa que la que usurpa el título de país legal— aparece en sus páginas como una puerta de salida del subdesarrollo que han comenzado ya a franquear resueltamente muchas de sus víctimas, en un proceso que está revolucionando desde su raíz la economía de la Nación, sin que, curiosamente, parezcan advertirlo la gran mayoría de quienes escriben y teorizan sobre el atraso y las iniquidades sociales del Tercer Mundo.

Cuando los pobres que bajaban a las ciudades, expulsados de sus tierras por la sequía, las inundaciones, la sobrepoblación y la declinación de la agricultura, encontraron que el sistema legal imperante les cerraba el ingreso a él, hicieron lo único que les quedaba a fin de sobrevivir: inventarse fuentes de trabajo y ponerse a operar al margen de la ley. Carecían de capital y de formación técnica;

no podían aspirar a obtener créditos ni a contar con la protección de un seguro, ni de la policía, ni de los jueces, y sabían que su negocio estaría siempre amenazado por toda clase de riesgos. Sólo disponían de su voluntad de sobrevivir, de mejorar, de su imaginación y sus brazos. A juzgar por los cuatro campos investigados por el Instituto Libertad y Democracia —el comercio, la industria, la vivienda y el transporte— no lo han hecho nada mal. En todo caso, han demostrado ser abrumadoramente más productivos en sus empresas que el Estado. Las estadísticas de *El otro sendero* son sorprendentes. Sólo en Lima, el comercio informal da trabajo a unas 439.000 personas. De los 331 mercados que hay en la ciudad, 274 han sido construidos por los informales (el 83 %). En cuanto al transporte, no es exagerado afirmar que los habitantes de Lima pueden movilizarse gracias a ellos, pues, según las averiguaciones del Instituto, el 95 % del transporte público de Lima está en sus manos. Los informales tienen invertidos en vehículos y la infraestructura correspondiente más de mil millones de dólares. Y en lo que se refiere a la vivienda, las cifras son igualmente impresionantes. La mitad de la población de Lima habita en casas construidas por los informales. Entre 1960 y 1984 el Estado edificó viviendas populares por valor de 173,6 millones de dólares. En el mismo período, los informales se las arreglaron para construir viviendas por la fabulosa suma de 8.319,8 millones de dólares (cuarenta y siete veces más que el Estado).

Estos números son locuaces respecto a la pujanza de los productores a los que la restrictiva legalidad empujó hacia la economía informal. Pero lo son, también, respecto a la verdadera naturaleza de esa entidad que en los países del Tercer Mundo se llama Estado y es casi siempre una caricatura de tal cosa. Es este dominio, Hernando de Soto ofrece algunas evidencias desmitificadoras.

II

Uno de los mitos más extendidos sobre América Latina es que su atraso es consecuencia de la equivocada filosofía de liberalismo económico que adoptaron, en sus Constituciones, casi todas las repúblicas al independizarse de España y Portugal. Esa apertura de sus economías a las fuerzas del mercado las habría hecho presas fáciles de la voracidad imperialista y originado las abismales desigualdades internas entre pobres y ricos. Nuestras sociedades se habrían vuelto dependientes e injustas por haber elegido el principio económico del *laissez faire*.

Hernando de Soto sale al frente de esa falacia y prueba que ella no resiste una investigación seria de nuestra historia económica. Su tesis, según la cual el Perú jamás tuvo una economía de mercado y que sólo ahora, gracias a la informalidad, ella comienza a abrirse paso —aunque de una manera salvaje y limitada— es aplicable a todos los países latinoamericanos y probablemente a casi todo el Tercer Mundo. La libertad económica fue un principio estampado en las Constituciones que no tuvo más vigencia real que la otra —la libertad política—, a la que rindieron siempre pleitesía verbal todos nuestros gobernantes, y, sobre todo, los más despóticos. El régimen que en verdad imperó y sigue imperando en nuestras economías, bajo el ropaje falaz de «economía social de mercado», de Soto lo define como *mercantilista*.

El término se presta a cierta confusión, por la variedad de definiciones de esa palabra que encarna, a la vez, una etapa histórica, una escuela económica y una actitud moral. La acepción en que aparece en *El otro sendero* es la de un Estado burocratizado y reglamentarista que antepone el principio de la redistribución al de la producción de la riqueza, entendiendo por «redistribución» la concesión de privilegios y monopolios a pequeñas élites privadas que dependen de él y de las que también es dependiente. El Estado no fue, en nuestros países, expresión de la colectividad. Se confundió con el gobierno de turno y éste, liberal o conservador, democrático o tiránico, actuó generalmente en el orden económico de acuerdo al rígido patrón mercantilista. Es decir, legislando y reglamentando a favor de pequeños grupos de presión —las «coaliciones redistributivas»— y en contra de los intereses de las grandes mayorías a las que este sistema marginaba o permitía apenas disfrutar migajas de la legalidad. El nombre de los individuos y las empresas privilegiadas solía cambiar con las mudanzas gubernamentales, pero el sistema se mantenía y confirmaba de gobierno a gobierno, concediendo siempre a una pequeña minoría no sólo la riqueza sino también el derecho a la riqueza.

La libertad económica sólo existió en el papel antes de que, por fuerza de las circunstancias, los pobres de nuestros países empezaran a ponerla en práctica, abrumados por la discriminación de que eran víctimas. El sistema, en este caso, no quiere decir solamente ese híbrido anómalo —los Estados-gobierno—, sino, también, a menudo, los empresarios legales. *El otro sendero* no ahorra críticas a esa clase empresarial que, en vez de propiciar un sistema equitativo y promotor, en el que las leyes garantizaran la libre competencia y alentaran la creatividad, se acomodó al sistema mercantilista y dedicó sus mejores esfuerzos a obtener el favor oficial de un monopolio, y aun hoy —cuando la confortable casa en que ha vivido se le está cayendo encima— sigue entendiendo la actividad industrial como una sinecura o una renta en vez de un esfuerzo encaminado a la creación de la riqueza.

Un sistema de este cariz no sólo es inmoral. Es, sobre todo, corruptor e ineficiente. En él, el éxito no depende de la inventiva y el esfuerzo sino de la aptitud para granjearse las simpatías de presidentes, ministros y demás funcionarios públicos (lo que, a menudo, significa simplemente la aptitud para comprarlos). En los capítulos sobre «el costo de la legalidad», Hernando de Soto revela que para la mayor parte de las empresas formales el desembolso más importante, por los recursos y el tiempo que demandan, son los trámites burocráticos. Ello implica, claro, que la vida económica está viciada de raíz. En vez de propiciar la producción de nuevas riquezas, el sistema, en manos de un círculo de beneficiados, desalienta cualquier esfuerzo encaminado a tal fin y se orienta más bien a la redistribución de una riqueza que va siendo cada vez más escasa. En semejante contexto, las que proliferan son las actividades no productivas, puramente parasitarias, y prueba de ello es esa elefantiásica burocracia estatal que, para justificar su existencia, establece, por ejemplo, que para inscribir un modesto taller un ciudadano tenga que lidiar durante diez meses con once reparticiones ministeriales y municipales y recurrir, por lo menos en dos ocasiones, para no quedarse empantanado, al soborno. No es de extrañar que, operando dentro de estas coordenadas, las empresas del Tercer Mundo se queden rezagadas en su desarrollo tecnológico y tengan dificultades para competir en los mercados internacionales.

Al mismo tiempo que un sistema mercantilista condena a una sociedad a la impotencia económica, aherrojándola con una camisa de fuerza que le impide prosperar, establece unas condiciones de vida, unas relaciones entre los individuos y entre éstos y el Estado, que inevitablemente merman o anulan las posibilidades de que en ella funcione la democracia política. El «mercantilismo» se apoya en un método de producción de leyes y normas legales que hace escarnio de las más elementales prácticas democráticas.

III

LA TELARAÑA LEGAL

Se dice que el número de leyes, dispositivos con fuerza legal —decretos, resoluciones ministeriales, reglamentos, etc.— supera en el Perú el medio millón. Es un cálculo aproximado porque, en verdad, no hay manera de conocer la cifra exacta: se trata de un dédalo jurídico en el que el investigador más cauteloso fatalmente se extravía. Esta cancerosa proliferación legalística parece la afloración subconsciente de la anomalía ética que está en la raíz de la manera como se genera el Derecho en el país (en función de intereses particulares en vez del interés general). Una consecuencia lógica de semejante abundancia es que cada disposición legal tenga, o poco menos, otra que la enmiende, atenúe o reniegue. Lo que, en otras palabras, significa que quien está inmerso en semejante piélago de contradicciones jurídicas vive transgrediendo la ley, o —algo acaso más desmoralizador— que, en una estructura de este semblante, cualquier abuso o transgresión puede encontrar un vericueto legal que lo redima y justifique.

¿Quién o quiénes producen estas leyes y dispositivos con fuerza de ley? *El otro sendero* muestra que sólo un porcentaje ínfimo —el 1 %— de normas legales proceden de la institución creada para darlas —el Parlamento— y que la inmensa mayoría de ellas —el 99 %— son dictadas por el Poder Ejecutivo. Es decir, por los ministerios y reparticiones públicas donde los funcionarios pueden concebirlas, redactarlas y hacerlas promulgar sin interferencias, debate, crítica y, a veces, sin siquiera el conocimiento de los interesados. Los proyectos de ley que se presentan en el Parlamento son públicamente discutidos y existe siempre la posibilidad de que los medios de comunicación informen sobre ellos y sus beneficiarios o víctimas hagan conocer su opinión al respecto e influyan de algún modo en la elaboración final de la ley. Pero nada de eso sucede con la mayoría de las disposiciones legales que, en teoría al menos, regulan las actividades de los ciudadanos. Ellas se cocinan en la sombra de las colmenas burocráticas de los ministerios (o en los estudios privados de ciertos abogados), de acuerdo a la fuerza persuasiva de las «coaliciones redistributivas» cuyos intereses van a servir. Y son promulgadas a tal ritmo que ni el ciudadano común, ni siquiera el especialista o el afectado por la norma novísima, están en condiciones de conocer, cotejar con el contexto jurídico vigente y acomodar el propio quehacer en consecuencia.

Cuando un país del Tercer Mundo recupera o establece la democracia, ello significa que ha celebrado elecciones más o menos genuinas, que hay en él libertad de prensa y que la vida política se ha diversificado y transcurre sin cortapisas. Pero detrás de esta fachada, y particularmente en la organización de su vida legal y económica, las prácticas democráticas brillan por su ausencia y lo que impera es, en verdad, un sistema discriminador y elitista que manejan en su provecho minorías casi siempre insignificantes.

La «informalidad» es una réplica de las mayorías contra ese sistema que las ha hecho tradicionalmente víctimas de una suerte de *apartheid* económico y legal. En ese sistema, las leyes parecían pensadas para cerrarles el acceso a cosas tan elementales como tener un trabajo y disponer de un techo. ¿Iban a renunciar a estas aspiraciones básicas de supervivencia en nombre de una legalidad en muchos sentidos irreal e injusta? Renunciaron, más bien, a la legalidad. Y salieron a las calles a vender lo que podían, montaron sus talleres de fortuna y armaron sus viviendas en los cerros y arenales. Como no había trabajo, lo inventaron, y, haciendo del defecto virtud, administraron con sabiduría su ignorancia. En el campo político actuaron con un criterio pragmático infalible, volviendo las espaldas sin el menor escrúpulo al ídolo caído y volcándose oportunamente hacia la estrella ascendente. Fueron odriístas con Odría y pradistas con Prado, belaundistas con Belaunde y velasquistas con Velasco. Ahora, son —simultáneamente— marxistas con Barrantes y apristas con Alan García.

Pero lo que son, en verdad, profundamente, por debajo de esas transitorias adhesiones tácticas, el libro de Hernando de Soto lo muestra admirablemente. Es decir, hombres y mujeres que, a fuerza de voluntad y de trabajo a veces sobrehumano, sin la menor ayuda por parte del país legal y, más bien, con su hostilidad declarada, han sabido crear más fuentes de trabajo y más riqueza en los campos en que pudieron obrar que el todopoderoso Estado, mostrando a menudo más audacia, empeño, imaginación y compromiso profundo con el país que sus competidores formales. Gracias a ellos no hay en Lima más ladrones y vagabundos de los que infestan sus calles; gracias a ellos no hay más desocupados y hambrientos de los muchos que tenemos. Si el problema social del Perú es enorme, sin ellos sería infinitamente peor.

Pero, lo que más debemos agradecerles es que nos hayan mostrado una manera práctica, efectiva, de luchar contra el infortunio totalmente opuesta a la que, con una perseverancia en el error que es uno de los más notables enigmas de nuestro tiempo, suelen recetar para el Tercer Mundo sus ideólogos y doctrinarios. La opción de los «informales» —la de los pobres— no es el refuerzo y magnificación del Estado sino su radical recorte y disminución. No es el colectivismo planificado y regimentado sino devolver al individuo, a la iniciativa y a la empresa privadas, la responsabilidad de dirigir la batalla contra el atraso y la pobreza. ¿Quién lo hubiera dicho? Esos humildes desamparados de las barriadas, esos enjambres de ambulantes, para quien escucha el mensaje profundo de sus actos concretos, no hablan de aquello que predican en su nombre tantos ideólogos tercermundistas —la revolución, la estatización, el socialismo— sino de democracia genuina y auténtica libertad.

Ésta es la tesis que defiende *El otro sendero* con argumentos sólidos. La opción de la libertad no fue jamás aplicada seriamente en nuestros países ni en todas sus implicaciones. Sólo ahora, de la manera menos previsible, por acción espontánea de los pobres en su lucha por sobrevivir, ella comienza a ganar terreno, imponiéndose como una opción más sensata y eficiente que las aplicadas secularmente por los conservadores y los progresistas para vencer el subdesarrollo. Éstos, pese a sus aparentes diferencias ideológicas, coincidieron siempre en reforzar un Esta-

do y sus prácticas intervencionistas que son el caldo
de cultivo de ese sistema de corrupción, incompetencia y favoritismo que se repite, como una pesadilla, a
lo ancho de todo el Tercer Mundo.

IV

La alternativa de la libertad

Que en *El otro sendero* la alternativa de la libertad
aparezca como la elección resuelta de los pobres en
contra de las élites, no dejará de sorprender a muchos. Porque uno de los tópicos más arraigados sobre
América Latina en los últimos años es que las ideas
económicas liberales son el atributo más característi-
co de las dictaduras militares. ¿Acaso no las pusieron
en práctica los «Chicago boys» con Pinochet en Chile
y Martínez de Hoz en Argentina con los resultados
catastróficos que conocemos? Esas políticas liberales
¿no hicieron más ricos a los ricos y más pobres a los
pobres en ambos países y no precipitaron a éstos en
una crisis sin precedentes en su historia de la que aún
no se recuperan?

La libertad es una sola y ella es obviamente incompatible con regímenes autoritarios y totalitarios.
Las medidas de liberalismo económico que ellos puedan tomar serán siempre relativas y estarán —como
ocurrió en Chile y Argentina— lastradas por la falta
de la complementaria libertad política y sólo cuando
ellas se funden en una unidad, como el anverso y el
reverso de una moneda, son operativas y genuinas.
Ninguna dictadura puede ser realmente «liberal» en
materia económica, porque el principio básico de esta
filosofía es que no es al poder político sino a los ciudadanos independientes y soberanos a quienes corresponde tomar las iniciativas —los esfuerzos y los
sacrificios— encaminadas a decidir el tipo de sociedad en la que van a vivir. La función del poder políti-

co es garantizar unas reglas de juego tales que aquellas iniciativas puedan ser tomadas de manera equitativa y libre. Y ello requiere un consenso mayoritario sobre estos principios, anterior a su materialización, que sólo el sistema democrático puede dar.

También dentro del liberalismo existen tendencias extremas y actitudes dogmáticas. Son las de aquellos que no están dispuestos a rectificar sus ideas cuando éstas no aprueban el examen decisivo para cualquier programa político: el de la realidad. Es natural que en un país del Tercer Mundo con las desigualdades económicas, la falta de integración cultural y los problemas sociales del Perú, el Estado tenga una función redistribuidora que cumplir, ya que sólo cuando aquellos abismos se hayan reducido a proporciones razonables se podrá hablar de reglas de juego verdaderamente imparciales e idénticas para todos. Con los desequilibrios actuales, entre pobres y ricos, serranos y costeños, urbanos y rurales, quechuahablantes e hispanohablantes, las medidas mejor concebidas y más puras tienden invenciblemente, en la práctica, a favorecer a pocos y perjudicar a muchos.

Lo fundamental es que este Estado recuerde siempre que, para conseguirlo, es indispensable que la acción estatal sea lo menos obstructora de la acción de los ciudadanos, ya que éstos saben mejor que nadie lo que quieren y lo que les conviene. Devolver a la iniciativa y el empeño de los ciudadanos aquellas tareas que ha venido usurpándoles o trabando, y limitarse a operar en aquellos dominios específicos, necesarios a la Nación, o en los que la empresa privada no está en condiciones de hacerlo, no significa que el Estado se debilitará hasta la consunción. Un Estado grande no es sinónimo de fuerte, sino, en la mayoría de los casos, de lo opuesto. Esos inmensos entes que en nuestros países drenan las energías productivas de la sociedad para alimentar su estéril existencia, son, en verdad, colosos con pies de arcilla. Su propio gigantismo los vuelve torpes e ineptos y su ineficiencia y corrupción los priva de todo respeto y autoridad, sin los cuales ninguna institución u organismo puede funcionar cabalmente.

El otro sendero no idealiza la informalidad. Por el contrario, luego de mostrarnos sus logros, nos describe las limitaciones que vivir al margen de la ley impone a las empresas informales, impidiéndoles crecer y planear el futuro, especializarse o protegerse (contra riesgos como el robo o el siniestro) y lo vulnerables que son a cualquier crisis. Nos ilustra, también, sobre el apetito de legalidad que delatan muchas acciones de los informales, como, por ejemplo, la ansiedad del ambulante por cambiar la calle por un puesto fijo en el mercado, y la multiplicación de obras de saneamiento y ornato callejero por el vecindario apenas consigue títulos de propiedad para sus viviendas. Pero, aunque no embellezca ni sobrevalúe la economía informal, este estudio nos deja entrever, en la fecundidad y animación desplegadas por los informales, lo que cabría esperar si toda esa energía productiva pudiera desplegarse libremente, en una auténtica economía de mercado, no transgrediendo la ley ni acosada por el Estado-gobierno, sino amparada por aquélla y promovida por éste.

El otro sendero defiende un proyecto social que supone una transformación de la sociedad no menos profunda que la que quisieran los sectores ideológicos más radicales. Porque significa cortar de raíz con una antiquísima tradición que, por inercia, egoísmo o ceguera de las élites políticas ha ido consustanciándose con las instituciones y los usos y costumbres del país oficial. Pero la revolución que este estudio analiza no tiene nada de utópico. Está en marcha, hecha realidad por un ejército de víctimas del sistema imperante que, al rebelarse contra éste en nombre del derecho al trabajo y a la vida, descubrieron los beneficios de la libertad.

Londres, agosto 1986

VARIA OPINIÓN

RIBEYRO Y LAS SIRENAS

Aunque la obra más importante de Julio Ramón Ribeyro son sus cuentos y novelas, tengo predilección por estas *Prosas apátridas* que, aparecidas en 1975, aumentaron con sesenta y un textos inéditos en la reedición de 1978 y se enriquecen con otro medio centenar en esta tercera versión. Libro inclasificable y marginal, compuesto sin designio preciso, al correr de los años, en momentos de entusiasmo o desesperación, al sesgo de su trabajo de narrador, tiene de diario secreto y de libro de aforismos, de ensayo filosófico y borrador de ficciones, de poesía y tratado de moral. Pero es, sobre todo, un testimonio —de prosa exacta e incitantes ideas— sobre el propio Julio Ramón Ribeyro.

Leyéndolo, se tiene la sensación de entrar a una intimidad prohibida, de recibir una confesión impúdica. Y algo de eso ocurre, pero no en un sentido anecdótico ni chismográfico, sino intelectual y moral. Aunque en algunos de estos textos Ribeyro habla de su vida privada, esos episodios autobiográficos pierden casi instantáneamente su carácter confidencial al disolverse en reflexiones sobre los grandes temas. Es esta operación lo atrevido e incitante del libro. ¿Los grandes temas? Sí: la muerte, el sentido o sinsentido de la historia, la salud y la enfermedad, la cultura, el placer, la belleza, el progreso, la razón, el éxito, el destino, la literatura. Cuando no son Nietzsche o Baudelaire (o sus pares) quienes osan abordar en pequeñas prosas esos grandes asuntos, los resultados suelen ser la pedantería y la indigencia, una asimetría gigante entre la magnitud del problema y el pensamiento que suscita. En *Prosas apátridas* no hay tal desproporción: bajo las rápidas estampas, entre los apuntes y bocetos, bullen las ideas, aceradas, sarcásticas, estimulantes, personales, novedosas. El temor al ridículo aleja al escritor contemporáneo de esos grandes temas y lo lleva a confinarse a veces en intrascendencias, sobre las que cualquier idea puede parecer original. Sin proponérselo, en estos textos que fue escribiendo poco menos que a escondidas, sin ánimo de que vieran la luz, para ejercitar la mano u obligarse a meditar, Ribeyro ha hecho lo contrario: tomar al toro por las astas, ir a lo esencial.

Al organizar estos textos dice que tuvo en mente *Le spleen de Paris*. A mí me hacen pensar, también, en el *Dictionnaire des Idées Reçues*, de Flaubert, y en los *Carnets* de Camus. Tienen del primero el escepticismo y la ferocidad en la descripción de las flaquezas humanas, el desprecio de la política y el cuidado de la forma artística; del segundo: la elegancia, la sensibilidad depurada y un pesimismo que no está reñido con el amor a la vida pues ve en ella, aunque carezca de finalidad y de lógica, una maravillosa fuente de goce y plenitud.

«La duda, que es el signo de mi inteligencia, es también la tara más ominosa de mi carácter —dice una de las prosas—. Ella me ha hecho ver y no ver, actuar y no actuar, ha impedido en mí la formación de convicciones duraderas, ha matado hasta la pasión y me ha dado del mundo la imagen de un remolino donde se ahogan los fantasmas de los días, sin dejar otra cosa que briznas de sucesos locos y gesticulaciones sin causa ni finalidad.» Es una radiografía exacta pero incompleta, pues la duda, además de cierta incapacidad para asumir plenamente la vida —para perderse en ella como se pierde uno en un sueño deleitoso o en la embriaguez— le ha dado también esa vida sustitutoria y paralela, la de la ficción, creada para que los hombres completen imaginariamente su destino, viviendo, en la ilusión de la literatura, aquellas experiencias que su fantasía y su deseo reclaman y que las circunstancias o su propio carácter vuelven, en la realidad real, inalcanzables.

«Escribir significa desoír el canto de sirena de la vida», dice otra de las prosas. Y también: «El acto creativo está basado en la autodestrucción.» Es verdad que todo aquel que escribe ficciones —y, en cierta forma, el que las lee— tiene siempre, en un recodo de la mente, aun en los momentos de mayor hechizo, la conciencia de que aquello no es la vida sino su simulacro —a veces majestuoso y a veces misérrimo, pero siempre fantoche— y de que la literatura, al aguzar nuestra sensibilidad y activar nuestra imaginación, termina, al devolvernos a la vida, por revelarnos más hondamente nuestra pobreza frente a la abundancia que nos rodea. Pero no es cierto que la vida simulada con las palabras nos prive de la otra, la que se toca, se gusta, se huele, se oye y se ve. Es más bien al revés. Las ficciones se escriben y se leen para poder tocar, gustar, oler, ver y oír aquello que, de otro modo, permanecería —como las sirenas— irremediablemente fuera de nuestra vida.

La literatura extiende los horizontes de nuestra experiencia y, también, nos proporciona una vida de naturaleza distinta: ella hace que lo que no fue sea y que la vida se rehaga en función del capricho o la locura del hombre que escribe sus sueños para que otros, al leerlo, sueñen. Gravemente enfermo en un cuarto de hospital, su cuerpo martirizado por inyecciones, sondas, sueros, debilidad extrema y dolor, Ribeyro siente que se evapora en él la capacidad de resistencia, el instinto de sobrevivir. Está literalmente rozando la muerte cuando una imagen —una ficción—, la de un árbol al que la primavera debe de haber cargado de verdura, lo salva, devolviéndole el apetito vital, la voluntad de continuar en este mundo hermoso y cruel. El bello texto resume, con insuperable concisión, una noción metafísica. La vida es sufrimiento y absurdo, entremezclados con manantiales de dicha en los que el hombre puede sumergirse, no importa cuán remotos estén, no importa qué desamparado se halle, gracias a la más literaria de sus facultades: la fantasía. Ésa es la

353

razón de ser de la literatura, parque frondoso de árboles exuberantes por el que pueden pasear, disfrutando de sus olores y colores, el ciego y el tullido y el sano al que los árboles de madera y hojas reales no serán nunca suficientes.

Las dudas, la timidez, la dispersión, todos aquellos defectos de su persona —así los llama en sus *Prosas apátridas*— que él autopsia con frialdad, se vuelven, por su prosa y su lucidez, en rasgos privilegiados de una perspectiva, en unos puntos de vista a partir de los cuales el mundo observado adopta una fisonomía particular, y los hombres y las cosas unas relaciones inéditas. La vida y la literatura no son la misma cosa, pero, como muestra este libro, la literatura intensa y creadora torna la vida más inteligible y soportable, más vivible.

Entre todos los escritores que conozco quizá Ribeyro sea aquel en el que la literatura y la vida se hallan más confundidas. (Recuerdo que en la agencia de noticias donde trabajábamos hace mil años, él, entre cable y cable, se distraía describiendo animales sinuosos: cangrejos, pulpos, cucarachas.) En una de sus prosas asegura que se ha destruido escribiendo, que la literatura ha sido para él un continuo consumirse en el fuego. Ella le habría impedido vivir, anteponiéndose como una pantalla entre él y el mundo. Acaso más justo sea decir que él ha trastocado persistentemente la vida que vivía en literatura, convirtiendo la suma de estrecheces, frustraciones, monotonías y banalidades que conforman la biografía de la inmensa mayoría de los humanos, en esa epopeya de la mediocridad que trazan sus ficciones. Desdeñoso de las vanguardias y de los experimentos, pero conocedor sutil de los malabares de la estrategia narrativa, la forma de sus cuentos y novelas —cronología lineal, punto de vista de un narrador omnisciente— suele ser de corte clásico. Sin embargo, como en esos clásicos de los que está próximo, la transparencia de su estilo es engañosa. Si se fija bien la mirada, se advierte que, bajo la clara superficie de sus historias, anida un mundo complejo y sucio en el que casi inevitablemente la estupidez y la maldad prevalecen. La pulcritud de la forma —una palabra precisa, que nombra con pericia, que nunca se excede— disimula lo gris de la visión.

Como ocurre a menudo a los protagonistas de sus historias, el azar, la torpeza —y su propio desinterés— han impedido que Julio Ramón Ribeyro tuviera, fuera de su país, el reconocimiento que merecía. Ahora, por fin, los lectores van descubriendo en sus relatos al escritor. Estas *Prosas apátridas* muestran que, tan fino como el cuentista, es el pensador.

Londres, junio 1984

UNA CABEZA FRÍA EN EL INCENDIO

Conocí a Richard Webb en 1979, en Lima, durante un certamen organizado por Hernando de Soto, al que la presencia y los ucases de liberalismo radical de Friedrich A. Hayek dieron su nota de color. (Fueron, también, un antídoto refrescante en un país semiasfixiado por diez años de estatismo, controles, cancerosa burocratización y prácticas represivas.) Pero nos hicimos amigos sólo al año siguiente, en Washington, donde él era funcionario del Banco Mundial y, yo, *fellow* del Woodrow Wilson Center. Compartíamos el entusiasmo por el cine y, luego del trabajo, solíamos zambullirnos en las salas de ensayo de Georgetown donde, por el precio de una, podíamos ver dos películas con las viejas glorias de Hollywood.

Compartíamos, también, una desconfianza intelectual e instintiva por las «soluciones ideológicas» a los problemas sociales. Para entendernos, llamo ideología a aquel cuerpo de ideas cerrado sobre sí mismo que pretende ser ciencia y es, en verdad, religión, acto de fe que no escucha ni acepta lecciones de la realidad: sólo las inflige. Richard era un pragmático viejo; yo todavía estoy aprendiendo a serlo. Pragmático no es quien desconfía de las ideas sino quien conoce sus límites. Ningún programa de desarrollo, ninguna solución a un problema económico o cultural son posibles, claro está, sin un previo esquema intelectual y abstracto. Pero la realidad es siempre más compleja e inesperada que las más sagaces teorías que pretenden describirla y el «pragmático», por eso, está dispuesto a enmendar sus esquemas o a sustituirlos por otros si, al ponerlos en práctica, resultan inoperantes.

El pragmatismo le viene a Richard Webb, acaso, de sus ancestros paternos ingleses. (Inglaterra es el país que elevó el sentido común a la dignidad de filosofía e hizo de él la herramienta de su civilización, y la cultura inglesa, a diferencia de las otras de Europa, ha sido, hasta los tiempos de Margaret Thatcher, al menos, persistentemente antiideológica.) También, de su formación académica y su práctica profesional en el mundo anglosajón. Pero esa filiación no ha pesado más en él que la criolla, de su lado materno, que lo ha llevado a estudiar los asuntos de este país con verdadera devoción y a dedicarle sus mejores esfuerzos. Bajo su apariencia calma y como remota, hay escondido en Richard Webb un limeño de cebiche y mazamorra, que ha recorrido el Perú de arriba abajo para sentirlo y olerlo, un hombre animado por una intensa sensibilidad social y una *rara avis* indiferente a los dioses más poderosos del Olimpo moderno: el poder y el dinero. El pragmatismo, en su caso, no está reñido con el más genuino idealismo.

Salir del Perú, en 1968, a raíz del golpe militar, le trajo más beneficios que perjuicios. Es decir, perfeccionar su formación académica y hacer una distinguida carrera en una organización internacional donde podía conciliar su vocación de investigador con la necesidad de compulsar, día al día, los problemas concretos de los países que estudiaba. Sin embargo, cuando el gobierno democrático recién instalado lo llamó al Banco Central de Reserva, no vaciló en cambiar la seguridad del Banco Mundial y las aulas de Princeton por la incertidumbre y los riesgos que amenazan en el Perú a todo funcionario que, además de competente, es responsable y honesto.

Es difícil en nuestro país ser las tres cosas a la vez, sobre todo cuando el cargo que se ejerce es político o roza la política, actividad que, por una vieja tradición, parece fomentar y atraer entre nosotros, más que ninguna otra, la incompetencia, la irresponsabilidad y la deshonestidad. Las dificultades y querellas que en estos cinco años ha tenido Richard Webb con ministros y parlamentarios del gobierno que lo man-

357

dó llamar son demasiado conocidas para pormenorizarlas. Pero vale la pena recordar el hecho, infrecuente en nuestro medio, de un presidente del Banco Central de Reserva enfrentándose, con imperturbable tranquilidad, a quienes lo nombraron, en razón de sus principios, y resistiendo —amparado en el precepto constitucional que garantiza la autonomía de su cargo— a las presiones para que modificara una política que, a su entender, era la que servía mejor los intereses de los peruanos.

¿Estuvo acertado Richard Webb cada vez que tomó distancias con el Ministerio de Economía y cuando llegó, incluso, a desautorizar al Ejecutivo en momentos de aguda crisis política? La respuesta exige unos conocimientos especializados de los que carezco y no puedo pronunciarme al respecto. Pero una cosa sé: en todas las situaciones traumáticas que debió atravesar este gobierno, la frágil democracia que recobramos en 1980 hubiera salido mejor librada si otros ministros y funcionarios hubieran mantenido una coherencia principista semejante a la que mostró Richard Webb en el dominio económico.

Hecho el balance de estos años tan difíciles del segundo gobierno de Belaunde Terry, y cuando haya pasado el tiempo necesario para diluir las pasiones y cicatrizar las heridas, no me cabe duda de que aun sus más enconados adversarios reconocerán que una de las mejores credenciales que podrá presentar el régimen, en su defensa, habrá sido la gestión de Richard Webb. No porque los resultados —en el campo monetario— hayan sido óptimos, desde luego, sino porque, si esta gestión hubiera sido distinta, más complaciente con los deseos ministeriales, los resultados hubieran sido aún más graves de lo que fueron.

Ésta no es una perspectiva fácil de adoptar —confrontar lo que fue con lo que hubiera podido ser se presta siempre a la trampa—, pero es uno de los puntos de vista imprescindibles para emitir un juicio válido sobre el Perú entre 1980 y 1985. El partido de Belaunde Terry, al que la inmensa mayoría de los peruanos confió la delicada misión de reconstruir la democracia después de doce años de dictadura militar, obtuvo, al término de su gestión, un porcentaje ínfimo de votos. ¿Qué penaliza esta severísima sanción electoral? Sin duda no la actuación del régimen en el campo de las libertades públicas, donde su currículum es impecable: restablecimiento de la libertad de expresión, devolución de los medios de comunicación expropiados a sus propietarios, respeto riguroso de la crítica (e, incluso, para que nadie dudara de sus buenas intenciones en este campo, del dudoso derecho a la calumnia, la demagogia y el insulto, del que la oposición se sirvió a sus anchas). También lo es en el dominio político: elecciones limpias y dentro de los plazos debidos, respeto a la diferencia de poderes, a la libertad sindical, a los partidos y a las «formas» democráticas. Que, en la represión del terrorismo, se haya cometido abusos contra los derechos humanos, es, por desgracia, cierto, pero ello, más que una política deliberada del gobierno, ha sido el resultado de una impotencia: la que, en una democracia débil y defectuosa como es la nuestra, caracteriza el poder civil frente a las fuerzas militares. Es posible que estos abusos, que la oposición, exagerándolos y dramatizándolos hasta la ciencia ficción, utilizó para desprestigiar al régimen en el país y en el exterior, hayan jugado cierto papel en el desplome del populismo en las elecciones de 1985.

Pero es evidente que la razón principal de este colapso ha sido la política económica del gobierno a la que, aceptando en esto las tesis de la oposición, la gran mayoría de los peruanos atribuye la responsabilidad de la grave crisis que vivimos: inflación galopante, caída brutal del salario real, recesión industrial, desempleo creciente, derrumbe de la producción agrícola, inmoralidad administrativa rampante. ¿Es cierto que el gobierno de Belaunde Terry es el único responsable de estas plagas de Egipto caídas sobre nuestras espaldas? Y si no es el único ¿qué parte le cupo en la catástrofe? Responder con rigor y limpieza a estas preguntas no es una curiosidad histórica. Es averiguar, simplemente, si en un país como el Perú el desarrollo económico y el progreso social son posibles y compatibles con la libertad política y las prácticas democráticas o no lo son.

Los textos de Richard Webb reunidos en este volumen* son un material de consulta obligatoria para quien quiera sacar conclusiones al respecto que vayan más allá del estereotipo o la propaganda. Fueron escritos con una mano mientras que, con la otra, hacía frente a aquellas plagas. Lo más notable de ellos es, precisamente, su desapasionamiento, su equilibrio, su voluntad pedagógica —es decir su visión de largo alcance—, actitudes difíciles de adoptar cuando se está inmerso en el debate político, cuya incandescencia por lo general hace que se confunda la rama con el bosque. No se trata de textos encaminados a defender las acciones del gobierno sino a situar los problemas económicos en su debido contexto y a tratar de explicar, a un público profano, lo que verdaderamente está en juego. Leídos en su orden cronológico producen una impresión iluminadora y dolorosa.

Lo que de ellos se desprende es que este gobierno cometió, sin duda, muchos errores, pero los más graves no fueron los que le reprochaban sus adversarios sino, más bien, los opuestos. El primero de todos: no haber alertado al país, por un ánimo conciliatorio y pacificador mal entendido, sobre el estado calamitoso, deshecho, en que recibía ese Perú devastado en sus instituciones, su moral, sus costumbres políticas y su economía por la dictadura militar. Otros: no haber desmontado cuando contaba con la popularidad para hacerlo, esos elefantes blancos, las empresas públicas deficitarias que los peruanos hemos estado manteniendo artificialmente todos estos años y que son la causa mayor de nuestro enorme déficit fiscal; no haberse atrevido, por un tabú incomprensible, a corregir las taras colectivistas y burocráticas de la reforma agraria. Lo extraño es que el gobierno demo-

* Este artículo es el prólogo a *¿Por qué soy optimista?*, de Richard Webb. *(N. del ed.)*

crático parecía consciente de la necesidad de estas medidas pero paralizado por un prurito: no despertar antagonismos, no ofrecer nuevos blancos al ataque de los adversarios, no dar argumentos que justificaran la acusación de que quería «retroceder la historia», resucitar el Perú «prerrevolucionario». Era caer en la trampa que le tendían sus críticos: contribuir a perpetuar el mito de que las reformas velasquistas realmente lo habían sido y, de carambola, asumir las consecuencias que han traído al Perú esas supuestas reformas. Nadie piensa, en 1985, que el Perú importa el triple de alimentos que en 1968 por la reforma agraria de la dictadura; todos creen que ello es debido a la política agraria del régimen democrático.

¿Hubiera cambiado mucho el panorama actual del país si el gobierno de Belaunde Terry hubiera actuado de manera diferente? La angustiosa impresión que el lector de estos artículos saca es que, probablemente, las cosas hubieran ido menos mal, pero en ningún caso bien. Ésa es la moraleja dolorosa y, por lo mismo, políticamente explosiva que entrañan. Dicho en pocas palabras: el margen de decisión que el gobierno de un país como el nuestro tiene sobre las cuestiones esenciales de su economía es ínfimo. No está en nuestras manos influir en el precio de nuestros productos de exportación en los mercados internacionales y, tampoco, en la decisión de bajar o elevar los aranceles para la importación de los países que compran lo que estamos en condiciones de vender. Aquellos precios, en razón de la recesión mundial, cayeron en picada en estos años, y las políticas proteccionistas de los países compradores cerraron sus mercados para nuestros productos parcial o totalmente. Si a dichos factores se suman las catástrofes naturales —la sequía en el Sur y los diluvios en el Norte—, un porcentaje que va de la mitad a los tres cuartos de la crisis actual queda explicado. Un porcentaje, en todo caso, tan alto que muestra hasta qué punto es relativo el término de «soberanía» para un país del Tercer Mundo.

Queda, claro está, un campo en el que todo depende de nosotros. Como es tan reducido debería ser aprovechado siempre con la máxima eficiencia, no permitirnos cometer errores en él —o, si los cometemos, corregirlos a tiempo— porque de esto depende no sólo nuestra posibilidad de progresar sino, también, de defendernos contra los reveses en aquellos sectores en los que somos impotentes (es decir, dependientes). ¿Cuáles fueron los errores más serios cometidos por el gobierno en este dominio? ¿Haber abierto nuestras fronteras a la importación, lo que habría destruido a la industria nacional, como aseguran sus adversarios? El libro de Richard Webb es esclarecedor, con argumentos tan escuetos como contundentes. No hay tal cosa. En primer lugar, las cifras indican que los aranceles se redujeron, del gobierno de Morales Bermúdez al de Belaunde Terry, en 3 puntos apenas (del 39 al 36 %), en tanto que aquel gobierno los redujo en 30 puntos (del 69 al 39 %). Y, en segundo, que la industria nacional no sólo no es la víctima de una política de esta índole sino su principal beneficiaria pues el sector industrial es el importador número uno del país (los insumos productivos y las maquinarias representaban en 1983 el 85 % de las importaciones). Como en este tema, en muchos otros Webb desmitifica y derrumba ciertos espantapájaros construidos por los adversarios del régimen y que han llegado a tener la fuerza de verdades inamovibles por la pavorosa incompetencia de aquél para defender sus acciones aun cuando eran acertadas.

No lo fueron muchas veces, desde luego. Acaso su talón de Aquiles haya sido permitir —provocar— una inflación que en la actualidad se ha disparado a unos límites que son pura y simplemente incompatibles con cualquier política de desarrollo. Los artículos de Richard Webb explican cómo y por qué un país debe temerle a la inflación como a la más nociva de las pestes, en qué forma el encarecimiento sistemático de los precios guillotina la inversión y el ahorro y convierte a la especulación en la única actividad económica atractiva, la ilusión de creer que a más gasto público corresponde más empleo, sobre todo si el gasto público se financia fabricando billetes, y cómo la inflación termina siempre por minar las bases productivas que generan trabajo. ¿Podía el gobierno haber combatido eficazmente la inflación? Sí, de dos maneras. La primera, imponiendo unos sacrificios que, en lo inmediato, hubieran dado la impresión de agravar aún más la crisis social, aumentando el desempleo y la recesión industrial. Esto, en un régimen de libertad, tiene un altísimo costo político y el gobierno, dividido en querellas de grupo y personas por cuestiones de política menuda, no quiso correrlo, sin advertir que pagaría aún más caro en las elecciones no haberlo hecho. La otra manera es aquella por la que el buen ministro de Trabajo que fue Grados Bertorini luchó con empeño y la que Richard Webb, una y otra vez en estos artículos, trató de vender a los peruanos de uno y otro bando: la concertación. La única forma civilizada de luchar contra la inflación sin causar recesión, dice, es la concertación de trabajadores y empresarios sobre precios y salarios. Es, también, la única forma de dar una batalla frontal contra el subdesarrollo económico y las desigualdades extremas de nuestro país preservando la legalidad y la libertad. Concertación quiere decir compromiso de intereses opuestos, concesiones mutuas en aras de un objetivo que se reconoce como más alto y valioso que el que mueve a los intereses particulares enfrentados. En un momento, en estos años, pareció que ello iba a ocurrir, pero prevalecieron sobre los pragmáticos los ideológicos, aquellos que prefieren que la casa se queme antes que ponerse de acuerdo con el adversario para apagar el incendio. El resultado es que las llamas han empezado a lamer esta casa que se llama Perú. ¿Nos pondremos al fin, hombro con hombro, a lanzar baldes de agua y paladas de arena para, luego, conjurado el peligro de extinción, dirimir civilizadamente nuestras diferencias? A juzgar por lo ocurrido en estos años, el pesimismo parece más realista que el optimismo a la hora de hacer predicciones. Pero Richard Webb cree que es posible y esa confianza imprime, curiosamente, a estos textos que describen poco menos que una tragedia, un tono esperanzador, algo así como la convicción subyacente de que, antes de tocar fondo, los peruanos, súbitamente ganados por la lucidez y la sensatez, acometerán de manera solidaria la lucha contra el enemigo común: los condicionamientos económicos del subdesarrollo. Torciéndole el pescuezo a mis dudas deseo ardientemente que tenga razón.

Londres, mayo 1985

EL NACIMIENTO DEL PERÚ

Al historiador que llegó a conocer mejor que nadie el descubrimiento y conquista del Perú por los españoles le sucedió algo trágico: murió sin haber escrito el libro para el cual se había preparado toda la vida y cuyo tema dominaba hasta dar —o poco menos— una impresión de omnisciencia.

Se llamaba Raúl Porras Barrenechea. Era bajito, barrigón, de frente muy ancha y unos ojos azules que se impregnaban de picardía cuando soltaba alguna burla. Fue el más extraordinario profesor que me ha tocado escuchar. Sólo Marcel Bataillon, otro historiador, a quien oí dictar un curso en el Collège de France (sobre un cronista del Perú, precisamente) tenía parecida elocuencia, fuerza evocadora y probidad académica. Pero ni siquiera el docto y elegante Bataillon podía cautivar a un auditorio con la hechicería de Porras Barrenechea. En la vieja casona de San Marcos, la primera Universidad que fundó España en el Nuevo Mundo, y que, en los años cincuenta, cuando yo pasé por ella, ya había entrado en irremisible decadencia, las clases del curso de Fuentes Históricas atraían tal número de oyentes que había que llegar con mucha anticipación si uno no quería quedarse fuera del aula, escuchando con los racimos humanos colgados de puertas y ventanas. En boca de Porras, la historia era anécdota, gesto, aventura, color, psicología. Una sucesión de murales de una suntuosidad renacentista en los que el factor determinante de los acontecimientos no eran nunca fuerzas impersonales —el imperativo geográfico, las relaciones económicas, la divina providencia— sino la impronta de ciertas individualidades sobresalientes cuya audacia, genialidad, carisma o contagiosa locura habían impuesto a cada época y sociedad una orientación y un perfil.

A esta noción de la historia que, con ánimo de desprestigiarla, los historiadores científicos calificaban ya entonces de romántica, Porras Barrenechea añadía una exigencia de erudición y de rigor documental que no ha llegado hasta ahora a igualar ninguno de los muchos investigadores convencidos de que la historia no hay que «contarla», como creía él, sino «interpretarla» sociológica o económicamente, y que han escrito sobre ese hecho fronterizo de la vida de Europa y América: la destrucción del Imperio de los Incas y el enlace de sus vastos territorios y poblaciones al destino de Occidente. Porque para Porras Barrenechea, aunque la historia debía tener la belleza arquitectónica, el dramatismo, el suspenso, la riqueza y variedad de tipos humanos y la excelencia de estilo de una gran ficción, todo en ella tenía que ser escrupulosamente cierto, probado y comprobado hasta la saciedad.

Para contar de esta manera el descubrimiento y conquista del Perú por España había, ante todo, que hacer una minuciosa evaluación de sus fuentes, pasar por el cernidor más fino a todos los testigos y documentos del suceso a fin de establecer el grado de credibilidad de cada cual. Y, en el caso —abundante— de los testimonios falaces, averiguar las razones que llevaron a su autor a ocultar, adulterar o colorear excesivamente los hechos de modo que, conociendo su particular limitación, aquellas fuentes resultaran doblemente útiles: por lo que revelaban y por lo que mentían. A esta ímproba hermenéutica dedicó Porras Barrenechea su poderosa energía intelectual durante cuarenta años. Toda la obra que publicó en vida, son los prolegómenos para la que debía ser su *opera magna*. Cuando estaba ya perfectamente equipado para emprenderla, moviéndose como por su casa por la laberíntica selva de las crónicas, las cartas, los memoriales, los testamentos, las rimas y las coplas del descubrimiento y la conquista —que había leído, depurado, cotejado y casi memorizado—, una muerte súbita acabó con su enciclopédica información. Los interesados en aquel tiempo y en aquellos hombres han debido, pues, seguir leyendo la todavía no superada —aunque ya bastante vieja— *Historia de la Conquista* escrita por un norteamericano que no puso nunca los pies en ese país cuya incorporación a la historia de Occidente trazó con mano maestra: William Prescott.

Deslumbrado por las clases de Porras Barrenechea yo llegué en un momento a considerar seriamente la posibilidad de renunciar a la literatura para dedicarme a la historia. Porras me había llevado a trabajar con él, como asistente, en un ambicioso proyecto de *Historia General del Perú*, auspiciado por el librero editor Juan Mejía Baca, en el que Porras iba a encargarse de los volúmenes consagrados a la Conquista y a la Emancipación. Durante cuatro años, cinco días por semana, pasé tres horas diarias en la polvorienta casa de la calle Colina, donde los libros, los cuadernos y las fichas habían ido invadiéndolo y como devorándolo todo, salvo la cama de Porras y la mesa del comedor. Mi trabajo consistió en leer y anotar a los cronistas, sobre diversos temas, principalmente los mitos y las leyendas que precedieron y siguieron al descubrimiento y la conquista del Perú. La experiencia me ha dejado un recuerdo imborrable.

Historia y literatura —verdad y mentira, realidad y ficción— se mezclan en estos textos de manera a menudo inextricable. La delgada línea de demarcación que las separa está continuamente evaporándose para que ambos mundos se confundan en una totalidad que es tanto más seductora cuanto más ambigua, porque en ella lo verosímil y lo inverosímil parecen una misma sustancia. En medio de la más cruenta y objetiva de las batallas aparece la Virgen y carga, del lado de los creyentes, contra los infortunados paganos. Al náufrago conquistador Pedro Serrano le ocurre vivir, en una islita del Caribe, punto por punto, la historia de Robinson Crusoe que un novelista sólo inventará siglos más tarde. Las amazonas de la mitología griega se corporizan a las orillas del río bautizado con su nombre para flechar a los secuaces de Pedro de Orellana y una de sus flechas hinca las posaderas de fray Gaspar de Carvajal, el puntilloso relator de aquel suceso. ¿Es más fabuloso ese episodio que aquel otro, seguramente cierto, del paupérrimo soldado Manso de Leguísamo jugándose y perdiendo a los dados, en una noche, la lámina de oro macizo del Templo del Sol, en el Cusco, que le había tocado en el reparto del botín? ¿O que las indecibles crueldades, perpetradas siempre con la sonrisa en los labios, del rebelde Francisco de Carvajal, ese octogenario Demonio de los Andes que fue al patíbulo, para ser descuartizado, decapitado y quemado, cantando alegremente: «Estos mis cabellicos, madre, ¡ay¡ / uno a uno se los lleva el aire, ¡ay!»?

La crónica, género hermafrodita, está todo el tiempo destilando la ficción en la vida, como en el cuento de Borges «Tlön, Uqbar, Orbis Tertius». ¿Significa esto que su testimonio debe ser recusado desde el punto de vista de la historia y admitido sólo como literatura? Nada de eso. Sus exageraciones y fantasías son a menudo más locuaces sobre la realidad de la época que sus verdades. Esos asombrosos milagros que animan de cuando en cuando las tediosas páginas de la *Crónica moralizada* del padre Calancha, o los sulfurosos desafueros de íncubos y súcubos que los extirpadores de idolatrías, como el padre Arriaga, documentan prolijamente en los poblados indios para justificar las devastaciones que llevan a cabo de ídolos, amuletos, adornos, artesanías, tumbas, son más instructivos respecto al candor, el fanatismo y la estupidez de la época que el tratado más sesudo. A condición de saberlas leer, todo está en estas páginas, escritas a veces por hombres que apenas podían escribir y a quienes la inusitada naturaleza de los acontecimientos que les había tocado protagonizar los impulsaba a comunicarlos, a registrarlos para la posteridad, por una intuición exacta del privilegio de que gozaban: ser testigos y actores de hechos que cambiaban la historia del mundo. Escriben con la pasión de la experiencia inmediata, recién vivida, y refieren a menudo cosas que nos parecen fabulaciones grotescas o cínicas. Para los tiempos, no lo eran, sino fantasmas a los que la credulidad, la sorpresa, el miedo, el odio, habían dotado de una consistencia y vitalidad a veces más poderosas que las de los seres de carne y hueso.

La conquista del Tahuantinsuyo por un puñado de españoles es un hecho que todavía ahora, después de haber rumiado y digerido mil veces todas las explicaciones, nos cuesta trabajo descifrar. Los conquistadores de la primera oleada, Pizarro y sus compañeros, no llegaban a doscientos (sin contar a los esclavos negros y a los indios aliados); cuando comienzan a llegar los refuerzos, ya aquéllos habían asestado un golpe de muerte y se habían apoderado de un Imperio que señoreaba a veinte millones de personas, cuando menos. No era una sociedad primitiva, de tribus bárbaras, como las que los españoles habían encontrado en el Caribe o en el Darién, sino una civilización que había alcanzado un elevado nivel de desarrollo social, militar, agrícola y artesanal que, en muchos sentidos, no tenía la propia España. Lo más notable en ella, por cierto, no eran los caminos que cruzaban los cuatro Suyos o regiones del amplísimo territorio, sus templos y fortalezas, sus sistemas de riego o su prolija organización administrativa, sino algo sobre lo que todos los testimonios coinciden: haber erradicado el hambre en ese inmenso dominio, haber sido capaz de producir —y distribuir lo producido— de tal modo que todos sus súbditos comieran. De muy pocos imperios en la historia se puede decir algo semejante.

¿Basta para explicar el instantáneo colapso de esta civilización al primer choque con los conquistadores, las armas de fuego, los caballos y las armaduras de estos últimos? Es verdad que la pólvora, las balas y la embestida de bestias que nunca habían visto paralizaban a los indios de un terror religioso y les infundían la sensación de estar luchando no contra hombres sino contra dioses, invulnerables a las flechas y las hondas con las que ellos acostumbraban combatir. Pero aun así, la diferencia numérica era tal que aquel océano quechua, simplemente moviéndose, hubiera podido sumergir al invasor. ¿Qué lo impidió? ¿Cuál es la explicación profunda de esa derrota de la que el pueblo inca no se recuperó jamás? Quizá la respuesta esté escondida en el patético relato de lo ocurrido en la plaza de Cajamarca el día que Pizarro capturó a Atahualpa. Hay que leer, sobre todo, a los que estuvieron allí, a los que lo vivieron o lo conocieron de cerca, como Pedro Pizarro. En el instante mismo en que el emperador es capturado, antes de que empiece la batalla, sus huestes dejan de luchar, como maniatadas por una fuerza mágica. La carnicería es indescriptible, pero de un solo lado: los españoles descargan sus arcabuces, clavan sus picas y sus espadas y avientan sus caballos contra una masa sonámbula, que, desde que ha visto capturado a su dios y señor, no atina a defenderse ni siquiera a huir. En pocos minutos, el poderoso ejército que había derrotado a Huáscar y dominaba todas las provincias norteñas del Imperio, se desintegra como un pedazo de hielo en agua tibia.

La estructura vertical y totalitaria del Tahuantinsuyo fue, seguramente, más nociva para su supervivencia que las armas de fuego y el hierro de los conquistadores. Prisionero el Inca, vértice hacia el que todas las voluntades convergían para recibir inspiración y animación, eje en torno al cual se organizaba la sociedad y del que dependía la vida y la muerte de todos —desde el más grande hasta el más humilde—, nadie supo cómo actuar. Hicieron, entonces, lo único que podían hacer, con heroísmo, sí, pero sin violentar los mil y un tabúes y preceptos que regulaban su existencia: dejarse matar. Y es lo que hicieron decenas y acaso centenares de indios estatuificados por la confusión y la orfandad en que cayeron cuando vieron prisionero al hijo del Sol, la fuerza vivificadora de su Universo.

Esos indios que se hacían acuchillar o volar en pedazos en la plaza de Cajamarca, en esa tarde aciaga, carecían de la capacidad de decidir por cuenta propia, al margen o en contra de la autoridad, de tomar iniciativas individuales, de actuar con independencia en función de circunstancias cambiantes, que sí tenían los ciento ochenta españoles que les habían tendido aquella emboscada y ahora los masacraban. Ésa era la diferencia que abría entre ambas civilizaciones una desigualdad insalvable, más importante que la numérica y la de las armas. El individuo no contaba, prácticamente no existía en aquella civilización piramidal y teocrática cuyas hazañas habían sido siempre colectivas y anónimas: izar hasta las cumbres más empinadas las ciclópeas piedras de Machu Picchu o de Ollantaytambo, llevar el agua a todas las faldas de la cordillera construyendo andenerías que todavía hoy aseguran el riego en los parajes más inhóspitos, tender caminos que comunicaban localidades separadas por geografías infernales. Una religión de Estado que anulaba la voluntad del individuo e investía las decisiones de la autoridad con la aureola de mandatos divinos, hizo del Tahuantinsuyo una colmena: laboriosa, eficiente, estoica. Pero su inmenso poderío era, en verdad, fragilísimo; todo él reposaba sobre las espaldas del soberano-dios, a quien el hombre del Incario debía servir y obedecer abdicando de su propio yo. Era la religión, más que la fuerza, la que aseguraba esta docilidad metafísica del pueblo quechua frente al Inca. No se ha estudiado bastante este aspecto del Tahuantinsuyo: la función social y política de su religión. El credo y el rito, las prohibiciones y las fiestas, los valores y desvalores, todo en ella servía milimétricamente a consolidar el poder absoluto del emperador y a propiciar el designio expansionista y colonizador de los soberanos cusqueños. Era una religión de esencia política, que, de un lado, volvía a los hombres siervos diligentes y, de otro, era capaz de admitir en su seno, como dioses menores, a todas las deidades de los pueblos que el Incario sometía —cuyos ídolos eran trasladados al Cusco y entronizados por el propio Inca—, menos cruel que la de los aztecas, por ejemplo, pues practicaba los sacrificios humanos con cierta moderación —si cabe decirlo así—, la indispensable para mantener la hipnosis y el temor

de los súbditos hacia el poder divino encarnado en e
poder temporal.

El genio organizador de los Incas no admite du
das. La velocidad con que el Imperio se extendió
desde el núcleo cusqueño, hasta abarcar casi la mitad
de América del Sur, en un período de apenas un si
glo, es asombrosa. Y ello se debió no sólo a la eficacia
militar de los quechuas, sino, también, a la habilidad
de los Incas para atraerse a los pueblos vecinos y con
vencerlos de que se incorporaran al Tahuantinsuyo
Una vez que lo hacían, la maquinaria burocrática de
Incario se ponía en acción, enrolando a los nuevos va
sallos en ese sistema que disolvía la vida individua
en tareas y obligaciones gregarias cuidadosament
programadas y vigiladas por la casi infinita telaraña
de administradores que el Cusco hacía llegar hasta
los confines más apartados. Para evitar las rebeldías
o sofocarlas, estaban los *mitimaes*, o trasplantes masi
vos de poblaciones a lugares muy lejanos, donde, de
sambientados, extraviados, estos exiliados caían na
turalmente en esa actitud de pasividad y acatamiento
absolutos que, a todas luces, era el ideal ciudadano
del Incario.

Una civilización de esta naturaleza estaba prepa
rada para luchar contra los elementos y vencerlos; pa
ra consumir racionalmente lo que producía, acumu
lando reservas con miras a los tiempos de escasez
de catástrofe; para evolucionar con lentitud y cautel
en el terreno del conocimiento, inventando sólo aque
llo que podía apuntalarla y cerrándose a lo que de a
gún modo podía minar sus cimientos (como la escri
tura y cualquier otra forma de expresión susceptibl
de desarrollar la soberanía individual, la imaginació
rebelde). No estaba preparada, en cambio, para hace
frente a lo imprevisible, a aquella novedad absolut
que representaba esa falange de hombres acorazados
a caballo, que la atacó a tiros, transgrediendo toda
las normas de la paz y de la guerra que conocía.

Cuando, pasado el desconcierto inicial, surgen
aquí y allá, intentos de reacción en el seno del Inca
rio, ya es tarde. La complicada máquina que regula

ba el Imperio había entrado en proceso de descomposición. Acéfalo con el asesinato de los dos hijos de Huayna Cápac —Huáscar, mandado matar por Atahualpa, y éste, ejecutado por Pizarro—, el Incario da una impresión de monumental confusión, de extravío cósmico, como aquella behetría que, según los amautas cusqueños, había reinado en el mundo antes de la fundación del Tahuantinsuyo por Manco Cápac y Mama Ocllo. Mientras, de un lado, caravanas de indios cargados de oro y plata siguen llevando al conquistador los tesoros que ordenó traer el Inca para pagar su rescate, algunos generales quechuas tratan de organizar la resistencia, equivocando el blanco, pues se ensañan contra los pueblos indios que habían empezado a colaborar con los españoles por resentimiento contra sus antiguos dominadores.

La partida está ya ganada por España, por más que los brotes rebeldes (siempre localizados y contrarrestados por la obediencia servil que enormes sectores del Incario transfieren de manera automática de los Incas a los nuevos amos) se multipliquen en los próximos años, hasta el levantamiento de Manco Inca. Pero ni siquiera éste, pese a su importancia, constituye un verdadero peligro para la dominación española.

Quienes destruyeron el Imperio de los Incas y crearon ese país que se llama el Perú —un país que cuatro siglos y medio después de aquel acontecimiento todavía no acaba de cerrar las heridas que su nacimiento dejó sangrando— eran hombres a los que difícilmente se puede admirar. Tenían, sí, un coraje poco común, pero, en contra de lo que nos enseñan las historias edificantes, no había en ellos —en la mayoría de ellos, en todo caso— ningún idealismo ni designio superior. Sólo hambre, codicia y, en los casos mejores, cierta vocación de aventura. La crueldad de que hicieron gala —y que las crónicas documentan hasta el escalofrío— estaba inscrita en las feroces costumbres de la época y era, sin duda, equivalente a la de los pueblos que avasallaron y expoliaron hasta casi extinguirlos (los veinte millones de incas se habían convertido tres siglos más tarde apenas en seis).

Pero estos espadachines semialfabetos, implacables y ávidos, que, aun antes de haber terminado de conquistar el Incario ya estaban despedazándose entre ellos o siendo despedazados por los «pacificadores» que enviaba contra ellos el lejano monarca al que le habían regalado un continente, representaban una cultura en la que había germinado —nunca sabremos si para bien o para mal— algo nuevo, exótico, en la historia del hombre. En ella, aunque la injusticia y los abusos proliferaban y, a veces, con el patrocinio de la religión, había ido abriéndose de una manera impremeditada, por aleación de múltiples factores, un espacio social de actividades humanas no legisladas ni controladas por el poder que, de un lado, produciría el más extraordinario desarrollo técnico, científico y económico que había conocido el devenir humano desde los tiempos de la caverna y el garrote, y, de otro, la aparición del individuo como fuente soberana de valores que la sociedad debía respetar.

Quienes, con todo el derecho del mundo, se escandalizan por los excesos y crímenes de la Conquista, deben tener presente que los primeros en condenarlos y exigir que cesaran fueron hombres como el padre Las Casas, que llegaron a América con los conquistadores y salieron de sus filas a enfrentárseles y a hacer causa común con los derrotados, cuyos infortunios denunciaron ante el mundo con una indignación y virulencia que todavía nos conmueven. Las Casas fue el más vigoroso, pero no el único, de esos inconformes que, sublevados por los abusos de que eran víctimas los indios, combatieron contra sus propios compatriotas y la política de su propio país en nombre de un principio moral, para ellos más alto que los de la Nación o el Estado. Esto no hubiera sido posible entre los Incas ni en ninguna de las otras grandes culturas prehispánicas. En ellas, como en otras grandes civilizaciones de la historia ajenas a Occidente, los individuos particulares no podían cuestionar moralmente al organismo social del que formaban parte porque sólo existían como células integrantes de ese organismo y porque en ellas la moral no era disociable de la razón de Estado. La primera cultura que se interroga y se cuestiona a sí misma, la primera que desintegra sus masas en seres particulares que, con el correr de los años, irán conquistando más y más derechos para actuar y pensar por cuenta propia, se convertiría, a consecuencia de esa práctica desconocida —la libertad— en la más poderosa del planeta. Frente a ella, todas las otras sucumbirían, algunas mediante cataclismos, como la de los Incas, y otras de manera más gradual o indolora. Desde entonces, para el mundo, la historia cambiaría de signo y sería una sola. Es, naturalmente, inútil preguntarse si estuvo bien que fuera así o si hubiera sido preferible para la especie humana que el individuo no naciera jamás, que hubiera continuado hasta el infinito la tradición de los pueblos-hormigas.

Las páginas de las crónicas del Descubrimiento y la Conquista muestran ese instante crucial, lleno de sangre, fantasmagoría y aventura, en que, disimulados entre un puñado de cazadores de tesoros que entraban en ella a sangre y fuego, llegaban a las tierras del Imperio del Sol, la tradición judeo-cristiana, el idioma español, Grecia, Roma y el Renacimiento, la noción de soberanía individual y una posible opción, remota en el futuro, de vivir en libertad.

Así fue como nacimos los peruanos. Y también, claro está, los chilenos, ecuatorianos, bolivianos y demás hispanoamericanos. Casi cinco siglos después, el alumbramiento aún no termina. En términos estrictos, todavía no hemos visto la luz. Aún no constituimos verdaderas naciones.

La violencia y la maravilla de las crónicas, nuestros primeros textos literarios —esas novelas disfrazadas de historia o libros históricos corrompidos por la ficción—, impregnan todavía la realidad contemporánea. Por lo menos uno de los problemas básicos se mantiene intacto. Dos culturas, una occidental y moderna, otra aborigen y arcaica, coexisten ásperamente, separadas una de otra por la explotación y la discriminación que la primera ejerce sobre la segunda. Mi país, nuestros países, son, en un sentido profundo, más ficciones que realidades. En el siglo XVIII, en Francia, el nombre del Perú tenía áureas resonancias y dio lugar a una expresión —«*Ce n'est pas le Pérou!*»— que se usa todavía para decir algo que no es tan rico ni extraordinario como su nombre sugiere. Pues bien, «*Le Pérou, ce n'est pas le Pérou*». Nunca fue, al menos para la gran mayoría de sus habitantes, ese fabuloso país de las leyendas, sino, más bien, un conglomerado artificial de hombres de diferentes lenguas, usos y tradiciones cuyo común denominador era haber sido condenados por las circunstancias históricas a vivir juntos sin conocerse ni amarse.

Las inmensas posibilidades de la civilización que descubrió América han beneficiado a minorías —a veces ínfimas— en tanto que la mayoría sólo ha recibido la parte escabrosa de la Conquista; es decir, el contribuir con su servidumbre y su sacrificio, con su pobreza y abandono, a la prosperidad y refinamiento de las occidentalizadas élites.

Uno de nuestros peores defectos —de nuestras más tenaces ficciones— es creer que hemos importado todas nuestras penas y miserias del extranjero, que *otros* son siempre responsables de nuestros problemas. Por ejemplo, los conquistadores. Hay países latinoamericanos —México es el mejor ejemplo— en que aún ahora los «españoles» son severamente recriminados por lo que «hicieron» a los indios. ¿Ellos lo hicieron? No. Lo hicimos *nosotros*. Somos, *también*, los hijos, nietos y bisnietos de aquellos recios aventureros que llegaron a nuestras playas, se avecindaron en nuestras selvas y montañas, y nos dieron los nombres que llevamos, el idioma en que nos comunicamos y la religión que practicamos. Ellos también nos legaron la costumbre de endosarle al diablo la responsabilidad de todas las barbaridades que cometemos. En vez de aprender de nuestros errores, mejorando e intensificando nuestra relación con nuestros compatriotas indígenas, mezclándonos y confundiéndonos con ellos para formar una cultura que sería una síntesis de lo mejor que ambos tenemos, nosotros, los occidentalizados de América Latina, hemos perseverado en los peores hábitos de nuestros ancestros comportándonos con los indios durante los siglos XIX y XX, como los españoles con los aztecas y los incas. Y, a veces, peor. No debemos olvidar que en países como Chile y Argentina, fue durante la República que se exterminó a las poblaciones nativas. Y es un hecho que en muchos países, como en el Perú, pese a la retórica indigenista de los literatos y los políticos, se conserva aún inconmovible la mentalidad de los conquistadores.

Sólo se puede hablar de sociedades integradas en aquellos países en los que la población nativa es escasa o inexistente. En las demás, un discreto, a veces inconsciente, pero muy efectivo *apartheid* prevalece. En ellos, la integración es sumamente lenta y el precio que el nativo debe pagar por ella es altísimo: renunciar a su cultura —a su lengua, a sus creencias, a sus tradiciones y usos— y adoptar los de sus viejos amos.

Tal vez no hay otra manera realista de integrar nuestras sociedades que pidiendo a los indios pagar ese alto precio; tal vez, el ideal, es decir la preservación de las culturas primitivas de América, es una utopía incompatible con otra meta más urgente: el establecimiento de sociedades modernas, en las que las diferencias sociales y económicas se reduzcan a proporciones razonables, humanas, en las que todos puedan alcanzar, al menos, una vida libre y decente. En todo caso, hemos sido incapaces de materializar ninguno de estos objetivos y aún estamos tratando, como al ingresar en la historia de Occidente, de saber qué somos y qué signo tendrá nuestro futuro.

Por ello es bueno que los latinoamericanos conozcan la literatura que nació del Descubrimiento y la Conquista. Las crónicas no sólo rememoran aquel tiempo aventurero en el que la fantasía y la realidad se entremezclaban hasta ser inseparables; en ellas figuran ya los retos y problemas para los que aún no hemos encontrado respuesta. Y en esas páginas suspendidas entre la literatura y la historia se adivina, informe, misteriosa y fascinante, la promesa de algo que, si llegara a materializarse, enriquecería el mundo, la civilización humana. De esta promesa hemos tenido hasta ahora sólo esporádicas muestras, en la literatura y en las artes, por ejemplo. Pero no sólo en nuestras ficciones debemos tener éxito. Es preciso perseverar hasta que aquella promesa pase de nuestros sueños y palabras a nuestra vida diaria y se torne realidad objetiva. No permitamos que nuestros países desaparezcan, como le ocurrió a mi caro maestro, el historiador Raúl Porras Barrenechea, sin haber escrito en la vida real aquella obra maestra que hemos estado preparándonos a realizar desde que las tres carabelas famosas embistieron nuestras costas.

Siena, julio 1985

LA PREHISTORIA DE HEMINGWAY

Cuando Borges escribió que los novelistas norteamericanos habían hecho de la brutalidad una virtud literaria, pensaba seguramente en Hemingway. No sólo porque en sus novelas campea la violencia, sino porque tal vez en ningún otro escritor moderno la proeza física, el coraje, la fuerza bruta y el espíritu de destrucción alcanzan una dignidad parecida. Padecer o infligir sufrimiento no es, en Hemingway, una desgraciada fatalidad de la condición humana; es la prueba a través de la cual el hombre trasciende su miserable circunstancia y adquiere grandeza moral.

Que era un gran escritor, no hay duda alguna. Lo prueba el hecho de que esté todavía tan vivo como novelista, a pesar de que su tabla de valores se halla hoy totalmente desacreditada. Hay en esto una instructiva paradoja. ¿Cómo se explica el fervor de los lectores de nuestros días, que son los de la revolución ecológica, la idolatría conservacionista, el espiritualismo de los estupefacientes, el pacifismo y el desarme, por el aedo de la caza, el toreo, el boxeo y todas las manifestaciones del «machismo»? Se explica, simplemente, porque el cultor de esos anacronismos era un *gran escritor*, es decir, un artista dueño de unos medios de expresión y una fuerza comunicativa capaces de imponer su mundo ficticio a un público aun en contra de los valores dominantes de la época. No son las «ideas» de Hemingway las que pueden hoy día convencernos; su concepción del hombre y de la vida nos parecen superficiales y esquemáticas, además de ingenuas. Pese a ello, el hechizo de sus imágenes, la magia estoica de sus frases, la perfecta elegancia con que en sus historias se ejecutan los ritos del desafío, el amor o la matanza, siguen seduciendo a los benignos jóvenes de hoy día, ni más ni menos que a los iracundos de hace treinta años.

Y por eso los editores no se dan abasto para publicar libros inéditos, reediciones, biografías o testimonios sobre el autor de *El viejo y el mar*. He leído que en el año que termina ningún otro escritor, vivo o muerto, fue materia de tantos libros de interpretación o tesis doctorales como Hemingway. Y, a juzgar por los tres últimos que acabo de leer,* a esta abundancia numérica corresponde, también, un equivalente esfuerzo intelectual. Porque los tres, no importa cuáles sean las reservas o discrepancias que nos merezcan desde el punto de vista crítico, son el resultado de investigaciones rigurosas.

El más ambicioso es el de Jeffrey Meyers. Abarca toda la vida de Hemingway y añade un buen número de informaciones y precisiones a la biografía de Carlos Baker (1969), hasta ahora la obra canónica del género. El profesor Meyers ha correspondido copiosamente con conocidos y familiares de Hemingway, entrevistado a varios de ellos, y entre las novedades que ofrece figura, por ejemplo, un intento del FBI de desprestigiar al escritor (lo consideraba comunista) del que nada se sabía. De otro lado, Meyers se mueve con soltura en la obra de Hemingway a la que continuamente relaciona con episodios de su vida, aunque en su empeño de filiar a los modelos de los personajes literarios su método no sea siempre persuasivo. Pero su obra es acaso la biografía más completa que haya merecido hasta ahora el escritor al que (olvidando la existencia de Faulkner) llama «el más importante novelista norteamericano del siglo XX» (p. 570).

Pese a esta hipérbole y al macizo trabajo que le ha dedicado, no puedo dejar de preguntarme, luego de

* Jeffrey Meyers, *Hemingway: A Biography*, Nueva York, Harper & Row Publishers, 1985, 646 pp.; Peter Griffin, *Along with Youth: Hemingway, The Early Years*, Nueva York, Oxford University Press, 1985, 258 pp.; Michael Reynolds, *The Young Hemingway*, Nueva York, Basil Blackwell, 1985, 281 pp.

leer su libro, si el laborioso biógrafo alienta, de veras, alguna simpatía por su héroe. La imagen de Hemingway que traza es lastimosa: la de un hombre que, en contraste con su imagen pública —de gigante aventurero y bonachón, heroico hasta en sus propias flaquezas— fue toda su vida un fanfarrón, borrachín, abusivo de su fuerza, poseído de una obsesión homicida contra el reino animal al que devastó en sus más variadas especies y con toda clase de armas, desleal con sus amigos, despótico con sus mujeres y que cultivó su imagen pública con tanta habilidad como impostura.

No acuso al profesor Meyers de calumniar a Hemingway. Estoy dispuesto a creer que las minuciosas estadísticas que atestan su libro —los accidentes, las enfermedades, los desplazamientos, y, casi casi, las eyaculaciones y los «fiascos» del protagonista— son ciertas. ¿Por qué, entonces, su biografía tiene el aire de no dar en el blanco, de ser una caricatura?

Se trata, quizá, de un problema de punto de vista. Una lupa de aumento, en vez de revelar los detalles de un hermoso cuerpo, puede dar una visión monstruosa, al aislar, agigantándolo, un miembro que sólo en el conjunto, como parte del todo, tiene armonía y gracia. La biografía de Meyers es una autopsia en la que el sujeto ha quedado desmenuzado en tantos fragmentos —casi todos horribles— que no hay ya manera de saber cómo lucía el cuerpo cuando era una totalidad viviente.

Lo que da unidad y vida a un escritor después de muerto, cuando la chismografía periodística, los mitos y malicias que lo acosaron ya no tienen en qué cebarse, son los poemas o las historias que escribió, ese mundo de palabras que lo sobrevive y que debería ser la única razón del interés por su peripecia biográfica.

Esta relación aparece tenuemente en la biografía de Jeffrey Meyers y, lo que es más grave, cuando el biógrafo la subraya lo hace de manera discutible. La arqueología literaria parece consistir, a su juicio, en una pesquisa policial en la que a las ficciones corresponden ciertos modelos vivos —personas o sucesos—

que el crítico debe identificar. Una vez capturada esta presa, quedaría explicada la labor creativa. El profesor Meyers asegura, de manera rotunda, que Fulano *es* el personaje tal y que tal episodio o anécdota, enmendada en esto o aquello, *es* el tema del cuento aquel o la novela aquella. Ésta es la razón, tal vez, de que el lector de Hemingway, al leer su biografía, se lleve la impresión de un escamoteo. Porque ninguna obra literaria, y menos la de un gran creador, reproduce la realidad vivida, ni es una mera suma de observaciones y experiencias traducidas en palabras a las que, como condimento, el autor les hubiera espolvoreado una pizca de fantasía.

Una ficción es siempre una recomposición fraudulenta de la realidad; una mentira que, si el creador tiene genio, ha sido dotada de un poder de persuasión capaz de imponerla como cierta en el instante mágico de la lectura. Una ficción no expresa el mundo: lo cambia, lo rehace, en función de ambiciones, apetitos o frustraciones poderosamente sentidos por el creador y a partir de los cuales opera su imaginación. Esa mudanza de la experiencia personal en literatura —es decir, en experiencia universal, en un mito en el que otros hombres pueden reconocerse— es siempre misteriosa y las biografías literarias logradas son las que consiguen hacerla inteligible.

No es el caso del libro de Meyers. Es posible que el Hemingway de carne y hueso fuera ese ser caprichoso, desconsiderado, de impulsos siniestros, capaz de pulverizar con ensañamiento al incauto amigo que aceptaba boxear con él, un engreído con un enfermizo sentido de la emulación. Tengo la sospecha de que en el mundo hay buen número de especímenes parecidos; abundan sobre todo en los países subdesarrollados, donde la borrachera y el puñetazo merecen un culto religioso. Pero sólo uno de esos energúmenos ebrios escribió *The Sun Also Rises* y *A Farewell to Arms* y un puñado sobresaliente de historias en las que la vida del hombre aparece —mentirosamente— como una conquista heroica de la dignidad, una prueba en la que la proeza física —en el deporte, la guerra o el sexo— se vuelve metafísica, una vía hacia la plenitud y el absoluto.

Todo hombre es, también, una suma de debilidades, mezquindades y miserias y Jeffrey Meyers ha levantado un muestrario triste de las que afearon a Hemingway. Pero su libro no llega a mostrarnos cómo se las arregló éste para metamorfosear semejante arsenal de desvalores en un espléndido fresco de la aventura humana, en la era de las guerras mundiales y las revoluciones, del derrumbe de las instituciones y certidumbres tradicionales y del gran vacío espiritual. En su biografía, la literatura aparece como la actividad marginal, el accidente de una vida en la que más importante que ella fueron la pesca, la caza, el alcohol, el boxeo, los toros, las mujeres y los viajes.

Aquella simpatía de que adolece el libro de Meyers, prolifera en cambio en el de Peter Griffin, *Along with Youth*, primer tomo de una biografía tan ferviente que linda con la hagiografía. Los defectos del personaje no han desaparecido, pero están como diluidos por sus virtudes —energía vital, espontaneidad, encanto personal, y una íntima inocencia que ningún fracaso o desilusión parecía capaz de destruir— que el biógrafo documenta con contagiosa devoción. El señor Griffin tiene una prosa clara y amena y sabe contar con sutileza, de modo que el lector de su libro se forma una imagen muy vívida de los primeros años de Hemingway, transcurridos en Oak Park, suburbio republicano y virtuoso de Chicago, entre una madre voluntariosa, música y mística, y un padre médico, con desarreglos nerviosos y una existencia taciturna que terminaría en suicidio.

El cuidado y la pulcritud con que el libro sigue los movimientos del joven Hemingway son notables y dan por momentos la sensación de la omnisciencia. Aunque la parte más original del volumen se refiere al noviazgo de Hemingway con la que sería su primera mujer —Hadley Richardson—, que Peter Griffin reconstruye día a día gracias a una profusa correspondencia, perteneciente a Hadley —que Jack Hemingway, hijo del primer matrimonio de Ernest, puso a su disposición—, para mí las mejores páginas son las que describen el romance anterior de Hemingway, mientras convalecía en Milán, con la enfermera Agnes von Kurowski, quien luego lo plantaría por un duque napolitano (el que, a su vez —justicia inmanente— la plantó a ella más tarde). El fugaz romance está admirablemente resucitado hasta en minucias como los restaurantes que frecuentaron y los platos que pidieron. El señor Griffin se ha dado maña para zanjar definitivamente la duda, que desasosegaba a biógrafos y comentaristas —¿se consumó el romance o fue sólo platónico?—, probando que la pareja compartió una cama durante tres días y rescatando una carta de Agnes en la que ésta dice a Hemingway que sueña con «*go to sleep with your arm around me*» (dormir con tu brazo envolviéndome). El asunto no es académico ni puramente chismográfico; tiene un interés real, pues el romance con Agnes von Kurowski es la materia prima que sirvió a Hemingway para fabular *A Farewell to Arms*, y conocer con exactitud el episodio permite entender mejor aquello que Hemingway añadió, suprimió y enriqueció al convertirlo en ficción, es decir adentrarse en la intimidad de su sistema narrativo.

Ésta es, por lo demás, la única parte del interesante libro de Griffin de la que el lector puede sacar provechosos elementos de juicio sobre la obra literaria de Hemingway. A diferencia de la relación con Agnes von Kurowski, ni el noviazgo ni el matrimonio con Hadley parecen haber tenido consecuencias directas en las ficciones de Hemingway, si se excluye la desvaída evocación de su primera mujer que hizo en *A Moveable Feast*. Tal vez por ello, la reconstitución de los meses previos al matrimonio —Hadley estaba en Saint Louis y Ernest en Chicago—, a través de la abrumadora conversación epistolar que sostuvieron y que Griffin glosa implacablemente, resulta algo tediosa. Las cosas que los novios se decían eran más interesantes para ellos que para la posteridad.

Ocurre que en aquellos años minuciosamente documentados por *Along with Youth* (1919 y 1920) Heningway aún no era Hemingway, sino un vago proyecto; los indicios no dejaban presentir al gran escritor que comenzaría a ser unos años más tarde. Es verdad que escribía mucho y el libro de Griffin incluye cinco relatos inéditos de aquella época, un puñado de los muchos que produjo y que envió a diversas publicaciones (todos fueron rechazados). El señor Griffin, en contra de lo que la crítica tenía más o menos establecido, es decir que sólo a partir de su viaje a París y su vinculación con escritores como Gertrude Stein y Ezra Pound definió Hemingway su orientación literaria y encontró su estilo, sostiene que esta definición es anterior. Ella se habría fraguado en el período que media entre su retorno de Italia y su matrimonio con Hadley, sobre todo en los meses que vivió en Chicago, donde conoció a Sherwood Anderson —su primera influencia literaria— y a un grupo de escritores y gente vinculada al medio intelectual.

La tesis no me parece probada. Por el contrario, los ejemplos que aporta *Along with Youth* abonan más bien la contraria. De los cinco cuentos inéditos sólo uno, «The Current», descripción de un *match* de *box* en el que el protagonista se juega a la vez el título y el corazón de la chica que ama, es de tema «hemingwayano». Pero ni siquiera este relato se acerca remotamente a lo que fue la característica mayor de su literatura: la tersa economía de la prosa, la limpidez y eficacia de los diálogos, los datos ocultados al lector para imprimir misterio o cargar de dramatismo a la historia. Todos ellos son efectistas por su argumento y deficientes por la ampulosidad de su lenguaje; fallan, sobre todo, en lo que Hemingway siempre acertaría: los diálogos. Uno se siente inclinado a dar la razón a aquellos editores que se negaron a publicarlos por inmaduros. Gracias a ellos, Hemingway acabó por encontrar su camino, uno muy distinto a aquel en el que dio sus primeros pasos de escritor.

Para entender esto, el libro de Peter Griffin no nos presta mucha ayuda. Porque, aunque ha sido tan prolijo en historiar las relaciones familiares, amistosas y amorosas de Hemingway, sus paseos y actividades deportivas, sus trabajos y placeres, ha dejado prácticamente en la sombra su formación intelectual. Es verdad que ésta fue pobre y defectuosa y que sólo desde su llegada a París, en 1922, gracias al medio al que tuvo la fortuna de incorporarse, esta formación adquirió dinamismo y calidad. Pero, de todos modos, algunos libros debió de leer antes, hacerse alguna idea de la actividad a la que había decidido dedicarse y alentar algunas ideas sobre la literatura de su tiempo. Sobre esto, el libro de Peter Griffin no nos dice casi nada. El joven Hemingway que dibujan sus páginas quería ser escritor, sí, pero no hay huellas de que le interesara la literatura.

Michael Reynolds, en *The Young Hemingway*, explora a fondo este aspecto de la vida de Hemingway sin duda el más atractivo para quienes se interesan en los libros del escritor antes que en su leyenda y su mitología. Curiosamente, había sido descuidado por la mayoría de biógrafos. Su propósito no era fácil de realizar, pues se trataba de algo semejante a pintar el vacío o musicalizar el silencio. La razón por la que los críticos y biógrafos de Hemingway han omitido hablar de su «educación literaria» es porque, en cierto modo, no tuvo ninguna; lo que hizo las veces de ésta resultaba tan paupérrimo que parecía preferible olvidarse de ella. No era cierto y el ensayo de Reynolds lo demuestra. Hemingway cultivó, en su imagen pública, una postura antiintelectual, evitó los medios literarios y se permitió, a menudo —principalmente en *Death in the Afternoon*— ridiculizar a los escritores «librescos», aquellos que preferían los libros a «la vida». Esta pose ocultaba, en verdad, como tantas otras en su biografía, una incomodidad, la conciencia de un vacío intelectual que, en el fondo, lo avergonzaba. Ésta es la razón por la que inventaría que no pudo ir a la Universidad de Princeton donde había sido aceptado, porque su madre se gastó el dinero de sus estudios en construirse una casa de verano.

Hasta los veinte o veintiún años Hemingway fue muy inculto, literariamente hablando. No sólo por que leyó poco, sino, sobre todo, porque leyó mal. Esto no significa que el medio familiar en el que creció fuera inculto. Su madre, que había estudiado música y era profesora de canto, tenía una intensa vida espiritual —con experiencias místicas, incluso—, pero su rígido puritanismo debió elevar unas barreras infranqueables para cualquier poema, novela o ensayo que pudiera oler a heterodoxia o pecado. El padre, un médico alicaído y neurótico, estimuló el amor del joven por la vida natural, los viajes y los deportes, pero, aparentemente, no tuvo la menor curiosidad literaria. El ambiente intelectual de Oak Park, admirablemente descrito por el profesor Reynolds, a través de lo que los vecinos de ese pueblo conservador leían o publicaban en el periodiquito local, en los libros que adquiría su biblioteca, en las conferencias y debates que promovían, era convencional y estereotipado y no tiene nada de insólito que el joven Hemingway creciera en él sin enterarse de lo que ocurría en el ámbito literario en el resto de Estados Unidos y en el mundo. *The Young Hemingway* muestra que a los diecinueve años Hemingway no había leído aún a Conrad, Lawrence, Sherwood Anderson, Gertrude Stein, Eliot ni Joyce, y que sus modelos literarios eran los autores de los cuentos que publicaban las revistas populares (como *Redbook*, *Cosmopolitan*, *Saturday Evening Post* y *The Dial*). No es de extrañar, pues, que hasta su viaje a París no pensara en ser algún día un «gran escritor», con lo que esto entraña de excelencia artística. La literatura era para él, en esa prehistoria suya, nada más que un «*job that produced income*» (un trabajo que producía ganancia, p. 50).

Uno de los capítulos más interesantes de este libro estudia cómo ciertos ingredientes centrales de lo que sería más tarde la filosofía de Hemingway —el culto del coraje, el someterse a «pruebas» para medir la energía física y moral, el amor al deporte— impregnaban el aire del mundo embotellado en el que transcurrió su adolescencia y la reverberación que pudieron tener en él, en esos años, las ideas y los mitos sobre la formación del carácter y del ciudadano de

Theodore Roosevelt. El profesor Reynolds ha hecho bien en interesarse más en los alrededores que en el propio Hemingway, reconstruyendo, a base de una hermenéutica sagaz, el mundo familiar, escolar, campestre, urbano, en el que Hemingway creció. Ha conseguido levantar de este modo unas coordenadas que nos ilustran luminosamente sobre las enormes limitaciones que el joven debió vencer para convertirse en el creador que sería más tarde. Aunque en su libro hay, a veces, excesivas repeticiones y no siempre los temas están desarrollados de acuerdo a su importancia, lo cierto es que en sus páginas el lector encuentra un material que esclarece muchos aspectos hasta ahora mal conocidos de Hemingway y una magnífica evocación de los comienzos difíciles de su carrera literaria.

Lima, enero 1986

UNA MONTAÑA DE CADÁVERES:
(Carta abierta a Alan García)

La única vez que conversamos —aquella noche en casa de Mañé— nos tratamos de tú, pero en esta carta voy a usar el usted, para hacer evidente que me dirijo al jefe de Estado de mi país, elevado a ese alto cargo por el voto mayoritario de los peruanos y que encarna al sistema democrático que tenemos desde 1980. Quiero reflexionar ante usted sobre la montaña de cadáveres que ha quedado luego de que las Fuerzas Armadas retomaron los tres penales de Lima, amotinados por obra de los terroristas.

Digo «montaña de cadáveres» porque no sé cuántos son. Pienso que usted tampoco lo sabe y que la cifra exacta la ignoran, incluso, los oficiales que dirigieron el asalto a las cárceles, y que ella nunca se sabrá. ¿Trescientos, cuatrocientos? En todo caso, una cifra atroz que nos obliga a usted, a mí, y a todos los peruanos que queremos unas formas de vida civilizadas para nuestro país, a preguntarnos si una matanza semejante era necesaria para preservar este sistema democrático gracias al cual ocupa usted ahora el Palacio de Gobierno.

Mi opinión es que no era necesaria y que hubiera podido y debido ser evitada. También, que esos cientos de cadáveres en

lugar de consolidar nuestro sistema democrático lo debilitan y que, en vez de significar un golpe de muerte a la subversión y al terrorismo, tendrá el efecto de
una poda de la que rebrotarán, multiplica-
dos, el fanatismo y los crímenes de Sendero Luminoso y el Movimiento Revolucionario Túpac Amaru.

Desde luego que usted tiene la obligación de defender el orden democrático y
de combatir, con las armas de la ley, a
quienes quieren acabar con él a sangre y
fuego. Pero lo sucedido en El Frontón, Lu-
rigancho y la cárcel de Santa Bárbara —sobre todo en los dos primeros— muestra una
desproporción tal entre el riesgo que los
motines planteaban a la democracia y la
manera de conjurarlo que resulta moral y
legalmente injustificable.

Usted y yo sabemos, de sobra, las crueldades y las ignominias sin nombre que vienen cometiendo en nuestro país los terroristas. Pero sabemos, también, que lo que
da superioridad moral y legitimidad a un
gobierno representativo frente a quienes
se creen autorizados a matar, dinamitar o
secuestrar en nombre de un ideal, es que
los métodos de aquél y de éstos son esen-
cialmente distintos. La manera como se ha
reprimido estos motines sugiere más un
arreglo de cuentas con el enemigo que una
operación cuyo objetivo era restablecer
el orden.

Las consecuencias de esta matanza son
incalculables. Lo más doloroso, en ella,
es que junto a los culpables deben de haber muerto muchos inocentes, pues ya sabemos que uno de los aspectos más siniestros de nuestro sistema penal es que los

reos pueden languidecer en las cárceles
sin ser juzgados o aun habiendo cumplido
sus sentencias, por simple incuria burocrática. Y es, de otra parte, muy grave
que, durante las operaciones militares,
ninguna autoridad civil ni representante
alguno del Poder Judicial hubiera estado
allí presente, para exigir que —aun en
esas circunstancias difíciles— las fuerzas militares actuaran dentro de la ley.
Uno de los actos más celebrados de su gobierno fue el haber afirmado la autoridad
del poder civil sobre las Fuerzas Armadas, requisito primordial de cualquier
sistema democrático. Deploro y estoy seguro que muchísimos peruanos lo deploran
conmigo, que en estos sucesos aquella autoridad civil haya brillado por su ausencia.

Es también muy grave que haya usted permitido la incautación de un órgano de
prensa, El Nuevo Diario. Tal vez es cierto que este periódico desinformaba, men-
tía y alentaba la subversión. Pero, si
era así, la obligación de su gobierno era
denunciarlo ante el Poder Judicial, no ce-
rrarlo manu militare. Cerrar periódicos
no son métodos de la democracia sino los
de una dictadura.

No necesito decirle, pues sin duda usted lo sabe, lo que esta matanza va a significar —significa ya— para la imagen de
nuestro país en el exterior. Desde luego
que los enemigos de la democracia aprove-
charán esta tragedia para, exagerando y
calumniando sin escrúpulos, decir que el
Perú es ya una dictadura sangrienta y usted mismo un genocida. Eso tampoco es verdad y creo que es mi deber, y el de todos
los peruanos que queremos salvar la demo-

cracia en el Perú, cerrar el paso a esas operaciones de desprestigio internacional promovidas por el extremismo no para corregir nuestra imperfecta democracia sino para destruirla. Como lo he hecho en el pasado, ahora también haré cuanto esté a mi alcance para hacer saber al mundo que esta tragedia es un revés y un error —sin duda graves y lamentables— pero no el suicidio de nuestra democracia o, como han comenzado ya a propalar sus enemigos, su «bordaberrización».

Me permito exhortarlo, en nombre de principios que, pese a todas las diferencias que podamos tener, compartimos, a no ahorrar esfuerzos para impedir que lo ocurrido sea aprovechado por quienes, desde uno ú otro extremo quisieran ganar posiciones, empujando a su gobierno a adoptar políticas que no son aquellas, moderadas y de consenso, por las que votaron esos millones de peruanos que lo hicieron a usted Presidente. Tan grave como ceder ante quienes, aplaudiendo la matanza de los penales, quisieran verlo a usted dar carta blanca a una represión indiscriminada y feroz contra el terrorismo, sería, ahora, para contrapesar de alguna manera el traspié cometido, que su gobierno emprendiera una demagógica campaña contra los países occidentales y la banca internacional —el «imperialismo»— para reconquistar la aureola de «progresista» empañada por la matanza. Cualquiera de ambas posturas sería, más que una concesión, una claudicación democrática de la que se perjudicaría aún más de lo que está nuestro pobre y maltratado país.

No voté por usted en las elecciones, como es de dominio público. Pero desde que usted tomó el gobierno he visto con simpatía y a veces admiración, muchos de sus gestos, juveniles y enérgicos, que me parecían revitalizar nuestra democracia tan enflaquecida estos últimos años por culpa de la crisis económica y la violencia política y social. En esta carta no quiero sólo dejar sentada mi protesta por algo que considero un terrible error. También, mi convicción de que por trágicas que hayan sido las consecuencias de él, usted sigue siendo el hombre a quienes los peruanos confiaron, en mayoría abrumadora, la tarea de salvaguardar y perfeccionar este sistema de paz, legitimidad y libertad que recobramos en 1980. Su obligación es sacar adelante esta misión, a pesar de todas las amenazas y los errores.

Mario Vargas Llosa

Lima, 22 de junio de 1986

RESPUESTA A GÜNTER GRASS

Curiosa manera de polemizar la suya, amigo Günter Grass. Cuando la Universidad Menéndez y Pelayo
lo invitó a que dialogáramos, en Barcelona, sobre
nuestras discrepancias, rechazó usted la invitación.
Pero ahora, en el congreso del PEN Internacional, en
Hamburgo, al que me fue imposible asistir, ha pole-
mizado sin descanso conmigo, un interlocutor fantasma que no podía responder a sus cargos ni a sus bravatas. Lo hago ahora, por escrito, con la esperanza de
que esto ponga punto final a una polémica que comenzó mal y que, por lo demás, no parece haber servido de gran cosa.

En la reunión del PEN en Nueva York, en enero,
sostuve que el talento literario y la brillantez intelectual no son garantía de lucidez en materias políticas y
que, en América Latina, por ejemplo, un número considerable de escritores despreciaban la democracia y
defendían soluciones de corte marxista-leninista para
nuestros problemas. Me permití, también, una humo-
rada. Especulé que, si se hiciera una encuesta entre
nuestros intelectuales partidarios y adversarios de la
democracia, acaso ganarían estos últimos. Cuando
usted afirmó que era inaceptable suponer algo así,
porque conocía muchos exiliados intelectuales de
América Latina que eran sinceros demócratas, le contesté que enhorabuena y que albricias. Le repito ahora que nada me alegraría tanto como que usted tenga
razón y que yo esté equivocado. Ojalá hubiera en
América Latina una mayoría de intelectuales que haya optado de manera clara a favor del sistema democrático y en contra de las dictaduras, sean éstas de izquierda o de derecha.

Naturalmente que aquella encuesta no se puede realizar y que sólo se puede hablar de ella en términos hipotéticos. Pero mi pesimismo no es gratuito ni me anima en lo que dije el propósito de insultar a mis colegas, como usted, hablando para la galería, ha dicho en Hamburgo. En este tema, el de la realidad política de América Latina, tengo seguramente más experiencia que usted, ya que de nuestros países entiendo que sólo conoce Nicaragua, en una breve visita que, por otra parte, según ha revelado Xavier Argüello en una carta a *The New York Review of Books*, estuvo cuidadosamente planeada por el régimen para que sólo viera y oyera lo que a éste convenía.

A diferencia de lo que ha sucedido en Europa occidental, donde, desde los años sesenta, numerosos intelectuales progresistas han hecho una profunda crítica del *socialismo real* y denunciado sus crímenes, en América Latina, con pocas excepciones, nuestros intelectuales siguen practicando la «hemiplejia moral» que consiste en condenar las iniquidades de las dictaduras militares y los atropellos que permiten a menudo las democracias, y en guardar ominoso silencio cuando quienes cometen los abusos son regímenes socialistas. Al aprobar el Congreso de los Estados Unidos la ayuda de 100 millones de dólares para los «contras», me apresuré a protestar por lo que considero la intolerable agresión de un país poderoso contra la soberanía de un pequeño país, y no me cabe duda que esta protesta coincide con la de innumerables escritores desde México hasta la Argentina. ¿Cuántos de ellos estarían también dispuestos a protestar conmigo por la clausura del diario *La Prensa*, en Managua, medida que pone fin a todo tipo de crítica y de información no oficial en la Nicaragua sandinista?

Porque la magnitud de las desigualdades económicas y de las injusticias sociales lo impacientan, o porque los horrores de las dictaduras militares que hemos sufrido (y que aún sufren países como Chile y Paraguay) lo exasperan, y porque la ineficiencia y la inmoralidad que suelen acompañar a nuestros gobiernos democráticos lo llevan a desesperar de una solución pacífica y gradual para los males del subdesarrollo, el intelectual progresista latinoamericano cree aún en el mito de la revolución marxista-leninista como panacea universal. Esta ilusión le ha·impedido oír la denuncia sobre la realidad del Gulag de los disidentes soviéticos y sacar las conclusiones debidas sobre acontecimientos como el fin de la Primavera de Praga, las luchas de Solidaridad o la fuga de los cien mil cubanos por el puerto de Mariel. Y, lo que es más grave todavía, impide aún a muchos de ellos reconocer que, con todas sus imperfecciones, el sistema democrático es el menos inepto para hacer frente a nuestros problemas, y, en consecuencia, apoyarlo sin medias tintas.

Como dije en Nueva York, el apego o desapego de sus intelectuales hacia la democracia no es un problema académico sino un hecho crucial del que en buena parte depende el futuro de América Latina. *Democracia*, como *socialismo* y *libertad*, es una palabra prostituida por el uso contradictorio y confusionista que se hace de ella. Todo el mundo se proclama *democrático*: desde Muammar el Gaddafi hasta el *ayatolá* Jomeini, pasando por Kim il Sung y el general Stroessner. Pero para usted y para mí debería ser fácil establecer la línea divisoria entre los genuinos regímenes democráticos y los impostores. Ya que, a pesar de nuestras diferencias, tengo la impresión de que ambos, cuando hablamos de *democracia*, decimos la misma cosa y nos referimos a aquello que los marxistas-leninistas suelen caricaturizar como *democracia formal*.

Pues bien, si este sistema de legalidad y libertad, con elecciones, sindicatos independientes, partidos políticos y parlamentos representativos contara en América Latina con el respaldo decidido de nuestros intelectuales progresistas, él sería menos deficiente y menos frágil de lo que actualmente es. Su fragilidad no resulta, sólo, de nuestros desequilibrios sociales y de la miseria de grandes masas humanas, o de los sabotajes que andan tramando contra él sectores militares y plutocráticos; también, de la hostilidad que merece a quienes en sus escritos y pronunciamientos han contribuido en gran parte a devaluarlo. Éste es, básicamente, el sentido de mi crítica: que por razones a veces nobles y a veces innobles —el temor a ser satanizado como *reaccionario*, por ejemplo— muchos intelectuales latinoamericanos han ayudado al desplome de nuestros experimentos democráticos.

Déjeme citarle el caso de mi país, donde el sistema democrático, que recobramos en 1980, cruje y se resquebraja a diario por obra de la violencia política. La organización que ha desatado el terror, Sendero Luminoso, no nació en una comunidad campesina ni en una fábrica, sino en una universidad, y sus fundadores no fueron obreros sino profesores y estudiantes universitarios, que, sin duda, jamás pudieron sospechar que sus insensatas justificaciones de la violencia como «partera de la historia» desembocarían en el baño de sangre que vive hoy el Perú. Los crímenes que se cometen no son, por desgracia, sólo de un lado; también de quienes deberían velar por la legalidad, como ha probado el asesinato de varias decenas de senderistas en las cárceles de Lima, durante un motín, que cometieron miembros de la Guardia Republicana, según ha denunciado el propio presidente de la República. Dentro de un contexto semejante comprenderá usted mejor, tal vez, la vehemencia con que defiendo la opción democrática para América Latina. Ella es la única posibilidad que tenemos de poner fin, o al menos atenuar, la sobrecogedora violencia que los dos extremos ideológicos están dispuestos a aplicar sin el menor escrúpulo, y la mayoría de cuyas víctimas son, siempre, seres humildes e inocentes que ignoran —y acaso ni siquiera entenderían— las elaboraciones intelectuales de quienes creen que el fin justifica todos los medios, incluido el asesinato ciego de la población civil.

Me ha censurado usted por haber dicho que, en las sociedades comunistas, el poder ponía al escritor en el dilema trágico de ser un cortesano o un disidente. Admito que la división entre *cortesanos* y *disidentes* es esquemática y la retiro. Ella soslaya, en efecto, aquel matiz que representa un buen número de escri-

397

tores que, haciendo esfuerzos admirables, se las arreglan para, sin romper con el socialismo, mantener una cierta distancia crítica hacia el régimen de su país. Cuando fui presidente del PEN Internacional pude comprobar, en efecto, los riesgos que estaban dispuestos a correr muchos escritores polacos, húngaros y de Alemania Oriental para expresar sus opiniones independientes. Sé que ninguno de ellos aceptaría ser llamado *disidente* y sé que sería injurioso llamarlos *cortesanos*.

Hecha esta rectificación, vayamos al fondo del asunto. Mi crítica no iba dirigida a los escritores de los países comunistas, sino al sistema del que son víctimas. Porque lo cierto es que los regímenes marxistas-leninistas no permiten la neutralidad ideológica, y para impedirla han establecido unos métodos de censura tan perfectos como ridículos. Es una de las objeciones frontales que cabe hacer a la doctrina que nació para «encarnar» las ideas en la historia. Haber convertido el pensar y el escribir en una actividad tan aséptica y tan insulsa como lo era en las colonias hispanoamericanas en el siglo XVII, cuando nuestros poetas y pensadores, paralizados por el miedo a la Inquisición, tornaron nuestra literatura un ritual de tópicos y de huecas acrobacias verbales.

Sé muy bien todo lo que hace el comunismo en favor de la literatura. He visto con mis ojos cómo se multiplican las bibliotecas y cómo los libros se abaratan y reeditan en ediciones masivas. Y he visto, sobre todo, cómo en los países comunistas la literatura que llega al gran público no se ha frivolizado como ocurre, por desgracia, en muchos países libres, donde el consumismo tiende a relegar la literatura de creación a auditorios minoritarios, en tanto que lo que lee el gran público suele ser una seudoliteratura conformista y adocenada. Pero ser lúcido a este respecto no debe cerrarnos los ojos a la otra evidencia: la más imperfecta democracia concede al escritor una libertad mayor que la sociedad socialista menos rígida (digamos, hoy, Hungría).

El precio que pagan por su independencia frente al poder los escritores de países comunistas, usted lo conoce: desde la muerte civil que significa ser expulsado de las asociaciones gremiales, que son las que confieren categoría de escritor y todas las ventajas consiguientes a ella, hasta ver cerradas las publicaciones y las imprentas para sus trabajos y negados los permisos para salir al extranjero o para regresar al país luego de un viaje y ser convertido por lo tanto, sin quererlo, en un *disidente* del socialismo. En tanto que el escritor oficial, que hace suyas las verdades del poder y acepta ser su publicista, recibe toda clase de prebendas y privilegios, el que quiere preservar su independencia debe hacer frente a múltiples acosos y chantajes: a veces la cárcel, a veces la catacumba o el limbo, y a veces —lo peor que le puede ocurrir a un escritor— renunciar a escribir.

Con este telón de fondo quiero situar aquella respuesta mía en Nueva York, a la pregunta de un escritor surafricano, en la que dije lamentar que García Márquez hubiera aceptado ser un «cortesano» de Fidel Castro. Hasta en tres ocasiones me conminó usted en Hamburgo a pedir disculpas por aquella frase, so pena —según los cables— de dejar de ser para usted «un interlocutor válido». (Éstas son las bravatas suyas a las que me refería al principiar mi artículo.)

No voy a retirar esa frase: sé que ella es dura pero estoy convencido que expresa una verdad. Dije también algo igualmente severo, hace algunos años, cuando supe que Borges —un escritor al que tengo como uno de los más originales e inteligentes que haya producido nuestra lengua— había aceptado una condecoración del general Pinochet. Tener un gran talento literario no me parece un atenuante sino un agravante en estos casos. Simplemente no entiendo qué puede llevar a un escritor como García Márquez a conducirse como lo hace con el régimen cubano. Porque su adhesión va más allá de la solidaridad ideológica y asume a menudo las formas de la beatería religiosa o de la adulación. Que un escritor inciense como él lo hace al caudillo de un régimen que mantiene muchos presos políticos —entre ellos varios escritores—, que practica una estrictísima censura intelectual, no tolera la menor crítica y ha obligado a exiliarse a decenas de intelectuales, es algo que, como decimos en español, me hace sentir vergüenza ajena. Y también me alarma, pues poniendo su prestigio al servicio incondicional de Fidel Castro, García Márquez confunde a mucha gente en América Latina sobre la verdadera naturaleza de su régimen.

Probablemente admiro la obra literaria de García Márquez tanto como usted. Y, acaso, la conozco mejor, pues dediqué dos años a estudiarla y escribir sobre ella. Él y yo fuimos muy amigos; luego, nos distanciamos y las diferencias políticas han ido abriendo un abismo entre nosotros en todos estos años. Pero nada de eso me impide gozar con la buena prosa que escribe y con la imaginación fosforescente que despliega en sus historias. Porque reconozco en él un talento literario poco común, no puedo comprender que, tratándose de Cuba, haya renunciado a toda forma de discriminación moral y de independencia crítica asumiendo resueltamente un papel que me parece indigno: el de propagandista.

No sé si usted y yo nos volveremos a ver. Me temo que esta polémica dificulte el que alguna vez seamos amigos. Créame que lo siento. No sólo por el respeto intelectual que me merecen sus libros, sino porque, a juzgar por lo que ha sido su actuación política en su país, creía que ambos librábamos la misma batalla. Pensar que me equivoqué me deja un deprimente sabor a ceniza en los labios.

Londres, 28 junio 1986

EL LUNAREJO EN ASTURIAS

Imagino que se me ha confiado la honrosa tarea de agradecer los premios Príncipe de Asturias porque, entre los premiados, yo puedo testimoniar mejor que nadie sobre el espíritu generoso que los anima y, viniendo del remoto Perú, sobre su vocación universal. Lo hago con la modestia debida, pero, también, orgulloso de compartir este reconocimiento con los distinguidos intelectuales, artistas, científicos e instituciones que los han merecido. Y feliz de hacerlo en esta tierra de Asturias, de recias costumbres y verdes campiñas, donde vivió y escribió uno de los escritores que más admiro —Clarín— y que es un símbolo, en la historia de Occidente, de amor a la soberanía y a la libertad.

Y puesto que los premios Príncipe de Asturias hermanan, cada año, a hombres y mujeres de España y de América Latina, quizá sea una ocasión propicia para reflexionar con alta voz sobre aquel hecho fronterizo en la Historia, del que pronto celebraremos cinco siglos: la inserción de América, por obra de España, en el mundo occidental. Vale la pena hacerlo porque, aunque antiguo y sabido, es un hecho que todavía no resulta evidente para todos ni suelen sacar de él, algunos gobiernos y personas, las conclusiones que se imponen.

Españoles e hispanoamericanos vivimos trescientos años de historia común y, en esos tres siglos, la tierra a la que llegó Colón desapareció y fue reemplazada por otra, sustancialmente distinta. Una tierra que, enriquecida por los fermentos de su entraña prehispánica y por los aportes de otras regiones del planeta —el África, principalmente—, piensa, cree, se

organiza, habla y sueña dentro de valores y esquemas
culturales que son los mismos de Europa. Quien se
niega a verlo así tiene una visión insuficiente de
América y de lo que es el horizonte cultural de Occidente.

Luego de tres siglos en que fueron una sola, las
naciones que España ayudó a formar y a las que mar-
có de manera indeleble, estallaron en una miríada de
países que, entre fortunas e infortunios —más de éstos que de aquéllas— tratan de forjarse un destino decente y de aniquilar a esos demonios que han empon-
zoñado su historia: el hambre, la intolerancia, las
desigualdades inicuas, el atraso, la falta de libertad,
la violencia. Son demonios que España conoce porque también en la Península han causado estragos.

Lo que la Historia unió los gobiernos se encargan
a menudo de desunirlo. Nuestro pasado, en América,
está afeado por querellas estúpidas en las que nos hemos desangrado y empobrecido inútilmente. Pero todas las guerras y disensiones no han podido calar
más hondo de la superficie; bajo los transitorios dife-
rendos subsisten, irrompibles, aquellos vínculos que
España estableció entre ella y nosotros, y entre nosotros mismos, y que el tiempo consolida cada vez más:
una lengua, unas creencias, ciertas instituciones y
una amplísima gama de virtudes y defectos que, para
bien y para mal, hacen de nosotros parientes irreme-
diables por encima de nuestros particularismos y diferencias.

Quizás una pequeña historia podría ilustrar mejor
lo que me gustaría decir. Ya que eso es lo que soy
—un contador de historias—, permítanme que se la
cuente.

Es la historia de un indio del Perú, que nació en
1629 o 1632 —nadie ha podido precisarlo—, en una
aldea perdida de los Andes, cuyo nombre, Calcauso,
ni siquiera figuró en los mapas. Estaba —a lo mejor
está aún— en la provincia de Aymaraes, en Apurímac. Era un muchacho curioso y vivaracho a quien
un día, un clérigo de paso, impresionado por sus do-
tes, llevó consigo al Cusco e hizo estudiar en el Cole

gio de San Antonio Abad, donde se concedían algunas becas para «hijos de indígenas». Sabemos muy pocas cosas de su biografía. Ni siquiera es seguro que se llamara con el nombre y el apellido españoles con que ha pasado a la historia: Juan Espinoza Medrano. Parece probado, eso sí, que tenía la cara averiada por verrugas o por un enorme lunar y que a ello debió su apodo: el Lunarejo.

Pero sus contemporáneos le pusieron también otro sobrenombre más ilustre: el Doctor Sublime. Porque aquel indio de Apurímac llegó a ser uno de los intelectuales más cultos y refinados de su tiempo y un escritor cuya prosa, robusta y mordaz, de amplia respiración y atrevidas imágenes, multicolor, laberíntica, funda en América hispana esa tradición del barroco de la que serían tributarios, siglos más tarde, autores como Leopoldo Marechal, Alejo Carpentier y Lezama Lima.

La leyenda dice que cuando el Doctor Sublime predicaba, desde el púlpito de la modesta iglesia del barrio de San Cristóbal, en el Cusco, de la que fue párroco, la nave rebosaba de fieles y que había quienes hacían largas travesías para escucharlo. ¿Entendía esa apretada multitud lo que el Lunarejo les decía? A juzgar por los sermones que de él nos han llegado —*La Novena Maravilla* se titula, con cierta hipérbole, la recopilación— es probable que, la mayoría, no. Pero no hay duda de que esa palabra lujosa, musical, que convocaba con autoridad a los poetas griegos y a los filósofos romanos, a fabulistas bizantinos, trovadores medievales y prosistas castellanos y los hacía desfilar galanamente por la imaginación de sus oyentes, hechizaba a su auditorio.

El único libro orgánico escrito por el Lunarejo del que tenemos noticia es un texto polémico: el *Apologético en favor de Don Luis de Góngora*, que publicó en 1662, refutando al crítico portugués Manuel de Faría y Souza, que había atacado el culteranismo. Hay a quienes la intención de este turbulento panfleto hace reír. ¿No era patético que, allá, tan lejos de Madrid, y tan fuera de tiempo, ese indiano se empeñara en intervenir en una polémica que, aquí, en Europa, había cesado hacía varias décadas y cuyos protagonistas estaban ya muertos? A mí, el anacrónico empeño del curita cusqueño, lanzándose, desde su barriada andina, a reavivar esa extinta polémica, me conmueve profundamente. Porque en su texto erudito, belicoso, atiborrado de pasión y de metáforas, hay una voluntad de apropiación de una cultura que adelanta lo que es hoy, intelectualmente, América Latina. En el Lunarejo, y en un puñado de otros creadores indianos, como el Inca Garcilaso o Sor Juana Inés de la Cruz, las ideas y la lengua que fueron de Europa a América han echado raíces y germinado en un pensamiento y en una estética que representan ya un matiz diferente, una inflexión propia muy nítida dentro de la literatura española y la civilización occidental.

En el *Apologético en favor de Don Luis de Góngora*, el Lunarejo cita o glosa a más de ciento treinta autores, desde Homero y Aristóteles hasta Cervantes, pasando por el Aretino, Erasmo, Tertuliano y Camoens. Las citas cultas eran un ritual de los tiempos, como rendir pleitesía al cielo y a los santos. En su caso, son, también, un ejercicio de magia simpatética, un conjuro para atraer a esas tierras y arraigar en ellas a quienes representaban, entonces, las cimas de la sabiduría y el arte. Aquella brujería fue eficaz: obras como las de Neruda, Borges y Octavio Paz han sido posibles en América Latina gracias a la testarudez con que, gentes como el Lunarejo, decidieron hacer suya, asumir como propia la cultura que España trasplantó a sus tierras.

En los tiempos del Doctor Sublime, la mayoría de nuestros escritores eran meros epígonos: repetían, a veces con buen oído, a veces desafinando, los modelos de la metrópoli. Pero, en algunos casos, como en el suyo, apunta ya un curioso proceso de emancipación en el que el emancipado alcanza su libertad y su identidad eligiendo por voluntad propia aquello que hasta entonces le era impuesto. El colonizado se adueña de la cultura del colonizador y, en vez de mimarla, pasa a crearla, aumentándola y renovándola

404

Así, se independiza en la medida que se integra. En eso consiste la soberanía cultural de Hispaonamérica: en saber que Cervantes, el Arcipreste y Quevedo son tan nuestros como de un asturiano o un leonés. Y que ellos nos representan tan legítimamente como las piedras de Machu Picchu o las pirámides mayas.

Aquel proceso fue extraño, sinuoso y, sobre todo, lento. Como el Doctor Sublime, otros hispanoamericanos encontraron su propia voz, sin proponérselo, tratando de emular a los peninsulares. En el Lunarejo, la inventiva y el brío verbal son tan fuertes que rompen los moldes estrechos y rastreros del género que escogió para expresarse. Su *Apologético* no es tal, sino un poema en prosa en el que, con el pretexto de reverenciar a Góngora y vituperar a Faría y Souza, el apurimeño se libra a una suntuosa prestidigitación. Juega con los sonidos y el sentido de las palabras, fantasea, canta, impreca, cita y va coloreando los vocablos y los malabares con un dejo personal. Al final, no vemos en su texto una reivindicación de Góngora y una abominación del portugués: lo vemos a él, emergiendo, borracho de verbo y retruécanos, con una figura propia tan resuelta que afantasma al poeta y al crítico.

En el Lunarejo se vislumbra lo que serían el Perú, Hispanoamérica: la frontera austral del Occidente, un mundo en ciernes, inconcluso, ansioso de cuajar, que tiene prisa y que a veces se cae de bruces. Pero la meta final de esa carrera de obstáculos en que está América Latina es clarísima y nada nos ayudaría tanto a alcanzarla como que Europa occidental entendiera que nuestra suerte está unida a la de ella y que el anhelo de nuestros pueblos es lograr sociedades prósperas y justas, dentro del sistema de libertad y convivencia que es la más grande contribución de Occidente a la humanidad.

A lo mucho que nos unió en el pasado, hoy nos une, a españoles y a hispanoamericanos, otro denominador común: regímenes democráticos, una vida política signada por el principio de la libertad. Nunca, en toda su vida independiente, ha tenido América Latina tantos gobiernos representativos, nacidos de elecciones, como en este momento. Las dictaduras que sobreviven son apenas un puñado y alguna de ellas, por fortuna, parece estar dando las últimas boqueadas. Es verdad que nuestras democracias son imperfectas y precarias y que a nuestros países les queda un largo camino para conseguir niveles de vida aceptables. Pero lo fundamental es que ese camino se recorra, como quieren nuestros pueblos —así lo hacen saber, clamorosamente, cada vez que son consultados en comicios legítimos— dentro del marco de tolerancia y de libertad que vive ahora España.

Para nuestros países, lo ocurrido en la Península en estos años, ha sido un ejemplo estimulante, un motivo de inspiración y de admiración. Porque España es el mejor ejemplo, hoy, de que la opción democrática es posible y genuinamente popular en nuestras tierras. Hace veintiocho años, cuando llegué a Madrid como estudiante, había en el mundo quienes, cuando se hablaba de un posible futuro democrático para España, sonreían con el mismo escepticismo que lo hacen ahora cuando se habla de la democracia dominicana o boliviana. Parecía imposible, a muchos, que España fuera capaz de domeñar una cierta tradición de intolerancias extremas, de revueltas y golpes armados. Sin embargo, hoy todos reconocen que el país es una democracia ejemplar en la que, gracias a la clarísima elección de la Corona, de las dirigencias políticas y del pueblo español, la convivencia democrática y la libertad parecen haber arraigado en su suelo de manera irreversible.

A nosotros, hispanoamericanos, esta realidad nos enorgullece y nos alienta. Pero no nos sorprende; desde luego que era posible, como lo es, también, allende el mar, en nuestras tierras. Por eso, a las muchas razones que nos acercan, deberíamos decididamente añadir esta otra: la voluntad de luchar, hombro con hombro, para preservar la libertad conseguida, para ayudar a recobrarla a quienes se la arrebataron y a defenderla a los que la tienen amenazada. ¿Qué mejor manera que ésta de conmemorar el quinto centenario de nuestra aventura común?

La palabra Hispanidad exhalaba, en un pasado reciente, un tufillo fuera de moda, a nostalgia neocolonial y a utopía autoritaria. Pero, atención, toda palabra tiene el contenido que queramos darle. Hispanidad rima también con modernidad, con civilidad, y, ante todo, con libertad. De nosotros dependerá que sea cierto. Hagamos con esas dos palabras, Hispanidad y libertad, las piruetas que le gustaban al Lunarejo: juntémoslas, arrejuntémoslas, fundámoslas, casémoslas y que no vuelvan a divorciarse nunca.

Oviedo, noviembre 1986

MATONES EN EL PAÍS DE LA MALARIA

Quiero comentar dos textos aparecidos en *El País,* el lunes 19 de enero, sobre la crisis ecuatoriana. Me refiero al artículo de Martín Prieto y a la manera como el diario da cuenta —mencionándola en primera página y dedicándole una columna en la tercera— de la felicitación de Stroessner a su «dilecto y buen amigo» Febres Cordero por el desenlace del suceso.

Esta información establece, queriéndolo o no, una simbiosis subliminal entre el dictador paraguayo y «el mejor amigo de Ronald Reagan» (como titula su semblanza Martín Prieto) que no tiene fundamento. El paraguayo es un dictador que se mantiene en el poder por las armas y el fraude y el ecuatoriano un jefe de Estado elegido en comicios legítimos. Más significativa que aquella misiva oportunista de Stroessner fue, sin duda, la movilización instantánea en favor del mandatario ecuatoriano de sus verdaderos colegas, los presidentes García, del Perú, Barco, de Colombia, Lusinchi, de Venezuela y Paz Estenssoro, de Bolivia, quienes se apresuraron a condenar la asonada y a declarar su solidaridad con Febres Cordero, movilización sobre la cual no leí una palabra en el diario. El artículo de Martín Prieto es una risueña descripción del «duelo de caracteres machos, la pelea de gónadas contra gónadas, entre Febres Cordero y Vargas» que tiene como escenario un país recién escapado de las páginas de una novela de Graham Greene, en el que los corresponsales extranjeros tiemblan y sudan «bajo la fracción asesina de la malaria: la fiebre amarilla» y donde los distraídos periódicos sólo ahora anuncian que «Cristo ha resucitado».

Es un texto divertido pero la oportunidad de esta caricatura me parece discutible. Lo ocurrido en Ecuador tiene ribetes grotescos, claro está, como los tuvieron, por ejemplo, los sucesos del 23 de febrero en España. Pero si la visión periodística se concentra en lo pintoresco, el problema de fondo queda escamoteado. Reducir el semimotín ecuatoriano a poco menos que un pulso entre el «muy macho general Vargas» y el «menos macho Febres Cordero» es lo que resulta, más bien, risible.

Que unos señores con uniformes y pistolas humillen a la autoridad civil —profiriendo, además, las palabrotas del caso—, como lo hicieron en España en las Cortes en aquella ocasión o como acaba de ocurrir en la base aérea de Taura, significa que las democracias jóvenes son también frágiles y que están expuestas a toda clase de ataques y sabotajes. Y revela que, aunque haya una democracia política —elecciones, libertad de prensa, poderes independientes— las instituciones y los individuos carecen todavía de los hábitos y la experiencia de la legalidad y que los reflejos tradicionales de arbitrariedad y prepotencia pueden en cualquier momento aflorar. Los españoles lo saben muy bien, pues, aunque ahora, por fortuna, la institucionalidad parece haber arraigado, hasta ayer nomás la situación que vive el Ecuador —y, en potencia, todos los regímenes civiles de América Latina— la vivía la Península. Es por eso prematuro, tal vez, mirar aquello con lentes valleinclanescos, como exotismo incontagiable.

Pero quizá sea más grave ridiculizar la política de Febres Cordero como lo hace la semblanza: la de un «incendiario» liberal que «desarmó arancelariamente al país» y «ha gobernado para hacer más ricos a los ricos». Quisiera recordar que las medidas «liberales» del gobierno de Febres Cordero en lo que se refiere a la repatriación de capitales, tasas a la importación, productos subvencionados y atracción de inversiones son muy semejantes a las que ha impulsado el actual gobierno socialista en España —o a las que promovió el gobierno socialista francés durante Fabius— que

409

han merecido a menudo la aprobación de *El País*. ¿En virtud de qué razón lo que parece una política saludable y sensata para España y Francia —estimular la inversión y dejar funcionar el mercado sin excesivas interferencias— sería, cuando se trata del Ecuador, inadmisible y ridícula, los desafueros de un matón millonario fascinado por «las grandes trasnacionales»?

No defiendo a rajatabla el régimen de Febres Cordero ni mucho menos. Todo indica que se trata de una persona poco flexible, que ha cometido graves errores y cuya gestión se ha visto afeada, parece, por casos de corrupción. Todo ello debe ser criticado con la máxima severidad. Pero la caricatura, sobre todo aquella que no dice su nombre y asume la apariencia de una descripción objetiva de la realidad, no es el género de crítica que uno espera encontrar en la pluma de un periodista de un diario con el prestigio de *El País*.

Que regímenes detestables como el de Pinochet o el de los generales argentinos intentaran algunas medidas de liberalismo económico y que fracasaran estrepitosamente no significa, por cierto, que aquellas medidas sean congénitas —síntoma y causa— de las dictaduras. Sino, más bien, que la libertad es indivisible y que, sin la caución y el complemento de la libertad política, la libertad económica es un fraude. Pero también el reverso de esta fórmula es cierto: que sin libertad económica, toda libertad política está siempre recortada.

En el contexto del subdesarrollo latinoamericano tratar de abrir mercados, garantizar una genuina competencia, desmantelar el sistema de corrupción, de favoritismo y de ineficiencia que suele caracterizar la gestión de la empresa pública, no es trabajar para los ricos sino exactamente lo contrario: obrar en favor de las víctimas. Es intentar devolver la iniciativa y la responsabilidad de la creación de la riqueza a esas mayorías a quienes el régimen mercantilista imperante mantiene en una suerte de *apartheid* económico.

410

Nuestro problema, por el momento, no son las transnacionales, que prefieren invertir en España y Francia antes que en América Latina, sino el Estado. En un libro reciente, resultado de varios años de investigación sobre la economía marginal en el Perú y cuyas conclusiones valen para casi toda América Latina —*El otro sendero*— Hernando de Soto demuestra que el Estado es uno de los peores responsables de la explotación y la discriminación en nuestras tierras. Ente omnímodo que ha hecho de la «legalidad» una prebenda, ha crecido de manera elefantiásica, drenando las energías de la Nación y condenando a las masas humildes a vegetar o a escoger el camino de la «informalidad».

En países como el Ecuador, cuanto se haga por reducir a proporciones razonables la infinita burocracia estatal, las empresas nacionalizadas que viven del subsidio y el sistema de monopolios industriales y comerciales, es dar los pasos indispensables para salir algún día del subdesarrollo. Con todos los traspiés políticos e intemperancias personales que Febres Cordero haya cometido, hay que reconocerle a su gobierno, al menos, eso: haber identificado al verdadero enemigo de nuestro atraso y tratado de combatirlo.

Que haya regímenes democráticos en América Latina que intenten luchar contra el subdesarrollo, completando la recién adquirida libertad política con una genuina economía de mercado, como lo está haciendo España en estos momentos, es algo que no entiendo por qué debe ser someramente recusado, mediante burlas de tira cómica. Mejor dicho, sí lo entiendo. Es por la misma razón que en Londres, en París y en muchas ciudades de Occidente, las cosas de América Latina, cuando son observadas desde aquí —como cuando nos miramos en un espejo deformante—, se vuelven versiones churriguerescas de sí mismas. Pero en el caso de España, un país que está tan cerca de nosotros no sólo por la lengua y la historia, sino también por la índole de sus problemas, no acepto semejante trastorno de perspectiva y acomodación de valores.

Las cosas son las mismas, aquí y allá. Las dificultades de la lucha por la democracia, por ejemplo, lo son. Es una lucha que acaba de sufrir un gravísimo revés en el Ecuador, como estuvo a punto de sufrirlo el 23 de febrero, en España. No hay motivo para la chacota. Tratemos, más bien, de entender y alarmémonos, juntos. Esa lucha no es la de ellos, allá, los matones en el país de la malaria. Es también la lucha de ustedes, la nuestra.

Londres, 20 enero 1987

KAFKA, EN BUENOS AIRES

Juan Gelman es uno de los mejores poetas latino-americanos de nuestro tiempo, y quienes han tenido el privilegio de entrar en contacto con su poesía inteligente y avara —pues ha publicado poco y en ediciones recónditas, no siempre al alcance del gran público— saben que se adhiere profundamente a la memoria y crece con uno, enriqueciéndolo. Si la expresión «poesía social» quiere todavía decir algo —algo como poesía inmersa en la experiencia compartida, contaminada de actualidad y de vida problemática, poesía que es historia sin dejar de ser imaginación, que es a la vez grito solitario y testimonio colectivo— ello se debe, sin duda, a que poetas como Juan Gelman han sido capaces de fundir ambos términos en un quehacer creativo, riguroso y original.

Para la historia que voy a contar, el talento literario de Gelman no importa nada. Ella no sería más triste ni menos absurda si, en vez de haberle ocurrido a él, le hubiera pasado a un argentino anónimo, uno de aquellos de esa masa humilde, sin nombre y sin gloria, de donde siempre salen las víctimas. Yo menciono aquí su poesía porque si esto le ha sucedido a él, que es conocido y tiene lectores que pueden indignarse y protestar por él, ¿a cuántos hombres y mujeres sin voz y sin audiencia les puede haber pasado algo semejante?, ¿y quién se indignará y protestará por ellos?

Ésta es la historia.

Gelman, que estuvo ligado a la izquierda peronista, debió expatriarse durante el gobierno de Isabelita Perón, por las repetidas amenazas que recibió de la Triple A, la siniestra organización creada por López Rega, el célebre «brujo», protegido y gurú de Perón, a quien hoy la democracia argentina se dispone a juzgar por sus abundantes fechorías. Algún tiempo después, en agosto de 1976, ya bajo la dictadura militar, un hijo de Gelman, de veinte años, y su esposa encinta, de diecinueve, fueron secuestrados en Buenos Aires. Cuando yo era presidente del PEN Internacional, esta organización de escritores hizo infructuosas gestiones ante las autoridades argentinas para averiguar su paradero. Nunca obtuvimos siquiera un acuse de recibo para nuestras cartas y telegramas. Por testimonio de quienes fueron sus compañeros en distintos lugares de detención, se logró saber que habían sido duramente maltratados antes de ser asesinados. Nunca aparecieron sus restos: ellos son dos nombres más en ese censo dantesco de desaparecidos que elaboró la comisión presidida por Ernesto Sabato.

En 1978, el Vaticano hizo saber a Gelman que su nuera había dado a luz antes de morir. Pero no pudo conocer el destino del niño o niña nacido en estas circunstancias, algo que, hasta ahora, sigue en el misterio. Desde luego, no se trata de un hecho excepcional. Es sabido que muchos hijos nacidos así, de madres asesinadas por la dictadura, fueron confiados a familias de militares o de funcionarios del régimen, y que sólo una fracción de ellos han podido ser rescatados por los parientes legítimos.

En enero de 1977, Gelman, que vivía exiliado en Roma, fue uno de los fundadores del Movimiento Peronista Montonero (MPM), cuyo secretario general era Mario Eduardo Firmenich. Junto con Gelman, integraban el consejo superior de esa organización algunas personalidades intelectuales y políticas del exilio argentino, como el ex rector de la Universidad de Buenos Aires, doctor Rodolfo Puigross, el ex gobernador de la provincia de Buenos Aires, doctor Óscar Bidegain y el ex gobernador de la provincia de Córdoba doctor Ricardo Obregón Cano.

Sobre la actuación de los montoneros argentinos, yo dije lo que pensaba de ellos en los años setenta, y quizá convenga que lo repita ahora: que con su insensatez política, su demagogia y sus crímenes contribuyeron, acaso tanto como los militares, a la destrucción de la democracia y al baño de sangre del que fue víctima su país.

La vinculación de Gelman con el MPM duró menos de dos años. A finales de 1978, junto con un grupo de afiliados, Gelman rompió públicamente con los montoneros criticando su militarismo, fórmula eufemística que, en verdad, se refería a la práctica del terror. Esta denuncia, breve pero clara, apareció firmada por Juan Gelman y Rodolfo Galimberti, en *Le Monde*, en febrero de 1979.

El Partido Montonero, previsiblemente, los condenó a ambos a muerte (¡en el exilio!), de manera que, para entonces, se disputaban la cabeza de Gelman —quien trataba de sobrevivir en su destierro romano haciendo traducciones y redactando sueltos noticiosos— los dos polos fanáticos de la realidad política argentina: los torturadores y los terroristas. Nunca mejor dicho que en su caso aquello de los extremos se tocan.

Hubiera cabido imaginar que al desaparecer la pesadilla general se eclipsarían también las pesadillas particulares y que, con el advenimiento de la legalidad y de la libertad a su país, las tribulaciones de Juan Gelman terminarían. Pero más bien se han complicado con un ingrediente de absurdidad kafkiana.

Porque hace apenas unas semanas, cuando se disponía a volver a Buenos Aires, Gelman fue informado que una orden de captura pendía sobre su cabeza. Una orden dictada en plena democracia, por un juez que, en 1985, le abrió un proceso por «asociación ilícita» —su militancia de dieciocho meses en el MPM—, ordenó su arresto y lo declaró en rebeldía. De manera que, técnicamente, Gelman es en la actualidad, para la República Argentina, un delincuente contumaz. Por eso, su exilio se prolonga y por eso escribo este artículo.

La superioridad de un régimen democrático sobre uno como el del general Pinochet o como el de Fidel Castro no se debe a que en él no se cometan errores y abusos, sino que, a diferencia de lo que sucede en una dictadura, en una sociedad libre ello se puede denunciar y, por lo mismo, corregir a tiempo, antes de que pase a formar parte de la naturaleza de las cosas.

Desde que subió al poder —no, aún antes, desde su campaña electoral— he aplaudido la política de Alfonsín, que me ha parecido un modelo de sensatez en un país donde, por desgracia, ella ha sido una flor más bien exótica en el jardín político. Creo que el equilibrio y la prudencia con que ha gobernado, en este período tan difícil, han sido decisivos para que la transición del país de la dictadura a formas democráticas fuera posible. Y soy incluso de aquellos que ha entendido la razón de ser de la llamada «ley de punto final», que de hecho equivale a una amnistía para muchos asesinos y delincuentes. Porque no hay duda que un país no puede continuar indefinidamente tomando cuentas a su propio pasado sin poner en peligro su futuro. Y nada sería peor para Argentina que, por un exceso de celo, el régimen democrático, aún imperfecto y débil, como lo muestra el caso al que me refiero, se desplomara y se abriera una nueva era de prepotencia y de arbitrariedad.

Pero, para durar, la democracia debe también perfeccionarse. Corregirse sin tregua, depurar sus instituciones y extender la libertad hasta convertirla en una costumbre de todos. De modo que historias como la de Juan Gelman se rectifiquen, no vuelvan a tener asiento en la realidad y sólo ocurran en la literatura, territorio donde, paradójicamente, los excesos pueden ser lícitos y las maldades bienhechoras.

Florencia, 8 abril 1987

HACIA EL PERÚ TOTALITARIO

La decisión del gobierno de Alan García de estatizar los bancos, las compañías de seguros y las financieras es el paso más importante que se ha dado en el Perú para mantener a este país en el subdesarrollo y la pobreza y para conseguir que la incipiente democracia de que goza desde 1980, en vez de perfeccionarse, se degrade, volviéndose ficción.

A los argumentos del régimen según los cuales este despojo, que convertirá al Estado en el amo de los créditos y de los seguros y que a través de los paquetes accionarios de las entidades estatizadas extenderá sus tentáculos por innumerables industrias y comercios privados, se lleva a cabo para transferir aquellas empresas de «un grupo de banqueros a la Nación», hay que responder: «Eso es demagogia y mentira.» La verdad es ésta. Aquellas empresas son arrebatadas —en contra de la letra y el espíritu de la Constitución, que garantiza la propiedad y el pluralismo económico y prohíbe los monopolios— a quienes las crearon y desarrollaron, para ser confiadas a burócratas que, en el futuro, como ocurre con todas las burocracias de los países subdesarrollados sin una sola excepción, las administrarán en provecho propio y en el del poder político a cuya sombra medran.

En todo país subdesarrollado, como en todo país totalitario, la distinción entre Estado y gobierno es un espejismo jurídico. Ello sólo es realidad en las democracias avanzadas. En aquellos países, las leyes y constituciones fingen separarlos y también los discursos oficiales. En la práctica, se confunden como dos gotas de agua. Quienes ocupan el gobierno se apoderan del Estado y disponen de sus resortes a su antojo.

¿Qué mejor prueba que el famoso SINACOSO (Sistema Nacional de Comunicación Social), erigido por la dictadura militar y que, desde entonces, ha sido un dócil ventrílocuo de los gobiernos que la han sucedido? ¿Expresan acaso, en modo alguno, esa cadena de radios, periódicos y canal de televisión, al Estado, es decir a *todos* los peruanos? No. Esos medios publicitan, adulan y manipulan la información exclusivamente en favor de quienes gobiernan, con olímpica prescindencia de lo que piensan y creen los demás peruanos.

La ineficiencia y la inmoralidad que acompañan, como su doble, a las estatizaciones y a las nacionalizaciones, se originan principalmente en la dependencia servil en que la empresa transferida al sector público se halla del poder político. Los peruanos lo sabemos de sobra desde los tiempos de la dictadura velasquista, que, traicionando las reformas que todos anhelábamos, se las arregló, a fuerza de expropiaciones y confiscaciones, para quebrar industrias que habían alcanzado un índice notable de eficiencia —como la pesquería, el cemento o los ingenios azucareros— y hacernos importadores hasta de las papas que nuestros industriosos antepasados crearon para felicidad del mundo entero. Extendiendo el sector público de menos de diez a casi ciento setenta empresas, la dictadura —que alegaba, como justificación, la «justicia social»— acrecentó la pobreza y las desigualdades y dio a la práctica del cohecho y el negociado ilícito un impulso irresistible. Ambos han proliferado desde entonces de manera cancerosa, convirtiéndose en un obstáculo mayor para la creación de riqueza en nuestro país.

Éste es el modelo que el presidente García hace suyo, imprimiendo a nuestra economía, con la estatización de los bancos, los seguros y las financieras, un dirigismo controlista que nos coloca inmediatamente después de Cuba y casi a la par con Nicaragua. No olvido, claro está, que, a diferencia del general Velasco, Alan García es un gobernante elegido en comicios legítimos. Pero tampoco olvido que los peruanos lo eligieron, de esa manera abrumadora que sabemos, para que consolidara nuestra democracia política con reformas sociales; no para que hiciera una «revolución» cuasi socialista que acabara con ella.

Porque no hay democracia que sobreviva con una acumulación tan desorbitada del poder económico en manos del poder político. Si no, hay que preguntárselo a los mexicanos, donde, sin embargo, el Estado no dispone de un sector público tan vasto como el que usufructuará el gobierno aprista una vez que se apruebe la ley de estatización.

Su primera víctima será la libertad de expresión. El gobierno no necesitará proceder a la manera velasquista, asaltando, pistola en mano, los diarios, estaciones de radio y de televisión, aunque no se puede descartar que lo haga: ya hemos comprobado que a sus promesas se las lleva el viento como si fueran plumas, ecos... Convertido en el primer anunciador del país, bastará que los chantajee con el avisaje. O que, para ponerlos de rodillas, les cierre los créditos, sin los cuales ninguna empresa puede funcionar. No hay duda que, ante la perspectiva de morir de consunción, muchos medios optarán por el silencio o la obsecuencia; los dignos, perecerán. Y cuando la crítica se esfuma de la vida pública, la vocación congénita a todo poder de crecer y eternizarse tiene cómo hacerse realidad. De nuevo, la ominosa silueta del «ogro filantrópico» (como ha llamado Octavio Paz al PRI) se dibuja sobre el horizonte peruano.

El progreso de un país consiste en la extensión de la propiedad y de la libertad al mayor número de ciudadanos y en el fortalecimiento de unas reglas de juego —una legalidad y unas costumbres— que premien el esfuerzo y el talento, estimulen la responsabilidad, la iniciativa y la honestidad, y sancionen el parasitismo, el rentismo, la abulia y la inmoralidad. Todo ello es incompatible con un Estado macrocefálico donde el protagonista de la actividad económica será el funcionario en vez del empresario y el trabajador; y donde, en la mayoría de sus campos, la competencia habrá sido sustituida por un monopolio. Un Estado de esta índole desmoraliza y anula el espíritu comercial y hace del tráfico de influencias y favores la profesión más codiciable y rentable. Ése es el camino que ha llevado a tantos países del Tercer Mundo a hundirse en el marasmo y a convertirse en feroces satrapías.

El Perú está todavía lejos de ello, por fortuna. Pero medidas como ésta que critico, pueden catapultarnos en esa dirección. Hay que decirlo en alta voz para que lo oigan los pobres —que serán sus víctimas propiciatorias— y tratar de impedirlo por todos los medios legales a nuestro alcance. Sin atemorizarnos por las invectivas que lanzan ahóra contra los críticos del gobierno sus validos en la prensa adicta ni por «las masas» que el Partido Aprista, por boca de su secretario general, amenaza con sacar a las calles para intimidar a quienes protestamos. Ambas cosas son inquietantes anticipos de lo que ocurrirá en nuestro país si el gobierno concentra en sus manos ese poder económico absoluto que es siempre el primer paso hacia el absolutismo político.

Ciudadanos, instituciones y partidos democráticos debemos tratar de evitar que nuestro país —que padece ya tantas desgracias— se convierta en una seudodemocracia manejada por burócratas incompetentes donde sólo prosperará la corrupción.

Lima, 1.º agosto 1987

FRENTE A LA AMENAZA TOTALITARIA *

Ante el proyecto de estatización de los bancos, seguros y financieras presentado ante el Congreso de manera sorpresiva por el Poder Ejecutivo, los firmantes queremos protestar públicamente.

La estatización, por sus enormes e inevitables consecuencias, representa un cambio radical de signo ideológico, contrario a los sentimientos democráticos de la gran mayoría de peruanos, incluidos los independientes y apristas que votaron por Alan García.

La concentración del poder político y económico en el partido gobernante podría significar el fin de la libertad de expresión y, en última instancia, de la democracia.

Exhortamos a todos los legisladores y a los militantes apristas para que, fieles a los principios de su partido, eviten al país un totalitarismo del que seríamos víctimas todos los peruanos.

Lima, 2 de agosto de 1987

Mario Vargas Llosa
Luis Miró Quesada G.
Harold Griffiths E.
Luis Vargas Caballero
Luis Alayza G.
Manuel D'Ornellas
Enrique Ghersi

Carlos Espá
Arturo Salazar Larraín
Claudia Polar de Proaño
Richard Webb Duarte
Martha Mifflin Dañino
Martín Belaunde M.
Manuel Moreyra L.

* Este manifiesto, que dio inicio a una gran movilización popular que impidió la estatización del sistema financiero peruano, fue redactado por Frederick Cooper, Miguel Cruchaga, Luis Miró Quesada, Fernando de Szyszlo y por mí.

Guillermo van Oordt P.
Jaime Rey de Castro L. de R.
Javier Gereda Peschiera
Augusto Blacker Miller
Álvaro Castañón
Julio Velarde F.
Rosario Gómez de Zea
Ricardo del Risco V.
Fernando de Trazegnies G.
María Amelia Fort de Cooper
Eduardo Orrego V.
Clementina Bryce de Igartúa
P. M. Angulo
Jorge Camet
Fernando de Szyszlo
Miguel Cruchaga B.
Héctor Gallegos V.
Enrique Solari S.
Estuardo Marrou L.
Patricio Ricketts R. de C.
Felipe Ortiz de Zevallos
Federico Salazar Bustamante
Álvaro Vargas Llosa
César Hildebrandt
Álvaro Llona Bernal
Luis Bustamante Belaunde
Stanley Simmons
Élida Román
Miguel de Althaus
Raúl Salazar
Alfredo Elías V.
Alberto de Lozada M.
Ignacio Soto Llosa
Jorge Vega Velasco
Carlos Rodríguez Saavedra
Mariela Ausejo de Romero
Guillermo Hoyos Osores
Juan Duany P.
Álvaro Ruiz de Somocurcio
Jorge Fernández Baca V.
Rafael Villegas C.
Jacobo Rey

Ricardo Vega Llona
James Plunkett Pirrone
Arturo Madueño C.
Ramón Morante
Hernán Lanzara
Frederick Cooper Llosa
Gonzalo Ortiz de Zevallos
Mario Miglio
Miguel Vega Alvear
Álvaro Becerra
Francisco Igartúa
Alonso Polar C.
Carlos Cabrerizo
Alfonso Bustamante
Claudio Herzka
Javier León A.
Ana Lucía Camaiora I.
César Martín Barreda
Gladys de Cortés
Federico Conroy
Benami Grobman T.
Alan Kessel del Río
Peter Uculmana Suárez
Dante Ciari
Siro Tonani R.
Javier Barco
Dalila Pardo de Saric
Roberto Dañino Z.
Raúl Ferrero Costa
Juan Ossio
Javier Arias Stella
Blanca Varela
Luis Lama
Danilo Balarín
Drago Kisić Wagner
Raúl Jacob R.
Luisa Burga R.
Alberto Bustamante B.
Freddy Bambarén G. M.
Óscar Rizo Patrón
Alfredo Olaechea
Álvaro Rey de Castro

EL GIGANTE Y LA HISTORIA

Si alguien parece un desmentido viviente al axioma marxista de que no son los individuos sino «las masas» y las inexorables leyes económicas las que hacen la Historia, es Fidel Castro. Su influencia personal en los últimos cuarenta años de la vida de su país ha sido tan decisiva que ésta se confunde con su biografía y parece ilustrar más bien las tesis románticas y neofascistas de Carlyle según las cuales la humanidad progresa en función de esos semidioses: los «héroes».

No deja de ser una ironía que los dos primeros esfuerzos para intentar una biografía completa (hasta el presente, claro está) de Fidel Castro provengan de dos norteamericanos: Peter Bourne, un psiquiatra que fue asesor del presidente Carter y luego subsecretario general de la ONU, y Tad Szulc, antiguo periodista de *The New York Times* y autor de varios libros sobre América Latina.* Aunque ninguno de los dos autores es comunista y ambos exponen en sus libros, sin medias tintas, el carácter totalitario del régimen cubano —la falta de libertad, el verticalismo, la regimentación ideológica y la dureza con que es castigada la disidencia y hasta la simple «neutralidad» ante la línea oficial—, así como su enfeudamiento económico y militar a la URSS, tanto Bourne como Szulc trazan una descripción simpática, fascinante y fascinada, del gigante barbudo que, habiendo cumplido su promesa de desembarcar en Cuba antes de que terminara el

* Peter Bourne, *Castro: A Biography of Fidel Castro*, Londres, Macmillan, 1987, 332 pp.; Tad Szulc, *Fidel: A Critical Portrait*, Londres, Hutchinson, 1987, 585 pp.

año 1956, se las arregló, pese a un primer revés militar —en el que de su fuerza de 81 hombres sólo sobrevivieron 16—, para derrotar al ejército de 40.000 soldados del dictador Fulgencio Batista, primero, y, luego, para instalar un gobierno comunista a 90 millas de los Estados Unidos.

La fascinación de ambos biógrafos con su personaje es comprensible. La única vez que conversé con Fidel Castro —aunque «conversar» sea quizás exagerado, ya que Fidel, como corresponde a un semidiós, no admite interlocutores sino oyentes— quedé también enormemente impresionado con su energía y su carisma. Fue una noche de 1966, en La Habana. Un pequeño grupo de escritores fuimos llevados, sin explicación, a una casa del Vedado. Al poco apareció Fidel. Habló doce horas, hasta bien entrada la mañana, sentándose y levantándose y accionando sin tregua, mientras chupaba sus enormes puros, sin dar la menor señal de fatiga. Nos explicó la mejor manera de preparar emboscadas y por qué enviaba a los homosexuales a trabajar en el campo, en batallones de castigo; nos anunció que el Che reaparecería pronto, al frente de una guerrilla, y teorizó, bromeó, contó anécdotas, tuteó y palmeó a todo el mundo. Cuando se fue, tan fresco como había llegado, todos estábamos exhaustos y maravillados.

Aunque ambos autores reconstruyen con bastante detalle la novelesca trayectoria política de Fidel —que comienza entre las bandas de activistas y pistoleros que, en la década de los cuarenta, dominaban la Universidad de La Habana y termina en la cúspide de un poder absoluto sólo comparable al que alcanzaron en el pasado Stalin, Mao y, en el presente, un Ceausescu o un Kim il Sung—, Tad Szulc es, de lejos, el más informado y el que muestra mayor objetividad. El doctor Bourne atribuye, a mi juicio, una exagerada importancia a que Fidel naciera antes de que sus padres se casaran. Este hecho explicaría, según él, muchas de las actitudes y decisiones políticas espectaculares del dirigente cubano, que habrían sido tomadas en una búsqueda inconsciente de «legitimidad». Tampoco me parece persuasiva su convicción de que haber estudiado en un colegio de jesuitas haya jugado un papel determinante en la ideología y los métodos políticos de Castro (aunque sí, tal vez, como él sostiene, en su puritanismo en materias sexuales).

El doctor Bourne no tiene mayor conocimiento del contexto latinoamericano y eso explica sin duda muchas de las insuficiencias de su libro. En la historia del continente, política y aventura han sido casi siempre inseparables. Si no se tiene en consideración la robusta tradición de «caudillos» y «hombres fuertes» que marcan el destino lationamericano —algunos admirables, como Bolívar, y otros siniestros como Trujillo y Somoza— la figura de Castro, que sólo se explica cabalmente con este telón de fondo histórico, queda, como en su libro, incompleta y algo estereotipada.

El doctor Bourne destaca lo logrado por Cuba en la educación y la salud y afirma, como experto en el tema, que en este último campo, sobre todo, la isla ha sentado un verdadero modelo para todo el Tercer Mundo. Su entusiasmo y sus elogios son seguramente, en este caso, apropiados. Mucho menos válida me parece, en cambio, su opinión de que el éxito de Fidel se debería a que éste entendió a tiempo que el grueso del pueblo cubano estaba más ansioso de acceder a la educación, la salud, la reforma agraria y la renovación del espíritu nacional que de «democracia formal» (p. 172). Si esto quiere insinuar que los cubanos estaban dispuestos a renunciar a la libertad, como a algo superfluo, a condición de tener escuelas, hospitales y trabajo, su libro no nos da ninguna prueba de ello. Por el contrario, de él se desprende clarísimamente que en Cuba, debido al carácter del sistema, no hay manera de saber con un mínimo de objetividad —es decir, opiniones o elecciones— lo que piensan los ciudadanos de quien los gobierna. ¿Por qué esos cubanos que, cuando ocurrió lo de Mariel, se precipitaron en pocas horas en número de cien mil —y hubieran sido sin duda un millón si el propio Fidel no hubiera puesto fin al experimento— a emigrar a los Estados Unidos con lo que tenían puesto, apreciarían menos la libertad que, digamos, los polacos, o que el propio doctor Bourne? ¿Porque son pobres? ¿Sería, pues, la «democracia formal» un lujo digno sólo de los países ricos y cultos? Muchas de las afirmaciones e interpretaciones del proceso cubano, en el libro del ex asesor del presidente Carter, adolecen de un simplismo semejante y lindan algunas veces —como cuando asegura que durante la primera década de su gobierno Fidel luchó por mantenerse «ideológicamente independiente» (p. 282) de la Unión Soviética— con una candidez excesiva incluso en un aficionado al género histórico.

El trabajo de Tad Szulc es mucho más sólido, no sólo como investigación y evaluación de fuentes, sino también como análisis del personaje y de la sociedad cubana. A ambos los conoce bien, pues estuvo allá muchas veces, como periodista, así como en otras partes de América Latina en períodos de crisis (la invasión norteamericana a Santo Domingo, por ejemplo) y por eso, en su caso, la historia de Fidel y de Cuba aparece bien encuadrada dentro de su marco natural. La primera parte de su libro, que cubre desde la situación política de Cuba al nacer Fidel hasta el triunfo de los barbudos y la fuga de Batista a fines de 1958, es la mejor. La extraordinaria peripecia de los guerrilleros en la Sierra Maestra, sobre todo, está reconstruida con gran vivacidad y abundancia, gracias a testimonios personales de los principales protagonistas, así como a recorridos minuciosos de los escenarios. Y, asimismo, su información es exhaustiva sobre las diferentes intrigas, rivalidades y heroísmos personales que produjeron aquellos años en el seno de los propios revolucionarios.

La figura de Fidel emerge en estas páginas en toda su contradictoria complejidad de hombre astuto y generoso, idealista y hambriento de gloria, al que ayudaron —en su carrera hacia el poder absoluto— casi tanto la suerte como su poder de convicción, su optimismo casi irracional, su extraordinario coraje y su absoluta falta de escrúpulos para anteponer sus objetivos personales a cualquier otra consideración.

El libro se debilita considerablemente en la segunda parte, desde que Fidel asume el poder hasta su condición actual, de semidiós apaciguado. Allí, por obvias razones, Szulc ha obtenido testimonios menos explícitos y sinceros que los de la época anterior, cuando la revolución era sobre todo generosidad y heroísmo. Desde que empezó a ser manipulación y cálculo político, todo comenzó a complicarse y a oscurecerse, y pese a su empeño y a su buen criterio, el libro de Szulc no consigue iluminar del todo el cuadro e incurre a veces en errores o interpretaciones muy discutibles. Que yo recuerde, ni Sartre ni Bertrand Russell asistieron al Congreso Cultural de La Habana como él asegura, y la descripción que ofrece del «caso Padilla» es muy insuficiente (en su bibliografía no figura el testimonio indispensable de Jorge Edwards: *Persona non grata*).

De otro lado, Szulc magnifica, me parece, las diferencias entre Cuba y la URSS en los años sesenta, y también respecto al envío de soldados cubanos a Angola y Etiopía y otros países africanos. Sin duda existieron puntos de vista divergentes sobre estos y otros temas. Pero ¿acaso se tradujo ello, siquiera una sola vez, en alguna muestra visible de «insubordinación» de Cuba respecto a Moscú en algún asunto importante en la escena internacional? Lo cierto es que en la práctica —es decir, donde importa— Cuba ha sido desde 1961 hasta el presente el aliado más fiel y servicial de la URSS en el Tercer Mundo. Paradójicamente, es sólo ahora, en la era de Gorbachov, con la resuelta resistencia de Fidel a aplicar en la isla nada que pueda siquiera parecerse al *glasnost* y a una apertura económica, cuando se advierte una divergencia notoria —por lo menos en política interna— entre ambos países.

La novedad mayor del libro de Szulc es su tesis de que, desde 1959, existió en Cuba un gobierno secreto, organizado por Fidel con su equipo de colaboradores más cercanos y miembros del P.S.P. (Partido comunista cubano) que se dedicó a preparar (y a precipitar) el viraje del régimen hacia el modelo marxista.

427

En prueba de ello, Szulc menciona reuniones que se llevaban a cabo, en Cojímar, y en la mayor reserva, entre dirigentes de ambos partidos y a espaldas del presidente Manuel Urrutia y el gobierno visible. Pero esta tesis resulta algo forzada. La evolución del régimen hacia el comunismo no fue producto de una conspiración, sino de una manipulación astuta y genialmente orquestada del proceso cubano por el propio Fidel, a plena luz y al ritmo de discursos y manifestaciones interminables, y a la que contribuyeron sin quererlo, con sus torpezas y cegueras, los gobiernos tanto de Eisenhower como de Kennedy.

Pese a sus méritos, que son muchos, el libro de Szulc deja sin aclarar todavía muchas incógnitas sobre lo ocurrido en la isla desde la bajada de los barbudos de la Sierra: la razón por la cual salió el Che de Cuba, por ejemplo, los entretelones de la crisis de los cohetes de octubre de 1962 o las relaciones pasadas y presentes del gobierno de La Habana con los movimientos insurreccionales en distintos países latinoamericanos.

La biografía verdadera o integral de Fidel Castro, sin duda, está todavía por escribirse.

Lima, 23 julio 1987

EN EL TORBELLINO DE LA HISTORIA *

El 28 de julio me encontraba en una playa cerca de Tumbes, corrigiendo las pruebas de mi último libro. Allí escuché, en una radio portátil llena de zumbidos, el discurso del Presidente anunciando que el sistema financiero del país sería estatizado. Como a muchos peruanos, este proyecto, preñado de amenazas contra el futuro de la democracia en el Perú, e infligido a la nación de manera sorpresiva por quien en los dos años anteriores había desmentido de manera categórica que abrigara semejantes intenciones, me dejó perplejo y escandalizado.

¿Qué significaba esta medida? ¿De dónde salía? No, por cierto, del programa del Partido Aprista ni de las promesas electorales del Presidente, en los que jamás figuró. ¿Había medido Alan García los alcances de una ley susceptible de socavar los cimientos de la frágil democracia peruana, sumando al poder político un poder económico que abriría las puertas del país al totalitarismo? ¿Era esto lo que pretendía o se trataba de un arrebato irreflexivo del mandatario, quien, mediante un gesto espectacular, intentaba recobrar el protagonismo que había perdido en las semanas anteriores por los síntomas del desfallecimiento de su política económica y por la elección, en contra de sus deseos, del ex primer ministro Alva Castro como presidente de la Cámara de Diputados?

Vuelto a Lima, escribí un artículo, «Hacia el Perú totalitario», anticipando las consecuencias que para la democracia peruana tendría la medida: desequili-

* Mensaje a los peruanos leído por radio y televisión el 24 de setiembre de 1987.

brar el pluralismo económico señalado por la Constitución, con un monopolio de Estado en un área esencial de la vida productiva —la del crédito—, que convertiría al gobierno —al APRA— en un poder omnímodo capaz de asfixiar a todos sus contrapesos, empezando por los medios de comunicación; extender al sistema financiero y a los seguros la ineficiencia y la corrupción que han caracterizado, desde los tiempos de la dictadura de Velasco, la usurpación por la burocracia política de las actividades económicas; levantar una espada de Damocles sobre la libertad de expresión, al poner a los diarios, radios y canales a merced del gobierno para la obtención de los créditos sin los cuales ninguna empresa puede sobrevivir.

Debo confesar que al escribir aquel texto denunciando esta medida anticonstitucional y antidemocrática temí que ella sería aprobada a la carrera, como quería el Presidente, sin otras protestas que las de las personas directamente afectadas y las de aislados grupos de ciudadanos. Pensé que pocos advertirían, por encima del despojo a unos cuantos empresarios, el golpe artero que entrañaba contra el orden democrático y la libertad en el Perú, pues la medida estaba concebida con verdadero maquiavelismo para confundir a la opinión pública sobre sus verdaderos propósitos.

Los banqueros no suelen ser populares en ninguna parte. ¿No son ellos el símbolo de la prosperidad y el poder económico? En un país con la pobreza y las desigualdades del nuestro parecía fácil, con unas dosis de demagogia bien administradas, azuzar el odio y el rencor de los pobres contra aquel puñado de privilegiados y responsabilizar a éstos de todas las calamidades del país. ¿Y no podrían ser desfiguradas todas las críticas acusando a quienes protestábamos contra la ley como vendidos a los satánicos banqueros?

El presidente García se dedicaba a ello ya por esos días, personalmente, con el dinamismo que sabemos. Había dejado la casa de Pizarro y recorría el norte del país pronunciando discursos incendiarios cuyo resultado fue resucitar viejas divisiones entre peruanos, polarizar a la nación e instaurar un clima de violencia verbal en el debate político. Olvidando otra de sus promesas electorales —la de que sería «un presidente para todos los peruanos»—, su conducta en las calles era la de un revolucionario azuzador de la lucha de clases y hasta de la lucha de razas. En sus arengas, sin el menor embarazo, se declaraba cholo entre los cholos, pobre entre los pobres, y advertía que, si el Parlamento no aprobaba su proyecto, se pondría «a la cabeza del pueblo». ¿Era quien así actuaba el mismo personaje al que los peruanos habían llevado a la jefatura de la nación con casi la mitad de los votos para que consolidara nuestra democracia e hiciera las profundas reformas en libertad que había prometido en su campaña y que todos anhelamos? ¿Era éste el mismo mandatario que hacía pocos meses departía amigablemente con los «doce apóstoles» del capitalismo peruano, quienes, según confesión propia, habían contribuido generosamente a su campaña electoral, y concertaba con ellos sobre el futuro de nuestra economía?

En contra de lo que yo temí, los peruanos no se dejaron embaucar tan fácilmente por la demagogia. Desde el primer momento, muchos intuyeron lo que estaba en juego: no la democratización del crédito ni los bolsillos de cuatro ricos sino, más bien, nuestra democracia, que podría verse envilecida de inmediato con la «apristización» de la banca, los seguros y las financieras, y amenazada a mediano plazo con una estatización generalizada de la economía según el modelo reclamado por los marxistas de nuestro país. Estos últimos, desconcertados al principio con el inesperado regalo de los dioses para su causa, que les venía como bonificación de fiestas patrias, pasarían luego a ser sus más entusiastas defensores, aunque, para guardar las formas, manifestaran, de tanto en tanto, algunas reservas de principio o, según su jerga, «tácticas».

El APRA, en cambio, tan sorprendida como el resto del país por esta iniciativa tramada en Palacio por el Presidente y, al parecer, por sus asesores extranjeros y velasquistas, denotaba una confusión y un malestar que, por lo demás, ni siquiera ahora se ha disipado. Aunque con honrosas excepciones, como la del diputado Alfredo Barnechea, a quien los peruanos no olvidarán por su coraje, sus parlamentarios eligieron la disciplina y rindieron su conciencia a los deseos del jefe. La incomodidad y el íntimo desacuerdo de muchos apristas democráticos con esta medida, que constituye un verdadero traspiés en las credenciales cívicas del partido de Haya de la Torre, se han hecho visibles en el debate parlamentario. No han sido los apristas con sus contradictorias y dubitativas intervenciones quienes han dado la verdadera batalla oratoria contra los parlamentarios de la oposición democrática sino los comunistas, lo que es locuaz sobre el significado real de la medida y sobre sus verdaderos beneficiarios a largo plazo. No los pobres, desde luego, ni siquiera el partido de gobierno, sino quienes quisieran mudar al Perú en una sociedad totalitaria.

Así lo entendieron muchos compatriotas desde el principio. Peruanos humildes, apolíticos, gente sencilla, que sólo aspiran a trabajar en paz, a vivir en paz y a que ningún poder económico o político los atropelle ni engañe. Muchos, muchísimos de ellos habían votado por Alan García y tenían cifradas sus esperanzas en que este joven dirigente contribuyera a derrotar nuestro subdesarrollo y a corregir nuestras desigualdades, nuestro estancamiento y decadencia, dentro del pluralismo democrático, la confraternidad y la libertad que existen en el Perú desde 1980. Esos peruanos y peruanas sencillos y decentes no se dejaron engañar con la propaganda de «pobres contra banqueros», ni atemorizar con la campaña de escarnio que la prensa oficialista y la comunista desataban contra los críticos de la ley totalitaria.

Y así, desde los primeros días, los vimos lanzarse a la calle en Arequipa, en Piura, en Lima, en Iquitos en Tacna, en Chiclayo, en Tarapoto y en otras ciudades del Perú. Eran empleados, amas de casa, profesionales, estudiantes: un abanico de gente entre los que predominaban, tal vez, las clases medias del país. Pero, incluso entre los sectores populares, sobre los que recaía la más desaforada manipulación propagandística del gobierno, se advertía reserva y desconfianza ante el designio presidencial.

La libertad de expresión adquirió, en esos días, una nueva valencia en el Perú. Cobró actualidad, una extraordinaria importancia, y muchos peruanos descubrieron la función determinante que cumplen en momentos de crisis unos órganos de comunicación realmente independientes a los que el poder político no puede avasallar. Al abrir sus páginas, antenas y pantallas a las críticas al proyecto de estatización, al servir de tribunas a instructivos debates y al tomar partido algunos de estos órganos en las polémicas en contra del proyecto, los medios de expresión contribuyeron en forma decisiva a mostrar la indigencia y los sofismas de la tesis oficial.

Los peruanos supieron por boca de los mejores economistas del país que la banca del Estado —que controla ya el 80 % de los créditos— no era más democrática, a la hora de concederlos, que la banca privada, aunque sí menos eficiente. ¿Por qué íbamos a creer, pues, que se democratizaría milagrosamente una vez que, en lugar del 80 %, tuviera el monopolio absoluto de las finanzas del país? Los peruanos supieron también que si de veras las metas del gobierno eran desconcentrar la propiedad bancaria e impedir que los bancos se prestaran a sí mismos, ello se podía conseguir de muchas maneras, sin necesidad de transferir bancos, seguros y financieras de las manos de sus dueños a la sola mano, ineficiente y de dudosa moralidad, de la burocracia estatal.

De este modo, gracias a la libertad de expresión, el castillo de naipes de mentiras y confusiones erigido por el gobierno, se fue desmoronando, y una opinión pública resuelta empezó a tomar cuerpo y a enfrentarse al poder. Esta libertad de expresión no es una dádiva de este gobierno, como han insinuado algunos de sus corifeos. Es un derecho constitucional que estamos ejerciendo y que nadie nos puede arrebatar mientras vivamos en democracia. Esa libertad de expresión, queridos compatriotas, no debe desaparecer ni restringirse en el Perú. Ahora que hemos experimentado de manera tan evidente su altísima función es obligación de todos defenderla, sobre todo en el futuro inmediato, cuando con una herramienta letal en sus manos —el manejo de los créditos— el gobierno podría, en cualquier momento, ejercer una presión indebida contra los órganos de expresión independientes. Para una democracia, la libertad de expresión es el oxígeno, lo que le permite renovarse y vivir. Sin ella no hay legalidad ni coexistencia ni elecciones que se puedan llamar libres, ni protección para el ciudadano contra los abusos del poder.

Al mismo tiempo que los peruanos independientes salían a las calles, los partidos de la oposición democrática se empeñaban también en el combate contra la estatización. Hay que destacar la inmediatez y la claridad de la reacción del Partido Popular Cristiano, cuyos líderes, desde el primer instante, denunciaron la amenaza contra el orden constitucional. Apenas retornó al país, el doctor Bedoya Reyes —que se encontraba ausente el 28 de julio— encabezó la movilización de su partido en resguardo de la democracia. El Partido Acción Popular —que hasta entonces, por iniciativa del arquitecto Belaunde Terry, había dado al gobierno aprista una tregua a fin de que realizara sin contratiempos su programa— se opuso también a la estatización y, de manera progresiva, fue acentuando sus críticas hasta ocupar un puesto de vanguardia en el rechazo del proyecto. Y lo mismo ocurrió con otros partidos o movimientos, como el FRENATRACA, el Frente del general Morales Bermúdez y el SODE (hasta entonces aliado del APRA y que, a raíz de esta ley, rompió con el oficialismo). Del mismo modo parlamentarios independientes, como los diputados Diez Canseco y Larrabure, y el senador Chirinos Soto, aportaban su contribución a la resistencia cívica. La protesta adquirió una envergadura inusitada y, de hecho, reunió, en un ancho y tácito acuerdo, a todos los peruanos, independientes o militantes, empeñados en que nuestra democracia sobreviva y sea el marco de la lucha contra la injusticia y la pobreza en el Perú.

Nuestra primera contribución a esta cruzada cívica fue un manifiesto que, con cuatro amigos a los que quiero citar —Fernando de Szyszlo, Miguel Cruchaga, Frederick Cooper y Luis Miró Quesada—, publicamos el 2 de agosto, respaldado por cien firmas. Ese texto, titulado «Frente a la amenaza totalitaria», recibió, en los días siguientes, un número extraordinario de adhesiones. Quienes encabezábamos el texto nos vimos acosados con llamadas y pedidos de personas que querían hacer suya nuestra protesta, y, en los días siguientes, aparecieron en los diarios nuevas listas de nombres de varios centenares cada vez. Empujados por este entusiasmo que cristalizó alrededor nuestro, decidimos dar una forma más orgánica a la recolección de firmas, a fin de hacer llegar a los senadores de la oposición democrática (la Cámara de Diputados ya había aprobado la ley) el aliento de los peruanos libres. Gracias a la buena disposición de muchos voluntarios y voluntarias, logramos reunir más de cuarenta mil firmas en pocos días, sólo en Lima y Arequipa.

Y así nació la idea —si ustedes me preguntan en quién o en quiénes brotó primero, no sabría decírselo— de convocar a un acto público para hacer entrega de esas firmas. La intención era que fueran los independientes quienes lo convocaran, invitando a concurrir a él a todos los militantes de los partidos democráticos. Al puñado inicial se había sumado entonces Hernando de Soto, quien interrumpió un viaje al extranjero al conocer lo que ocurría en el Perú. Muchos de sus colaboradores del Instituto Libertad y Democracia, y varias decenas de personas más (entre ellas abundaban los jóvenes), animados de un sobresalto generoso, se consagraron en cuerpo y alma a organizar el encuentro cívico en la plaza San Martín.

Lo que ocurrió en aquella plaza, la noche del 21 de agosto, así como lo sucedido en los encuentros cívicos de Arequipa, el 26, y de Piura, el 2 de setiembre, es del dominio público. Decenas de miles de peruanos, muchos de los cuales asistían a una manifestación política por primera vez en su vida, se reunieron pacíficamente a protestar contra la ley totalitaria y mostrarle al gobierno, al mundo, que la democracia peruana no es el feudo de un partido ni de un presidente, sino una realidad que reposa y vive en la voluntad y la soberanía de las mujeres y los hombres del Perú. En ellos se encarna, a ellos se debe y gracias a ellos va a seguir existiendo y perfeccionándose, sin que prevalezcan contra ella las bombas y los crímenes de los terroristas, los oscuros designios de los marxistas que quisieran sustituirla por una democracia popular de partido único, o de quienes intentan desnaturalizarla con medidas que darían al partido gobernante la manera de perpetuarse en el poder.

Decenas de miles, centenares de miles de peruanos demostraron, con su coraje, que ser pobres o atrasados económicamente, que no haber superado aún los grandes desequilibrios y las injusticias sociales, no impiden a un pueblo amar apasionadamente la libertad y exigir que ella presida, como garantía suprema contra esos atropellos de los fuertes hacia los débiles —que tiñen nuestra historia de tanto sufrimiento— la lucha de los peruanos por desarrollar nuestro país, por elevar el nivel de vida de los pobres, por reducir las distancias, los abismos, entre los que tienen mucho o algo y los que no tienen nada.

Defender la libertad, reclamar que ella se aclimate y se transubstancie en nuestra vida política, en nuestras leyes, en nuestra economía, en nuestras costumbres, no es, como grotescamente pretende la propaganda oficial contra nosotros, elegir una opción distinta a la de la justicia. Sólo para los enemigos de la libertad, para la ideología dogmática de los totalitarios, existe diferencia entre la justicia y la libertad. Los hombres y mujeres libres sabemos que ambas cosas son inseparables, que una no existe sin la otra, que quienes las separan terminan siempre suprimiendo la libertad en nombre de una justicia que nunca llega, que se vuelve un espejismo al que el gobierno y su ejército de burócratas vacía de sustancia y realidad. Pedir libertad, creer en la libertad, es la única manera de pedir justicia y de creer en la justicia. Porque ésta sencillamente no es real sin aquello que sólo la libertad hace posible: la fiscalización del poder, el derecho de crítica, la denuncia de la corrupción y del abuso de quienes ocupan una función pública, el debate aleccionador, la creatividad y las iniciativas de todos en la solución de los problemas.

Los encuentros cívicos sirvieron también para que ciertas ideas modernas, palancas de la prosperidad y los altos niveles de vida de las democracias avanzadas a las que el conformismo intelectual y la propaganda marxista habían conseguido poco menos que exiliar de nuestro medio, conquistaran derecho de ciudad. Como que la primera tarea para un país subdesarrollado es la creación de la riqueza y no la repartición de la pobreza; y que para crear riqueza, trabajo y recursos que permitan mejorar la condición de los pobres y alcanzar la igualdad de oportunidades para todos, el Estado debe reducirse, no crecer. Porque el Estado sobredimensionado que tenemos desde la dictadura de Velasco es una fuente de explotación y de discriminación del débil y del pobre, un obstáculo casi insuperable por la corrupción y el burocratismo que lo impregnan para que el Perú se desarrolle. Este Estado macrocefálico ha hecho de la legalidad una prebenda a la que el empresario informal, el vendedor ambulante, el peruano sin influencias, no tienen acceso pues no pueden pagar sus coimas ni dedicar el tiempo que exigen esos trámites infinitos inventados por los burócratas para justificar su existencia. No es expropiando sino devolviendo a los ciudadanos la responsabilidad de crear riqueza; no es empantanando y distorsionando la producción y el comercio con controles, subsidios y privilegios, sino liberalizando y simplificando las reglas, y, sobre todo, respetándolas y haciéndolas cumplir escrupulosamente, como un Estado democrático crea la estabilidad y la confianza sin las cuales no hay ahorro ni inversión.

La propiedad privada, que es la encarnación de la libertad individual —y que, por lo tanto, debe ser extendida a todos los ciudadanos para que una sociedad sea genuinamente libre— había pasado a ser casi una mala palabra en el Perú por obra de la demagogia extremista. Los encuentros cívicos permitieron recordar que ella es el pilar de toda democracia, que la propiedad privada —si ha sido bien habida y se usa dentro de la ley— es el motor del progreso y del poder civil, que el Estado no debe arrebatársela a nadie sino ayudar a los pobres a acceder a ella.

Un país crece y prospera así, con la extensión de la propiedad al mayor número, estimulando y aplaudiendo el éxito de los que, gracias a su esfuerzo y a su inventiva, crean riqueza y trabajo para sí y para los demás. En cambio, un país se estanca y retrocede si se entroniza en su seno la moral del resentimiento y del rencor contra el hombre de empresa, el profesional o el trabajador que se superan y triunfan. En una sociedad que elige esta receta cunden el desaliento, la frustración y el odio, y ninguna sociedad ha progresado y forjado una vida digna para sus ciudadanos sobre aquellos cimientos.

Así, queridos compatriotas, de manera espontánea e impremeditada, por obra de las circunstancias y no por deliberación o cálculo de alguno, nació este Movimiento, que, sin habernos puesto de acuerdo, todos, sus partidarios y sus adversarios, bautizaron con el más hermoso de los nombres: Libertad. Carece de organización, de jerarquías, de líderes y, sin embargo, está allí, reciente en la memoria, hirviendo de entusiasmo y de juventud en la plaza San Martín, bajo el cielo estrellado de Arequipa y en la avenida Grau de la cálida Piura. No es un partido y, sin embargo, los partidos democráticos como Acción Popular, el Partido Popular Cristiano, el FRENATRACA, además de otras organizaciones, le han prestado sus militantes y su solidaridad en los encuentros cívicos. Y, a pesar de no tener otro programa ni propuesta que la defensa del sistema democrático como marco para combatir el subdesarrollo y la injusticia social de nuestro país, incontables hombres y mujeres independientes le han brindado su fe, firmando sus protestas, cosiendo sus banderas, enarbolando sus pancartas y coreando su música.

Creación anónima, colectiva, como las gestas épicas, los poemas heroicos o los monumentos prehispánicos, esta movilización habrá sido, tal vez, la cara positiva, el fruto bueno de la prueba a la que el presidente García decidió, en un arranque funesto, someter al Perú. Aun si no durara más que un breve lapso y se extinguiera como una estrella furtiva, su paso por el firmamento político peruano no habrá sido inútil. Habrá sido instructivo, estimulante, pues mostró que quienes queremos que nuestra patria prospere en libertad y no sucumba al despotismo de un partido, de una ideología o de un caudillo, somos, en verdad, muchos; que podemos llenar las plazas y, como dice aquel viejo poema, «impregnar la noche con nuestros cantos». Y que esa ebullición de mujeres y hombres libres es capaz de unirse y cuajar en una fuerza cívica que cierra filas y opone su idealismo y su confianza en la ley y en la reforma a las conjuras antidemocráticas.

Aun si el Movimiento Libertad durase sólo, en el torbellino que es la historia, el tiempo de un suspiro, su fugaz aparición también habrá servido para recordarnos algo que habíamos empezado a olvidar: que no sólo el APRA y sus circunstanciales aliados marxistas existen en la vida política peruana, a la que pueden repartirse en amigable festín revolucionario; que hay, además, un vasto sector de ciudadanos que no son apristas ni comunistas y que no están dispuestos a dejarse desalojar del escenario nacional por los enemigos de la libertad o por quienes, aprovechándose del poder que alcanzaron gracias a la democracia, decidieron, de pronto, cambiar las reglas del juego trazadas por la Constitución.

En los meses y años próximos, situaciones como la que acabamos de vivir probablemente van a repetirse. Porque las consecuencias de esta ley serán —lo son ya— muy serias en el campo económico, agravando la condición de los pobres, de esas mayorías que resultan siempre las peores víctimas de la inflación, del déficit fiscal, del desempleo, del desabastecimiento, de la falta de inversiones y de ahorro en que el gobierno nos ha precipitado. Todos los pronósticos coinciden en que este cuadro empeorará. Cuando ello ocurra, es de presumir que quien ha actuado con la intemperancia y miopía de estos días optará ante la crisis por el camino fácil: la demagogia, el arma por excelencia de los políticos incompetentes. ¿Habrá, acaso, nuevas estatizaciones revolucionarias, o atropellos contra los medios de comunicación? Y no se puede excluir que, con el pretexto de responder a un supuesto sabotaje empresarial —¿quiénes reemplazarán esta vez a los banqueros como chivos expiatorios? ¿Los laboratorios? ¿Los mineros? ¿Los fabricantes de alimentos?—, haya tomas de fábricas u otro género de despojos. Después de lo ocurrido hay, desgraciadamente, razones de sobra para temer lo peor.

La responsabilidad del Presidente en esta crisis que ha paralizado la economía del país, que ha enemistado a los peruanos, que ha sembrado la desconfianza en ahorristas y empresarios, y la zozobra en el ciudadano común, es muy grande. Hay que decirlo con la esperanza de que el mandatario comprenda el daño que viene sufriendo el país y haga propósito de enmienda. Se trata de un jefe de Estado elegido en limpios comicios y nuestra obligación es defender su mandato constitucional hasta que culmine, en 1990, contra cualquier tentativa golpista. Pero es también nuestra ineludible responsabilidad extremar nuestra vigilancia a un gobernante que ha dado, en las últimas semanas, unas pruebas de precipitación y de intolerancia preocupantes en un estadista democrático. Todos los jefes de Estado se equivocan, pero perseverar en el error es más grave que errar, es poner en peligro la armonía y el consenso que son la esencia de la democracia. Un gobernante puede cambiar de opinión, y en buena hora, porque sólo los fanáticos son —como las piedras y los animales— siempre idénticos a sí mismos. Pero entonces hay que explicar las razones del cambio con ideas y argumentos persuasivos y no pretender que un país entero se pliegue sin un anuncio ni un debate previos a un cambio de política tan intempestivo que parece pura veleidad, mudanza caprichosa.

También es grave la vehemencia por aprobar una ley írrita a la sensibilidad de tantos y pronunciar palabras de discordia para la familia peruana, o auspiciar campañas de desprestigio contra el adversario a cargo de subalternos dirigentes o de esbirros intelectuales de triste prontuario velasquista. Y acaso todavía peor, permitir agresiones físicas por bandas de rufianes como los que nos atacaron la noche del 26 de agosto en Arequipa a manifestantes pacíficos con proyectiles y explosivos que, según ha denunciado el periodismo, les fueron distribuidos en el local aprista. Esos métodos estaban erradicados de nuestra democracia desde 1980; sólo los terroristas recurrían a ellos. El «presidente de todos los peruanos» debería velar sin descanso para que la violencia no vuelva a inmiscuirse en nuestra vida política. En las prioridades de un gobernante elegido deben figurar, primero, el Perú, la democracia, la libertad y, sólo después, el afán de protagonismo por la obtención de credenciales revolucionarias. Es nuestro deber recordárselo a los gobernantes que elegimos cada vez que parezcan olvidarlo. Ojalá que la experiencia reciente eduque al gobierno, al APRA, y —aun cuando fuera sólo para recuperar el prestigio y la credibilidad que han perdido— retomaran el camino responsable y obraran por restablecer la confianza y la reconciliación de los peruanos.

Una buena cosa que aprendimos, en el fragor de estas semanas, es que la independencia del Poder Judicial no es algo retórico, un mero dispositivo de la Carta Magna, sino una realidad. Mientras que el Ejecutivo se convertía en instigador de un atropello contra el pluralismo económico y la mayoría parlamentaria renunciaba a su condición fiscalizadora y refrendaba con dóciles carpetazos la voluntad del Presidente, los jueces de la República salvaban el honor de los poderes del Estado acogiendo diversos recursos de amparo de quienes se sentían agraviados en sus derechos constitucionales. Pese a la presión del poder político y a las acusaciones lanzadas contra ellos por parlamentarios apristas y comunistas, los magistrados mostraron a la opinión pública que en nuestra democracia todavía no es fácil violar la Constitución con el argumento totalitario del número: «el que puede, puede», tan cándidamente expuesto en el Congreso por un senador marxista. No debe descartarse que contra esos jueces lluevan ahora las represalias y es nuestro deber salir en su defensa; es nuestro deber solidarizarnos con ese Poder Judicial que en las semanas y meses próximos será escenario de la batalla legal que los peruanos libres perdimos en el Parlamento. Los jueces de la Nación deben saber que no están solos, que la opinión pública los respalda, y que tiene puestas sus esperanzas en ellos.

Es esencial, es imprescindible, queridos compatriotas, mantenerse alertas, dispuestos ante cualquier provocación totalitaria, ante cualquier nueva prepotencia, a decir: «¡Alto! ¡Aquí estamos nosotros!» Entonces, como tras antes de ayer en Lima, antes de ayer en Arequipa y ayer en Piura, con la misteriosa fuerza del mar y la prestez del viento, el Movimiento Libertad resurgirá invicto, joven, limpio, plural, incorruptible en su defensa de un Perú en pos de la prosperidad y la justicia, que tiene a la libertad como su herramienta y su meta. Ese ideal es posible; ustedes lo han probado.

En lo que a mí respecta, antes de regresar a mi escritorio y a mis libros, quiero decirles gracias a todos y a cada uno de los que me escuchan, a todas y a cada una de las personas que, en estas semanas, me hicieron llegar su amistad y su aliento, sus sugerencias y sus críticas. Yo no tengo manera de responder como debiera, con mi puño y mi letra, y con mi propia voz, a tantas cartas, mensajes, recados y llamadas de peruanas y peruanos, ansiosos de ayudar, que me ofrecían su tiempo y su entusiasmo. Permítanme recordar algunos entre los gestos que más me conmovieron. Pienso en la anciana que deslizó un sobre bajo la puerta de mi casa con diez intis «para la libertad» y en el taxista que vino a ofrecer su auto para llevar manifestantes a la plaza San Martín, en los estudiantes que salieron a perifonear o a repartir volantes y en la secretaria que pidió licencia en su oficina para recoger firmas y atender el frenético teléfono. Quiero recordar con cariño entrañable a esos muchachos arequipeños —Palao, Bustamante, Simons y los otros—, heridos por enfrentarse a la agresión. No tengo palabras para decirles a todos, a cada uno, lo reconocido que estoy por esa solidaridad múltiple y por haber hecho vibrar con fuerza contagiosa la libertad de nuestra patria. Si una pequeña iniciativa de un escritor a favor de la democracia es susceptible de despertar tanta generosa respuesta, tanto sano idealismo, quiere decir que hay esperanza: quiere decir que no importa cuántos reveses deba afrontar todavía este infortunado país nuestro de un destino adverso o de los malos gobernantes, no debemos rendirnos al pesimismo o a la apatía, cómplices de los déspotas. Quiere decir que hay en el Perú reservas suficientes para resistir cualquier acechanza contra la libertad y, tarde o temprano, construir esa patria próspera, libre y justa que se merece nuestro pueblo.

Muchas gracias.

Barranco, 24 setiembre 1987

LA AMISTAD DIFÍCIL *

I

De más está decir que me siento muy reconocido a American Express por invitarme a entregar los premios Letras de Oro, creados para promover las actividades literarias en la comunidad hispánica de los Estados Unidos, así como a la Universidad de Florida, por organizar un simposio dedicado a mi obra.

La ocasión me parece propicia para reflexionar con ustedes, como lo hicieron Carlos Fuentes y Octavio Paz el anteaño y el año pasado, en circunstancias parecidas, sobre un tema central de nuestro destino: la relación entre los países latinoamericanos y Estados Unidos. Acaso no haya en la tierra lugar más adecuado para hacerlo que esta ciudad, donde ambos mundos se tocan y conviven en una intensa simbiosis que ha hecho de Miami, hace apenas unas décadas una sosegada ciudad de jubilados y veraneantes, la pujante y próspera metrópoli que hoy nos rodea. Hispanos y anglosajones aquí se han entendido y colaborado y el resultado de ello está a la vista, en ese enjambre de luces y animación que delatan un progreso en marcha, una sociedad que a fuerza de empeño e ingenio se ha colocado a la vanguardia de la modernidad.

Si una colaboración parecida hubiera existido a lo largo de nuestra historia entre América Latina y Estados Unidos, otra sería, sin duda, la realidad contemporánea de nuestro continente. Pero no la hubo, sino,

* Discurso pronunciado en Miami, el 17 de marzo de 1988, con motivo de la entrega de los premios Letras de Oro.

más bien, lo contrario, es decir, incomprensión y antagonismos múltiples, y las consecuencias de ello, que todavía arrastramos como unas cadenas de forzado, son un obstáculo para que muchos países latinoamericanos rompan el círculo vicioso del subdesarrollo —deficiencia cultural y psicológica a la vez que económica— y para que haya, entre la América sajona y la hispánica, una relación fértil.

Las razones de aquella incomprensión histórica son múltiples. No hay duda que buena parte de la responsabilidad incumbe al «pueblo emprendedor y pujante» que, como escribió José Martí, «desconoció y desdeñó» a nuestros países, a los que, a veces, invadió en expediciones imperiales, ocupó militarmente para doblegar a sus gobiernos o imponer determinadas políticas, o para defender los intereses —no siempre santos— de sus empresas. Esas acciones, así como el apoyo que Washington prestó a tantos dictadores y sátrapas del sur del río Bravo que le eran dóciles, fue creando un sentimiento de antipatía y rencor en nuestras clases políticas progresistas hacia el vecino del Norte, y, peor aún, acuñó para muchos latinoamericanos una imagen prepotente, abusiva y unilateral de Estados Unidos que ha llegado a arraigar en algunos sectores, abonando así un terreno sobre el que todavía erigen sus campañas antiamericanas quienes quisieran hacer de nuestro continente un mundo totalitario.

Pero a nosotros nos cabe, también, la otra parte de la culpa en el desencuentro. Por ignorancia o por esa simple pereza mental que nos impide cotejar nuestras ideas y creencias con la realidad objetiva para saber si ellas son ciertas o falsas, en muchos latinoamericanos prevalece una visión de superficie, que linda con la caricatura, de la compleja sociedad norteamericana y, sobre todo, de la manera como funcionan sus poderes, su opinión pública, su gobierno y la diversidad de sus mecanismos políticos. Este desconocimiento —muy similar, por otra parte, al que ha reinado con frecuencia en las directrices políticas norteamericanas respecto a nuestros países— es la raíz de buen número de nuestros entredichos y malentendidos con Washington y nos ha impedido defender nuestras causas y puntos de vista exitosamente ante el Congreso, el Ejecutivo y el pueblo de los Estados Unidos. Deberíamos haber aprendido, en este campo, lo que han sabido hacer otros países del mundo, como Israel, que, conociendo y aprovechando a fondo los ritos, las grandezas y también las miserias del sistema político norteamericano, han obtenido un apoyo que nosotros, muchas veces, hemos sido incapaces de lograr. Es una lección que todavía no aprendemos en América Latina: a diferencia de lo que suele ocurrir en nuestros países, donde el ruido y la furia reemplazan a menudo el argumento y la persuasión —y a nuestro temperamento romántico le gusta que así sea—, en esta sociedad de tradición puritana, las cosas que dan frutos, sobre todo en el campo político, no resultan tanto del gesto espectacular, la retórica fulminante y la improvisación genial, sino, más bien, del famoso *lobbying* —acción tan extraña a nuestra idiosincracia que ni siquiera tenemos una palabra exacta para traducirla—, la gestión discreta y pertinaz, el trabajo paciente y sistemático y la presión oportuna en los medios y las personas.

Un curioso sentimiento de amor-odio hacia Estados Unidos —el vecino rico y poderoso— es frecuente en el latinoamericano común. De un lado, el país del Norte aparece ante el hombre y la mujer que sobrellevan, en su propio país, la existencia difícil e insegura del subdesarrollo, con las prestigiosas prendas de un paraíso terrenal: una tierra de promisión y oportunidades, donde se puede ganar mucho dinero, tener automóviles grandes como apartamentos y vivir rodeado de una tecnología aerodinámica, igual que en las películas. Éste es el fascinante imán que atrae y seguirá atrayendo a estas playas a esas muchedumbres hispánicas para cuyo ímpetu invasor no hay aduana o frontera que resista. El reverso y complemento de este hechizo admirativo es un rencoroso complejo de inferioridad: la bonanza estadounidense se habría logrado con nuestro sudor y nuestras lágrimas; la riqueza de «ellos», los gringos, derivaría directamente de nuestra pobreza, la de los cholos, indios y mulatos de la otra América. «Ellos» nos habrían primero saqueado y, ahora, nos discriminarían y despreciarían. Nosotros, aunque pobres, seríamos de algún modo superiores a esos nuevos ricos: por la antigüedad de nuestra historia y nuestras culturas, por nuestras maneras refinadas y aristocráticas tan por encima de «su» patanería democrática. La cercanía de ese vecino poderoso ha sido, en efecto, en distintos momentos de nuestra historia, fuente de serios problemas para América Latina (las invasiones o intervenciones militares, por ejemplo). Pero también es un pretexto que suministra a muchos latinoamericanos el cómodo subterfugio que les permite liberarse de toda responsabilidad en los males que padecemos: transferirle la autoría de todos ellos, desde nuestra pobreza y nuestros dictadores, hasta nuestros ciclones y maremotos (yo oí afirmar esta idiotez, entre aplausos de su auditorio, a un distinguido poeta), al ogro norteamericano.

De su lado, el ciudadano promedio en Estados Unidos adolece muchas veces de una visión no menos estereotipada e irreal sobre los países latinoamericanos. Playas paradisíacas y frondosas caderas femeninas agitadas por el sortilegio de una música sensual alternan en estas imágenes con pistoleros, narcotraficantes, terroristas y torturadores, y una promiscua y violenta humanidad recién bajada de los árboles.

De manera diferente pero recíproca, a gringos y a latinos, la otra parte de América les ha servido para materializar a los fantasmas que habitan las profundidades de su conciencia y en ella han erigido, con disfraces y máscaras contradictorias, ese cielo y ese infierno tan atractivos y tan repelentes al mismo tiempo para el corazón de los seres humanos.

447

El mito, el estereotipo, el clisé, el lugar común, el prejuicio y la ignorancia han incomunicado y enemistado muchas veces, a Estados Unidos y a nuestros países, y, más a menudo, dificultado o frustrado lo que, por razones de geografía y de sentido común, debió de ser una relación provechosa de la que nuestras culturas y nuestras sociedades se hubieran enriquecido, así como nuestros hombres concretos.

Pero, según dice el refrán, no hay mal que dure cien años. Éste ha durado ya demasiado y hoy día hay más posibilidades que nunca de corregirlo. ¿Por qué? Porque contamos con dos factores inéditos que deberían obrar decisivamente en favor de una vecindad inteligente y dinámica entre las dos mitades culturales del continente.

El primero y principal es la proliferación en América Latina de regímenes civiles y democráticos inspirados, como el que rige la sociedad norteamericana desde los inicios de su vida independiente, en la legalidad y la libertad. Éste es, acaso, el fenómeno más importante de toda nuestra historia, y abre una oportunidad única a nuestro continente. La de que los países latinoamericanos cancelen para siempre el círculo vicioso de las revoluciones y los cuartelazos y den la batalla contra la pobreza y el atraso uniendo su destino a aquello de lo que, en verdad, desde la llegada de Colón a nuestras playas, forman parte: el Occidente liberal.

Nunca, en toda nuestra trayectoria republicana ha tenido la región tantos gobiernos nacidos de elecciones más o menos limpias, o, dicho de otro modo ha padecido menos regímenes *de facto* que en el presente. Tiranías sangrientas se han disuelto cediendo el lugar a gobiernos civiles y países en los que hasta hace veinticinco años ningún gobernante elegido podía terminar su mandato son hoy un modelo de pluralismo y coexistencia. Las dictaduras o semidictaduras sobrantes se hallan a la defensiva y alguna de ellas, como la panameña del general Noriega, pa rece dar las últimas boqueadas ante la irresistible presión de un pueblo sediento de moralidad, decencia y libertad.

El modelo cubano de la revolución violenta se halla en franca delicuescencia, si se compara la situación actual de América Latina con la de hace algunos años. Con las excepciones de El Salvador, del Perú y de Colombia, en el resto del continente el mito de la revolución armada como panacea para nuestros males ha perdido atractivo y aparece cada vez más como una ideología de grupos huérfanos de apoyo popular.

Pero tal vez lo más significativo de este proceso democratizador concierne a su naturaleza. Pues, a diferencia de lo que sucedió, por ejemplo, después de la segunda guerra mundial, cuando una ola democratizadora corrió también de un confín a otro del continente, esta vez el fenómeno no ha resultado de presiones externas ni ha sido obra exclusiva de las élites locales. Esta vez, la razón predominante para que formas de legalidad, de libertad y de consenso reemplazaran a la arbitrariedad de la fuerza y del poder personal, han sido los ciudadanos humildes, los hombres y mujeres anónimos, casi siempre pobres o empobrecidos, y a veces analfabetos, de nuestros países.

Este hecho es extraordinariamente importante, y si Estados Unidos lo comprende así, y actúa en consecuencia, apoyando resueltamente a los países nuestros que han optado, de manera inequívoca, en abierto rechazo a las opciones de la revolución marxista y de la dictadura militar, por la democracia, puede abrirse una nueva era de amistad y cooperación entre nosotros que deje atrás el pasado de suspicacia y confrontación que tanto daño nos ha hecho. Es imprescindible que los latinoamericanos, que, en condiciones a menudo muy difíciles, están dando la batalla por progresar en libertad, comprueben que Estados Unidos está de nuestra parte y no de la de nuestros adversarios, pues ha entendido que éstos son también los suyos. Y es igualmente imprescindible que esta solidaridad sea genuina y transparente, tanto de he-

449

chos como de palabras, y se traduzca sobre todo en medidas concretas en el campo económico, mar proceloso en el que nuestras renacientes democracias podrían naufragar sin una ayuda pronta de los países desarrollados.

En lo que a nosotros se refiere, es decir a los latinoamericanos que estamos empeñados en el combate por la libertad, es necesario que entendamos que este combate nos obliga a acercarnos y tomar partido resueltamente, sin subterfugios ni trampas, por las sociedades abiertas y democráticas del mundo libre cuyo liderazgo ejercen los Estados Unidos. Sobre esto no puede haber ningún equívoco. Aunque a menudo no nos comprendan y a veces sus políticas nos perjudiquen, si hemos optado por la democracia, nuestros aliados naturales, por razones de principio y de moral, y también por consideraciones prácticas, son los países libres y en ningún caso los totalitarios. En esto no hay neutralidad posible, a menos de ser ciegos o tontos (infortunadamente, algunos de nuestros gobiernos democráticos actúan en el campo internacional como si lo fueran), porque, como escribió Arthur Koestler, no se puede ser neutral ante la peste bubónica. Quienes juegan al neutralismo entre la libertad y el modelo totalitario se engañan y engañan a sus pueblos: una opción excluye a la otra como el día a la noche o el agua al aceite.

Pero Washington y demás capitales de Occidente deben comprender que solidaridad y amistad no significan vasallaje ni servidumbre, sino respeto y comprensión, un esfuerzo constante para entender las razones y los problemas recíprocos.

Ello sólo se logrará cuando el conocimiento mutuo —el conocimiento auténtico y profundo— sustituya a la telaraña de mitos, prejuicios y estereotipos que todavía distorsionan tanto las imágenes que hemos fraguado unos de otros. Pero ahora hay un instrumento poderoso para conseguir esa difícil hazaña de la comunicación y el entendimiento. Es el otro factor a que me refería antes, uno que puede contribuir a renovar radicalmente, y en el buen sentido, las relaciones entre las culturas anglo y latinoamericana. Me refiero, naturalmente, a ustedes: los latinos, los «hispánicos» de este país.

La comunidad de origen latinoamericano en los Estados Unidos es en nuestros días una presencia viva, numerosa y cada vez más consciente de su tradición histórica, de su lengua y su cultura, que está imprimiendo una huella profunda en esta sociedad. En algunos estados, como en California, Texas o éste de Florida, la influencia hispánica se percibe a simple vista, en los hábitos culinarios y el atuendo de la gente, en la música que escucha y los ritos que practica, y en la penetración oleaginosa del español en los comercios, los espectáculos, los servicios, las escuelas y la calle. Es posible que la tradicional capacidad de absorción y metabolización que ha forjado, junto con la libertad, la grandeza de los Estados Unidos —el famoso *melting pot*— acabe también por integrar, diluyéndola en su propia cultura, a esta comunidad de origen hispánico, como ha hecho con los italianos o los polacos. Pero ese proceso será largo, y cabe esperar que, cuando él se consume, aquella asimilación habrá operado, recíprocamente, la hazaña de haber abierto las mentes y los espíritus norteamericanos hacia las realidades —no los mitos— latinoamericanas. O, cuando menos, haber incitado suficientemente la curiosidad y el interés de este país por conocerlas, de modo que pueda surgir por fin entre nuestros pueblos una relación estrecha, equitativa, múltiple, novedosa y creadora.

Ésta es una tarea que ustedes, los «hispánicos» de Estados Unidos, pueden cumplir mejor que nadie. Ciertamente, mucho mejor que los políticos, que suelen vivir prisioneros de la retórica y el cálculo, o que los diplomáticos, cuya vida discurre bastante alejada de ese ciudadano común cuyos trajines y desvelos ustedes sí conocen, pues los comparten. Los trajines y desvelos de la mujer y el hombre de la calle de su nueva patria y los de aquellos de la patria que dejaron atrás, obligados por la persecución política, la dureza de la vida o, simplemente, por el legítimo deseo de cambiar y mejorar.

Ustedes que conocen las dos culturas, y de esa manera íntima que nace de la experiencia directa, de lo vivido, saben que, a pesar de que las lenguas que hablamos son tan diferentes, y de que aquí hay abundancia y allá pobreza, no somos tan distintos. Que, por debajo de las costumbres, creencias, incluso prejuicios, que nos distinguen a unos de otros, en lo fundamental nos parecemos. Porque al hombre común de aquí o de allá, le interesa lo mismo: vivir en paz, libremente, sin miedo al futuro, con trabajo y la posibilidad de prosperar, una vida decente. Ustedes pueden ser el puente que gringos y latinos crucen para reconocerse y conciliarse.

Sería ingenuo creer que ello será fácil y próximo y yo no lo creo. Pero sí lo creo posible y, sobre todo, necesario. Porque mientras los países latinoamericanos y Estados Unidos no establezcan una colaboración sin recelos, basada en una solidaridad de intereses y principios, como la que une a este país con los de Europa occidental, nuestras democracias serán débiles, nuestra libertad estará a merced de acechanzas totalitaristas y autoritarias, y nuestro desarrollo se verá mediatizado. Hagamos, pues, juntos, el esfuerzo.

Miami, 16 marzo 1988

POR UN PERÚ POSIBLE *

Cuando, en 1985, decidí no votar por Alan García no sospechaba que su gobierno arrastraría al Perú a una situación tan crítica como la de ahora. Mis temores tenían que ver con la libertad de expresión, pues él y su partido se habían opuesto, durante la Constituyente, a que los diarios, radios y canales estatizados por la dictadura fueran devueltos a sus dueños. En esto, afortunadamente, me equivoqué: el gobierno aprista ha respetado la libertad de expresión y el pluralismo informativo.

En lo demás, en cambio, ha fracasado y la expresión de su fracaso son las medidas económicas que acaba de infligir al país. El más cruel reajuste que se haya impuesto al pueblo peruano en este siglo y que va a golpear, sin misericordia, a los pobres, los menos preparados para defenderse contra la despiadada alza de precios de todos los productos que ha decretado el gobierno a fin de hacer frente a la bancarrota económica en que se halla el Perú mediante la medicina más severa: la represión del consumo popular.

Las medidas eran previsibles dada la situación a la que ha sido llevado el país por el presidente García. Sin embargo, las posibilidades de que este inmenso sacrificio exigido a los peruanos resuelva la crisis son remotas, como veremos más adelante. Antes, quiero subrayar que el Perú no ha llegado a una situación así por obra de un cataclismo natural o una conspiración urdida por aquellos fantasmas a los que el jefe del Estado acostumbraba fulminar desde los

* Mensaje al pueblo peruano leído por radio y televisión el 16 de setiembre de 1988.

453

balcones de Palacio: el Fondo Monetario Internacional, el imperialismo, las transnacionales o los empresarios. No. La razón más inmediata de lo que está ocurriendo son las políticas que decidió el Presidente con una pequeña corte de asesores velasquistas o importados del extranjero, varios de los cuales —en lo que constituye una provocación al sentido común y a los peruanos— supervigilan ahora los electroshocks con los que se quiere revivir a la sociedad a la que su mediocridad y su demagogia pusieron en estado de coma.

Sería injusto responsabilizar sólo al presidente García de esta crisis que llega a todos los rincones y actividades del país. Las causas son diversas y complejas. Algunas se remontan hasta la Colonia y el nacimiento de la República. Es el caso del carácter múltiple de nuestra patria, donde coexisten la modernidad occidental y culturas arcaicas sobre las que se han encarnizado la discriminación y el olvido a lo largo de la historia.

Otras se fraguaron en una corriente de pensamiento, keynesiana en apariencia y socialista en esencia, de gran arraigo en América Latina en las últimas décadas. Ella sostiene que sólo la hegemonía del Estado es capaz de asegurar un rápido desarrollo económico. Bajo su influencia, en estos años y, sobre todo, desde la dictadura de Velasco, el aparato estatal creció en el Perú en tamaño, injerencia y prepotencia, transformándose, poco a poco, en un ente amorfo, lento e ineficiente que, en vez de estimularla, comenzó a trabar la creación de riqueza por parte de los ciudadanos independientes, mediante controles y trámites burocráticos asfixiantes y a través de una incontrolable corrupción.

Pero la crisis que padecemos no se hubiera dado con la intensidad actual, sin el modelo económico que el presidente García impuso al Perú desde agosto de 1985. Renegando del programa reformista con que había hecho la campaña electoral, y apartándose de los lineamientos democráticos que el Haya de la Torre de las últimas décadas le había señalado a su partido, Alan García, apenas llegado al gobierno, comenzó a actuar —y, sobre todo, a hablar— como un revolucionario resuelto a empujar al país hacia el socialismo. Muy pronto quedó claro que su propósito más urgente no era modernizar el Perú a la manera occidental sino arrebatarle las banderas a la Izquierda Unida y copiar su programa.

Así, su gobierno se inició con la expropiación de los certificados en dólares de muchos miles de ahorristas peruanos, a los que se les obligó —en contra de promesas expresas del candidato García— a cobrarlos en intis devaluados. Poco después, el nuevo mandatario declaraba la guerra al Fondo Monetario y a los demás organismos financieros internacionales, e intentaba, sin éxito, el liderazgo de los no alineados. Con todo ello obtenía un codiciado brevete de líder antiimperialista y condenaba al Perú a un aislamiento económico que, en las actuales circunstancias, hace que las medidas correctivas de la crisis se deban aplicar sin la menor ayuda exterior, lo único que podría amortiguar en algo la dureza del golpe que asesta a los sectores desfavorecidos, es decir, a la inmensa mayoría del pueblo peruano.

Sería largo enumerar todas las medidas económicas, de corte socialista, calcadas del programa de Izquierda Unida, que por pura motivación ideológica y sin que mediara el más mínimo beneficio para el país, ha llevado a la práctica el presidente Alan García: desde la innecesaria nacionalización de la Belco y el hostigamiento a la empresa privada, hasta el intento totalitario —que el pueblo peruano con su decisión y su instinto libertario, frustró a medias— de estatizar todos los bancos, compañías de seguros y financieras del país. El único resultado concreto de este género de medidas fue ahuyentar la inversión extranjera y nacional y sembrar la inseguridad entre los peruanos, lo que inevitablemente se traduce en fuga de capitales, fuga de profesionales, retracción de la inversión y dolarización de la economía de un pueblo.

Para entonces, buena parte de las reservas del país se habían ya evaporado por culpa de una política llamada heterodoxa de subsidio al consumo y a las importaciones en desmedro de la producción y de las exportaciones. Este modelo, prestado también de las canteras del socialismo marxista, negó leyes económicas fundamentales y ampliój viciosamente el aparato estatal y su influencia. Como consecuencia, se produjeron distorsiones drásticas de los precios que alentaron el contrabando, la ineficiencia y el despilfarro. El resultado fue un déficit fiscal progresivo al que el gobierno respondió con una política monetaria suicida. Es decir, emitiendo billetes sin respaldo.

En los últimos tres años, el crédito interno del Banco Central de Reserva aumentó en 2.000 %. De otro lado, la política de tasas de interés negativas significó la abusiva expropiación de 3.000 millones de dólares pertenecientes a los portadores de libretas de ahorros. En razón de todo ello la inflación creció a un ritmo canceroso, y, a pesar de no cumplir con el servicio de la deuda externa, se agotaron todas las reservas internacionales del Perú habiéndose llegado al extremo de vender o prendar casi todo el oro disponible.

Conviene tener en cuenta estos antecedentes, pues, sin ellos, no se explica la precipitación con que ha sido elaborado el reajuste. Las correcciones en la política económica las hace ahora el gobierno porque no puede hacer ya otra cosa. Ya no le queda nada por dilapidar: la última barra de oro del Banco Central ha sido empeñada.

Esta política dio, el primer año de gobierno de Alan García, la ilusión de un crecimiento. En realidad, era uno de esos festivos rituales autodestructivos, que los antropólogos llaman *potlatch*, en los que ciertos pueblos primitivos consumen en una noche, en una gran orgía, todo lo que han sembrado en el año. A la luz de las llamas de esa fiesta en la que se incendiaba el Perú, el presidente García fue proclamado por algunos ingenuos el abanderado de los pobres y el custodio de los intereses de esas mayorías a las que su política obliga ahora a reducir sus niveles de vida en un 40 % si no es más.

Al tiempo que volatilizaba las reservas de manera irresponsable, el Estado intervenía violentamente en la vida económica, imponiendo un enredado sistema de controles cuyo efecto fue el de anestesiar nuestra economía y luego corromperla. El mejor negocio, en el Perú, no fue producir bienes y servicios eficientes y baratos sino entrar en contubernios con el Estado a fin de beneficiarse con los tipos de cambio privilegiados del dólar. En otras palabras, el mejor negocio no fue producir sino especular. De este modo, el mismo gobierno que desalentaba la competencia sana y leal del mercado, lo único que sirve al consumidor, favorecía los negocios de dudosa moral y, a menudo, los abiertamente ilícitos. Uno de los aspectos más bochornosos de la situación actual es la evidencia de que, mientras el Perú se asfixiaba por culpa de esta política de controles y prebendas legales, crecía la inmoralidad y algunos —a veces, de muy alto nivel político— se enriquecían escandalosamente. Igual que en todos los países de gobiernos estatizantes y controlistas donde se aplicaron estas políticas —el Chile de Allende, la Bolivia de Siles Suazo, o la Nicaragua del comandante Ortega— el resultado ha sido una inflación desmesurada, el flagelo peor y el más injusto para los pobres de una sociedad, cuyos salarios pueden comprar cada día menos cosas. ¿Y qué decir de los peruanos de condición todavía más precaria, como los campesinos o los informales, sobre quienes las alzas se abatirán salvajemente sin ningún paliativo? Ellos, tres de cada cuatro de nuestros compatriotas, no reciben aumentos porque no reciben sueldos.

Este catálogo no es gratuito. No se trata de ensañarse contra un gobierno al que sus actos han desprestigiado ya bastante. Se trata de que el pueblo peruano comprenda las causas de la catástrofe por la que se le pasa ahora la factura, de modo que no vuelva a permitir que esta historia se repita ni se deje engañar, una vez más, con las costosas campañas publicitarias que hace el gobierno ni con las demagógicas protestas de los voceros de la Izquierda Unida, cuyas ideas han inspirado en buena medida el mal que ha llevado a nuestro país al borde del abismo.

La lucha contra la inflación no tendrá éxito, a menos que el gobierno la acompañe de una genuina rectificación de las ideas y los métodos que hasta ahora ha puesto en práctica y aparte de su seno a las personas más comprometidas con la política que arruinó al país, destruyó el ahorro, ahuyentó la inversión, nos aisló del mundo, satanizó a los empresarios, pretendió estatizar nuestra economía y condenó al Perú rural a la miseria. Es difícil que el pueblo peruano crea, ahora, las tesis de un ministro a favor de *sincerar* los precios si se trata del mismo que ideó, promovió y ejecutó la política de subsidios a los alimentos importados que ha condenado a nuestros campesinos al estancamiento y a la ruina. No pedimos que el presidente Alan García renuncie, pero sí que renuncie a tratar a sus ministros como meros amanuenses de sus caprichos temperamentales o de sus arrebatos revolucionarios, como las estatizaciones, para las que no pidió un mandato electoral y que el pueblo rechazó inequívocamente en el programa de la Izquierda Unida que sí las incluía.

Hay demasiadas contradicciones y errores en el proyecto antiinflacionario. No sólo falta la ayuda externa. Además, las medidas no han sido adecuadamente diseñadas para permitir que los costos del ajuste se distribuyan de manera proporcional. A pesar de los grandes aumentos en los precios, el gobierno no va a reducir drásticamente el déficit fiscal ni detener la emisión monetaria de aquí a fin de año. Cada día se modifican las medidas en un proceso que refleja incoherencia y apunta al rebrote de la inflación.

Sin embargo, esto no sería un obstáculo insalvable para que las medidas funcionaran si hubiera en el gobierno verdadera voluntad de diálogo y permeabilidad para las sugerencias y las críticas. Ellas podrían ser enmendadas y perfeccionadas. El obstáculo mayor es la falta de credibilidad de quienes deben aplicarlas. Muchas de estas personas están descalificadas por su demostrada incompetencia y, en algunos casos, por su falta de probidad, para exigir sacrificios al pueblo peruano. Si es genuina la decisión de cambio, el gobierno debe apartar de su seno a los ideólogos y responsables del desastre. Y el Senado, que tiene potestad para hacerlo, debe remover al directorio del Banco Central de Reserva, que incumplió su deber constitucional de velar por la integridad de nuestra moneda, llegando a ceder a la voracidad monetaria del gobierno, hasta el extremo de emitir —según ha denunciado un senador— en sólo cinco días tanto dinero como el que se emitió durante los cinco años del gobierno anterior. Para que este empeño de estabilización no fracase debe haber en el Banco Central de Rerserva funcionarios capaces y dotados de la entereza suficiente para resistir las presiones de Palacio, que, de ser atendidas, podrían desencadenar una nueva hemorragia de emisión inorgánica y catapultarnos a nuevas cimas de inflación.

Las negociaciones con los organismos de crédito internacional son indispensables, empezando por el Fondo Monetario. Ésa es la única manera que tiene el Perú de mostrarle al mundo su buena disposición de dialogar con la comunidad internacional y de reintegrarse a ella. No es posible que, para mantener una testarudez demagógica, el país se prive en estos momentos de una ayuda exterior preciosa que serviría para atenuar algo la brutalidad de la caída del nivel de vida de los pobres. Desde luego que un acuerdo con el Fondo no será fácil. Pero, con medidas como las que se han dado, ahora es posible. Y, en todo caso, la reapertura del diálogo con esta institución es un requisito indispensable para facilitar los intentos de acuerdo con otros organismos públicos o privados a fin de obtener los créditos que tanta falta nos hacen.

Es también urgente que el gobierno dé pruebas plausibles de su voluntad de mejorar sus relaciones con el empresariado nacional. La colaboracion de éste es imprescindible si se quiere que el programa funcione, que los efectos de la recesión sean menos traumáticos y que el Perú pueda volver a reactivar en un futuro próximo su desfalleciente economía. Los empresarios honestos no son los enemigos de los pobres ni de los ministros de industrias como insinuó, en el memorable desatino que eligió para inaugurar su gestión, el nuevo titular de la cartera. Ellos también van a ser muy golpeados con las medidas y los nuevos impuestos y para algunos, en el panorama presente, la amenaza de quiebra es muy grande. Sólo a demagogos irresponsables o a extremistas fanáticos puede alegrar la perspectiva de un desplome de la industria nacional ya de por sí tan maltratada por la política intervencionista, controlista y estatizante que el presidente Alan García expropió a la Izquierda Unida. Es cierto que el empresariado debe hacer un esfuerzo mayor que el de los pobres en estos momentos, como debemos hacerlo nosotros, los profesionales o técnicos o comerciantes, todos los peruanos que tenemos mejores ingresos. Eso no está en duda. Es nuestra obligación moral contribuir con generosidad, en todas las formas posibles, a ayudar a nuestros compatriotas humildes a sobrevivir en medio de esta tormenta de alzas de precios.

Pero el caso del empresariado es particular y el gobierno debe actuar con inteligencia y espíritu pragmático, el único que vale cuando se trata, como ahora para el Perú, de no zozobrar. Sólo si el sector productivo apoya resueltamente este programa, haciendo los sacrificios más extremos —es decir elevando sus precios lo mínimo indispensable y subiendo los salarios de sus trabajadores lo máximo posible— y desplegando toda su energía creativa, podrá venir, luego de la estabilización, la anhelada recuperación. Para que el empresariado peruano deje de sentirse amenazado en permanente riesgo, invierta en su país y se juegue a fondo junto con los obreros y empleados, en un auténtico clima de colaboración patriótica destinada a crear riqueza y nuevos empleos y traer por fin prosperidad al Perú, el gobierno debe reconstruir sus relaciones con el sector privado, creando esa confianza recíproca sin la cual ni este programa ni cualquier otro jamás tendrá éxito. Por eso, antes que nada, para que ese clima nazca, el gobierno debe derogar la ley de estatización de la banca que está aún vigente. Nada contribuyó tanto como ese insensato proyecto a sembrar el temor y la división entre los peruanos. Y nada ha echado tanta leña al fuego de la crisis actual como la polémica que desató entre nosotros esa tentativa totalitaria, perfectamente explicable entre los marxistas partidarios por doctrina de socializar todos los medios de producción, pero no entre los demócratas convencidos del pluralismo económico como lo estuvo el propio Víctor Raúl Haya de la Torre.

En medio de la zozobra de estos días, todos los peruanos que soñamos con un futuro civilizado para nuestro país, debemos coincidir en un principio: nuestra democracia debe ser preservada. En ningún caso, por ninguna razón, es aceptable la quiebra del orden constitucional. Es obligación de todos, no importa cuán críticos y severos seamos de su gestión, que el Presidente que los peruanos eligieron en 1985 llegue al 28 de julio de 1990 y transfiera el mando a su sucesor. Por imperfecto y precario que sea, este sistema, el de la libertad y el de la ley, es la única garantía que tenemos de salir alguna vez de la barbarie de la pobreza, el atraso y la ignorancia que son, hoy día, la condición de tantas mujeres y hombres de nuestro país. Por eso, a quienes pudieran alentar sentimientos golpistas aprovechando la crisis actual, les salimos al paso y les decimos: no lo consentiremos. Si alguien intenta quebrantar la democracia, seremos los primeros en enfrentárnosle, en las calles y en las plazas, en las ciudades y en los campos, con todas las fuerzas de nuestra convicción y nuestra fe en la libertad.

El Perú debe superar esta crisis dentro del sistema democrático. Y puede hacerlo. Porque nuestro país vale más que los gobernantes que lo han empobrecido y que fueron incapaces de aprovechar los inmensos recursos de su geografía y de su gente.

No hay que dejarse derrotar por el abatimiento ni la desesperación, queridos compatriotas. Ni siquiera ahora, cuando todo parece tan oscuro y el hambre y el miedo crecen a nuestro alrededor como los espantos de las fábulas, debemos perder la esperanza. Nuestro país fue grande y próspero en el pasado y volverá a serlo, con nuestro entusiasmo y nuestro esfuerzo. No mediante el odio, el resentimiento, la lucha de clases, sino por aquello que hace de veras progresar a los países: el trabajo, el ahorro, la inversión, la difusión popular de la propiedad, el respeto a la ley, la creatividad, la economía de mercado, la descentralización del poder. En suma, la cultura del éxito y no la de la envidia y la derrota.

Eso es lo que ha traído desarrollo, paz y cultura a los países más modernos del mundo, que son los países libres. Y ésa es la gran revolución pacífica que está aún por hacerse en nuestra patria: la que a través de la libertad política y económica da a todos los ciudadanos la posibilidad de crear riqueza y mejorar su suerte y la de los suyos. Tarde o temprano ese camino nos sacará de donde estamos y entonces, como en las páginas de aquella crónica, nuestros Andes volverán «a florecer y el desierto verdeará y en nuestra montaña el canto de los pájaros festejará nuestros triunfos». Que en este trance difícil nos acompañe la visión de ese Perú posible, de la prosperidad en la libertad, por el que estamos trabajando.

Muchas gracias.

Lima, 15 setiembre 1988

LAS FICCIONES DE BORGES

Cuando yo era estudiante, leía con pasión a Sartre y creía a pie juntillas sus tesis sobre el compromiso del escritor con su tiempo y su sociedad. Que las «palabras eran actos» y que, escribiendo, un hombre podía actuar sobre la historia. Ahora, en 1987, semejantes ideas pueden parecer ingenuas y provocar bostezos —vivimos una ventolera escéptica sobre los poderes de la literatura y también sobre la historia— pero en los años cincuenta la idea de que el mundo podía ser cambiado para mejor y que la literatura debía de contribuir a ello, nos parecía a muchos persuasiva y exaltante.

El prestigio de Borges comenzaba ya a romper el pequeño círculo de la revista *Sur* y de sus admiradores argentinos. En diversas ciudades latinoamericanas surgían, en los medios literarios, devotos que se disputaban como tesoros las rarísimas ediciones de sus libros, aprendían de memoria las enumeraciones visionarias de sus cuentos —la de *El Aleph*, sobre todo, tan hermosa— y se prestaban sus tigres, sus laberintos, sus máscaras, sus espejos y sus cuchillos, y también sus sorprendentes adjetivos y adverbios para sus escritos. En Lima, el primer borgiano fue un amigo y compañero de generación, con quien compartíamos libros e ilusiones literarias. Borges era un tema inagotable en nuestras discusiones. Para mí representaba, de manera químicamente pura, todo aquello que Sartre me había enseñado a odiar: el artista evadido de su mundo y de la actualidad en un universo intelectual de erudición y de fantasía; el escritor desdeñoso de la política, de la historia y hasta de la realidad que exhibía con impudor su escepticismo y su risueño desdén hacia todo lo que no fuera la literatura; el intelectual que no sólo se permitía ironizar sobre los dogmas y utopías de la izquierda sino que llevaba su iconoclasia hasta el extremo de afiliarse al Partido Conservador con el argumento burlón de que los caballeros se afilian de preferencia a las causas perdidas.

En nuestras discusiones yo procuraba, con toda la malevolencia sartreana de que era capaz, demostrar que un intelectual que escribía, decía y hacía lo que Borges, era de alguna manera corresponsable de todas las iniquidades sociales del mundo, y sus cuentos y poemas nada más que *bibelots d'inanité sonore* (dijes de inanidad sonora) a los que la historia —esa terrible y justiciera Historia con mayúsculas que los progresistas blanden, según les acomode, como el hacha del verdugo, la carta marcada del tahúr o el pase mágico del ilusionista— se encargaría de dar su merecido. Pero, agotada la discusión, en la soledad discreta de mi cuarto o de la biblioteca, como el fanático puritano de *Lluvia*, de Somerset Maugham, que sucumbe a la tentación de aquella carne contra la que predica el hechizo literario borgiano resultaba irresistible. Y yo leía sus cuentos, poemas y ensayos con un deslumbramiento al que, además, el sentimiento adúltero de estar traicionando a mi maestro Sartre, añadía un perverso placer.

He sido bastante inconstante con mis pasiones literarias de adolescencia; muchos de los que fueron mis modelos ahora se me caen de las manos cuando intento releerlos, entre ellos el propio Sartre. Pero, en cambio, Borges, esa pasión secreta y pecadora, nunca se desdibujó; releer sus textos, algo que he hecho cada cierto tiempo, como quien cumple un rito, ha sido siempre una aventura feliz. Ahora mismo, para preparar esta charla, releí de corrido toda su obra y mientras lo hacía, volví a maravillarme, como la primera vez, por la elegancia y la limpieza de su prosa el refinamiento de sus historias y la perfección con que sabía construirlas. Sé lo transeúntes que pueden ser las valoraciones artísticas; pero creo que en su caso no es arriesgado afirmar que Borges ha sido lo más importante que le ocurrió a la literatura en lengua española moderna y uno de los artistas contemporáneos más memorables.

Creo, también, que la deuda que tenemos contraída con él quienes escribimos en español es enorme. Todos, incluso aquellos que, como yo, nunca han escrito un cuento fantástico ni sienten una predilección especial por los fantasmas, los temas del doble y del infinito o la metafísica de Schopenhauer.

Para el escritor latinoamericano, Borges significó la ruptura de un cierto complejo de inferioridad que, de manera inconsciente, por supuesto, lo inhibía de abordar ciertos asuntos y lo encarcelaba en un horizonte provinciano. Antes de él, parecía temerario o iluso, para uno de nosotros, pasearse por la cultura universal como podía hacerlo un europeo o un norteamericano. Cierto que lo habían hecho, antes, algunos poetas modernistas, pero esos intentos, incluso los del más notable —Rubén Darío— tenían algo de «pastiche», de mariposeo superficial y un tanto frívolo por un territorio ajeno. Ocurre que el escritor latinoamericano había olvidado algo que, en cambio, nuestros clásicos, como el Inca Garcilaso o Sor Juana Inés de la Cruz, jamás pusieron en duda: que era parte constitutiva, por derecho de lengua y de historia, de la cultura occidental. No un mero epígono ni un colonizado de esta tradición sino uno de sus componentes legítimos desde que, cuatro siglos y medio atrás, españoles y portugueses extendieron las fronteras de esta cultura hasta lo que Góngora llamaría, en *las soledades*, «el último Occidente». Con Borges esto volvió a ser una evidencia y, asimismo, una prueba de que sentirse partícipe de esta cultura no resta al escritor latinoamericano soberanía ni originalidad.

Pocos escritores europeos han asumido de manera tan plena y tan cabal la herencia de Occidente como este poeta y cuentista de la periferia. ¿Quién, entre sus contemporáneos, se movió con igual desenvoltura por los mitos escandinavos, la poesía anglosajona, la filosofía alemana, la literatura del siglo de Oro, los poetas ingleses, Dante, Homero, y los mitos y leyendas del Medio y el Extremo Oriente que Europa tradujo y divulgó? Pero esto no hizo de Borges un «europeo». Yo recuerdo la sorpresa de mis alumnos, en el Queen Mary College de la Universidad de Londres, en los años sesenta, con quienes leíamos *Ficciones* y *El Aleph*, cuando les dije que en América Latina había quienes acusaban a Borges de «europeísta», de ser poco menos que un escritor inglés. No podían entenderlo. A ellos, ese escritor en cuyos relatos se mezclaban tantos países, épocas, temas y referencias culturales disímiles, les resultaba tan exótico como el chachachá (de moda entonces). No se equivocaban. Borges no era un escritor prisionero de una tradición nacional, como suele serlo a menudo el escritor europeo, y eso facilitaba sus desplazamientos por el espacio cultural, en el que se movía con desenvoltura gracias a las muchas lenguas que dominaba. Su cosmopolitismo, esa avidez por adueñarse de un ámbito cultural tan vasto, de inventarse un pasado propio con lo ajeno, es una manera profunda de ser argentino, es decir, latinoamericano. Pero en su caso, aquel intenso comercio con la literatura europea fue, también, un modo de configurar una geografía personal, una manera de ser Borges. Sus curiosidades y demonios íntimos fueron enhebrando un tejido cultural propio de gran originalidad, hecho de extrañas combinaciones, en el que la prosa de Stevenson y *Las mil y una noches* (traducidas por ingleses y franceses) se codeaban con los gauchos del *Martín Fierro* y con personajes de las sagas islandesas y en el que dos compadritos de un Buenos Aires más fantaseado que evocado intercambiaban cuchilladas en una disputa que parecía prolongar la que, en la alta Edad Media, llevó a dos teólogos cristianos a morir en el fuego. En el insólito escenario borgiano desfilan como en el «aleph» del sótano de Carlos Argentino las más heterogéneas criaturas y asuntos. Pero, a diferencia de lo que ocurre en esa pantalla pasiva que se limita a reproducir caóticamente los ingredientes del universo, en la obra de Borges todo ellos están reconciliados y valorizados por un punto de vista y una expresión verbal que les da perfil autónomo.

Y éste es otro dominio en el que el escritor latinoamericano debe mucho al ejemplo de Borges. Él no sólo nos mostró que un argentino podía hablar con solvencia sobre Shakespeare o concebir persuasivas historias situadas en Aberdeen, sino, también, revolucionar su tradición estilística. Atención: he dicho ejemplo, que no es lo mismo que influencia. La prosa de Borges, por su furiosa originalidad, ha causado estragos en incontables admiradores a los que el uso de ciertos verbos o imágenes o maneras de adjetivar que él inauguró volvió meras parodias. Es la «influencia» que se detecta más rápido, porque Borges es uno de los escritores de nuestra lengua que llegó a crear un modo de expresión tan suya, una música verbal (para decirlo con sus palabras) tan propia, como los más ilustres clásicos: Quevedo (a quien él tanto admiró) o Góngora (que nunca le gustó demasiado). La prosa de Borges se reconoce al oído, a veces basta una frase e incluso un simple verbo (conjeturar, por ejemplo, o fatigar como transitivo) para saber que se trata de él.

Borges perturbó la prosa literaria española de una manera tan profunda como lo hizo, antes, en la poesía, Rubén Darío. La diferencia entre ambos es que Darío introdujo unas maneras y unos temas —que importó de Francia, adaptándolos a su idiosincrasia y a su mundo— que de algún modo expresaban los sentimientos (el esnobismo, a veces) de una época y de un medio social. Por eso pudieron ser utilizados por muchos otros sin que por ello los discípulos perdieran su propia voz. La revolución de Borges es unipersonal; lo representa a él y sólo de una manera muy indirecta y tenue al ambiente en el que se formó y que ayudó decisivamente a formar (el de la revista *Sur*). En cualquier otro que no sea él, por eso, su estilo suena a caricatura.

Pero ello, claro está, no disminuye su importancia ni rebaja en lo más mínimo el enorme placer que da leer su prosa, una prosa que se puede paladear, pala-

bra a palabra, como un manjar. Lo revolucionario de
ella es que en la prosa de Borges hay casi tantas ideas
como palabras, pues su precisión y su concisión son
absolutas, algo que no es infrecuente en la literatura
inglesa e incluso en la francesa, pero que, en cambio
en la de lengua española tiene escasos precedentes
Un personaje borgiano, la pintora Marta Pizarro (de
«El duelo») lee a Lugones y a Ortega y Gasset y estas
lecturas, dice el texto, confirman «su sospecha de que
la lengua a la que estaba predestinada es menos apta
para la expresión del pensamiento o de las pasiones
que para la vanidad palabrera». Bromas aparte, y si
se suprime en ella lo de «pasiones», la sentencia tiene
algo de cierto. El español, como el italiano o el portugués, es un idioma palabrero, abundante, pirotécnico
de una formidable expresividad emocional, pero, por
lo mismo, conceptualmente impreciso. Las obras de
nuestros grandes prosistas, empezando por la de Cervantes, aparecen como soberbios fuegos de artificio
en los que cada idea desfila precedida y rodeada de
una suntuosa corte de mayordomos, galanes y pajes
cuya función es decorativa. El color, la temperatura y
la música importan tanto en nuestra prosa como las
ideas, y en algunos casos —Lezama Lima, por ejemplo— más. No hay en estos excesos retóricos típicos
del español nada de censurable: ellos expresan la
idiosincrasia profunda de un pueblo, una manera de
ser en la que lo emotivo y lo concreto prevalecen sobre lo intelectual y lo abstracto. Es ésa fundamental
mente la razón de que un Valle-Inclán, un Alfonso Reyes, un Alejo Carpentier o un Camilo José Cela
—para citar a cuatro magníficos prosistas— sean tan
numerosos (como decía Gabriel Ferrater) a la hora de
escribir. La inflación de su prosa no los hace ni menos inteligentes ni más superficiales que un Valéry o
un T. S. Eliot. Son, simplemente, distintos, como lo
son los pueblos iberoamericanos del pueblo inglés y
del francés. Las ideas se formulan y se captan mejor
entre nosotros, encarnadas en sensaciones y emociones, o incorporadas de algún modo a lo concreto, a lo
directamente vivido, que en un discurso lógico. (És-

468

es la razón, tal vez, de que tengamos en español una literatura tan rica y una filosofía tan pobre, y de que el más ilustre pensador moderno del idioma, Ortega y Gasset, sea sobre todo un literato.)

Dentro de esta tradición, la prosa literaria creada por Borges es una anomalía, una forma que desobedece íntimamente la predisposición natural de la lengua española hacia el exceso, optando por la más estricta parquedad. Decir que con Borges el español se vuelve «inteligente» puede parecer ofensivo para los demás escritores de la lengua, pero no lo es. Pues lo que trato de decir (de esa manera «numerosa» que acabo de describir) es que, en sus textos, hay siempre un plano conceptual y lógico que prevalece sobre todos los otros y del que los demás son siempre servidores. El suyo es un mundo de ideas, descontaminadas y claras —también insólitas— a las que las palabras expresan con una pureza y un rigor extremados, a las que nunca traicionan ni relegan a segundo plano. «No hay placer más complejo que el pensamiento y a él nos entregamos», dice el narrador de «El inmortal», con frases que retratan a Borges de cuerpo entero. El cuento es una alegoría de su mundo ficticio, en el que lo intelectual devora y deshace siempre lo físico.

Al forjar un estilo de esta índole, que representaba tan genuinamente sus gustos y su formación, Borges innovó de manera radical nuestra tradición estilística. Y, al depurarlo, intelectualizarlo y colorearlo del modo tan personal como lo hizo, demostró que el español —idioma con el que solía ser tan severo, a veces, como su personaje Marta Pizarro— era potencialmente mucho más rico y flexible de lo que aquella tradición parecía indicar, pues, a condición de que un escritor de su genio lo intentara, era capaz de volverse tan lúcido y lógico como el francés y tan riguroso y matizado como el inglés. Ninguna obra como la de Borges para enseñarnos que, en materia de lengua literaria, nada está definitivamente hecho y dicho, sino siempre por hacer.

El más intelectual y abstracto de nuestros escritores fue, al mismo tiempo, un cuentista eximio, la mayoría de cuyos relatos se lee con interés hipnótico, como historias policiales, género que él cultivó impregnándolo de metafísica. Tuvo, en cambio, una actitud desdeñosa hacia la novela, en la que, previsiblemente, le molestaba la inclinación realista, el ser un género que, *malgré* Henry James y alguna que otra ilustre excepción, está como condenado a confundirse con la totalidad de la experiencia humana —las ideas y los instintos, el individuo y la sociedad, lo vivido y lo soñado— y que se resiste a ser confinado en lo puramente especulativo y artístico. Esta imperfección congénita del género novelesco —su dependencia del barro humano— era intolerable para él. Por eso escribió, en 1941, en el prólogo a *El jardín de senderos que se bifurcan*: «Desvarío laborioso y empobrecedor el de componer vastos libros; el de explayar en quinientas páginas una idea cuya perfecta exposición oral cabe en pocos minutos.» La frase presupone que todo libro es una disquisición intelectual, el desarrollo de un argumento o tesis. Si esto fuera cierto, los pormenores de una ficción serían, apenas, la superflua indumentaria de un puñado de conceptos susceptibles de ser aislados y extraídos como la perla que anida en la concha. ¿Son reductibles a una o a unas cuantas ideas *El Quijote, Moby Dick, La cartuja de Parma, Los demonios*? La frase no sirve como definición de la novela pero es, sí, indicio elocuente de lo que son las ficciones de Borges: conjeturas, especulaciones, teorías, doctrinas, sofismas.

El cuento, por su brevedad y condensación, era el género que más convenía a aquellos asuntos que a él lo incitaban a crear y que, gracias a su dominio del artificio literario, perdían vaguedad y abstracción y se cargaban de atractivo e, incluso, de dramatismo: el tiempo, la identidad, el sueño, el juego, la naturaleza de lo real, el doble, la eternidad. Estas preocupaciones aparecen hechas historias que suelen comenzar, astutamente, con detalles de gran precisión realista y notas, a veces, de color local, para luego, de manera insensible o brusca, mudar hacia lo fantástico o desvanecerse en una especulación de índole filosófica o

470

teológica. En ellas los hechos no son nunca lo más importante, lo verdaderamente original, sino las teorías que los explican, las interpretaciones a que dan origen. Para Borges, como para su fantasmal personaje de «Utopía de un hombre que está cansado», los hechos «son meros puntos de partida para la invención y el razonamiento». Lo real y lo irreal están integrados por el estilo y la naturalidad con que el narrador circula por ellos, haciendo gala, por lo general, de una erudición burlona y apabullante y de un escepticismo soterrado que rebaja lo que podía haber en aquel conocimiento de excesivo.

En escritor tan sensible —y en persona tan civil y frágil como fue, sobre todo desde que la creciente ceguera hizo de él poco menos que un inválido— sorprenderá a algunos la cantidad de sangre y de violencia que hay en sus cuentos. Pero no debería; la literatura es una realidad compensatoria y está llena de casos como el suyo. Cuchillos, crímenes, torturas, atestan sus páginas; pero esas crueldades están distanciadas por la fina ironía que, como un halo, suele circundarlas y por el glacial racionalismo de su prosa que jamás se abandona a lo efectista, a lo emotivo. Esto confiere al horror físico una cualidad estatuaria, de hecho artístico, de realidad desrealizada.

Siempre estuvo fascinado por la mitología y los estereotipos del «malevo» del arrabal o el «cuchillero» de la pampa, esos hombres físicos, de bestialidad inocente e instintos sueltos, que eran sus antípodas. Con ellos pobló muchos de sus relatos, confiriéndoles una dignidad borgiana, es decir estética e intelectual. Es evidente que todos esos matones, hombres de mano y asesinos truculentos que inventó son tan literarios —tan irreales— como sus personajes fantásticos. Que lleven poncho a veces, o hablen de un modo que finge ser el de los compadritos criollos o el de los gauchos de la provincia, no los hace más realistas que los heresiarcas, los magos, los inmortales y los eruditos de todos los confines del mundo de hoy o del remoto pasado que protagonizan sus historias. Todos ellos proceden, no de la vida sino de la literatura.

Son, ante y sobre todo, ideas, mágicamente corporizadas gracias a las sabias combinaciones de palabras de un gran prestidigitador literario.

Cada uno de sus cuentos es una joya artística y algunos de ellos —como «Tlön, Uqbar, Orbis Tertius», «Las ruinas circulares», «Los teólogos», «El Aleph»— obras maestras del género. A lo inesperado y sutil de los temas se suma siempre una arquitectura impecable, de estricta funcionalidad. La economía de recursos es maniática: nunca sobra ni un dato ni una palabra, aunque, a menudo, han sido escamoteados algunos ingredientes para hacer trabajar a la inteligencia del lector. El exotismo es un elemento indispensable: los sucesos ocurren en lugares distantes en el espacio o en el tiempo a los que esa lejanía vuelve pintoresca o en unos arrabales porteños cargados de mitología. En uno de sus famosos prólogos, Borges dice de un personaje: «El sujeto de la crónica era turco; lo hice italiano para intuirlo con más facilidad.» En verdad, lo que acostumbraba hacer era lo inverso; mientras más distanciados de él y de sus lectores, podía manipularlos mejor atribuyéndoles las maravillosas propiedades de que están dotados o hacer más convincentes sus a menudo inconcebibles experiencias. Pero, atención, el exotismo y el color local de los cuentos de Borges son muy diferentes de los que caracterizan a la literatura regionalista, en escritores como Ricardo Güiraldes o Ciro Alegría, por ejemplo. En éstos, el exotismo es involuntario, resulta de una visión excesivamente provinciana y localista del paisaje y las costumbres de un medio al que el escritor regionalista identifica con el mundo. En Borges, el exotismo es una coartada para escapar de manera rápida e insensible del mundo real, con el consentimiento —o, al menos, la inadvertencia— del lector, hacia aquella irrealidad que, para Borges, como cree el héroe de «El milagro secreto», «es la condición del arte».

Complemento inseparable del exotismo es, en sus cuentos, la erudición, algún saber especializado, casi siempre literario, pero también filológico, histórico, filosófico o teológico. Este saber se exhibe con desenfado y aun insolencia, hasta los límites mismos de la pedantería, pero sin pasar nunca de allí. La cultura de Borges era inmensa, pero la razón de la presencia de la erudición en sus relatos no es, claro está, hacérselo saber al lector. Se trata, también, de un recurso clave de su estrategia creativa, muy semejante a la de los lugares o personajes «exóticos»: infundir a las historias una cierta coloración, dotarlas de una atmósfera *sui géneris*. En otras palabras, cumple una función exclusivamente literaria que desnaturaliza lo que esa erudición tiene como conocimiento específico de algo, reemplazando éste o subordinándolo a la tarea que cumple dentro del relato: decorativa a veces y, a veces, simbólica. Así, en los cuentos de Borges, la teología, la filosofía, la lingüística y todo lo que en ellos aparece como saber especializado se vuelve literatura, pierde su esencia y adquiere la de la ficción, torna a ser parte y contenido de una fantasía literaria.

«Estoy podrido de literatura», le dijo Borges a Luis Harss, el autor de *Los nuestros*. No sólo él: también el mundo ficticio que inventó está impregnado hasta el tuétano de literatura. Es uno de los mundos más literarios que haya creado escritor alguno, porque en él los personajes, los mitos y las palabras fraguados por otros escritores a lo largo del tiempo comparecen de manera multitudinaria y continua, y de forma tan vívida que han usurpado en cierta forma a aquel contexto de toda obra literaria que suele ser el mundo objetivo. El referente de la ficción borgiana no lo es, sino la literatura. «Pocas cosas me han ocurrido y muchas he leído. Mejor dicho: pocas cosas me han ocurrido más dignas de memoria que el pensamiento de Schopenhauer o la música verbal de Inglaterra», escribió con coquetería en el epílogo de *El hacedor*. La frase no debe ser tomada al pie de la letra, pues toda vida humana real, por apacible que haya sido, esconde más riqueza y misterio que el más profundo poema o el sistema de pensamiento más complejo. Pero ella nos dice una insidiosa verdad sobre la naturaleza del arte de Borges, que resulta, más que ningún otro que haya producido la literatura moderna, de metabolizar, imprimiéndole una marca propia, la literatura universal. Esa obra narrativa, relativamente breve, está repleta de resonancias y pistas que conducen hacia los cuatro puntos cardinales de la geografía literaria. Y a ello se debe, sin duda, el entusiasmo que suele despertar entre los practicantes de la crítica heurística, que pueden eternizarse en el rastreo e identificación de las infinitas fuentes borgianas. Trabajo arduo, sin duda, y además inútil porque lo que da grandeza y originalidad a esos cuentos no son los materiales que él usó sino aquello en que los transformó: un pequeño universo ficticio, poblado de tigres y lectores de alta cultura, saturado de violencia y de extrañas sectas, de cobardías y heroísmos laboriosos, donde el verbo y el sueño hacen las veces de realidad objetiva y donde el quehacer intelectual de razonar fantasías prevalece sobre todas las otras manifestaciones de la vida.

Es un mundo fantástico, pero sólo en este sentido: que en él hay seres sobrenaturales y ocurrencias prodigiosas. No en el sentido en el que Borges, en una de esas provocaciones a las que estaba acostumbrado desde su juventud ultraísta y a las que nunca renunció del todo, empleaba a veces el apelativo: de mundo irresponsable, lúdico, divorciado de lo histórico e incluso de lo humano. Aunque sin duda hay en su obra mucho de juego y más dudas que certidumbres sobre las cuestiones esenciales de la vida y la muerte, el destino humano y el más allá, no es un mundo desasido de la vida y de la experiencia cotidiana, sin raíz social. Está tan asentado sobre los avatares de la existencia, ese fondo común de la especie, como todas las obras literarias que han perdurado. ¿Acaso podría ser de otra manera? Ninguna ficción que rehúya la vida y que sea incapaz de iluminar o de redimir al lector sobre algún aspecto de ella, ha alcanzado permanencia. La singularidad del mundo borgiano consiste en que, en él, lo existencial, lo histórico, el sexo, la psicología, los sentimientos, el instinto, etc., han sido disueltos y reducidos a una dimensión exclusivamente intelectual. Y la vida, ese hirviente y caótico tumulto, llega

474

al lector sublimada y conceptualizada, mudada en mito literario por el filtro borgiano, un filtro de una pulcritud lógica tan acabada y perfecta que parece, a veces, no quintaesenciar la vida sino abolirla.

Poesía, cuento y ensayo se complementan en la obra de Borges y a veces es difícil saber a cuál de los géneros pertenecen sus textos. Algunos de sus poemas cuentan historias y muchos de los relatos (los más breves, sobre todo) tienen la compacta condensación y la delicada estructura de poemas en prosa. Pero son, sobre todo, el ensayo y el cuento los géneros que intercambian más elementos en el texto borgiano, hasta disolver sus fronteras y confundirse en una sola entidad. La aparición de *Pale Fire*, de Nabokov, novela donde ocurre algo similar —una ficción que adopta la apariencia de edición crítica de un poema— fue saludada por la crítica en Occidente como una hazaña. Lo es, desde luego. Pero lo cierto era que Borges venía haciendo ilusionismos parecidos hacía años y con idéntica maestría. Algunos de sus relatos más elaborados, como «El acercamiento a Almotásim», «Pierre Menard, autor del Quijote» y «Examen de la obra de Herbert Quain», fingen ser reseñas biobibliográficas. Y en la mayoría de sus cuentos, la invención, la forja de una realidad ficticia, sigue una senda sinuosa que se disfraza de evocación histórica o de disquisición filosófica o teológica. Como la sustentación intelectual de estas acrobacias es muy sólida, ya que Borges sabe siempre lo que dice, la naturaleza de lo ficticio es en esos cuentos ambigua, de verdad mentirosa o de mentira verdadera, y ése es uno de los rasgos más típicos del mundo borgiano. Y lo inverso puede decirse de muchos de sus ensayos, como *Historia de la eternidad* o su *Manual de zoología fantástica* en los que por entre los resquicios del firme conocimiento en el que se fundan se filtra, como sustancia mágica, un elemento añadido, de fantasía e irrealidad, de invención pura, que los muda en ficciones.

Ninguna obra literaria, por rica y acabada que sea, carece de sombras. En el caso de Borges, su obra adolece, por momentos, de etnocentrismo cultural. El negro, el indio, el primitivo en general, aparecen a menudo en sus cuentos como seres ontológicamente inferiores, sumidos en una barbarie que no se diría histórica o socialmente circunstanciada, sino connatural a una raza o condición. Ellos representan una infrahumanidad, cerrada a lo que para Borges es lo humano por excelencia: el intelecto y la cultura literaria. Nada de esto está explícitamente afirmado ni es, acaso, consciente; se trasluce, despunta al sesgo de una frase o es el supuesto de determinados comportamientos. Como para T. S. Eliot, Papini o Pío Baroja para Borges la civilización sólo podía ser occidental, urbana y (casi casi) blanca. El Oriente se salvaba, pero como apéndice, es decir filtrado por las versiones europeas de lo chino, lo persa, lo japonés o lo árabe. Otras culturas, que forman también parte de la realidad latinoamericana —como la india y la africana— acaso por su débil presencia en la sociedad argentina en la que vivió la mayor parte de su vida, figuran en su obra más como un contraste que como otras variantes de lo humano. Es ésta una limitación que no empobrece los demás admirables valores de la obra de Borges, pero que conviene no soslayar dentro de una apreciación de conjunto de lo que ella significa. Una limitación que, acaso, sea otro indicio de su humanidad, ya que, como se ha repetido hasta el cansancio, la perfección absoluta no parece de este mundo, ni siquiera en obras artísticas de creadores que como Borges, estuvieron más cerca de lograrla.

Marbella, 15 octubre 1988

ENTRE LA LIBERTAD Y EL MIEDO

Según la perspectiva desde la cual se la mire, América Latina ofrece un panorama estimulante o desolador. Desde el punto de vista político, no hay duda que éste es el mejor momento de toda su historia republicana. El reciente triunfo de la oposición al régimen dictatorial del general Pinochet, en el plebiscito chileno, inaugura un proceso de democratización de ese país y es el hito más reciente de una secuencia que ha visto, en las últimas décadas, desaparecer una tras otra a las dictaduras militares y su reemplazo por regímenes civiles nacidos de elecciones más o menos libres. Con la excepción de Cuba y Paraguay, y las semidictaduras de Panamá, Nicaragua y Haití, puede decirse que todo el resto del continente ha optado resueltamente por el sistema democrático. Las seudodemocracias manipuladas de antaño, como la de México, se van perfeccionando y admitiendo el pluralismo y la crítica. De un lado los ejércitos y, de otro, los partidos de extrema izquierda o de extrema derecha se van resignando, so pena de verse reducidos a la orfandad más absoluta, a las prácticas electorales y a la coexistencia democrática.

Este proceso de democratización política del continente no debe juzgarse sólo en términos estadísticos. Lo más significativo de él es su naturaleza. Es decir, ser un proceso genuinamente popular. Por primera vez en nuestra historia republicana, no han sido las élites, ni la presión extranjera, lo que ha impulsado la instalación de regímenes civiles y democráticos, sino, sobre todo, el pueblo, las grandes masas de mujeres y hombres humildes cansados ya de la demagogia y la brutalidad tanto de las dictaduras militares como de los grupos y partidos revolucionarios. Al igual que las dictaduras de derecha, los guerrilleros y terroristas de izquierda —tan populares en los años sesenta— sufren de falta de credibilidad y de un auténtico rechazo civil. Los que aún actúan —haciendo a veces mucho daño—, como ocurre en el Perú, en Colombia o en El Salvador, representan a minorías violentas que difícilmente podrían acceder al poder mediante procesos electorales.

Todo esto es un claro signo de progreso y modernización y debería justificar el optimismo respecto al futuro de América Latina. Sin embargo, cuando desviamos la vista del campo político hacia el económico, el radiante paisaje se ensombrece y en vez de un horizonte soleado y promisor divisamos negros nubarrones y los rayos y centellas de una tormenta.

Casi sin excepción, en lo que se refiere a su vida económica, los países latinoamericanos están hoy estancados o retrocediendo. Algunos, como el Perú, se hallan peor de lo que estaban hace un cuarto de siglo. La situación de crisis se repite, casi sin variantes, de uno a otro país, con la monotonía de un disco rayado o de una imagen congelada. Caen la producción y los salarios reales, desaparece el ahorro y languidece la inversión, los capitales nativos fugan y los procesos inflacionarios renacen periódicamente luego de traumáticos intentos estabilizadores que, además de fracasar casi siempre, golpean duramente a los sectores desfavorecidos y dejan a toda la sociedad desmoralizada y aturdida. Con la excepción de la chilena y, en cierto modo, de la colombiana, que parecen enrumbadas en un sólido proceso de expansión apoyado sobre bases firmes y de largo aliento, las otras economías de la región se debaten en la incertidumbre y enfrentan crisis de distinto nivel de gravedad.

¿Cómo explicar esta angustiosa situación? ¿A qué puede deberse que un país como Argentina, que hace medio siglo era una de las naciones más desarrolladas del mundo, haya conseguido subdesarrollarse y ser ahora una de las de economía más caótica y precaria? ¿Y a qué, que el Brasil, gigante que tantas veces parecía a punto de despegar, siempre acabe tropezando y regresando al punto de partida? ¿Cómo es posible que Venezuela, uno de los países más afortunados de la tierra, haya sido incapaz, en todas las décadas de bonanza petrolera, de asegurar su porvenir, y comparta ahora la inseguridad y la zozobra de los países latinoamericanos pobres? (Una aclaración. No estoy diciendo que *todas* las naciones del continente se hallen en el mismo estado. Algunas capean mejor que otras el temporal, como Colombia o como Paraguay —aunque en estos dos casos, las razones sean en parte *non sanctas*, como los bien aprovechados dólares del narcotráfico para la primera y los del contrabando para la segunda—, en tanto que otras, como el Perú, parecen a punto de ser literalmente devastadas por la crisis. Pero, consignados todos los matices y variables, la visión que ofrece la realidad económica de América Latina es lastimosa: la de un mundo que no consigue complementar su clara vocación democrática con políticas imaginativas y pragmáticas que le aseguren el crecimiento económico y social y lo hagan participar cada día más de los beneficios de la modernidad.)

Una de las más típicas actitudes latinoamericanas, para explicar nuestros males, ha sido la de atribuirlos a maquinaciones perversas urdidas desde el extranjero, por los ignominiosos capitalistas de costumbre o —en tiempos más recientes— por los funcionarios del Fondo Monetario o los del Banco Mundial. Aunque es sobre todo la izquierda la que insiste en promover esta «transferencia» freudiana de la responsabilidad de los males de América Latina, lo cierto es que semejante actitud se halla muy extendida. También sectores liberales y conservadores han llegado a autoconvencerse de que a nuestros países no les cabe, o poco menos, culpa alguna en lo que concierne a nuestra pobreza y nuestro atraso, pues somos nada más que víctimas de factores institucionales o personas foráneas que deciden nuestro destino de manera absoluta y ante nuestra total impotencia.

479

Esta actitud es el obstáculo mayor que enfrenta-mos los latinoamericanos para romper el círculo vi-cioso del subdesarrollo económico. Si nuestros países no reconocen que la causa principal de las crisis en que se debaten reside en ellos mismos, en sus gobier-nos, en sus mitos y costumbres, en su cultura econó-mica, y que, por lo mismo, la solución del problema vendrá primordialmente de nosotros, de nuestra luci-dez y decisión, y no de afuera, el mal no será nunca conjurado. Más bien, continuará agravándose, lo que tarde o temprano terminaría por poner en peligro la democratización política del continente.

Esto no significa desconocer el papel importantísi-mo que han tenido en la crisis latinoamericana facto-res ajenos a nuestro control, como las altas tasas mundiales de interés originadas por el elevado déficit fiscal de los Estados Unidos, los bajos precios interna-cionales para nuestros productos de exportación y las prácticas proteccionistas de los países desarrollados que nos cierran sus mercados o nos los abren sólo a cuentagotas. Desde luego que todo ello ha contribui-do a la situación actual. Como también, y de manera aún más decisiva, la deuda externa. Este problema, en los términos en que actualmente se presenta, plan-tea a los gobiernos democráticos de América Latina un reto imposible: el de pagar y, a la vez, cumplir con las obligaciones internas, la primera de las cuales es mejorar las condiciones de vida de los pobres o, por lo menos, impedir que empeoren todavía más. Los gobiernos que se han propuesto pagar en los térmi-nos exigidos por los acreedores se han visto priva-dos de los recursos indispensables para prestar los servicios más urgentes y para asegurar la inversión pública. Esto ha provocado, en todos los casos, gran agitación social, emisiones desenfrenadas, inflación galopante, etc. Lo cual no implica que aquellos países que decretaron unilateralmente una moratoria o, co-mo hizo el Perú, redujeron sus pagos a un tope máxi-mo, hayan sacado provecho de semejantes medidas. El gobierno peruano, por ejemplo, dilapidó lo que de-jó de pagar en un festín consumista del que ahora e país se conduele amargamente. Esto no redime, por cierto, de corresponsabilidad a los banqueros que, bajo la dudosa premisa de que los países no quebraban, entregaron a los Estados los recursos con una precipitación que jamás se hubieran permitido con clientes privados.

Pero es obvio que dicha situación no puede continuar y que debe haber un acuerdo inteligente y pragmático entre los bancos y los países deudores. Cualquier arreglo del problema de la deuda debería empezar por considerar no el valor nominal de esta deuda, sino el valor real fijado por el mercado. Los acuerdos deberían tener características distintas para cada nación, según las posibilidades reales de sus recursos y, sobre todo, de la voluntad de reforma y superación de su gobierno. Y deberían tener siempre como guía este principio que es tanto ético como político: para poder cumplir con sus acreedores, América Latina necesita crecer. El desarrollo económico es la primera prioridad política y moral para países donde la extrema miseria, la pobreza, el desempleo, la ignorancia, mantienen todavía a muchos millones de seres humanos viviendo en condiciones que apenas pueden llamarse humanas. Exigir de un gobierno democrático latinoamericano que sacrifique este objetivo a la amortización o pago de intereses de su deuda externa, es, simplemente, pedirle que se suicide y abra las puertas a la violencia social, río revuelto del que sólo se benefician quienes quisieran para América Latina un porvenir de dictaduras militares o marxistas (o un híbrido de ambas cosas).

Un país latinoamericano de veras empeñado en progresar, no puede romper con la comunidad financiera internacional, como intentó hacerlo, en un arrebato desdichado para el Perú, el presidente Alan García. Estamos a las puertas del siglo XXI, no en la Edad Media ni en el XIX, el siglo de las utopías sociales y los nacionalismos a ultranza. Nuestra época es la de la internacionalización de la economía y la cultura, la del mercado mundial de las ideas, las técnicas, los bienes, los capitales y la información. Un país que, en vez de

481

abrirse al mundo, se enclaustra, se condena al estancamiento y la barbarie. El tema de la deuda debe ser negociado dentro de este contexto de indispensable cooperación y de realismo. Que cada país pague lo que puede pagar y que, al mismo tiempo, en razón de la sensatez, el esfuerzo y el sacrificio de que den prueba sus gobiernos, reciba el apoyo y la comprensión internacional. La comunidad occidental debería tener una política discriminatoria y selectiva, para promover la buena causa democrática, solidarizándose con quienes lo merecen y penalizando a los que no. ¿No es justo acaso que un país como Bolivia, que desde hace tres años despliega esfuerzos admirables por poner en orden su hacienda y su vida productiva, reciba de la comunidad de los países libres concesiones y estímulos que difícilmente pueden justificarse en el caso de regímenes que, contra la razón y la historia, se empeñan todavía en poner en práctica políticas económicas demagógicas e irresponsables que condenan a sus pueblos a la pobreza y el atraso?

Y aquí ponemos, creo, el dedo en la llaga del problema. Por más gravitación que tenga en nuestra crisis económica el tema de la deuda y sus secuelas, no es éste el origen sino más bien un síntoma de nuestros males. La deuda fue contraída y pactada de la manera irresponsable que sabemos a consecuencia de unos hábitos y una mentalidad que tienen todavía una extraordinaria vigencia en América Latina, a pesar de ser cada vez más anticuados e imprácticos, y de estar íntimamente reñidos con la esencia misma de la democracia, que es la libertad. En tanto que en el campo político somos cada día más libres, en el económico y social todavía favorecemos la servidumbre y aceptamos sin protestar que nuestras sociedades civiles vean recortadas sus atribuciones y su responsabilidad por unos Estados omnímodos y enormes que las han expropiado en su favor y nos han convertido a nosotros, los ciudadanos, en seres dependientes y disminuidos.

Se trata de una antigua historia, que el chileno Claudio Véliz ha descrito muy bien, en su libro *L tradición centralista.* Sobre el latinoamericano pesa, como una lápida, una vieja tradición que lo lleva a esperarlo todo de una persona, institución o mito, poderoso y superior, ante el que abdica de su responsabilidad civil. Esa vieja función dominadora la cumplieron en el pasado los bárbaros emperadores y los dioses incas, mayas o aztecas y, más tarde, el monarca español o la Iglesia virreinal y los caudillos carismáticos y sangrientos del XIX. Hoy, quien la cumple es el Estado. Esos Estados a quienes los humildes campesinos de los Andes llaman «el señor gobierno», fórmula inequívocamente colonial, cuya estructura, tamaño y relación con la sociedad civil me parece ser la causa primordial de nuestro subdesarrollo económico, y del desfase que existe entre él y nuestra modernización política.

Sin el terreno abonado por la «tradición centralista», en América Latina no hubiera echado raíces tan pronto, ni se hubiera extendido tan rápidamente hasta contaminar con sus tesis a tantos partidos políticos, instituciones y personas, esa corriente de pensamiento, keynesiana en apariencia y socialista en esencia, según la cual sólo la hegemonía del Estado es capaz de asegurar un rápido desarrollo económico. Desde mediados de los años cincuenta, esta filosofía decimonónica comenzó a propagarse por el continente, maquillada por caudalosos sociólogos, economistas y politólogos que la llamaban la «teoría de la dependencia» y hacían de la sustitución de importaciones el primer objetivo de toda política progresista para un país de la región. El ilustre nombre de Raúl Prebisch la amparó; la CEPAL la convirtió en dogma y ejércitos de intelectuales, llamados (por una aberración semántica) de «vanguardia», se encargaron de entronizarla en universidades, academias, administraciones públicas, medios de comunicación, ejércitos y hasta en los repliegues recónditos de la psique de América Latina. Por una extraordinaria paradoja, al mismo tiempo que en la región surgía una narrativa rica, original, audaz, y un arte genuinamente creativo que mostrarían al resto del mundo la mayoría de edad literaria y artística de nuestro pueblo, en el campo económico y social, América Latina adoptaba, casi sin oposición, una ideología trasnochada que era una segura receta para que nuestros países se cerraran las puertas del progreso y se hundieran aún más en el subdesarrollo. La famosa «teoría de la dependencia» debería ser rebautizada con el título más apropiado de «teoría del miedo pánico a la libertad».

Es importante advertir que esta doctrina no fue —no es— patrimonio de la izquierda marxista o socialista, lo que sería coherente. Nada de eso. Ella ha impregnado profundamente a socialdemócratas y a demócratas cristianos, a conservadores y a populistas e incluso a algunos que se llaman liberales. A tal extremo que, casi sin excepción, puede afirmarse que todos los gobiernos latinoamericanos, civiles o militares, de derecha o de izquierda, de las últimas décadas han gobernado condicionados por sus tesis, sus supuestos y sus sofismas. Éste es, a mi entender, el factor número uno de nuestro fracaso económico y el que debe ser corregido porque sólo así podrán ser superados los demás obstáculos para el desarrollo de la región.

A la sombra de esta doctrina, los aparatos estatales latinoamericanos han crecido —prácticamente sin excepción— no sólo en tamaño, sino también en injerencia y prepotencia, transformándose en entes lentos, amorfos e ineficientes que, en vez de estimular, traban la creación de la riqueza por parte de los ciudadanos independientes, mediante controles y trámites asfixiantes y a través de una cancerosa corrupción. La «legalidad» se convirtió en un privilegio dispensado por el poder a un costo que, a menudo, la ponía fuera del alcance de los pobres. La respuesta a ello ha sido el surgimiento del sector informal, o capitalismo de los pobres expulsados de la vida legal por las prácticas discriminatorias y antidemocráticas de Estado-patrón. Hay quienes deploran la existencia de estas economías informales por la competencia «desleal» que los empresarios informales hacen a aquellos que operan en la legalidad y pagan impuestos, y pro ponen reprimirlas. Quienes piensan así confunden el efecto con la causa y quieren suprimir la fiebre preservando el tumor que la provoca. La «informalidad» no es el problema sino el Estado incompetente y discriminatorio que empuja a los pobres a trabajar y a crear riqueza fuera de ese sistema de privilegios y prebendas que es, en nuestros países, la «legalidad». El sector informal es, más bien, un síntoma alentador cara al futuro, pues significa el principio de la reconquista, por iniciativa de los marginados, de la noción de libertad en nuestra economía.

En la era de la globalización de la historia, cuando los viejos prejuicios nacionalistas cedían, y, por ejemplo, acicateados por el reto de la revolución tecnológica, los países europeos se unían en una gran mancomunidad, y algunas naciones asiáticas, volcándose hacia el mundo y trayendo hacia sí todo lo que el mundo podía ofrecerles para crecer, empezaban a despegar, América Latina hacía como los cangrejos: optaba, bajo la inspiración de la «teoría de la dependencia», por el nacionalismo y la autarquía. Demagogos de todo matiz, blandiendo fantasiosas estadísticas, explicaban a nuestros pueblos que nuestra primera meta no era crecer, prosperar, derrotar el hambre, sino defender nuestra soberanía amenazada por transnacionales, banqueros y gobiernos ansiosos por esquilmarnos. Esta prédica ha prendido. Por lo general, el latinoamericano promedio está convencido de que la inversión extranjera es perjudicial, enemiga de nuestros intereses, y de que lo ideal es que nuestros países, para no ser sometidos y explotados, prescindan de ella.

La famosa defensa de la «soberanía nacional» no sólo ha dificultado o impedido la atracción hacia América Latina de la tecnología y los capitales necesarios para el aprovechamiento de nuestros recursos. Además, ha sido el motivo secreto de que todos los intentos de integración regional de nuestras economías hayan fracasado o languidezcan dentro de una mediocre supervivencia. ¿Cómo podría ser de otra manera? ¿Cómo podrían integrar verdaderamente sus mercados y concertar sus políticas, quienes parten del supuesto ideológico de que lo propio es, *siempre*, un valor y lo foráneo, *siempre*, un desvalor? En este contexto cultural tan aferrado a las formas más estereotipadas del nacionalismo romántico del XIX, es difícil, casi imposible, que se abra paso esta sencilla verdad: que mientras un país sea pobre y atrasado, su «soberanía» será un mito, una mera imagen retórica para que los demagogos se llenen con ella la boca. Pues la única manera como un país deja de ser «dependiente» es siendo próspero, de economía sólida y pujante. Para alcanzar este estado no sólo es indispensable la inversión extranjera. También, ser capaces de atraerla y de aprovecharla, con políticas inteligentes y realistas, es decir desprejuiciadas.

La idea —o mejor dicho, el prejuicio— del modelo de desarrollo autárquico, segregado de las otras naciones, bajo la dirección de Estados todopoderosos de un lado nos ha ido apartando del mundo. De otro ha obstruido o mediatizado hasta extremos a veces de caricatura, la posibilidad de que en nuestros países funcionen economías de mercado en las que, dentro de reglas estables y equitativas, todos puedan contribuir al objetivo primordial: la derrota de la pobreza mediante la creación de más y más riqueza. La tutela que el Estado se empeña en ejercer sobre todas las actividades productivas, ha hecho que, en la práctica pese a lo que suelen decir nuestras constituciones —donde la libertad económica acostumbra estar garantizada—, la energía, la imaginación de los productores no se oriente en la buena dirección —la de crear bienes y servicios mejores y más baratos a fin de conquistar al consumidor—, sino en la que, dentro de este régimen, es la verdaderamente rentable: asegurarse una de las innumerables concesiones, privilegios o prebendas que dispensa el gran «planificador» que es el Estado.

Estas prácticas no sólo corrompen al Estado; también, a las empresas y a los empresarios. Pero conviene tener en cuenta, a la hora de señalar responsabilidades, las jerarquías en la culpa. La «empresa» está tan satanizada por la cultura política latinoamericana como el «capital extranjero» y la «transnacional»: ella es una de las heroínas de nuestra demonología ideológica. Los «progresistas» han convencido a innumerables latinoamericanos que una «empresa» y un «empresario» no tienen otras finalidades en la vida que burlar impuestos, explotar a los obreros, sacar dólares a Miami y perpetrar operaciones turbias en complicidad con el Estado. Pocos advierten que si, en muchos casos, ocurre efectivamente así, es por culpa exclusiva de nuestros Estados. Ya que son ellos, y no las «empresas» y los «empresarios», los que fijan las reglas de juego económico y los que deben hacerlas cumplir. Son ellos los que han procedido de tal modo que, a menudo, para una empresa la única manera de tener éxito sea recibiendo privilegios cambiarios o monopólicos y corrompiendo funcionarios, y de que las condiciones de inseguridad sean tales que no haya incentivos para reinvertir en el país y sí para sacar el dinero al extranjero. Son nuestros Estados los que, distorsionando y trabando el mercado, han restado toda clase de estímulos para producir y los han generado, en cambio, para especular. En unas economías de las que ha sido suprimida o desfigurada la libertad por prácticas intervencionistas y controlistas, el verdadero protagonista, el amo y señor de la escena, no es el productor sino el burócrata. Y el libreto que en este escenario se representa es, siempre, el idilio de la ineficiencia y la inmoralidad.

Es posible que en esta descripción haya cargado un poco las tintas para hacer más explícito lo que quería decir. Desde luego que conviene matizar, señalando que no todos los países latinoamericanos adolecen, en idénticas proporciones, del miedo a la libertad en el campo económico, y que no todos nuestros Estados han arrebatado a la sociedad civil, en iguales términos, el derecho y la responsabilidad de la creación de la riqueza. Pero creo que en la mayoría de nuestros países impera aún, en las élites políticas e intelectuales, y sobre todo en aquellas que ostentan —paradójicamente— el título de «progresistas», esta

cultura estatizante, controlista, antimercado, nacionalista, que nos impide desarrollar las inmensas reservas de energía y creatividad de nuestros pueblos y
nos mantienen —y, a algunos, nos hunden cada día
más— en el subdesarrollo.

Es contra esta «dependencia» de una ideología an-
tihistórica e irreal que debemos luchar si queremos
derrotar la pobreza. Y plantar la noción emancipado-
ra de libertad en nuestra vida económica, como lo hemos hecho ya, por fortuna, en el campo político. La
primera, la más urgente de las reformas que necesitamos es la del Estado, fuente primera de nuestras defi-
ciencias. La sociedad civil debe asumir la responsabilidad primordial en la creación de la riqueza y el
Estado velar porque ella pueda cumplir esta función
sin ataduras, dentro de normas estables y promoto-
ras. Nuestras sociedades deben abrirse al mundo, saliendo en busca de mercados para aquello que podemos ofrecer atrayendo hacia los nuestros lo que
necesitamos y podemos adquirir. No sólo debemos
privatizar el sector público para librarlo de la ineficiencia y la corrupción que lo afligen; debemos priva-
tizarlo, sobre todo, con una intención *social*: para que
se difunda la propiedad entre aquellos que aún no la
tienen. No hay mejor manera de defender la propiedad privada que propagándola masivamente, hacién-
dola accesible a los trabajadores, a los campesinos y a
los pobres. Y no hay mejor manera de que éstos comprendan el vínculo estrecho que existe entre las nociones de propiedad privada, de progreso y de libertad individual.

Contrariamente a lo que dicen las imágenes estereotipadas que sobre América Latina circulan por el
mundo, esto ya está ocurriendo. Cuando yo redacta-
ba estas líneas, debí de hacer un alto en mi trabajo
para ir a expresar mi solidaridad con los vecinos de
Atico, un humilde pueblecito pesquero del sur de mi
país empeñado en una lucha heroica contra el Estado
peruano. ¿Qué es lo que piden esos hombres y mujeres que pertenecen al sector más desfavorecido de la
nación? Que la única industria del lugar, una planta

de harina de pescado, se privatice. El Perú fue, hace treinta años, gracias a la visión y a la energía de los empresarios y los trabajadores privados, el primer productor de harina de pescado y, por un tiempo, el primer país pesquero del mundo. La dictadura socializante del general Velasco (1968-1975) estatizó todas esas industrias y, naturalmente, en poco tiempo, la burocracia política que pasó a administrarlas, las arruinó. Algunas debieron cerrar; otras malviven gracias al subsidio. Lo que era un emporio de trabajo y de riqueza pasó a ser una carga más para los contribuyentes peruanos. Pues bien, quienes, con un certero instinto de cuál es el mal y de cómo corregirlo de raíz, se movilizan y combaten por liberar esas industrias de la dictadura estatal y devolverlas a la sociedad civil, no son los políticos, ni siquiera los empresarios, algunos de los cuales —de mentalidad rentista— ven con desconfianza una privatización que traería al mercado libre nuevos competidores con quienes rivalizar por los favores del consumidor. Son los pobres, los pescadores y sus mujeres y sus hijos. Es decir, aquellos para quienes una economía libre no es una meta ideológica, sino, simplemente, la posibilidad de trabajar, de sobrevivir.

Cito este caso del pueblecito de Atico porque no es excepción sino símbolo de un fenómeno que, de modo lento pero firme, va extendiendo en nuestros pueblos la idea de libertad del campo político al económico. Y esto, es preciso recalcarlo, no es obra de las élites, sino principalmente de los pobres, de esos pobres a quienes la urgentísima necesidad de salir de la espantosa pobreza, está haciendo descubrir los beneficios de la libertad en la vida económica como antes, reaccionando contra la arbitrariedad y la violencia, descubrieron las ventajas de la libertad política. Son los pobres los que han creado las industrias y los comercios informales, gracias a los cuales por primera vez surgen en nuestros países —de manera todavía precaria— economías de mercado dignas de llevar ese nombre. Y son los pobres los que en muchos lugares defienden la iniciativa individual, la libertad de comercio y el derecho a la propiedad con más convicción y coraje que las élites.

Quiero citar a este respecto otro ejemplo de mi propio país. Mucho se habla en el extranjero, cuando se trata del Perú, de Sendero Luminoso y sus grandes crímenes perpetrados en nombre de un maoísmo fundamentalista extravagante. Pero se dice muy poco, en cambio, del gran movimiento espontáneo de campesinos supuestamente beneficiados por la reforma agraria de la dictadura de Velasco que cooperativizó las tierras. Pues bien, ese movimiento —llamado de los «parceleros»— ha parcelado o privatizado ya más del 60 % de las tierras nacionalizadas. Cientos de miles de campesinos, en los Andes y en la costa peruana, por voluntad propia, en contra del Estado y de todas las élites políticas, han reintroducido el principio de la propiedad privada, rebelándose contra las cúpulas burocráticas que, además de explotarlas tanto o más que los antiguos patrones, llevaron a muchas de las cooperativas y haciendas colectivizadas, al desastre económico. Y hoy día hay, en el campo peruano, aunque el Estado se niegue a aceptarlo, decenas de miles de nuevos propietarios, de nuevos pequeños empresarios.

Por eso, a pesar de las lúgubres cifras que arrojan los termómetros que toman el pulso a la economía de los países latinoamericanos, yo no pierdo la esperanza. Por el contrario. Tengo la convicción de que, así como los pobres del continente han terminado por imponer la democracia liberal en América Latina, contra las opciones extremas de la dictadura militar o la dictadura marxista, ellos acabarán, también, por librarnos de las servidumbres y la inercia que nos impide ser tan creativos en lo que concierne a nuestros recursos como lo somos en las artes y en las letras. No las élites políticas ni las intelectuales sino los pobres han comenzado ya a reemplazar la cultura del miedo pánico a la libertad en el campo económico por una cultura diferente, moderna, apoyada en la iniciativa individual, el esfuerzo privado y orientada a la creación de la riqueza en vez de al reparto de la pobreza existente.

¿Tienen un papel que interpretar en esta historia de la lucha por la libertad en América Latina, los organismos financieros internacionales y las empresas privadas de Occidente? Desde luego que sí, y de primer orden. Nuestra disciplina en la política económica y nuestra voluntad de un arreglo adecuado del problema de la deuda, no deben traducirse en que América Latina se convierta en una exportadora neta de capitales. Por lo tanto, corresponde a organismos como el Banco Mundial, la tarea de crear mecanismos novedosos, imaginativos, para impedir que ello ocurra. En el pasado, y con frecuencia, estos organismos han contribuido al crecimiento de nuestros aparatos estatales. Ello era inevitable, desde luego, toda vez que la mayoría de sus créditos eran destinados al Estado o canalizados por su intermedio. Pero, en el futuro, ese sistema debería cambiar. El crédito y la inversión deben dirigirse de manera preferente a la sociedad civil en vez del Estado, y apoyar de manera decidida todo lo que impulse la transformación de la sociedad en el sentido de la libertad. Para lo procesos de reconversión industrial, la tecnificación del agro, la erradicación de la extrema pobreza, el desarrollo de la pequeña empresa, la capacitación, la desburocratización, la desregulación, la privatización y tantas otras tareas urgentes, la colaboración es indispensable. Pero para que sea realmente exitosa, es imprescindible que ella propicie y consolide y en ningún caso contradiga el avance en nuestras tierras de la cultura de la libertad.

Hace cuarenta años, Germán Arciniegas describió en un célebre ensayo —*Entre la libertad y el miedo*— la lucha de los pueblos latinoamericanos por emanciparse de los gobiernos despóticos y corrompidos que asolaban el continente. La lucha hoy, en gran parte, está políticamente ganada. Ésta es una victoria fundamental, pero insuficiente. Ser libres siendo pobres es gozar de una libertad precaria y sólo a medias. La libertad cabal y plena sólo florecerá en nuestra región con la prosperidad, que permite a los hombres plasmar sus sueños y concebir nuevas fantasías. Y para

491

que esta prosperidad, que es todavía el sueño lejano de tantos latinoamericanos, sea posible es preciso completar la tarea iniciada, perdiendo el miedo y abriendo a la libertad de par en par todas esas puertas de nuestros países que aún permanecen para ella sólo entreabiertas o cerradas.

Barranco, 18 octubre 1988

LA SOCIEDAD ABIERTA Y SUS ENEMIGOS

A la memoria de Carlos Rangel

Después de la muerte de Jean-Paul Sartre y de Raymond Aron, Jean-François Revel ha pasado a ejercer en Francia ese liderazgo intelectual, doblado de magistratura moral, que es la institución típicamente francesa del «mandarinato». Conociendo su escaso apetito publicitario y su recelo ante cualquier forma de superchería, me imagino lo incómodo que debe sentirse en semejante trance. Pero ya no tiene manera de evitarlo: sus ideas y sus pronósticos, sus tomas de posición y sus críticas han ido haciendo de él un *maître à penser* que fija los temas y los términos del debate político y cultural, en torno a quien, por aproximación o rechazo, se definen los contemporáneos. Sin el «mandarín» la vida intelectual francesa nos parecería deshuesada e informe, un caos esperando la cristalización.

Cada libro nuevo de Revel provoca polémicas que trascienden el mundo de los especialistas, porque sus ensayos muerden carne en asuntos de ardiente actualidad y contienen siempre severas impugnaciones contra los totems entronizados por las modas y los prejuicios reinantes. El que acaba de publicar —*La Connaissance inutile* (París, Grasset, 1988)— será materia, sin duda, de diatribas y controversias por lo despiadado de su análisis y, sobre todo, por lo maltratados que salen de sus páginas algunos intocables de la cultura occidental contemporánea. Pero esperemos que, por encima de la chismografía y lo anecdótico, *La Connaissance inutile* sea leído y asimilado, pues se trata de uno de esos libros que, por la profundidad de su reflexión, su valentía y lo ambicioso de su empeño, constituyen —como lo fueron, en su momento, *1984* de Orwell y *Oscuridad al mediodía* de Koestler— el revulsivo de una época.

La tesis que *La Connaissance inutile* desarrolla es la siguiente: no es la verdad sino la mentira la fuerza que mueve a la sociedad de nuestro tiempo. Es decir, a una sociedad que cuenta, más que ninguna otra en el largo camino recorrido por la civilización, con una información riquísima sobre los conocimientos alcanzados por la ciencia y la técnica que podrían garantizar, en todas las manifestaciones de la vida social, decisiones racionales y exitosas. Sin embargo, no es así. El prodigioso desarrollo del conocimiento, y de la información que lo pone al alcance de aquellos que quieren darse el trabajo de aprovecharla, no ha impedido que quienes organizan la vida de los demás y orientan la marcha de la sociedad sigan cometiendo los mismos errores y provocando las mismas catástrofes, porque sus decisiones continúan siendo dictadas por el prejuicio, la pasión o el instinto antes que por la razón, como en los tiempos que (con una cierta dosis de cinismo) nos atrevemos todavía a llamar bárbaros.

El alegato de Revel va dirigido, sobre todo, contra los «intelectuales» de las sociedades desarrolladas de Occidente liberal, las que han alcanzado los niveles de vida más elevados y las que garantizan mayores dosis de libertad, cultura y esparcimiento para sus ciudadanos de los que haya logrado jamás civilización alguna. Los peores y acaso más nocivos adversarios de la sociedad liberal no son, según Revel, sus adversarios del exterior —los regímenes totalitarios del Este y las satrapías «progresistas» del Tercer Mundo—, sino ese vasto conglomerado de objetores internos que constituyen la *intelligentzia* de los países libres y cuya motivación preponderante parecería ser el odio a la libertad tal como ésta se entiende y practica en las sociedades democráticas.

El aporte de Gramsci al marxismo consistió, sobre todo, en conferir a la *intelligentzia* una función históica y social que en los textos de Marx y de Lenin era monopolio de la clase obrera. Esta función ha sido hasta ahora letra muerta en las sociedades marxistas, donde la clase intelectual —como la obrera, por lo demás— es mero instrumento de la élite o «nomenclatura» política que ha expropiado todo el poder en provecho propio. Leyendo el ensayo de Revel, uno llega a pensar que la tesis gramsciana sobre el papel del «intelectual progresista» como modelador y orientador de la cultura sólo alcanza una confirmación siniestra en las sociedades que Karl Popper ha llamado «abiertas». Digo «siniestra» porque la consecuencia de ello, para Revel, es que las sociedades libres han perdido la batalla ideológica ante el mundo totalitario y podrían, en un futuro no demasiado remoto, perder también la otra, la que las privaría de su más preciado logro: la libertad.

Si formulada así, en rápida síntesis, la tesis de Revel parece excesiva, cuando el lector se sumerge en las aguas hirvientes de su ensayo —un libro donde el brío de la prosa, lo acerado de la inteligencia, la enciclopédica documentación y los chispazos de humor sarcástico se conjugan para hacer de la lectura una experiencia hipnótica— y se enfrenta a las demostraciones concretas en que se apoya, no puede dejar de sentir un estremecimiento. ¿Son *éstos* los grandes exponentes del arte, de la ciencia, de la religión, del periodismo, de la enseñanza, del mundo llamado *libre*?

Revel muestra cómo el afán de desacreditar y perjudicar a los gobiernos propios —sobre todo si éstos, como es el caso de los de Reagan, la señora Thatcher, Kohl o Chirac, son de «derecha»— lleva a los grandes medios de comunicación occidentales —diarios, radio y canales de televisión— a manipular la información, hasta llegar a veces a legitimar, gracias al prestigio de que gozan, flagrantes mentiras políticas. La desinformación es particularmente sistemática en lo que concierne a los países del Tercer Mundo catalogados como «progresistas», cuya miseria endémica, oscurantismo político, caos institucional y brutalidad represiva son atribuidos, por una cuestión de principio

—acto de fe anterior e impermeable al conocimiento objetivo—, a pérfidas maquinaciones de las potencias occidentales o a quienes, en el seno de esos países defienden el modelo democrático y luchan contra el colectivismo, los partidos únicos, y el control de l economía y la información por el Estado.

Los ejemplos de Revel resultan escalofriantes por que los medios de comunicación con los que ilustra su alegato son los más libres y los técnicamente mejor he chos del mundo: *The New York Times*, *Le Monde*, *Th Guardian*, *El País*, *Der Spiegel*, etc., y cadenas como l CBS norteamericana o la Televisión Francesa. Si en es tos órganos, que disponen de los medios materiales profesionales más fecundos para verificar la verdad hacerla conocer, ésta es a menudo ocultada o distor sionada en razón del *parti pris* ideológico, ¿qué se pue de esperar de los medios de comunicación abierta mente alineados —los de los países con censura, po ejemplo— o los que disponen de condiciones materia les e intelectuales de trabajo mucho más precarias Quienes vivimos en países subdesarrollados sabemo muy bien qué se puede esperar: que, en la práctica, la fronteras entre la información y la ficción —entre l verdad y la mentira— se evaporen constantemente d modo que resulta imposible conocer con objetivida lo que ocurre a nuestro alrededor.

Las páginas más alarmantes del libro de Reve muestran cómo la pasión ideológica «progresista puede llevar, en el campo científico, a falsear l verdad con la misma carencia de escrúpulos que e el periodismo. La manera en que, en un moment dado, fue desnaturalizada, por ejemplo, la verda sobre el SIDA, con la diligente colaboración de emi nentes científicos norteamericanos y europeos a fi de enlodar al Pentágono —en una genial operació publicitaria que, a la postre, se revelaría programa da por la KGB—, muestra que no hay literalment reducto del conocimiento —ni siquiera las ciencia exactas— donde no pueda llegar la ideología con s poder distorsionador a entronizar mentiras útile para la causa.

Para Revel no hay duda alguna: si la «sociedad liberal», aquella que ha ganado en los hechos la batalla de la civilización, creando las formas más humanas —o las menos inhumanas— de existencia en toda la historia, se desmorona y el puñado de países que han hecho suyos los valores de libertad, de racionalidad, de tolerancia y de legalidad vuelven a confundirse en el piélago de despotismo político, pobreza material, brutalidad, oscurantismo y prepotencia —que fue siempre, y sigue siendo, la suerte de la mayor parte de la humanidad—, la responsabilidad primera la tendrá ella misma, por haber cedido —sus vanguardias culturales y políticas, sobre todo— al canto de la sirena totalitaria y por haber aceptado este suicidio los ciudadanos libres, sin reaccionar.

No todas las imposturas que *La Connaissance inutile* denuncia son políticas. Algunas afectan la propia actividad cultural, degenerándola íntimamente. ¿No hemos tenido muchos lectores no especializados, en estas últimas décadas, leyendo —tratando de— a ciertas supuestas eminencias intelectuales de la hora, como Lacan, Althusser, Teilhard de Chardin o Jacques Derrida, la sospecha de un fraude, es decir, de unas laboriosas retóricas cuyo hermetismo ocultaba la banalidad y el vacío? Hay disciplinas —la lingüística, la filosofía, la crítica literaria y artística, por ejemplo— que parecen particularmente dotadas para propiciar aquel embauque que muda mágicamente la cháchara pretenciosa de ciertos arribistas en ciencia humana de moda. Para salir al encuentro de este género de engaños hace falta no sólo atreverse a nadar contra la corriente; también, la solvencia de una cultura que abrace muchas ramas del saber. La genuina tradición del humanismo, que Revel representa tan bien, es lo único que puede impedir, o atemperar sus estropicios en la vida cultural de un país, esas deformaciones —la falsa ciencia, el seudoconocimiento, el artificio que pasa por pensamiento creador— que son síntoma inequívoco de decadencia.

En el capítulo titulado significativamente «El fracaso de la cultura», Revel sintetiza de este modo la terrible autopsia: «La gran desgracia del siglo XX es haber sido aquel en el que el ideal de la libertad fue puesto al servicio de la tiranía, el ideal de la igualdad al servicio de los privilegios y todas las aspiraciones, todas las fuerzas sociales reunidas originalmente bajo el vocablo de "izquierda" embridadas al servicio del empobrecimiento y la servidumbre. Esta inmensa impostura ha falsificado todo el siglo, en parte por culpa de algunos de sus más grandes intelectuales. Ella ha corrompido hasta en sus menores detalles el lenguaje y la acción política, invertido el sentido de la moral y entronizado la mentira al servicio del pensamiento.»

He leído este libro de Revel con una fascinación que hace tiempo no sentía por novela o ensayo alguno. Por el talento intelectual y la valentía moral de su autor y, también, porque comparto muchos de sus temores y sus cóleras sobre la responsabilidad de tantos intelectuales —y, a veces, de los más altos— en los desastres políticos de nuestro tiempo: la violencia y la penuria que acompañan siempre al asesinato de la libertad.

Si la «traición de los clérigos» alcanza en el mundo de las democracias desarrolladas las dimensiones que denuncia Revel, ¿qué decir de lo que ocurre entre nosotros, en los países pobres e incultos, donde aún no se acaba de decidir el modelo social? Entre ellos se reclutan los aliados más prestos, los cómplices más cobardes y los propagandistas más abyectos de los enemigos de la libertad, al extremo de que la noción misma de «intelectual» llega a veces a tener entre nosotros un tufillo caricatural y deplorable. Lo peor de todo es que, en los países subdesarrollados, la «traición de los clérigos» no suele obedecer a opciones ideológicas, sino, en la mayoría de los casos, a puro oportunismo: ser «progresista» es la única manera posible de escalar posiciones en el medio cultural —ya que el *establishment* académico o artístico es ahora de izquierda— o, simplemente, de medrar (consista ello en ganar premios, obtener invitaciones o becas de la Fundación Guggenheim). No es una casualidad ni un perverso capricho de la historia que, por lo general, nuestros más feroces intelectuales «antiimperialistas» terminen de profesores en universidades norteamericanas.

Y, sin embargo, pese a todo ello, soy menos pesimista sobre el futuro de la «sociedad abierta» y de la libertad en el mundo que Jean-François Revel. Mi optimismo se cimenta en esta convicción antigramsciana: no es la *intelligentzia* la que hace la historia. Por lo general, los pueblos —esas mujeres y hombres sin cara y sin nombre, las «gentes del común», como los llamaba Montaigne— son mejores que sus intelectuales. Mejores: más sensatos, más democráticos, más libres, a la hora de decidir sobre asuntos sociales y políticos. Los reflejos del hombre sin cualidades, a la hora de optar por el tipo de sociedad en que quiere vivir, suelen ser racionales y decentes. Si no fuera así, no habría en América Latina la cantidad de gobiernos civiles que hay ahora ni habrían caído tantas dictaduras en las últimas dos décadas. Y en mi país, por ejemplo, no sobreviviría la democracia a pesar de la crisis económica y los crímenes de la violencia política. La ventaja de la democracia es que en ella el sentir de esas «gentes del común» prevalece tarde o temprano sobre el de las élites. Y su ejemplo, poco a poco, puede contagiar y mejorar el entorno. ¿No es esto lo que indican esas tímidas señales de apertura en la ciudadela totalitaria, las de la *perestroika*?

No todo debe estar perdido para las sociedades abiertas cuando en ellas hay todavía intelectuales capaces de pensar y escribir libros como éste de Jean-François Revel.

Lima, 12 diciembre 1988

499

BIBLIOGRAFÍA

«Madrid cuando era aldea», *Le Temps Stratégique*, Ginebra, n.º 13 (verano 1985), pp. 27-32.

«El locutor y el divino marqués», *Caretas*, Lima, n.º 341 (22 octubre 1966), pp. 36-37. (Título original: «Animales nocturnos, un oscuro locutor y el divino marqués.»)

«Yo, un negro», *Barón*, Lima, n.º 1 (mayo 1989). (Estos tres artículos fueron publicados, juntos, en una traducción al francés bajo el título «Monsieur est péruvien? Comment peut-on être péruvien?», en *Le Temps Stratégique*, Ginebra, n.º 13, verano 1985, pp. 27-38.)

«*Toby*, descansa en paz», *Expreso*, Lima (8 julio 1964).

«La Religión del Sol Inca», *Expreso*, Lima (enero 1965).

«Un personaje para Sade: Gilles de Rais», *Expreso*, Lima (20 febrero 1966).

«El nudista», *Mundo Color*, Montevideo (29 enero 1979).

«El testigo», *La Vanguardia*, Barcelona (16 junio 1979).

«El estilo de *The Times*», *Caretas*, Lima, n.º 350 (10 abril 1967), pp. 23-24.

«Impresión de Dublín», *Caretas*, Lima, n.º 372 (7 mayo 1968), pp. 30 y 40.

«Dinamarca, país sin censores», *Caretas*, Lima, n.º 375 (28 junio 1968), p. 28.

«El otro *Óscar*», *Caretas*, Lima (marzo 1979).

«La señorita de Somerset», *Caretas*, Lima, n.º 752 (13 junio 1983), pp. 38-39.

«Napoleón en el Támesis», *El Universal*, Caracas (7 agosto 1983).

«El coleccionista», *Caretas*, Lima (10 octubre 1983).

«P'tit Pierre», *El Comercio*, Lima (25 diciembre 1983).

«Informe sobre Uchuraccay», Editora Perú, Lima (junio 1983), 152 pp.

«El terrorismo en Ayacucho», *Oiga*, Lima, n.º 115 (7 marzo 1983), pp. 40-44. (Entrevista a Mario Vargas Llosa por Uri Ben Schmuel.)

«Después del Informe: conversación sobre Uchuraccay», *Caretas*, Lima, n.º 738 (7 marzo 1983), pp. 27-34. (Entrevista a Mario Vargas Llosa por Alberto Bonilla.)

«Historia de una matanza», *The New York Times Magazine*, Nueva York (31 julio 1983), pp. 18-23, 33, 36-37, 42, 48-51 y 56. (Traducción al inglés bajo el título «Inquest in the Andes».)

«El periodismo como contrabando», *El Comercio*, Lima (17 julio 1983).

«Carta a unos familiares de luto», *El Comercio*, Lima (14 agosto 1983).

«Amnistía y el Perú», *Caretas*, Lima, n.º 771 (24 octubre 1983).

«Respuesta a Bo Lindblom», *Dagens Nyheter*, Estocolmo (21 diciembre 1983). (Traducción al sueco de Kjell A. Johansson bajo el título «Undersökningskommissionen var inte regeringens verktyg».)

«Contra los estereotipos», *ABC*, Madrid (16 junio 1984).

«Las bravatas del juez», *El Comercio*, Lima (6 marzo 1985).

EL PAÍS DE LAS MIL CARAS

Publicado en *The New York Times Magazine*, Nueva York (20 noviembre 1983), pp. 74-79 y 97-110. (Traducción al inglés bajo el título «A passion for Perú».)

NICARAGUA EN LA ENCRUCIJADA

Publicado en *The New York Times Magazine*, Nueva York (28 abril 1985), pp. 37-46, 76-77, 81-83 y 92-94. (Traducción al inglés de Edith Grossman bajo el título «In Nicaragua».)

Mi hijo, el etíope

Publicado en *The New York Times Magazine*, Nueva York (16 febrero 1986), pp. 20-30, 41-43 y 67. (Traducción al inglés de Alfred J. MacAdam bajo el título «My son, the Rastafarian».)

La revolución silenciosa

Editorial El Barranco, Lima (noviembre 1986), pp. XVII-XXIX. (Prólogo al libro de Hernando de Soto, *El otro sendero*.)

Varia opinión

«Ribeyro y las sirenas», *Caretas*, Lima (9 julio 1984).
«Una cabeza fría en el incendio», Ediciones El Virrey, Lima (septiembre 1985), pp. 11-18. (Prólogo al libro de Richard Webb, *¿Por qué soy optimista?*)
«El nacimiento del Perú», *El País*, Madrid (13 abril 1986).
«La prehistoria de Hemingway», *Village Voice*, Nueva York, n.º 43 (marzo 1986).
«Una montaña de cadáveres (Carta abierta a Alan García)», *El Comercio*, Lima (23 junio 1986).
«Respuesta a Günter Grass», *El País*, Madrid (29 junio 1986).
«El Lunarejo en Asturias», *El País*, Madrid (23 noviembre 1986).
«Matones en el país de la malaria», *El Comercio*, Lima (6 febrero 1987).
«Kafka, en Buenos Aires», *El País*, Madrid (12 abril 1987).
«Hacia el Perú totalitario», *El Comercio*, Lima (2 agosto 1987).
«Frente a la amenaza totalitaria», *El Comercio*, Lima (5 agosto 1987).
«El gigante y la historia», *The Observer*, Londres (9 agosto 1987). (Traducción al inglés.)
«En el torbellino de la historia», Lima (24 septiembre 1987). (Mensaje a los peruanos leído por radio y televisión.)
«La amistad difícil», Miami (17 marzo 1988). (Discurso pronunciado con motivo de la entrega de los premios Letras de Oro.)

«Por un Perú posible», Lima (16 septiembre 1988). (Mensaje a los peruanos leído por radio y televisión.)

«Las ficciones de Borges», Londres (invierno 1988). (Conferencia dictada con motivo del «Fifth Annual Jorge Luis Borges Lecture».)

«Entre la libertad y el miedo», *Expreso*, Lima (7-8- 9-10 noviembre 1988).

«La sociedad abierta y sus enemigos», *El Comercio*, Lima (21 diciembre 1988).

ÍNDICE ALFABÉTICO

510

512

513

517

518

ÍNDICE

Impreso en el mes de marzo de 1990
en Romanyà/Valls
Verdaguer, 1
Capellades
(Barcelona)

DATE DUE